蒼穹下，精靈君王擁三戒
石廳中，矮人皇族擁七戒
塵世間，命定凡人擁九戒
黑座上，魔君獨攬至尊戒
魔多國度，邪影潛伏。
一戒御眾戒，一戒尋眾戒，
一戒領眾戒，束之黑暗中。
魔多國度，邪影潛伏。

THE LORD OF THE RINGS

THE FELLOWSHIP OF THE RING

魔戒

魔戒同盟

J.R.R. TOLKIEN

李函 —— 譯

魔戒——魔戒同盟

第一卷

第二卷

第一卷

序章——

一、關於哈比人

本書大致與哈比人有關，讀者能從內容一窺他們的性格與一小部分歷史。可以從節錄部分《西境紅皮書》（*Red Book of Westmarch*）內容出版的《哈比人》一窺更多資訊。那篇故事出自《紅皮書》的上半段篇章，內容由比爾博親自撰寫，他是第一位在全世界中聲名遠播的哈比人。比爾博將本書稱為《歷險歸來》（*There and Back Again*），內容描述了他前往東方，以及歸鄉旅程——與該紀元中的偉大事件有關的所有哈比人們，日後也參與了這場冒險。

不過，許多人或許會想從一開始就更了解這群傑出的種族；有些人可能沒有那本較早出版的書。此處為這些讀者們準備了哈比人相關知識中較為重要的部分，也稍微回溯第一場冒險。

哈比人是個不顯眼但非常古老的種族，當時他們的人數比現在更多；因為他們熱愛和平與寧靜，以及良好的耕地：他們最喜歡的出沒地，是井然有序、精耕細作的鄉間。他們從未瞭解也不喜歡比風箱、磨坊或手搖紡織機更複雜的機器，不過他們善於使用工具。即便在古代，他們通常都怯於面對「大傢伙」——這是他們對我們的稱呼——而現在他們焦慮地避開我們，行蹤也難以捉摸。他們耳聰目明，儘管他們容易變胖，也不在沒必要的狀況下忙碌，但他們的動作依然敏捷靈巧。他們一開始就具有迅速無聲消失的能力，以便在他們不想碰見的大傢伙笨拙地出現時使用，他們十分熟悉這種技術，使人類以為是魔法。但哈比人其實從來沒有研究過任何魔法，他們的隱匿習性全然出自專業技術，先天的遺傳與後天的練習，再加上與大地的緊密關係，使較為高大而笨拙的種族無法仿效這種能力。

他們是矮小的種族，比矮人還嬌小，儘管他們並沒有矮上多少，卻較不結實壯碩。他們的身高各有不同，從兩呎到四呎都有，鮮少長到三呎，但他們說自己的身高已經縮水了，在古代他們的身材更高。根據《紅皮書》的記載，伊桑布拉斯三世之子班多布拉斯·圖克（吼牛），則有四呎五，還能夠騎馬。在所有哈比人紀錄中，只有兩名昔日的知名人物超越他；正是本書記載的事件之一。

至於這些故事中描述的夏郡[1]哈比人，他們是群身處在平靜榮景中的快樂民族。他們

1 譯注：Shire，在英文中代表「郡」或「城鎮」，是英國的行政區。由於該字出自現代英文，托爾金要求採取意譯。

身穿花俏衣物，也特別喜歡黃色和綠色。他們鮮少穿鞋，因為腳後跟長有韌皮，上頭長滿濃密捲毛，質地很像他們的頭髮，髮色則普遍是棕色。因此，他們唯一不常使用的技術便是製鞋。不過他們有技藝高超的修長手指，能製作許多有用而精緻的物品。他們的臉孔通常樸實善良，但說不上俊美，顏面寬闊，雙眼炯炯有神，臉頰紅潤，嘴巴經常哈哈大笑，也慣於吃喝。他們時常開心歡笑和大吃大喝，總是熱愛簡單的笑話，一天會吃六餐（當他們有機會享用時）。他們友善好客，不只喜歡舉辦宴席，也喜愛禮物；他們自由送禮，也樂於收禮。

顯而易見的是，儘管日後分為兩族，但哈比人確實是我們的親屬：他們比精靈或矮人與我們更相似。過往他們就以自己的風格使用人類語言，也與人類有相同好惡。哈比人起源於眾生早已遺忘的遠古年代。只有精靈依然保存著來自那消逝時代的紀錄，人類鮮少出現在其中，內容也從未提及哈比人。但當其他種族察覺他們的存在前，哈比人顯然已經低調地住在中土世界許多年了。由於世界上充滿多不勝數的奇異生物，這批嬌小民族似乎無足輕重。但在比爾博和他的繼承人佛羅多的年代，他們便忽然變得十足重要而大名鼎鼎，並打亂了智者與偉人們的計畫，但這並非他們的本意。

★　★　★

那時代名為中土世界的第三紀元，現在早已成為昔日歷史，而所有陸地的形狀也都經歷了莫大變遷。但哈比人當年居住的地區，肯定和當今相同，位於海洋以東的舊世界西北方。比爾博年代中的哈比人並不清楚他們的起源地，他們普遍對學習不感興趣（除了家族傳說），但古老家族中還有少數成員會鑽研書籍，甚至還從精靈、矮人與人類那搜集了關於古代和遙遠區域的情報。他們自己的紀錄只從定居於夏郡後開始，而他們最古老的傳說則幾乎不會追溯到他們的流浪時代之前。不過，從這些傳說與他們的特殊用語及風俗中，可以發現和其他種族相同的是，往昔的哈比人也曾往西遷徙。哈比人最早期的故事，似乎揭露出他們曾居住在安都因河上游河谷，地點位在巨綠森樹蔭下和迷霧山脈之間。至於他們日後為何踏上橫越山脈進入伊瑞亞多的艱苦路程，現在已經無人知曉。他們自己的說法提及世界上大幅增加的人類，也述說到一股籠罩森林的陰影，當地因此陷入黑暗，並獲得新名稱：幽暗密林。

跨越山脈前，哈比人已經分為三支不同的部族：毛腳族[2]、史圖爾族[3]和白膚族[4]。毛

---

2 Harfoots，由舊式用語「hairfoot（毛腳）」轉變而成。它代表古英文中的 hǣr-fōt，與後來的型態 herfoot。此處採意譯。

3 譯注：Stoors，早期英文中的 stor 和 stoor 代表「高大」或「強壯」。托爾金建議音譯。

4 譯注：Fallohides，由現代英文已不使用的舊式字義「fallow（淡色）」與「hide（皮膚）」組成，意指「白膚（Paleskin）」；托爾金建議意譯。

腳族的膚色較棕，身材較矮，他們沒長鬍鬚，也不穿靴子。他們的手腳敏捷矯健，偏好高地與山坡。史圖爾族的身材更壯碩結實，手腳則更粗大。他們喜歡平地和河畔。白膚族的皮膚與髮色更淡，身材比其他支脈更高瘦，熱愛樹木與林地。

毛腳族在古代與矮人的關係緊密，也長期住在山腳下的丘陵地。他們早期就往西遷徙，並在伊瑞亞多流浪，足跡遠至風雲頂，此時其他部族都還留在大荒原。他們是最正常也最具代表性的哈比人部族，人數也最多。他們喜歡居住在同一個地點，長期下來也保留著居住在隧道與地洞中的遠祖習慣。

史圖爾族長年待在大河安都因河畔，比較不避開人類。他們在毛腳族之後來到西方，並沿著喧水河南行；他們有許多族人在撒巴德和黑鬱地邊境之間住了很久，之後才再度往北遷徙。

人數最少的白膚族是支北方部族。比起其他哈比人，他們和精靈相處得更友好，在語言與歌謠上的造詣也比手工藝高。他們自古便喜歡狩獵，更勝於耕種。他們跨越了裂谷以北的山脈，沿著灰泉河往下游走。他們很快就到伊瑞亞多與其餘先來的部族一同混居，但由於他們較為大膽、也更愛冒險，使他們經常在毛腳族與史圖爾族的氏族中成為領袖或酋長。即便在比爾博的時代，也能在圖克家族與雄鹿地統領中觀察到白膚族的濃烈血脈。

在伊瑞亞多的西境，位於迷霧山脈與盧恩山脈之間的地帶，哈比人發現了人類與精靈。確實有一小批杜納丹人依然居住在此，他們是從西陸渡海前來的人類王族。但他們的人口銳減，在他們統治下的北方王國也衰敗為一片遼闊荒野。當地有空間能容納新來客，而哈比人不久便在此建立了井然有序的聚落。在比爾博的時代裡，大多的早期聚落已經消失許久，並被人們遺忘。但最先變得重要的一處聚落依然存在，不過規模縮減了不少；此地位於布理與周圍的切特森林一帶，離夏郡東方有四十哩遠。

哈比人肯定在早期年代中學會識字，並開始用杜納丹人的方式進行書寫，而杜納丹人多年前則從精靈那學到這種技術。在那些日子裡，哈比人也遺忘了他們先前使用過的語言，此後一律使用通用語，該語言也被稱為西方語，從亞爾諾到剛鐸的所有王族國境；從貝爾法拉斯到盧恩山脈之間的沿岸都使用這種語言。但他們保留了幾個屬於自己的字眼，月分與日期的名稱，還有更多出自遠古的個人姓名。

約莫在此時，哈比人之間的傳說開始成為擁有年分的歷史。在第三紀元一六〇一年時，白膚族兄弟馬丘與布蘭科從布理出發；取得佛諾斯特的至高王[5]同意後，他們便率領大批哈比人跟隨者跨越棕色的巴蘭都因河。他們穿過在北方王國勢力高峰期興建的石拱橋，占領了橋梁彼端的所有土地，並在當地定居，地點位於河流與遠崗之間。北方王國對他們唯一的要求，是要他們修繕大橋與其他橋梁和道路，以利國王的信使們通行，並承認他的王權。

[5] 剛鐸的紀錄指出這是亞格列布二世（Argeleb II），北方王室的第二十代君王，三百年後的亞伐杜伊（Arvedui）則成為該王室的末代帝王。

夏郡曆法就此展開，跨越烈酒河（哈比人為這條河改了名）那年成了夏郡元年，此後所有日期也衍生於此。[6]西方的哈比人立刻愛上了這塊新土地，他們也居留在當地，很快就再度從人類與精靈的歷史中消聲匿跡。當國王還在位時，他們便是他名義上的臣民，但他們其實受到自己的酋長統治，也完全不參與外界的事件。當對抗安格馬巫王的最後戰役在佛諾斯特展開時，他們派遣了幾名弓箭手前往援助國王，但這是他們的說法，人類紀錄中沒有任何關於這件事的記載。北方王國在戰役中滅亡，哈比人隨後則將該地占為己有，並從自己的領袖中選出一名領主，以便維繫已故國王的權力。一千年來，他們鮮少遭受戰火威脅，並在黑瘟疫（夏曆三十七年）後蓬勃繁衍，直到長冬的災難與隨後發生的饑荒。當時有數千名哈比人喪命，但在本篇故事的時代，饑荒時期（一一五八年至一一六〇年）早已逝去，哈比人也再度習慣了豐饒生活。大地肥沃，生機蓬勃，儘管當他們來到此地時，一切看似廢棄，但先前曾飽經耕種，國王也在此擁有許多農場、田地、葡萄園與林子。

從遠崗蔓延四十里格[7]到烈酒橋，並從北高沼延伸五十里格到南方沼澤區，哈比人將此地稱為夏郡，作為他們領主所治理的地帶，同時也是塊井然有序的區域。在世上的舒適角落中，他們過著條理分明的生活，也越來越不在乎妖物出沒的外界，直到他們認為和平與繁榮正是中土世界的生活之道，也是所有理智人民的權利。他們遺忘或忽視了自己對守護者們的些許認知，也忘卻了讓夏郡享有長期平靜的人們所付出的努力。他們其實活在保護下，但早已遺忘。

從來沒有任何哈比人愛好戰爭，他們也從未發生內鬥。昔日在險惡世界中，他們自然曾被迫為了捍衛自己而戰，但在比爾博的時代裡，那已經成了遠古歷史。在本篇故事展開前，最後一場，同時也是唯一發生在夏郡境內的戰役，早已不復記憶——夏曆一一四七年的綠原之戰（Battle of the Greenfields），班多布拉斯．圖克在此戰役中驅逐了歐克獸人的入侵。就連氣候都變得溫和許多，曾一度在嚴峻白冬從北方前來肆虐的狼群，現在都成了老爺爺口中的故事。因此，儘管夏郡依然存放了一些武器，卻大多只充當戰利品，掛在壁爐頂端或牆上，或被收入米丘窟的博物館。人稱此處為馬松屋。哈比人將任何沒有急用，自己卻不願丟棄的物品稱為馬松。他們的住處經常塞滿馬松，許多不斷易手的禮物都是這類物品。

不過，這支生活得輕鬆平靜的種族依然擁有相當堅韌的性格。一旦有危機發生，便難以恫嚇或殺害他們。儘管他們如此熱衷良好事物，但危機發生時，也能省去這些東西，還能在悲傷、敵人或天氣的侵擾下存活。這種態度會使對他們不熟悉、也只注意到他們的肚子和吃飽喝足的臉孔的人，感到震驚不已。儘管他們不太容易起爭端，也不會為了好玩殺害生物，但他們在困境中十分頑強，有必要時也能使用武器。他們善於使弓，因為他們視

6　因此，在夏郡紀年的日期上加上一千六百，就能算出精靈與杜納丹人在第三紀元中採用的年分。

7　譯注：一里格約為四．八二八公里。

力敏銳百步穿楊。也不只使用弓箭而已，如果有任何哈比人彎腰撿起石頭，最好趕緊找掩護，任何擅自進入他們地盤的野獸們都清楚這點。

所有哈比人原本都居住在地洞中，或該說這是他們自己的認知，他們在這種住處也最感到自在。但隨著時間過去，他們也被迫採用其他的居住方式。其實在比爾博的時代，只有夏郡最富有和最貧窮的哈比人維持著舊傳統。最貧苦的哈比人繼續住在極為原始的地洞中——那只不過是普通的洞穴，通常只有一扇，或根本沒有窗戶。生活優渥的族人依然會根據昔日簡樸的樣式，建造出豪華的地洞。但適合這些大型分支隧道（或稱史密爾）的地點並不好找。當哈比人在平地與低窪地區中的人口增長時，他們便開始在地面上建造住所。的確，即便在丘陵地帶和較古老的村落，像是哈比屯和塔克鎮，或是在夏郡的主要城鎮（白崗上的米丘窟），當今都有許多以木頭、磚塊或石塊打造而成的房屋。磨坊主、鐵匠、製繩匠和車匠都特別偏好這種住處。即便當他們有地洞可住時，哈比人也早已習慣建造小屋與工作室了。

建造農舍與穀倉的習慣，據說是從住在烈酒河旁的沼地居民所展開的。東區的哈比人身材高大、雙腿粗厚，也會在陰天穿上矮人的靴子。但眾所皆知，他們有濃烈的史圖爾族血統，可以從他們下巴上的鬍鬚看出這點。沒有任何毛腳族和白膚族會長鬍子。的確，沼地與河流以東的雄鹿地（他們日後占領此地）的居民，大多都在晚期才從南邊進入夏郡。他們依然擁有許多特殊姓名與奇異用語，在夏郡別處都無人使用。

與許多其餘技術一樣的是，他們很可能從杜納丹人身上學到了建築技術。但哈比人也有可能直接從精靈身上學會這種技術，精靈們曾是人類遠古時期的導師。因為高等精靈尚未捨棄中土世界，當時也依然住在西邊的灰港岸，和其他離夏郡不遠的地區。在西方邊境外的塔丘上，依然能看見源自亙古的三座精靈高塔。位於遠處的它們，在月光下閃閃發光。最高的塔處在更遠的位置，獨自矗立在一座翠綠土丘上。西區的哈比人說，可以從那座高塔頂端看到大海，但從來沒有哈比人登塔過。確實只有少數哈比人見過大海或航行渡海，回來報告狀況的人就更罕見了。大多哈比人對河流與小船都有很深的偏見，會游泳的哈比人也不多。而隨著夏郡的時光流逝，他們便愈來愈少與精靈交談，並開始畏懼精靈，也不信任曾和他們打過交道的精靈們。大海成了他們之間的恐怖字眼，也象徵了死亡，他們隨之遠離了西方丘陵。

建築技術或許來自精靈或人類，但哈比人用自己的方式打造房屋。他們不蓋高塔。他們的房屋通常又長又矮，裡頭非常舒適。最古老的建築的確只是史密爾的仿造品，屋頂鋪設了乾草或稻草，或是以草皮搭建，牆壁也有些圓凸。不過，那屬於夏郡早年階段，自從向矮人學習技術、或他們自己發現的手法所加強，哈比人的建築已經有了改變。哈比人建築中唯一殘留的主要特色，便是對圓窗和圓門的喜愛。

夏郡哈比人的房屋和地洞的尺寸經常相當龐大，其中居住了大型家族。（比爾博和佛羅多·袋金斯是極為稀少的單身漢，他們的許多其他習慣也與眾不同，像是與精靈之間保持的友誼。）有時候，像是在大史密爾中的圖克家族，或是烈酒廳的烈酒鹿家族中，好幾個世代的親戚都和平地（相對而言）同住在一座滿布隧道的祖宅中。整體而言，所有哈比人都有氏族習性，也非常注重他們的親屬關係。他們會以無數支系，畫出漫長而複雜的族譜。和哈比人打交道時，記得他們之間的親族關係與輩分，是十分重要的課題。就這些故事背景時代下的重要家族要員而言，本書無法製作包含他們的詳細族譜。《西境紅皮書》結尾的族譜本身已算得上是本小書，而除了哈比人以外的讀者，都會覺得該書內容沉悶無比。如果內容精確的話，哈比人便喜愛這類文獻：他們喜歡擁有自己已經清楚內容的書，裡頭的資料平鋪直敘，毫無矛盾可言。

二、關於菸草

關於昔日的哈比人，還得提到一件令人驚奇的習慣：他們會用黏土或木頭製的菸斗，吸收或吸入燃燒某種藥草葉片後產生的煙霧，他們將此藥草稱為菸草或菸葉，它可能是某種菸草屬的亞種。這種特殊風俗（哈比人偏好稱之為「技藝」）的起源有大量謎團。所有相關的古代資料，都是由梅里雅達克．烈酒鹿（日後的雄鹿地統領）搜集而成，而既然他和南區菸草在之後的歷史占有一席之地，我們或許就能引用他為其著作《夏郡藥草學》（*Herblore of the Shire*）寫下的介紹語——

「這門技藝，」他說，「肯定是我們獨創的風俗。儘管無人知曉哈比人何時首度開始抽菸，所有傳說與家族歷史都自然接受了這項習慣；數世紀以來，夏郡的人民抽了各種不同的藥草，有些味道較臭，有些則較為甘甜。但所有紀錄都同意，是南區長底鄉的托伯．吹號者首度在他的花園裡種出真正的菸草，當時是艾森格林二世的時代，約為夏郡曆法一〇七

○年。最棒的自產菸草依然來自該地區，特別是當代人稱長底葉、老托比與南星的品種。

「沒有文獻記載老托比如何找到這種植物，因為直到嚥氣那天，他也不願透漏這件事。他對藥草相當熟識，但他並非旅行者。據說他在年輕時經常前往布理，不過那肯定就是他離開夏郡所到最遠之處。因此很有可能的是，他在布理聽聞了這種植物，而它目前仍生長在當地山丘的南坡上。布理的哈比人聲稱自己是最早抽菸草的人。當然了，他們宣稱自己做的任何事，都比夏郡的人民還要早，他們也將夏郡的哈比人稱為『殖民者』。但在這件事上，我想他們的主張應該屬實。而在近來幾世紀中，抽菸草這門技藝肯定是從布理傳到矮人與其他人之間，像是遊俠、巫師或流浪者，這些人依然會經過那座古老的道路交會點。因此，布理的老酒館『躍馬旅店』成為這門技藝的家鄉與中心；打從古時候開始，蜂斗菜家族便經營著這家旅店。

「總之，根據我在南方多趟旅程中所做的觀察，我相信菸草本身並非我們家鄉的原生物種，而是來自安都因河下游，我猜原本是西陸人類渡海時帶來的。它在剛鐸生長得非常茂密，在當地長得比北方更豐厚而大株；北方的菸草從未生長在野外，只在長底鄉等溫暖的保護地中才變得欣欣向榮。剛鐸人民將它稱為甜花，也只重視它花朵的香氣。在伊蘭迪爾登陸到我們的時代之間，肯定有人帶著它沿著綠道往北走。但就連剛鐸的杜納丹人都將之歸功於我們：哈比人是首批用菸斗抽菸草的民族。就連巫師也沒比我們早想出這點子。不過我認識的一名巫師多年前就已學會這門技藝，並把它練得和其餘他花心思學習的事物一樣熟練。」

三、夏郡風土

夏郡可分為四個區域，也就是先前提過的「區」：北區、南區、東區與西區。這些地區還能再區分為諸多領地，這些領地則依然擁有昔日大家族的名稱，不過到了本故事的時代，這些家族已不再只居住在自己的領地內。幾乎所有圖克家成員都住在圖克地，但其他家族則不然，像是袋金斯家或波芬家。在四區外，還有東境與西境：雄鹿地（第一五二頁）與西境則於夏曆一四五二年併入夏郡。

此時的夏郡幾乎沒有「政府」。大多家族都自行管理內務。種植食物和進食占去了他們大部分時間。一般而言，他們處理其餘事項時都相當慷慨而不貪心，既滿足又誠懇，因此通常在數個世代中，不動產、農場、工作坊和小生意都不會有任何變化。

當然了，當地依然保有與佛諾斯特的至高王有關的古老傳統，他們稱當地為北堡，該地位在夏郡北方遠處。但那裡已有近一千年沒有國王，就連王族的北堡遺跡都已綠草叢生。

但哈比人依然提到野人與邪惡生物（像是食人妖），並說這些傢伙從沒聽說過國王的事。因為他們將自己的基礎律法全歸功於古代國王，通常也自主地遵守法則，因為這正是古老而剛正不阿的「鐵律」（照他們的說法）。

多年來圖克家族確實勢力龐大，因為領主一職在數世紀前流傳到他們身上（傳自老雄鹿家族），圖克家族的家長自此便總會接下該頭銜。領主是夏郡議會的主席，也是夏郡集結和哈比人民兵的統帥。但由於議會與集結只會在不再發生的緊急情況時召開，因此領主已經成了榮譽稱號。圖克家族依舊受人崇敬，因為該家族人口眾多且家財萬貫，每個世代都出現過習慣特異的奇人，甚至還有人性好冒險。不過，後者這種特性現在僅僅受到容忍（在富人之間），並缺乏廣泛認同。儘管如此，人們依然習慣稱家族領袖稱為圖克閣下，有需要的話，還會為他的名字加上數字——像是艾森格林二世。

夏郡此時唯一的真正官員，是米丘窟（或夏郡）的市長，每七年都會在萊斯節[1]時，在白崗的自由市集選出職位當選人。市長的唯一職責，只有主持夏郡假日時經常舉辦的饗宴。但市長得兼顧郵政局長和夏警總長的職務，因此他得管理信差服務和守望隊。這些是僅有的夏郡公職，信差們的數量在兩者間最多，職務也最繁忙。並非所有哈比人都受過教育，但會寫字的哈比人總會不斷寫信給住在一個下午路程外的朋友們（以及一部分親戚）。

哈比人稱呼他們的警察為夏警[2]，這是他們最接近警察的職位。他們自然沒有制服（此時尚未發明），只在帽子上插了根羽毛，比起警察，他們的工作更像是村警，較常管理亂跑的家畜，而非人民。整個夏郡只有十二名夏警，每個區中有三位，負責處理內部事務。

有必要時，他們會僱用人數不一的更大批警力，以便「巡邏邊境」，不讓任何種類的大小外來者惹出麻煩。

在本故事開始時的時代裡，這些人稱邊境守衛的警力數量已大幅增長。有許多傳言與申訴都提到在邊境出沒、甚或踏入境內的古怪人群與生物：這是反映出異常情況的第一項徵兆，而除了在遠古的故事與傳說中外，世道總是太平如昔。很少人注意這種徵兆，就連比爾博都還沒察覺它所預告的未來。自從他踏上那場令人難忘的旅程後，已經過了六十年。即便對經常活到一百歲的哈比人而言，他也已邁入垂暮之年；但他帶回來的巨富顯然仍舊沒有耗盡。他從未對他人揭露剩餘寶藏的多寡，就連對他最鍾愛的「侄子」佛羅多也不例外。他也依然祕密收藏著自己找到的戒指。

1 譯注：Lithe，布理曆法中的第六個月。

2 譯注：Shirriff，源自英文中「治安官／警長」（sheriff）的古代寫法，意指「夏郡警官（shire officer）」。托爾金將該字用來和夏郡連結。

四、尋獲魔戒

《哈比人》中提過，偉大的巫師灰袍甘道夫有天造訪了比爾博的家門，還有十三名矮人與他同行——正是王族後裔索林．橡木盾與他的十二名流亡同伴。讓比爾博大感訝異的是，自己與他們一同在四月某天早上啟程，當年是夏曆一三四一年。他們踏上了前往遙遠東方河谷城的伊瑞柏之下，找尋山下王族埋藏在矮人寶庫中的寶藏。任務相當成功，看守寶庫的巨龍也遭到消滅。然而，五軍之戰在眾人奪回寶藏前發生，索林就此殞命，當時也發生了不少知名事蹟。但這件事對日後歷史的影響微乎其微，要不是在途中發生的一場「意外」，就可能只在第三紀元的漫長編年史中得到區區一段注記。當一行人前往大荒原時，在迷霧山脈的山路上遭到歐克獸人襲擊，比爾博因緣際會地短暫迷失在山底深處的漆黑歐克獸人礦坑中。當他在黑暗中無助地摸索時，他的手便碰到了一只落在隧道地面的戒指。他把戒指放入口袋。當時這似乎只是運氣。

試圖找到出路的比爾博，一路往山脈底部的深處走，直到他無法繼續前進。隧道底部有座遠離光明的冰冷湖泊，咕嚕就住在水中的岩島上。他是個噁心的矮小生物——他用扁平的大腳划著小船；閃爍的蒼白雙眼窺視四周；再以修長的手指抓住盲魚，生吃牠們。如果他能抓到任何生物，並在不需打鬥的狀況下勒死對方的話，就算是歐克獸人，他也會把對方吃下肚。他擁有一項數世紀前得到的祕寶：一只能讓配戴者隱形的金戒指。這是他摯愛的物品，是他的「寶貝」，他還會對它說話，即便戒指不在他身上時亦然。當他出外狩獵或監視礦坑裡的歐克獸人時，他都會把戒指安全地藏在他小島上的洞裡。

當他們碰面時，如果他身上帶有戒指，或許就會立刻攻擊比爾博。但戒指不在，哈比人手中還握了把充當長劍使用的精靈小刀。於是為了爭取時間，咕嚕用謎語遊戲向比爾博發起挑戰，並說如果他問出比爾博猜不透的謎語，他就會殺死並吃掉比爾博。但如果比爾博擊敗他，他就會照比爾博說的做：帶比爾博前往離開隧道的出路。

由於比爾博絕望地在黑暗中迷路，進退兩難，於是他接受了這項挑戰。他們問了彼此許多謎語。最後比爾博贏得遊戲，靠的是運氣（狀似如此）而非機智，因為最後他想不出謎語，當他的手摸到自己撿起但遺忘的戒指時，便脫口喊道：「我口袋裡有什麼？」咕嚕回答不出來，不過他要求猜三次。

就謎語遊戲的嚴格規則而言，最後一題究竟只算是「問題」還是「謎語」，權威人士們確實對此進行了爭辯。但眾人都同意，既然接受並試圖猜出答案，咕嚕就得受到自己的誓言制約。比爾博也逼他實現承諾。儘管這種諾言非常神聖，而除了最邪惡的生物外，自古以來的眾生都畏懼破壞這類承諾，他卻依然覺得這溼黏的生物可能會反悔。但獨居在黑暗中數世紀後，咕嚕長出了一副黑心腸，心中也早有反叛的念頭。他偷偷溜走，並回到黑暗湖水中不遠處的島上，比爾博則對小島的存在一無所知。他以為戒指還在島上。他又餓又氣，等他拿到自己的「寶貝」，就不會畏懼任何武器了。

但戒指不在島上，他失去了戒指，戒指也從此消失。他的淒厲尖叫使比爾博感到毛骨悚然，不過他還不明白發生了什麼事。但咕嚕終於猜出了一個答案，儘管為時已晚。「它口袋裡有什麼？」他叫道。他眼中放出宛如綠焰的凶光，並衝回去打算殺死哈比人，奪回他的「寶貝」。比爾博及時察覺危機，連忙盲目地衝上遠離湖水的通道；他再度受到好運的眷顧。狂奔的他把手放入口袋，戒指則靜靜地套上他的手指。於是當咕嚕經過他身旁時，便完全沒看見他，再跑去看守出路，以免「小偷」逃跑。比爾博小心翼翼地跟著他，咕嚕一路咒罵，並自言自語地談起他的「寶貝」；從他的口中，比爾博終於猜出了真相，希望也從黑暗中來到他心裡——他找到了一只神奇的戒指，和逃離歐克獸人與咕嚕的機會。

最後他們停在一處通往礦坑下層大門的隱匿出口，地點位於山脈東側。咕嚕蹲在那，一面仔細嗅聞並傾聽。比爾博則打算用劍殺了他。但憐憫使他打消殺意，儘管他握有戒指，這是他唯一的希望，但他不願用它來幫助自己殺害處於劣勢的悲慘生物。最後，他鼓起勇氣，在黑暗中飛身躍過咕嚕，並沿著通道逃跑，他的敵人充滿恨意與絕望的叫聲則隨後飄來：「小偷，小偷！袋金斯！我們永遠恨它！」

奇怪的是，這並非比爾博一開始告訴他同伴的故事。在他告訴他們的說法中，如果他贏得比賽，咕嚕就答應給他一件禮物。但當咕嚕回去島上拿禮物時，卻發現寶物早已不見蹤影——那是枚魔法戒指，是多年前他在生日得到的禮物。比爾博猜這就是他找到的戒指，而既然他贏得比賽，戒指自然屬於他。但由於身處險境，因此他什麼也沒說，並要咕嚕帶他去找出路，作為獎勵而非禮物。比爾博將這版本寫在他的回憶錄中，他似乎也從未改變自己的說法，即便在愛隆會議後也沒有變。這顯然依舊是原本《紅皮書》中的版本，也出現在不少複本與摘要中。但有許多複本描述了真實狀況（做為不同說法），來源肯定是佛羅多或山姆懷斯的筆記，因為兩人都清楚真相，不過他們似乎不願刪掉老哈比人寫下的紀錄。

但聽到比爾博一開始的說法時，甘道夫就不相信內容，他也持續對戒指抱持強烈好奇。最後在諸多質問後，他終於從比爾博口中逼問出真相，使他們的友誼一度陷入緊張；但巫師似乎認為真相至關重要。儘管他沒對比爾博這麼說，但他也覺得善良的哈比人剛開始居然沒有說出真相，使這件事變得更重大且令人憂心——這和比爾博的習慣完全相反。而且，「禮物」的概念並不單單是哈比人式的原創想法。比爾博坦承，他是從咕嚕口中聽來的話得到靈感；因為咕嚕的確稱呼戒指是他的「生日禮物」許多次。甘道夫也覺得這點古怪而可疑，但他在多年後才發現真相，本書也將闡述那段過程。

此處就不再多提比爾博日後的冒險。有了戒指的幫忙，他逃離了大門旁的歐克獸人守衛，並重新加入他的同伴們。他在旅程中多次使用戒指，主要是為了協助他的朋友們；但他盡可能不對他們洩漏戒指的祕密。當他返回家園後，他從未對任何人再提起過戒指的事，除了甘道夫與佛羅多以外，他相信夏郡沒有別人知道戒指的存在。他只讓佛羅多看過自己撰寫的旅程紀錄。

比爾博將他的劍「刺針」掛在壁爐上，並將他的華麗鎖子甲借給米丘窟的馬松屋，那是矮人從巨龍寶庫中送給他的禮物。但他把自己在旅途中所穿的舊斗篷與兜帽收在袋底洞的抽屜裡；掛在纖細鏈子上的戒指，則留在他的口袋中。

他在五十二歲那年（夏曆一三四二年）的六月二十二日回到袋底洞的老家，此後的夏郡平安無事，直到袋金斯先生開始籌劃慶祝他一百一十一歲的生日（夏曆一四〇一年）。此時這段歷史揭開了序幕。

夏郡紀錄附注

在第三紀元結尾，哈比人在使夏郡加入重聯王國的偉大事件中所扮演的角色，讓他們對自己的歷史產生了更廣泛的興趣。他們搜集了當時仍主要以口頭方式保存的諸多傳統，並寫下文字紀錄。大家族們也關心起王國中的事件，他們許多成員則鑽研了它的古老歷史與傳說。到了第四紀元的第一個世紀時，夏郡就已經有好幾座收藏大量歷史書籍與紀錄的圖書館了。

最大型的館藏可能位於塔底鄉、大史密爾和烈酒廳。本篇關於第三紀元結尾的故事，主要取材自《西境紅皮書》。魔戒之戰（War of the Ring）歷史最重要的那本史料如此得名，是由於它被長期收藏在塔底鄉，也就是擔任西境護衛[1]的美兒家族的家園。它原本是比

[1] 參見附錄B：年鑑一四五一年，一四六二年，一四八二年；與附錄C結尾的附注。

爾博的私人日記，他也將日記隨身帶到裂谷。佛羅多把它和大量零散的筆記帶回夏郡，而在夏曆一四二〇年至一四二一年，他幾乎用自己在戰爭中的經歷填滿了這些書頁。但和這本日記一同保存起來的，還有可能收藏在紅盒中的三本紅皮大書；這些是比爾博送給他的離別贈禮。除了這四本書外，在西境還加入第五本書，內容包含評注、家譜和與護戒隊中的哈比人成員有關的資料。

原版《紅皮書》並沒有保存下來，但當年留下了許多複本，特別是第一冊的複本，以供山姆懷斯閣下子嗣的後代使用。不過，最重要的複本有段不同的歷史。它留存在大史邁爾，但寫於剛鐸，可能是由於皮瑞格林曾孫的要求而撰寫，並於夏曆一五九二年完稿（第四紀元一七二年）。它的南方抄寫員加上了這段注記：御用書記芬德吉爾於第四紀元一七二年完書。這和米那斯提力斯的《領主之書》（*Thain's Book*）的所有細節一致相同。那本書是在伊力薩王要求下製作的《佩里亞納斯紅皮書》（*Red Book of the Periannath*）複本，當皮瑞格林領主於第四紀元六十四年前往剛鐸養老時，便將本書帶給他。

《領主之書》因此成為《紅皮書》的第一本複本，其中包含了諸多日後遭到刪減或遺漏的片段。它在米那斯提力斯得到大量注解和不少修訂，特別是以精靈語言寫成的姓名、詞彙與引句；其中還編入了〈亞拉岡與亞玟的故事〉（*The Tale of Aragorn and Arwen*）不在魔戒之戰紀錄中橋段的精簡版。完整版本的故事據說是由宰相法拉米爾的孫子巴拉希爾所寫，時間約莫在國王駕崩後。但芬德吉爾文本的主要重要性，在於僅有它包含了比爾博的《精靈文譯本》（*Translations from the Elvish*）。這三冊典籍是高超技藝與淵博學識下的作品，在一四〇三年到一四一八年之間，他走訪了裂谷中的各類人士與文獻資料以作為參考。但既然佛羅多鮮少使用這些典籍，因為內容幾乎完全與遠古年代有關，在此就不再多做贅述。

既然梅里雅達克和皮瑞格林都成為他們大家族的家長，同時也維持著他們與洛汗和剛鐸的聯繫，雄鹿堡與塔克鎮的圖書館便擁有許多沒出現在《紅皮書》中的資料。烈酒廳中有不少關於伊瑞亞多與洛汗歷史的著作。有些書本由梅里雅達克親自整理或撰寫，不過他在夏郡主要以《夏郡藥草學》和《曆法論》（*Reckoning of Years*）聞名；他在後者中討論了夏郡和布理的曆法，與裂谷、剛鐸與洛汗的曆法之間的關係。他也寫了篇名叫〈夏郡的古老用語與名稱〉（*Old Words and Names in the Shire*）的短論文，展現出他對發掘洛汗語和馬松等「夏郡詞彙」與地方名稱中的古老元素之間的關聯。

在大史密爾，這些書對夏郡居民而言沒有多大意義，但對宏觀歷史而言卻更為重要。這些書都不是皮瑞格林的著作，但他和後繼者們收集了許多由剛鐸抄寫員寫下的手稿：主要是複本或綱要，內容涵蓋與伊蘭迪爾和他的傳人們有關的歷史或傳說。只有在夏郡此處，才能找到關於努曼諾爾和索倫崛起的廣泛史料。《年分史》（*The Tale of Years*）[2]可能是在

2　附錄B中呈現了到第三紀元結尾為止的縮減版。

大史密爾編撰而成，梅里雅達克所收集到的資料也提供了協助。儘管其中的日期經常出自臆測，特別是關於第二紀元，這些書籍依然應該受到重視。梅里雅達克很可能從裂谷取得了協助與資訊，他曾不只一次造訪該處。儘管愛隆早已離去，但他的兒子們和某些高等精靈長居當地。據說當格拉翠兒離開後，凱勒彭便移居到裂谷；但沒有紀錄注明最後他於何時前往灰港岸，而隨著他的離去，中土世界遠古時代的最後一絲回憶也就此消失。

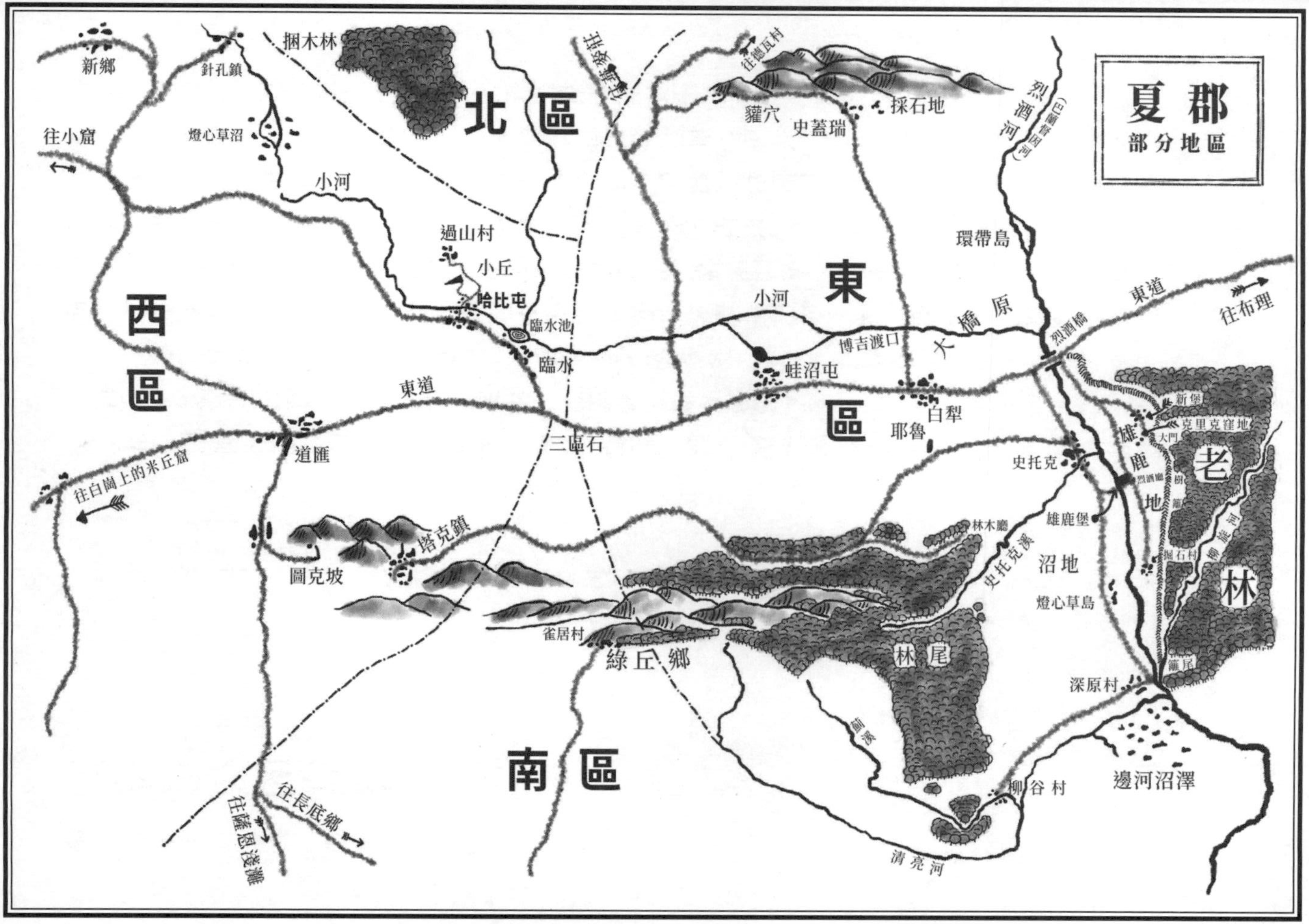
夏郡
部分地區
北區
西區
東區
南區
新鄉
針孔鎮
燈心草沼
往小窟
捆木林
小河
過山村
小丘
哈比屯
臨水池
臨水
東道
道匯
往白崗上的米丘窟
三區石
塔克鎮
圖克坡
雀居村
綠丘鄉
往長底鄉
往薩恩淺灘
往德瓦村
羅穴
史蓋瑞
採石地
烈酒河
（巴蘭督因河）
環帶島
小河
蛙沼屯
博吉渡口
大橋原
耶魯
白犁
烈酒橋
東道
往布理
史托克
新堡
克里克窪地
大門
雄鹿地
烈酒廳
樹籬
老林
柳條河
掘石村
籬尾
林木廳
史托克溪
雄鹿堡
沼地
燈心草島
林尾
深原村
邊河沼澤
柳谷村
清亮河

第一章——

期待已久的宴會

當袋底洞的比爾博．袋金斯先生宣布他不久將舉辦一場盛大宴會，用來慶祝他的一百一十一歲生日時，哈比屯的居民便大為興奮地議論紛紛。

比爾博非常富裕，並且特立獨行，自從他驚人的消失與出人意料的歸來後，六十年來，他一直是夏郡當地的奇人。他從旅行中帶回來的財寶現在已成了當地傳奇，而無論老一輩怎麼說，大家都普遍相信袋底洞的小丘下全是塞滿寶藏的隧道。如果那還稱不上名氣的話，他長年累月的旺盛精力也令人嘖嘖稱奇。時光飛逝，但似乎對比爾博沒什麼影響。九十歲時的他，看起來和五十歲差不多。九十九歲時，他們開始稱他「保養有方」；但「毫無改變」更接近現實。有些人對此搖頭，覺得這絕非好事；居然有人（顯然）擁有永恆青春，還擁有（據說）無窮無盡的財富，感覺起來並不公平。

「這種事一定有代價。」他們說，「一點都不自然，肯定還會惹來麻煩！」

但麻煩到目前為止還沒出現，由於袋金斯先生總是樂於慷慨花錢，大多數人都願意原諒他的怪癖和好運。他依然經常拜訪他的親戚（當然，除了麻袋維爾袋金斯家以外），而他在貧窮又毫無權勢的哈比人家族中，也有許多衷心的仰慕者。但他沒有親密好友，直到他某些年輕的表親們開始長大。

這些表親中最年長的，也是比爾博最喜愛的對象，是年輕的佛羅多．袋金斯。當比爾博九十九歲時，他收養了佛羅多，讓對方成為自己的繼承人，再把對方帶到袋底洞同住，麻袋維爾袋金斯家的希望就此破滅。比爾博和佛羅多的生日恰好在同一天：九月二十二日。「你最好來和我一起住，佛羅多。」比爾博有天說，「這樣我們就能一起舒服地慶祝生日了。」當時佛羅多還處在青年期，哈比人以此稱呼童年與三十三歲成年間，不負責任的二十幾歲時期。

又過了十二年。每年袋金斯家都會在袋底洞舉辦盛大的聯合生日宴會，但現在大家都知道，有某種特殊計畫將在那年秋天舉行。比爾博將要滿一百一十一歲了，這是個奇特的數字，對哈比人而言也是備受尊崇的年紀（老圖克本人只活到一百三十歲）；佛羅多也即將年滿三十三歲，這是個重要的數字——象徵他即將「長大成人」。

哈比屯與臨水傳言四起，關於近來活動的謠言甚至傳遍了整座夏郡。比爾博．袋金斯先生的過往與個性再度成為當紅話題，老一輩們則忽然發現大家急需自己的回憶。

沒人比人稱老爹的老哈姆·甘吉擁有更專注的聽眾。他在常春藤叢滔滔不絕地發表闊論，那是位於臨水路上的一間小酒館。他說的話有些分量，因為他照顧了袋底洞的花園長達四十年，也曾協助先前同職務的老何曼。現在他已老態龍鍾，關節也變得僵硬，因此主要由他最年輕的兒子山姆·甘吉接手工作。父子倆都與比爾博和佛羅多的關係很好。他們住在小丘上，地址恰好在袋底洞底下的袋邊路三號。

「我總是說，比爾博先生是個談吐得體的溫和哈比人。」老爹聲稱道，這是千真萬確，因為比爾博對他非常有禮貌，不只稱他為「哈姆法斯特先生」，還持續請教他關於種植蔬菜的問題——在和馬鈴薯等根莖類植物有關的知識上，鄰里間（包括他自己）都將老爹視為頭號專家。

「但這個和他同住的佛羅多呢？」臨水的老諾亞克問道。「他姓袋金斯，但人們說他算是半個烈酒鹿家人。我完全搞不懂，為何有哈比屯的袋金斯家人會去雄鹿地找老婆，那一帶的人太古怪了。」

「他們性情古怪這點也不奇怪。」雙足老爹（老爹的隔壁鄰居）插嘴道，「畢竟他們住在烈酒河錯誤的一頭，還緊靠著老林。如果有一半的傳說屬實的話，那裡可是個壞地方。」

「你說得沒錯，老爺子！」老爹說，「雄鹿地的烈酒鹿家族不住在老林裡，但他們似乎是群怪人。他們在那條大河上瞎搞船隻——那一點都不正常。我說呀，難怪會出事。但說是這樣說，佛羅多先生是個好心的年輕哈比人。他非常像比爾博先生，還不只是外表像而已，他爸畢竟是袋金斯家人。卓哥．袋金斯是個善良的哈比人，直到他淹死前，都從來沒惹過麻煩。」

「淹死？」許多人說道。他們先前當然聽過這件事和其他更陰森的傳言，但哈比人熱愛家族歷史，也準備好再聽一次故事。

「哎，據說呀，」老爹說，「是這樣的：卓哥先生娶了可憐的普麗慕拉．烈酒鹿。她是我們比爾博先生母系家族的第一位表妹（她母親是老圖克最年輕的女兒），卓哥先生則是他的旁系堂弟。所以一旦去除這兩者，佛羅多先生就算是他的表弟和堂弟，你們聽得懂吧？婚後，卓哥先生就經常和他的岳父老哥巴達克統領待在烈酒廳（他熱愛美食，老哥巴達克也總是不吝設宴）。後來他去烈酒河上划船，結果他和他太太雙雙溺斃，當時可憐的佛羅多先生只是個孩子。」

「我聽說他們吃完晚餐後，就到月光下渡河。」老諾亞克說，「是卓哥的重量害船下沉的。」

「我聽說是她把他推下船，他隨後把她拉下水。」哈比屯的磨坊主人山迪曼說。

「你不該相信自己聽說的所有謠言，山迪曼。」老爹說，他不太喜歡這個磨坊主人。「根本不用談是誰推誰。對乖乖坐好、不想惹麻煩的人來說，船已經夠危險了。總之，佛羅多先生成了無依無靠的孤兒，待在你們口中那些古怪的雄鹿地人之間，並在烈酒廳長大。那裡肯定像個擁擠的兔子洞，老哥巴達克總有幾百個親戚住在那裡。比爾博先生把那孩子帶回正常人群中撫養，這是他做過最善良的事了。

「但我覺得這讓那些麻袋維爾袋金斯家人吃了一記悶棍。當年他離開家鄉，人們還認為他死了，他們原本以為會得到袋底洞，結果他回來趕跑了他們。他每天都活得好好的，而且絲毫沒有老態，老天保佑他！忽然間，他有了個繼承人，還準備好所有恰當文件。麻袋維爾袋金斯家現在永遠不可能住進袋底洞了，希望是不要啦。」

「我聽說，洞裡藏了很多錢。」有個陌生人說，他是從西區的米丘窟來辦事的訪客。「根據我聽到的傳言，你們小丘頂端的隧道裡全是塞滿金銀珠寶的箱子。」

「那你就聽說過我不曉得的事了。」老爹說，「我不曉得有什麼珠寶。比爾博先生花錢非常慷慨，他的錢似乎也花不完；但我沒聽過挖隧道的事。六十多年前，當比爾博先生回來時，我就看過他了，當年我還只是孩子。我剛當老何曼（他是我爸的表親）的學徒不久，但他帶我去袋底洞，幫忙他阻止人們在拍賣會進行時恣意跑進花園。事情進行到一半，比爾博先生忽然牽著小馬、幾個大袋子、還有幾只大箱子走上小丘。我相信裡頭大多是他在異國找到的寶藏，據說那裡有不少金山，但數量不夠填滿隧道。不過我兒子山姆比較清楚那些事，他老是進進出出袋底洞。他對古早的故事可有興趣了，也聽過比爾博先生的所有故事。比爾博先生教他識字——聽好了，比爾博先生可是出自好意，我也希望不會因此惹上麻煩。

「『精靈和龍族！』我對他說，『白菜和馬鈴薯才適合我和你。別去插手管比你厲害的人手上的事，不然你就會碰上無法解決的麻煩事。』我這樣告訴他。我可能也會向別人說同樣的話。」他補充道，邊看了陌生人和磨坊主人一眼。

但老爹沒有說服他的聽眾。比爾博的財富所帶來的傳奇，現在已根深蒂固地深植在年輕一代的哈比人心中。

「啊，但他一定增加了比一開始更多的財寶。」磨坊主人爭辯道，並說出大眾心聲。「他經常離家遠行。看看那些來拜訪他的外地人：晚上來訪的矮人，還有那個老流浪術士甘道夫等人。隨你怎麼辯解，老爹，袋底洞終究是個古怪的地方，裡頭的住戶更怪。」

「也隨你怎麼瞎扯自己根本不懂的事，你對這些事根本和划船一樣一竅不通，山迪曼先生。」老爹回斥道，也覺得比往常更不喜歡這名磨坊主人。「如果那算是古怪的話，那這一帶就該多來點怪人。即便附近有些人住在蓋有金牆的洞裡，也不願意請朋友喝上一杯啤酒。但袋底洞的住戶做事得體。我家山姆說每個人都會受邀參加宴會，還有禮物呢，聽好了，所有人都拿得到禮物——時間就是這個月。」

那個月正是九月，也是無比宜人的月分。一兩天後，有段謠言（可能是消息靈通的山姆放出去的）開始四處流傳，據說會有煙火——而且，還是在夏郡近一世紀沒人看過的盛大煙火，自從老圖克死後，就沒人看過那種光景了。

過了好幾天，大日子也逐漸逼近。某天傍晚，有台外型奇特的馬車上頭裝滿樣貌古怪的包裹駛進哈比屯，努力爬上小丘抵達袋底洞。訝異的哈比人們從亮著燈光的門口探頭窺視著它。吟唱奇異歌曲的外地人們駕著那輛馬車：他們是蓄著長鬍、頭戴兜帽的矮人。有幾個矮人留在袋底洞裡。在九月第二週的盡頭，有台馬車在光天化日下，從烈酒橋的方向穿越臨水而來。有個老人獨自駕車，他戴著尖頂藍色高帽，身穿灰色長斗篷，還戴了條銀色圍巾。他留了修長的白鬍子，濃密的眉毛則伸到帽緣外。嬌小的哈比人孩童們跑在馬車後頭，一路穿越哈比屯，並跑上小丘。他們猜得沒錯，車上確實裝了煙火。老人在比爾博的前門開始卸貨：裡頭有形形色色的大型煙火包裹，每個包裹上都標了紅色大G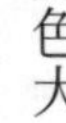和精靈符文。

那正是甘道夫的標誌，這位老人就是巫師甘道夫，他在夏郡的名聲主要來自他善用火焰、煙霧與光線的技巧。他的真正工作更為困難而危險，但夏郡居民對此一無所知。對他們來說，他只是宴會的「賣點」之一。因此哈比人孩童們興奮無比。「G代表超棒（grand）！」他們叫道，老人則露出微笑。他們見過他，不過他偶爾才會出現在哈比屯，也從未久留。除了最年邁的長輩之外，沒有人看過他的煙火表演，那種光景只留在傳說般的過往。

當比爾博和幾個矮人幫老人卸完貨物後，比爾博就給了孩童們一些零錢；但他們沒施放任何鞭炮或爆竹，使得旁觀者們感到失望。

「快走吧！」甘道夫說，「等時間到了，你們就會大開眼界。」接著他和比爾博一起消失在洞內，並關上門。年輕的哈比人們徒勞無功地盯著門看好一陣子，接著才動身離開，心裡覺得舉辦宴會的日子永遠不會到來。

在袋底洞中，比爾博和甘道夫坐在小房間敞開的窗口旁，房間則往西面對花園。靠近傍晚的下午依然明亮且平靜。鮮花綻放出紅色與金色的色彩——金魚草和向日葵欣欣向榮，布滿草皮圍牆的旱金蓮還長到圓窗邊緣。

「你的花園看起來真漂亮！」甘道夫說。

「是呀。」比爾博說，「我確實很喜歡它，也喜歡親愛的老夏郡；但我覺得我需要一段假期。」

「你想繼續你的計畫嗎？」

「當然了。好幾個月前，我就打定主意了，現在也沒有改變想法。」

「好吧。那我多說無益。繼續進行你的計畫吧——記好，是你的整場計畫。我希望這對你和我們所有人，都帶來最好的結果。」

「我希望如此。總之，我打算在星期四好好玩一場，還得開我的小玩笑。」

「到底有誰會笑呀？」甘道夫說，一面搖頭。

「我們等著瞧吧。」比爾博說。

隔天依然有源源不絕的馬車駛上小丘。有些人可能抱怨「幹嘛不在當地買」，但袋底洞在那週開始寄出訂單，購買所有能在哈比屯、臨水或臨近的任何地區中買到的糧食、商品或奢侈品。人們變得興高采烈，也開始在月曆上劃掉日子。他們期待地等待郵差，希望能收到邀請函。

邀請函不久就大量出現，哈比屯郵局也堵得水洩不通，臨水郵局更是宛如深陷雪中，也招募了志願助理郵差。他們絡繹不絕地走上小丘，身上帶了數百封彬彬有禮的回信，內容大致都是「謝謝你，我一定到場。」

袋底洞的大門上出現了一張告示：**非宴會相關人士請勿進入**。就連真的有事、或假裝自己有宴會要事得辦的人，都很少得到進門的許可。比爾博非常忙碌：寫邀請函、檢查回信、包裝禮物和做些私人準備。打從甘道夫抵達後，他就從未出現在外人面前。

當哈比人們有天早上醒來時，就看到比爾博前門南邊的大空地上，擺滿了搭建營帳與大型帳篷用的繩索與桿子。通往道路的土丘上挖出了一處特別出口，上頭建有寬闊臺階與白色大門。住在空地旁袋邊路的三戶哈比人家庭對此大感興趣，大眾也非常羨慕他們。甘吉老爹甚至不再假裝在自己的花園裡忙碌。

人們開始搭建帳篷。平地上有座特別大的帳篷，大到蓋過長在平地上的樹木，它驕傲地矗立在平地一端，位在主桌前方。樹枝上掛滿了吊燈。對哈比人而言更誘人的是：平地北邊蓋了座露天廚房。來自附近每家酒館與餐廳的廚師源源不絕地抵達，增加了矮人和其他待在袋底洞的奇異人士數量。眾人的興奮情緒升上了最高點。

天氣隨後變得烏雲密布。當時是星期三，也是宴會的前一晚，大家感到憂心忡忡。接著，九月二十二日星期四到了。太陽升上天空，雲朵盡數消散，旗子隨風飄揚，歡快的宴會就此展開。

比爾博．袋金斯稱它為宴會，但它其實是集所有娛樂於一身的場合。住在附近的人幾乎都接到邀請。只有極少數的人被意外遺忘，但由於他們依然登門造訪，因此這點就不重要了。許多來自夏郡其他地區的人也收到邀請，甚至還有幾個來自邊界外的賓客。比爾博在全新的白色大門旁親自迎接賓客（和額外的客人）。他送了所有人禮物——還有人從後門偷跑出去，再從前門重新進來。哈比人在自己的生日時會給別人禮物。通常不是非常昂貴的贈禮，也不會像這場宴會一樣奢華—但那不是個壞風俗。其實在哈比屯和臨水，一年中每天都有人過生日，所以那一帶每個哈比人每週都至少會收到一個禮物。但他們不曾厭倦。

這次的禮物異常優異，哈比人孩童們大感興奮，有陣子還幾乎忘了吃東西。裡頭有他們先前從未見過的玩具，所有的東西都巧奪天工，有些還顯然帶有魔力。許多禮物確實在一年前就訂好了，從孤山和河谷城一路載運過來，也都是真正的矮人作品。

當每位賓客都受到迎接，也終於進門後，就會浸淫在歌曲、舞蹈、音樂，自然還有佳餚與美酒之中。宴會中有三場正式餐點：午餐、午茶和晚餐（或宵夜）。但午餐與午茶主要是所有賓客坐下來一起用餐的時間。在其他時間裡，大批客人都自在地吃吃喝喝——過程從十一點多持續到六點半，此時煙火才開始施放。

煙火是由甘道夫所製作的，他不只帶來了煙火，還設計與製作它們。特殊效果、舞台道具和火箭都由他負責啟動。但宴會上也發送出大量爆竹、鞭炮、集束煙火、仙女棒、火炬燭、矮人蠟燭、精靈噴泉煙火、哥布林吠炮和震天雷。它們全都是一流產品。甘道夫的技術隨著年紀變得更加爐火純青。

有些火箭如同啁啾飛鳥般發出甜美的歌聲。有些像是翠綠樹木冒出黑煙的樹幹，它們的葉片瞬間如春天般綻放開來，閃爍的樹枝為訝異的哈比人們灑下耀眼花朵，在碰觸到人們仰望的臉孔前瞬間消失，只留下一股甘甜的氣味。湧泉般的燦爛蝴蝶群飛入樹木間。彩色火柱往上攀升並化為老鷹、帆船或騰空翱翔的天鵝。紅色雷暴和黃色雨滴彼此交織。隨著大軍開戰般的一聲吶喊，大批銀矛忽然衝上空中，再如同上百隻炙熱的長蛇，嘶嘶作響地俯衝進小河之中。還有個致敬比爾博的最後驚喜，它讓哈比人們嚇得屁滾尿流，這也正是甘道夫的計畫。燈光瞬間熄滅，一大股濃煙往上飄散。它的形體與遠方高山相仿，山頂正閃耀光芒，噴發出綠色與緋紅色的火舌。山中飛出了一隻紅金色的巨龍，尺寸並不像真龍，但整體生動逼真——牠口吐烈火，雙眼向下瞪視。牠發出一聲怒吼，在群眾頭頂來回呼嘯三次。他們全都蹲低身子，還有許多人立刻趴在地上。飛龍如同特快車般掠過，翻了個筋斗，隨後在臨水遠方震耳欲聾地爆炸。

「那就是晚餐的訊號！」比爾博說。痛苦和緊張感立刻煙消雲散，俯臥在地的哈比人們也立刻跳起身。對所有人而言，這都是頓豐盛的晚餐，說是所有人，但受邀參加特別家族晚宴的賓客則不算在內。那場晚宴在覆蓋大樹的大帳篷舉行。邀請函只有一百四十四分（哈比人也稱這數目為一籮，不過這種量詞不適合用在人身上）。賓客來自和比爾博與佛羅多有親戚關係的所有家族，還有幾位非親屬的特殊朋友（像是甘道夫）。其中有許多獲得父母同意而前來的年輕哈比人，哈比人通常不在意小孩熬夜，特別是當孩子們有機會吃到免費餐點時。扶養年輕哈比人得花費不少食物。

賓客中有許多袋金斯家和波芬家的成員，也有許多圖克家人和烈酒鹿家人。有許多葛魯伯家人（比爾博．袋金斯祖母的親戚），還有很多查布家人（Chubbs）（他圖克家外祖父的親屬），加上大批布洛斯家、博哲家、綳腹家、貛屋家、健體家、吹號者家和傲足家。

有些家族和比爾博的血緣關係非常淡，有些先前還幾乎沒來過哈比屯，因為他們住在夏郡的偏遠地帶。麻袋維爾袋金斯也沒被忘掉，奧索和他的妻子蘿貝莉亞都在場。他們不喜歡比爾博，也厭惡佛羅多，但由金色墨水書寫的邀請函十分華麗，使他們覺得無法拒絕。再說，他們的表親比爾博多年來專精料理，而他的宴席總是享有盛名。

一百四十四位賓客都期待著愉快的饗宴，不過他們非常害怕東道主的餐後演說（這是無可避免的環節）。他經常唸起自己稱為詩詞的東西，有時在一兩杯美酒下肚後，也會談到他神祕旅程中的荒唐冒險。賓客們並沒有失望，他們吃了頓舒服的大餐，其實還稱得上是包羅萬象的娛樂活動：豐富，量多，五花八門時間也很長。在隨後幾週內，這一帶的人幾乎都沒購買食物。由於比爾博供應的餐點耗盡了周圍數哩內的商店、酒窖和倉庫中的大多存貨，這點就不太有影響了。

饗宴過後（多少算結束了），演說就要開始。不過，在場多數人現在都抱持通融心態，當下是他們稱為「解饞」的開心時間。他們啜飲自己最喜歡的飲料，小口咬著最喜愛的佳餚，並遺忘了自己的憂慮。他們準備好聽任何故事了，也會在每個段落大聲歡呼。

「我親愛的人們呀。」比爾博開口道，一面站起身，「注意！注意！注意！」他們喊道，還合唱起了這句話，似乎完全不想遵守自己的說法。比爾博離開座位，站在明亮樹木下的椅子上。吊燈的光芒灑落在他微笑的臉孔，他的繡花絲質背心上的金鈕扣閃爍著光輝。他們都能看到站立的他，他在空中揮舞著一隻手，另一隻手則插在褲子口袋裡。

「我親愛的袋金斯家和波芬家，」他再度開口，「還有我親愛的圖克家和烈酒鹿家，還有葛魯伯家、查布家、布洛斯家、吹號者家、博哲家、繃腹家、健體家、獾屋家和傲足家！」「是傲腳啦！」帳篷後頭有個老哈比人叫道。他的姓氏正是傲足，這點名符其實——他的腳又大又多毛，兩隻腳也都擺在桌上。

「傲足家。」比爾博重述道。「還有我親愛的麻袋維爾袋金斯家，歡迎你們蒞臨袋底洞。今天是我的一百一十一歲生日：我今天滿一百一十一歲了！」「萬歲！萬歲！生日快樂！」他們喊道，並愉快地敲打桌面。比爾博表現得可圈可點。這就是他們喜歡的東西：簡短又明確。

「我希望你們和我一樣玩得開心。」震耳欲聾的歡呼聲隨之響起，大夥喊著對（和沒有）。喇叭與號角，風笛與長笛和其他樂器同聲響起。先前提過，有許多年輕哈比人在場。眾人拉響了數百支拉炮。大多拉炮上都有「河谷城」的字樣，這對大多哈比人而言毫無意義，但他們都同意這些是非常優秀的拉炮。裡頭裝有樂器，儘管尺寸嬌小，做工卻相當精緻，還能發出動人音律。的確，角落裡有些圖克家和烈酒鹿家的年輕成員，以為比爾博叔叔演講結束（因為他顯然已經說完所有必要台詞了），便展開了一段即興合奏，還奏出快樂的舞曲。艾佛拉德．圖克和梅莉洛特．烈酒鹿爬上桌子，手上拿著鈴鐺，並開始跳起躍圓舞——這是種格外活力奔放的漂亮舞蹈。

但比爾博還沒說完。他從附近的年輕人手裡搶來一只號角，並大聲地吹了三次。噪音因而迅速消散。「我不會拖你們太久。」他喊道。所有人都歡呼起來。「我邀請各位前來，是為了一個目的。」他說這句話時的某種感覺，使人們關切起來。群眾幾乎陷入死寂，還有一兩個圖克家人豎耳傾聽。

「沒錯，其實有三個目的！首先，我要告訴你們，我非常喜愛你們，能和這麼優秀又可敬的哈比人們住在一起，一百一十一年實在太短了。」眾人贊同地熱切鼓掌。

「我對你們之中半數人的了解不到一半，而對你們不到半數的人，卻連應有的一半喜歡都不到。」這句話出人意料，也相當難懂。有些人零星地鼓掌，但大多人都試著想清楚這段話，想知道這是不是讚美。

「第二，是為了慶祝我的生日。」歡呼聲再度響起。「我應該說：**我們的**生日。當然了，因為今天也是我的繼承人與侄子佛羅多的生日。他今天成年，也獲得繼承權了。」老一輩們敷衍地拍了拍手，有些年輕人則大聲喊道：「佛羅多！佛羅多！佛羅多老哥！」麻袋維爾袋金斯家人們拉下了臉，想知道「獲得繼承權」是什麼意思。

「今天我們有一百四十四人。你們的數目是為了符合這個優秀的總數——如果我可以這樣說的話，正是一籮人。」沒人歡呼。這太荒謬了。許多賓客感到受辱，特別是麻袋維爾袋金斯家，他們覺得自己受邀只是為了幫人充數，像是包裹中的商品。「一籮，還真的咧！真是粗俗的說法。」

「請容我談談昔日歷史，今天也是我乘著木桶抵達長湖上的伊斯加洛斯的週年紀念日，但那時我忘了自己當天生日。當年我只有五十一歲，生日感覺起來沒那麼重要。不過，宴席非常豪華，但我記得自己當時重感冒，也只能說：『匪常感歇你』。我現在能更清楚地再說一次：非常感謝你們來我的小宴會。」現場陷入難以排解的沉默。他們都擔心他即將唱歌或吟詩，而且他們已經感到無聊了。他為何不能停止說話，讓他們對他敬酒祝賀呢？但比爾博沒有唱歌或吟詩。他暫停了一下。

「第三，也是最後一點，」他說，「我希望宣布一件事。」他忽然用宏亮的音量說出最後幾個字，讓還清醒的人都坐挺了起來。「儘管如我所說，和你們待在一起，一百一十一年實在太短了；但我很遺憾地宣布，這就是結尾。我要走了，我要離開了，**現在，再見！**」

他走下椅子，並隨即消失。當場出現了一陣炫目強光，賓客們也都眨了眨眼。當他們睜開眼睛時，比爾博已經不見蹤影了。一百四十四名吃驚的哈比人，啞口無言地坐回位子上。老奧多·傲足把腳從桌上移開並跺腳。在場一片死寂，直到眾人深呼吸幾次後，袋金斯家、波芬家、圖克家、烈酒鹿家、葛魯伯家、查布家、布洛斯家、博哲家、繃腹家、獾屋家、健體家、吹號者家和傲足家的每個成員才忽然立刻開始談話。

大家都同意這是非常沒有品味的玩笑，也需要更多食物和酒水，才能安撫賓客們的震驚與惱怒。「他瘋了。我老是這樣說。」可能是最常見的評語。就連圖克家（只有少數成員例外）也覺得比爾博的行為十分荒唐。當下大多人都認為，他的消失只是荒謬的惡作劇。

但老羅利·烈酒鹿不太確信這點。年紀與豐盛晚餐都沒有使他的頭腦變慢，他對媳婦艾絲梅拉達說：「這件事有些詭異，親愛的！我相信瘋袋金斯又離開了。愚蠢的老傢伙。但有什麼好擔心的？他沒把食物帶走。」他大聲地要佛羅多再上一輪酒。

佛羅多是在場唯一沉默不語的人。他安靜地在比爾博空蕩的椅子旁坐了半晌，忽視所有話語和問題。即便他早就知道真相，也依然享受這個玩笑。看到賓客們慌亂驚訝的態度，就讓他難掩笑意。但同時也感到心煩——他忽然明白自己深愛那位老哈比人。大多賓客都繼續大吃大喝，並討論比爾博．袋金斯過往今來的古怪行為；但麻袋維爾袋金斯家已經怒氣沖沖地離開了。佛羅多不想再管宴會了。他下令再多送上點酒，接著他起身喝光自己的酒，無聲地祝比爾博身體健康，再溜出帳篷。

至於比爾博．袋金斯，即便當他發表演說時，也依然在把玩口袋裡的金戒指：那是他保密多年的魔法戒指。當他跳下椅子時，就把戒指套上手指，哈比屯中則再也沒有哈比人見過他了。

他輕快地走回自己的地洞，還站了一會兒，帶著微笑傾聽帳篷裡的騷動，以及空地其他位置傳來的笑鬧聲。接著他走進洞裡，脫下宴會禮服，把繡花絲質背心摺好放在薄紙中，再將它收好。接著他迅速穿上一些老舊又凌亂的衣服，再將一條磨損的皮帶繫在腰間。他在皮帶上掛了把裝在受損黑皮革劍鞘中的短劍。他從飄散樟腦丸氣味的上鎖抽屜中，取出一件舊斗篷和兜帽。他上鎖收藏著這些衣物，彷彿它們十分珍貴，但這些衣物上滿是補丁與汙漬，令人難以猜出原本的色彩——可能曾經是暗綠色。這套衣物對他而言太大了。他隨後走入書房，再從一只大保險箱中拿出用舊布覆蓋的包裹，還有一本以皮革裝訂的手抄本，以及很大的信封。他把書和包裹塞進一旁幾乎全滿的沉重袋子頂端。他把金戒指和纖細的鏈子放入信封，再把它封住，並注明將這封信交給佛羅多。剛開始他把信封擺在壁爐上，但他忽然拿回信封，把它放入口袋裡。此時大門打了開來，甘道夫快步走進洞裡。

「哈囉！」比爾博說，「我還在想你會不會出現呢。」

「我很慶幸能看到你沒有隱形。」巫師回答，一面在椅子上坐下。「我想找你，在離別前談談幾句話。我猜，你覺得一切都照你的計畫順利進行了吧？」

「沒錯，我的確這樣覺得。」比爾博說，「不過那道閃光很令人訝異，連我都嚇到了，更別說是別人。我想那是你的花招吧？」

「確實如此。這些年來，你明智地守住了那枚戒指的祕密，我覺得得給你的客人們一些答案，來解釋你忽然消失的原因。」

「這也搞砸了我的玩笑。你真是好管閒事的老傢伙。」比爾博笑道，「但我猜和平常一樣，你清楚最好的做法。」

「當我明白事情的來龍去脈時，我就清楚了。但我對這整件事不太有把握。現在來到最後一刻了。你開了你的玩笑，也驚動或冒犯了大多數親戚，還讓夏郡有了能說上九天的話題，或九十九天也有可能。你還要繼續進行嗎？」

「對，我要。像我之前告訴過你的，我需要假期，一段很長的假期。可能是永久假期，我不認為我會回來了。事實上，我不打算回來，也做好所有的安排。

「我老了，甘道夫。我看起來不老，但我內心深處開始感受到這點。他們還說我保養有方！」他哼道，「哎，我覺得身心枯槁又緊繃，你懂我的意思吧，就像在麵包上抹得太薄的奶油。那樣不對。我需要改變之類的東西。」

甘道夫好奇而專注地看著他。「不，的確不對。」他若有所思地說，「不，我想你的計畫或許是最好的打算。」

「嗯，總之，我已經下定決心了。我想再看到山脈，甘道夫——山脈呀。然後再找個我能休息的地方。我想平靜地休息，沒有四處打探的大量親戚，也沒有一大堆跑來搖響門鈴的煩人訪客。我或許能找個地方寫完我的書。我已經想到了一個好結局——他幸福快樂地安享天年。」

甘道夫笑出聲來，「我希望他辦得到。但無論結局如何，都不會有人看到那本書。」

「噢，過了幾年後，可能會呀。佛羅多已經讀了一點目前的進度。你會好好關照佛羅多，對吧？」

「我當然會了——只要我有時間，就會全心照顧他。」

「當然了，如果我要求他的話，他就會跟我走。其實在宴會前，他才提議過要跟我離開。但他還不想真的離去。我想在死前再看一次野地和高山。但他依然心繫夏郡，也深愛這裡的森林、田野和小河。他應該要舒舒服服地住在這裡。我自然會把所有東西留給他，除了幾個小東西以外。我希望當他習慣獨立後，也能過得開心。他該開始當家作主了。」

「所有東西？」甘道夫說，「戒指也是嗎？你記得自己答應過吧。」

「這個嘛，呃，對，我想是吧。」比爾博結結巴巴地說。

「它在哪？」

「如果你一定要知道的話，在信封裡。」比爾博不耐煩地說，「在壁爐上。哎，不對！

它在我口袋裡！」他猶豫起來。「這不是很奇怪嗎？」他輕柔地自言自語，「不過，為什麼不這樣做呢？它何不留在那就好？」

甘道夫再度嚴厲地望向比爾博，眼中閃爍著光芒。「我認為，比爾博，」他平靜地說，「是我的話，就會把它留下來。你不想嗎？」

「嗯，對——不要。說起來，我一點都不想和它分開。我也看不出為何該這樣做。你為什麼要我這樣做？」他問，嗓音中出現古怪的變化。「你老是追著我問戒指的事，但你從來沒過問我在旅途中找到的其他東西。」

「對，我得追問你。」甘道夫說，「我想知道真相。這很重要。魔法戒指——這個嘛，帶有魔法，而且罕見又奇特。你或許可以說，我曾對你的戒指抱持專業上的興趣，現在也一樣。如果你又要出門旅行的話，我想知道它在哪。而且，我也覺得你擁有它夠久了。你不會再需要它了，比爾博，除非我搞錯了。」

比爾博的臉色脹紅，雙眼也露出凶光。他和藹的臉孔變得凶狠起來。「為何不需要？」他叫道，「再說，你知道我怎麼處理自己的東西幹嘛？這是我的東西。是我找到它的。是它來到我身邊的。」

「好，好。」甘道夫說，「但沒必要發火呀。」

「如果我發火了，也是你的錯。」比爾博說，「它是我的，我告訴你。我的東西。我的寶貝。對，我的寶貝。」

巫師的臉孔依舊肅穆專注，也只有他深邃雙眼中的一絲光芒，透露出他的訝異，甚至還起了戒心。「之前有人那樣叫過它，」他說，「但不是你。」

「但我現在這樣叫它了。為什麼不行？咕嚕也說過一樣的話。它現在不屬於他，而是我的，我也要留下它。」

甘道夫站起身。他嚴厲地開口，「如果你這樣做，就成了天大的蠢蛋，比爾博。」他說，「你說的每一句話，都讓事實變得更明顯。它對你的控制太強了。讓它走！之後你自己就能離開，並得到解脫。」

「我想做什麼，就做什麼，想去哪就去哪。」比爾博固執地說。

「好了，好了，我親愛的哈比人！」甘道夫說，「在你漫長的一生中，我們一直都是朋友，你也虧欠我人情。好啦！遵守你的承諾：放棄它！」

「好吧，如果你想要我的戒指，就明說呀！」比爾博喊道，「但你拿不到的。我告訴你，我不會交出我的寶貝。」他的手伸向小劍的握柄。

甘道夫的眼睛閃動凶光。「很快就換我動怒了。」他說，「如果你再說一次，我就會動怒。你將會看到灰袍甘道夫的真面目。」他往哈比人走了一步，似乎變得高大又充滿威脅感，他的陰影填滿了整座小房間。

比爾博退到牆邊，一面用力呼吸，他的手緊抓口袋。他們對峙了好一陣子，房內的氣氛也劍拔弩張。甘道夫的雙眼依然緊盯哈比人。比爾博的雙手緩緩放鬆，全身也發起抖來。

「我不曉得你怎麼了，甘道夫。」他說，「你之前從來不會這樣。到底怎麼了？它是我的東西，不是嗎？是我找到它的，如果我沒守住它的話，咕嚕就會殺了我。不管他說了什麼，我都不是小偷。」

「我從來沒說你是小偷。」甘道夫回答，「我也不是。我不想搶你，而是想幫你。我希望你能像之前一樣信任我。」他轉過身，陰影也隨之消失。他似乎又變回滿頭灰髮的老人，駝背的他感到憂心忡忡。

比爾博用手摀住雙眼。「對不起。」他說，「但我覺得好怪。可是，如果能不再和它有瓜葛，似乎又讓我鬆一口氣。最近我心裡一直掛念它。有時候，我覺得它像隻眼睛在看我。你知道嗎？我老是想戴上它並消失，或是好奇它是否安全，還會把它拿出來確認。我不曉得原因。我似乎也沒辦法下定決心。」

「那就相信我。」甘道夫說，「我早就打定主意了。離開吧，把它放下。別再持有它了。把它交給佛羅多，我會照顧他。」

比爾博緊張又手足無措地呆站了一陣子。他隨即嘆了口氣。「好吧。」他費勁地說，「我會的。」接著他聳聳肩，並懊悔不已地搖頭。「畢竟，這就是這場宴會的重點吧——送出許多生日禮物，同時也得讓贈送過程變得輕鬆點。最後並不怎麼輕鬆，但如果我所有準備都付諸流水，就太可惜了。這會徹底搞砸我的玩笑。」

「這確實會抹去我在這整件事中看到的唯一重點。」甘道夫說。

「好吧。」比爾博說，「得把它和其他東西都交給佛羅多。」他深吸一口氣。「現在我該動身了，不然就會有人逮到我。我說過再見了，也無法忍受再道別一次。」他拾起布袋並走向門口。

「戒指還在你的口袋裡。」巫師說。

「哎，沒錯！」比爾博叫道，「還有我的遺囑與其他文件。你最好接下它，幫我把它交出去。那是最安全的方法。」

「不，別把戒指給我。」甘道夫說，「把它放在壁爐上。在佛羅多過來前，它在上頭就夠安全了。我會等他。」

比爾博拿出信封，但正當他準備把信封擺在時鐘旁時，他的手就抽了回去，信封也掉到地上。在他能撿起信封前，甘道夫就俯身抓住信封，把它放到該去的位置上。哈比人的臉上再度迅速浮現惱怒神色。忽然間，他露出放鬆的表情，也笑了一聲。

「好了，就這樣。」他說，「我該走了！」

他們踏入走廊。比爾博從架子上取下他最喜歡的手杖，接著吹起口哨。三名原本忙著的矮人走出不同的房間。

「一切都準備齊全了嗎？」比爾博問，「所有東西都打包和附上標籤了嗎？」

「所有東西都好了。」他們回答。

「哎呀，那就出發吧！」他走出前門。

當晚十分晴朗，漆黑的天空中繁星點點。他抬頭仰望，嗅聞著空氣。「太好玩了！能和矮人們再度上路，真是太有趣了！這就是我多年來渴望的事！再見了！」他說，一面望向他的老家，並向門口鞠躬。「再見，甘道夫！」

「暫時再見了，比爾博。好好照顧自己！你夠老了，或許也夠睿智了。」

「保重呀！我不在乎啦。你別擔心我！我從來沒有這麼快樂過，這可是件大事。但時間到了。我終於要動身了。」他補充道，接著他彷彿自言自語般地，低聲在黑暗中唱起歌來：

道路綿延不斷，
　打從家門往外伸。
前方路途迢迢，
　我得盡力跟上，
疲憊雙腳向前行，
　直到道路融入大道
眾路交錯，諸事匯集。
　該上哪去？我不知道。

他停了下來，陷入片刻沉默。隨後他一語不發地轉身，背對空地與帳篷中的燈火與人聲，三個同伴跟著他繞進他的花園，再走上下坡長路。他跳過山坡底部圍籬上的低矮處，踏上草地，如同吹拂過青草的微風般消失在夜色中。

甘道夫留在原地半晌，盯著他步入黑暗的背影。「再會了，我親愛的比爾博——我們後會有期！」他輕聲說道並返回洞內。

佛羅多之後迅速進洞，發現甘道夫坐在黑暗中沉思。「他走了嗎？」他問。

「對。」甘道夫回答，「他終於離開了。」

「我真希望——我是說，直到今天晚上前，我都盼望這只是個玩笑。」佛羅多說，「但我打從心底明白，他真的打算離開。他總是會對嚴肅的事開玩笑。我真希望我有早點回來，還能為他送行。」

「我相信，他比較想在最後靜靜地溜走。」甘道夫說，「別太心煩。他沒事的——好了。他留了個包裹給你。就在那裡！」

佛羅多從壁爐上取下信封，盯著它看，但沒有打開它。

「我想，你會在裡頭找到他的遺囑和所有文件。」巫師說，「現在你是袋底洞的主人了。而且，我猜你還會找到一枚金戒指。」

「戒指！」佛羅多驚呼道，「他把戒指也留給我了嗎？我真想知道原因。不過，它可能會派上用場。」

「可能吧，也可能不會。」甘道夫說，「如果我是你，就不會使用它，但守住它的祕密，並好好保管它！我要上床去了。」

＊　＊　＊

身為袋底洞的主人，佛羅多體會到向賓客們道別，是件令人痛苦的責任。關於古怪事件的謠言現在已遍傳四野，但佛羅多只回答：「到了早上，一切就會水落石出了。」午夜時，有馬車來接身分重要的客人。馬車一輛接一輛地開走，上頭載滿酒足飯飽但非常不滿意的哈比人。園丁們依約而來，把無意落單的哈比人們用獨輪車運走。

夜晚緩緩逝去，太陽升上天空。哈比人們起得很晚，早晨逐漸消逝。奉命前來的人們，開始清理帳篷與桌椅，湯匙與刀子，酒瓶與盤子，以及吊燈和箱子裡的花叢，加上麵包屑和拉炮紙片，遭人遺忘的袋子、手套與手帕，還有沒吃完的食物（為數極少）。接著有另一批毫無秩序的人過來：袋金斯家、波芬家、博哲家、圖克家和其他居住或暫待附近的人。到了中午，就連吃得最飽的人都出外閒晃時，袋底洞裡依然有一大批不請自來的人，但他們的出現是預料之中的事。

露出笑容的佛羅多在門階上等待，但他看起來疲憊而憂心。他迎接了所有來客，但他的說法和之前沒有太大差異，對所有問題一律回答：「比爾博．袋金斯先生已經離開了，就我所知，他不會再回來了。」他邀請某些訪客進洞，因為比爾博留了「音信」要給他們。

走廊中堆放了大量箱子與包裹，還有幾座小型家具，每個物品上都繫了塊標籤，像是這些：

一把雨傘上寫著：給**艾戴拉德．圖克自己使用**，比爾博贈。艾戴拉德曾拿走許多沒附上姓名標籤的雨傘。

一只大型廢紙簍上寫著：給**朵拉．袋金斯**，紀念一長串通信，比爾博敬上。朵拉是卓哥的姐姐，也是比爾博和佛羅多還在世的最年長女性親戚。她九十九歲了，半世紀來也寫過大量忠告給別人。

一根金筆和墨瓶上寫著：給**米羅．布洛斯**，希望這有用處，B．B贈。米羅從不回信。

一只圓形曲面鏡上寫著：致安**潔莉卡**，比爾博叔叔贈。她是名年輕的袋金斯家人，顯然覺得自己很美。

一座空書櫃上寫著：致**雨果．繃腹**，捐獻者贈。雨果經常借書，歸還狀況也遠比常人糟。

一盒銀湯匙上寫著：此禮物致**蘿貝莉亞．麻袋維爾袋金斯**。比爾博相信她趁他上一次踏上旅程時，偷走了他許多湯匙。蘿貝莉亞非常清楚這點。當她那天稍晚抵達時，就立刻明白比爾博的用意，但她也收下了湯匙。

這只是禮物堆的一小部分。比爾博的住所堆滿了他漫長人生中累積的物品。哈比洞總是容易塞滿東西——大致肇因於大量贈送生日禮物的風俗。當然了，生日禮物並非都是全新的物品。總有一兩件遭到遺忘的馬松不斷在鄰里間流通，但比爾博通常會送新禮物，並留下他收到的物品。老舊的地洞現在稍微空了點。

每個送別禮上都有比爾博親手寫下的標籤，好幾個標籤都有某種意義或玩笑。但當然了，大部分禮物都是對方想要和樂意收下的物品。家境較為清寒的哈比人得到非常不錯的禮物，特別是住在袋邊路的人。甘吉老爹得到兩袋馬鈴薯、一把新鏟子、一件羊毛背心和一罐用來治療老舊關節的藥膏。為了報答老羅利．烈酒鹿的大力款待，他得到了一打老葡園紅酒，那是種來自南區的烈紅酒，現在的味道相當濃郁，因為那是比爾博父親當年儲存的老酒。喝了第一瓶後，羅利就徹底原諒了比爾博，並大讚他是個好人。

還有許多東西是留給佛羅多的。所有主要的財物，以及書本、圖畫和充足的家具，自然都由他繼承。不過沒有任何告示或文件提及金錢或珠寶，比爾博連一毛錢或玻璃珠都沒有送出去。

佛羅多那天下午非常煎熬。關於整間地洞裡的物品都要送出的謠言，如野火般甚囂塵上，不久家裡就擠滿了毫不相關、卻無法趕跑的閒人。有人撕掉標籤，還把它們混在一起，眾人也爆發了口角。有些人試圖在走廊中交換和交易物品，其他人則企圖拿走不屬於他們的小東西，或是看似沒人要或無人監看的物品。獨輪車和手推車堵住了通往大門的道路。

在混亂中，麻袋維爾袋金斯一家來了。佛羅多休息了一陣子，讓他的朋友梅里．烈酒鹿看管狀況。當奧索大聲要求見佛羅多時，梅里便彬彬有禮地鞠躬。

「他身體不適。」他說，「他正在休息。」

「你是說他躲起來了吧。」蘿貝莉亞說，「總之，我們要見他，沒見到他絕對不走。去跟他說清楚！」

梅里讓他們在走廊待了很長一陣子，他們也有時間找到他們的送別贈禮湯匙，這並沒有緩和他們的火氣。最後梅里帶他們進了書房。佛羅多坐在桌邊，面前擺了一大疊文件。他看起來不太舒服——至少在見到麻袋維爾袋金斯家時是如此。他站起身，一面把玩口袋中的某個東西，但他依然很有禮貌地開口。

件事非常可疑。

麻袋維爾袋金斯家非常魯莽。一開始他們對各種沒貼標籤的寶貴物品提出惡劣的談判價格（友情價）。當佛羅多回答說，他只會送出比爾博特別指示過的物品時，他們便說整件事非常可疑。

「我覺得只有一件事非常明顯。」奧索說，「你得到的利益太高了。我堅持要看遺囑。」要不是由於比爾博收養了佛羅多，不然奧索就會是比爾博的繼承人。他仔細閱讀了遺囑，並哼了一聲。不幸的是，內容清楚明確（完全遵照哈比人的法律習慣，除了其他佐證外，還附有七名證人用紅墨水寫下的簽名。）

「又搞砸了！」他對他妻子說，「等了六十年啊。就只有湯匙？真是鬼扯！」他對佛羅多惡狠狠地彈了下手指，並氣沖沖地離開。但沒這麼容易擺脫蘿貝莉亞。過了一下子後，佛羅多走出書房，看看洞內的情況，並發現她還待在家裡，查看各個角落，還敲擊著地板。當他從她身上收回好幾個不知怎地掉進她雨傘中的細小（但相當有價值）物品後，就堅定地送她出洞。她的表情看起來彷彿想擠出某種難堪的臨別話語，但當她在門階上轉身時，卻只說出：

「你會後悔的，年輕人！你為何不一起離開？你不屬於這裡，你不是袋金斯家人──你──你是烈酒鹿家的人！」

「你聽到了嗎，梅里？那句話真是羞辱人。」佛羅多說，並在她面前關上門。

「那是讚美。」梅里．烈酒鹿說，「所以，當然完全不是事實。」

接著他們在洞裡來回巡視，並趕走了三個年輕的哈比人（兩個波芬家人和一個博哲家人），他們正在其中一座地窖的牆壁上打洞。佛羅多也和年輕的桑丘．傲足（老奧多．傲足的孫子）打了一架，對方在較大的食品儲藏室中挖掘，還以為該處有回音。比爾博的黃金傳奇引發了好奇心與希望，因為大家都知道，只要有人找到那些傳說中的黃金（取得方式十分神祕，也可能是透過不法途徑），就能把它們帶走——除非有人打斷搜索。

當他打敗桑丘並把對方推出門外，佛羅多就累倒在走廊中的椅子上。「該關門了，梅里。」他說，「把門鎖上，今天也別再為任何人開門了，就算他們帶破城槌來也不開。」接著他喝了杯遲來的茶，以便恢復自己的精神。

他還來不及坐下，前門就傳來輕柔的敲擊聲。「很有可能是蘿貝莉亞。」他想，「她一定是想到某種惡毒的話，打算回來說。不急著開門。」

他繼續喝茶。敲門聲再度響起，聲音變得更響亮，但他完全不予理會。忽然間，巫師的頭出現在窗口邊。

「如果你不讓我進去的話，佛羅多，我就會把你的門從洞裡炸開，讓它從小丘另一頭飛出去。」他說。

「我親愛的甘道夫！稍等一下！」佛羅多喊道，一面從房間跑到門邊，「請進！請進！我以為是蘿貝莉亞。」

「那我就原諒你。但我稍早前才看到她駕著馬車前往臨水，臉上的表情臭得能害剛擠的牛奶結塊。」

「她已經差點害我結塊了。老實說，我幾乎想戴上比爾博的戒指。我很想消失。」

「別那樣做！」甘道夫坐下說道，「小心那枚戒指，佛羅多！其實，有部分是因為它，我離開前才特別來找你談。」

「嗯，它怎麼了？」

「你知道多少了？」

「只有比爾博告訴我的事。我聽過他的故事了，他找到戒指的過程，還有他使用戒指的方式。我指的是在他的旅程中所發生的事。」

「我真想知道是哪種版本的故事。」甘道夫說。

「噢，不是他告訴矮人並寫進書裡的版本。」佛羅多說，「在我來這裡住後，他很快就把真相告訴我了。他說你不斷糾纏他，直到他告訴你實話，所以我最好也得知事實。『我們之間沒有祕密，佛羅多。』他說，『但事情已經成定局了。總之，它屬於我了。』」

「很有趣。」甘道夫說，「這個嘛，你怎麼看這件事？」

「如果你指的是編出關於『禮物』的事，嗯，我覺得真實版本比較有可能發生，我也看不出為何要改變說詞。總之，這種舉動非常不像比爾博。我也覺得整件事很古怪。」

「我也是。但如果擁有這種寶物的人使用它們的話，就可能發生怪事。把這件事當作警告，小心處理它。它可能具有其他力量，不光只是讓你隨意消失。」

「我不懂。」佛羅多說。

「我也不懂。」巫師回答，「我才剛開始對戒指感到好奇，特別是昨晚過後。別擔心。

但如果你要聽我建議的話，就別常用它，或完全別用。我拜託你，至少別在會引發議論或啟人疑竇的狀況下使用它。我再說一次：好好保管它，並守住它的祕密！」

「你太神祕兮兮了！你在害怕什麼？」

「我不確定，所以我言盡於此。等我回來，或許就能告訴你一些事。我要立刻動身，所以我們就此道別吧。」他站起身。

「立刻！」佛羅多叫道，「哎，我以為你至少會待上一週。我很期待你能幫忙。」

「我確實想過，但我得改變主意。我或許會離開好一陣子，但我會盡快回來見你。好好等我！我會低調地溜過來。我不會再公開造訪夏郡了。我發現自己變得很不受歡迎。人們說我是個搗蛋鬼，還擾亂了當地安寧。有些人指控我拐走比爾博，還有更糟的說法。如果你想知道的話，據說你和我陰謀策劃要奪取他的財富。」

「有些人！」佛羅多驚呼道，「你指的是奧索和蘿貝莉亞。太可惡了！如果我能找回比爾博，和他一起闖蕩鄉間的話，我寧可把袋底洞和其他東西都給他們。我愛夏郡。但我似乎開始希望自己也離開了。我真想知道會不會再見到他。」

「我也是。」甘道夫說，「我也想把其他事弄清楚。先再會了！好好照顧自己！注意我的到來，特別是在出人意料的時刻！再見！」

佛羅多送他到門口。他揮了最後一次手，並以令人訝異的速度離開；但佛羅多覺得老巫師看起來異常地彎腰駝背，彷彿背負了重物。夜色逐漸落下，他穿斗篷的身影也迅速消失在暮光中。有很長一段期間，佛羅多都沒有再見到他。

第二章——過往暗影

人們的議論在九天或九十九天都沒有淡去。哈比屯裡到處都在討論比爾博．袋金斯先生的第二次失蹤，話題甚至在夏郡傳遍了整整一年，停留在眾人心中的時間還更為久遠。它成了為年輕哈比人講述的爐邊故事，而到了最後，經常碰的一聲隨著閃光消失，並帶著裝滿金銀財寶的袋子再度現身的瘋袋金斯，便成為人們在傳說中最喜愛的人物，並在真實事件受到遺忘後，繼續活在眾人的回憶中。

但在此同時，鄰里間的一般看法則認為，腦袋一直有問題的比爾博終於發瘋，並跑進了藍山脈。他肯定在那跌進了池子或河流，並碰上悲劇性的結局，但也不算英年早逝。大多人把責任怪罪到甘道夫身上。

「如果那個討厭的巫師離小佛羅多遠點的話，或許他就會安定下來，培養出一點哈比人的判斷力」他們說。表面上看來，巫師確實遠離了佛羅多，他也安定了下來，但不太有人注意到他產生任何哈比人的判斷力。沒錯，他立刻開始承襲比爾博愛搞怪的名聲。他拒絕進行哀悼，隔年他還為比爾博一百一十二歲生日舉辦了宴會，他將之稱為重擔大宴。但那名稱並不恰當，因為只有二十名賓客受到邀請，宴席上提供了好幾道餐點，照哈比人的說法，這種規模的宴會可說是肉山酒海。

有些人對此感到震驚，但佛羅多依然維持傳統，年復一年地舉辦比爾博的壽宴，直到大家習慣。他說他不認為比爾博死了。當人們問：「那他去哪了呢？」他便聳聳肩。

他和比爾博一樣獨居，但他有許多好朋友，特別是年輕的哈比人們（大多是老圖克的後代），他們小時候就很喜歡比爾博，也時常進出袋底洞。其中兩人是佛可．波芬和費瑞德加．博哲，但他最親近的朋友是皮瑞格林．圖克（通常被稱為皮聘），和梅里．烈酒鹿（他的真名是梅里雅達克，但很少人記得）。佛羅多和他們一同闖蕩夏郡，但他更常獨自遊蕩，而讓明理人士吃驚的是，有時有人看到他出現在他家遠處，走在星光下的丘陵與森林中。梅里與皮聘認為他和比爾博一樣，會經常造訪精靈。

隨著時間過去，人們開始注意到佛羅多也散發出「保養有方」的跡象，從外表上看來，他依然是剛脫離青年期的健壯活潑哈比人。「有些人就是夠運。」人們說。但一直到佛羅多接近通常該更成熟的五十歲時，人們才開始覺得這種現象十分古怪。

至於佛羅多本人，經過初期的震驚後，他反而覺得當家作主、成為袋底洞的袋金斯先生這件事感覺不錯。他過了好幾年開心的日子，也不太對未來感到憂心。但他不甚明白的是，他沒和比爾博一起離開所引發的憾意，正在穩定增長。他經常對野地感到好奇，特別是在秋天，而古怪的景象也出現在他夢中，其中有他從未見過的山脈。他開始對自己說：「或許有一天我該渡過小河。」而他另一半的內心總是回答：「還不是時候。」

於是日子繼續過去，直到他度過四十歲的時光，五十歲的生日也逐漸逼近。他覺得五十是個重要（或不祥的）數字，在這個歲數時，冒險忽然落到比爾博身上。佛羅多開始感到不平靜，也似乎厭倦了常經過的老路。他看著地圖，並對地圖邊緣外的地區感到好奇——在夏郡繪製的地圖，大多都把邊界外的空間留白。他開始在野外漫遊，也時常獨行，梅里和他其餘朋友們都擔憂地緊盯他。經常有人看到他和此時開始出現在夏郡的陌生人們漫步與交談。

外頭的世界傳來與古怪事物有關的傳言，而由於甘道夫當時還沒出現，多年來也沒有捎來口信，因此佛羅多盡他所能地收集消息。鮮少出現在夏郡的精靈，現在都在傍晚時分往西穿越夏郡，再也沒有回來。他們要離開中土世界，再也不處理它的問題了。不過，路上還有異常大量的矮人。古老的東西道橫越夏郡，盡頭位於灰港岸，矮人們也總是沿著這條路前往他們在藍山脈中的礦坑。對哈比人而言，他們是遙遠地區消息的主要來源——前提是，如果哈比人想聽的話。一般而言，矮人鮮少開口，哈比人也不會多問。但現在佛羅多時常碰見來自遙遠國度的奇特矮人，他們打算到西方找尋庇護所。他們感到不安，有些人也悄悄提到了魔王與魔多國度。

哈比人只在晦暗過往中的傳說聽過那名號，宛如回憶背景中的一抹陰影；但感覺起來陰森又使人焦慮。白議會從幽暗密林中驅逐的邪惡勢力，似乎挾帶更強大的力量，在魔多的古老要塞中捲土重來。據說邪黑塔已經重建完成。黑暗勢力由此處往外擴散得無遠弗屆，戰火在遙遠的東方與南方肆虐，人民的恐懼也節節高升。歐克獸人再度大量出現在山區中。食人妖到處肆虐，牠們不再駑鈍，反而變得十分狡猾，還攜帶著恐怖武器。傳言中還暗示了比這一切更駭人的無名生物。

＊　＊　＊

當然了，沒有多少這類消息傳入尋常哈比人的耳中。但就連最不問世事和最深居簡出的哈比人，都開始聽聞古怪的故事。而得到邊境辦事的人們，也見到奇異光景。佛羅多五十歲那年的春天某日傍晚，臨水的綠龍酒館裡群眾的交談就顯示出，即便在夏郡最舒適的中心，也有人聽到了傳言，不過大多哈比人依然抱持嗤之以鼻的態度。

山姆·甘吉坐在火爐旁的角落，對面則是磨坊主人的兒子泰德·山迪曼。其他鄉里間的哈比人則聽著他們的對話。

「最近老是能聽到奇怪的事。」山姆說。

「啊。」泰德說，「如果你費勁打聽的話，確實聽得到。但如果我想的話，在家就能聽到爐邊故事和童話了。」

「你當然可以這樣做。」山姆回嘴道，「我敢說，有些故事比你想的更真實。是誰編出那些故事的？舉龍的例子來說好了。」

「不了，多謝你。」泰德說，「我不想聽。當我還小時，就聽過這類故事了，但現在根本沒必要相信這種東西。臨水只有一條龍，就是綠龍啦！」他說，這話讓眾人哄堂大笑。

「好吧。」和其他人一同大笑的山姆說。「但這些樹人還是巨人之類的東西呢？他們說不久前，有個比樹木還高的生物出現在北荒原遠方。」

「誰是他們？」

「其中一個人是我的堂哥哈爾。他在過山村為波芬先生工作，也會到北區打獵。他曾親眼目睹。」

「或許他說是這樣說。你家哈爾老是說他看到某種東西，或許他看到的東西根本不存在。」

「但這個生物和榆樹一樣高大，還在走路——一步就能跨越七碼的距離，彷彿對它而言只是一吋。」

「那我敢打賭那根本不是一吋。他八成看到了榆樹。」

「但這棵樹在走路呀，我跟你說，北荒地那也沒有榆樹。」

「那哈爾就不可能看到榆樹。」泰德說。有些人大笑並拍手，群眾似乎認為泰德說對了。

「總而言之，」山姆說，「你無法否認除了我們家哈爾法斯特以外的人，都看過奇特人物穿越夏郡——注意聽，是穿越啊。有更多人在邊界就被趕走，邊境守衛們之前從來沒這麼忙碌過。

我也聽說精靈正往西遷徙。他們說自己要前往遠在白塔外的港口。」山姆含糊地揮舞手臂。他和其他人都不曉得，位於夏郡西部邊界之外的古塔遠方的海有多遠。但根據古老傳統，灰港岸就位於該處，精靈船隻有時會從那裡啟航，永不回到中土世界。

「他們要遠渡重洋，航向西方，並拋下我們。」山姆說，一面悲傷而肅穆地搖頭。但泰德哈哈大笑。

「哎呀，如果你相信老故事的話，那根本不算新鮮事了。我也看不出那關你什麼事。讓他們划船離開吧！但我敢打賭，你根本沒看過他們這樣做，夏郡中也沒有其他人看過。」

「嗯，我不曉得啦。」山姆若有所思地說。他相信自己曾在樹林中看過一個精靈，也希望某天能看到更多。在他早年聽過的所有傳說中，哈比人所知和精靈有關的零碎事蹟和模糊的故事，總是深深觸動他的心頭。「即便在這一帶，也有人認識美麗種族，還會取得他們的消息。」他說，「我服務的袋金斯先生就是其中之一。他告訴我說，他們會航行出海，他也知道一點關於精靈的事。老比爾博先生懂得更多，當我還小時，曾經和他聊過很多次。」

「喔，他們倆都瘋啦。」泰德說，「至少老比爾博已經瘋了，佛羅多則正在發瘋路上。如果他們就是你的消息來源，那你根本聽不完瘋話。好啦，朋友們，我要回家了。祝各位健康！」他一口飲盡啤酒，並嘈雜地走了出去。

山姆沉默地坐著，也沒有再開口。他有很多事得想。比方說，袋底洞花園有大量差事得做，而如果天氣變好的話，他明天也將非常忙碌，草長得太快了。但山姆心裡除了園藝工作外，還有不少心事。過了一會，他嘆了口氣，並起身離開。

當時是四月初，晴空也在大雨後嶄露頭角。太陽已經西下，涼爽黯淡的黃昏正逐漸化為夜色。他在初升的繁星下走回家，越過哈比屯並爬上小丘，心事重重地吹著輕柔的口哨。

就在此時，消失多時的甘道夫再度出現。在宴會結束的三年後，他都待在外地。接著他短暫造訪了佛羅多，好好觀察對方後就再次離開。接下來一兩年內他經常出現，都在黃昏後出乎意料地到來，並在日出前毫無警訊地離開。他不願討論自己的工作和旅途，似乎也只對佛羅多的健康與作為等小事有興趣。

接著，他的來訪忽然中斷。佛羅多已經有九年沒見過或聽過他的事了，也開始覺得巫師永遠不會回來，對方可能對哈比人完全失去興趣了。但那天傍晚，當山姆在逐漸黯淡的暮色中走回家時，書房窗口上再度傳來了熟悉的敲擊聲。

佛羅多訝異又開心地迎接他的老朋友。他們仔細觀望彼此。

「一切都好吧？」甘道夫說，「你看起來完全沒變，佛羅多！」

「你也是。」佛羅多回答，但他心裡覺得甘道夫看起來更老邁，也更憂心忡忡。他不斷向甘道夫問關於對方和廣大世界的消息，兩人很快就促膝長談起來，聊到深夜。

隔天早上，很晚才吃過早餐後，巫師便與佛羅多坐在書房敞開的窗口旁。壁爐中燒著明亮火焰，但太陽十分溫暖，南風也在外頭吹拂。一切看起來清新無比，原野和樹梢中透出春天的新生綠意。

甘道夫正在想近八十年前的春天，當時比爾博沒帶手帕就跑出袋底洞。甘道夫的頭髮或許比當年更白，鬍鬚和眉毛可能也變得更長，臉上也因憂心與智慧而長出更多皺紋。但他的雙眼明亮如昔，當他來抽菸斗與吹煙圈時，也抱持著同樣的活力與愉悅。

他沉默地抽著菸，因為佛羅多一動也不動地端坐，陷入沉思。即便在早晨的光線中，他依然能感受到甘道夫帶來的消息中瀰漫著陰森黑影。最後他打破了沉默。

「昨晚，你開始提起和我戒指有關的怪異事情，甘道夫。」他說，「接著你說這種事最好留到白天再講。你不覺得你現在該把話說完嗎？你說戒指很危險，遠比我猜測得還更有威脅性。是怎麼樣的危險？」

「從許多層面看來都是如此。」巫師回答，「它比我一開始放膽想像得更強大，因此到了最後，它會徹底壓制任何擁有它的凡人。它會控制他。

「多年前，有許多精靈戒指在埃瑞瓊製造而成，眾人稱它們為魔法戒指，它們自然種類各異，有些強大，有些力量較小。低階戒指只是製作技術成熟前的試驗品，對精靈工匠而言，它們微不足道——但我認為，它們對凡人依然十分危險。至於名為力量之戒的權能魔戒，則會帶來難以想像的危難。

「佛羅多，持有其中一枚權能魔戒的凡人，便不會死去，但他也不會成長或得到更長的壽命；他只會繼續存在，直到每一刻感覺起來都疲勞無比。而如果他經常使用魔戒讓自己隱形的話，他就會褪化——最後他會永遠隱形，在統治魔戒的黑暗力量之眼下，行走於黯淡幽界之中。對，遲早——如果他一開始夠強悍、或意圖良善的話，或許速度會慢點，但力量和善良目的都無法永遠維繫下去；黑暗力量遲早會吞噬他。」

「好可怕呀！」佛羅多說。房內又出現了一陣漫長的沉默。山姆．甘吉修剪草皮的聲音從花園中傳來。

「你知道這件事多久了？」佛羅多最後問道，「比爾博又知道多少？」

「我確信，比爾博只知道他告訴你的事。」甘道夫說，「即便我答應會照顧你，他也絕對不可能把他覺得有危險的東西送給你。他認為戒指非常美麗，在必要時刻也很有用；如果有事情不對勁或顯得古怪，問題就出在他自己身上。他說自己『一直在掛念它』，也總是在擔心它；但他沒想到問題來自戒指本身。但他發現自己得費心看管戒指。它的大小與重量似乎不斷變化，它會以奇異方式縮小或變大，也可能突然從原本緊緊套住的手指上滑下。」

「對，他在最後一封信中警告我這件事。」佛羅多說，「所以我總是把它繫在鏈子上。」

「很明智。」甘道夫說，「但至於他的長壽，比爾博則從未把這件事和戒指扯上關係。他覺得這是自己的成就，也對此感到自豪。不過他越來越坐立不安了。他說自己『身心枯槁又緊繃』。這是戒指逐漸掌控他的跡象。」

「你知道這些事多久了？」佛羅多又問了一次。

「知道？」甘道夫說，「我知道只有智者清楚的事，佛羅多。但如果你指的是『知道關於這枚戒指的事』，這個嘛，你可以說我還不知道。還有最後一項測試得做。但我已經不懷疑自己的猜測了。」

「我是什麼時候開始猜的？」他沉思道，一面搜索著回憶。「讓我想想——那年白議會將黑暗力量從幽暗密林中驅離，而比爾博正好在五軍之戰前找到他的戒指。當時一股陰影襲上我的心頭，但我還不曉得自己在害怕什麼。我經常對咕嚕如何取得權能魔戒感到好奇，它顯然正是那類戒指——至少打從一開始，這點就顯而易見。之後我聽說比爾博『贏得』它的奇特故事，對此我完全不相信。當我終於逼他說出真相後，就立刻察覺他的確想占有戒指。非常類似咕嚕的『生日禮物』說法。兩者的謊言太過相似，使我感到不安。那枚戒指明顯具有不祥力量，會立刻影響持有者。這是我第一次感到警覺，覺得情況並不正常。我經常告訴比爾博說，最好別使用這種戒指。但他聽了就生氣，最後勃然大怒。我無能為力。我沒辦法在不重傷他的狀況下，把戒指從他身上取走，而且我也無權做這種事。我只能在旁觀望，並耐心等待。我或許該詢問白袍薩魯曼的意見，但我心中總有感覺阻止了我。」

「他是誰？」佛羅多問，「我從來沒聽說過他。」

「或許沒有吧。」甘道夫回答，「他毫不在意哈比人，或該說曾經如此。但他在智者中的地位十分崇高。他是我輩的領袖，也是議會的首領。他的知識淵博，也因此變得高傲，不喜歡任何人干涉他的事。與大小精靈戒指有關的知識，都是他的專業領域。他多年來鑽研這門學問，尋找打造這類戒指的失落奧祕。但當議會成員對魔戒爭論不休時，他對我們揭露的魔戒學識，便安撫了我的恐懼。於是我的質疑漸漸消弭，但心中依然暗潮洶湧。我繼續旁觀並等待。

「比爾博似乎過得很好。之後過了許多年。沒錯，時光飛逝，但光陰似乎對他沒有影響。他沒有出現任何老化跡象。我的心頭再度蒙上陰影。但我告訴自己：『他的母系家族畢竟相當長壽。時間還夠。等等吧！』

「於是我繼續等待。直到他離開這棟屋子那晚。當時他的言行舉止讓我心中充滿恐懼，薩魯曼的話語再也無法安撫我了。我終於明白，有某種致命的黑暗力量正在運作。在那之後，我花了許多年查明真相。」

「不會有永久傷害，對嗎？」佛羅多擔憂地說，「他遲早會好轉，不是嗎？我是說，他應該能安享天年吧？」

「他立刻覺得好多了。」甘道夫說，「但全世界只有一股勢力熟知魔戒與它們的效果，而就我所知，世上沒有勢力清楚關於哈比人的事。在智者中，我是唯一研究過哈比人學識——這是門晦澀的學問，但其中充滿驚喜。他們有時如奶油般軟弱，有時卻堅韌得像古老樹根。我想，某些哈比人能抵抗魔戒的時間，可能比智者們料想得更長。我不覺得你需要擔心比爾博。

「當然了，他擁有戒指許多年，也會使用它，所以可能得花點時間，才能讓影響消退——比方說，在他恢復安全前，別再讓他見到戒指，他應該能十分愉快地活上好幾年。當他與戒指分開時，效果就停止了。因為最後他自行放棄了戒指，這是至關重要的一點。

不，當他放開戒指時，我就不再擔心比爾博了。我對你才覺得得負起責任。

「自從比爾博離開後，我就非常擔心你，以及所有迷人、笨拙又無助的哈比人。如果黑暗勢力席捲夏郡，就會為世界帶來沉重衝擊。如果你們所有人都遭到奴役，包括快樂又愚蠢的博哲家、吹號者家、波芬家、繃腹家和其他人，更別提荒唐的袋金斯家的話，一切就糟了。」

佛羅多打起冷顫。「但我們為何會遇到那種下場？」他問，「他為何要這種奴隸？」

「老實說，」甘道夫回答，「我相信，到目前為止——聽好了，是目前為止，他徹底忽略了哈比人的存在。你該感到慶幸。但你們的安全時期已經結束了。他不需要你們，他有許多更有用的僕從，但他不會再遺忘你們了。比起過著快樂而自由生活的哈比人，成為悲慘奴隸的哈比人會讓他感到更開心。他的心中只有恨意與復仇。」

「復仇？」佛羅多說，「為何要復仇？我還是不懂這和比爾博與我、還有我們的戒指有什麼關係。」

「一切都和它有關。」甘道夫說，「你還不明白真正的危機，但你會懂的。我上次來此時，自己也不確定這點；但該打開天窗說亮話了。把戒指給我一下。」

佛羅多把它從短褲口袋中取出，戒指則掛在他腰帶旁的鏈子上。他解開鏈子，緩緩把它遞給巫師。它突然變得非常沉重，彷彿它或佛羅多自己不太願意讓甘道夫觸碰它。

甘道夫把它拿起來。它看起來是以純金打造而成。「你能看到上頭的記號嗎？」他問。

「看不到。」佛羅多說，「什麼都沒有。它很樸素，也從來沒出現過刮痕或磨損痕跡。」

「好，看吧！」讓佛羅多驚懼不已的是，巫師忽然把它扔進火堆中閃閃發光的角落。佛羅多大叫一聲，立刻把手伸向火鉗；但甘道夫阻止了他。

「等等！」他用氣勢凌人的語氣說，濃密眉毛下的眼睛迅速看了佛羅多一眼。

戒指上沒有出現顯著變化。過了一會兒，甘道夫站起身，關上窗外的窗板，再拉起窗簾。房間變得陰暗無聲，不過花園裡依然傳來山姆的園藝剪發出的喀擦聲，現在更靠近窗戶了。站著的巫師盯著火爐看了半晌，接著他俯身用火鉗把戒指從壁爐中夾出，再立刻拾起它。佛羅多倒抽一口冷氣。

「它很冰涼。」甘道夫說，「拿著它！」佛羅多用畏縮的手掌接下它，戒指似乎變得比先前更厚重了。

「把它拿高！」甘道夫說，「仔細看！」

當佛羅多照做時，就看到纖細筆畫出現在戒指裡外，比最精細的筆尖還更細緻：火焰般的線條似乎組成了某種流暢的字體。它們散發出耀眼光芒，感覺卻十分遙遠，彷彿出自深淵。

「我看不懂這些火焰般的文字。」佛羅多用顫抖的嗓音說。

「沒錯，」甘道夫說，「但我看得懂。這是古老的精靈文字，但語言本身源自魔多，我不會在此唸出原文。但它在通用語中的意思大抵如此：

一戒御眾戒，一戒尋眾戒，

一戒領眾戒，束縛黑暗中。

這只是精靈歷史中一首詩歌的兩句詩詞：

蒼穹下，精靈君王擁三戒

石廳中，矮人皇族擁七戒

塵世間，命定凡人擁九戒

黑座上，魔君獨攬至尊戒

魔多國度，邪影潛伏。

一戒御眾戒，一戒尋眾戒，

一戒領眾戒，束縛黑暗中。

魔多國度，邪影潛伏。」

他停了下來，接著以低沉的嗓音緩緩道來：「這就是主宰魔戒，是統御眾戒的至尊魔戒。這就是他數世紀前遺失的至尊魔戒，他因此元氣大傷。他亟欲得到它，但他絕對不能取回它！」

佛羅多沉默而呆滯地坐著。恐懼似乎伸出巨掌，如同從東方升起的烏雲，將他完全包覆住。「這枚戒指！」他結巴地說，「它……它究竟是怎麼來到我手上的？」

「啊！」甘道夫說，「這說來話長。故事的開頭可以追溯回黑暗年代，現在只有學者們記得那時期了。如果我得告訴你整段故事的話，等到春去冬來時，我們都還會坐在這裡。

「但昨晚我向你提到黑暗魔君索倫。你聽到的謠言沒有錯，他的確已再度崛起，並離開幽暗密林的據點，回到他位於魔多的古老要塞，也就是邪黑塔。就連你們這些哈比人都聽過那個名字，它就像在傳統故事的背景中飄蕩的陰影。在戰敗與稍作歇息後，暗影總會化為不同形體，並再度崛起。」

「我真希望這種事不會在我的時代發生。」佛羅多說。

「我也希望如此。」甘道夫說，「所有見證這種時代的生靈都會有同感。但他們無法決定這種事。我們能決定的，只有該如何運用上天賦予我們的時間。佛羅多，我們的時代已經逐漸步入黑暗。魔王正迅速變得強大。我想，他的計畫尚未成熟，但正在進行中。我們將遇到難以承受的危機。要不是由於這駭人的機會，我們遭逢的危機就更加艱困了。

「魔王依然缺乏一個要件，讓他能取得力量與知識，擊敗所有反抗勢力，摧毀最終防線，並讓全世界陷入第二次黑暗時期。他缺少了至尊魔戒。

「精靈王族藏起了最美麗的三戒，他的魔掌也從未碰觸或玷汙過這些戒指。矮人國王們擁有七戒，但他奪回了三枚戒指，龍族則吞噬了其餘魔戒。魔王把九戒交給驕傲而偉大的凡人，並因此欺騙了他們。很久以前，他們就臣服於至尊魔戒的掌控，並化為戒靈，成為他龐大暗影下的諸多鬼影，同時也是他最可怕的僕從。這是久遠的事了，九戒靈多年來從未出現，但誰知道呢？隨著暗影再度滋長，它們或許也會再度步入凡世。好了！就算在夏郡的早晨中，我們也別再提這種事。

「這就是現在的情況：他收回了九戒。七戒也是，或已遭到摧毀。三戒依然下落不明，但那再也無法困擾他了。他只需要至尊魔戒，因為他親手鑄造了那枚屬於自己的魔戒，也將自身過往的一大部分力量注入其中，得以掌控其他戒指。如果他取回至尊魔戒，無論其他戒指在哪，他都能再度指揮它們，甚至包括三戒，而三戒所打造出的一切，都將赤裸裸地攤在他面前，他也會變得前所未見地強大。

「這就是駭人的機會，佛羅多。他相信至尊魔戒已經被毀了，他以為精靈早就摧毀了它，原本也應該如此。但他現在清楚魔戒並沒有被毀，還有人找到了它。所以他正竭盡全力尋找魔戒，將所有心力投注在這件事上。這是他最大的希望，也是我們最深層的恐懼。」

「哎，為何沒人摧毀它？」佛羅多叫道，「如果魔王這麼強大，戒指對他又彌足珍貴的話，又怎麼會失去它？」他緊握魔戒，彷彿已經看到黑暗的手指伸來，企圖奪走戒指。

「有人從他手中奪走魔戒。」甘道夫說，「很久以前，精靈抵抗他的力量曾經更加強大，也並非所有人類都疏遠他們。西陸人類前來幫助精靈。那是值得回味的一段古代歷史。當年不只有悲愴時刻，與大舉入侵的黑暗，同時也出現了傑出的功勳，與沒有全然徒勞的偉大事蹟。或許有一天，我會把整段故事都告訴你，也或者你能從最懂這段歷史的人口中，聽到完整的故事。

「但現在呢，既然你需要知道這東西如何流落到你手上，那我就先簡短告訴你一些值得聽的故事。推翻索倫的人，是精靈王吉爾加拉德和西陸的伊蘭迪爾，但他們也在過程中喪命。伊蘭迪爾的兒子伊西鐸從索倫手上砍下魔戒，並把它占為己有。索倫就此敗亡，他的靈魂逃之夭夭，多年來藏匿行蹤，直到他的暗影在幽暗密林中再度成型。

「但魔戒失蹤了。它落入大河安都因，並從世上消失。當年伊西鐸沿著大河東側河畔往北前進，並在金花沼地[1]附近受到迷霧山脈的歐克獸人伏擊，而他所有同伴幾乎都遭到殺害。他跳入水中，但魔戒在他游泳時從他手指上滑落，歐克獸人隨後發現他的身影，並放箭將他殺死。」

---

1 譯注：Gladden Fields，托爾金在譯名指南中指出 gladden 為鳶尾花（古英文為 glaedene），並在書信中提到此植物為黃菖蒲（Iris pseudacorus）。他要求意譯此字，但建議盡可能避開「鳶尾花（iris）」的譯名。此處使用辛達林語名稱「洛伊格寧洛隆（Loeg Ningloron）」（意為「金水」）的意思，將之譯為金花沼地。

甘道夫停了下來。「在金花沼地的黑暗水池中，」他說，「魔戒就此遁出了歷史與傳說。就連和它有關的大部分歷史，現在都只有少數人記得，而智者議會也無法挖掘出更多真相。但我想，我終於能把故事延續下去了。

「很久之後，但依然在多年之前，在大荒原邊緣的大河河岸邊，住了群手腳伶俐、腳步輕盈的矮小種族。我猜他們是哈比人的同類，與史圖爾族的祖先有血緣關係，因為他們熱愛河流，也經常在其中游泳，或是用蘆葦製作小船。他們之中有個名聲響亮的家族，因為它人數眾多，也比大多家族更富有。族人中的一位祖母治理著該家族，她為人嚴厲，且深知同胞的古老學識。那家族中好奇心最旺盛的成員名叫史麥戈。他對萬物的根源與起源十分感興趣。他會潛入深水中，也會在樹木花草底下挖洞，還會鑽進翠綠土丘底下。他不再抬頭仰望山頂，或是樹上的葉片，或是盛開的花朵，他的腦袋與雙眼總是專注在底下。

「他有個名叫德戈的朋友，習性和他相同，目光銳利但速度沒那麼快，也沒那麼強壯。他們有次駕船航向金花沼地，那裡長了一大片鳶尾花和開花的蘆葦。史麥戈在那下船，並在河畔邊四處摸索，德戈則待在船上釣魚。忽然間，有隻大魚咬住他的魚鉤，而在他反應過來前，大魚就把他從船上拖進水中，使他一路沉到河底。接著他鬆開了釣線，因為他瞥見河床上某個閃亮的物體，他憋住氣，伸手抓住它。

「他氣喘吁吁地浮上水面，頭髮沾上蘆葦，手裡也有一團泥巴。他隨即游向河畔，看呀！當他洗去汙泥時，手裡就出現了一枚漂亮的金戒指。它在太陽下閃爍發光，讓他感到十分開心。但史麥戈一直躲在樹後偷看他，而當德戈貪婪地望著戒指時，史麥戈使輕柔地從後頭靠近。

「『把那東西給我們，親愛的德戈。』史麥戈從他朋友肩膀旁探頭過來說。

「『為什麼？』德戈說。

「『因為今天是我生日，親愛的，我想要它。』史麥戈說。

「『我才不管。』德戈說，『我已經送過你禮物了，還貴得不像樣。是我找到這東西的，我要留著它。』

「『噢，是這樣呀，親愛的。』史麥戈說，他掐住德戈的喉嚨，把對方狠狠勒死，因為黃金看起來明亮又美麗。接著他把戒指套上手指。

「沒人發現德戈的下場。他在家園遠方遭到謀殺，遺體也被巧妙藏匿起來。史麥戈獨自回家，並發現當他戴上戒指時，就沒有家人看得見他。他對這項發現感到非常滿意，也絕口不提。他利用戒指來挖掘祕密，也把自己得知的事用在心術不正的歹毒行為上。他對有害的事物變得耳聰目明，戒指根據他的資質，賦予他相應能力。因此他變得非常不受歡迎，所有親戚也對他避之唯恐不及（當他沒有隱形時）。他們用力踹他，他則會反咬對方的腳。他改以偷竊為生，並四處低聲自言自語，喉嚨裡還發出呼嚕聲。於是他們叫他『咕嚕』，並咒罵他，要他滾得遠遠的。希冀平靜的祖母，便將他從家族中驅逐出去，把他從她的地洞中趕走。

「他孤獨地流浪，因世界為他帶來的苦難哭泣了半晌。他往大河上游前進，直到他抵達自山脈流下的小溪，他便改往那方向走。他在深邃水池中用隱形的手指抓魚，並生吃牠們。有天非常炎熱，而當他在一座水池旁彎腰時，感到後腦杓傳來燒灼感，水面反映出的眩目強光，也使他溼潤的雙眼感到刺痛。他對此感到疑惑，因為他幾乎遺忘了太陽。他最後一次抬頭往上看，並對太陽揮舞拳頭。

「但當他讓視線下垂時，就看到位於遠處前方的迷霧山脈巔峰，溪流正是從那裡泉湧而出。他忽然想到：『那些山脈底下一定涼爽又陰暗。太陽在那裡看不到我。那些山脈的根源一定是世界的根源，裡頭絕對埋藏了自從萬物初生時，就沒人發現過的大祕密。』

「於是他在夜色下爬進高地，並找到流出黯淡溪水的小山洞。他像隻蛆蟲般鑽進山丘深處，從此消失在所有紀錄中。魔戒和他一同進入黑影，就連它的創造者再度重拾力量時，也無法得知它的消息。」

「咕嚕！」佛羅多喊道，「咕嚕？你是說，這就是比爾博遇見的怪物咕嚕？太噁心了！」

「我想這是段悲傷的故事，」甘道夫說，「也可能發生在其他人身上，甚至連我認識的一些哈比人都有可能。」

「無論關係差了多遠，我都不敢相信咕嚕和哈比人有關。」佛羅多有些憤慨地說，「這件事太糟糕了！」

「這是千真萬確的事實。」甘道夫回答，「總之，關於哈比人的起源，我比哈比人自己知道得還多。就連比爾博的故事都暗示出兩者間的關聯。他們的心底深處與記憶中有大量相似的認知。他們非常了解彼此，比哈比人對矮人、歐克獸人或精靈的理解更深刻。拿他們兩個都懂的謎語當範例好了。」

「對。」佛羅多說，「不過除了哈比人以外的種族也會問謎語，也會問類似的謎題。哈比人也不會作弊。咕嚕一直都打算作弊。他只是想讓可憐的比爾博露出破綻。我敢說，玩一場或許能讓他輕鬆得到獵物，輸了卻沒有損失的遊戲，對他惡毒的心腸來說肯定很有趣。」

「恐怕確實如此。」甘道夫說，「但我想，其中有些你還沒察覺的事。就連咕嚕也沒有完全病入膏肓。他撐得比智者預料得還久——哈比人可能有這種能耐。他心中還有個屬於自己的小角落，光明也會滲入其中，彷彿穿過黑暗中的一絲裂隙：那是來自過去的光芒。我覺得，他喜歡再度聽到友善的聲音，這會讓他想起關於微風、樹林與照在青草上的陽光的回憶，還有各種早已遺忘的事物。

「但到了最後，那自然會使他邪惡的一面更加憤怒——除非他能征服自己的黑暗面。除非他能治癒自己。」甘道夫嘆了口氣。「唉！他的希望非常渺茫。但並非絕望。不，就算他持有魔戒這麼久也一樣，時間幾乎可以追溯到他的記憶原點。因為他已經很久沒有經常配戴魔戒了，在漆黑的洞穴中，他不常需要戒指。他當然從未『褪化』。他依然瘦弱而精實。但戒指自然吞噬了他的心智，而這股折磨已變得幾乎令他難以忍受。

「山下所有的『大祕密』，最後只不過是空虛的夜晚。底下沒有什麼祕密能找，也無事可做，他只能鬼鬼祟祟地進食，並心懷怨懟地回憶過往。他過得非常悲哀。他厭惡黑暗，還更痛恨光明；他怨恨一切，尤其是魔戒。」

「你說這話是什麼意思？」佛羅多說，「魔戒肯定是他的寶貝，也是他唯一在乎的東西吧？但如果他怨恨魔戒，為何不乾脆丟掉它，或是離開並拋下它呢？」

「聽過這些事後，你該開始明白了，佛羅多。」甘道夫說，「他對戒指又愛又恨，就如同他對自己又愛又恨。他無法拋下魔戒。他已經沒有意志力那樣做了。

「力量之戒會照料自己，佛羅多。它可能會狡猾地鬆掉，但持有人永遠不會遺棄它。他頂多會考慮把戒指交給別人照顧——也只有在它剛開始掌控使用者的初期，對方才想這麼做。但就我所知，比爾博是史上唯一擺脫控制，也確實辦到的人。他也需要我全力協助。即便如此，他也永遠不會輕易放棄魔戒，或將它棄如敝屣。佛羅多，下決定的不是咕嚕，而是魔戒本身。魔戒離開了他。」

「什麼，剛好及時遇到比爾博嗎？」佛羅多說，「歐克獸人不會比較適合嗎？」

「這不是笑話。」甘道夫說，「對你而言絕對不是。這是魔戒的整段歷史上最古怪的事件：比爾博剛好及時到來，在黑暗中盲目地把手放在戒指上。

「世上不只有一股勢力在運作，佛羅多。魔戒想回到它主人身邊。它從伊西鐸手中滑落，並背叛了他；之後則是咕嚕，魔戒也吞噬了他。他對魔戒而言已經沒有用處了，他太過渺小又卑劣。只要魔戒和他待在一起，他就永遠不會離開自己的深邃水池。於是，當它的主人再度甦醒，從幽暗密林發出邪惡思維時，它便遺棄了咕嚕。但最出乎意料的人卻撿起了它：來自夏郡的比爾博！

「這件事背後有其他力量在運作，效果遠超魔戒鑄造者的任何計畫。我只能說，比爾博注定要找到魔戒，這也並非鑄造者的選擇。因此你也注定要得到它。這種想法或許能令人寬心。」

「一點都不。」佛羅多說，「不過我不確定我明白你的意思。但你是怎麼得知這些關於魔戒和咕嚕的事的？你真的清楚這一切，或是還在猜測？」

甘道夫眼神炯炯地看著佛羅多。「我清楚很多事，也得知了不少消息。」他回答，「但我不會把我的所有作為告訴你。所有智者都知道伊蘭迪爾、伊西鐸和至尊魔戒的歷史。光是憑藉火焰文字，就能證明你的戒指是至尊魔戒，而不需要其他佐證。」

「你什麼時候發現這件事的？」佛羅多打岔道。

「當然是剛剛在這座房間裡發現的。」巫師語氣尖銳地回答，「但我料到這種結果了。我從黑暗旅程與漫長搜索中歸來，打算進行最終測試。那是最後一項證據，一切現在已水落石出。找出咕嚕的故事，再用它填補歷史中的空白，則需要花點腦筋。剛開始我也許只能猜測咕嚕的狀況，但我現在並沒有瞎猜。我清楚事實。我見過他了。」

「你見過咕嚕？」佛羅多訝異地驚呼道。

「對。如果辦得到的話，顯然就該這麼做。我很久以前嘗試過，但我最後終於辦到了。」

「那當比爾博逃離他後，發生了什麼事？你知道嗎？」

「不太清楚。我告訴你的，是咕嚕願意吐露的事——不過，他說的方式自然與我不同。咕嚕是個騙子，你也得仔細篩選他的話語。比如說，他堅稱魔戒是他的『生日禮物』。他說那來自他祖母，對方則擁有很多相似的美麗物品。荒唐的說法。我相信史麥戈的祖母是個獨特的女強人，但說她擁有許多精靈戒指，就太荒謬了，至於把戒指送走這回事，就是個謊言。但這股謊言中帶有一絲真相。

「咕嚕難以忘懷殺害德戈的事，他也對此編織藉口。當他在黑暗中啃咬骨頭時，便一再對他的『寶貝』重覆說這件事，直到他自己幾乎相信。當天是他的生日。德戈該把戒指給他。它出現的原因，就是為了當他的禮物。那是他的生日禮物，他不斷這麼說。

「我盡量忍受著他，但真相極為重要，最後我也只得使出殺手鐧。我讓他陷入對火焰的恐懼，並從他口中逐字逐句逼出真相，也聽了不少啼哭聲和嘶吼聲。他認為自己受到誤解和虐待。但當他終於向我吐露過往，包括猜謎遊戲的結尾與比爾博的脫逃時，他就不願再多說，除了陰森的暗示以外。比起怕我，他反而更畏懼別的東西。他咕噥說自己會討回公道。人們等著瞧，他不會再接受欺侮，更別提被趕進洞裡和遭到搶劫。咕嚕現在有好朋友了，是強大的好朋友。他們會幫助他。袋金斯會付出代價。那是他的主要想法。他痛恨比爾博，也詛咒他的名字。而且，他知道比爾博來自何處。」

「但他是怎麼發現的？」佛羅多問。

「這個嘛，說到他的名字，比爾博非常不明智地自己告訴了咕嚕，當咕嚕離開山洞後，就不難找出比爾博的家鄉。沒錯，他出來了。他對魔戒的渴望比對歐克獸人或對光線的恐懼更強。一兩年後，他就離開山區。儘管他依然受制於對魔戒的渴望，但戒指不再吞噬他了，他開始復原了一點。他感到年老體衰，但不再膽怯，還感到極度飢餓。

「他依然畏懼與痛恨光芒，無論是陽光或月光都一樣，我想他永遠無法改變這點。但他狡猾無比。他發現自己能躲過陽光和月光，並在夜色下敏捷輕柔地靠他蒼白冰冷的雙眼探路，並抓到心懷恐懼或不設防的小生物。有了新食物與新空氣後，他就變得更為大膽強壯。如我所料的是，他一路走進了幽暗密林。」

「你是在那裡找到他的嗎？」佛羅多問。

「我在那看到他。」甘道夫回答，「但在那之前，他已經循著比爾博的足跡走到遠方了。很難從他口中得知任何確切情報，因為咒罵和威脅總會持續打斷他的話語。『它的口袋裡有什麼？』他說，『它不說，不，寶貝。作弊的小鬼。問題不公平。它先作弊，是真的。它破壞了規則。我們該掐死它，對，寶貝。我們會辦到的，寶貝！』

「那就是他講話的方式，我不覺得你想再聽更多，當時我已經聽膩了。但從我在嘶吼中察覺的零星暗示裡，我得知他最後鬼鬼祟祟地抵達伊斯加洛斯，甚至踏上河谷城的街道，偷聽並窺探人群。這個嘛，大事件的消息在大荒原中傳得無遠弗屆，也有許多人聽過比爾博的名字，還知道他來自何方。當我們返回他位於西方的老家時，並沒有對此多加隱瞞。咕嚕敏銳的耳朵很快就會得知他想知道的事。」

「那為何他沒有到更遠的地方追比爾博？」佛羅多問，「他為何沒到夏郡來？」

「啊，」甘道夫說，「我們說到重點了。我想咕嚕試過，他出發並往西方走，並抵達大河，但他隨即轉向。我確定，距離並沒有嚇倒他。不，有別的東西把他引走。幫我獵捕他的朋友們是這麼想的。

「木精靈們先追蹤到他，這對他們來說易如反掌，因為他的足跡依然新鮮。他們順著足跡穿越幽暗密林，又再度回到森林中，不過他們從未逮到他。森林裡有關他的謠言四起，就連野獸與飛鳥都會談起那些恐怖故事。森林居民們說有新的恐怖妖物出現，那是個嗜飲鮮血的鬼魅。它會爬上樹木來找尋鳥巢，也會爬進地洞找尋幼獸，還會溜入窗口來尋覓搖籃。

「但足跡在幽暗密林西方邊陲轉彎。它往南延伸，脫離了木精靈的掌握，並從此消失。接著我犯了個大錯。對，佛羅多，這也不是我頭一次犯錯，但我害怕這可能是最糟的情況。我沒有干涉局勢，我讓他走了，因為當時我心裡還想著很多事，也依舊信任薩魯曼的學識。

「哎，那是多年前的事了。在那之後，我用許多黑暗、危險的日子付出了代價。當比爾博離開這裡後，我再度追蹤起淡去許久的蹤跡。要不是有某位朋友的幫助，我的搜索便會徒勞無功，他叫亞拉岡，是世上當前最高明的行旅者與獵人。我們一同在整座大荒原上追蹤咕嚕，心中毫無希望，也未獲成功。但到了最後，當我放棄追蹤並轉向其他路途時，有人找到了咕嚕。經歷了莫大危機後，我朋友把那悲慘的生物帶了過來。

「他不願說自己做過的事。他只是不斷哭泣，說我們很殘忍，喉中還不斷發出『咕嚕』聲。當我們逼問他時，他就發出嗚咽聲並畏縮起來，並搓揉他細長的雙手，再舔拭自己的手指，彷彿手指使他感到疼痛，他也像是記起了某種過去的折磨。但原因恐怕無庸置疑了：他緩慢又鬼鬼祟祟地前進，一步接著一步，往南走了無數哩路，直到他終於抵達魔多國度。」

沉重的死寂籠罩了房間。佛羅多能聽到自己的心臟跳動。就連外頭的一切也似乎完全靜止，現在完全聽不到山姆的園藝剪發出的聲響。

「沒錯，他去了魔多。」甘道夫說，「唉呀！魔多吸引了所有邪惡生靈，黑暗勢力也正全力將它們聚集到該處。魔王的魔戒也會留下印記，使他受到召喚吸引。當時所有人都悄聲談起南方的全新暗影，以及它對西方的恨意。他的新朋友們就來自此處，他們也會協助他報仇！

「可憐的傻瓜！他在那裡會得知遠遠超越他忍受範圍的事。當他在邊界躲藏遊蕩時，遲早會被抓到，並遭到盤查。恐怕這就是當時發生的事。當他被發現時，就已經待過那裡很久了，也正在離開的路上。他準備進行某種心懷不軌的差事。但那不重要了。他已經做出了最糟糕的行為。

「沒錯，唉！魔王已透過他，得知至尊魔戒已再度被尋獲。他清楚伊西鐸命喪何處。他知道咕嚕在哪找到他的戒指。他知道那是枚權能魔戒，因為它會賦予漫長壽命。他知道那不是三戒之一，因為它們從未遺失，也不會忍受邪惡。他知道那不是七戒或九戒之一，因為他曉得它們的下落。他知道這就是至尊魔戒。我想，最後他聽說了『哈比人』和『夏郡』的消息。

「夏郡——即便他還沒發現確切地點，現在他也在找尋此地了。沒錯，佛羅多，恐怕他甚至認為，多年來無人注意到的名字『袋金斯』，現在已經變得至關重要。」

「這太嚇人了！」佛羅多喊道，「比起我從你的暗示與警告中想像出的最糟狀況，還要來得更惡劣。噢，甘道夫，我最好的朋友，我該怎麼做？我現在真的很害怕。我該怎麼做？當比爾博有機會時，卻沒刺死那個卑鄙生物，真是太可惜了！」

「可惜？阻止他下手的是憐憫。憐憫與慈悲——沒有必要，不隨便攻擊。他也得到了莫大的回報，佛羅多。相信我，邪惡勢力對他只造成些微影響，最後他也逃出生天，就是因為他取得魔戒的方式：憐憫。」

「對不起，」佛羅多說，「但我嚇壞了，對咕嚕也無法感到憐憫。」

「你還沒見過他。」甘道夫打岔道。

「的確沒有，我也不想。」佛羅多說，「我不懂你的意思。你是說，在他做過那些駭人行為後，你和精靈依然讓他活著？無論如何，他都和歐克獸人一樣歹毒，只是個敵人。他罪該萬死。」

「罪該萬死！我相信他確實如此。許多該死的人都好好地活著。有些喪失生命的人卻已不在人世。你能把生命還給他們嗎？如果不行，就別急著對他人的生死做定奪。就連最睿智的人，也無法摸清所有的結局。我不認為咕嚕死前能痊癒，但他依然有一絲機會。他也與魔戒的命運息息相關。我的內心告訴我，在一切結束前，他還得扮演某種角色，但不確定是善或惡。等結局到來時，比爾博的憐憫或許會宰制許多人的命運——你自然是其中之一。總而言之，我們沒有殺他：他非常老邁，也形同枯槁。木精靈們將他囚禁起來，但他們用睿智的心腸盡可能善待他。」

「無論如何，」佛羅多說，「即便比爾博沒有殺掉咕嚕，我都希望他沒有留下魔戒。我希望他從來沒有找到它，也希望我沒繼承它！你為什麼要讓我留著它？你為何不逼我把它丟掉，或是摧毀它？」

「讓你？逼你？」巫師說，「你沒在聽我說的話嗎？你沒在思考自己講出的東西。至於把它丟掉，那絕對是錯誤的舉動。這些魔戒有辦法讓人找到自己。在惡人手中，它就可能帶來極度可怕的後果。最糟的是，它可能會落入魔王的手中。這件事無可避免：因為這就是至尊魔戒，魔王也正竭盡全力尋找它，或將它吸引到自己身邊。

當然了，我親愛的佛羅多，這對你而言十分危險；這件事也讓我心煩不已。但有太多事陷入危機，迫使我得冒些風險——不過即便當我離開時，夏郡也從來沒有任何一天不受到嚴密看管。只要你從不使用它，我就不認為魔戒會為你帶來任何長期效果，也不會帶來害處，至少有很長一段時間不會如此。你也得記好，當我在九年前最後一次見到你時，我還所知甚少。」

「但為何不摧毀它呢？你說很久以前就該這樣做了。」佛羅多再度喊道，「如果你警告過我，或送信給我的話，我就會毀掉它了。」

「你會嗎？你要怎麼做？你試過嗎？」

「沒有。但我想我可以用鎚子敲壞它，或是熔掉它。」

「試試看！」甘道夫說，「現在就試吧！」

佛羅多再度從口袋中取出魔戒，並看著它。現在的它素雅光滑，看不到上頭有任何痕跡或符號。黃金看起來美麗而純淨，佛羅多則想到它的顏色有多豐富華麗，圓形的形體也堪稱完美。這是個令人心生讚賞的物體，也彌足珍貴。當他拿出戒指時，就打算把它丟進火爐最炙熱的位置。但他現在發現自己無能為力，除非經歷一番內心掙扎。他猶豫地緊握魔戒，強迫自己想起甘道夫告訴他的一切，接著他費盡心力做出動作，彷彿要將它丟掉——但他卻發現自己把戒指收回口袋裡。

甘道夫陰沉地笑了一聲。「你看到了嗎？你也已經無法輕易捨棄它了，佛羅多，也不願損害它。我也無法『逼』你——除非我動用暴力，但那會粉碎你的心智。至於破壞魔戒，蠻力則毫無用武之地。即便你拿沉重的鐵鎚敲它，上頭也不會出現凹痕。你我的雙手都無法損傷它一絲一毫。

「當然了，你的小火爐連普通的黃金都熔不掉。這枚魔戒已經毫髮無傷地通過它的火焰，甚至連溫度都沒有上升。夏郡沒有任何鐵匠的熔爐能影響它，就連矮人的鐵砧與鍋爐都辦不到。據說龍焰能熔化並吞沒力量之戒，但世上現在沒有任何龍族擁有昔日的烈火；過往也從來沒有任何巨龍能傷害至尊魔戒，就連黑龍安卡拉剛[2]也辦不到，因為這是索倫親自打造的統御魔戒。

「只有一個方法可行：如果你真的想摧毀它，讓它永遠無法落入魔王之手的話，就得找到位在歐洛都因火山深處的末日裂隙，並把魔戒丟入裡頭。」

「我真心希望能摧毀它！」佛羅多喊道，「這個嘛，或是讓它被毀。我不是進行危險任務的料。我真希望我從來沒見過魔戒！它為何會來到我身邊？我為何會被選上？」

「這種問題沒有答案。」甘道夫說，「你可以相信，這不是為了其他人缺乏的優勢，也絕對不是為了力量或智慧。但你被選中了，因此你得使用自己現有的力量、心胸與智慧。」

「但我沒有這些東西！你睿智又強大。你不收下魔戒嗎？」

「不！」甘道夫叫道，猛地站起身來，「有了那種力量後，我的能力就會變得過於強大而恐怖。」他的雙眼閃爍精光，心中的火焰彷彿照亮了臉孔。「別誘惑我！因為我不想變得像黑暗魔君一樣。但魔戒會透過憐憫控制我的內心，包括對弱者的憐憫與對為善力量的渴求。別誘惑我！我不敢收下它，即便是妥善保管不去使用它。使用它的心願，對我的力量會帶來過大的代價。我還需要自己的力量。我面前依然危機重重。」

他走到窗邊，打開窗簾與窗板，陽光再度照入房內，吹著口哨的山姆經過外頭的通道。「然後，」巫師說，並轉身面對佛羅多，「決定權在你手上。但我永遠都會幫助你。」他把手擺在佛羅多肩膀上。「只要它還是你的負擔，我就會幫你扛住它。但我們得盡快動手。魔王已經展開行動了。」

漫長的沉默籠罩兩人。甘道夫再度坐下，並抽著菸斗，彷彿迷失在思緒中。他看似閉上眼睛，但他眼瞼下的雙眼正緊盯佛羅多。佛羅多注視著壁爐中的火紅餘燼，直到他眼中

---

2 譯注：Ancalagon the Black。第一紀元結尾的怒火之戰（War of Wrath）時，魔高斯為了扭轉戰局頹勢，便釋放出有翼巨龍對抗從維林諾（Valinor）前來的維拉大軍，安卡拉剛則是龍族中最龐大的巨龍。埃倫迪爾最後斬殺了牠，牠巨大的屍體則壓毀了魔高斯要塞頂端的山戈洛灼姆（Thangorodrim）火山。

的景象只剩下火燼，他也似乎往下觀看著深沉的火焰深淵。他心裡想到傳說中的末日裂隙與那座恐怖的火山。

「好啦！」甘道夫最後說道，「你在想什麼？你決定好該做什麼了嗎？」

「還沒！」佛羅多回答，他從黑暗中回過神來，並訝異地發現周圍並不黯淡，他也能從窗口看到外頭陽光下的花園。「或者，該說想好了。從對你說法的理解，我想我得保管魔戒並守住它，至少到目前為止得這樣，無論它對我有什麼影響。」

「如果你用那種目的保管它，無論它會做出什麼事，它步向邪惡的速度都將極為緩慢。」甘道夫說。

「我希望如此。」佛羅多說，「但我希望你能趕快找到更適合的保管人。但在此同時，我似乎對周遭的生靈都帶來了危險。我沒辦法在保管魔戒的同時，還留在這裡。我應該離開袋底洞，也離開夏郡，離開所有人事物，並遠走高飛。」他嘆了口氣。

「如果可以的話，我想拯救夏郡——不過有時候，我認為當地人太過愚笨無知，也認為地震或巨龍入侵可能才會讓他們進步。但我現在不這麼想了。我覺得只要夏郡還安全無虞地存在，我就更能忍受流浪了：即便我無法再度返回夏郡，但我知道世上會有個安心的落腳處。

「當然了，我有時想過要遠走高飛，但我把這種狀況想像成某種假期，像是比爾博旅程的一連串冒險，最後則平靜收場。但這件事代表流亡，我得從危機逃入另一段危機中，危險也不斷在我身後追趕。如果我得這樣做並拯救夏郡的話，我想我就得獨自出發。但我覺得自己十分渺小，還得遠離家鄉，而且——非常絕望。魔王太過強大而恐怖了。」

他沒有告訴甘道夫，但當他說話時，心裡就燃起了一股想跟隨比爾博的莫大衝動——跟上比爾博的腳步，或許還能再度找到他。這股念頭強烈到蓋過了佛羅多的恐懼，他幾乎能立刻衝到路上，頭上還沒戴帽子，就像多年前比爾博在某個相似的早晨時所做的一樣。

「我親愛的佛羅多！」甘道夫驚歎道，「我之前說過，哈比人的確是令人訝異的生物。你能在一個月內得知他們所有生活習性，但過了一百年後，他們依然能在緊要關頭讓你大吃一驚。就連從你口中，我都沒料到會聽到這種答案。但比爾博的確選對了繼承人，儘管他不曉得這件事有多重要。你說的恐怕沒錯，魔戒無法繼續隱藏在夏郡了。為了你和其他人好，你得離開，並拋下袋金斯這姓氏。在夏郡或在野地中，那個姓氏都不安全。我幫你取個行遊用的名字。當你出發時，就自稱為丘下先生。

「但我不認為你需要獨自旅行。如果你認識某個你能信任的人，對方還願意與你同行的話，就沒有關係——你也得願意帶他踏入未知危機。但如果你想找同伴，就得小心挑選！即便是對最親近的朋友，也得注意你說的話！敵人有許多奸細，也有不少打聽消息的方法。」

他忽然停了下來，彷彿正豎耳聆聽。佛羅多注意到地洞裡外都變得非常安靜。甘道夫潛行到窗口旁，接著一個箭步衝向窗台，再往外伸出一隻修長的手臂，並往下抓。外頭傳來一聲尖叫，山姆．甘吉長滿鬈髮的頭隨即露了出來，一隻耳朵還被扯住。

「哎呀，哎呀，老天保佑我的鬍鬚！」甘道夫說，「你是山姆．甘吉吧？你在做什麼？」

「老天保佑你，甘道夫先生！」山姆說，「什麼都沒做！我只是在修剪窗戶底下的雜草，希望你可以理解。」他拿起園藝剪，把它當作證據展示出來。

「我理解不了。」甘道夫陰沉地說，「我已經有段時間沒聽到你剪草的聲音了。你偷聽了多久？」

「偷聽，先生？我不懂呀，不好意思。袋底洞沒什麼好聽的，這是千真萬確的事實。」

「別裝傻！你聽到什麼了，又為何要偷聽？」甘道夫目露凶光，怒氣沖沖地豎起眉毛。

「佛羅多先生！」山姆哀嚎道，「別讓他傷害我，先生！別讓他把我變成不尋常的東西！我的老爹會承受不住的。我真的沒有惡意，先生！」

「他不會傷害你。」佛羅多說，他難以止住笑意，不過他自己也感到驚嚇又困惑不已。「他和我都清楚你沒有惡意。趕快站起來，好好回答他的問題！」

「這個嘛，先生。」山姆有些猶豫地說，「我聽到很多我不太懂的事，關於某個敵人，還有戒指，和比爾博先生，還有巨龍，和一座火山，還有——還有精靈，先生。我偷聽是因為克制不住自己，希望你懂我的意思。老天保佑我，先生，但我很愛這種故事。不管泰德怎麼說，我也相信它們。精靈呀，先生！我很想去看他們！當你離開時，先生，能不能帶我去看精靈呀？」

甘道夫忽然間哈哈大笑。「進來吧！」他喊道，一面伸出雙臂，把驚訝的山姆、園藝剪和草屑等等都拉進窗口，讓對方站在地板上。「帶你去看精靈，是嗎？」他說，一面仔細打量山姆，但他的臉上露出了一抹微笑。「所以你聽到佛羅多先生要離開了嗎？」

「沒錯，先生。所以我才啜泣了一下，你可能聽到了。我試著別這樣，但我情不自禁，我太難過了。」

「沒有別的辦法了，山姆。」佛羅多悲傷地說。他忽然明白，逃離夏郡代表的是痛苦的離別，而不僅是向熟悉的袋底洞舒適生活告別。「我得離開。但是——」此時他嚴厲地看著山姆。「——如果你真的在乎我，就得死守這件祕密。懂嗎？不然的話，如果你膽敢洩漏在這裡聽到的一字一句，我就希望甘道夫把你變成渾身斑點的蟾蜍，再讓花園裡擠滿草蛇。」

渾身顫抖的山姆跪倒在地。「起來，山姆！」甘道夫說，「我想到更好的辦法了。這樣就能守住你的口風，也能懲罰你偷聽。你得和佛羅多先生一起出發！」

「我嗎，先生！」山姆叫道，他像獲邀散步的小狗般跳起身來。「我要去見精靈了！好耶！」他大喊，接著流下淚來。

第三章——
三人成行

「你得低調出發，也該盡快動身。」甘道夫說。已經過了兩三週，但佛羅多依然沒有準備離開的跡象。

「我知道。但很難兩者兼顧。」他抗議道，「如果我像比爾博一樣消失，消息就會立刻傳遍夏郡。」

「你當然不能消失！」甘道夫說，「絕對不行！我說的是盡快，不是瞬間。如果你能想出在沒有太多人知道的狀況下溜出夏郡的方法，就值得稍微拖延。但你不能拖太久。」

「如果還在秋天，在我們的生日當天或之後呢？」佛羅多問，「我想到時我或許可以做些安排。」

老實說，他卻於動身，儘管此刻時機已到，袋底洞似乎變成比多年來更宜人的住處，他也想盡量享受自己待在夏郡的最後一個夏天。當秋天到來時，他知道心裡至少會更願意踏上旅程，每逢秋季時總會如此。他確實暗自打算在他的五十歲生日當天離開，那天也是比爾博的一百二十八歲生日。那似乎是出發並追隨他腳步的恰當日子。跟上比爾博是他心中的首要任務，這也讓離開變得稍微好受點。他盡可能不去想魔戒，以及它最終可能讓自己前往的地點。但他沒有把這件事告訴甘道夫。總是很難判斷這位巫師猜到了哪些事。

他看著佛羅多並露出微笑。「很好。」他說，「我想那是好辦法——但千萬別再拖了。我越來越擔心了。在此同時，好好照顧自己，也別洩漏你的去處！也得注意別讓山姆．甘吉說溜嘴。如果他的口風不緊，我就真的要把他變成蟾蜍。」

「至於我的去處，」佛羅多說，「這點很難洩漏，因為連我自己都還不知道該去哪。」

「別傻了！」甘道夫說，「我並不是要你別在郵局留下地址！但你要離開夏郡了，直到你遠走高飛前，都不該有人知道這件事。你也得離開，或至少往東西南北任何一方動身——也不能有人知道你的去路。」

「我一直在想離開袋底洞和道別的事，所以我根本沒考量過去向。」佛羅多說，「我該去哪？又該往哪個方向走？我的任務是什麼？比爾博去尋寶，並在冒險後回到家園；但就我所知，我的目的是扔掉寶物，可能還無法回家。」

「但你無法預測太久以後的事。」甘道夫說，「我也辦不到。找到末日裂隙可能是你的任務，但這任務也可能由別人接手。我不曉得。總而言之，你還沒準備好踏上那條漫漫長路。」

「確實沒錯！」佛羅多說，「但在此同時，我該往哪走？」

「前往危險。別操之過急，也別走太筆直的路線。」巫師回答，「如果你想要我的建議，就前往裂谷。那段旅程應該不會太危險，不過路途已經不如以往輕鬆，隨著年終將近，狀況也只會變得更糟。」

「裂谷！」佛羅多說，「非常好。我會往東走，也會前往裂谷。我會帶山姆去拜訪精靈，他一定會很開心的。」他輕鬆地說，但他心中忽然浮現了見到半精靈愛隆居所的渴望，也想呼吸那座深邃山谷中的空氣，許多美麗種族的成員依然平靜地居住在當地。

在某個夏日傍晚，長春藤叢與綠龍酒館中傳出了一件令人震驚的消息。人們暫時忘卻了巨人與夏郡邊界的其他不祥之兆，轉而專注更重要的事：佛羅多．袋金斯先生要賣掉袋底洞，而且居然已經賣掉了——買方是麻袋維爾袋金斯家！

「價格也不錯。」有些人說，「是討價還價後的價格。」其他人說，「當買家是蘿貝莉亞夫人時，這就很容易發生。」（奧索已在幾年前過世，以一百〇二歲的年紀英年早逝。）

佛羅多先生賣掉他華麗地洞的原因，比價格更令人匪夷所思。幾個人抱持著理論（袋金斯先生本人也點頭和暗示這點），認為佛羅多快把錢花光了，他要離開哈比屯，並在處理拍賣過程時，低調地搬到雄鹿地，住在他的烈酒鹿家親戚們之間。「盡可能遠離麻袋維爾袋金斯家。」有些人補充道。但袋底洞袋金斯家無可匹敵的財富在人們心中早已留下深刻印象，因此大多人覺得難以相信這點，遠比他們想像中的其他理由或不合理的原因都難懂。大多人認為，這暗示了甘道夫尚未揭露的某種陰森計畫。儘管他非常低調，白天也不出門，但大家都清楚他「躲在袋底洞」。但無論搬遷事件在他的巫術計畫中會發揮什麼效果，事實都無比明確——佛羅多．袋金斯要搬回雄鹿地了。

「對，我今年秋天會搬家。」他說，「梅里．烈酒鹿正在幫我找座不錯的小地洞，或是小房子。」

其實在梅里的幫助下，他已經在位於雄鹿堡遠處鄉間的克里克窪地物色、購買了一棟小屋。對山姆以外的所有人，他都假裝自己要永久住在當地。往東動身的決定讓他想出這點子，因為雄鹿地位於夏郡東部邊界，由於他在孩提時代曾居住在當地，搬回去似乎相當合理。

甘道夫在夏郡待了超過兩個月。六月底有天晚上，當佛羅多終於安排好計畫後不久，他忽然宣佈自己隔天早上要離開。「我希望只會花一下下。」他說，「但我要去南部邊界外，看看能不能打聽到消息。我怠惰太久了。」

他說得十分輕鬆，但佛羅多覺得他看起來似乎憂心忡忡。「發生了什麼事嗎？」

「沒有啦，但我聽說了某些讓我感到擔憂的事，也得去處理。如果我覺得有必要立刻跟上你，就會馬上回來，或至少送口信來。在此同時，堅守你的計畫，但得比之前更小心，特別得小心魔戒。讓我再強調一次：別用它！」

他在黎明時離開。「我隨時都可能回來。」他說，「至少我會回來參加道別宴會。我想你在路上還是會需要我的陪伴。」

一開始，佛羅多感到相當擔心，也經常思索甘道夫聽到了哪種消息。但他的憂心逐漸淡去，而在晴朗的天氣中，他也暫時忘卻了自己的煩惱。夏郡鮮少碰上如此晴朗的夏天，或豐饒無比的秋天：蘋果樹結實纍纍，蜂窩裡滿溢蜂蜜，玉米也長得挺拔豐碩。

邁入深秋後，佛羅多才再度擔心起甘道夫。九月逐漸過去，他卻依然毫無音訊。生日與搬遷日緩緩逼近，而他依舊沒有現身或捎來口信。袋底洞開始忙碌起來。佛羅多有些朋友前來暫住並幫他打包：有費瑞德加．博哲和佛可．波芬，當然還有他的特別好友皮聘．圖克和梅里．烈酒鹿。他們把整座地洞變得凌亂不堪。

九月二十日時，有兩駕滿載貨物的加蓋馬車往雄鹿地駛去，走烈酒橋將佛羅多沒賣掉的家具和物品運到他的新家。隔天佛羅多變得憂慮不堪，也持續觀察甘道夫是否出現。在他星期四生日早晨，如多年前比爾博的盛大宴會當天晴朗無雲。甘道夫依然沒有出現。佛羅多在傍晚舉辦了道別宴，宴席的規模很小，只是為他和他四名幫手準備的晚宴。但他感到憂慮，沒有心情用餐。一想到很快就得和年輕朋友們分離，就使他的心頭備感沉重。他想知道自己該如何把這件事告訴他們。

不過，四名年輕的哈比人興致高昂，儘管甘道夫缺席，宴會也迅速變得歡快無比。除了桌椅外，餐廳中空空如也，但食物非常美味，宴席上還提供美酒，賣給麻袋維爾袋金斯的東西中並不包含佛羅多的葡萄酒。

「無論我其他財產發生什麼事，等麻袋維爾袋金斯家染指它們時，至少我已經幫這杯酒找到新家了！」佛羅多說，一面拿起酒杯一飲而盡。這是最後一口老葡園紅酒。

當他們唱遍不少歌曲，也聊過他們共同做過的許多事後，他們便為比爾博的生日敬酒，也依照佛羅多的習慣，舉杯祝比爾博和佛羅多身體健康。接著他們出去呼吸新鮮空氣，也瞥見了群星，隨即上床睡覺。佛羅多的宴會劃下終點，而甘道夫依舊沒有出現。

隔天早上，他們忙著把剩餘行李裝上另一駕馬車。梅里負責這部分，並和小胖（也就是費瑞德加·博哲）駕車離開。「你們過來前，得有人先去那裡打理房屋。」梅里說，「好啦，如果你們沒有在路上打瞌睡，就後天見啦！」

佛可在吃完午餐後回家，但皮聘留了下來。佛羅多感到不安且擔憂著，徒勞無功地豎耳傾聽甘道夫的動靜。他決定等到入夜。之後如果甘道夫急著找他，就得去克里克窪地，或許還會先行抵達該處。因為佛羅多會步行前往那裡。他的計畫（為了放鬆，也為了看夏郡最後一眼），是從哈比屯走到雄鹿堡渡口，整趟路程非常放鬆。

「我也該讓自己練練身體了。」他說，望向自己在半空走廊中沾滿灰塵的鏡子裡的倒影。他很久沒有費勁行走了，也覺得倒影看起來有點肥胖。

吃過午餐後，麻袋維爾袋金斯家——蘿貝莉亞和她長有淺棕色頭髮的兒子羅索就上門了，這使佛羅多感到不快。「終於是我們的了！」蘿貝莉亞進門時說。這並不禮貌，嚴格來說也並非事實，因為袋底洞的販售權到午夜才會生效。但或許能諒解蘿貝莉亞的行為，她比自己預料中多等了袋底洞七十七年，而她現在已經一百歲了。總之，她是來確認沒人搬走她付錢買的東西，她也要求拿到鑰匙。花了很長一陣子才讓她感到滿意，因為她帶了一分完整清單來，也仔細清點了一切。最後她和羅索帶著備用鑰匙離開，也答應將另一把鑰匙留給袋邊路的甘吉家。她哼了一聲，顯然認為甘吉家會在夜裡洗劫洞穴。佛羅多沒有請她喝茶。

他和皮聘與山姆．甘吉自己在廚房裡喝茶。他們已正式宣布，山姆會到雄鹿地「幫忙佛羅多先生，並照顧他的花園」。老爹同意這安排，不過這件事無法讓他釋懷讓蘿貝莉亞當鄰居這件事。

「這是我們在袋底洞的最後一餐！」佛羅多說，一面把椅子往後推。他們把碗盤留給蘿貝莉亞洗。皮聘和山姆繫緊三個背包，並把它們堆在前廊上。皮聘最後一次到花園散步。山姆則消失得無影無蹤。

太陽下山了。袋底洞看起來哀傷又雜亂。佛羅多在熟悉的房間中閒晃，看著夕陽的光線在牆壁上變得黯淡，陰影則從牆角中蔓延而出。洞內緩緩變暗。他走到外頭，再走到道路盡頭的大門，再走一小段路到小丘路。他有點期待看到甘道夫在暮色中走來。

天空十分晴朗，繁星格外明亮。「這是好的開始。我想走點路。我受不了繼續待下去了。我要動身出發，甘道夫也一定會跟上我。」他轉身回去，卻停下腳步，因為他聽見了袋邊路盡頭旁的轉角傳來說話聲。其中一個肯定是老爹的嗓音，另一個聲音非常古怪，聽起來有些令人不安。他聽不出對方說了什麼，但他聽到老爹語氣尖銳的回答。老人家似乎很生氣。

「不，袋金斯先生離開了。今天早上就出發了，我兒子山姆跟他一起去，所有的東西都搬過去了。對，全都賣掉了，我告訴過你了。為什麼？那跟我沒關係，也跟你無關呀。去哪？那不是什麼祕密。他搬去雄鹿堡之類的地方了，離這裡很遠。對，沒錯——路挺遠的。我自己從來沒去過那麼遠的地方，住在雄鹿地的都是怪人。不，我沒辦法傳口信去。晚安！」

腳步聲逐漸往小丘下遠去。當腳步聲沒往小丘上走時，他似乎鬆了一口氣，佛羅多對此感到有些好奇。「我想，是因為受夠了有人打探我的行蹤吧。」他心想，「這些人真是愛打聽八卦！」他有點想去問老爹發問者的身分，但他打消了念頭（不知是好是壞），轉身快步走回袋底洞。

皮聘坐在前廊中他的背包上。山姆不在那裡。佛羅多走進漆黑的門口。「山姆！」他喊道，「山姆！時間到了！」

「來了，先生！」洞內深處傳來回應，山姆本人隨後也急忙跑了出來，一面抹著嘴。他剛剛在酒窖中向啤酒桶道別。

「都準備好了嗎，山姆？」佛羅多問。

「是的，先生。我可以撐一陣子，先生。」

佛羅多關上並鎖住圓門，再把鑰匙交給山姆。「帶鑰匙跑回你家，山姆！」他說，「然後穿過袋邊路，盡快到草地遠處的小徑大門旁和我們會合。我們今晚不會穿越村子。有太多人在窺探消息了。」山姆全速跑走。

「好啦，我們終於要出發了！」佛羅多說。他們扛起背包並拿起手杖，繞道袋底洞西側的轉角。「再見！」佛羅多說，一面望向漆黑空蕩的窗戶。他揮揮手，接著轉身（他不曉得自己其實順著比爾博的路線走）快步跟著皮瑞格林走下花園通道。他們跳過小丘底部籬笆的低處，再踏上田野，如同草叢中的沙沙聲般消失在黑暗中。

在小丘山腳下的西側，他們來到往狹窄小徑敞開的大門。他們在此留步，調整他們背包的背帶。山姆隨即出現，快步走來並奮力喘氣，他沉重的背包高高掛在肩上，還在頭上頂了個高聳軟癱的毛氈袋，他把這東西稱為帽子。在黑暗中，他看起來非常像個矮人。

「我確定你把最重的東西都給我了。」佛羅多說，「我真同情蝸牛，還有所有得扛著自家的生物。」

「我還可以多背一點，先生。我的袋子很輕。」山姆頑強地撒謊。

「不，你才不必那樣做，山姆！」皮聘說，「這樣對他才好。除了要我們打包的東西外，他什麼都沒帶。他最近太懶散了，等他自己走點路，就會覺得重量變輕了。」

「對可憐的老哈比人好一點！」佛羅多笑道，「等我抵達雄鹿地前，相信我就會變得跟柳條一樣瘦弱了。但我在胡說八道。我覺得你背太多東西了，山姆，下次打包時我會注意這點。」他再度拿起手杖。「好啦，我們都喜歡在黑暗中走路。」他說，「讓我們在睡前多走幾哩路吧。」

他們順著小徑往西走了一小段距離。離開小徑後，他們往左轉，安靜地再度踏上田野。他們沿著灌木樹籬與矮林邊界以縱隊方式前進，夜色籠罩身邊的一切。穿著暗色斗篷的他們，彷彿全都擁有魔法戒指般隱匿身形。由於他們都是哈比人，也試圖保持安靜無聲，因此他們沒發出任何聲音，連哈比人都無法聽到他們的動靜。就連田野和樹林中的野生動物，都幾乎沒有注意到他們經過。

過了一陣子後，他們踏上一條狹窄的木板橋，跨越了哈比屯以西的小河。溪流像條蜿蜒的黑色緞帶，兩旁矗立著傾斜的赤楊樹。他們往南走了一兩哩後，便著急地通過源自烈酒橋的大路──他們現在位於圖克地，接著他們繞向東南方的綠丘鄉。當他們開始攀上第一座斜坡時，就往回一看，見到遠處哈比屯的燈火在小河的平坦谷地中閃爍。燈光很快就消失在漆黑大地的褶曲地形中，而臨水與鄰近的灰色水潭也隨之失去蹤影。當最後一處農場的燈火已遠在身後，在樹林間微微顫動時，佛羅多便轉身揮手道別。

「我真想知道，自己會不會再見到那座谷地。」他靜靜地說。

當他們走了大約三小時後，就停下來休息。夜晚晴朗涼爽，空中繁星點點，但幾縷霧氣正從溪水與廣闊草原升起，緩緩飄上山丘側面。葉片稀疏的樺木在他們頭頂的微風中搖曳，在黯淡的天空下形成了一張黑網。他們吃了頓簡約的晚餐（對哈比人而言是如此），接著再度前進。他們很快就踏上一條上下起伏的狹窄道路，道路在前方的黑暗中變成灰色，這就是通往林木廳、史托克和雄鹿堡渡口的路。它從小河谷中的主要幹道往上攀升，繞過綠丘邊陲並伸向林尾，該地是東區的一處野地。

過了一陣子後，他們深入高聳樹木之間的一條分岔道路，乾枯的樹葉則在夜裡沙沙作響。當時一片漆黑。剛開始他們會相互交談，或是一同輕輕地哼著歌曲，因為現在他們已經遠離了好事的人們。接著他們沉默地前進，皮聘的腳步則開始落後。最後，當他們開始攀爬一處陡坡時，他停下來打呵欠。

「我好睏。」他說，「很快我就會倒在路上呼呼大睡了。你們要站著睡嗎？快要午夜了。」

「我以為你喜歡在黑暗中走路。」佛羅多說，「但我們不必趕路。梅里認為我們後天才會到，但這代表我們還有兩天可走。等我們找到第一個恰當的地點，就可以停下來了。」

「這裡吹的是西風。」山姆說，「如果我們抵達山丘另一端，就能找到夠舒適的遮蔽處了，先生。如果我沒記錯的話，前面有座乾燥的冷杉林。」山姆熟知哈比屯二十哩內的地區，但那是他地理知識的極限了。

剛跨越丘頂後，他們就找到了冷杉林。他們離開道路，走進飄散樹脂氣味的黑暗樹林中，並收集枯枝和毬果來生火。他們很快就在一棵高大的冷杉樹底旁生起了劈啪作響的火堆，他們也環坐在火焰旁一陣子，直到大家開始打盹。接著，他們每個人都選了大樹樹根旁的其中一角，蜷縮在斗篷和毛毯裡，很快就陷入熟睡。他們沒有安排人守夜，就連佛羅多都還不怕危險，因為他們依然身在夏郡中心。當火堆熄滅時，就有幾隻生物走來看他們。有隻為了辦事而經過森林的狐狸，停下來好幾分鐘並聞了聞。

「哈比人！」牠心想，「哎呀，接下來會發生什麼事呢？我聽說這裡發生怪事，但我很少聽過有哈比人會到戶外睡在樹下。有三個人！幕後一定有某種大事！」牠想得沒錯，但牠從來沒得知其他事。

蒼白溼冷的早晨隨後到來。佛羅多先醒來，並發現樹根把他背後的衣服戳了洞，他的脖子也十分緊繃。「開心走路！我為什麼不駕車呢？」他想，他通常在旅行開始時都會這麼想。「我把所有漂亮的羽毛床都賣給麻袋維爾袋金斯了！這些樹根才適合他們。」他伸個懶腰。「醒來了，哈比人！」他喊道，「早晨真美。」

「有什麼美的？」皮聘說，邊用一隻眼睛窺探毛毯邊緣外頭。「山姆！九點半就把早餐準備好！你把洗澡水燒熱了嗎？」

山姆跳起身來，看起來格外睡眼惺忪。「不，先生，我還沒燒水，先生！」他說。

佛羅多把毛毯從皮聘身上扯掉，再把他翻過身，接著走到樹林邊緣。東方依然籠罩世界的濃厚霧氣中升起了紅日。染上金紅光輝的秋季樹林，似乎漂泊不定地在陰影之海上航行。離他腳下左邊一小段距離的陡峭道路，則往下延伸到一處凹地，並就此消失。

當他回來時，山姆和皮聘生起了旺盛的火堆。「水！」皮聘叫道，「水在哪？」

「我口袋裡沒裝水呀。」佛羅多說。

「我們以為你去找水了。」皮聘說，一面忙著擺設食物與杯子。「你最好快去。」

「你也可以來，」佛羅多說，「順便把所有水瓶拿過來。」山丘底部有條小溪。他們在一處外凸灰石幾呎下的小瀑布旁裝滿水瓶。水溫冰冷刺骨，當他們洗淨臉孔和雙手時，冷得直打哆嗦。

當他們吃完早餐，也都紮起背包，已經是十點後了，天氣也開始變得晴朗炎熱。他們走下斜坡，並跨越溪水流入道路下的位置，再爬上另一座山坡，又上下攀爬數座丘陵。此時，他們的斗篷、毛毯、飲水、食物和其他裝備感覺起來都已經像沉重的負擔了。

當天的路程又熱又累。但過了幾哩後，道路就不再上下起伏——它曲折地延伸到一處陡坡頂端，再準備最後一次轉向下坡。他們看到面前的低地上散布著幾叢樹林，並消失在遠處模糊的棕色林地中。他們正望向林尾彼端，對準了烈酒河的方向。他們前方蜿蜒的道路看起來如同一條細繩。

「道路綿延不斷，」皮聘說，「但沒休息的話，我就走不動了。該吃午餐了。」他坐在道路旁的土坡上，望向模糊的東方，小河與他居住了大半輩子的夏郡盡頭就在遠處。山姆站在他身旁。他睜大了圓滾滾的雙眼，因為他的視線跨越了自己從未見過的土地，聚焦在嶄新的地平線上。

「有精靈住在那些森林裡嗎？」他問。

「我從來沒聽說過。」皮聘說。佛羅多沉默不語。他也沿著道路望向東方，彷彿自己從未見過這種景象。忽然間他緩緩開口，彷彿正在自言自語：

道路綿延不斷，

打從家門往外伸。
前方路途迢迢，
我得盡力跟上，
疲憊雙腳向前行，
直到道路融入大道，
眾路交錯，諸事匯集。
該上哪去？我不知道。

「聽起來有點像老比爾博的詩。」皮聘說，「還是你的仿作之一？聽起來不太能振奮士氣呀。」

「我不知道。」佛羅多說，「剛剛我忽然想到它，彷彿這是我自己的想法，但可能在很久以前聽過這首詩，肯定讓我想起離開前幾年的比爾博。他經常說，世上只有一條大路。它就像條大河——每道門都是泉源，每條路也都是支脈。『出門是危險的事，佛羅多。』他經常這樣說，『你踏上大路，而如果不小心的話，就不曉得自己會被沖到哪。你知道這就是穿越幽暗密林的那條路嗎？如果讓它自由延伸的話，它就可能帶你到孤山，或是更遠更糟的地方去。』他經常在袋底洞前門外頭的路上說那些話，特別是在他出外走了很久之後。」

「這個嘛，大路至少有一小時不會把我帶到哪去。」皮聘說，一面卸下他的背包。其他人有樣學樣，把他們的背包靠在土坡上，讓腳在路上伸直。休息過後，他們吃了頓豐盛的午餐，接著又休息了半晌。

當他們走下山丘時，太陽已開始西沉，午後的陽光也籠罩著大地。目前他們在路上一個人也沒遇到。這條路罕有人煙，因為它不太適合馬車通行，也很少有人會前往林尾。當他們又蹣跚前行了一小時左右，山姆便停下腳步一會，彷彿正豎耳聆聽。他們現在位於平地，而蜿蜒許久的道路在前方變得筆直，並穿越長滿高聳樹木的草地，這些樹生長在近處樹林的外圍。

「我可以聽到有小馬或馬從後面的路走過來。」山姆說。

他們回頭一看，但道路轉角使他們無法看到遠處。「我想知道，是不是甘道夫來找我們了？」佛羅多說，但說出這句話時，他便覺得事實並非如此，心中也突然浮現一股衝動，想避開騎士的視線。

「這可能不太重要，」他帶著歉意說，「但我寧可不要讓任何人在路上看見我。我受夠別人注意和討論我的行為了。如果是甘道夫的話，」他稍作補充道，「我們也可以給他一點小驚喜，回報他遲到這麼久的事。我們快躲起來吧！」

其他兩人迅速跑到左邊，躲到離道路不遠的一小處窪地中。他們平躺在地上。佛羅多猶豫了一下——好奇心或某種別的感覺，正與他想躲藏的念頭產生衝突。馬蹄聲越來越近。他及時在遮蔽道路的樹木後方的長草堆中趴下。接著他抬起頭，謹慎地從其中一條碩大樹根後窺視。

轉角處出現了一匹黑馬，不是哈比人使用的小馬，而是高大的馬。上頭坐了個高大的人，他似乎蜷縮在馬鞍上，身穿厚重的黑斗篷與兜帽，使得底下只能看到架高馬鐙上的靴子。他無形的臉孔隱藏在黑影中。

當馬匹搆著樹木、與佛羅多平行時，牠便止步不前。騎士毫無動靜地坐著，並低垂著頭，彷彿正在傾聽。兜帽中傳出某種聲響，彷彿有人正嗅著某種難以捉摸的氣味，騎士往道路兩側來回轉頭。

一股毫無來由的恐懼忽然襲上佛羅多心頭，使他畏懼遭到發現，他也想到了自己的魔戒。他幾乎連大氣都不敢喘一聲，但從口袋中取出魔戒的衝動變得如此強烈，使他開始緩緩移動自己的手。他覺得只需要戴上它，自己就安全了。甘道夫的建議顯得荒誕無稽。比爾博使用過魔戒。「而我也還在夏郡。」他想，他的手也碰到了掛著戒指的細鏈。此時騎士挺直身子，並扯了轠繩。馬匹往前踏步，剛開始緩緩行走，接著則輕快地跑了起來。

佛羅多爬到道路邊緣去看騎士，直到對方的身影逐漸遠去。他無法確定，但他覺得，在馬匹消失在視線中前，牠忽然轉彎並走進右方的樹林。

「嗯，我覺得這很奇怪，也令人不安。」當佛羅多走向他的同伴時，自言自語道。皮聘和山姆依然躺在草叢中，什麼也沒看到，所以佛羅多描述了騎士和對方的古怪行徑。

「我說不上原因，但我覺得他在聞我的味道；我也肯定不想讓他發現我。我從來沒在夏郡見過或感受過這種事。」

「但這個大傢伙跟我們有什麼關係？」皮聘說，「他來這一帶做什麼？」

「附近有些人類出沒。」佛羅多說，「我相信，南區的居民跟大傢伙們之間有些嫌隙。但我從來沒聽過像這種騎士的東西。我想知道，他到底是打哪來的？」

「不好意思。」山姆忽然打岔，「我知道他是從哪來的。這個黑騎士是從哈比屯來的，除非不只一個騎士。我也知道他要去哪。」

「你這是什麼意思？」佛羅多猛地說道，並訝異地看著他。「你之前為什麼沒說？」

「我剛剛才想起來，先生。是這樣的，昨天傍晚當我帶鑰匙回到我家地洞時，我爸就對我說：『哈囉，山姆！』他說，『我以為你今天早上和佛羅多先生離開了。有個奇怪的訪客來找袋底洞的袋金斯先生，他才剛走而已。我已經要他去雄鹿堡了。我也不喜歡他的嗓音。當我告訴他說袋金斯先生已經搬離老家時，他似乎大失所望。他還對我發出嘶嘶聲。這讓我打了冷顫。』『他是怎樣的人？』我對老爹說。『我不曉得。』他說，『但他不是哈比人。他高大又穿得一身黑，還低頭看我。我想他是外地來的大傢伙之一。他說話的方式很古怪。』

「我沒辦法待下來繼續聽，先生，因為你還在等，我自己也不太在意。老爹老了，眼睛也有點不中用，當這個人走上小丘，發現老爹在我們家那條路盡頭呼吸新鮮空氣時，天色一定已經很黑了。我希望他沒做錯事，先生，希望我也沒有。」

「不是老爹的錯。」佛羅多說，「其實我有聽到他和某個陌生人交談，對方似乎在問我的事，我也差點過去問他對方是誰。我希望當時我有問，或是你之前把這件事告訴過我。我在路上可能會更小心。」

「不過，這個騎士和老爹碰到的陌生人之間，可能沒有關聯。」皮聘說，「我們離開哈比屯時保密到家，我也看不出他怎麼可能會跟蹤我們。」

「該怎麼解釋他在聞的事，先生？」山姆說，「老爹說他是個一身黑的人。」

「我真希望我有留下來等甘道夫。」佛羅多低語道，「但或許那只會讓事情變得更糟。」

「那你已經知道或猜到和這個騎士有關的事了嗎？」皮聘說。

「我不知道，也不想猜。」佛羅多說。

「好吧，佛羅多堂哥！如果你想表現得神祕兮兮的話，就先守著祕密吧。在此同時，我們該怎麼做？我想填飽肚子，但我總覺得我們最好盡快離開這裡。你口中到處亂聞、還長了隱形鼻子的騎士，讓我覺得很不安。」

「對，我想我們該出發了。」佛羅多說，「但別走道路，以免那個騎士掉頭回來，或是有別的騎士跟上他。我們今天應該多走一點。雄鹿地還在好幾哩外。」

當他們再度啟程時，草地上的樹林陰影已經變得又長又細了。他們走在道路左側一小段距離外，並盡量隱藏行蹤。但這點阻礙了他們，因為地上雜草叢生，地面也不平穩，樹木也開始越長越密。

紅日往他們身後的山丘後方落下，當他們從筆直地延伸好幾哩的長坡盡頭回到道路上時，夜色已經落下。道路在此處往左彎，並往下伸到耶魯低地，再伸向史托克。但有條小路往右分岔，蜿蜒地繞過古老的橡木林，再導向林木廳。「那就是我們該走的路。」佛羅多說。

他們在路口不遠處碰上一棵大樹。它還富有生命力，早已斷裂的殘枝上的細小枝枒依然長有葉片，但它的樹幹中空，人們能從道路旁的大裂縫中走進去。哈比人爬進裡頭，坐在堆滿枯葉和朽木的地面。他們稍作歇息，還吃了點便餐，不時低聲談話和傾聽。

當他們爬回小路時，身邊已變得昏暗。西風吹得樹枝颯颯作響。樹葉發出微弱的沙沙聲。有顆星星出現在他們面前黑暗的東方樹林頂端。他們並排同行，以便維持士氣。過了一陣子，當繁星變得更多更亮時，他們就甩開了不安感，再也沒有費心聆聽馬蹄聲。他們開始輕柔地哼歌，哈比人在散步時經常這麼做，特別是當他們在夜間走近家園時。大部分哈比人會唱晚餐歌或安眠曲，但這些哈比人哼起了散步歌（不過，內容自然不會少提晚餐和床鋪）。比爾博．袋金斯編出了歌詞，配上和山丘一樣古老的曲調，當他和佛羅多在小河谷中漫步，並談論冒險時，他教會了佛羅多這首歌。

壁爐上火焰赤紅，
屋頂下床鋪依舊，
但我們的步伐尚未疲憊，
我們或許將在轉角
忽然碰上樹木或巨石
唯有我倆曾目睹。

樹木鮮花，葉片青草，
讓它們過去！讓它們過去！
天空下的山丘與流水
經過它們！經過它們！

新路或祕門
或將在轉角等待，
儘管今日錯過此處，
明日我們將再度來此
踏上隱匿道路，
前往明月或白日。

蘋果荊棘，堅果黑刺李，
讓它們走！讓它們走！
砂與石，池與谷，
來日再會！來日再會！

家園在後，世界在前，
跨越萬千路途

穿越陰影，抵達黑夜邊陲，
直到群星大放光明。
世界在後，家園在前，
我們返回家園與床鋪。

迷霧與星光，雲朵與黑影，
齊皆消逝！齊皆消逝！
烈火與油燈，鮮肉與麵包，
該上床了！該上床了！

歌曲就此結束。「該上床了！該上床了！」皮聘高聲唱道。

「噓！」佛羅多說，「我覺得我又聽到馬蹄聲了。」

他們猛然停下，如同樹影般沉默地站好，並豎耳傾聽。後頭一段距離外的小徑上傳來了馬蹄聲，緩慢而清晰地順風飄來。他們迅速又安靜地從道路上溜走，跑進橡木林底下的深邃陰影中。

「我們別走太遠！」佛羅多說，「我不想被看到，但我要看看是不是另一個黑騎士。」

「好吧！」皮聘說，「但別忘了對方會聞！」

馬蹄聲逐漸逼近。他們沒時間找比樹下黑影更有效的躲藏處了。山姆和皮聘趴在一塊粗大的樹根底下，佛羅多則往小路爬近幾碼。道路看起來晦暗不明，像條穿越樹林的黯淡光束。頂端的黑暗天空中繁星點點，但上頭沒有月亮。

馬蹄聲停了下來。當佛羅多窺探時，就看到某種漆黑的東西穿過兩棵樹中較明亮的空間，接著停止移動。它看起來像匹馬的陰影，前方有某個較小的黑影牽引著。黑影站得很靠近他們離開道路的位置，並往兩側轉頭。佛羅多覺得自己聽到嗅聞聲。黑影彎腰趴到地上，接著開始爬向他。

戴上魔戒的衝動再度襲上佛羅多心頭，但這次比先前更為強烈。強烈到讓他幾乎在意識到自己的行為前，就已經把手伸進口袋中摸索了。但就在此時，傳來了一股彷彿混和了歌聲與笑聲的聲響。清晰的話語聲在星光下的空氣中此起彼落。黑影迅速挺直身子並撤退。它爬上鬼影般的馬匹，似乎消失在小路彼端的黑暗中。佛羅多再度開始呼吸。

「精靈！」山姆用嘶啞的氣音驚呼道，「是精靈，先生！」要不是他們拉住他，他早就衝出樹林，撲向聲音的來源了。

「對，是精靈，」佛羅多說，「有時在林尾可以碰見他們。他們不住在夏郡，但他們在春天和秋天時會離開自己在塔丘遠處的地盤，並閒晃進來。我很慶幸他們過來！你們沒看到，但當歌曲開始前，那個黑騎士剛好在這裡停下，還爬向我們。」

「那精靈呢？」山姆說，他興奮到不在意騎士了，「我們不能去見見他們嗎？」

「仔細聽！他們往這裡過來了。」佛羅多說，「我們只需要等待就好了。」

歌聲越來越近。有股清脆的嗓音變得比其他歌聲還要高亢。它以悅耳的精靈語言歌唱，佛羅多只聽得懂一小部分，其他人則一無所知。但與旋律合而為一的歌聲，似乎在他們心中化為只能稍微理解的隻字片語。以下是佛羅多聽到的歌曲：

白雪女神！白雪女神！澄澈佳人！
西海彼端的女王！
此地吾輩之光
點亮蔥鬱世界！

吉爾松涅爾！噢，埃兒碧瑞絲！
汝雙眼澄澈，吐息芬芳！
白雪女神！白雪女神！吾等為您歌頌
在大海彼端國度。

她的耀眼雙手
編織無日之年天空繁星，
在晴朗而微風徐徐的原野，
吾等得見祢的銀白星花！

噢，埃兒碧瑞絲！吉爾松涅爾！

吾等居於樹下遙遠國度，
依然記得汝之星光
灑落西海之上。

歌曲就此結束。「這些是高等精靈！他們提到埃兒碧瑞絲的名號了！」佛羅多訝異地說，「那支俊美絕倫的種族很少出現在夏郡。現在也沒有很多成員居住在大海以東的中土世界。這的確是奇特的契機！」

哈比人們坐在路邊的陰影中。不久，精靈們就順著小徑走來，往谷地走去。他們緩緩經過，哈比人可以看到星光在他們的髮絲與眼眸中閃爍。他們沒有攜帶燈火，但當他們行走時，似乎有道微光灑落在他們腳邊，宛如月亮升起前在山丘邊緣散發的月光。他們現在沉默不語，而當最後一個精靈經過時，他轉身轉向哈比人，並笑出聲來。

「你好，佛羅多！」他喊道，「你出門得太晚了。還是你迷路了？」接著他大聲呼喚其他精靈，所有人便停了下來，並聚集過來。

「這真是太棒了！」他們說，「有三個哈比人半夜進了林子裡！自從比爾博離開後，我們就沒見過這種事了！這代表了什麼呢？」

「俊美的人們呀，這只代表了，」佛羅多說，「我們似乎和你們走了同一條路。我喜歡在星空下行走。但我很歡迎你們加入。」

「但我們不需要其他旅伴，而且哈比人太無聊了。」他們笑道，「如果你不曉得我們要往哪去的話，又怎麼知道我們走的是同一條路呢？」

「你們又是怎麼知道我的名字呢？」佛羅多反問道。

「我們知道許多事，」他們說，「我們之前經常看到你和比爾博同行，不過你可能沒看見我們。」

「你們是誰，你們的主上又是誰呢？」

「我是吉爾多。」他們的領袖回答，他正是率先向佛羅多打招呼的精靈。「芬羅德家族[1]的吉爾多·印格洛瑞昂。我們是流亡者，而我們大多族人多年前都已離開。我們只會在這稍作停留，之後就會返回大海彼端。但我們有些族人依然平靜地住在裂谷。好了，佛羅多，告訴我們，你想做什麼？我們看得出你心中蒙上了某種恐懼的陰影。」

「噢，睿智的精靈們呀！」皮聘急切地打岔道，「告訴我們有關黑騎士的事！」

「黑騎士？」他們低聲說道，「你為什麼要問黑騎士的事？」

「因為今天有兩名黑騎士追上我們，或者是同一個騎士來了兩次。」皮聘說，「他剛剛才在你們走近時溜走。」

精靈們沒有立刻回答，反而輕聲用他們的語言互相交談。最後吉爾多轉向哈比人。「我們不會在這裡談這件事，」他說，「我們認為你們最好和我們一起走。這並非我們的習慣，但這次我們會帶你們同行，如果你們願意的話，今晚也該和我們同住。」

「噢，俊美的人們！這是超乎我預料的好運！」皮聘說。山姆吃驚得說不出話。「我誠心感謝你，吉爾多·印格洛瑞昂。」佛羅多鞠躬說道，「*Elen síla lúmenn' omentielvo*；

在我們見面那一刻，有顆星閃爍發光。」他用高等精靈語補充道。

「當心了，朋友們！」吉爾多高聲笑道，「別提到任何祕密！這裡有位精於古語的學者。比爾博是個好老師。你好，精靈之友！」他說，一面向佛羅多鞠躬。「和你的朋友們一起加入我們吧！你們最好走在中間，以免走錯路。在我們停下前，你們可能會感到疲倦。」

「為什麼？你們要去哪？」佛羅多問。

「今晚我們要去林木廳北邊的丘陵區，離此有幾哩路，但到了終點後，你們就能休息了，你們明天的路程也會縮短不少。」

他們再度無聲地啟程，如同陰影與微光般離開——因為當精靈不想發出聲響或腳步聲時，就能如此行動（比哈比人更拿手）。皮聘很快就感到昏昏欲睡，還絆倒了一兩次；但他身旁一位高大精靈每次都會伸出手臂，阻止他摔倒。山姆走在佛羅多身旁，彷彿身處夢境，臉上流露出半是恐懼、半是驚喜的神情。

---

1 譯注：Finrod，第一紀元的諾多貴族，也是格拉翠兒的長兄。他的父親費納芬（Finarfin）是打造精靈寶鑽的工匠費諾的同父異母兄弟。芬羅德是第一個見到人類祖先的諾多精靈，對早期的人類十分友善，當時的人類稱他為諾姆（Nóm），意為智慧。日後芬羅德在協助人類英雄貝倫（Beren）盜取精靈寶鑽的過程中，在索倫的地牢裡與狼人同歸於盡，也因他的作為而在維林諾重生，與父親重逢。

兩側的樹林變得更加濃密。樹木現在變得更年輕粗厚，小徑也往下坡延伸，伸入丘陵地的褶曲處，兩旁的緩坡上有許多茂盛的榛樹林。最後精靈們在路上轉彎。有條翠綠道路出現在右邊，在樹叢中幾乎看不到它。他們順著這條路蜿蜒走上長滿林木的斜坡，抵達丘陵上的山肩，該地在河谷間的低地中十分突出。忽然間，他們走出樹蔭，面前出現了一大塊寬闊的草地，在夜色下顯得灰暗。樹林包圍了草地三側，但東側的地面往下變成陡峭斜坡，而長在斜坡底部的漆黑樹林頂端，則落在他們的腳下。群星下的遠方低地顯得黯淡而平坦。附近的林木廳村落中閃爍著幾盞燈火。

精靈們坐在草地上，用輕柔的嗓音彼此交談，他們似乎不再關注哈比人了。佛羅多和他的同伴們用斗篷和毛毯包裹自己，睡意也籠罩了他們。夜色漸深，谷地中的燈火也熄滅了。皮聘把頭靠在一座綠色土丘上，陷入了夢鄉。

又稱網星群的雷米拉斯掛在東方高空中，紅色的波吉爾星緩緩從霧氣中上升，如同火焰寶石般閃閃發亮。一股氣流隨即像是揭開薄紗吹散了迷霧，天空劍客梅納爾伐哥[2]則繫著他閃亮的腰帶升上世界邊陲。精靈們齊聲發出歌唱，樹下突然亮起了烈火的紅光。

「來吧！」精靈們向哈比人呼喚道，「來吧！現在該聊天慶祝了！」

皮聘坐起身並揉揉眼睛。他打了個冷顫。「大廳裡有火堆，還有為飢餓的客人準備的食物。」一位站在他面前的精靈說。

翠綠草地的南端有座開口。綠色草原由此延伸進樹林，形成如同廳堂般的寬闊空間，樹木枝枒則形成頂蓋，它們碩大的樹幹如同巨柱般矗立在每一側。中間有座熊熊燃燒的火堆，樹柱上的火炬穩定燃燒，散發出金色與銀色光輝。精靈們坐在火堆周圍的草地上，或是遭到鋸斷的老樹幹上。有些精靈來回端來杯子並倒飲料，其他精靈則用堆得滿滿的碗盤送食物來。

「這只是微薄的餐點，」他們對哈比人說，「因為我們待在遠離自家廳堂的綠林中。如果你們到我們家作客，我們就能招待得更好。」

「這對我來說，已經像是生日宴會了。」佛羅多說。

皮聘日後不太記得食物或飲品，因為他的心中只記得灑落在精靈臉龐上的光芒，以及多樣而優美的聲音，使他覺得自己身處夢中。但他記得那裡的麵包，對飢腸轆轆的人來說，那遠比白麵包更美味。他也記得如野莓香甜的水果，味道比果園中受到妥善照料的的果實更加濃郁。他一口飲盡了杯中的芬芳飲料，嘗起來如同清澈噴泉的涼爽，也散發出夏日午後般的金色光輝。

山姆永遠無法用文字或圖像，來對自己仔細描述他當晚的感受或想法，不過永遠留存在他的回憶中，成為他一生中最重要的事件之一。他頂多能說：「哎呀，先生，如果我能種出那種蘋果的話，我就能稱得上園丁了。但印在我心裡的其實是歌曲，希望你明白我的意思。」

2　譯注：Menelvagor，呼應獵戶座的星座。此星座也象徵第一紀元的人類悲劇英雄圖林（Túrin）。

佛羅多坐著吃吃喝喝，並愉快地交談；但他的注意力主要聚焦在話語上。他懂一點精靈語，也熱切地聆聽著。他時常會和服侍他的精靈談話，並用對方的語言感謝他們。他們對他微笑，並笑道：「真是哈比人中的瑰寶！」

過了一陣子後，皮聘就呼呼大睡，精靈們抱起他，帶他到一處樹蔭底下——他躺在那裡的柔軟床鋪上睡了整晚。山姆拒絕離開他的主人，當皮聘離開後，他就過來坐在佛羅多腳邊，最後則打起盹來，並閉上眼睛。佛羅多一直保持清醒，繼續與吉爾多交談。

他們談到古往今來的許多事，佛羅多也詢問吉爾多不少關於夏郡外廣闊世界的事。這些消息大多悲傷又不祥——集結中的黑暗、人類的戰爭與精靈的離去。最後佛羅多提出了最貼近他內心的問題：

「告訴我，吉爾多，自從比爾博離開我們後，你有見過他嗎？」

吉爾多露出微笑。「有。」他回答，「兩次。他就在這裡和我們道別。但我在離此遙遠的地方再度見過他一次。」他不願再繼續多談比爾博的事，佛羅多也沉默下來。

「你沒有問我或告訴我太多關於你自己的事，佛羅多。」吉爾多說，「但我已經清楚一點事了，也能從你的臉龐和問題背後的思緒看出更多端倪。你要離開夏郡，但你不覺得你會找到自己尋覓的事物，或達成你的計畫，也不認為你能回家。我說錯了嗎？」

「是這樣沒錯。」佛羅多說，「但我以為，只有甘道夫和我忠實的山姆知道我要離開的事。」他往下看山姆，對方正輕輕地打呼。

「魔王不會從我們口中得知這件祕密。」吉爾多說。

「魔王？」佛羅多說，「那你知道我離開夏郡的原因嗎？」

「我不曉得魔王為何要追蹤你。」吉爾多說，「但我察覺他確實動手了，不過我也覺得這並不尋常。我得警告你，你現在已陷入四面楚歌的困境了。」

「你指的是騎士們嗎？我擔心他們是魔王的僕人。黑騎士究竟是什麼？」

「甘道夫什麼都沒告訴你嗎？」

「他沒提過這種生物。」

「那我覺得我不該多說，以免恐懼使你裹足不前。在我看來，如果你的確趕上了確切時機的話，剛好及時動身。你現在得盡快動身，別留下來，也別回頭；夏郡已經無法提供你保護了。」

「我無法想像有什麼消息比你的暗示與警告更可怕。」佛羅多驚呼道，「當然了，我知道前方危機重重，但我沒料到會在我們的夏郡碰到這種事。哈比人難道再也不能平靜地從小河走到烈酒河[3]邊了嗎？」

「但夏郡並不屬於你們。」吉爾多說，「在哈比人之前，還有其他人住在這裡；當哈

3 譯注：原文為不具名的 the River，此處以地理上最接近的烈酒河解釋。

比人消失後，也會有別人在這裡定居。你周圍的世界寬廣無邊。你可以待在自己的小天地，但你無法永遠隔絕天下。」

「我明白，但這裡總讓我感到安全又熟悉。我現在該怎麼辦？我的計畫是祕密離開夏郡，並前往裂谷。但我還沒抵達雄鹿地，後頭就有追兵了。」

「我想你應該繼續照計畫走。」吉爾多說，「我不認為你的勇氣會難以應付前方的路途。但如果你想要更清楚的建議，就該問甘道夫。我不曉得你為何離開，因此也不知道你的追蹤者會如何襲擊你。甘道夫一定清楚這些事。我想，你在離開夏郡前會見到他吧？」

「我希望如此，但那就是讓我擔心的另一件事，我已經等待甘道夫很多天了。最遲在兩晚前，他就該抵達哈比屯，但他完全沒出現。我想知道究竟發生了什麼事。我該等他嗎？」

吉爾多沉默了半晌。「我不喜歡這樁消息，」最後他說道，「甘道夫居然會遲到，這件事並不吉利。但俗話說：『別干涉巫師的事，因為他們難以捉摸，還容易動怒。』要出發或等待，選擇權都在於你。」

「俗話也說，」佛羅多回答，「『別問精靈意見，因為他們是否皆答。』」

「是這樣嗎？」吉爾多笑道，「精靈鮮少給予不謹慎的建議，因為建議是種危險的贈禮，即便在智者間也相同，而所有選擇都可能以悲劇收場。但你要如何選擇呢？你沒有把關於自己的一切告訴我，我又該如何做出比你更好的選擇呢？但如果你需要建議，我願意以朋友的身分給你忠告。我覺得你該立刻動身，一刻都別拖延。如果甘道夫在你出發前都沒來的話，我也建議這點：別獨自出發。帶上值得信任、也願意同行的朋友。你該心懷感激，因為我並不樂意提出這項建議。精靈有自己的任務與悔恨，也不太關注哈比人或世上其他生物的生活。無論是巧合或特意為之，我們的旅途都鮮少與彼此交會。這次碰面或許不只是機緣，但我並不清楚箇中目的，也不敢多說。」

「我非常感激。」佛羅多說，「但我希望你能坦白把黑騎士的真面目告訴我。如果我聽從你的建議，可能就有很長一陣子不會見到甘道夫，我也該知道有哪種危險緊追在後。」

「知道他們是魔王的爪牙，還不夠嗎？」吉爾多回答，「逃離他們！別和他們交談！他們十分致命。別再問我了！但我的內心有種預感，在一切塵埃落定前，你，卓哥之子佛羅多，將比吉爾多．印格洛瑞昂更了解這些墮落生物。願埃兒碧瑞絲保護你！」

「但我該到哪找尋勇氣？」佛羅多問，「那是我最需要的東西。」

「勇氣會出現在意想不到的地方。」吉爾多說，「懷抱希望吧！該睡了！早上我們就會離去，但我們會往四方送出口信。流浪精靈們將聽聞你們的旅程，擁有為善能力的成員也會注意你們。我稱你為精靈之友，願星辰照耀你旅途的終點！我們很少和陌生人度過這麼愉快的時光，從世上其他流浪者口中聽到古語，也是一大樂事。」

當吉爾多說完時，佛羅多便感到睡意襲來。「我現在該睡了。」他說。精靈便帶他去皮聘旁邊的林蔭處，在一張床上躺下，並立刻陷入毫無夢境的熟睡中。

第四章——前往蘑菇的捷徑

早上，佛羅多精神抖擻地甦醒。他躺在一棵樹下的林蔭處，樹木的枝枒彼此交錯，並垂到地面。他的床由蕨葉和青草組成，深沉柔軟還散發出奇異的香氣。太陽從飄動的葉片間灑落光線，樹上的葉片也依然翠綠。他跳了起來並往外走。

山姆坐在靠近樹林邊緣的草地上。皮聘正站著觀察天空與天氣。精靈們已不見蹤影。

「他們留了水果和飲料給我們，還有麵包。」皮聘說，「來吃你的早餐吧。麵包嘗起來幾乎和昨晚一樣棒。我不想留給你，但山姆堅持要留。」

佛羅多在山姆身旁坐下，開始用餐。「今天的計畫是什麼？」皮聘問。

「盡快走到雄鹿堡。」佛羅多回答，注意力全都擺在食物上。

「你覺得我們會再看到那些騎士嗎？」皮聘愉快地說。在早晨的太陽下，見到一整批騎士的想法，對他而言並不那麼可怕。

「對，可能會吧。」佛羅多說，他並不喜歡想起這件事。「但我希望能在他們沒看見我們的狀況下順利渡河。」

「你有從吉爾多那打聽到他們的消息嗎？」

「沒有多少——只有暗示與謎語而已。」佛羅多閃爍其詞地說。

「你有問到嗅聞的事嗎？」

「我們沒討論那點。」佛羅多滿嘴食物地說。

「你該提的。我相信那很重要。」

「我也確定吉爾多會拒絕解釋。」佛羅多嚴厲地說，「現在別煩我了！我不想在吃東西時回答一連串問題。我想思考！」

「老天呀！」皮聘說，「在吃早餐時動腦嗎？」他起身走向綠地邊緣。

在佛羅多心中，明亮的早晨（他覺得亮得太狡猾了）並沒有驅除對追兵感到的恐懼，他也深思吉爾多的話語。皮聘愉快的聲音傳到他耳中。對方正在蒼綠的草地上邊跑邊唱歌。

「不！我辦不到！」他對自己說，「帶我的年輕朋友們跨越夏郡，直到我們又餓又累，再碰上甜美的食物與床鋪是一回事。帶他們一同流亡，途中或許也無法解決飢餓與疲勞，又是另一回事——即便他們願意來也一樣。這是我得獨自承擔的遺產。我甚至不覺得自己該帶上山姆。」他看著山姆．甘吉，發現山姆也在看他。

「好啦，山姆！」他說，「感覺如何？我要盡快離開夏郡——其實，我已經決定如果可以的話，甚至在克里克窪地連一天都別拖延。」

「非常好，先生！」

「你還是打算和我一起來嗎？」

「沒錯。」

「路途非常危險，山姆。現在已經危機四伏了。我們倆很可能都回不來。」

「如果你不回來的話，先生，那我也不會，這是鐵錚錚的事實。」山姆說，「他們對我說：『你不離開他嗎！』『離開他！』我說：『我從來沒打算離開。就算他爬上月亮，我也要和他一起去。如果那些黑騎士想阻止他，他們就得先對付山姆．甘吉。』他們大笑起來。」

「他們是誰，你在說什麼？」

「精靈呀，先生。我們昨晚談了些事。他們似乎知道你要離開，所以我覺得沒必要隱瞞。精靈真是很厲害的民族，先生！他們太棒了！」

「確實如此。」佛羅多說，「既然你碰見了他們，現在還喜歡他們嗎？」

「老實說，他們似乎超脫我的喜好了。」山姆緩緩回答，「我對他們的想法好像不重要。他們和我預料中的樣子完全不同——年老又年輕，同時也快樂且悲傷。」

佛羅多訝異地看著山姆，有點以為會看到某些外顯跡象，透露出對方所經歷的奇異變化。這嗓音聽起來不像他自以為認識的山姆．甘吉。但坐在那的人看起來確實像老山姆．甘吉，不過對方的臉看起來異常深思熟慮。

「既然你見到他們的願望已經成真了，你還覺得有必要離開夏郡嗎？」他問。

「對，先生。我不知道該怎麼說，但昨晚過後，我就有不同的感覺了。我似乎能預想到以後的事。我知道我們要往黑暗中踏上非常漫長的路程，但我清楚我不能回頭。現在我想要的，不是見到精靈，也不是看到巨龍或群山——我不知道我想要什麼。但我在到達終點前有事得做，目標在前方，不在夏郡。我得見證這一切，先生，希望你明白我的意思。」

「我不太懂。但我明白甘道夫為我選了個好同伴。我很滿意。我們會一起去。」

佛羅多沉默地吃完早餐。接著他站起來，望向前方的大地，並呼喚皮聘。

「準備好出發了嗎？」當皮聘跑過來時，他就說道，「我們得立刻動身。我們起得太晚了，前面還有好幾哩的路要走。」

「是你睡太晚了。」皮聘說，「我早就起來了，我們也只是在等你吃完和思考而已。」

「我兩件事都處理完了。我也要盡快抵達雄鹿堡渡口。我不要增添麻煩，也就是回到我們昨晚離開的那條路，我要從這裡直接跨越鄉間。」

「那你得用飛的。」皮聘說，「你在這一帶沒辦法用步行的方式走直路。」

「我們的捷徑還是可以比道路更筆直。」佛羅多說，「渡口在林木廳東方，但道路向左方彎去——你可以看到北邊有處彎道。它繞過沼地北端，抵達通往史托克上頭大橋的堤道。但那裡偏離路線好幾哩。如果我們從這裡直接前往渡口的話，就能少走四分之一的距離。」

「欲速則不達。」皮聘爭辯道，「這一帶鄉間很難走，沼地那還有濕地和各種障礙——我很熟悉這些地區的地形。如果你擔心黑騎士，我不覺得在路上碰見他們，會比在樹林或原野中碰到他們還糟。」

「在樹林和原野中比較難找到人。」佛羅多回答，「如果你該出現在路上的話，可能就有人會去路上找你，而不是到偏離道路的位置。」

「好吧！」皮聘說，「我會跟你走進每座濕地和溝渠。但真困難！我本來想在日落前經過史托克的金鱸魚酒館。那裡有東區最棒的啤酒，或者該說以前是這樣，我很久沒嘗了。」

「那就說定了！」佛羅多說，「欲速則不達，但酒館會讓我們拖更久。無論如何，我們都得讓你遠離金鱸魚酒館。我們要在天黑前抵達雄鹿堡。你怎麼說，山姆？」

「我會和你一起走，佛羅多先生。」山姆說（儘管他心懷疑慮，也對錯過東區最棒的啤酒深感遺憾）。

「如果我們得辛苦穿越濕地和荊棘的話，現在就出發吧！」皮聘說。

氣溫幾乎和前一天同樣炎熱，但雲朵開始從西方飄來。看起來似乎要下雨了。哈比人們爬下陡峭綠坡，走進底下濃密的樹林。他們選擇的路線，是在離開時讓林木廳維持在左側，並走斜線穿過叢生在山丘東側的樹林，直到他們抵達遠處的平地。之後他們就能走直路到渡口，開闊的郊區中只有幾條溝渠和圍籬。佛羅多認為他們有十八哩的直路得走。

他很快就發現，樹叢比外表看起來更近也更濃密。灌木叢中沒有通道，他們的速度也不快。當他們奮力走到山坡底部時，就發現有條小溪順著深邃河床從後頭的山丘間流下，陡峭滑溜的兩側長滿荊棘。最麻煩的是，它直接切過他們選擇的路線。他們無法跳過溪水，也無法不弄得全身溼透又刮傷，加上滿身泥濘的狀況下渡溪。他們停下腳步，想知道該怎麼做。「第一個障礙！」皮聘苦笑著說。

山姆．甘吉往後一看。透過樹林間的開口，他瞥見了他們剛爬下來的綠坡頂端。

「快看！」他說，緊抓住佛羅多的手臂。他們全都看了過去，而在頭頂高處，他們望見有匹馬站在天際邊，在牠身旁有個黑色人影。

他們立刻放棄了往回走的念頭。佛羅多帶頭出發，迅速鑽進小溪旁的濃密灌木叢。「呼！」他對皮聘說，「我們倆都說對了！捷徑已經出了差錯，但我們剛好躲了起來。你的耳朵很利，山姆。你能聽到有東西過來嗎？」

他們一動也不動地站著，在豎耳傾聽時幾乎憋住了呼吸，但並沒有傳來追兵的聲音。「我不覺得他會嘗試牽馬走下那道山坡。」山姆說，「但我猜他知道我們從那裡走下來了。我們最好趕緊動身。」

前進並非易事。他們有背包得扛，灌木叢與荊棘也難以通過。後頭的山脊阻斷了風向，空氣變得靜滯沉悶。當他們終於奮力踏進較開闊的地形時，已經又熱又累，全身也滿是傷痕，同時也不確定自己的去向在哪。河岸逐漸變低，當溪水流到平地後，就變得更寬也更淺，逐漸流向沼地和烈酒河。

「嘿，這是史托克溪！」皮聘說，「如果我們要嘗試回到原路的話，就得立刻渡河直走。」

他們徒步涉溪，快步通過對岸一處寬闊平地，上頭長滿蘆葦，但沒有樹木。之後他們再抵達一處林帶，其中大多是橡樹，有時則能看到一棵榆樹或梣樹。地面相當平坦，也沒有多少灌木叢。但樹木生長得太密，使他們無法看到前方遠處。忽然吹來的強風將樹葉往上吹，雨滴則開始從多雲的天空飄落。強風逐漸止息，而傾盆大雨頓時落下。他們盡快往前跋涉，踏過草皮，再跨越厚重的枯葉。他們身旁的雨水劈啪作響，四處流淌。他們沒有說話，但不斷回頭看，也來回觀察兩側。

半小時後，皮聘說：「我希望我們沒有太偏向南方，也沒有在樹林裡繞遠路！這條林帶不算太寬，我覺得最寬也不過一哩，我們現在應該也該走出去了。」

「我們走曲折路線沒有幫助。」佛羅多說，「那樣無法解決問題。我們繼續走原本的方向吧！我還不確定自己想踏進空地。」

他們或許又走了幾哩。接著太陽再度從破碎的雲朵後露臉，雨勢也逐漸趨緩。現在已經過了中午，他們也覺得該吃中餐了。他們停在一棵榆樹下，儘管它的葉片已大半轉黃，但依然十分茂密，樹底的地面也相當乾燥，並提供了遮蔽處。當他們開始準備餐點時，便發現精靈在他們的瓶子中裝滿了呈淡金色的清澈飲料——散發宛如以諸多花朵製成的蜜香，喝起來也令人神清氣爽。他們很快就大笑起來，對雨水和黑騎士輕蔑地彈彈手指。他們覺得，很快就會將最後幾哩路拋到腦後了。

佛羅多背靠著樹幹，闔上雙眼。山姆和皮聘坐在附近，他們開始哼歌，接著輕柔地開口吟唱：

呵！呵！呵！我得拿起酒瓶
醫治內心，麻痺哀愁。
雨水落下，狂風吹拂，
前方還有數哩路，
但我倒臥樹下，
任憑雲朵飄過。

「呵！呵！呵！」他們更大聲地再度唱了起來。忽然間，他們止住了歌聲。佛羅多跳了起來。有股漫長的哀鳴順風飄來，像是某種邪惡而寂寞的生物。聲音跌宕起伏，並在發出刺耳的高音後止息。當他們彷彿突然僵住般呆坐和站立時，傳來了一陣回應般的叫聲，儘管更加微弱的回應聲來自遠處，卻依然使人毛骨悚然。之後剩下一片寂靜，也只有樹葉間的風聲劃破了這段沉默。

「你們覺得那是什麼？」皮聘最後說道，他試著讓口氣保持輕快，卻顯露出些許顫抖。「如果是鳥的話，就是我從來沒在夏郡聽過的鳥。」

「那不是鳥或野獸，」佛羅多說，「那是股呼喚聲，或是信號——那股叫聲中有某種話語，不過我聽不懂。但沒有哈比人會發出這種聲音。」

他們對此不再多提。他們心中全都想著黑騎士，但沒人提起騎士們。他們難以決定該留下來或前進，但他們遲早得跨越開闊地帶，以便抵達渡口，最好也該及早在白天動身。

幾分鐘後，他們就再度背起行囊並出發。

樹林的盡頭不久就忽然出現。他們面前有寬闊的草原，現在發現走得太偏向南方了。他們能在平原遠方瞥見烈酒河對岸雄鹿堡的低矮丘陵，但現在它卻位於他們左邊。他們小心翼翼地走出樹林邊緣，並盡快穿越空地。

剛開始，他們在遠離樹林遮蔽處時感到害怕。他們先前吃早餐的高處，現在位在後頭遠處。佛羅多有點擔心會看到渺小的黑色騎士身影出現在天際邊的山脊上，但那頭毫無人影。再度大放光明的太陽脫離了破碎的雲層，往他們離開的丘陵下沉。恐懼從他們的心頭消散，不過依然感到不安。地勢緩緩變得更加平坦而整齊，他們很快就來到經過妥善照顧的田野與草地，周圍有圍籬和大門，也有用來排水的溝渠。一切看起來平靜而安詳，只不過是夏郡的尋常一角。他們的興致隨著腳步逐漸高亢。河流的輪廓越來越近，黑騎士現在也變得像被拋在腦後的林中魅影。

經過龐大的蕪菁田邊緣，他們來到一處厚實的大門。門後有條夾在低矮平整的圍籬之間的車轍小徑，往遠處的樹林蔓延而去。皮聘停下腳步。

「我認得這些田野和這座大門！」他說，「這裡是豆田園，也就是老農夫馬哥特的土地。他的農場就在那邊的樹林裡。」

「一波未平，一波又起！」佛羅多說，看起來驚慌得像是皮聘剛說這條路是通往巨龍巢穴的洞口。其他人訝異地看著他。

「老馬哥特怎麼了？」皮聘說，「他是所有烈酒鹿家族成員的好朋友。當然了，他對私闖者而言非常嚇人，還養了凶悍的狗——畢竟，這裡的人離邊界很近，也得更有戒備。」

「我知道。」佛羅多說，「但總而言之，」他補上一股尷尬的笑聲，「我很害怕他和他的狗。我避開他的農場很多年了。當我還是個住在烈酒廳的小夥子時，他有好幾次逮到我闖進他的土地。最後一次他痛揍了我一頓，再帶我去讓他的狗群看看。『看好了，小子們，』他說，『下次這個臭小鬼再踏進我的土地，你們就可以吃了他。趕跑他吧！』牠們一路追著我到渡口。我從來沒從恐懼中平復——不過我敢說那些狗自有分寸，不會真的碰我。」

皮聘哈哈大笑。「好吧，也該是你們言歸於好的時候了。特別是如果你要回來雄鹿地住的話。老馬哥特確實是個強悍的傢伙——如果你離他的蘑菇遠一點，就沒事了。我們走小徑吧，這樣就不算私闖了。如果我們見到他，我就負責跟他談。他是梅里的朋友，我有一度也經常和他來這裡。」

他們沿著小徑走，直到他們看到前方的樹林間透出了一座大屋和農舍的茅草屋頂。馬哥特家、史托克的池腳家與沼地大部分居民都住在房屋中，這座農場則以堅固的磚塊砌成，周圍還有道高牆。牆上有座往小徑敞開的寬闊木製大門。

當他們走近時，便忽然響起了一陣驚人的狗吠聲，還有個大嗓門的聲音說道：「利嘴！尖牙！野狼！來吧，孩子們！」

佛羅多和山姆愣在原地，但皮聘則往前走了幾步。大門一開，就有三條大狗奔上小徑，衝向旅行者們，一面凶猛地吠叫。牠們沒注意皮聘，但山姆嚇得貼緊圍牆，而兩條野狼般的狗則滿懷疑心地嗅著他，如果他稍加移動，牠們就會嘶吼。三隻狗中最大最凶猛的一隻停在佛羅多前，毛髮倒豎地低聲吼叫。

此時有個身材壯碩、圓臉紅潤的哈比人走出大門。「哈囉！哈囉！你們是誰，打算要幹嘛？」他問。

「午安呀，馬哥特先生！」皮聘說。

農夫仔細看著他。「哎呀，這不是皮聘先生嗎——我該說皮瑞格林．圖克先生！」他叫道，陰沉神情立刻化為大咧的笑容。「我很久沒在附近看到你了。幸好我認識你。我才剛要出去放狗趕走陌生人。今天發生了一些怪事。當然了，我們這一帶有時確實會出現怪人。太靠近河流了。」他說，一面搖頭，「但這傢伙是我見過最古怪的人。如果我能阻止的話，在沒得到允許的狀況下，他就絕對不會再度穿越我的土地。」

「你說的是什麼人？」皮聘問道。

「那你們沒看到他囉？」農夫說，「不久前，他沿著小徑走向堤道去了。他是個奇怪的傢伙，也問了古怪的問題。但或許你們會想進屋裡，我們就能更舒服地談這些消息了。如果你和你朋友們願意的話，我家還有些不錯的艾爾啤酒。」

看來農夫如果能照自己的習慣做的話，就願意告訴他們更多事，所以他們全接受了邀請。「那狗怎麼辦？」佛羅多緊張地問。

農夫笑了起來。「牠們不會傷害你——除非我要牠們動手。來，利嘴！尖牙！過來！」他喊道，「過來，野狼！」狗群走開並放過了他們，這讓佛羅多和山姆鬆了一口氣。

皮聘向農夫介紹另外兩人。「這位是佛羅多．袋金斯先生。」他說，「你或許不記得他了，但他曾住過烈酒廳。」一聽到袋金斯這名字，農夫就面露訝異神色，並迅速看了佛羅多一眼。有那麼一瞬間，佛羅多以為對方想起了遭竊蘑菇的回憶，也會命令狗群趕跑他。但農夫馬哥特握住了他的手臂。

「哎呀，這可真是太奇怪了！」他驚呼道，「你是袋金斯先生？進來吧！我們得談談。」

他們走進農夫的廚房，並在寬闊的火爐旁坐下。馬哥特太太拿了一只裝滿啤酒的大罐子，並裝滿了四只大杯子。這的確是好酒，皮聘也覺得錯過金鱸魚酒館的自己得到了莫大補償。山姆疑神疑鬼地啜飲他的啤酒。他天生就不信任夏郡其他地區的居民，而且他也不願意和任何痛打過他主人的人迅速成為朋友，儘管那是很久以前的事了。

閒聊了幾句關於天氣和農業方面（情況一如往常）的話後，農夫馬哥特放下杯子，並輪流看著他們。

「好了，皮瑞格林先生，」他說，「你們是打哪來的，又打算上哪去呢？你們是來拜訪我的嗎？如果是的話，當你們穿過我家大門時，我並沒有看到你們。」

「這個嘛，不是的，」皮聘回答，「既然你猜到了，我就老實告訴你，我們是從另一頭踏上小徑的：我們跨越了你的田地。但那純屬意外。由於我們試圖走捷徑前往渡口，於是在靠近林木廳的樹林裡迷了路。」

「如果你們很急的話，大道對你們就比較有幫助。」農夫說。「但我擔心的不是那點。如果你想的話，就可以自由穿越我的土地，皮瑞格林先生。還有你，袋金斯先生——不過我敢說你還喜歡蘑菇。」他笑了起來。「沒錯，我認得這個名字。我記得在當年，年輕的佛羅多．袋金斯是雄鹿廳最糟糕的小搗蛋鬼之一。但我腦袋裡想的不是蘑菇。在你們現身前，我才剛聽到袋金斯這名字。你們覺得那個怪人問了我什麼？」

他們焦慮地等他繼續說。「是這樣的，」農夫繼續說，得意地緩緩說到重點，「他騎著一匹大黑馬出現在大門，大門似乎還開著，接著他把馬直接騎到我家門口。他自己也穿了一身黑，還用斗篷和兜帽包緊自己，彷彿他不想讓別人發現自己的身分。『他到底想來夏郡找什麼？』我心想。我們很少看到大傢伙越過邊界，我也從來沒聽說過這種黑衣人的消息。

「『日安！』我說，一邊走出去見他。『這條路是死路，無論你要去哪，最快的途徑都是回到大道上。』我不喜歡他的外型，而當利嘴出來時，牠只聞了一下，就發出彷彿被螫傷的哀鳴，然後夾著尾巴嚎叫著逃跑。黑衣人一動也不動。

「『我來自遠方。』他緩慢又僵硬地說，一邊往回指向西邊，還指過我的田地，你敢相信嗎？『你見過袋金斯嗎？』他用古怪的嗓音問，並對我彎下身子。我看不到任何臉孔，因為他的斗篷垂得很低，我也感到一陣毛骨悚然。但我不懂他為何會這麼大膽地騎馬橫跨我的土地。

「『快走！』我說，『這裡沒有袋金斯。你來到夏郡的錯誤地點了。你最好往西回到哈比屯——但你這次可以走大道。』

「『袋金斯離開了。』他悄聲回答，『他要來了。他離這裡不遠。我想找到他。如果他路過的話，你會告訴我嗎？我會帶黃金回來。』

「『不，你不會。』我說。『你會立刻回你的老家去。我給你一分鐘，然後我就要叫我的狗來了。』」

「他發出某種嘶嘶聲。那可能是笑聲，也可能不是。接著他直接向我驅策大馬，還好我及時跳開。我把狗叫來，但他一躍而起並穿過大門，風馳電掣地沿著小徑騎向堤道。你們怎麼想？」

佛羅多靜靜坐了半晌，望著火焰，但他唯一的想法，是他們究竟該如何抵達渡口。「我不知道該怎麼想。」他最後說道。

「那我就告訴你該怎麼想。」馬哥特說，「你從來不該跟哈比屯的人打交道，佛羅多先生。那裡的人很奇怪。」山姆在椅子上蠢動，用不友善的眼光看農夫。「但你一直是個魯莽的小子。當我聽說你離開烈酒鹿家，搬去和那位老比爾博先生住時，我就說你一定會碰上麻煩。聽好了，這些事都來自比爾博先生的古怪行為。據說他的錢是從外地用某種奇特方式弄來的。我聽說，或許有人想知道他埋在哈比屯丘陵裡的金銀財寶下落？」

佛羅多一語不發。農夫敏銳的猜測讓他感到不安。

「哎，佛羅多先生，」馬哥特繼續說，「我很高興你還知道要搬回雄鹿地。我的建議是：待在那裡！別和那些外地人瞎攪和。你在這一帶會有朋友的。如果那些黑衣人又來追你，我就會對付他們。我會說你死了，或是已經離開夏郡，隨便你喜歡什麼理由。那可能也沒有錯，畢竟他們想打聽的是比爾博先生的消息。」

「也許你說得對。」佛羅多說，他避開農夫的目光，並盯著火堆。

馬哥特若有所思地看著他。「嗯，我看得出你有自己的想法。」他說，「我的直覺果然沒錯，你和那名騎士在同一天下午出現並非意外，我的消息或許對你而言不算大新聞。我不需要你把想保密的心事告訴我，但我看得出你遇上某種麻煩了。或許你覺得，要在不被抓到的狀況下抵達渡口不太容易？」

「我的確這麼想，」佛羅多說，「但我們得嘗試抵達，而坐著空想毫無助益。所以恐怕我們得走了。真的非常感謝你的好意！三十多年來，我怕死了你和你的狗，農夫馬哥特，不過你聽到這點可能會想笑。太可惜了，因為我錯失了一位好朋友。我很遺憾這麼快就得離開。但有一天或許我會回來——如果我有機會的話。」

「等你回來時，我會非常歡迎你。」馬哥特說，「但我有個點子。已經快要日落了，我們也正準備吃晚餐，因為我們在太陽下山後通常很快就會就寢。如果你和皮瑞格林先生等人願意留下來和我們一起用餐的話，我們會非常開心的！」

「我們也很樂意！」佛羅多說，「但我們恐怕必須立刻上路。就算現在出發，在我們抵達渡口前，也早就天黑了。」

「啊！等一下！我正要說這點：吃點晚餐後，我會駕一輛小馬車，載你們所有人去渡口。那樣你們就能省點腳程，或許也能讓你們避開其他麻煩。」

佛羅多滿懷感激地接受了對方的提議，這使皮聘和山姆鬆了一口氣。太陽已經落到西方丘陵後頭，天色也漸趨黯淡。馬哥特的兩個兒子和三個女兒走了進來，大桌上也擺滿了豐盛的晚餐。蠟燭照亮了廚房，屋裡也生起了火。馬哥特太太忙碌地進進出出。住在農舍裡的一兩個哈比人也進屋來，片刻之後，就有十四個哈比人坐下來用餐。在場有喝不完的啤酒，還有大量的蘑菇與培根，加上許多農家好菜。狗兒們趴在火邊，啃咬果皮和碎骨頭。

當他們吃完飯後，農夫和他的兒子們便拿著一只提燈出門，把馬車準備好。當客人出來時，院子裡已經一片漆黑了。他們把自己的背包丟上車，並爬進車廂。農夫坐在駕駛座，鞭策起他的兩匹健壯小馬。他妻子站在敞開門口的光芒中。

「你小心點，馬哥特！」她叫道，「別和任何外地人吵架，趕快回來！」

「好的！」他說，隨即駛出大門。現在一點風也沒有，夜晚安穩靜謐，空氣中還有股涼意。他們在沒有點燈的狀況下緩緩前進。過了一兩哩後，他們便抵達小徑的盡頭，道路接著跨越一道深邃溝渠，再爬升到一座矮坡上，抵達高坡上的堤道。

馬哥特下車並仔細端睨南北兩側，但黑暗中什麼都看不見，平靜的空氣中也沒有一絲聲響。幾縷河霧飄浮在溝渠上，往田野蔓延。

「霧氣要變濃了。」馬哥特說，「但直到我轉身回家前，我都不會點亮提燈。今晚我們在路上碰到任何東西前，就會先聽到對方的聲響。」

＊　＊　＊

從馬哥特的小徑到渡口大約有五哩的距離。哈比人們用衣物把自己緊緊裹住，但仔細豎耳聆聽車輪嘎吱聲，和小馬馬蹄緩慢的喀啦聲以外的動靜。對佛羅多而言，馬車似乎比蝸牛還慢。他身旁的皮聘正昏昏欲睡地打盹，但山姆正盯著前方飄起的濃霧。

他們終於抵達渡口小徑的入口，忽然出現在他們右側的兩根白色高柱正是入口的標誌。農夫馬哥特勒住小馬，馬車便嘎吱作響地停下。他們才正要爬下車，突然間就聽到心裡一直害怕的聲音，來自前方道路的馬蹄聲正往他們的方向移動。

馬哥特跳下車，扶住小馬們的頭，並窺探前方的黑暗。喀噠喀噠的聲響隨著逼近中的騎士而響起。馬蹄落地的聲音在平靜的霧氣中聽起來格外響亮。

「你最好躲起來，佛羅多先生。」山姆擔心地說，「趴在馬車裡，用毯子把自己蓋起來，我們會趕跑這個騎士！」他爬出車外，走到農夫身旁。黑騎士得騎馬壓過他，才能靠近馬車。

喀噠，喀噠。騎士幾乎要碰上他們了。

「哈囉！」農夫馬哥特喊道。走來的馬蹄立刻停下腳步。他們覺得自己能在霧氣中模糊地看到在前方一兩碼的位置，有個身穿斗篷的漆黑形體。

「好了！」農夫說，邊把韁繩拋給山姆，並大步走向前，「不准再向前一步！你要幹嘛，又要去哪？」

「我要找袋金斯先生。你有看到他嗎？」一股含糊不清的聲音說——但那是梅里・烈酒鹿的嗓音。對方掀開提燈上的遮罩，光線灑落在農夫吃驚的臉孔上。

「梅里先生！」他叫道。

「對，當然啦！你以為是誰？」走向前的梅里說。當他走出霧氣，他們的畏懼也就此消散時，他似乎突然變回正常哈比人的大小。他騎了匹小馬，用圍巾包著他的脖子，也蓋住下巴，以便阻絕霧氣。

佛羅多跳下馬車來迎接他。「你終於來了！」梅里說，「我開始想你們今天會不會來，也才剛要回去吃晚餐。起霧時，我就騎馬往史托克走，看看你們是不是掉到溝渠裡了。但我根本猜不出你們出現的方式。你是在哪裡找到他們的，馬哥特先生？你的鴨池裡嗎？」

「不是，我逮到他們偷闖我家土地，」農夫說，「還差點放狗咬他們，但我相信他們會把整件事都告訴你。好啦，不好意思，梅里先生和佛羅多先生與各位，我最好趕快回家。時間越晚，馬哥特太太就會越擔心。」

他把馬車往後退到小徑上再轉向。「好了，各位晚安。」他說，「這肯定是奇怪的一天。但還好一切圓滿落幕，不過直到我們抵達家門前，或許還不該那樣說。我不會否認，自己回到家時一定會感到慶幸。」他點亮提燈，再爬上馬車。忽然間，他從座位下拿出一只大籃子。「我差點忘了。」他說，「這是馬哥特太太為袋金斯先生準備的，是她的一點心意。」他把籃子往下遞出，隨後揚長而去，眾人在後頭大聲道謝並說晚安。

他們看著他提燈周圍的蒼白光暈逐漸消失在瀰漫濃霧的夜色裡。佛羅多突然笑出聲來：他手中的加蓋籃子裡，正飄散出蘑菇的香氣。

第五章──揭穿陰謀

「我們最好也該回家了。」梅里說，「我看得出這一切有點古怪，但等我們進屋再談吧。」

他們沿著渡口小徑走，筆直的道路受到良好照料，兩旁還鋪上塗白的大石子。走了一百多碼後，道路引導他們來到河岸，那裡有處寬闊的木製碼頭。碼頭旁停了艘大型平底渡船。靠近水邊的白色繫船柱，在高桿上的兩座提燈放出的光芒中閃爍。他們身後平原上的霧氣，現在已飄到圍籬上方，但他們面前的河水一片漆黑，只有河岸邊的蘆葦飄著幾縷青煙般的蒸氣。對岸霧氣似乎較少。

梅里帶著小馬走過通往渡船的通道，其他人則隨後跟上。梅里接著用長篙將渡船慢慢從岸邊推開。寬廣的烈酒河在他們面前緩緩流動。另一側的河岸坡度陡峭，上頭有道源自另一座碼頭的蜿蜒走道。上頭有閃爍的燈火。雄鹿丘聳立在後頭，山丘上的諸多圓窗透過縹緲的霧氣散發出黃光與紅光。這些是烈酒鹿家族的老家烈酒廳的窗戶。

很久以前，沼地最古老家族之一（在夏郡亦然）的老雄鹿家族族長哥亨達德．老雄鹿渡河而來，這條河正是東方地區原本的疆界。他建造（並開挖）了烈酒廳，將自己的姓氏改為烈酒鹿，定居當地，儼然成為小型獨立國家的統領。他的家族不斷擴大，在他過世後也持續成長，直到烈酒廳占據了整座矮丘。上頭有三道大型前門，還有不少側門與近一百扇窗戶。烈酒鹿家和他們的眾多親眷隨後開始在周邊挖洞，之後則大肆動工。那就是雄鹿地的起源，這塊居民眾多的地帶夾在河流與老林之間，像某種來自夏郡的殖民地。它的主要村莊是雄鹿堡，屋舍聚集在烈酒廳後方的河岸與山坡上。

沼地的人民對雄鹿地居民的態度友善，而從史托克到燈心草島的農夫們，都依然認可烈酒廳統領（烈酒鹿家的族長名號）的權威。但舊夏郡的大多人民都認為雄鹿地居民性格古怪，像是半個外地人。但事實上，他們與四區其他哈比人並沒有太大差異。只有一點除外——他們很喜歡船隻，有些成員甚至會游泳。

他們的土地原本在東方沒有防禦措施，但他們在那側蓋了道圍籬——高籬。好幾代以前的居民種下了這座圍籬，現在它變得濃密高大，因為人們經常修整它。它從烈酒橋一路遠離河邊，繞了個大圈，再延伸到籬尾（柳旋河由此從老林匯入烈酒河），頭尾長度超過二十哩。但當然了，它不算是完整的保護措施。老林在許多位置逼近圍籬。雄鹿地居民在入夜後會鎖門，那舉動在夏郡並不常見。

渡船緩緩航過水面。雄鹿地的河岸逐漸靠近。山姆是眾人裡唯一沒有渡河過的成員。當咕嚕作響的慢速河水流過時，他產生了一種古怪的感覺——他昔日的生活留在後頭的霧氣中，黑暗的冒險則在前方等著他。他抓抓自己的頭，在那一刻有點希望佛羅多先生能繼續平靜地住在袋底洞。

四名哈比人走下渡船。梅里正在繫船，皮聘則已經把小馬牽到道路上，此時山姆（他正望向後方，彷彿對夏郡道別）用嘶啞的氣音說道：

「往後看，佛羅多先生！你有看到什麼嗎？」

在遙遠的燈光下，他們可以看到遠方的碼頭上有個身影，它看起來像是被留在後頭的黑色包裹。但當他們觀看時，它似乎左右移動，彷彿在地面搜索。接著它開始爬行，或是蹲下身子，回到燈光外的黑暗中。

「那在夏郡的是什麼鬼東西？」梅里驚呼。

「是某個在跟蹤我們的東西。」佛羅多說，「但現在先別問了！我們立刻離開吧！」他們快步沿著通道走到河畔頂端，但當他們回頭看時，迷霧已經包覆了對岸，什麼都看不到。

「感謝老天，你在西岸沒有停任何船！」佛羅多說，「馬匹可以渡河嗎？」

「牠們可以往北走十哩到烈酒橋——或是牠們也可以游泳。」梅里回答，「儘管我從來沒聽過有任何馬在烈酒河裡游泳。但馬跟這有什麼關係？」

「我之後再告訴你。我們先進屋再談。」

「好吧！你和皮聘認得路，所以我會先騎馬過去，告訴小胖．博哲說你們要來了。我們會處理晚餐等東西。」

「我們提早和農夫馬哥特吃過晚餐了，」佛羅多說，「但我們可以再吃一頓。」

「你們當然可以吃！把那籃子給我！」梅里說，並策馬騎進黑暗中。

從烈酒河到佛羅多位於克里克窪地的新家之間有段距離。他們經過左邊的雄鹿丘和烈酒廳，並在雄鹿堡邊陲踏上雄鹿地從烈酒橋往南延伸的主要幹道。沿著這條路向北走了半哩後，他們就來到轉向右側的一條小道。他們順著這條路走了幾哩，小道則在鄉野中上下起伏。

最後他們抵達一處濃密圍籬間的窄門。他們看不見黑暗中的房屋，它位於小道後頭的寬闊草坪圈中央，外層圍籬內的低矮樹林則環繞房子。佛羅多選它的原因，是由於它處在鄉間與世隔絕的角落，附近也沒有其他戶人家。不會有人注意到你的進出。烈酒鹿家很久以前蓋了這棟屋子，為了供客人住宿，或是給想逃離烈酒廳擁擠生活的家族成員使用。那是座舊式鄉村房屋，盡可能接近哈比洞的風格——長而低矮，沒有高樓層；還有種了草皮的屋頂、圓窗和圓形大門。

當他們走上大門前的綠色通道時，看不到任何光線，窗口漆黑，還拉上簾子。佛羅多敲了門，小胖．博哲則打開門。友善的燈光傾洩而出。他們快步溜進屋子，把自己和光明關在室內。他們站在兩側有許多房門的寬闊大廳中，面前有條延伸到房屋中央的通道。

「好啦，你們覺得如何？」沿著通道走來的梅里問道，「我們盡力在短時間內讓它看起來像家了。畢竟小胖和我昨天才載了最後一車的行李來。」

佛羅多環視四周。這裡看上去確實像家。許多他最喜愛的，或是比爾博的東西（在新環境中，它們立刻讓他想起比爾博），都盡可能被擺設成接近它們在袋底洞時的布置方式。這是個宜人舒適又充滿溫暖的地方，他也發現自己希望真的要來這裡定居，安詳地度過退隱生活。讓他的朋友們費盡苦心似乎不甚公平，他也又思索起他該如何對他們公布消息，說自己得迅速離開他們，最好是立刻動身。但似乎在那晚大家上床前，就得說明這件事了。

「太棒了！」他費勁地說，「我幾乎覺得我沒搬家。」

* * *

旅人們掛起了斗篷，也把背包堆在地板上。梅里帶他們踏過走道，打開另一頭的門。裡頭冒出了火光，以及一絲蒸氣。

「洗澡！」皮聘叫道，「老天保佑梅里雅達克！」

「我們該用什麼順序進行？」佛羅多說，「最年長的先，還是最快的先？不管怎樣，你都會是最後一名，皮瑞格林大爺。」

「請相信我能安排得更好！」梅里說，「我們不能用對洗澡的爭執展開在克里克窪地的生活。那座房間裡有三個浴缸，和一只裝滿滾水的銅盆。裡頭還有毛巾、地墊和肥皂。進去吧，動作快！」

梅里和小胖走進通道另一側的廚房，忙著為稍晚的晚餐做最後準備。浴室中傳來此起彼落的歌聲，和潑濺的水聲交織在一起。唱起比爾博最喜歡的其中一首洗澡歌時，皮聘的嗓音忽然蓋過了其他人。

唱呀！一天將盡來洗澡
洗去疲倦與泥濘！
不唱歌的人就是傻子！
噢！熱水真是好東西！

噢！雨聲甜美無比，
如同小溪從山丘流向平原；
但冒出濃煙的熱水，
比雨滴和潺潺流水更美妙。

噢！冷水大口倒入喉
與高采烈樂陶陶；

但沒了飲料，啤酒更好，
背上灑下熱水更美妙。

噢！天空下的噴泉
高高湧出秀麗白水；
但從來沒有噴泉的水聲
比我腳踩熱水聽來更棒！

裡頭傳來一陣響亮潑灑聲，佛羅多還大喊了「哇」一聲。皮聘的大量洗澡水似乎仿效噴泉高高湧出了。

梅里走到門邊說：「吃飯配啤酒如何呀？」他喊道。佛羅多走了出來，一面擦自己的頭髮。

「有太多水噴出來了，我得進廚房再繼續擦。」他說。

「天呀！」往裡頭探頭的梅里說。石材地板儼然成了水鄉澤國。「在你有東西吃前，得先把這些水拖乾，皮瑞格林。」他說，「趕快，不然我們就不等你了。」

他們在廚房中靠近火爐的一張桌子邊吃晚餐。「我想你們三個不會想再吃蘑菇了吧？」費瑞德加不抱希望地說。

「我們當然要吃！」皮聘叫道。

「它們是我的！」佛羅多說，「是農婦女王馬哥特太太送我的。拿開你們的貪心小手，我來分配它們。」

哈比人對蘑菇有種熱情，程度遠遠超過大傢伙最貪婪的慾望。這有部分能解釋年輕的佛羅多為何大老遠跑到知名的沼地田野，以及受害者馬哥特因此萌生的怒氣。這次的量即便根據哈比人的標準，也足夠讓所有人吃。隨後還有不少菜餚，而當他們吃完時，就連小胖．博哲都吐出一聲滿足的歎息。他們把餐桌往後推，再把椅子拉到火爐周圍。

「我們之後再清理。」梅里說，「現在把一切告訴我吧！我猜你們經歷過不少冒險，但少了我，這可不太公平。我要聽完整的經歷。而我最想知道的，是老馬哥特發生了什麼事，還有他為何那樣對我說話。他聽起來幾乎像感到害怕，居然會有這種事。」

「我們全都很害怕。」在片刻沉默後，皮聘才說道，同時佛羅多則盯著火爐，沒有說話。「如果黑騎士連續兩天都在追你的話，你也會怕的。」

「他們是什麼東西？」

「騎著黑馬的黑衣人。」皮聘回答，「如果佛羅多不說的話，就讓我把整件事從頭告訴你。」他隨即完整講述了他們離開哈比屯後展開的旅程。山姆附和地點了不少下頭，並連聲驚歎。佛羅多仍舊一語不發。

「要不是我有看到碼頭上的黑色東西，和聽到馬哥特嗓音中的古怪感覺，」梅里說，「就會以為這是你編出來的故事。你怎麼看這件事，佛羅多？」

「表親佛羅多守口如瓶。」皮聘說，「但他該坦然開口了。目前除了農夫馬哥特猜測這一切和老比爾博的寶藏有關外，我們毫無頭緒。」

「那只是瞎猜而已。」佛羅多趕緊說，「馬哥特什麼都不曉得。」

「老馬哥特是個敏銳的人。」梅里說，「他的圓腦袋裡有很多想法，通常也不會吐露心聲。我聽說他一度經常進入老林，大家也知道他見過許多怪事。但是佛羅多，你至少可以告訴我們，你究竟覺得他猜得對不對？」

「我想，」佛羅多緩緩回答，「老實說，他猜得不錯。這件事跟比爾博當年的冒險確實有關係，騎士們也在找他或我，或許說是搜索比較恰當。如果你們想知道的話，我也擔心這並不是鬧著玩的；我在這裡或別的地方都不安全。」他環視窗戶和牆壁，彷彿害怕一切會忽然倒塌。其他人沉默地看著他，並互相交換心知肚明的眼神。

「快說出口了。」皮聘對梅里低語道。梅里點頭。

「好吧！」佛羅多終於說道，一面坐起身並挺直背部，彷彿做出了決定。「我不能再守密了。我有事得告訴你們所有人。但我不曉得該從何講起。」

「我想我能幫你，」梅里平靜地說，「先讓我告訴你一些事。」

「你這話是什麼意思？」佛羅多說，邊緊張地看著他。

「僅僅如此，我親愛的佛羅多老兄，你心裡很難受，因為你不曉得該怎麼道別。當然了，你打算離開夏郡。但危險比你預料得更快上門，現在你則下定決心要立刻動身。你也不想去。我們為你感到很遺憾。」

佛羅多張開嘴巴，又把嘴閉上。他驚訝的表情看起來十分逗趣，惹得他們大笑起來。

「親愛的佛羅多老兄！」皮聘說，「你真的以為自己瞞過我們了嗎？你沒那麼小心，也不夠靈光呀！從四月以來，我們就一直聽到你在嘀咕：『我真想知道，不知道何時會再看到那座山谷。』諸如此類的話。還有假裝你花光了錢，把你深愛的袋底洞賣給麻袋維爾袋金斯那家人！加上你和甘道夫的好幾次深談。」

「老天爺！」佛羅多說，「我以為我夠謹慎小心了。我不曉得甘道夫會怎麼說。整個夏郡都在討論我的離開了嗎？」

「噢不！」梅里說，「別擔心那點！祕密自然不可能保守太久，但在當下，我想只有我們這些密謀者清楚真相。畢竟，你得記好我們很了解你，也經常和你相處。我們通常猜得出你的想法。我也認識比爾博。老實說，自從他離開後，我就一直密切觀察你。我覺得你遲早會追隨他的腳步，我也確實認為你很快就會離開，最近我們也非常擔心。我們很怕你會從我們身邊溜走，並突然離開，和他一樣獨自出發。自從今年春天以來，我們就十分留意，也自己做出了不少計畫。你不可能輕易躲過我們！」

「但我一定得走。」佛羅多說，「這無可避免，親愛的朋友們。這對我們所有人而言都很難熬，但你們想留下我是行不通的。既然你們已經猜到了這麼多，請幫助我，也不要阻攔我！」

「你不明白！」皮聘說，「你一定得走——因此我們也得去。梅里和我會跟你一起來。山姆是個好傢伙，也願意跳進巨龍咽喉裡救你，只要他沒有先絆倒就行。但你在危險的冒險中，需要不只一名同伴。」

「我最親愛的哈比人們！」佛羅多深受感動地說，「但我不能答應這件事。我很早以前就決定這點了。你們提到危險，但你們不明白真相。這不是尋寶旅程，也不是有歸途的旅程。逃離危機後，我得投入另一段致命危機。」

「我們當然明白。」梅里堅定地說，「因此我們才決定要來。我們知道魔戒不是開玩笑的事，但我們會盡力幫助你對抗魔王。」

「魔戒！」佛羅多說，現在感到訝異無比。

「沒錯，魔戒。」梅里說，「我親愛的哈比人，你不讓朋友多問，我知道魔戒的存在很多年了——其實，在比爾博離開前就知道了。但既然他顯然把這件事當作祕密，我就把這件事藏在腦海裡，直到策劃出我們的計謀。我了解比爾博的程度，自然沒有比對你的了解深。當時我太年輕，他也更謹慎——不過他不夠小心。如果你想知道我一開始怎麼發現的話，我就告訴你。」

「繼續說！」佛羅多無力地說。

「你或許猜到了，麻袋維爾袋金斯家導致他露出馬腳。在那場生日宴會的前一年某天，當我剛好走在路上時，就看到前方的比爾博。麻袋維爾袋金斯家人忽然出現在遠方，往我們走過來。比爾博慢下腳步，接著嘿！他消失了。我嚇到幾乎忘了要用更正常的方式躲起來，但我穿過圍籬，走進裡頭的原野。我往道路窺探，而當麻袋維爾袋金斯家人經過後，就直接看到了忽然再度出現的比爾博。當他把某個東西塞回口袋時，我瞥見了一股金色閃光。

「之後我就處處留意。其實，我得承認我有偷偷打探。但你得同意，這件事很有趣，而且當時我只是青少年。除了你佛羅多外，我一定是夏郡唯一讀過老傢伙那本祕密書籍的人。」

「你讀過他的書！」佛羅多叫道，「老天呀！難道什麼都不安全了嗎？」

「我該說，確實不安全。」梅里說，「但我只快速看了一眼，過程還很困難。他從來沒有亂擺書。我想知道那本書的下落。我想再看一次。你有帶著它嗎，佛羅多？」

「沒有。它不在袋底洞。他一定把書帶走了。」

「好吧，如我所說，」梅里繼續說，「我把這件事埋藏在心底，直到今年春天狀況變嚴重時。那時我們便策劃了計謀；我們也很認真，決心要好好處理，還得謹慎行事。你的口風並不鬆，甘道夫則更難處理。但如果你想見見我們的主要調查員的話，我可以請他出場。」

「他在哪？」佛羅多說，一面環視周遭，彷彿認為某個不祥的蒙面人會從碗櫃中走出來。

「上前吧，山姆！」梅里說，山姆則面紅耳赤地站起來。「這位就是我們的情報搜集人！我可以告訴你，他也找來了很多情報，直到他終於被逮。之後呢，我覺得他似乎自認處在假釋期，於是閉口不答。」

「山姆！」佛羅多大叫，他感到無比訝異，也無法判斷自己是覺得生氣，好笑，放鬆，抑或只自覺很蠢。

「是的，先生！」山姆說。「請你原諒，先生！但我對你沒有惡意，佛羅多先生，對甘道夫先生也一樣。不過，他講的話有道理，當你說獨自出發時，他說不，帶著你能信任的人。」

「但我似乎無法相信任何人。」佛羅多說。

山姆鬱鬱寡歡地看著他。「這只能看你想要什麼。」梅里打岔道，「你可以信任我們會一路追隨你，直到最糟糕的結尾。你也可以信任我們能保守你的任何祕密，還比你自己守得更好。但你不能認為我們會讓你獨自面對麻煩，還容許你一句話都不說就消失。我們是你的朋友，佛羅多。總而言之，事情就是這樣。我們知道甘道夫告訴你的大部分內容。我們知道很多關於魔戒的事。我們非常害怕——但我們要跟你一起走，或是像獵犬一樣跟著你。」

「而且，先生，」山姆補充道，「你該採納精靈的建議。吉爾多說你該帶上願意同行的人，你也不能否認這點。」

「我不否認。」佛羅多說，他看著山姆，對方咧嘴一笑。「我不否認，但無論你有沒有打呼，我都不會再相信你睡著了。我會用力踢你來確認。」

「你們真是群騙徒！」他說，一面轉向其他人，「但老天保佑你們！」他笑道，站起身並揮舞雙臂。「我讓步。我會接受吉爾多的建議。如果眼前的危機沒有這麼黑暗的話，我就會開心地跳起舞了。即便如此，我還是不禁感到高興，我已經很久沒有這麼欣喜了。先前我很害怕今晚。」

「很好！就這樣決定了。為佛羅多隊長和大夥歡呼三次！」他們叫道，並圍著他跳舞。梅里和皮聘唱起了一首歌，他們顯然早就為這個場合準備好這首歌了。

歌曲的風格仿效比爾博多年前展開冒險時所唱的矮人歌謠，也採用同種曲調：

我們向火爐與廳堂道別！
儘管風吹雨打，
我們得在黎明前出發
跨越森林與高山。

前往精靈居住的裂谷
迷霧籠罩下方林地，
我們疾馳過高沼與荒原，
無從得知前方去向。

敵人在前，恐懼在後，
我們餐風露宿，
直到苦難終結，
旅途結束，大功告成。

快出發！快出發！

「非常好！」佛羅多說，「但這樣的話，我們上床前就有很多事得做了——至少今晚我們還能睡在屋簷下。」

「噢！那是為了詩歌啦！」皮聘說，「你真的打算在黎明前出發嗎？」

「我不知道。」佛羅多回答，「我害怕那些黑騎士，也確信待在同一個地方太久並不安全，特別是在別人知道我要前往的地點。吉爾多也建議我別等了。但我很想見甘道夫。當吉爾多聽說甘道夫沒出現時，我看得出連他也覺得不安。一切取決於兩件事。騎士們要多久才會抵達雄鹿堡？我們又得花多久才能出發？這得花不少準備時間。」

「第二項問題的答案，」梅里說，「是我們可以在一小時內出發。我幾乎做好所有準備了。田野對面的馬廄裡有五匹小馬。除了幾件額外衣物和容易腐壞的食物外，補給品和裝備都已經打包好了。」

「這場計謀似乎很有效率。」佛羅多說，「但黑騎士怎麼辦？多等甘道夫一天會安全嗎？」

「那得看你覺得如果騎士們在這裡發現你的話，他們會怎麼做。」梅里回答。「當然，如果沒人在北門攔下他們的話，他們現在可能已經抵達這裡了；樹籬從北門延伸到河畔，位置就在河邊這一側。門衛晚上不會讓他們通過，不過他們可能會強行突破。我想就算在白天，門衛也會企圖阻擋他們，直到他們把消息送到烈酒廳統領那去。因為他們不會喜歡騎士的外型，肯定也會害怕對方。但雄鹿地自然無法長期抵抗強烈攻勢。早上時，就算有黑騎士騎馬過來找袋金斯先生，都可能會順利通行。大家都知道你要搬回克里克窪地住了。」

佛羅多坐著沉思了半晌。「我打定主意了。」他最後說道，「等明天天亮，我就要出發。但我不要走大路，在這裡等比走大路要安全多了。如果我穿過北門的話，人們就會立刻知道我離開雄鹿地，反而無法壓下消息至少幾天。再說，無論有沒有騎士進入雄鹿地，靠近邊界的大橋和東道都肯定會受到監視。我們不曉得他們的數量，但至少有兩人，可能還有更多。唯一的辦法，就是前往出乎意料的方向。」

「但那代表要進入老林！」費瑞德加驚恐地說，「你不會想那樣做的。那裡和黑騎士一樣危險。」

「不見得。」梅里說，「聽起來似乎走投無路，但我相信佛羅多說得對。這是唯一能在不被跟蹤的方式下立即離開的方法。幸運的話，我們或許能提前走不少路。」

「但你們在老林中不會有好運的。」費瑞德加駁斥道，「在裡頭沒人能過得順利。你們會迷路。人們不會進那裡去。」

「不對，有人會進去！」梅里說，「有興致的話，烈酒鹿家人偶爾會進去。我們有個祕密入口。很久以前，佛羅多進去過一次。我去過好幾次，自然通常都是在白天，當時的樹林昏沉而相對寧靜。」

「好吧，照你覺得最好的作法動手吧！」費瑞德加說，「老林是我在世界上最害怕的東西，和它有關的故事根本是惡夢一場，但我的意見不重要，因為我不會加入這趟旅程。不過，我很慶幸有人要留下來，等甘道夫來時，就可以把你們做的事告訴他，我相信他不久就會來了。」

儘管他很喜歡佛羅多，小胖．博哲卻不想離開夏郡，也不想看外頭的世界。他的家族來自東區，更確切地說，是大橋原的博吉渡口，但他從未跨越烈酒橋。根據策謀者們原本的計畫，他的任務是留下來應付好管閒事的人，並盡可能持續假裝袋金斯先生還住在克里克窪地。他甚至還帶了佛羅多的一些舊衣服來幫他演這齣戲。他們沒想到那工作有多危險。

「太好了！」佛羅多在了解計畫後說，「不然的話，我們就不能留口信給甘道夫。當然，我不曉得這些騎士識不識字，但我不敢留下書信訊息，以免他們進來搜索屋子。但如果小胖願意留下來，我就能確信甘道夫會知道我們的去向。明天一早我們就去老林。」

「好吧，就這樣決定了。」皮聘說，「整體來說，我寧可挑我們的任務，也不要選小胖的工作，在這裡等黑騎士來。」

「等你進森林就知道了。」費瑞德加說，「到了明天這時候，你就會想回來找我了。」

「現在吵架毫無幫助。」梅里說，「上床前我們還得整理行李，再完成最後打包。日出前我就會叫醒你們。」

當他終於上床時，佛羅多有段時間睡不太著。他的雙腿感到痠痛。他很慶幸自己早上會騎馬。最後他陷入模糊的夢境，夢中的他似乎往高處窗口外看看，窗口則俯視盤根錯節的漆黑樹海。底下的樹根間傳來生物爬行嗅聞的聲音。他確信牠們遲早會聞到他的方向。

接著他聽到遠處傳來的聲響。剛開始他以為是吹拂過林中樹葉的強風。接著他明白那不是樹葉，而是遠方大海的聲音，他從未在清醒時聽過這種聲音，不過它經常出現在他的夢境裡。忽然間，他發現自己身處空曠地帶。上頭一棵樹也沒有。他站在漆黑的荒地上，空氣中則有股奇怪的鹽味。他抬頭一看，發現面前有座白色高塔，獨自矗立在高聳的山脊上。他心中忽然產生了莫大衝動，想爬上塔去看海。他開始費勁地走上山脊，往高塔走去；但天空忽然出現了一股光芒，也傳來一陣雷聲。

第六章——老林

佛羅多忽然醒來。房間裡依然一片漆黑。梅里一手拿蠟燭站著，另一手用力敲打房門。

「好啦！怎麼了？」佛羅多說，感到震驚的他還在顫抖。

「怎麼了！」梅里叫道，「該起床了。現在四點半，霧氣正濃。來吧！山姆已經在準備早餐了。就連皮聘都起來了。我剛要去幫小馬裝馬鞍，再去牽負責扛行李那匹小馬。把那個懶鬼小胖叫醒！他至少得起床送我們走。」

六點後不久，五名哈比人就準備好出發了。小胖．博哲還在打呵欠。他們悄悄離開了屋子。梅里牽著滿載行李的小馬走在前頭，沿著穿越房屋後頭矮林的道路走，接著橫跨好幾座田野。樹葉閃動光澤，水滴從每根樹枝上落下，青草上沾滿灰色的冰冷露珠。一切悄然無聲，遠方的聲響聽起來靠近而清晰，禽鳥在院子裡啁啾鳴叫，某座遙遠房屋中還有人關門。

他們在馬廄中找到小馬。這是哈比人喜愛的小型健壯馬匹，牠們的速度不快，但適合進行一整天的工作。他們騎上馬，很快走入霧氣中，迷霧似乎不情願地在他們面前分開，並在他們身後氣勢森嚴地闔上。緩慢而沒有交談地騎了大約一小時後，他們忽然看到樹籬出現在前方。它十分高大，上頭纏滿了銀色的蜘蛛網。

「你們要怎麼穿過這裡？」費瑞德加問。

「跟我走！」梅里說，「你就會看到了。」他沿著樹籬往左轉，很快他們就來到了樹籬往內彎的某個位置，它則順著一處窪地邊緣延伸。離樹籬有些距離的地點有條小路，沿著山坡緩緩往下伸到地面。道路兩側都有逐漸升高的磚牆，直到兩道牆忽然形成拱型頂部，並組成穿過樹籬底下深處的隧道，出口則位於窪地另一側。

小胖．博哲在此停下腳步。「再見，佛羅多！」他說，「我希望你們不要進入森林。我只希望你們不會在今天天黑前就需要求救。但祝你們今天和每天都好運！」

「如果前頭沒有比老林更糟的東西的話，我就算幸運了。」佛羅多說，「要甘道夫趕快沿著東道走，我們很快就會回到那條路上，也會盡快前進。」「再見了！」他們喊道，並騎下斜坡，從隧道中消失在費瑞德加的視線中。

裡頭漆黑又潮溼。隧道另一頭有道以厚實鐵棒構成的柵門。梅里下馬解開門鎖，而當他們全員穿過時，他再度推了柵門一把。它鏘的一聲關上，同時喀擦作響地上鎖。聲音聽起來陰森不祥。

「好啦！」梅里說，「你們已經離開夏郡，進入外界，踏進老林的邊緣了。」

「跟它有關的故事是真的嗎？」皮聘問。

「我不曉得你說的是哪些故事。」梅里回答，「如果你指的是小胖的保母們以前常跟他講鬼故事，內容還是關於哥布林和野狼之類的話，我就會說不對。總之，我不信那些傳言。但森林確實很怪異。比起夏郡的萬物來說，裡頭的一切都更有生命力，也更清楚周遭發生的事。樹木也不喜歡陌生人。它們會監視你。只要還是白天，它們通常光是監視你就滿足了，也不會做出太過頭的舉動。最不友善的樹有時會拋下一根樹枝、伸出樹根或用長鬚根抓你。但夜晚的情況才最讓人感到不安，我是這麼聽說的。天黑後我只進來這裡一兩次過，也只待在靠近樹籬的位置。我覺得所有樹木都在和彼此悄聲交談，用駑鈍的語言傳遞消息和計畫，無風吹拂的樹枝也會四處搖晃摸索。據說那些樹確實會移動，還會包圍陌生人。其實在很久以前，它們曾攻擊過樹籬——它們將自己插到樹籬旁，並且壓在上頭。但哈比人們過來砍倒了數百棵樹，還在森林裡生起了一座大型篝火，把樹籬以東的一座長條地帶燒得精光。之後樹木放棄攻擊，但它們變得極度不友善。離燒起篝火不遠的位置，仍然有一處寸草不生的空曠地帶。」

「只有樹危險嗎？」皮聘問。

「有許多古怪的東西住在森林深處和另一頭。」梅里說，「至少這是我聽說的，但我從來沒見過。不過，確實有東西會製造路徑。無論何時有人進入森林，都會發現明顯的小徑，但它們似乎不時會以奇怪的方式改變方向。離這座隧道不遠處的地方，很久以來都是通往篝火林地的寬闊路徑起點，它之後會往我們該走的方向伸去，先往東再稍微往北走。那就是我要找的路！」

哈比人們離開了隧道大門，騎馬跨越寬廣的窪地。遠處有條不太清楚的小徑往上延伸到森林地面，位置在樹籬另一頭一百多碼外，但當他們順著這條路走到樹下時，道路就消失了。他們回頭一望，便從身邊濃密的林木縫隙間看到樹籬的黑色輪廓。他們往前望去，只能看見無數形態、大小各異的樹幹——有直的或彎的，扭曲的，斜靠的，粗厚或纖細的，也有光滑或盤根錯節、枝枒茂密的。所有主幹都長滿綠色或灰色的苔蘚，還有黏膩雜亂的附著物。

只有梅里看起來相當愉快。「你最好帶頭找出那條路。」佛羅多對他說，「別搞丟彼此，或是忘掉樹籬的位置！」

他們選了林間的一條路，小馬們則沿著這條路走，小心翼翼地避開諸多蜿蜒交纏的樹根。地上沒有灌木叢，坡度緩緩升高，而當他們往前走時，樹木似乎變得更高，更漆黑，也更濃密。周圍一片死寂，偶爾只有一滴水珠從靜止的葉片上落下。當下的樹枝間沒有低聲細語或動靜，但他們內心忐忑，覺得有人不滿地監視他們，對方的情緒逐漸加深為不滿，甚至是敵意。這種感覺持續增長，直到他們迅速抬頭仰望，或是往回觀望背後，彷彿他們覺得有人會忽然攻擊。

眼前還沒有任何通道的跡象，樹林似乎也持續阻擋他們的去路。皮聘忽然覺得他無法忍受了，並在毫無預警之下放聲大喊。「喂！喂！」他叫道，「我什麼都不會做。讓我通過就好，可以嗎？」

其他人吃驚地停下腳步，但叫聲悶了下來，彷彿有沉重的布簾將它蓋住。四周沒有回聲或回應，不過樹林似乎變得比之前更擁擠又虎視眈眈。

「如果我是你的話，就不會叫嚷。」梅里說，「這樣帶來的壞處比好處多。」

佛羅多開始想究竟有沒有辦法找到出路，也懷疑自己帶其他人進入這座可怕的森林是不是錯誤的選擇。梅里左右觀望，似乎不確定往哪走。皮聘注意到這點，「你沒花多久就讓我們迷路了。」他說。但此時梅里放鬆地吹了一聲口哨，並指向前方。

「哎呀，哎呀！」他說。「這些樹木的確會移動。篝火林地就在我們前面（我希望如此），但通往那裡的路似乎已經移走了！」

當他們往前走時，光線變得更清晰。他們忽然走出林子，發現自己來到寬闊的圓形空間。讓他們訝異的是，頭頂的天空看起來蔚藍清澈，在森林的樹蔭下，他們無法看到日出與揚起的霧氣。不過太陽升得不夠高，無法照進空地，不過陽光確實照亮了樹頂。林地邊緣的葉片長得更為茂密蓊鬱，如同牢固的高牆般包圍空地。那裡沒有樹木，只有野草和較高的植物——莖稈結實卻褪色的毒堇和香芹；鬆軟的灰燼中長出柳蘭；還有叢生的蕁麻和薊草。這是個淒涼的地方，但在經歷密不通風的森林後，這裡看起來就像個令人感到舒適愉快的花園。

哈比人們感到為之一振，並滿懷希望地仰望天空中逐漸變亮的陽光。林地另一頭的樹牆之間有座缺口，缺口彼端有條明顯的通道。他們看得出那條路往森林中延伸，有些路段非常寬敞，上頭也能看見天空，不過樹林時時逼近，用黑暗的樹枝罩住路面。他們策馬踏上這條路，依然緩緩地往上坡走，但現在他們移動得更快，興致也越趨高漲。因為他們覺得森林已放鬆了警戒，準備讓他們在毫無阻礙的狀況下通過。

但過了一陣子後，空氣就開始變得炎熱沉悶。兩旁的樹木再度逼近，他們也無法看到前方遠處的路段。現在他們再度感受到更強勁的林間惡意。周圍萬籟俱寂，使得小馬的馬蹄落在枯葉上時發出的沙沙聲，以及有時踩到樹根時發出的悶聲，似乎都在他們的耳中砰然作響。佛羅多嘗試唱歌來激勵他們，但他的嗓音變得低迷微弱。

噢！黑影國度中的流浪者
別絕望！儘管暗林聳立，
森林終將來到盡頭，
太陽也將掠過天際：
落日旭陽，
長日將盡，新日綻放。
無論東西，森林終將來到盡頭……

「盡頭……」當他說出這個字眼時，他的嗓音便逐漸安靜下來。空氣似乎變得沉重無比，也得費勁才能開口說話。在他們身後，有一大根樹枝從懸垂的老樹上碰的一聲摔到路上。他們前方的樹林似乎閉合了起來。

「它們不喜歡和結束與盡頭有關的話。」梅里說，「是我的話，現在就不會繼續唱了。等到我們抵達邊界，就能轉身好好對它們大合唱了！」

他的語氣十分輕快，即便他感到不安，也沒有表現出來。其他人沒有回答。他們覺得心情鬱悶。彷彿有一塊大石壓住佛羅多心頭，隨著每向前一步，他都後悔自己居然挑戰了樹木的威脅感。當他正準備停下並提議回頭時（如果還辦得到的話），事情出現了新的發展。道路停止往上攀升，有好一陣子都變得近乎平坦。漆黑的樹林往兩旁後退，他們能看見前方的道路幾乎筆直地往前伸。在他們面前有段距離以外的位置，有座沒有樹木的翠綠山丘，從周圍的森林中如同禿頂般升起。這條路似乎直接通往山丘。

他們再度加快腳步，一想到能爬到森林樹頂上方一陣子，他們就感到開心。道路往下伸，然後再度往上攀升，最後讓他們抵達陡峭丘壁的底部。道路在此離開樹林，消失在草地中。樹林圍繞山丘的模樣，就如同圍繞禿頂的一圈茂密毛髮。

哈比人們牽著他們的小馬向上走，蜿蜒地繞著圈子，直到他們抵達丘頂。他們站在那環視周遭。空中閃爍著陽光，但也有些霧氣朦朧，使他們無法看清楚遠方。附近的迷霧已近乎消散，不過林中的窪地四處還有霧氣。而在他們南方，霧氣從橫跨森林的一處深谷中飄出，看來像是蒸氣或縷縷白煙。

「那裡，」梅里說，一面用手指，「就是柳旋河的河道。它從古墓岡流出，往西南方流過森林中央，在籬尾底下的位置匯入烈酒河。我們不想走那條路！據說柳旋河谷是整座森林中最古怪的地方，那裡是所有怪象的源頭。」

其他人望向梅里指的方向，但除了飄蕩在潮溼深谷上方的霧氣外，他們什麼也看不見。山谷遠方的森林南端則消失在視野中。

丘頂上的太陽現在越變越熱。當時大約十一點，但秋日霧氣依然使他們無法看清其他方向。往西看時，他們看不出樹籬或遠方烈酒河谷的輪廓。當他們往寄予厚望的北方望去，卻無法看到東道的蹤影，而那正是他們的目標。他們身處樹海中的島嶼，灰濛濛的霧氣則遮掩了地平線。

東南方的地勢迅速下降，彷彿丘陵的坡壁延伸到樹下遠方，像是從深邃水域中升起的山壁島岸。他們坐在綠地邊緣，一邊往下方的樹林看，一邊吃他們的午餐。當太陽升高，也過了中午後，他們便看見東邊遠處的灰綠色山崗，位置在老林東方。這使他們為之一振，因為能看到森林邊界外的任何東西，都算是好現象，不過如果可能的話，他們並不打算走那條路。古墓崗在哈比人傳說中和森林本身一樣惡名昭彰。

最後他們決定再度動身。引領他們來到丘陵的道路再度出現在北側，但他們還沒沿著它走太久，就發現它持續往右彎。它很快就開始急速下降，他們也猜這條路肯定通往柳旋河谷；他們完全不想走那方向。經過一番討論後，他們打算離開這條誤導人的通道，往北前進。儘管他們無法從丘頂上看到道路，但大道肯定就在那個方向，距離也不可能有數哩長。同樣在北邊，通道左側的土地似乎更乾燥，也更開闊，地勢往上攀升到樹木較為稀少的山坡，松樹與冷杉取代了濃密森林中的橡樹、白蠟樹和其餘古怪的無名樹種。

剛開始，他們似乎做對了選擇，他們的速度很快，不過無論他們何時在開闊林地中瞥見太陽時，都發現自己似乎往東偏離。但過了一陣子後，正當遠處的樹林看起來變得更稀疏，也不太盤根錯節時，樹木就彷彿又開始逼近。接著他們出乎意料地發現地面上有好幾道深溝，像是巨輪留下的車轍，或是寬闊的壕溝、下陷的道路，不只多年無人使用，裡頭還長滿荊棘。這些痕跡通常會橫跨他們的行動路線，也只能在深溝中爬進爬出才能通過，而在牽著小馬的狀況下，過程就變得更麻煩。他們每次爬下去，都會發現窪地中長滿茂密的灌木和糾結的矮樹叢。這些障礙不知怎地總會堵住左邊，只有當他們向右轉時，植被才會讓路。他們也得沿著窪地底部走好一段距離，才能找到往上延伸到遠處坡地的路。每次他們爬出來，樹林都顯得更為深邃黑暗。他們也總是難以往左側上坡走，只得被迫走向右側的下坡路。

過了一兩小時後，他們完全失去了方向感，不過他們非常清楚自己早就不再往北走了。他們正在往東南方走，遵循某種東西為他們挑選的路線，一路深入森林，而不是離開它。

當他們跌撞地爬進某處比先前的深溝更寬更深的褶皺時，下午已經快結束了。這道褶皺陡峭又突出，使他們無法在不拋下小馬和行李的狀況下再度從中爬出，無論往前或後退都辦不到。他們只能順著褶皺繼續往下走。地面變得鬆軟，有些地方還如同沼澤泥濘不堪。坡地上湧出泉水，他們很快就沿著一條小溪前進，溪水咕嚕作響地流過長滿水草的河床。接著地勢急遽下降，溪水也變得強勁吵雜，洶湧急速地往下坡流去。他們位在一條黯淡的深溝中，頭頂高處則有樹木籠罩。

沿著小溪跌撞行走了一段距離後，他們便忽然走出了黑暗。他們看到陽光從前方傳來，彷彿穿過了大門。來到空地後，他們發現自己剛穿過了一處高聳陡坡中的裂隙，地形近乎像是懸崖。裂隙底部有座雜草叢生的寬闊空間，在遠方還能看到另一座幾乎同樣陡峭的山坡。金色的午後陽光溫暖醉人地照耀在坡地間的隱密地帶。這塊地中間有條蜿蜒的棕色河流，漆黑的河水緩緩流淌，河岸兩旁長有古老的柳樹，柳樹籠罩住河流上空，倒下的柳樹擋住水流，河上則飄著數千片褪色柳葉。大量的黃色柳葉在樹枝上飄蕩，垂在半空。河谷中吹來一陣溫暖的微風，使蘆葦沙沙作響，柳樹的枝幹也發出嘎吱聲。

「哎呀，現在我終於知道我們在哪了！」梅里說，「我們幾乎來到與原本計畫相反的方向了。這就是柳旋河！我去前面探路看看。」

他走進陽光下，消失在修長的野草中。過了一陣子後，他再度出現，說崖腳和河流之間的地面相當穩固，而在某些位置，草地還一路長到河水邊。「而且，」他說，「這側河岸好像有條小徑，如果我們往左轉並沿著它走，最後一定能從森林東邊出去。」

「我敢說是這樣！」皮聘說，「前提是，如果這條小徑繼續往前延伸，而不是帶我們走到沼澤，害我們困在那裡。你覺得是誰開出那條路的，原因又是什麼？我確定肯定不是為了幫助我們。我對這座森林和裡頭的所有東西起疑心了，也開始相信和它有關的故事。你知道我們還得往東走多遠嗎？」

「不，」梅里說，「我還不知道。我完全不曉得我們在柳旋河下游多遠的位置，或是有誰會因為經常來這裡而開路。但我看不到也想不出有別條出路了。」

既然無計可施，他們便魚貫出發，梅里帶頭前往他發現的道路。周圍的蘆葦與野草長得茂密繁盛，在有些地帶還遠遠高過他們的頭頂。然而一找到那條路後，他們就發現小徑易於行走，它四處蜿蜒轉彎，伸向沼澤與水池間穩固的地面。它經常繞過其他小溪，溪水順著較高的森林地帶中的溝壑流入柳旋河，還有人在這些位置小心地擺放了樹幹或成堆的小樹枝。

哈比人們開始覺得炎熱無比。有各種蒼蠅在他們耳邊嗡嗡作響，下午的太陽則烘烤著他們的背部。最後他們忽然踏入一道微薄的陰影，龐大的灰色樹枝遮蔽了通道上空。往前邁出的每一步，都比上一步更難熬。睡意似乎從地面滲出，沿著他們的腿往上爬升，也從空中輕柔地飄落到他們的頭部與眼睛上。

佛羅多覺得他的下巴下垂，也不自禁地打盹。他前方的皮聘還往前摔倒。佛羅多停下腳步。「這樣不行。」他聽到梅里說道，「沒休息的話，沒辦法再走下去了。得小睡一下。柳樹下比較涼爽。蒼蠅也比較少！」

佛羅多不喜歡這種想法。「來吧！」他喊道，「我們還不能睡。我們得先離開森林。」但其他人已經無暇理會了。山姆站在他們身旁打呵欠，並笨拙地眨眼。

忽然間，佛羅多感到睡意席捲全身。他頓時覺得暈頭轉向。空氣中似乎無聲無息。蒼蠅們不再嗡嗡作響。周圍只有一股薄弱難辨的輕柔聲響，那是種宛如低微歌聲的柔和鼓動，似乎從上頭的枝椏中傳來。他抬起沉重的雙眼，看到一棵籠罩在頭頂的高大柳樹，樹木本身十分蒼老。它看起來極為龐大，交錯蔓生的樹枝如同長有許多手指的上揚手臂。它長滿樹瘤的扭曲樹幹上有寬闊的裂縫，在枝椏移動時發出微弱的嘎吱聲。葉片在明亮的陽光下顫動，這使他感到眩目，他頓時倒下躺在草地上。

梅里和皮聘努力把自己拖向前並躺下，背靠柳樹的樹幹。他們身後的寬大裂縫足以容納兩人，柳樹則搖曳作響。他們抬頭望向灰黃色的樹葉，葉片在陽光下輕盈地晃動，並發出歌唱般的聲響。他們閉上眼睛，彷彿幾乎能聽到話語聲，那是冰涼的話語，述說著某種關於清水和睡眠的話。他們接納了魔咒，在灰色巨柳下迅速入睡。

佛羅多躺了一陣子，對抗勢不可擋的睡意，接著他再度奮力起身。他感到極度渴求冷水。「等我一下，山姆。」他咕噥道，「得泡腳一下。」

他半夢半醒地往前遊蕩到柳樹靠河的一側，碩大曲折的樹根在此處長入溪中，像是低頭喝著水身形扭曲的小龍。他跨在其中一條樹根上，用炙熱的雙腳拍打冰冷棕水。忽然間，他背靠著樹幹陷入昏睡。

山姆坐下並搔頭，嘴巴張得像山洞般地打了個哈欠。他感到憂心。下午逐漸邁向傍晚，他也覺得這股突如其來的睡意不太尋常。「這肯定不只是因為太陽和熱空氣。」他低聲自言自語道，「我不喜歡這棵大樹。我不信任它。它居然敢唱安眠曲！這可不行！」

他奮力起身，蹣跚地走去看小馬的狀況。他發現有兩匹馬跑到離道路有好一段距離的位置。當他剛逮住牠們，並把牠們帶回其他馬匹身邊時，就聽到兩股聲響——一個非常大聲，另一個則輕柔但清晰。前者是某種重物落入水中的聲音，後者則像門板無聲緊閉時發出的鎖頭喀擦聲。

他衝回河畔邊。佛羅多沉進了靠近河岸的水中，有條碩大樹根似乎纏住他，並把他壓入水底，但他沒有掙扎。山姆抓住他的外套，把他從樹根底下拖出。他幾乎立刻甦醒，咳嗽並吐著水。

「你知道嗎，山姆？」他終於說道，「這棵該死的樹把我丟進水裡！我感覺到了。大樹根扭過來把我拖下水！」

「我想你做夢了，佛羅多先生。」山姆說，「如果你想睡的話，就不該坐在這種地方。」

「那其他人呢？」佛羅多問，「我想知道他們做了哪種夢。」

他們繞到樹木另一頭，山姆隨即明白他聽到的喀擦聲來自何處。皮聘已經消失了。他剛躺入的裂縫已完全閉合，一點縫隙都看不到。梅里被困住了，另一道裂縫夾住他的腰際，他的腿垂在外頭，但身體其餘部分則藏在漆黑的樹洞中，裂縫則如同鉗子般緊緊夾住他。

佛羅多和山姆先擊打皮聘躺過的樹幹。接著他們狂亂地用力企圖拉開夾住梅里的裂縫開口。一切徒勞無功。

「這件事太糟了！」佛羅多慌張地說，「我們為什麼要來這座可怕的森林？我真希望我們全都待在克里克窪地！」他用盡全力踢了大樹一腳，全然無視自身腳掌的安危。一股難以察覺的顫動，從樹幹一路傳到枝枒上，葉片沙沙低響，但聲音現在聽起來像是傳自遠方的笑聲。

「我想我們的行李中沒有斧頭吧，佛羅多先生？」山姆問。

「我有帶用來砍柴薪的短柄斧。」佛羅多說，「那幫不太上忙。」

「等一下！」山姆叫道，柴薪讓他想出了點子，「我們或許能用火做點什麼！」

「或許吧。」佛羅多質疑地說，「我們可能會把皮聘在裡頭活活烤熟。」

「我們或許能從燒傷或嚇壞這棵樹開始。」山姆惡狠狠地說，「如果它不放他走的話，就算得咬它，我也要把它推倒。」他衝到小馬邊，不久就帶著兩個火絨盒和一把短柄斧回來。

他們迅速找來了乾草和樹葉，還有點樹皮，並疊起一堆斷裂的枝枒與砍下的樹枝。他們把這些材料堆在柳樹遠側的樹幹旁，遠離囚犯們的位置。當山姆一往火種中打出火花，它就點燃了乾草，一股火焰與濃煙就此升起，樹枝劈啪作響。渺小的火舌舔舐著老樹的乾皮，頓時把它燒焦。整棵柳樹顫動起來，樹葉似乎在他們頭頂發出嘶嘶哀鳴，聽起來充滿痛苦與怒氣。梅里放聲尖叫，他們也聽到樹木深處傳來皮聘模糊的叫聲。

「把火滅掉！把火滅掉！」梅里叫道，「如果你們不滅火，他就會把我夾成兩半。他就是這樣說！」

「誰？什麼？」佛羅多大喊，一面衝到柳樹另一側。

「把火滅掉！把火滅掉！」梅里懇求道，柳樹的枝枒開始猛烈搖晃。附近出現了一股巨響，彷彿有陣強風往周圍其他樹木的樹枝吹去，狀況如同他們往平靜的河谷中投入了一顆石頭，引發了傳遍整座森林的憤怒漣漪。山姆踢向小火焰，踩熄了火舌。但佛羅多卻跑上道路，大喊：「救命！救命！救命！」他不曉得自己為何這麼做，也不曉得該期待什麼。他覺得話一出口後，他就難以聽見自己尖銳的嗓音，因為柳樹間的強風蓋過了他的叫聲，用樹葉的沙沙巨響遮掩一切。他感到絕望，整個人失落又無計可施。

忽然間他停下腳步。他以為似乎有人回應，但聲音似乎來自他身後，從森林深處的道路傳來。他轉身豎耳傾聽，很快便毫無質疑：有人在唱歌。有股低沉的歡快嗓音無憂無慮地唱歌，但歌詞毫無道理：

嘿呀！好開心呀！鈴聲叮噹響呀！
叮叮噹！跳起來！柳樹垮下來！
湯姆．龐，快樂的湯姆，湯姆．邦巴迪呀！

佛羅多和山姆心裡一半充滿希望，另一半則害怕有某種新危機出現，因此他們倆呆若木雞地站著。唱了一連串毫無道理的字眼後（或只是聽起來如此），聲音忽然大聲揚起，清澈的嗓音高聲唱起這首歌：

嘿！開心地來吧！滴啦滴！親愛的！
微風與椋鳥輕盈飛翔，
飛下小丘，在陽光下閃爍，
在門檻上等待冰冷星光，
我的漂亮女郎就在那裡，河婆之女，
如柳樹枝條般纖細，比清水更加澄澈。
老湯姆．邦巴迪帶了睡蓮，
蹦蹦跳跳重返家園。你聽到他唱歌了嗎？
金莓，金莓，愉快的黃莓呀！
可憐的老柳樹，把你的根收好！
湯姆忙得很。黑夜隨著白晝降臨。
湯姆再度帶著睡蓮回家。
嘿！開心地來吧！你聽到我唱歌了嗎？

佛羅多和山姆彷彿受到催眠般站在原地。強風停止吹拂。葉片再度沉默地掛在僵硬的樹枝上。又響起了另一首歌，而忽然間，蘆葦頂端出現了一頂破爛老帽子，高聳帽頂上的綁帶插了根藍色長羽毛，帽子一蹦一跳地沿著道路前進。隨著另一次跳躍，有個男人跳進視野中。他看起來太高大沉重了，不像哈比人，但也不像大傢伙一樣高，不過他製造的聲響不亞於人類。他穿在粗腿上的大黃靴用力踏步，如同衝去喝水的乳牛般衝過草地。他身穿藍色大衣，還蓄著棕色長鬍。他的雙眼碧藍而明亮，臉龐紅得像熟透的蘋果，上頭擠滿上百條魚尾紋。他手中拿著一片宛如托盤的大葉子，頂端擺了一小堆白色睡蓮。

「救命呀！」佛羅多和山姆喊道，並伸出雙手衝向他。

「哇！哇！慢下來！」老人叫道，一面舉起一隻手，他們則立刻停下，彷彿身體頓時變得僵硬。「好了，我的小朋友們，你們氣喘吁吁地要上哪去？發生了什麼事？你們知道我是誰嗎？我是湯姆．邦巴迪。把你們的麻煩告訴我。湯姆現在很忙。別撞扁我的睡蓮！」

「我的朋友們被柳樹困住了！」佛羅多上氣不接下氣地喊道。

「梅里先生被夾在裂縫裡！」山姆說。

「什麼？」湯姆．邦巴迪跳起來叫道。「柳樹老頭？沒什麼比那更糟了吧，啊？很快就可以解決這件事。我知道該用什麼旋律對付他。灰色的柳樹老頭！如果他不檢點些，我就會把他的骨髓凍僵。我會唱歌讓他的樹根斷裂。我會用強風把葉子和樹枝全部吹跑。柳樹老頭！」

他小心地把睡蓮擺在草上，接著跑向柳樹。他在那看到梅里往外伸的腳——其他部分已經被拉進更深處了。湯姆把嘴湊到裂縫邊，開始用低沉的嗓音往裡頭唱歌。他們聽不見歌詞，但梅里顯然激動起來了。他開始踢腿。湯姆往後跳開，還折斷了一根樹枝，拿它來擊打柳樹。「你最好放他們出來，柳樹老頭！」他說，「你到底在想什麼？你不該醒來。

好好吃土！挖得深點！多喝水！去睡覺！邦巴迪在講話了！」他隨即抓住梅里的腳，把對方從忽然變寬的裂縫中拉出。

隨著一股碎裂聲響，另一道裂縫同時打開，皮聘則從裡頭蹦了出來，彷彿有人一腳踢飛了他。在一聲劈啪巨響後，兩道裂縫便再度緊緊關上。樹木從根部到尖端顫抖了一下，接著一切便陷入沉默。

「謝謝你！」哈比人們接二連三地說。

湯姆．邦巴迪哈哈大笑。「哎呀，我的小夥伴們！」他說，一面俯身望向他們的臉孔。「你們該跟我回家！桌上擺滿了黃奶油、蜂巢蜜、白麵包和奶油。金莓正在家等候。吃飯時有的是時間讓你們問問題。你們得趕快跟上我！」說完，他就拿起睡蓮，向他們大力招了一下手，然後蹦蹦跳跳地往道路東方前進，同時大聲唱著毫無邏輯的歌。

哈比人們對此感到太過訝異，也因鬆了一口氣而暫時說不出話，但依然盡快追上他。但他們不夠快。湯姆很快就從他們前方消失，他的歌聲變得微弱又遙遠。忽然間，他的嗓音如轟然巨響般飄回他們身邊：

跳起來，我的小朋友們，跳過柳旋河！
湯姆要去前頭點蠟燭。
太陽往西沉落：很快你們就得摸索前進。
夜影落下，大門開啟，

窗邊黃光亮晶晶。
別害怕漆黑檀木！別理會老柳樹！
別害怕樹根或枝枒！湯姆就在你前方。
嘿呀！開心吧！我們會等待你！

之後哈比人什麼也聽不到。太陽幾乎立刻沉入他們身後的樹林。他們想到傍晚時斜照在烈酒河上的閃爍暮光，而數百盞燈火則從雄鹿堡的窗口開始亮起。龐大的陰影籠罩他們，漆黑的樹幹和樹枝充滿威脅感地懸在道路上空。裊裊白霧開始從河面升起，飄盪在河畔上的樹根旁。有股影子般的蒸氣從他們腳邊的地面往上飄，和迅速落下的暮色混在一起。

沿著道路走變得越趨困難，他們也感到疲憊不已，他們的腿變得如鉛沉重。他們兩側的灌木叢與蘆葦中發出鬼鬼祟祟的怪聲。如果他們抬頭看黯淡的天空，就會注意到暮光中有粗糙多節的陰沉臉孔，正從高坡與森林邊緣俯視他們。他們開始覺得這一切只是幻影，自己則在不祥的夢境中蹣跚前進，永遠不會甦醒。

正當他們感到腳步慢到停滯不前時，注意到地面緩緩爬升。河水開始低鳴。他們在黑暗中瞥見水沫的白光，這些閃光來自河水流經的一處小瀑布。樹林忽然間來到盡頭，霧氣也被拋到腦後。他們走出森林，發現面前出現寬闊的草地。現在變得湍急的小河，則歡快地湧向他們，在星光下四處閃爍，而繁星早已在天空中綻放光彩了。

他們腳下的青草又滑又短，彷彿有人割草或將青草削短。有人修剪過後頭森林的樹頂，使它如圍籬般平整。他們眼前的道路變得平坦，不只鋪設整齊，兩旁也排列著石塊。它蜿蜒上一座草丘頂端，丘頂在黯淡星夜下顯得灰暗。而在遠方坡地的高處，他們看到了某棟房屋的閃爍燈火。道路再度向下延伸，然後又往上爬，伸上光滑的長坡草地，一路通往房屋。忽然間，有道寬廣的黃光從敞開的門口一灑而出。湯姆·邦巴迪的房子就在他們面前，爬過上坡，再往下坡走後，就會來到山丘下。它後頭有處陡峭山肩，看起來死氣沉沉而寸草不生，古墓崗的黑色輪廓則出現在這道山肩後，緩緩沉入東方的夜色之中。

哈比人與小馬們快步向前。他們大半的倦意與恐懼已經煙消雲散。「嘿！開心地來吧！」的歌聲飄來迎接他們。

嘿！開心地來吧！跳吧，親愛的！
哈比人！小馬們！我們喜歡熱鬧。
開始享樂吧！讓我們一同歌唱！

接著他們迎來另一股銀鈴般的清澈嗓音，如春天般青春且古老；那股好似愉快河水的歌聲，從山丘間的晴朗早晨徐徐流入黑夜中：

讓歌曲開始吧！讓我們共同歌唱
唱起太陽，繁星，明月與迷霧，雨滴與陰天，

新生葉片上的光芒，羽毛上的露珠，
吹過山丘的風，石楠的花朵，
樹蔭水池旁的蘆葦，水上的睡蓮；
老湯姆．邦巴迪和河之女！

隨著那首歌，哈比人們站上門檻，一股金光頓時籠罩了他們。

第七章——

在湯姆·邦巴迪之家

四名哈比人踏過寬闊的石造門檻，呆站著眨眼。他們位在一座長而低矮的房間中，掛在屋頂梁柱的吊燈在室內灑落光芒。漆黑光滑的木桌上擺了許多黃色長蠟燭，明亮地綻放火光。

在房間遠端面對外門的一張椅子上，坐了一名女子，她的金黃髮絲如漣漪般長至雙肩；她的長衣顏色像稚嫩的蘆葦般翠綠，布滿露珠般的銀線；她的黃金腰帶看起來像串藍菖蒲，妝點著勿忘草的淡藍色花心。她的腳邊擺滿綠色與棕色的寬闊陶器，睡蓮則在其中漂浮，讓她看似端坐在水池中央。

「請進，好客人們！」她說，而當她一開口，他們就知道自己聽到的清澈歌聲來自她的口中。他們往房內膽怯地往前踏了幾步，宛如去向某座小屋敲門討水的人，發現有位身上披戴活生生花朵的美麗年輕精靈女王前來應門。但在他們開口說話前，她就輕盈地站起身並越過睡蓮盆，笑著跑向他們。當她奔跑時，長衣沙沙作響，宛如花團錦簇的河畔上吹來的風聲。

「來吧，親愛的人們！」她說，一面牽起佛羅多的手。「盡情歡笑吧！我是河婆之女金莓。」接著她輕快地走過他們身旁並關上門，再轉身背對大門，伸出白色雙臂壓住它。「讓我們把黑夜鎖在外頭！」她說，「或許你們還會害怕霧氣、樹影和深水，以及不受控制的野外生靈。別害怕任何東西！今晚你們住在湯姆．邦巴迪的屋簷下。」

哈比人們驚奇地看著她，她則環視他們，再露出微笑。「美麗的金莓小姐！」佛羅多最後說道，他感到某種自己不明白的喜悅觸動了心房。他呆站原地，彷彿優美的精靈嗓音使他聽得入迷，但現在使他著迷的魔咒截然不同。其中的愉悅感並不崇高，反而更接近凡人的心境；意境非凡，卻又不過於奇異。「美麗的金莓小姐！」他又說道，「我們先前在歌聲中沒聽出的意義，現在我已經明白了。」

噢，如柳枝般纖細！噢，比清水更澄澈！
噢，水池邊的蘆葦！美麗的河之女！
噢，春夏交替，周而復始！
噢，瀑布上的風聲，與樹葉的笑聲！

他忽然打住並結巴起來，因聽到自己說出這些話而大感訝異。但金莓笑出聲來。

「歡迎！」她說，「我沒聽說夏郡的居民嘴巴居然這麼甜。但從你眼中的光芒和嗓音裡的音韻，我看得出你是精靈之友。這真是愉快的會面！坐吧，先等等這座房屋的主人！他很快就會過來。他正在照顧你們疲勞的馬匹。」

哈比人們開心地坐在低矮的燈心草坐墊椅上，金莓則在餐桌旁忙著準備，他們的目光追隨著她，因為她動作的纖細氣度使他們感到平靜的喜悅。房屋後頭某處傳來歌聲。他們時不時會聽到「滴拉滴」、「快樂呀」和「叮咚隆咚」等許多重複字眼：

老湯姆．邦巴迪是個開心果，
他身穿亮藍色外套，腳上套了雙黃靴。

「美麗的小姐！」過了一會後，佛羅多說，「如果我的問題不會顯得太愚蠢的話，請告訴我，湯姆．邦巴迪是誰？」

「他是。」金莓說，她停下敏捷的動作並露出微笑。

佛羅多疑惑地看著她。「他正是你所見到的人。」她說，回應了他的眼神，「他是森林、河水與丘陵之主。」

「那這一切奇特國度都屬於他嗎？」

「當然不是！」她回答道，笑容隨之淡去。「那是沉重的負擔。」她自言自語般地低聲補充道，「樹林和青草，以及在大地上生長居住的一切，都屬於自己。湯姆．邦巴迪是主人。沒人逮到過走在森林中、涉水而過和在光影下躍過丘頂的的老湯姆。他無所畏懼。湯姆．邦巴迪正是主人。」

有道門打開，湯姆．邦巴迪走進屋來。現在他沒戴帽子，厚重的棕髮上點綴著秋葉。他哈哈大笑並走向金莓，牽起她的手。

「我的漂亮小姐在這呀！」他說，一面向哈比人們鞠躬。「我的金莓穿著銀綠色的衣裳，腰帶上還別了花！桌上擺好食物了嗎？我看到黃奶油和蜂巢蜜，以及白麵包與奶油。還有牛奶、乳酪、收集來的綠色藥草和成熟的莓子。這些夠我們吃嗎？晚餐準備好了嗎？」

「好了。」金莓說，「但客人們或許還沒準備好？」

湯姆拍了一下手並喊道：「湯姆，湯姆！你的客人們累了，你還差點忘記這件事！來吧，我快活的朋友們，湯姆會讓你們打理打理！你們該洗淨骯髒的手，再清洗疲倦的臉孔，拋下你們沾滿泥巴的斗篷，再梳理你們的亂髮！」

他打開門，他們跟著他走過一條狹窄通道，再迅速轉了個彎。他們來到一座有傾斜屋頂的低矮房間（似乎是建造在房屋北端的閣樓）。它的牆壁以乾淨的石塊砌成，但它們上頭大多覆蓋著綠掛氈和黃簾幕。地板上鋪有石板，也撒滿新鮮的綠色燈心草。上頭有四塊厚實床墊，每塊床墊上都堆了白毯子，並擺放在牆壁一側的地板上。有座長椅靠在對面的牆壁旁，上頭擺滿寬口陶盆，旁邊還有盛裝清水的棕色大水壺，有些壺裝著冷水，有些則燙得冒煙。每張床旁都備有柔軟的綠色拖鞋。

不久，梳洗完畢後，哈比人們就坐在桌邊，餐桌兩側各坐兩人，金莓與主人則坐在桌子兩端。這是漫長而快樂的一頓飯。儘管飢腸轆轆的哈比人們吃得狼吞虎嚥，但食物並沒有用罄。他們酒碗中的飲品似乎是清澈的冷水，但卻如葡萄酒般灌溉了他們的心頭，讓他們盡興暢談。客人們忽然發覺自己正歡快高歌，彷彿唱歌比說話更加自然且容易。

最後湯姆與金莓起身並迅速收拾桌面。他們要客人們安靜坐在椅子上，每個哈比人的疲勞雙腳都擺在腳凳上。他們面前的寬闊壁爐中生了堆火，裡頭飄出甜膩的氣味，彷彿燃燒的是蘋果木。當一切準備就緒後，房裡的所有火光就隨之熄滅，剩下一盞油燈和位於煙囪架上兩端的一對蠟燭。接著金莓手裡拿著蠟燭前來站在他們面前，她向每個人道晚安，並祝他們睡得安穩。

「安心睡吧，」她說，「直到早晨！別理會夜晚的聲響！除了月光與星光，以及丘頂的微風外，沒有東西會通過這裡的門窗。晚安！」隨著一抹閃光與沙沙聲，她走出房間。她的腳步聲像是寂靜夜裡的潺潺水聲，往山下緩緩流去，沖過冰涼的石塊。

湯姆沉默地在他們身旁坐了一下，而他們每個人則想鼓起勇氣，問自己打算在晚餐時提出的諸多問題之一。睡意逐漸壓住他們的眼皮。最後佛羅多開了口：

「你有聽到我的呼喚嗎，大爺，或者你只是碰巧在當時路過呢？」

湯姆驚動起來，如同從美夢中甦醒的人。「呃，什麼？」他說，「我有聽到你的呼喚嗎？不，我沒有聽到，當時我忙著唱歌。只是碰巧路過吧，你可以這樣說。那並不是我的本意，不過我正在等你們。我們聽說了你們的消息，也得知你們正在旅行。我們猜你們不久就會來到河邊——所有通道都會導向那條路，一路直達柳旋河。灰撲撲的柳樹老頭是個高明的歌手，小傢伙們也難以逃出他的狡猾迷宮。但湯姆有任務在身，他不敢阻撓。」湯姆點頭，彷彿睡意再度襲來，但他繼續用柔和的歌聲唱道：

我有任務在身：採集睡蓮
以綠葉與白蓮討我的漂亮姑娘開心，
在年尾前摘下最後的花朵，讓它們遠離冬天，
在她美麗的腳邊開花，直到白雪融化。
每年夏末，我為她採花，
到遠離柳旋河的寬闊水池，水深而清，
繁花於春天綻放，也在此長久盛開。
多年前，我在池邊尋得河之女，
秀麗年輕的金莓坐在燈心草中。
當年她的歌聲甜美，心兒撲通跳！

他睜開眼睛並看著他們，眼中忽然閃出藍色光澤：

你們正巧幸運——因為我將不再
於歲末將至時
深入林河流域。我也不會
在春天經過柳樹老頭的家園，
直到快活的春天降臨，屆時河之女
將順著柳林道起舞，並在水中沐浴。

他再度陷入沉默，但佛羅多不禁多問了一個問題；那是他最想得到解答的疑問。「請告訴我們，大爺。」他說，「關於柳樹老頭的事。他是誰？我之前從來沒聽說過他。」

「不，別問！」梅里和皮聘異口同聲地說，並突然坐挺了身子。「現在別問！到早上前都別！」

「沒錯！」老人說，「現在是休息時間。當世界陷入陰影中時，最好別提某些事。一覺睡到天亮吧，好好躺在枕頭上！別理會夜裡的聲響！別害怕灰撲撲的柳樹！」說完，他就取下油燈，將它吹熄，另一手抓起蠟燭，帶著它們走出房間。

他們的床墊和枕頭如同羽絨般柔軟，毯子則由白色羊毛製成。他們才剛在厚實的床墊上躺下，並拉上輕盈的被子，就立刻陷入夢鄉。

在深夜，佛羅多躺在黯淡無光的夢境中。他目睹新月升起，而在薄弱的月光下，他面前隆起了一堵黑色岩牆，牆上有座狀似大門的漆黑拱門。佛羅多覺得他似乎飛上空中，而穿過岩牆時，他才發現這堵岩牆是一環丘陵，其中有處平原，平原中央則有座石柱，外型像座高塔，但並非由凡人之手所建。塔頂站了個人影。當月亮升上高空時，似乎有一瞬間懸掛在他頭頂，當微風吹起他的髮絲時，月光便在他的白髮上閃爍。陰森的怪聲與諸多狼嚎從底下的黑暗平原飄來。忽然間，有道形如巨翼的黑影掠過明月。那人舉起雙臂，他握著的手杖則發出一道光芒。怪聲化為呻吟，狼群也哀嚎起來。四周出現了如強風吹拂的巨響，疾馳的馬蹄聲則順風從東方傳來。「黑騎士！」佛羅多驚醒時喊道，馬蹄聲則依然迴盪在他腦海裡。他想知道自己是否能再度提起勇氣，離開這些石牆的庇護。他動也不動地躺著，依舊豎耳聆聽；但當下萬籟俱寂，最後他轉身入睡，或許也踏入其餘他不復記憶的夢境。

佛羅多身旁的皮聘做著美夢，但夢境產生變化，他則輾轉反側並發出呻吟。他忽然醒了過來，或是以為自己醒了，但他依然能在黑暗中聽到干擾他夢境的聲音：滴答，嘎吱。那聲音聽起來像在風中搖曳的樹枝，以及摩擦牆壁和窗戶的枝枒：嘎，嘎，嘎。他想知道房屋附近是否有柳樹，接著他突然產生了可怕的感覺，覺得自己並不是待在尋常房屋，而是身陷柳樹中，再度聽著那股駭人的乾澀嘎吱聲嘲笑他。他坐起身，感受雙手陷入柔軟的枕頭中，於是他再度放心地躺下。他的耳邊似乎聽到回聲：「什麼都別怕！安心睡吧，直到早上！別理會夜晚的聲響！」他隨即繼續熟睡。

梅里聽著水聲陷入夢鄉，水緩緩流下，再勢如破竹地擴散到房屋周圍，形成漆黑無邊的池子。它在牆下咕嚕作響，並緩緩上升。「我會淹死的！」他想，「水會找到縫隙流進來，我就會淹死了。」他覺得自己躺在柔軟黏膩的沼澤中，而當他一躍而起時，卻一腳踏在冰冷堅硬的石板角落上。接著他想起自己身在何方，並再度躺下。他似乎聽見，或記得聽見了這句話：「除了月光與星光，以及丘頂的微風外，沒有東西會通過這裡的門窗。」一陣清甜的微風吹動了窗簾。他深吸了口氣，這才陷入夢鄉。

在山姆的記憶中，他整晚都像根木頭般睡得甜蜜深沉。

他們四人在晨光下同時甦醒。湯姆在房裡四處走動，像椋鳥一樣吹著口哨。當他聽見他們的動靜時，就拍手喊道：「嘿！開心地來吧！滴啦滴！親愛的人兒！」他拉開黃色簾幕，哈比人們發現這些布簾遮蔽了房間兩側的窗口，一道窗子面向東方，另一道則朝向西邊。

他們精神飽滿地跳起來。佛羅多跑向東側窗口，望向滿是灰色露水的菜園。他原本以為會看見延伸到牆邊的草地，草地上則滿是蹄印。但有排纏在高大支架上的豆藤擋住他的視線，豆架上頭遠處的，則是在黎明下隆起的灰暗丘陵頂端。那是個蒼白的早晨，東方的修長雲層如同邊緣沾上汙漬的髒羊毛，而雲層後方閃爍著黃光。雨水彷彿即將從天空中落下，但陽光正快速增長，豆藤上的紅花也開始與溼潤綠葉形成鮮明對比。

西側窗外下方，皮聘看到一團霧氣。森林潛藏在裊裊迷霧中，感覺像是從上頭往傾斜的雲層下看。霧氣在某道褶曲或河道裂成翻騰的霧浪，這就是柳旋河谷。河流沿著左側山丘流下，消失在白色陰影中。附近有座花園和修剪過的圍籬，上頭滿是銀色蛛網，遠方的灰濛草地上則沾滿露珠。附近看不到任何柳樹。

「早安，快樂的朋友們！」湯姆喊道，邊打開東邊的窗戶。冰涼的空氣飄進室內，聞起來有雨水的氣味。「我想，太陽今天不會露臉太久。打從灰暗的黎明開始，我就在在外頭散步，跳過丘頂，嗅著微風與天候，腳下踩著溼透的青草，頭頂則是溼答答的天空。我在窗戶下唱歌，叫醒了金莓，但什麼都叫不醒一大早的哈比人。小傢伙們晚上在黑暗中醒來，並在陽光灑落後入睡！叮叮噹！醒來吧，我快樂的朋友們！忘卻夜晚的聲響！叮叮噹！滴啦滴，親愛的人兒！如果你們快點來，桌上就會有早餐。如果你們太晚來，就只吃得到青草和雨水了！」

儘管湯姆的威脅聽起來不太嚴肅，但哈比人們自然迅速過去，直到餐桌上變得幾近空無一物時，他們才徐徐離開桌邊。湯姆和金莓都不在那裡。他們能在屋裡聽到湯姆的動靜，他在廚房中發出哐啷聲，並在樓梯上下走動，還在屋裡屋外四處唱歌。房間往西面對瀰漫霧氣的山谷，窗戶則對外敞開。雨水從鋪有茅草的屋簷上滴下。在他們吃完早餐前，雲朵就已凝聚為厚重雲層，天空還輕輕落下了一陣灰色雨水。濃厚的雨幕徹底遮蔽了後頭的森林。

當他們往窗外看時，頭頂就傳來金莓清亮的歌聲，如同天上掉下的雨水般緩緩飄落。他們只能聽到少許字眼，但這顯然是首雨天歌曲，像乾涸山丘上的落雨一樣甜美，內容講述從高地湧出的河水，一路抵達下游大海的故事。哈比人們愉快地聆聽，佛羅多的內心十分欣喜，他對幸運的天氣抱持感激，因為這使他們免於動身。從他甦醒那一刻起，出發的念頭就沉重地壓在他心上。但他現在猜測，那天他們不會往前邁進。

高空中的強風在西方止息，更濃厚潮溼的烏雲便往古墓崗灑下豐沛的雨水。除了落雨外，房屋周圍什麼都看不見。佛羅多站在敞開的門口附近，望著粉白道路化為乳白色的小河，咕嚕作響地流入谷地。湯姆．邦巴迪快步繞過房屋轉角，彷彿在擋雨般地揮舞雙臂——當他跳過門檻時，除了他的靴子外，全身上下看起來相當乾爽。他脫下靴子，把它們放在靠近煙囪的角落。接著他坐在最大的椅子上，把哈比人們召集到他身邊。

「今天是金莓的清洗日，」他說，「也是她的秋季打掃日。對哈比人而言太潮溼了——趁你們有機會，好好休息吧！這個好日子適合長篇故事、發問與得到解答，所以湯姆先來談談。」

他隨即告訴他們許多驚人故事，有時彷彿在自言自語，有時又突然用濃眉下的亮藍色眼睛注視他們。他經常唱起歌，還會離開座椅四處跳舞。他告訴它們關於蜜蜂與花朵的故事，以及樹木的生存之道，和森林中的奇異生物，還有善惡事物，友善與不友善的生靈，殘忍與溫和的生物，與潛藏在荊棘下的祕密。

在傾聽過程中，他們逐漸開始理解森林中的其餘生靈，也感到自己才是這些生靈家園中的陌生人。柳樹老頭不斷出現在他的故事中，佛羅多已經滿足了自己的好奇心，甚至還感到不安，因為這並非令人安心的學問。湯姆的話語揭露了樹木的內心與思緒。內容經常令人感到黑暗而古怪，也對自由行走於大地上的生物滿懷仇恨，這些生物啃噛，狠咬，擊碎，劈砍，和燃燒——它們是毀滅者與篡奪者。這裡被稱為老林並非全無來由，因為它的確相當古老，是遭遺忘的龐大森林的最後遺族。樹木一族的遠祖依然居住在其中，老化速度比山丘快不了多少，也記得當它們握有治權的時代。無盡的年代使它們充滿驕傲與深奧的智慧，以及無邊惡意。但最危險的莫過於大柳樹了：它的內心腐敗，但力量依然強大。它狡猾無比，也能駕馭風力，它的歌聲與思維貫穿河流兩岸的森林。它飢渴的灰暗靈魂從大地汲取能量，再如同土裡的細根蔓延，並在空中伸出隱形的枝椏，直到它幾乎把森林中從樹籬到古墓崗的所有林木納入自己的掌控。

湯姆的話題忽然離開了樹林，躍過年輕的溪流，跳過潺潺瀑布，跨越鵝卵石與風化岩石，鑽入草地與潮溼裂隙的小花之間，最後終於繞上了古墓崗。他們聽著巨墓塚的故事，以及當地的翠綠土丘，和丘陵上與山區間谷地內的巨石陣。羊群發出咩咩叫聲。綠色城牆和白色城牆紛紛興起。高地上曾建有要塞。小國的國王們互相對抗，年輕太陽的光線則宛如熊熊火光，照耀著他們嶄新而貪婪的紅鐵劍鋒。勝敗乃當代常事。高塔倒塌，要塞起火，火焰則直上雲霄。乘載國王與王后遺體的停屍架上堆滿黃金。土丘掩埋了他們，墓穴也關上石門，叢生的青草則掩蓋了一切。啃草羊群在此行動了一陣子，但丘陵很快就再度變得空蕩。遠方的黑暗地帶出現了一股陰影，土丘中的遺骨便蠢動起來。古墓屍妖在幽谷中遊走，冰冷手指上的戒指鏗鏘作響，金鍊也在風中搖曳發聲。聳立在地面上的巨石陣，在月光下狀如碎牙。

哈比人們打起冷顫。就連在夏郡，都有人聽過和老林遠處古墓崗的古墓屍妖有關的傳言。但那並非任何哈比人都喜歡聽的故事，即便是在遙遠而舒適的火堆旁。這四名哈比人突然想起，這棟房屋帶來的愉悅感從他們心中驅逐的某種感覺：湯姆．邦巴迪的房屋就座落在那列恐怖山丘的山肩。他們暫時忘卻了他的故事，並不安地蠢動，來回注視身旁的彼此。

當他們再度注意起他的話語時，就發現他談起了超越他們的記憶與清醒思緒的奇異領域，進入世界更為廣闊的時代，當時的海洋也曾直接流向西方彼岸。湯姆反覆唱起關於古老星光的歌謠，當年只有精靈的祖先活在世上。他忽然停止歌唱，他們則看到他打盹般地點起頭來。哈比人們入迷地坐在他面前，而強風彷彿受到他的咒語影響，終於平息下來，雲層也不再灑下雨水，白日逐漸來到盡頭，黑暗正從東西方襲來，天空中則充滿了白色繁星的光芒。

佛羅多無法判斷究竟已經過了一整天還是好幾天。他不覺得飢餓或疲勞，只感到心中充滿好奇。星光穿過窗口，天空中的寂靜感似乎瀰漫在他周遭。最後他提出了自身的疑問，以及對那股寂靜猛然感到的恐懼：

「你是誰，大爺？」他問。

「呃，什麼？」湯姆坐直身子說，他的雙眼在黑暗中閃閃發光。「你還不曉得我的名字嗎？那就是唯一的答案。告訴我，你是誰，你無名的自我本質又是什麼？但你還年輕，我則老態龍鍾。至古者，那就是我。聽好了，我的朋友們，湯姆比河流和樹木更早來到這裡。湯姆記得第一滴雨水和第一顆橡實。在大傢伙來到這裡前，他就開出了道路，也看到小傢伙們到來。他比王族、墓穴和古墓屍妖更早來此。當精靈們往西遷移，大海也尚未彎曲時，湯姆已經在這裡了[1]。在黑暗魔君從外域到來前，他深知星空下無需恐懼的黑暗[2]。」

窗邊似乎掠過一道陰影，哈比人們則迅速瞥向窗框。當他們再度轉身時，金莓便站在後頭的門口，光芒照亮了她的輪廓。她拿了根蠟燭，用手護住火焰，不讓氣流吹熄它。燭光從她手中流瀉而出，宛如穿透白色貝殼的陽光。

「雨停了，」她說，「繁星下的嶄新清水正往山下流去。讓我們一同歡笑吧！」

「我們該來點食物和飲料！」湯姆喊道，「長篇故事令人口渴。而無論早中晚，聽長篇故事都讓人飢腸轆轆！」說完，他便從椅子上跳起來，再隨之一躍，從煙囪架上取下蠟燭，再用金莓拿著的燭火點燃它，接著他便在桌邊舞動。他忽然跳出門口，隨即消失。

他迅速歸來，手裡拿著裝滿東西的大托盤。湯姆和金莓之後開始擺設餐桌，哈比人們則又驚又喜地坐好。金莓優雅美麗，湯姆的舞蹈看起來則愉快又奇特。但從某方面看來，他們似乎譜出了同一支舞，毫不阻礙彼此，並輪流進出房間，再繞過餐桌。食物、器皿和燭火很快就擺放齊全。白色與黃色的燭光在木板上閃爍。湯姆對他的客人們鞠躬。「晚餐準備好了。」金莓說，哈比人們發現她身穿銀色衣著，配戴了白色腰帶，鞋子則如同魚鱗般閃閃發光。湯姆全身穿著亮藍色的衣物，和受到雨水沖洗過的勿忘我般突顯出碧藍色澤，他還穿了綠色長襪。

這頓晚餐嘗起來比前一頓更棒。受到湯姆話語的影響，哈比人們可能錯過了一頓以上的晚餐，但當食物出現在他們面前時，感覺起來離他們上次用餐，至少已度過一週了。他們有段期間沒有唱歌或交談，並專心大快朵頤。但過了一陣子，他們的興致再度變得高昂，也發出開懷大笑。

等他們用餐過後，金莓就為他們唱了許多首歌，歌曲從山區中愉快地響起，並輕柔地化為沉默。而在沉默中，他們心中想到前所未見的池塘與水域，而當他們望入水域中時，注意到底下倒映出的天空，與在深淵中如同珠寶般閃爍的群星。接著她再度向他們道晚安，讓他們待在壁爐旁。但湯姆似乎十分清醒，開始向他們提出大量問題。

他似乎已經認識他們與他們的家人了，也的確熟知哈比人們自己幾乎不記得的夏郡歷史與事蹟。他們再也不為此感到訝異了，但他坦承自己的近代知識大多來自農夫馬哥特，他認為那名農夫是比他們想像中更重要的人物。「他腳踏實地，也事必躬親；他的骨子裡流淌著智慧，雙眼的目光犀利無比。」湯姆說。湯姆顯然也和精靈打過交道，而他似乎透過某種方式，從吉爾多那得知佛羅多旅程的消息。

---

1 譯注：第一紀元的怒火之戰後，維拉允許中土世界的精靈回到西方的維林諾。而在第二紀元當努曼諾爾艦隊企圖入侵維林諾時，造物主伊露維塔便使努曼諾爾沉入海底，並彎曲通往維林諾的大海，使世界成為球形。自此凡人再也無法前往維拉的大陸，只有精靈知道返鄉的路徑。

2 譯注：得名魔高斯前的維拉米爾寇（Melkor），曾於世界創生後來到中土世界，並在北方建立他的要塞烏托諾（Utumno）。

湯姆的知識確實淵博，他的提問也十分機靈，使佛羅多發現自己把比爾博有關的事，以及他自己的希望和恐懼都告訴了對方，這些事他甚至沒向甘道夫提過。湯姆上下點頭，而當他聽到騎士的事時，雙眼便露出一道精光。

「給我看看那枚珍貴的魔戒！」他在故事聽到一半時忽然說道。讓佛羅多訝異的是，他從口袋中取出鏈子，並在解下魔戒後，就立刻把它遞給湯姆。

當它靠在湯姆的棕皮大手上時，似乎變大了點。他忽然把魔戒拿到眼前，並笑出聲來。在那一瞬間，哈比人們都目睹了一個滑稽卻令人緊張的畫面——他的明亮藍眼在金戒指後閃閃發光。湯姆隨即把魔戒戴到他的小指尖端，把它移到燭光前。哈比人們一時間沒注意到任何異樣。接著他們倒抽了一口氣，湯姆完全沒有消失！

湯姆又笑了起來，他把魔戒拋入空中——它頓時隨著一道閃光消失。佛羅多大叫一聲，湯姆則傾身向前，面帶微笑地把戒指遞給他。

佛羅多仔細又滿懷疑心地注視它（像個把小飾品借給雜耍演員的人）。這是同一枚魔戒，或是看起來一模一樣，連重量都相同，佛羅多總是覺得，魔戒在手中感覺起來出奇沉重。但有某種東西促使他進行確認。當湯姆如此看輕連甘道夫都極度重視的東西時，他或許感到有些惱怒。當眾人再度開始交談，湯姆也講起了一則關於獾與牠們古怪行徑的逗趣故事時，他就等待時機，接著戴上魔戒。

梅里轉向他想說些話時，嚇了一跳並發出驚呼。佛羅多十分開心（以某種方式而言），這的確是他的戒指，因為梅里正茫然地盯著他的椅子，顯然看不見他。他站起身並悄悄遠離壁爐，走向大門。

「嘿！」湯姆喊道，用明亮的雙眼望向他，還拋出洞察一切的眼神。「嘿！過來吧，佛羅多！你要去哪？老湯姆．邦巴迪還沒那麼瞎。拔掉你的金戒指！你的手少了它會更好看。回來吧！別玩了，過來坐在我身邊！我們得多談一點，再想想早上該怎麼做。湯姆得告訴你們正確的道路，免得你們隨處亂走。」

佛羅多笑了起來（像感到自鳴得意），他取下魔戒並回去坐好。湯姆告訴他們，他認為太陽明天會露臉，也會有風和日麗的早晨，是個適合出發的日子。但他們最好早點動身，因為就連湯姆都無法長時間確認那一帶的天氣，有時天候變得比他反應得還快。「我不是天氣的主宰，」他說，「用兩腿走路的生物都辦不到這種事。」

依照他的建議，他們決定從他家直接往北走，穿過古墓崗西側較低的山坡。走了那條路，他們或許就能在一天內抵達東道，並避開古墓。他要他們別害怕，只要專心走自己的路就好。

「繼續走在綠草上。別跑去和舊石碑或冰冷的屍妖瞎攪和，也別去打探它們的住所，除非你們是心境從不動搖的勇士！」他不只說了這點一次，也建議他們如果不小心走近那一帶的話，就從西側穿過古墓。接著他教他們唱一首歌，以免他們在隔天不幸碰上任何危險或困難。

喝！湯姆．邦巴迪，湯姆．邦巴迪囉！

以水、森林與山丘之名，以蘆葦與柳樹之名，
以火焰、太陽與明月之名，傾聽我們的呼喚！
來吧，湯姆．邦巴迪，我們急需幫助！

當他們一同隨著他唱過這首歌後，他拍了每個人的肩膀並大笑一聲，然後拿著蠟燭帶他們回到臥房。

第八章——
古墓崗之霧

那晚他們什麼聲音都沒聽到。但佛羅多的心中傳來一股甜美的歌聲，卻無法判斷那來自睡夢或現實。那首歌宛如灰色雨幕後飄來的蒼白光線，光芒不斷增強，將雨幕化為波光粼粼的銀色帷幕，直到最後帷幕往後退，在他面前展露出黎明下遙遠的翠綠國度。

這幅景象與清醒的世界融為一體，湯姆則正如同群鳥棲息的大樹吹著口哨。太陽已經往山坡灑下光芒，陽光也照進敞開的窗口。淡金色的光線籠罩外頭翠綠的一切景象。

再度自行吃過早餐後，他們就準備好道別，在這種風光明媚的早晨，他們的心情卻十分沉重，秋季淡藍天空下的清晨涼爽而明亮。西北方吹來的空氣嗅起來格外新鮮。他們沉默的小馬們蠢蠢欲動，四處嗅聞並不耐煩地搖晃。湯姆走出房屋並揮揮帽子，在門檻上跳起舞來，並要哈比人們起床和趕緊動身。

他們騎馬踏上屋子後頭伸出的小徑，並爬上山丘的北方陡坡，房屋就位在山坡下。他們才剛下馬，牽著小馬走上最後一座斜坡，此時佛羅多忽然停下腳步。

「金莓！」他叫道，「我身穿銀綠衣著的美麗小姐！我們還沒向她道別，而且從晚上後就沒見過她了！」他難過地打算掉頭回去，但當下有股響亮的呼喚從上頭傳來。她站在山頂向他們揮手，髮絲隨風飄揚，在陽光下閃動優雅光澤。當她舞動時，腳下沾滿露水的青草閃爍著波光般的光芒。

他們快步趕上最後一座斜坡，並上氣不接下氣地站在她身旁。他們鞠了躬，但她揮了一下手臂，要他們環視四周。他們從山頂望向晨曦下的大地。當他們先前站在森林裡的草丘上時，周圍看起來籠罩在模糊的霧氣下，現在則能清晰地看到遠方，也能在西方看到那座草丘從漆黑的樹林中透出淡綠色彩。林木叢生的山脊從那方向隆起，在太陽下顯露出綠色、黃色與赤褐色各種色彩，烈酒河谷則隱藏在遠處。往南方看時，越過柳旋河的河道，就能發現一道如同淡色玻璃的遙遠閃光，烈酒河在低地繞了一大圈，流向哈比人一無所知的地區。在逐漸變矮的山崗北邊，地形則化為灰綠與淡褐色交錯的平原和丘陵，直到遠方的大地變得模糊朦朧。古墓崗在東方隆起，一道道山脊綿延不絕地延伸到晨曦下，並消失在視野中。看起來不過像抹藍色痕跡與遙遠的白色閃光，和天空邊緣合而為一，但這使他們從回憶和古老的故事中，想起了遙遠的高山。

他們深吸了一口氣，也覺得堅毅地走上幾步後，就能抵達自己想去的地點。想到要沿著山崗凹凸不平的外圍區域緩緩前進，就使他們感到心頭一沉——他們應該像湯姆一樣精力充沛地跳過山丘上的墊腳石，一路衝向山脈。

金莓向他們說話，將他們的目光與思緒拉了回來。「快動身吧，優雅的客人們！」她說，「堅守你們的目標！讓北風吹向你們的左眼，也祝福你們的路途！趁太陽還大放光明時，趕緊上路吧！」她對佛羅多說：「再會了，精靈之友，很開心能見到你！」

但佛羅多回答不出話。他深深地鞠躬，再跨上他的小馬，他的朋友們則跟著他緩緩走下丘陵後的緩坡。湯姆・邦巴迪的房屋、山谷和森林都消失在視野中。當他們抵達翠綠窪地的底部時，便轉過身，看到現在變得如同陽光下的花朵般渺小纖細的金莓，她正站在天際邊。她依然站著目送他們，雙手也伸向他們。當他們注視她時，她便發出清亮的叫聲，並在舉手揮舞後，就轉身消失在丘陵後。

他們的道路沿著窪地地面蜿蜒前進，並在一座陡峭丘陵的草綠色山腳下轉彎，繞進另一道更深邃寬闊的谷地，再越過遠方山丘的山肩，走下山丘漫長的支脈，並再度爬上光滑的山坡，一路走上新的山頂，再踏進新的谷地。附近沒有樹木或可見的水源，這一帶長滿青草與鬆軟的草皮，除了吹過地區邊陲的低微風聲，與特異鳥類的寂寥尖鳴外，一切萬籟俱寂。當他們前進時，太陽便升上天頂，變得更加炙熱。每次他們爬上某道山脊，微風似乎就變得更弱。當他們瞥見西側地帶時，遙遠的森林似乎就冒出煙霧，彷彿落雨又從葉片、樹根與黴菌上往高空飄。有道陰影籠罩在視野邊陲周圍，這股黑色霧氣頂端的天空則像是頂藍色軟帽，令人感到炎熱而沉重。

他們在中午來到一處頂端寬大平坦的丘陵，像是具有綠色突起邊緣的凹陷圓盤。裡頭沒有絲毫空氣流動，天空也看似逼近他們的頭頂。他們騎馬穿越凹地並往北看。他們的士氣隨之一振，因為他們似乎已經來到比自己預期更遠的位置了。距離現在肯定變得模糊難辨，但古墓崗的盡頭肯定已經到了。他們下方有道長谷往北蜿蜒而去，直到它來到兩座陡峭山肩之間的隘口。遠方似乎已經沒有丘陵了。他們在北方瞥見了一條漆黑長線。「那是一排樹。」梅里說，「道路一定就在那裡。烈酒橋以東有好幾里格的道路都長滿樹木。有些人說它們是在古代種下的。」

「太好了！」佛羅多說，「如果我們今天下午的進度和早上一樣順利，在太陽下山前就能離開山崗，然後找紮營地點了。」但當他說完，他就把目光轉向東方，發現那一側的丘陵較高，彷彿俯視著他們。那些丘陵頂端都有蒼綠墳塚，有些丘陵上還有巨石柱，如同從綠色牙齦向上伸出的參差利齒。

那光景令人有些不安，所以他們轉身離開，往下走進圓形窪地。窪地中央矗立著一座巨石，在此刻的太陽底下沒有投射出任何陰影。它的輪廓模糊，卻又難以忽視——像座地標，或是守衛般的手指，或更像是警告。但他們現在已飢腸轆轆，正午的烈日也依然懸在空中，所以他們背靠著巨石東側。它十分冰涼，彷彿太陽無法加熱它，此時這點似乎相當舒適。他們在那吃吃喝喝，做了頓人人稱羨的美好露天午餐，因為這些食物來自「小丘下」。湯姆提供了他們許多食物，讓他們好好享受。卸下行囊的小馬在草地上恣意遊蕩。

在他們橫跨丘陵，還大快朵頤了一頓，享受過陽光與草地芬芳後，他們躺了有些太久，放鬆伸展了雙腿，並注視頭頂的天空。這些事或許能解釋後續發生的狀況。無論如何，他們都忽然從出乎意料的睡夢中不安地驚醒。石柱十分冰冷，還往東撒下一道模糊長影，籠罩住他們全身。散發淡黃色光芒的太陽，在他們身處的窪地西側山壁上空頂端閃爍。在山壁的北方、南方與東方，白色的霧氣依然濃厚而冰冷。空氣中安靜無聲，氛圍沉重而冷冽。他們的小馬則低垂著頭擠在一起。

哈比人們警覺地跳起來，並跑向西側邊緣。他們發現自己身處霧氣中的島嶼。當他們絕望地望向西下的太陽時，它就在他們面前沉入白茫茫的霧海中，後頭的東方則升起了一股寒冷灰影。霧氣湧上山壁，並飄得比他們還高。而隨著迷霧不斷高漲，它蓋過他們的頭頂，直到迷霧化為朦朧屋頂。霧氣形成的大廳困住他們，巨石則成為大廳的中柱。

他們覺得彷彿有陷阱困住了自己，但他們的士氣還沒有下滑。他們依然記得自己曾滿懷希望地看到前方的道路，也清楚道路的方向。總而言之，他們現在對巨石周圍的窪地感到十分厭惡，因此完全不想留在原地。他們用凍僵的手指盡快打包行囊。

很快他們就牽著小馬成一列縱隊跨越窪地邊緣，走向山丘的北側長坡。當他們往下坡走時，霧氣變得更冷更溼，他們的頭髮也溼答答地貼在前額上滴水。等他們抵達坡底時，氣溫冰冷到使他們停下腳步，並拿出斗篷與兜帽，上頭也迅速沾滿灰色露珠。騎上小馬後，他們緩緩再度啟程，透過地面起伏來探路。照他們的猜測，他們正往長谷北方遠端宛如大門的隘口走，也就是他們早上看到的地點。等他們穿過隘口，就只需繼續直行，最後必定會抵達大道。他們並沒有想到之後的事，只微微希望或許山崗之外就沒有霧了。

他們的速度非常緩慢，為了避免與彼此分離和走往不同方向，他們以縱隊方式前進。佛羅多在前帶頭，山姆走在他身後，皮聘隨後跟上，接著則是梅里。谷地似乎無窮無盡地往前延伸。佛羅多忽然看到一個令他充滿希望的徵兆。在道路兩側前方，有股黑暗開始從霧氣中上升。他猜他們終於接近丘陵之間的隘口，也就是古墓崗的北面出口。如果他們能穿過該處的話，就能安然脫身了。

「來吧！跟上我！」他往身後喊道，並快步策馬向前。但他的希望很快就變成困惑與驚恐。漆黑的部分變得更加深邃，但它們也隨之縮減；突然間，他發現面前浮現了兩根巨石柱，在他面前陰森地聳立，如同無頭大門旁的兩根柱子微微向彼此傾斜。他不記得早上從山丘上往外看時，有看過這幾根石柱的跡象。幾乎在他察覺之前，就已經通過石柱間了，當他穿過時，周圍似乎瀰漫著黑暗。他的小馬用後腿站起並發出嘶叫，他則應聲摔到地上。當他往回看時，發現自己孑然一身：其他人並沒有跟上他。

「山姆！」他叫道，「皮聘！梅里！快過來！你們為何沒跟上！」

四周沒有回應。恐懼擄住他的心頭，他衝過巨石之間，狂亂地大叫：「山姆！山姆！梅里！皮聘！」小馬衝入迷霧，就此消失得無影無蹤。他似乎從遠方某處聽到一股叫聲：「喂！佛羅多！喂！」它總是從東方傳來，當他站在巨石柱下時，叫聲便出現在左邊，他則緊盯著黑暗瞧。他衝向叫聲的來源，並發現自己正往陡峭地上坡走。

當他費勁前進時，便又呼喚了一聲，接著不斷更慌亂地叫喊。但他有好一陣子都沒聽到回應，接著他似乎聽到前方遠端和頭頂高處傳來微弱聲響。「佛羅多！喂！」霧氣中傳來孱弱的聲音，接著出現了一股聽起來像是「救命！救命！」的叫聲，聲音一再重複，最後一聲「救命！」則化為拖長的呻吟，再戛然而止。他跌撞地全速衝向叫聲來源，但陽光已全然消失，夜色包圍住他，因此他無法確認任何方向。他似乎不斷往上攀爬。

只有當他腳邊的地面高度改變時，他才明白自己終於來到某座山脊或丘陵頂端了。他疲憊不堪，渾身大汗卻又感到冷冽。周圍一片漆黑。

「你們在哪裡？」他悽慘地叫道。

四周沒有任何回應。他站著仔細傾聽。他忽然察覺氣溫劇烈下降，丘頂上還開始吹起了刺骨冷風。天氣產生了變化，破碎的霧氣飄過身邊，他的吐息化為輕煙，深沉的黑暗也不再逼近。他抬頭一看，訝異地發現朦朧的星辰已出現在頭頂急速飄過的雲朵與霧氣之間。風聲開始在青草間絲絲作響。

他猛然覺得自己聽見一陣沉悶的叫聲，於是他便往聲音走去。當他走向前時，霧氣便翻騰分裂，露出了上頭的星空。他看了一眼，明白自己正面對南方，站在圓丘頂端，他肯定是從北邊爬上來的。冷颼颼的寒風從東方吹來。有個漆黑形體從他右邊隆起，擋住了西側群星。有座巨型墓塚矗立在此。

「你們在哪？」他又氣又懼地再度叫道。

「在這裡！」有個低沉冰冷的聲音說道，它似乎從地底飄了出來。「我正在等你！」

「不！」佛羅多說，但他沒有拔腿就跑。他的膝蓋一軟，便倒在地上。什麼事都沒有發生，四周也安靜無聲。他顫抖地抬頭觀望，並即時看到一個高大的黑色輪廓，如同黑影般遮蔽了星辰。它向佛羅多傾身。他覺得對方有兩顆冰冷的眼珠，彷彿閃爍著來自遠方的蒼白光芒。接著一雙比鋼鐵更為強勁而冰冷的手緊緊抓住了他。冷冽的觸感使他凍到了骨子裡，他也什麼都記不得了。

＊＊＊

當他再度恢復神智時，有一瞬間除了恐懼外，他什麼都想不起來。接著他忽然明白，自己絕望地陷入魔爪，並遭到囚禁了，他身處墓塚之中。有個古墓屍妖逮住了他，他可能也受到傳說中古墓屍妖的恐怖咒語所控制。他不敢移動，繼續和甦醒時一樣躺著。他平躺在冰冷的岩石上，雙手擺在胸前。

但儘管他嚇得肝膽俱裂，恐懼似乎也成為周圍黑暗的一部分，躺著的他開始想到比爾博．袋金斯和他的故事，以及他們在夏郡的大街小巷散步的時光，當時的他們談著世上的路途與冒險。就連在最肥胖膽小的哈比人心中，都藏有一絲勇氣（當然了，這點通常藏得很深），等待碰上某種絕望的最終危機，才會發芽茁壯。佛羅多不胖也不太膽小；儘管他不曉得，比爾博（和甘道夫）覺得他是夏郡最優秀的哈比人。他認為自己來到了冒險的可怕盡頭，但這想法讓他強悍起來。他覺得自己變得緊繃，彷彿準備在最後縱身一躍；他再也不覺得像無助的獵物般癱軟了。

當他躺在原地思考並控制好自己時，便立即注意到黑暗正緩緩散去。一股淡綠光芒正在他身邊蔓延。光芒一開始沒有讓他看出自己身處的場所，因為光芒似乎來自他身上，以及他身旁的地面，還沒有照亮屋頂或牆壁。他轉過身，在冷光中看見山姆、皮聘和梅里躺在他身旁。他們仰臥著，臉孔一片慘白，全身還穿著白衣。他們周遭擺滿可能以黃金打造而成的諸多寶物，不過在那種光線之下，它們看起來寒冷而醜陋。他們頭上戴著王冠，手腕上則套著金鍊，手指上還戴著不少戒指。他們身旁擺了刀劍，腳邊則放有盾牌。但他們三人的頸子上擺有一把出鞘長劍。

有首歌突然響起：那是股冷峻的低語，聲調跌宕起伏。無比淒涼的聲音聽起來似乎來自遠方，有時候微弱地高聳入雲，有時又如同地面發出的低沉呻吟。從一連串悲愴而駭人的無形聲音中，有些字眼一再浮現——陰鬱沉重的冰冷字眼，不只毫無人性，也散發悲慘氣息。夜晚咒罵從自身遭到剝奪的早晨，冰寒則詛咒它渴求的暖意。佛羅多冷到了骨子裡去。過了一陣子後，歌曲變得較為清晰，心懷恐懼的他，察覺歌聲已化為魔咒：

手心遺骨皆冰寒，
石底長眠亦冷冽：

長眠石床永不醒，
直至旭日落下，明月殞命。
黑風之中群星歿，
黃金依舊留此地，
黑暗魔君伸邪掌，
籠罩死海與焦土。

他聽到頭部後方傳來嘎吱聲。他用一條手臂撐起自己，再往後張望，並在黯淡的光線中發現，他們位於某種通道之中，通道在他們身後拐彎。一條長臂從轉角處伸出，用手指向躺得最近的山姆移動，摸向他脖子上的長劍握柄。

剛開始，佛羅多覺得魔咒確實將自己化為石頭了。但他心中隨即燃起一股企圖逃跑的狂熱念頭。他想知道如果自己戴上魔戒的話，古墓屍妖會不會錯過他，他又是否能找到別的出路。他幻想自己自由地在草地上狂奔，為梅里、山姆與皮聘哀悼，自己則安然脫身。甘道夫也會同意他做不了什麼。

但在他心中甦醒的勇氣已經變得強盛無比：他不會輕易離開他的朋友們。他輕輕搖晃，在口袋裡摸索著，接著內心又產生衝突。當他這麼做時，手臂爬得越來越近。他猛然下定決心，抓起身旁的一把短劍，並跪了下來，屈身爬到他同伴的軀體上。他用盡全力砍向爬行手臂的手腕，手掌立刻斷裂；但在此同時，劍刃也從握柄處斷成兩截。有陣尖叫聲頓時傳來，光線也立刻消失。黑暗中傳出一陣低吼聲。

佛羅多往前撲向梅里，梅里的臉摸起來相當冰冷。他腦中立刻回想起山丘下的房子，以及唱歌的湯姆，當霧氣首度湧現時，這段回憶就消失了。他記起湯姆教他們的歌謠。他絕望地小聲唱起：「呵！湯姆．邦巴迪！」一念出那名字，他的嗓音似乎就變得更有力——飽滿且充滿活力的聲音，在漆黑的墓室中如大鼓與喇叭聲雄壯地迴盪。

呵！湯姆．邦巴迪，湯姆．邦巴迪囉！
以水、森林與山丘之名，以蘆葦與柳樹之名，
以火焰、太陽與明月之名，傾聽我們的呼喚！
來吧，湯姆．邦巴迪，我們急需幫助！

深沉的寂靜忽然瀰漫洞內，佛羅多甚至能聽到自己的心跳。在綿長緩慢的片刻後，他明確聽見了一股回應的歌聲，但聲音十分遙遠，彷彿穿過地面或厚牆：

老湯姆．邦巴迪是個開心果，
他身穿亮藍色外套，腳上套了雙黃靴。
沒人逮到他過，因為湯姆正是主人：
他的歌聲強勁，腳步敏捷無雙。

有陣轟隆巨響隨即浮現，如同巨石不住落下，亮光瞬間照射進來，那是真正的陽光。在佛羅多腳邊遠處的墓室彼端，出現了一道像是門的低矮開口，湯姆的頭（還有帽子和羽毛等等）就出現在那，擋在身後紅日散發的強光前。光線灑落在地，也照在佛羅多身旁的三名哈比人臉上。他們沒有動靜，但病懨懨的臉色逐漸消失。他們現在看起來只像是陷入熟睡。

湯姆俯身脫帽，再走進黑暗的墓室中，大聲唱起歌來：

滾出去，你這老屍妖！消失在陽光下！
如冷霧般萎縮，如風聲般哀鳴，
滾到高山遠方的不毛之地去！
永遠別再來此！離開你的墳塚！
消失在記憶中，比黑暗更加暗沉，
大門永世深鎖，直到世界重生。

隨著這些話語，墓室裡飄來一陣慘叫，內側某處也砰的一聲垮了下來。一股拉長的尖叫聲在難以判斷的距離外逐漸淡去，之後只剩下無盡沉默。

「來吧，好友佛羅多！」湯姆說，「我們去乾淨的草地上吧！你得幫我搬他們。」

他們一起把梅里、皮聘和山姆搬出去。當佛羅多最後一次離開墓塚時，便看到土堆上有隻負傷蜘蛛般的斷手，仍在不斷扭動。湯姆又回去裡頭，墓塚中傳出許多跺腳聲和踏地聲。當他出來時，懷中捧著大量由黃金、白銀、黃銅與青銅製成的寶物，包括不少寶珠、珠寶與寶石飾品。他爬下綠色墳塚，把寶物堆在陽光下。

他手中拿著帽子站在那，微風吹拂著他的髮絲，他俯視著三名哈比人，三人則躺在墳塚西側的草地上。他舉起右手，用清晰的聲音下令：

醒來吧，我快活的小子們！醒來吧，聆聽我的呼喚！
讓內心與四肢感到溫暖！冰冷岩石已然落下，
黑暗之門大大敞開，亡者之手也已斷折。
黑夜之夜已逝，大門應聲開啟！

讓佛羅多欣喜若狂的是，哈比人們動了起來，伸展了他們的手臂，再搓揉眼睛，接著猛地跳了起來。他們訝異地環視周遭，先望向佛羅多，再看向站在墓塚頂端高處、氣勢凌人的湯姆。接著他們觀察自己身上的單薄白衣，頭上和腰上的淡金色首飾，還有叮噹作響的飾品。

「搞什麼鬼？」梅里開口說，感覺到滑到他一隻眼睛上的黃金王冠。接著他停了下來，臉上也蒙上一股陰霾，他則閉上雙眼。「當然了，我想起來了！」他說，「卡恩督姆[1]的士

1　譯注：Carn Dûm，第三紀元安格馬王國（Angmar）的首都，由巫王（Witch-king）所統治，曾對北方王國進行侵略戰爭，並將其徹底摧毀。此處的梅里或許感受到古墓屍妖生前的回憶。

兵在晚上襲擊我們，我們也一敗塗地。啊！長矛刺中我的心了！」他緊抓胸口。「不對！不對！」他睜開眼睛說，「我在說什麼？我在作夢。你去哪了，佛羅多？」

「我以為我迷路了，」佛羅多說，「但我不想多提。我們來想想現在該怎麼辦吧！我們該前進了！」

「得穿這樣嗎，先生？」山姆說，「我的衣服呢？」他把他的王冠、腰帶和戒指都丟到草地上，無助地四處張望，彷彿以為能找到他的斗篷、外套和半長褲，還有掉在別處的其餘哈比人衣物。

「你們找不到之前的衣服了。」湯姆說，他從墓塚上跳下來。他在陽光下的他們身邊跳舞，一面哈哈大笑。外人或許會以為沒發生過任何危險或可怕的事，而當他們注視他時，恐懼感也逐漸從心中散去，也觀察到他眼中的愉快光芒。

「你說的是什麼意思？」皮聘問，困惑又好奇地看著他。「為什麼找不到？」

但湯姆搖搖頭，說道：「你們從劫難中脫身。如果你們成功脫逃的話，衣服就只不過是小損失了。開心點，我快活的朋友們，讓熱情的陽光暖和內心與四肢！脫掉這些冰冷破布！趁湯姆去打獵時，就在草地上赤身奔跑吧！」

他衝下丘陵，邊吹著口哨邊嚷嚷。佛羅多往他身後看去，發現他沿著這座丘陵與下一座丘陵間的綠色窪地往南跑去，同時邊吹口哨邊叫喊：

嘿！好了！現在來吧！你要上哪去？

上下遠近，這裡或遠方？
尖耳朵，利鼻子，搖尾巴與土包子，
穿白襪的小子，嘿呀老胖塊頭！

他這麼唱道，一面快速奔跑，一面拋起帽子再接住它，直到地面上的一處坡地遮住他的身影。但有段期間，他口中的「嘿！好了！」依然順著南風飄來。

空氣又變得越來越熱。哈比人們聽從他的話，在草地上跑了一陣子。接著他們躺在陽光下，開心得像是從嚴冬忽然踏進溫和氣候的人，或像長期臥病在床的人，發現自己出乎意料地痊癒，生活再度充滿了希望。

等到湯姆回來時，他們已經覺得精神奕奕（也很飢餓）。當他出現時，帽子率先從山坡邊露了出來，他身後則跟著六匹小馬：分別是他們的五匹馬和一匹額外的馬。最後一匹馬顯然就是老胖塊頭：牠的體型比他們的小馬更大更壯，也更肥胖（還更老）。擁有其餘小馬的梅里，其實並沒有以歌曲中的名字為牠們命名，但牠們在餘生中都只回應湯姆所取的名號。湯姆一匹接一匹地呼喚牠們，小馬們則爬上山丘，排成一列站好。接著湯姆對哈比人們鞠躬。

「你們的小馬都來了！」他說，「牠們比起你們這些隨處亂跑的哈比人聰明了點（某些層面看來）——牠們的鼻子夠機靈。牠們直接嗅到了你們踏進的危機，即使牠們逃之夭夭，也是走了正確的路。你們得原諒牠們，儘管牠們忠心耿耿，卻天生無法面對古墓屍妖帶來的恐懼。看吧，牠們已經回來了，還帶著所有行李！」

梅里、山姆和皮聘從行囊中拿了備用衣物來穿。他們很快就感到太熱，因為他們被迫穿上原本為了冬天所準備的暖和厚衣服。

「那匹老馬胖塊頭是哪裡來的？」佛羅多問。

「牠是我的。」湯姆說，「我的四條腿好友。不過我很少騎牠，牠也經常遊走到遠方，在山坡上自由閒晃。當你們的小馬和我待在一起時，就得認識我的胖塊頭。牠們在夜裡聞到牠的氣味，並迅速跑去見牠。我想牠會照顧牠們，用智慧的話語消除牠們的畏懼。不過現在呢，開心的胖塊頭，老湯姆得騎你了。嘿！他要和你們一起走，以便送你們上路；所以他需要小馬。當你用自己的兩條腿走在騎馬的哈比人身邊時，很難和他們談話。」

哈比人們很高興能聽到這點，也向湯姆多次致謝。但他哈哈大笑，說他們太擅長迷路了，所以在他看到他們安全離開森林邊界前，他不會放心。「我有事情得辦，」他說，「我得製作東西和唱歌，也得講話和走路，還得監督這一帶。湯姆沒辦法總是靠近敞開的門口和柳樹縫隙。湯姆得照料自己的屋子，金莓也在等我。」

從太陽的位置判斷，當下的時間還算早，約莫在九點到十點之間，哈比人們也把念頭轉到食物上。他們的上一餐，是前一天在巨石柱旁吃的午餐。他們現在拿湯姆提供的剩餘補給品當早餐（原本那是他們的晚餐），配上湯姆隨身攜帶的食物。餐點稱不上豐盛（考量到哈比人的習慣與當下的狀況），但他們覺得好多了。在他們用餐時，湯姆走上墓塚，審視著寶物。他把大部分寶物擺在草地上，財寶堆則閃閃發光。他要寶物「讓所有找到它們的對象自由取用，無論是飛鳥、野獸、精靈或人類，以及所有善良生物」，這樣才能破除墓塚中的魔咒，屍妖也不會回來。他從寶物中為自己選了一個鑲有藍色寶石的胸針，如同亞麻花朵或藍色蝴蝶翅膀般顯現諸多色調。他看了胸針很久，彷彿心裡激起了某種回憶，接著他搖搖頭，最後說道：

「這是給湯姆和他妻子的漂亮玩具！多年前將它配戴在肩上的女子十分美麗。金莓會戴上胸針，我們則永遠不會忘記她！」

他為每個哈比人挑了葉片型的銳利長匕首，工藝十分精湛，刀身上以紅金紋路雕出蛇形花樣。當他把匕首從黑色刀鞘中抽出時，刀鋒閃爍著光芒——它們是以某種奇特金屬打造而成，質地輕盈且堅韌，上頭鑲滿許多火紅的寶石。無論是由於這些刀鞘的某種效果，或是墓塚中的咒語，使得刀刃似乎不受時間影響，不只沒有生銹，鋒刃還依然銳利無比，在太陽下閃耀生輝。

「老刀子夠長，適合當哈比人的劍。」他說，「如果夏郡居民想走向東方或南方，或是前往遙遠的黑暗與危機，就最好帶上銳利的刀刃。」他告訴他們，這些劍刃是在多年前由西陸人類所鑄造的，他們是黑暗魔君的敵人，但來自安格馬王國的卡恩督姆邪王擊潰了他們。

「現在已經很少人記得他們了。」湯姆低語道，「但有些成員依然四處流浪，這些遭人遺忘的王族後裔孤寂地遊走，守護不知情的人們免於受到邪物侵犯。」

哈比人們不懂他的話中意義，但當他說話時，他們心中便浮現彷彿來自多年後未來的景象，彷彿在偌大的陰暗平原上出現了高聳人影，肅穆的人們手持閃亮長劍，最後則出現了某個額頭上戴有一顆明星的男子。這股影像隨即消失，他們的意識也回到了太陽底下的世界。該再度啟程了，他們做好準備，打包行囊並將之放到小馬身上。他們把新武器掛上外套下的皮帶，覺得這些匕首十分突兀，也不曉得它們是否有用。先前他們沒人覺得自己的冒險中會需要打鬥。

最後他們終於動身。他們領著小馬走下山丘，接著上馬並快步跨越谷地。他們往後望去，看到了丘陵上的老墓塚頂端，照在黃金上的陽光如同鮮黃火焰般閃耀。接著他們在古墓崗某處山肩轉彎，墓塚就此從視野中消失。

儘管佛羅多四處觀望，也沒有看到任何大門般的巨石柱，不久他們就來到北方隘口並迅速通過，面前便出現一片坦途。旅途十分愉快，騎著胖塊頭的湯姆．邦巴迪在他們身旁或前方開心地踏步，胖塊頭的速度則比牠的身材看起來快上許多。大多時候湯姆都在唱歌，但內容荒誕無稽，或可能是某種哈比人們不懂的奇異語言，這種古老語言中的字彙，大多都與奇觀與快樂有關。

他們穩穩地向前進，但他們很就發現大道比他們想得還遠。即便沒有起霧，前一天他們在中午睡的那場覺，也會使他們無法在入夜前抵達目的地。他們先前看到的黑線並不是一排樹，而是一列長在深溝旁的灌木，深溝兩側還有陡峭的牆壁。湯姆說這曾經是多年前某座王國的邊界。他似乎想起某些相關的悲傷回憶，也不願多談。

他們爬下深溝，穿過牆上的裂口，接著湯姆往北轉，因為他們有些偏向西邊。周遭環境目前開闊而相對平坦，他們加快了腳步，但當他們看見前方一排高聳樹木時，太陽已經落到低處了——他們這才明白，經歷過諸多出乎意料的冒險後，自己終於回到了大道。他們驅策小馬越過最後一段路程，並在漫長的樹蔭下暫停腳步。他們位於一道斜坡上，大道則在底下蜿蜒而去，因即將入夜而變得黯淡。它在這裡從西南伸向東北，在他們右邊急遽往下探入一處寬闊窪地。路上滿是車轍，也有近日大雨留下的痕跡；上頭有水窪與充滿積水的坑洞。

他們騎馬走下斜坡，再上下觀望。他們什麼都看不見。「哎，我們終於又來到這裡了。」佛羅多說，「我想，走這條穿越森林的捷徑，應該還沒損失超過兩天的時間！但或許拖延也有用處——我們可能甩掉它們了。」

其他人看著他。對黑騎士的恐懼忽然再度襲上他們的心頭。自從他們進入森林後，就一直想著回到大道上；只有當他們踩上大道時，才想起追趕自己的危險，對方很可能正潛藏在大道上守候他們。他們緊張地往後看西下的太陽，但棕色的大道上空無一人。

「你覺得，」皮聘猶豫地問，「你覺得今晚它們會追上我們嗎？」

「不，我希望今晚不會。」湯姆．邦巴迪說，「明天或許也不會。但別信任我的臆測，因為我無法確定。我不了解東方地區。湯姆無法宰制來自黑境的騎士們，那裡離他的地盤太遠了。」

但哈比人們依然希望他能同行，他們覺得他肯定曉得要如何對付黑騎士。他們很快就得踏上全然陌生的土地，連夏郡最含糊的遠古傳說都對此處毫無記載，處在黯淡暮光下的他們懷念起家園。他們感受到一股濃烈的寂寞與失落感。他們沉默地站著，慢慢地察覺湯姆正對他們道別，並要他們保持士氣，一路策馬向前，在入夜後也別停。

「今天結束前，湯姆會給你們好建議，之後你們就得靠自己的運氣指引了。沿著大道走四哩後，你們會來到一座村莊，也就是布理丘下的布理，當地的門口都面朝西邊。你們會在那找到一家名叫躍馬旅店的老客棧。麥漢．蜂斗菜[2]是個親切的店主。你們可以在那過夜，隔天一早再盡快上路。勇敢點，但也得小心！保持心情愉快，祝你們好運！」

他們懇求他至少一起到旅店去，和他們再喝一次酒，但他大笑並婉拒，說道：

湯姆的地盤在此終止：他不會跨越邊界。
湯姆得照料自己的屋子，金莓也在等我！

他隨後轉身，向上拋起他的帽子，跳上胖塊頭的背，再騎上斜坡，在黃昏中唱歌離去。

哈比人們爬上高處目送他，直到他從視野中消失。

「離開邦巴迪大爺真令人遺憾。」山姆說，「他是個慎重的人，不會出錯。我想就算我們走得再遠，也不會見到比他更善良、也更奇怪的人了。但我不否認，看到他口中的躍馬旅店，肯定會我感到開心。我希望它很像老家的綠龍酒館！布理住了什麼人呀？」

「布理有哈比人。」梅里說，「也有大傢伙。我敢說那裡很像老家。躍馬旅店確實是家好旅店。我的家人經常騎馬去那裡。」

「它可能和我們盼望的一樣好。」佛羅多說，「但它依然位在夏郡外頭。別讓自己太鬆懈！你們所有人請記住，絕對**不能**提起袋金斯的名字。如果得說出名字的話，就叫我丘下先生。」

他們騎上小馬，沉默地步入夜裡。黑暗迅速落下，他們則緩緩走下山坡，再往上前進，直到他們看見遠方閃爍著燈火。

布理丘在他們面前隆起，擋住了他們的去路；那是朦朧繁星下的漆黑大物，它的西側山坡下則有座大型村莊。他們快步前往該地，只想找個火堆，以及能為他們阻隔夜晚的房門。

---

2 譯注：Barliman Butterbur，托爾金在譯名指南中提到該姓氏來自莖幹粗厚的植物蜂斗菜（又名款冬）。「Barliman」則是「barley（大麥）」加上「man（男人）」的不同拼法，托爾金認為這是適合旅店老闆與釀酒人的名字，因此要求意譯。

第九章——躍馬旅店的招牌下

布理是布理地區的主要村莊，那是塊有人居住的小型區域，像是周遭空曠地帶中的小島。除了布理外，還有山丘另一端的史戴多，和位在東邊一小段距離外深谷中的康布，以及契特森林邊緣的阿契特。布理丘和諸多村莊附近有片只有幾哩寬的小原野與林地。

布理的人類長了棕髮，身材寬闊並相對矮小，性格樂天獨立，不受外人所管轄。但比起其他大傢伙，他們與身邊的哈比人、矮人、精靈和世上其餘居民相處得更為友善，也更熟悉彼此（或者當今亦然）。根據他們自己的傳說，他們是本地原本的居民，也是首批踏入中土世界西方的人類後代。有少數人曾在遠古年代的災難中倖存，但當王族再次從大海彼端歸來時，發現布理的人類依然棲居當地，當世界淡忘與古老王族有關的回憶時，他們仍然住在該處。

在那些日子裡，沒有其他人類定居在如此偏西的地區，或居住在離夏郡一百里格內的位置。但布理外的野地卻出現了神祕的流浪者。布理居民稱他們為遊俠，也完全不清楚他們的來頭。他們比布理的人類更高，膚色也更深，人們也相信他們擁有古怪的視力和聽力，還能理解飛鳥走獸的語言。他們隨心所欲地往南移動，甚至往東遠至迷霧山脈，但現在他們人數稀少，也很少有人見到他們。當他們現身時，經常帶來遠方的消息，也會講述人們早已遺忘的古老故事，眾人也對此趨之若鶩。但布理居民並不會和他們交朋友。

布理地區還有許多哈比人家族，他們也宣稱自家是世上最古老的哈比人聚落，比先人跨越烈酒河和殖民夏郡之前更早就建立了。他們大多住在史戴多，不過有些也住在布理當地，特別是在丘陵上較高的山坡，位置比人類的房屋更高。大傢伙和小傢伙（他們這樣稱呼彼此）相處融洽，以自己的方式處理私事，但雙方都篤信自己是布理居民中不可或缺的部分。世上沒有其他地方能找到這種特殊（但優秀）的體系。

無論大小，布理居民都不太遠行，只關心四座村莊中的事務。有時布理的哈比人會到雄鹿地或東區，但儘管他們的小地區只不過在烈酒橋以東一天的騎馬路程之外，夏郡的哈比人卻鮮少造訪此地。有時雄鹿地居民或充滿冒險精神的圖克家人，可能會來旅店待一兩晚，但就連這種事都越來越少發生。夏郡的哈比人將布理的哈比人，以及其餘住在邊界外頭的居民，都稱為外來者，對他們不抱多少興趣，還認為對方駑鈍粗俗。在那段時期，可能有多得超乎夏郡居民想像的外來者散居在世界西側。有些人肯定只是流浪漢，準備好在任何山坡打洞，也只想待到自己滿意為止。但在布理地區，大多哈比人都性格良善，生活自在繁榮，不比他們住在內地的遠親粗俗。夏郡和布理之間曾一度來往密切，這點還沒有人忘記。從各方面來看，烈酒鹿家就流著布理的血脈。

布理村中有上百座大傢伙的石屋，大多位於大道高處，靠在山坡旁，窗口則面對西方。在那一側上，有條內側有厚實圍籬的深溝，從山丘繞出半圈多，再延伸回來。這裡有條堤道橫跨大道，但有座大門擋住它穿過圍籬的位置。大道從村莊南角伸出，那裡有另一座大門。大門在入夜時關閉，但門內則有為看門人準備的小屋。

順著大道一路走去，當它在山腳往右繞時，就會碰上一間大型旅店。它建於多年前，當時路上的交通更為繁忙。布理位於古老的道路輻輳，有另一條老路在村莊西端的壕溝外橫跨東道，而昔日的人類與諸多其他種族則經常走這條路。東區依然有「和布理的消息一樣古怪」來自那些時光的諺語，當時在旅店中能聽到來自北方、南方與東方的消息，當時的夏郡哈比人也更常來此打聽新聞。但北境早已陷入荒蕪，現在也鮮少有人使用北道，它雜草叢生，布理居民則稱它為綠道。

不過，布理的旅店依然留在原處，旅店老闆也是個重要人物。他的房子是供四座村莊裡慵懶、愛嚼舌根又好管閒事的大小居民聚會的場所，也是遊俠們與其他流浪者的歇息處，依然利用東道來回迷霧山脈的旅人（大多是矮人）也會來此。

當佛羅多和他的同伴們終於來到綠道路口，並逼近村莊時，天色已經黑了，白色繁星也正在閃爍。他們來到西門，發現大門緊緊關上，但有個人坐在後頭小屋的門口旁。他跳起來並抓起提燈，訝異地往大門彼端看著他們。

「你們要幹嘛，又是打哪來的？」他粗魯地問。

「我們要去這裡的旅店。」佛羅多回答，「我們正往東旅行，今晚無法再前進了。」

「哈比人！四個哈比人！從口音聽起來，還是從夏郡來的。」看門人說，語氣輕柔地彷彿在自言自語。他陰沉地盯著他們瞧了一下，再緩緩打開大門，讓他們策馬通過。

「我們不太常在晚上看到夏郡居民在路上騎馬。」當他們在他的門邊稍作停留時，他便繼續說。「請恕我問問，你們來布理東邊幹嘛？我可以問問你們的名字嗎？」

「我們的名字和目的都是私事，這裡也不像適合討論這些事的場所。」佛羅多說，他不太喜歡男子的外型或語氣。

「你們的目的自然是私事，」男子說，「但我的職責就是在入夜後發問。」

「我們是來自雄鹿地的哈比人，打算出外旅行，到本地旅店住一晚。」梅里打岔道，「我是烈酒鹿先生。你滿意嗎？布理居民以前對旅客的口氣很好，至少我是這樣聽說的。」

「好啦，好啦！」男子說，「我沒有惡意。但你們可能會發現，不只是看門的老哈利會問你們問題。附近有奇怪的人出沒。如果你們要去躍馬旅店的話，就會明白你們不是唯一的訪客了。」

他向他們道晚安，他們也不再多說，但佛羅多能在燈光下看出男子依然好奇地盯著他們。當他們騎馬向前走時，他很慶幸能聽到大門在他們身後鏗鏘一聲關上。他想知道男子為何如此狐疑，以及為何有人打聽一群哈比人的消息。會是甘道夫嗎？當他們在老林與古墓崗中遭到拖延時，他可能已經到了。但看門人的眼神和嗓音中有某種感覺，使他感到不安。

男子從後頭看了哈比人一陣子，接著回到屋中。當他一轉身，有個漆黑人影迅速爬過大門，融入村莊街道的陰影之中。

＊＊＊

哈比人們策馬走上一道緩坡，經過幾座獨棟房屋，並走近旅店外頭。他們覺得這些房子看起來又大又古怪。山姆盯著有三層樓和諸多窗戶的旅店，感到心頭一沉，他想像過自己會在旅程中碰上比樹還高的巨人，還有其他更嚇人的生物。當下他覺得自己首度見到人類與他們高大房屋的經驗已經夠了，在疲勞一整天的夜晚盡頭來說，這確實太難承受了。他幻想出站在旅店院子陰影中、配戴齊全鞍具的黑馬，以及從樓上漆黑的窗口注視他們的黑騎士。

「我們不會在這裡過夜吧，先生？」他驚呼道，「如果這一帶有哈比人，我們何不找願意收容我們的人呢？感覺起來比較像家。」

「旅店有什麼問題嗎？」佛羅多說，「湯姆．邦巴迪推薦這間店。我想裡頭夠像老家吧。」

對熟悉的人而言，光是從外頭看來，旅店就都像間舒適的房屋。它的店門就在大道旁，兩座側廳往後延伸到部分從山丘低坡處挖開的位置，因此後頭的二樓窗戶與地面平行。有座寬闊的拱門通往兩座側廳之間的庭院，拱門下的左邊則有座前方有幾道寬闊臺階的大門。光線從敞開的門口傾瀉而出。拱門頂端裝了只吊燈，燈下則掛了塊大型招牌：上頭畫有一匹用後腿站起身的胖白馬。門上漆了白色文字：**麥曼．蜂斗菜的躍馬旅店**。許多較低矮的窗口中的厚重簾幕下都透出了光芒。

當他們在黑暗中猶豫時，有人在屋裡唱起了一首歡快歌曲，許多人則高聲加入合唱。他們聽了這股激勵人心的聲音一陣子，接著下了馬。歌曲結束後，就傳來一陣笑聲與掌聲。

他們牽著小馬跨越拱門，讓牠們站在院子裡後，大夥就走上臺階。佛羅多走向前，差點撞上了某個光頭紅臉的矮胖男子。他穿了件圍裙，在不同門口之間忙進忙出，手上的托盤放了裝滿酒水的杯子。

「我們可以——」佛羅多開口道。

「等一下，麻煩你！」男子往背後大叫，並消失在吵雜的交談聲與濃密煙霧中。過了一會兒後他再度出來，用圍裙抹著雙手。

「晚安，小客人！」他彎腰說道，「您需要什麼呢？」

「可以的話，請給我們四張床，還有五匹馬得進馬廄。你是蜂斗菜先生嗎？」

「沒錯！我的名字是麥漢。麥漢．蜂斗菜為您效勞！您是從夏郡來的吧？」他說，接著他忽然用手拍了一下前額，彷彿想回憶起某件事。「哈比人！」他喊道，「我好像該記起某件事？我能請問閣下一行人的名字嗎，先生？」

「圖克先生和烈酒鹿先生，」佛羅多說，「這位是山姆．甘吉。我的名字是丘下。」

「哎呀！」蜂斗菜先生說，邊打了個響指。「忘掉了！但等我有時間思考時，就會想起來的。我得去忙了，但我會看看能為各位做什麼。我們近來不太常遇到來自夏郡的團體，如果我沒好好歡迎各位的話，肯定會倍感遺憾。但今晚店裡已經有一大群人了，很久沒發生這種情況。不鳴則已，一鳴驚人呀，我們在布理是這麼說的。」

「嘿！諾伯！」他嚷嚷道，「你跑去哪了，你這滿是腿毛的慢郎中！諾伯！」

「來了，先生！來了！」有個笑臉迎人的哈比人從門口蹦出來，一看到客人們就立刻停下腳步，饒富興味地盯著他們瞧。

「鮑伯在哪？」店主問道，「你不曉得？哎，去找他！動作快！我也沒有六條腿和六顆眼睛！跟鮑伯說，有五匹小馬得進馬廄。他得騰出空間。」諾伯咧嘴一笑，眨了下眼後就快步離開。

「好了，我本來要說什麼？」蜂斗菜先生說，邊拍著他的前額。「事情一件接一件來。今晚我太忙了，搞得自己暈頭轉向。昨晚有群人沿著綠道從南方北上——這件事已經夠奇怪了。接著今晚還來了批要往西走的矮人旅客。現在又加上你們。如果你們不是哈比人的話，我就不認為我們能接待你們了。但我們在北樓有一兩座為哈比人特製的房間，都是在建造這座房屋時蓋的。房間位於他們通常偏好的一樓，裡頭還有圓窗和所有他們喜歡的擺設。我希望你們住得舒服。我相信，你們想吃晚餐了。我盡快處理。請這邊走！」

他帶著他們沿著通道走了一小段路，再打開一道門。「這是座不錯的小起居室！」他說，「我希望這座房合適。我得先行告退了。我真的很忙。沒時間講話了。我得趕快動身。

這對長兩條腿的人來說很艱難，但我也沒有變瘦。晚點我會再來看看狀況。如果你們需要什麼的話，就搖搖手鈴，諾伯會馬上過來。如果他沒來的話，就搖鈴並大叫！」

他終於走了，也害他們感到喘不過氣。不管他有多忙，似乎都能講出連珠炮般的一串話。他們待在一座舒適的小房間裡。壁爐中燃燒著明亮火焰，前方則擺有低矮舒適的椅子。還有座上頭鋪了白布的圓桌，上頭有一只大型手鈴。但遠在他們打算搖鈴前，哈比人僕從諾伯就跑了進來，他帶了蠟燭和盛滿盤子的托盤過來。

「你們需要任何飲品嗎，大爺們？」他問道，「為各位準備晚餐的同時，需要我帶各位去看房間嗎？」

他們梳洗完畢，而當他們正在暢飲啤酒時，蜂斗菜先生和諾伯再度進門。桌面一轉眼就打點完成。桌上有熱湯、冷肉、黑莓派、新鮮麵包、奶油塊和半條熟成乳酪。都是不錯的家常菜，和夏郡的品質一樣好，也帶來了老家的感覺，因此化解了山姆的顧忌（優秀的啤酒已經使他鬆了口氣）。

店主待了一下，接著起身準備離開他們。「我不曉得等你們用完餐後，會不會想加入大夥。」他站在門邊說，「或許你們會想上床休息。不過如果你們願意的話，大家都會歡迎你們的。我們不常碰到外來者——不好意思，我是說夏郡來的旅客。我們也想聽點消息，或是你們知道的故事或歌謠。但隨你們方便！如果你們有需要，就搖鈴吧！」

吃完晚餐後（他們沒必要的話一句也沒說，持續吃了四十五分鐘），感到舒暢又興致高昂的佛羅多、皮聘和山姆決定加入其他客人。梅里說那裡太擠了。「我要坐在火爐邊一下，之後或許會出去呼吸一點新鮮空氣。注意你們的言行舉止，別忘了你們正在祕密逃亡，也還待在大道上，離夏郡不遠！」

「好啦！」皮聘說，「注意你自己！別迷路了，也別忘記室內才安全！」

眾人待在旅店的大交誼廳中。當佛羅多的眼睛習慣亮光後，就發現人群規模龐大又龍蛇雜處。光線主要來自熊熊燃燒的火堆，因為掛在橫梁上的三只吊燈十分黯淡，煙霧也遮掩了大半光源。麥漢・蜂斗菜站在火堆附近，與幾個矮人和一兩個外型古怪的人交談。有許多不同的人坐在長椅上：布理的人類，一群當地哈比人（他們坐著一同聊天），還有幾個矮人，以及在陰影與角落中難以辨識的模糊人影。

一等夏郡哈比人進來，布理居民就齊聲歡迎。陌生人們（特別是從綠道北上的人）好奇地盯著他們。店主向布理居民們介紹了新來客，儘管他們聽到許多名字，但店主的說話速度太快，使他們不太確定誰是誰。布理的人類似乎都擁有與植物相關（這對夏郡居民而言相當奇怪）的名字，像是燈心草、忍冬、石楠趾、蘋果樹、薊羊毛和羊齒蕨（自然還有蜂斗菜）。有些哈比人有相似的名字。比如說，似乎有很多人姓艾蒿。但大多哈比人擁有與自然相關的名字，像是山坡、貛屋、長洞、挪沙和隧道；這類名字在夏郡也會出現。有好幾個來自史戴多的丘下家成員，而由於他們覺得既然同名，就肯定是親戚，因此他們將佛羅多當成自己失聯多年的表親。

其實，布理哈比人友善又富好奇心，佛羅多很快就發現他得解釋此行的目的。他說自己對歷史和地理很有興趣（許多人晃了晃頭，儘管布理方言鮮少使用這兩個詞彙）。他說他想寫本書（此時眾人驚訝地沉默下來），因此他和朋友們想收集關於住在夏郡之外的哈比人資訊，特別是東方地區的消息。

聽到這裡，周圍就傳來七嘴八舌的說話聲。如果佛羅多確實打算寫書，還長了許多耳朵的話，他就能在短短幾分鐘內，得知足以撰寫好幾個篇章的內容。如果那還不夠，他就得到了一整串人名清單，從「這裡的老麥漢」開始，眾人說他可以向對方打探更多資訊。但過了段時間後，當佛羅多沒有顯露出任何一絲當場開始寫書的跡象，哈比人們就繼續詢問關於夏郡的消息。佛羅多並不健談，也很快發現自己獨自坐在角落，邊聽邊環視四周。

人類和矮人們大多談著遠方的事件，並聊著眾人已太過熟悉的傳聞。南方出現了麻煩，而從綠道北上的人類似乎正在搬遷，找尋能夠平靜度日的地點。布理居民深感同情，但顯然還沒準備好接納大量陌生人來到他們的小家園。其中一名旅行者是個令人不快的歪眼傢伙，預告說近日會有更多人北上。「如果沒人給他們居住空間，他們就會自己找地方住。他們和別人一樣有權生活。」他大聲說道。當地人並不喜歡這個想法。

哈比人們不太在意這一切，因為目前這似乎與哈比人無關。大傢伙不太會要求住在哈比洞中。他們對山姆和皮聘更有興趣，他們倆正過得十分愜意，愉快地談起夏郡的事件。皮聘講述了米丘窟的市政洞屋頂坍塌的事，惹得眾人哈哈大笑。白堊粉塵埋住了市長威爾·白足，他是西區最胖的哈比人，當他走出來時，活像顆裹滿粉的水餃。但有好幾個問題讓佛羅多感到有些不安。其中一個似乎去過夏郡好幾次的布理居民，想知道丘下家住哪，以及他們跟誰有親戚關係。

忽然間，佛羅多注意到一個外型古怪、飽經風霜的男人，坐在靠近牆邊的陰影中，同樣聽著哈比人的交談。他面前擺了一只大酒杯，還抽著一根雕工奇特的長管菸斗。他把腿往前伸，露出合腳的柔軟高筒皮靴，靴子上有不少磨損痕跡，上頭還沾滿泥巴。他身上披著因旅行而弄髒的厚重暗綠色斗篷，而儘管房內瀰漫熱氣，他卻戴著兜帽，讓臉孔藏在陰影下；但當他望著哈比人們時，就能瞥見他眼中的光芒。

「那是誰？」當佛羅多有機會對蜂斗菜先生悄聲說話時，他問道。「我想你還沒介紹過他？」

「他呀？」店主同樣低聲回答，在沒有轉頭的狀況下瞥了一眼。「我不太曉得。他是流浪者之一——我們叫他們遊俠。他很少開口，但當他想說話時，就會講出精采的故事。他常常消失一個月或一整年，然後又突然出現。去年春天他經常進進出出，但我最近沒看過他。我不曉得他的真名，但附近的人稱他為快步客。他總是用長腿四處奔走，不過他不告訴別人自己忙碌的原因。但我們在布理會說：『東方和西方都沒什麼好解釋』，指的就是遊俠和夏郡居民，不好意思呀。有趣的是，你居然會問他的事。」但此時有人叫蜂斗菜先生送更多艾爾啤酒來，因此他沒有繼續解釋最後一句話。

佛羅多發現快步客正在看他，彷彿對方聽見或猜到他們說的話。他隨即招手並點了下頭，邀佛羅多過去坐在他身旁。當佛羅多走近時，他便掀開兜帽，露出滿頭的雜亂黑髮，其中夾雜著幾絲灰髮，蒼白而嚴肅的臉孔上有對目光炯炯的灰眼。

「我叫快步客，」他用低沉的嗓音說，「很榮幸見到你——丘下大爺，希望蜂斗菜沒講錯你的名字。」

「他沒講錯。」佛羅多僵硬地說。在那雙銳利眼球的注視下，他感到十分不安。

「嗯，丘下大爺，」快步客說，「假如我是你，就會阻止你的年輕朋友們講太多話。啤酒、火堆和不期而遇都很不錯，但是呢——這裡不是夏郡。附近有不尋常的人出沒。不過你可能會覺得，這種話根本不該由我來說。」看到佛羅多的眼神後，他露出諷刺的笑容。「而且，近來有更古怪的旅客經過布理。」他繼續說，邊注視佛羅多的臉。

佛羅多回視他，但一語不發，快步客也沒有做任何表示。他的注意力似乎突然聚焦在皮聘上。佛羅多注意到，由於受到米丘窟胖市長故事的成功迴響所激勵，荒唐的小圖克正滑稽地敘述比爾博的道別宴會，這使佛羅多警覺起來。他已經模仿過比爾博的演說，正逐漸逼近驚人的失蹤橋段。

佛羅多感到惱怒。對大多當地哈比人而言，這肯定是無傷大雅的故事，只是烈酒河對岸怪人的好笑事蹟。但有些人（比方說老蜂斗菜）知道一些實際情況，很久以前或許也聽過比爾博消失的事。這會讓他們想起袋金斯這名字，特別是如果有人在布理打探那名字的話。

佛羅多坐立難安，想知道該怎麼做才好。皮聘顯然很享受他得到的關注，也幾乎忘卻了他們的危險。佛羅多忽然害怕起來，覺得在目前的心情下，皮聘甚至可能提起魔戒，那可就大難臨頭了。

「你最好趕快想點辦法！」快步客在他耳邊悄聲說道。

佛羅多跳起來並站到桌上，開始發言。皮聘聽眾的注意力受到打擾。有些哈比人望向佛羅多，並大笑拍手，覺得丘下先生喝太多啤酒了。

佛羅多突然自覺愚蠢，也察覺自己（這是他演講時的習慣）撫摸口袋中的東西。他感受到鏈子上的魔戒，心裡也難以解釋地浮現一股衝動，想戴上戒指，從這個荒謬的狀況中脫身。他覺得這種念頭似乎來自外界，源自房裡的某人或某物。他堅定地抗拒誘惑，手中緊緊握住魔戒，彷彿要好好看管它，避免它逃走或搗蛋。不過，它沒有賦予他任何靈感。他說了幾句夏郡居民口中的「恰當話語」：「我們全都很感激你們的熱情招待，我也斗膽希望我短暫的拜訪，能重新打造夏郡與布理間的古老友誼。」接著他停了下來並咳嗽。

房裡每個人現在都盯著他。「唱歌吧！」其中一名哈比人叫道。「唱歌！唱歌！」其他人喊道。「來吧，大爺，唱點我們沒聽過的東西！」

有那一瞬間，佛羅多目瞪口呆地站在原地，接著焦急的他唱起了一首比爾博很喜歡（也感到非常驕傲，因為就是他寫了這首歌）的荒唐歌曲。內容關於一家旅店，那可能就是佛羅多想到這首歌的理由。以下是所有歌詞。不過，現在人們只記得少部分內容了。

有座愉快的老旅店
位在古老灰丘之下，
店裡的啤酒濃醇香，
使月亮裡的人[1]在某晚，

親自下凡喝個飽。

馬夫養了隻喝醉的小貓，
牠善於演奏五弦琴；
牠上下拉弓
有時高聲尖鳴，有時低聲呼嚕，
現在則拉著中段。

店主養了條小狗
牠熱愛笑話；
當客人們大肆歡笑，
牠便豎起耳朵聽笑話，
直到自己笑得喘不過氣。

---

1 譯注：指引月亮的邁雅是提理昂（Tilion），因此中土世界的居民都以男性稱謂來稱呼月亮。

他們也養了頭長角乳牛
　牠如同女王般驕傲；
但音樂使牠醉心，
使牠搖擺絨毛尾，
　在綠草上舞動。

噢！成排銀盤
　成疊銀匙！
星期天[2]有雙特別餐具，
他們小心翼翼地
　在星期六午後擦亮餐具。

月亮裡的人大口喝酒
　貓咪也開始哀鳴；
盤子湯匙在桌上舞動，
花園中的母牛狂舞，
　小狗追趕自己的尾巴。

月亮裡的人又喝了一杯
　接著滾到椅子下；
他打盹作夢，
直到天空中群星泛白
　黎明升起。

馬夫對酒醉小貓說：
「月亮的白馬，
大聲嘶叫，踩踏銀蹄。
但牠們的主人神智不清，
　太陽也要上山了。」

於是小貓滴答滴地拉琴
　這首舞曲連亡者都能喚醒：

——

2　參見附錄D，頁D—一六四〇。

牠尖鳴並加快旋律，
店主則搖晃月亮裡的人：
「三點過了！」他說。

他們把男人緩緩推上山丘，
將他送上月亮，
他的馬匹在後頭奔馳，
母牛如鹿般蹦跳，
一只盤子和湯匙共同躍起。

琴聲滴答滴地變快
小狗開始吼叫，
乳牛與馬匹豎起頭，
賓客全從床上跳起來
在地板上跳舞。

碰的一聲琴弦斷！
乳牛跳過月亮，

小狗歡快大笑，
星期六的盤子與星期天的銀匙
一同飛了出去。

當太陽揚首時
滿月從山丘後頭升起。
她[3]不太敢相信自己明亮的雙眼，
儘管白日當空，她卻感到訝異
他們全回床上去！

眾人發出響亮漫長的掌聲。佛羅多擁有悅耳的嗓音，這首歌也挑起了他們的興致。「老麥在哪？」他們叫道，「他該聽這首歌。鮑伯該教他的貓拉琴，我們就能跳支舞了。」他們點了更多啤酒，並開始嚷嚷：「再唱一次，大爺！來吧！再來一次！」

他們催佛羅多再喝一杯酒，接著再唱一次，同時還有許多人加入——大家都清楚旋律，

3　精靈（和哈比人）總是用「她」作為太陽的稱謂。

也迅速學會了歌詞。現在換佛羅多感到自滿了，他在桌上跳動，而當他第二次唱出乳牛跳過月亮時，他就躍入空中。他的力道太強，因此碰的一聲摔下來，撞上盛滿酒杯的托盤，滑了一跤，從桌面轟然一聲滾到地上，發出鏗鏘巨響！觀眾們張開嘴巴準備大笑，卻忽然打住，並陷入一片死寂；因為歌手消失了。他憑空失蹤，彷彿穿過了地板，卻連一個洞都沒打出來！

在地哈比人訝異地觀望，再跳起來大聲叫麥漢來。所有人都遠離了皮聘和山姆，他們發現自己被拋在角落，其他人則在遠處陰沉狐疑地盯著他們。顯然許多人認為，他們是力量與意圖不明的旅行魔法師的同伴。但有個皮膚黝黑的布理人，他正站著看他們，臉上有抹心知肚明和半嘲諷的神情，使他們感到非常不安。他立刻溜出門外，歪眼的南方人隨後跟上。當晚兩人悄聲談了不少事。

佛羅多自覺像個蠢蛋。由於他不曉得該怎麼做，便從桌子下爬到快步客旁的漆黑牆角，對方則毫無動靜地端坐，沒有透露自己的想法。佛羅多往後靠上牆壁並脫下魔戒。他不曉得戒指是怎麼跑到他的手指上的。他只好猜測，當他唱歌時，曾在口袋中握住魔戒，而當他迅速伸手阻止自己摔落時，戒指便套住了手指。在那一瞬間，他想知道魔戒是否對他做了惡作劇。或許它想顯露自己的行蹤，回應從房中感受到的某種願望或指令。他不喜歡走出門的男子眼神。

「嗯？」當他重新現身時，快步客就說，「你為什麼要那樣做？那比你朋友說的任何東西都更糟！你一腳踏進麻煩了！還是我該說是把手指伸進去了？」

「我不懂你的意思。」佛羅多煩心又警覺地說道。

「不，你當然懂。」快步客說，「但我們最好等到騷動平息下來。然後呢，如果你允許的話，袋金斯先生，我想私下和你談談。」

「談什麼？」佛羅多問，沒有理會對方忽然改稱他真名這點。

「對我們倆都至關重要的事。」快步客說，一面注視佛羅多的眼睛。「你或許能聽到一些能幫上你的事。」

「好吧。」佛羅多說，試著表現得毫不在意。「我之後再和你談。」

在此同時，火爐旁起了場爭執。蜂斗菜先生快步跑了進來，試著同時聆聽好幾個關於先前事件的矛盾說法。

「我看到他，蜂斗菜先生，」有個哈比人說，「或者該說我沒看到他，希望你明白我的意思。他真的憑空消失了。」

「不會吧，艾蒿先生！」店主表情困惑地說。

「我說的是真的！」艾蒿說，「我說的句句屬實。」

「一定有人搞錯了。」蜂斗菜搖著頭說，「居然說丘下先生憑空消失，實在太誇張了；在這座房間裡，還比較可能被煙遮住。」

「好吧，他現在在哪？」好幾個聲音一起喊道。

「我怎麼知道？只要他早上有付錢，愛去哪就去哪。圖克先生在那裡呀，他沒有消失。」

「哼，我就是看到了，沒看到的東西還是沒看到。」艾蒿固執地說。

「我說，一定有人搞錯了。」蜂斗菜回答，他拿起托盤並撿起破損的陶器。

「當然有人搞錯了！」佛羅多說，「我沒有消失。我就在這裡！我只是在角落和快步客講幾句話而已。」

他往前踏入火光中，但大多人都向後退開，甚至比先前更忐忑不安。他們一點都不滿意他的解釋，他說自己在摔落後，就迅速躲在桌下爬走。大多數的布理哈比人和人類隨後氣呼呼地離開，當晚完全不想再找任何樂子了。有一兩個人對佛羅多投以陰沉的眼神，低聲交談著離去。留下來的矮人們和兩三個古怪的人類站起身，對店主道晚安，但毫不理會佛羅多與他的朋友們。不久就只剩下快步客留在原地，沒人注意到坐在牆邊的他。

蜂斗菜先生對此不太在意。他認為他的旅店在未來好幾個夜晚中，都極有可能高朋滿座，直到人們徹底討論過今晚的神祕事件。「你幹了什麼好事，丘下先生？」他問，「嚇壞我的顧客，還用特技打壞瓶罐！」

「很抱歉造成麻煩。」佛羅多說，「我向你保證，這不是我的用意。這是場不幸的意外。」

「好吧，丘下先生！但如果你要再搞雜耍或魔術把戲之類的話，最好先知會大夥一聲——也告知我。我們這兒的人對任何不尋常的事都很敏感——尤其是奇怪的事，希望你明白。我們也不喜歡忽然碰上這種事。」

「我不會再做這種事了，蜂斗菜先生，我向你保證。我想我該上床去了。我們一大早就得出門。你可以在八點前準備好我們的小馬嗎？」

「很好！但在你離開前，我想私下和你談點事，丘下先生。我想起了某些我該告訴你的事。我希望你別介意。如果你願意的話，等我處理完一點事後，就會去你的房間。」

「當然好！」佛羅多說，但他的心頭一沉。他想知道自己上床前得進行多少私下談話，也想知道對話的內容。這些人都聯合起來對付他嗎？他甚至懷疑起老蜂斗菜的胖臉下藏有陰森詭計。

第十章——快步客

佛羅多、皮聘和山姆回到起居室。房內沒有亮光。梅里不在裡頭，火堆也快熄了。直到他們把餘燼燒旺，再扔進好幾根柴薪後，才發現快步客跟他們一起過來了。他正好整以暇地坐在門邊的椅子上！

「哈囉！」皮聘說，「你是誰，想要做什麼？」

「我叫快步客，」他回答，「雖然你朋友可能忘了，但他答應和我私下談談。」

「我想，你說我可能會聽到一些能幫上我的事。」佛羅多說，「你有什麼話要說呢？」

「我有好幾件事得說，」快步客回答，「但當然了，我有自己的價格。」

「你是什麼意思？」佛羅多嚴厲地說。

「別緊張！我指的是：我會告訴你我知道的消息，再給你一些好建議——但我要一分回報。」

「什麼回報？」佛羅多說。他覺得自己碰上了地痞，也不安地想到他身上只有帶少許金錢。這些錢不可能滿足流氓，他也不能花掉這些錢。

「你負擔得起。」快步客回答，並緩緩露出微笑，彷彿他猜中了佛羅多的心思。「你得帶我一起走，直到我想離開你，僅此而已。」

「噢，少來了！」佛羅多訝異地回應，但沒有放心多少。「就算我想要另一個同伴，直到我弄清楚你的底細和目的前，也不該答應這種事。」

「非常好！」快步客驚呼道，一面自在地翹起腿，並往後靠回椅子上。「你的頭腦似乎又清醒了，這樣很好。到目前為止，你都太粗心了。很好！我會把自己所知的事告訴你，讓你決定要如何報答。等你聽我說完，可能就會樂於接受了。」

「繼續說吧！」佛羅多說，「你知道什麼事？」

「太多了，有太多不祥事件。」快步客陰沉地說，「但至於你的目的——」他站起身並走到門邊，迅速開門並往外張望。接著他悄悄關門，再度坐下。「我的耳朵很利，」他繼續說，一面壓低音量，「儘管我無法消失，我還是狩獵過許多小心翼翼的野生動物，如果我想的話，通常也能避免讓對方看到自己。今天傍晚，當四個哈比人走出古墓崗地區時，我恰好待在布理西邊大道上的圍籬後。我不需要重述他們對老邦巴迪或彼此說的話，但有件事讓我起了興趣。『請記住，』，其中一人說，『絕對不能提起袋金斯的名字。如果得說出名字的話，就叫我丘下先生。』這讓我很感興趣，便一路跟蹤他們來此。或許袋金斯先生有隱姓埋名的好理由，假若如此，我就得建議他和他的朋友得更小心點。」

「我看不出布理為何有人會對我的名字有興趣，」佛羅多憤怒地說，「我也還不曉得你為何會產生興趣。快步客先生或許有偷窺與竊聽的好理由，假若如此，我就得建議他好好解釋。」

「答得好！」快步客笑道，「但答案很簡單：我在找名叫佛羅多．袋金斯的哈比人。我想盡快找到他，我聽說他帶了某個祕密離開夏郡，這個嘛，這個祕密和我與我的朋友們有關。」

「哎，別誤會我的意思！」當佛羅多從椅子上起身，山姆也怒目跳起來時，他便喊道。「我會比你們更謹慎地看守祕密。你們得十分小心！」他傾身向前，注視他們。「注意每道陰影！」他低聲說道，「黑騎士穿過了布理。據說星期一有個騎士從綠道南下到此，另一名走綠道由南方北上的騎士則在稍晚出現。」

房裡一片沉默。最後佛羅多向皮聘和山姆說：「我該從店主迎接我們的方式看出來的。」他說，「店主似乎聽說了某種風聲。他為什麼要催我們加入大家？我們的行為又為何這麼愚蠢？我們早該安靜地待在這裡。」

「原本不會這樣，」快步客說，「如果我有辦法的話，早就阻止你們進入交誼廳了，但店主不讓我進去見你們，也不願意傳達我的口信。」

「你覺得他——」佛羅多開口說道。

「不，我不認為老蜂斗菜打了壞主意。他只是不喜歡我這種神祕流浪漢。」佛羅多困惑地看了他一眼。「哎，我看起來挺像流氓的，不是嗎？」快步客說，他的嘴角微微上揚，眼中也閃爍怪異的光芒。「但我希望我們很快就能熟識彼此。之後，我希望你能解釋唱完歌時發生的事。那個小惡作劇——」

「那完全是意外！」佛羅多打岔道。

「我很懷疑。」快步客說，「就當成是意外吧。那場意外已經讓你陷入危險了。」

「不會比之前糟糕。」佛羅多說，「我知道這些騎士在追我，但他們似乎跟丟了我，也上別的地方去了。」

「千萬別這樣想！」快步客嚴厲地說。「他們會回來的。還有更多騎士會來。騎士不只他們而已。我清楚他們的數量。我知道這些騎士。」他停了下來，眼神看來冰冷剛毅。「布理有些人不值得信任。」他繼續說，「拿比爾．羊齒蕨來說好了。你們一定在人群中注意過他，他是個語帶嘲諷的黝黑男子。他和其中一個南方陌生人非常親近，當你的『意外』發生後，他們就一起溜了出去。那些南方人並非全都用意良善。至於羊齒蕨，他願意為錢出賣一切，或只為了好玩而幹壞事。」

「羊齒蕨會出賣什麼東西，我的意外又跟他有什麼關係？」佛羅多說，依舊佯裝聽不懂快步客的暗示。

「當然是你的消息了。」快步客回答。「某些人對和你的舉止有關的風聲很感興趣。在那之後，他們就不需要得知你的真名了。我覺得在今晚結束前，他們很可能就已經聽說這件事。這樣夠了嗎？你可以自由決定要如何回報我，無論要不要選我當嚮導都行。但我敢說自己熟知夏郡到迷霧山脈之間的所有地帶，因為我已經在那裡遊走多年了。我的實際年齡比外表還老，我或許會很有用。今晚之後，你就得離開大路，因為騎士們會日以繼夜地看守道路。你或許能逃離布理，當太陽高掛天空時，還能繼續向前，但你無法走遠。他們會在你無法討救兵的漆黑野地襲擊你。你想讓他們找到你嗎？他們太可怕了！」

哈比人們看著他，訝異地發現他的臉龐十分緊繃，彷彿承受了莫大痛苦，雙手也緊抓椅子的扶手。房間陷入凝重的死寂，火光似乎也變暗了。他視而不見地靜靜坐了一會，彷彿漫步在遙遠的回憶中，或是傾聽遠方黑夜中的聲響。

「好！」他一陣子後喊道，邊用手抹過前額。「或許我比你更熟悉這些追兵。你害怕他們，但畏懼的程度還不夠。如果可以的話，明天你們就得逃跑。快步客能帶你們走常人鮮少使用的小徑。你們願意帶上他嗎？」

房裡一片沉默。佛羅多一語不發，他的內心瀰漫著質疑與恐懼。山姆眉頭深鎖，盯著他的主人看；最後他脫口而出：

「不好意思，佛羅多先生，我覺得不行！這個快步客警告我們，還要我們小心點；我很同意，就從他開始說吧。他來自野地，我也沒聽過這種傢伙的好風評。他知道一點東西，這很明顯，也讓我不太安心。但這不代表我們該照他說的，讓他帶我們踏進某種無法討救兵的漆黑野地去。」

皮聘坐立不安，看起來不太安心。快步客沒有回答山姆，反而用銳利的雙眼注視佛羅多。佛羅多與他四目相交，隨即把目光轉開。「不。」他緩緩地說，「我不同意。我想，我想你的本性和外表不同。你剛開始用布理居民的口音對我說話，但你的聲音已經變了。山姆似乎說得沒錯，我看不出你為何要警告我們小心點，卻又要求我們單靠信任就接納你。為什麼要偽裝自已？你是誰？你究竟知道——知道關於我的什麼事？又是怎麼得知的？」

「你在謹慎這一課上學得不錯。」快步客說，邊露出一抹陰沉的微笑。「但謹慎是一回事，動搖則是另一回事。你們永遠無法單靠自己就抵達裂谷，而你們唯一的機會就是信任我。你們得下定決心。如果能讓你們放心的話，我會回答你們的一些問題。但如果你們不信任我的話，又為何要相信我的說詞？還有——」

此時門上傳來了敲擊聲。蜂斗菜先生帶了蠟燭來，他身後的諾伯則拿了裝滿熱水的罐子。快步客退入漆黑的牆角中。

「我來向你們說晚安。」店主說，邊把蠟燭擺在桌上。「諾伯！把水拿到房間去！」他走了進來，並關上房門。

「是這樣的，」他猶豫地開口說道，看起來有些困擾。「如果我造成麻煩的話，我很抱歉。但你們也知道，一件事總會擠掉另一件事，我也是個大忙人。這週接二連三的事勾起了我的回憶，希望沒有太遲。聽著，有人要我等夏郡來的哈比人，特別是某個叫做袋金斯的哈比人。」

「那跟我有什麼關係？」佛羅多問。

「啊！你清楚得很。」店主心照不宣地說，「我不會洩漏你的身分，但有人告訴我說，這位袋金斯會使用丘下這個假名，對方也給了我一段很符合你的描述。」

「是嗎？說來聽聽吧！」佛羅多說，不太明智地打斷了對方。

「『他是個堅毅的小傢伙，有紅通通的臉頰。』」蜂斗菜先生肅穆地說。皮聘發出輕笑，但山姆看起來忿忿不平。「他對我說：『那幫不了你多少，大多哈比人都長這樣，老麥。』」蜂斗菜先生看了皮聘一眼，然後繼續說，「『但是這個哈比人比某些哈比人高，也比大多哈比人俊美，下巴上還有個凹陷處；他是個眼睛明亮的活潑小子。』不好意思，這是他說的，不是我。」

「他說的？這個他是誰？」佛羅多急切地問。

「啊！他就是甘道夫，也許你認識他。人家說他是巫師，但不管他是不是，都一樣是我的好友。如果我又見到他的話，我不曉得他會對我說什麼。八成是把我所有啤酒都變酸，或是把我變成一塊木頭吧。他有點急躁。不過，事情已經覆水難收啦。」

「那麼，你做了什麼？」佛羅多說，蜂斗菜思緒緩慢的運作速度使他感到不耐煩。

「我說到哪了？」店主說，停下來並打了個響指。「啊，對！老甘道夫。三個月前，他連門都不敲就走進我房間。『老麥，』他說，『我早上就要動身。你可以幫我個忙嗎？』『你只需要開口就好。』我說。『我很急，』他說，『我自己沒有時間，但我得把口信送到夏郡。你有信任的人可以派去嗎？』『我可以找到人，』我說，『也許明天，或是後天吧。』『明天就去。』他說，接著他給了我一封信。」

「這封信的收信人寫得很清楚。」蜂斗菜先生說，他從口袋中取出一封信，並緩慢而驕傲地唸出地址（他十分珍惜自己身為識字人士的名聲）：

佛羅多．袋金斯先生，夏郡，哈比屯，袋底洞

「是甘道夫寫給我的信！」佛羅多喊道。

「啊！」蜂斗菜先生說，「那你的真名就是袋金斯囉？」

「沒錯，」佛羅多說，「你最好立刻把信給我，好好解釋你為何沒把信寄來。我想，那就是你來告訴我的事，不過你花了很多時間才提到重點。」

可憐的蜂斗菜先生看起來憂心忡忡。「你說得沒錯，大爺，」他說，「拜託你原諒我。如果有問題發生，我也很害怕甘道夫會說什麼。但我不是故意不寄的。我把它保管起來。隔天我找不到人願意去夏郡，後天也找不到，我也沒辦法派自己的人手去，後來接二連三的事情讓我忘了這封信。我是個大忙人。我會盡力補償，如果我能幫上什麼忙的話，只需要開口就好。

「除了信以外，我也向甘道夫做出了承諾。『老麥，』他對我說，『我從夏郡來的這個朋友，不久可能就會和另一個同伴來到此地。他會自稱丘下。記好這點！但你不需要多問。如果我沒有和他同行，他可能就碰上麻煩了，或許也需要幫助。盡力幫忙他，我會很感激的。』他說。而既然你來到這裡，麻煩看來也不遠了。」

「這話是什麼意思？」佛羅多問。

「這些黑衣人，」店主壓低聲音說道，「他們在找袋金斯，如果他們用意良善，我就是哈比人了。當時是星期一，所有的狗和鴨都不斷尖鳴。我說呀，這很不正常。諾伯跑來告訴我，說門口有兩個黑衣人，要找某個叫袋金斯的哈比人。諾伯嚇得頭髮都豎起來了。我叫黑衣人滾開，並對他們用力關門。但我聽說，他們一路到阿契特都在問相同的問題。那個遊俠快步客也在問問題。在你們用餐前，他就想進來這裡見你了。」

「的確如此！」快步客猛不防地說，一面走進火光下。「如果你讓他進房的話，就會省下許多麻煩了，麥漢。」

店主嚇得跳了起來。「你！」他叫道，「你老是突然冒出來。你現在想幹嘛？」

「是我讓他進來的，」佛羅多說，「他自願向我提供幫助。」

「這個嘛，或許你清楚自己在幹嘛吧。」蜂斗菜先生說，他狐疑地看著快步客。「但如果我是你的話，就不會和遊俠打交道。」

「那你會和誰打交道？」快步客問，「只因為人們成天對他喊他的名字，才記得住自己名字的胖店主？他們沒辦法永遠待在躍馬旅店，也無法回家。他們眼前還有很長的路要走。你要跟他們一起上路，阻擋黑衣人嗎？」

「我？離開布理！為了多少錢我都不幹！」蜂斗菜先生說，看起來驚懼不已。「但你為什麼不能低調地待在這裡一陣子呢，丘下先生？這些怪事究竟是怎麼回事？我想知道這些黑衣人想要什麼，他們又是打哪來的？」

「很抱歉我無法一一解釋。」佛羅多回答，「我又累又擔心，而且說來話長。但假若你想幫我，我就得警告你：只要我待在你的房子裡，你就會有危險。這些黑騎士……我不確定，但我想，他們恐怕來自——」

「他們來自魔多，」快步客低聲說道，「是魔多，麥漢，你最好明白這點。」

「救救我們！」蜂斗菜先生叫道，臉色頓時變得蒼白，他顯然聽過這個地名。「這是我這輩子在布理聽過最糟的事了！」

「沒錯。」佛羅多說，「你還願意幫我嗎？」

「當然了。」蜂斗菜先生說，「更願意了。不過我不曉得我該做些什麼，才能對抗，對抗——」他說不下去了。

「對抗東方邪影。」快步客平靜地說，「這樣不太夠，麥漢，但每一丁點助力都至關重要。今晚你可以讓丘下先生待在這裡，繼續當他是丘下先生，直到他遠走高飛前，你都該忘了袋金斯這名字。」

「我會照做的。」蜂斗菜說，「但恐怕他們不需要靠我，就會發現他在這裡了。可惜袋金斯先生今晚引起了關注。在今晚以前，比爾博先生離開的故事就傳到布理了。就連我們的諾伯都用他慢吞吞的腦袋瓜做了點猜測，布理還有其他人的腦筋比他動得更快。」

「好吧，我們只能希望騎士還沒有回來。」佛羅多說。

「的確，我希望如此。」蜂斗菜說，「但無論他們是什麼來頭，都不可能輕易踏進躍馬旅店。到早上之前，你們都別擔心。諾伯一句話都不會說。當我還能用兩條腿站好時，就沒有黑衣人能跨進我的店門半步。我和我的員工今晚會負責守夜，但你們最好趕緊睡點覺。」

「無論如何，我們都得在日出時起床。」佛羅多說，「我們必須盡早出發。請在六點半準備好早餐。」

「沒問題！我會處理。」店主說，「晚安，袋金斯先生——我該說丘下先生！晚安了——唉呀，對了！你們的烈酒鹿先生呢？」

「我不曉得？」佛羅多說，他忽然緊張起來。他們全然忘了梅里，現在也很晚了。「恐怕他出門了。他說他想出去呼吸新鮮空氣。」

「唉呀，看來你們的確需要人照料，你們一群人感覺像在度假！」蜂斗菜說，「我得趕快去鎖門，但等你們的朋友回來，我就會讓他進門。我最好趕快派諾伯去找他。各位晚安！」蜂斗菜先生終於走了出去，還質疑地往快步客看了一眼，並搖搖頭。他的腳步聲在走廊上逐漸遠去。

「嗯？」快步客說。「你什麼時候要拆那封信？」佛羅多在拆信前，仔細地端詳封蠟。看起來肯定是甘道夫的。在信中，巫師以強勁而優雅的字跡，寫下了以下的訊息：

布理，躍馬旅店。

夏郡紀年一四一八年年中日

親愛的佛羅多，

我收到了壞消息。我得立刻動身。你最好盡快離開袋底洞，並至少在七月底前離開夏郡。我會盡快回來，如果我發現你已經走了，也會跟上你。假若你經過布理，就留個口信給我。你可以信任店主（蜂斗菜）。你可能會在路上碰上我一位朋友，他是個高瘦黝黑的人類，有些人叫他快步客。他清楚我們的任務，也會幫助你。盡快前往裂谷。我希望能在那再度見到你。如果我沒有來的話，愛隆會給你建議。

甘道夫　促筆

PS：無論有任何理由，都別再使用它！別在夜間上路！

PPS：確認對方是真正的快步客。路上有許多古怪人物。他的真名是亞拉岡。

真金不閃，
　浪者不迷；
強健老者終不衰，
　冰霜無損地底根。
烈焰重生餘燼中，

光明躍自陰影下；
斷折劍刃終重鑄，
無冕者再度稱王。

PPPS：我希望蜂斗菜迅速寄出這封信。他是個好人，但他的記憶就像座雜物間：重要的東西總是掩埋在深處。如果他忘了，我會好好教訓他。

再會！

ᚠ

佛羅多讀了信，再把它遞給皮聘與山姆。「老蜂斗菜確實搞砸了一切！」他說，「他得被教訓一頓。如果我立刻收到這封信的話，我們現在可能就已經安全地待在裂谷了。但甘道夫究竟碰上了什麼事？他寫得彷彿自己要踏進莫大危機了。」

「他已經這麼做很多年了。」快步客說。

佛羅多轉身並若有所思地看著他，思索著甘道夫的第二項附注。「你為什麼不立刻告訴我你是甘道夫的朋友？」他問，「那會省下很多時間。」

「會嗎？直到現在之前，你們有人會相信我嗎？」快步客說，「我不曉得這封信的存在。我只知道，如果我得幫你們，就得在缺乏證據的狀況下，說服你們相信我。而且，我不打算立刻告訴你們關於我的事。我得先觀察你們，再摸清你們的底細。魔王先前對我設下陷阱過。等我下定決心後，就準備好回答你們的任何問題。但我得承認，」他補充道，邊發出怪異的笑聲，「我希望你們能直接接納我。遭受追殺的人有時對不被信任感到疲憊，同時也渴求著友誼。不過，我相信我的外表對我不利。」

「說得沒錯——至少一開始是這樣。」皮聘笑道，在讀過甘道夫的信後，他忽然放下了心中大石。「但我們在夏郡會說：舉止良善才是真漢子。等我們在樹叢和深溝中度過好幾天後，我敢說我們看起來就差不了多少。」

「你得花上不只幾天，或者幾週，甚至是幾年的時間在野地中流浪，才會長得像快步客。」他回答，「除非你的本質比外表看起來更剛毅，不然你就會先送掉小命。」

皮聘打消了笑意，但這沒有嚇倒山姆，他依然狐疑地盯著快步客。「我們怎麼曉得你是甘道夫提到的快步客？」他質問道，「直到這封信出現前，你從來沒提過甘道夫。在我看來，你可能只是在演戲的間諜，想騙我們和你一起走。你可能殺了真正的快步客，還搶走他的衣服。你怎麼說？」

「你是個頑強的人。」快步客回答，「但恐怕我給你的唯一答案，山姆．甘吉，就是這點。如果我殺了真正的快步客，我就能殺掉你。我也早該殺了你，而不需多費口舌。如果我在找魔戒的話，現在就能奪走它！」

他站了起來，身形瞬間變得更高大。他雙眼中閃爍著一股銳利又懾人的光芒。他拋開斗篷，把手放在藏在腰際的劍柄上。他們一動也不敢動。山姆瞠目結舌地盯著他。

「但幸運的是，我確實是真正的快步客。」他說。俯視他們的臉因突如其來的笑容而變得柔和，「我是亞拉松之子亞拉岡，只要能拯救你們，我願不惜犧牲生命。」

房裡一片沉默。最後佛羅多猶豫地開了口。「在這封信出現前，我就相信你是朋友了，」他說，「或至少我是這麼希望的。今晚你嚇壞我好幾次，但我覺得這從來不像是魔王僕從的舉止。我想他的間諜會——這個嘛，看起來順眼，但感覺起來更陰森，不曉得你懂不懂？」

「我明白了。」快步客笑道，「我看起來陰森但感覺善良。是這樣嗎？真金不閃，浪者不迷。」

「詩詞指的就是你嗎？」佛羅多問，「我看不懂它們的意思。但如果你沒看過甘道夫的信，是怎麼知道裡頭有這幾句話的？」

「我不曉得，」他回答，「但我是亞拉岡，那些詩詞則伴隨著這名字。」他抽出他的劍，他們也看到刀鋒的確在劍柄底下一吋處斷裂。「看起來不太有用吧，山姆？」快步客說，「但重鑄它的時刻快到了。」

山姆什麼話都沒說。

「好啦，」快步客說，「有了山姆的允許，我們就拍板定案了。快步客會擔任你們的嚮導。我想你們該上床好好休息了。明天我們還有艱困的路途要走。就算我們能不受阻撓地離開布理，現在也很難在不受矚目的狀況下出發。但我會嘗試盡快甩掉別人。除了主要幹道外，我還知道另外一兩條離開布理地區的路。等我們甩開追兵，我就會前往風雲頂。」

「風雲頂？」山姆說，「那是什麼？」

「那是座位於大道北邊的丘陵，大約坐落在從這裡到裂谷的半途中。從上面能看到附近大多地區，我們也能在那好好觀察周圍狀況。如果甘道夫跟著我們的話，他也會往那裡走。經過風雲頂後，我們的旅途就會變得更加艱辛，我們也得在諸多危險中做選擇。」

「你上次看到甘道夫是什麼時候？」佛羅多問，「你知道他在哪，或是他在做什麼嗎？」

快步客表情嚴肅。「我不知道。」他說，「我在春天和他一同來到西方。過去幾年來，當他在別處忙碌時，我經常在夏郡邊界看守，他很少讓夏郡處在毫無防備的狀態。我們上次見面是五月一日，地點在烈酒河下游的薩恩渡口。他告訴我說，他和你的計畫進行得很順利，你也會在九月最後一週前往裂谷。當我得知他待在你身邊後，我就展開了自己的旅程。那反而造成了反效果，他顯然收到了某種消息，我也無法在旁協助。

「自從我認識他以來，這是我首度感到擔心。即便他無法親自過來，我們都該維持通信。當我幾天前回來時，就聽說了壞消息。關於甘道夫失蹤，以及有人目睹騎士的傳言四起。吉爾多的精靈把這件事告訴我，之後他們則告知我說，你已經離開家園了，但沒有任何你離開雄鹿地的消息。我一直擔憂地監視東道。」

「你覺得黑騎士和……甘道夫的消失有關嗎？」佛羅多問。

「除了魔王本身外，我不曉得有別的東西能阻撓他。」快步客說，「但別放棄希望！甘道夫比你們夏郡人的認知還要強大，一般而言，你們只會看到他的玩笑和玩具。但我們這項任務將是他最艱鉅的考驗。」

皮聘打起呵欠。「對不起，」他說，「但我累死了。儘管我們身陷危險，大家又憂心忡忡，我還是得上床去了，不然就會坐在原地睡著。梅里那個蠢傢伙跑哪去了？如果我們得出門到黑暗中找他的話，我就受不了了。」

此時他們聽到某扇門用力關上的聲音，接著則是沿著走道奔跑的腳步聲。梅里衝了進來，諾伯緊跟在後。他急促地關門，並緊緊靠在門板上，喘得上氣不接下氣。他們緊張地盯著他看了片刻，直到他喘著氣說：「我看到他們了，佛羅多！我看到他們了！黑騎士！」

「黑騎士！」佛羅多叫道，「在哪裡？」

「這裡。在村裡。我在室內待了一小時。當時你們還沒回來，我就去外頭散步。之後我走了回來，站在燈光外頭看星星。突然間，我打了個冷顫，也感到某種恐怖的東西正逐漸逼近。路上的黑影中有某種更深邃的影子，位置就在燈火可及範圍之外。它立刻無聲無息地滑入黑暗中。外頭一匹馬也沒有。」

「它往哪個方向去了？」快步客忽然嚴厲地問道。

梅里嚇了一跳，這是他首次注意到這名陌生人。「繼續說！」佛羅多說，「這是甘道夫的朋友。我之後再解釋。」

「它似乎飄向大道東邊，」梅里繼續說道，「我試著跟上去。它自然立即消失，但我繞過街角，一路走到大道上最後一棟房子邊。」

快步客驚奇地望著梅里。「你的心地很強悍，」他說，「但這種行為太愚蠢了。」

「我不曉得。」梅里說，「我想，這不勇敢，也不愚蠢吧。我幾乎無法控制自己。似乎有東西吸引著我。總之，我走了過去，並忽然在圍籬旁聽到說話聲。有個人正在低語，另一個人則悄聲說話，或是發出嘶嘶聲。我聽不見任何字眼。我沒有偷偷走近，因為我全身開始發起抖來。接著我感到害怕，便轉身離開，正當我要衝回來時，有東西出現在我身後，我……我就倒下了。」

「是我發現他的，先生。」諾伯打岔道，「蜂斗菜先生派我帶提燈出去。我走到西門，再往回走到南門。靠近比爾．羊齒蕨家時，我覺得自己在路上看到某個東西。我無法確定，但我覺得好像有兩個人俯身看著某種東西，一面把它抬起來。我大叫一聲，但當我跑到那裡去時，只剩下烈酒鹿先生倒在路邊，他似乎睡著了。『我以為我掉到深水裡了。』當我搖他時，他如此對我說。他表現得很怪，一等我叫醒他，他就爬起身，一路像兔子一樣飛快地跑回來。」

「他說的恐怕沒錯。」梅里說，「但我不曉得自己說了什麼。我做了個惡夢，但我不記得內容了。我完全崩潰，不曉得自己發生了什麼事。」

「我曉得，」快步客說，「是黑暗氣息。騎士們肯定把他們的馬留在村外，偷偷穿越南門。他們現在應該知道所有消息了，因為他們去找了比爾．羊齒蕨，那個南方人可能也是間諜。在我們離開布理前，今晚可能會出事。」

「會發生什麼事？」梅里說，「他們會攻擊旅店嗎？」

「不，我想不會。」快步客說，「他們還沒有全員到齊。再說，那也不是他們慣用的手法。他們在黑暗寂寥的地方最為強大。他們不會公然攻擊裡頭有燈火和許多人的房屋——除非他們無計可施。當我們還得面對伊瑞亞多的漫長路程時，他們不會這樣做。但他們的力量出自恐懼，布理也有些人已經落入他們的魔爪了。他們會驅使這些傢伙去做壞事，像羊齒蕨和某些陌生人，或許還有看門人。他們星期一在西門和哈利說了話。當時我在監視他們。當他們離開後，他就變得蒼白又不斷發抖。」

「敵人似乎環伺我們，」佛羅多說，「我們該怎麼辦？」

「待在這裡，別去你們的房間！他們肯定已經發現房間位置了。哈比人的房間窗戶朝北，也接近地面。我們全都該待在一起，把這道窗戶和門口都堵住。但諾伯和我會先去拿你們的行李。」

當快步客離開後，佛羅多就向梅里快速講述了自從晚餐後發生的事。當快步客與諾伯回來時，梅里還在仔細閱讀甘道夫的信。

「大爺們，」諾伯說，「我弄亂了衣服，還在每張床中央擺了長枕。我也用棕色羊毛墊做出了你的假頭，巴——丘下先生。」他咧嘴一笑說道。

皮聘笑了起來。「太生動了！」他說，「但當他們看穿偽裝時，會發生什麼事呢？」

「我們等著瞧吧。」快步客說，「讓我們希望到早上都能守住這裡。」

「各位晚安。」諾伯說，接著就去大門邊看守了。

他們把袋子和用具堆在起居室地板上。他們把一把矮椅子推到門邊，並關上窗戶。佛羅多往外窺探，發現夜色依舊晴朗。明亮的鐮刀座[1]懸掛在布理丘山肩上空。接著他關上並封起厚重的室內遮板，再拉上窗簾。快步客生了火，再吹熄所有蠟燭。

哈比人們躺在毛毯中，雙腳朝向壁爐，快步客坐在堵住房門的椅子上。他們談了一下，因為梅里還有好幾個問題想問。

「跳過月亮！」梅里輕笑道，並在毯子裡翻身，「太荒唐了，佛羅多！但我真希望我在場目睹一切。布理的大人物們到了一百年後，都還會討論這件事。」

「我希望如此。」快步客說。接著他們安靜下來，哈比人們也一個接一個陷入昏睡。

——

1 哈比人對北斗七星或大熊座的稱呼。

第十一章——

黑暗中的小刀

當他們在布理的旅店準備睡覺時，黑暗已籠罩了雄鹿地，有股霧氣飄散在河谷中，並沿著河岸蔓延。位在克里克窪地的房屋寂靜無比，小胖·博哲小心翼翼地開門往外看。他心中有股恐懼成天都在增長，他也無法休息或上床，沉悶的夜晚空氣中隱約有股威脅感。當他向外注視黑暗時，一股黑影在樹下移動，大門似乎自行開啟，再無聲無息地關上。恐懼攫住了他，他往內退縮，在走廊上站著發抖了一陣子。接著他關上門，並緊緊上鎖。

夜色逐漸變深。小徑上傳來輕柔的馬匹聲響，有人鬼鬼祟祟地牽著牠們。馬匹停在大門外，三個人影隨之進門，宛如飄過地面的夜影。一個人影前往門口，另外兩個則分別走向房屋兩側的轉角。他們站在那裡，如同岩石陰影般毫無動靜，夜晚則緩緩過去。房屋與寂靜的樹林似乎正屏息以待。

樹葉中傳來微弱動靜，遠方還有隻公雞發出啼叫。黎明前的冷冽時刻逐漸消逝。門邊的人影動了起來。在沒有月亮或繁星的黑暗中，有把赤裸的刀刃微微閃爍，如同一道出鞘的冷光。門上傳來柔和而沉重的敲擊聲，門板也應聲顫抖起來。

「以魔多之名，開門！」一股微弱卻充滿威脅感的嗓音說道。

隨著第二下敲擊，門板往內摔落，木板隨即爆開，門鎖也應聲斷裂。黑色身影迅速進門。

就在此時，附近的樹林中傳出了號角聲。它如同山頂烈火般撕裂了夜晚。

醒醒！恐懼！火焰！敵人！醒醒！

小胖．博哲並沒有坐以待斃。當他一看到漆黑形體從花園竄入，就知道自己一定得逃跑，不然就會送命。他拔腿就跑，衝出後門並穿過花園，再跑過田野。當他抵達一哩多外最近的房子時，就倒在門階上。「不，不是我！我沒有東西！」過了好一段期間，才有人搞清楚他的胡言亂語。最後他們終於明白有某種來自老林的怪異敵人入侵了雄鹿地。他們沒有再浪費時間了。

恐懼！火焰！敵人！

烈酒鹿家族吹響了雄鹿地的號角，自從白狼在嚴酷寒冬時到來後，這股聲音已經有一百年沒有響起了，當時的烈酒河完全結凍了。

醒醒！醒醒！

遠方傳來了回應的號角聲。警報正擴散開來。

黑色人影逃離房屋。當其中一人逃跑時，在臺階上拋下一件哈比人斗篷。小徑上出現了馬蹄聲，並隨即化為疾馳聲，隆隆作響地衝入黑暗中。克里克窪地周圍響起號角聲，以及此起彼落的叫聲和奔跑聲。但黑騎士風馳電掣地策馬騎向北門。讓小傢伙們吹他們的號角吧！索倫之後再對付他們。在此同時，他們有另一項任務，他們知道房子空無一人，魔戒也不見了。他們衝過大門邊的守衛，從夏郡消失得無影無蹤。

＊＊＊

在夜色還不深時，佛羅多忽然從睡夢中甦醒，彷彿有某種聲音或動靜驚擾了他。他發現快步客警覺地坐在椅子上，對方的雙眼在火光下閃爍，受到照料的火堆正明亮地燃燒，但快步客沒有示意或做出動作。

佛羅多很快就再度入睡，但風聲與馬蹄聲又干擾了他的夢境。強風似乎環繞著房屋並搖晃它，他也聽到遠方傳來慌張的號角聲。他睜開眼睛，聽見旅店庭院中有隻公雞正精力充沛地啼叫。快步客拉開窗簾，並隨著鏘的一聲推開護窗板。當天第一道灰色晨光照入房內，冷空氣也飄進敞開的窗口。

當快步客叫醒他們所有人後，他就帶路去他們的臥房。當他們望進房內時，就慶幸自己接納了他的建議：有人撞開了窗戶，使窗板掛在窗框上搖晃，簾子也隨風飄盪。床鋪亂七八糟地翻倒，遭到砍破的長枕落在地板上。棕色軟墊已被撕成碎片。

快步客立刻找來店主。可憐的蜂斗菜先生看起來睡眼惺忪又害怕，他幾乎整晚都沒有合眼（他是這麼說的），但他沒聽到任何聲音。

「我這輩子從來沒有碰過這種事！」他叫道，驚恐地舉起雙手。「客人沒辦法睡在他們的床上，好的長枕和其他東西還壞了！我們要碰上什麼日子了？」

「黑暗時代。」快步客說，「但等我們離開，你就會立刻得到安寧了。我們會立刻離開。別管早餐了，我們只稍微吃喝一點就好。我們幾分鐘內就會打包完成。」

蜂斗菜先生連忙去檢查他們的小馬是否準備好了，並送「一點」食物給他們。但他很快就沮喪地回來。小馬們失蹤了！有人在夜裡打開了馬廄大門，馬匹們也全數消失，不只梅里的小馬，甚至還包括馬廄裡的其他馬匹與動物。

這則消息重創了佛羅多。在策馬的敵人追殺下，他們要如何徒步抵達裂谷？他們乾脆前往月亮好了。快步客沉默地坐了一會，注視著哈比人們，彷彿正在評估他們的力量與勇氣。

「小馬無法幫助我們逃離騎士。」他最後深思熟慮地說道，似乎猜出了佛羅多的心事。

「就算我們步行，速度也不會比較慢，在我選的路線上不會。我本來就打算步行前進，擔心的是食物與補給品。除了帶在身上的食物外，我們無法從這裡到裂谷之間找到其他糧食。我們也得帶許多備用食物，因為可能會遭遇耽擱，或被迫繞遠路，遠離直線路徑。你們準備好背多少東西上身了？」

「盡可能多一點。」皮聘心頭沉重地說，但他想表現得比外表（或感覺起來）更強悍。

「我可以背兩人分的東西。」山姆頑強地說。

「我們無法做些什麼嗎，蜂斗菜先生？」佛羅多問，「我們不能從村子裡找幾匹小馬，或是只找一匹來扛行李嗎？我不覺得我們能雇用牠們，但或許能買下小馬們。」他語氣質疑地補充道，思索自己是否付得出錢。

「我不這麼認為。」店主鬱鬱寡歡地說，「布理中可以騎的兩三匹小馬都待在我的院子裡，牠們也都消失無蹤了。至於其他牲畜，無論是拖重物用的馬匹和小馬等等，在布理的數量都很少，而且人們也不賣。但我會盡量試試看。我會叫醒諾伯，盡快派他出去打聽。」

「好。」快步客不太情願地說，「你就那樣做吧。恐怕我們得至少弄一匹小馬來。但提早出門和悄悄離開的希望已經泡湯了！我們乾脆吹號角宣布離開好了。那肯定就是他們的計畫之一。」

「還有一絲希望，」梅里說，「希望那不只是微薄的希望：我們可以邊吃早餐邊等，還可以坐下來用餐。我們去找諾伯來吧！」

＊＊＊

最後，行程耽擱了三個多小時。鮑伯回來報告說，附近沒人願意出自好心或為了金錢而割讓馬匹或小馬——只有一人除外，比爾．羊齒蕨有匹可能願意出售的小馬。「那是匹餓得半死的可憐老馬。」鮑伯說，「但有鑑於你們的處境，以我對比爾．羊齒蕨的了解，除非他拿到原價三倍以上的金額，不然就不願意賣。」

「比爾．羊齒蕨？」佛羅多說，「這是某種騙局嗎？那匹馬會不會帶著我們所有行李跑回去找他，或是幫忙追蹤我們之類的？」

「是有可能。」快步客說，「但我無法想像一旦有動物能逃跑，還會想回到他身邊。我想這只是好心的羊齒蕨大爺的馬後炮行為，讓他能在整件事中得到更多利益。主要的危險在於，那匹可憐的馬可能已經在鬼門關徘徊了。但我們似乎別無選擇，他開價多少？」

比爾．羊齒蕨要求的價格是十二枚銀幣，那的確是這一帶至少三倍的小馬行情。那隻牲畜確實是匹骨瘦嶙峋又營養不良的小馬，外表看來無精打采，但尚未瀕死。蜂斗菜先生付了錢，還給梅里十八枚銀幣，作為遺失牲畜的補償。他是個老實人，在布理也算是有錢人，但三十枚銀幣對他而言依然是沉重打擊，而比爾．羊齒蕨騙了自己錢的這件事，也使他感到更難受。

不過，最後他還是碰上了好結局。其實只有一匹馬被偷。其他馬遭到驅離，或是驚嚇地逃竄，而人們也在布理地區的不同角落發現牠們正在遊蕩。梅里的小馬們一同逃跑，最後牠們（因為頭腦靈光）為了找尋胖塊頭而跑到古墓崗。於是牠們受到湯姆．邦巴迪照顧了一陣子，也過得不錯。但當湯姆聽到布理事件的消息時，他就派牠們去找蜂斗菜先生，對方因此以優異的價格得到了五匹好小馬。牠們在布理得更辛勤地工作，但鮑伯對牠們很好，所以整體而言，牠們算是相當幸運。牠們錯過了黑暗危險的旅程，也從未抵達裂谷。

不過在此同時，蜂斗菜先生只知道自己無端賠了錢。他還有別的麻煩得處理。當其餘的房客起床並聽說旅店遭劫後，就爆發了一陣騷動。南方來的旅客遺失了好幾匹馬，並大聲責怪店主，直到眾人得知他們其中之一也在當晚失蹤，這人正是比爾．羊齒蕨的歪眼同伴，大家立刻懷疑起他來。

「如果你們找了個偷馬賊當同伴，還把他帶來我的店，」蜂斗菜憤怒地說，「就該自己負擔所有損失，而不是來對我大呼小叫。去問羊齒蕨說你們的帥朋友跑哪去了！」但他顯然不是任何人的朋友，也沒人記得他在何時加入大家。

吃過早餐後，哈比人們重新打包，再收起更多補給品，以便為他們預期中更漫長的旅程做準備。當他們終於動身時，已經快十點了。此時整個布理已經鬧得沸沸揚揚。佛羅多的消失把戲，黑騎士的出現，遭到搶劫的馬廄，以及遊俠快步客加入神祕哈比人團體的消息，在相安無事的未來數年內，這些事件都成為了口耳相傳的故事。布理和史戴多的大多居民，甚至還有許多來自康布和阿契特的人，都擠到路上看旅行者們離開。旅店中的其他房客則站在門口，或是從窗戶探頭。

快步客改變了心意，決定走主要幹道離開布理。立刻跨越當地的任何計畫只會讓事情惡化，大半居民會跟著他們，觀察他們打算幹嘛，並避免他們偷闖私人土地。

他們向諾伯和鮑伯道別，也向蜂斗菜先生多次致謝。「等事情好轉時，我希望我們某天能再度見面。」佛羅多說，「我非常樂意在你的旅店平靜地待上一陣子。」

他們擔憂而士氣低落地在群眾的注視下出發。並非所有臉孔都流露友善神情，也不是所有人都口吐善言，但大多布理居民似乎十分敬畏快步客，遭到他瞪視的人也乖乖閉嘴並退開。他和佛羅多走在前頭，接著是梅里和皮聘，殿後的山姆牽著小馬，馬匹扛著他們盡量放上去的行李，但牠看起來已經不再垂頭喪氣，彷彿喜歡自己改變的命運。山姆正若有所思地啃著蘋果，他的口袋裡裝滿了蘋果，這是諾伯和鮑伯的臨別禮物。「走路吃蘋果，坐下抽菸斗。」他說，「但我想，不久我就會想念這兩件事了。」

當哈比人們經過時，並沒有理會從門口探頭、或從牆壁或圍籬上窺探的好奇居民。但當他們走近遠方大門時，佛羅多在某處茂密樹籬後看到一棟漆黑雜亂的屋子，這是村裡最後的房屋。他在其中一道窗戶中，瞥見一張蠟黃的臉孔，上頭有狡猾的歪眼，但那張臉立即消失。

「那個南方人就躲在這裡！」他心想，「他看起來像是半個哥布林。」

另一個男人在樹籬後頭大膽地盯著他們。他長了濃密的黑色眉毛，還有眼神輕蔑的黑眼珠，他的大嘴冷笑般地翹了起來。他抽著一根黑色短菸斗。當他們靠近時，他就把菸斗從嘴裡取出，吐了口痰。

「早安，長腿男！」他說，「一大早出門呀？終於找到朋友了嗎？」快步客點頭，但沒有回答。

「早安，我的小朋友們！」他對其他人說，「我想你們知道自己帶上誰了吧？那是不擇手段的快步客呀！不過我聽說過其他不太好聽的綽號。今晚小心點啊！還有你，山姆，別虐待我可憐的小馬！呸！」他又吐了口痰。

山姆迅速轉身。「你呢，羊齒蕨，」他說，「把你的醜臉藏起來，不然會受傷的。」他快如閃電地突然揮手，蘋果就從他手中飛走，直接打中比爾的鼻子。對方閃得太慢，樹籬後傳來咒罵聲。「真是浪費了好蘋果。」山姆懊悔地說，並繼續前進。

他們終於離開了村落。跟著他們的孩童和好事群眾已經跟累了，並在南門轉身回去。他們穿過大門後，就繼續沿著大道走了幾哩。道路往左彎，繞回東向路線，再繞過布理丘山腳，接著它開始迅速往下伸進樹林區。他們能在左邊看到史戴多的某些房屋與哈比洞，位在東南方坡度較平緩的山坡上。在大道以北遠方的深谷中，康布的位置飄起了幾縷輕煙。阿契特則隱藏在遠方的樹林中。

在大道上走了一段距離，並離開高聳的棕色布理丘之後，他們來到一條通往北方的狹窄小徑。「我們要在這裡離開大道，找尋掩護了。」快步客說。

「我希望別又是『捷徑』了。」皮聘說，「我們上次走捷徑穿越森林時，差點就完蛋了。」

「啊，但我當時還沒加入你們。」快步客笑道，「我的捷徑無論長短，都不會出錯。」他上下打量著大道。附近沒有人煙，他則迅速帶路，前往蓊鬱的山谷。

在對周遭環境不熟的情況下，他們清楚他的計畫是先前往阿契特，但他要往右走，從東側經過村子，再盡量筆直地前進，穿越野地抵達風雲頂丘。如果一切順利，他們就能避開大道上的一處大彎，大道在此處往南彎，以避開蠓水沼澤。但當然了，他們得穿越沼澤，快步客對當地的描述也讓人不得心安。

不過在此同時，走路依然令人感到開心。要不是有前晚的風波，他們肯定會覺得這段路程比先前的任何一段路都來得宜人。太陽光彩奪目，天氣晴朗又不過於炎熱。谷地中的樹林依然枝葉茂密而蒼翠欲滴，感覺起來平靜又舒適。快步客充滿自信地在諸多交叉的通道中引導他們，如果他們光靠自己的話，很快就會陷入五里霧中了。他走在蜿蜒曲折的路線上，打算甩掉所有追兵。

「比爾·羊齒蕨肯定會監視我們離開大道的位置。」他說，「但我不覺得他會親自跟蹤我們。他熟知這一帶，但他清楚自己無法在森林裡和我較量。我擔心的是他可能會告訴別人。我不認為他們在很遠的地方。如果他們認為我們前往阿契特，那就好了。」

無論是由於快步客的技術或別的理由，他們那天完全沒看到或聽見其他生物的動靜。沒有除了飛鳥之外的兩足動物，而除了一隻狐狸和幾隻松鼠外，也沒有發現別的四足動物。隔天他們開始穩定地往東走，一切依然寧靜而安詳。在離開布理的第三天，他們走出了契特森林。自從他們離開大道後，地勢就不斷下降，他們現在則踏進一片寬闊平坦的地帶，但此處反而更難通行。他們已經遠離布理地區的邊境，進入了毫無通路的荒原，也逐漸逼近蠓水沼澤。

地面變得更加潮溼，有些地方還有泥塘，他們也經常碰上水池，以及寬闊的蘆葦與燈心草叢，其中瀰漫著隱匿飛鳥的啁啾鳴叫。他們得小心翼翼地找路，才能讓雙腳維持乾燥，並走往恰當的方向。起初他們的進度不錯，但隨著他們前進，路程就變得更為緩慢而危險。沼澤令人困惑又危機四伏，就連遊俠也無法在變化萬千的泥沼中找出固定的通道。蒼蠅開始攻擊他們，空氣中也滿是烏雲般的小蠓群，不只爬上他們的袖管與褲管，還爬進他們的頭髮中。

「我要被活生生吃掉了！」皮聘叫道，「蠓水！這裡的蠓比水還多！」

「它們抓不到哈比人時，要吃什麼呀？」山姆問道，邊在自己的脖子上抓癢。

他們在這個寂寥又不舒服的地區待了悲慘的一晚。他們的營地潮溼冰冷，令人很不舒服。叮咬他們的蚊蟲也不讓他們睡覺。蘆葦與草叢間也有討厭的生物出沒，聲音聽起來像是蟋蟀的某種邪惡親戚。成千隻蟲子在四周鳴叫，嘎吱嘎吱的叫聲整晚不住回響，幾乎要逼瘋了哈比人們。

隔天（路程的第四天）的情況沒有多好，夜晚也依舊讓人無法安睡。儘管嘎吱蟲（山姆對牠們的稱呼）已經被拋在腦後，蠓群依然追逐著他們。

當佛羅多躺下時感到疲憊不已，卻又無法合眼，他覺得遙遠的東方天空似乎傳來了一道光芒，反覆閃爍了好幾次。那不是黎明的光線，因為還要幾小時才天亮。

「那是什麼光？」他對快步客說，對方起了身，站著注視前方的夜空。

「我不曉得。」快步客回答，「太遠了，沒辦法判斷。看起來像是從丘頂上躍起的閃電。」

佛羅多再度躺下，但他有很長一陣子都還能看見白色閃光，快步客高大漆黑的身影則擋在閃光前，沉默而虎視眈眈地站著。最後佛羅多陷入了不安的睡夢中。

第五天，當他們還沒有走遠時，就已把沼澤中四散的最後幾座水塘和蘆葦叢拋到身後了。他們面前的地勢又穩穩上升。現在他們能在東方遠處看到一排丘陵。最高的丘陵位於這排丘陵右側，與其他丘陵之間也隔了一小段距離。它擁有圓錐形的頂峰，在丘頂處有些平坦。

「那就是風雲頂。」快步客說，「我們先前離開的古道位在我們右邊，它延伸到風雲頂南邊，在山腳不遠的位置通過。如果我們直接前往風雲頂，或許就可以在明天中午前抵達。我想我們最好這樣做。」

「你是什麼意思？」佛羅多問。

「我的意思是，當我們抵達那裡時，無法確定會遭遇什麼。它離大道很近。」

「但我們能在那找到甘道夫吧？」

「對，但希望渺茫。如果他確實走了這條路，或許就沒有穿過布理，所以他可能不曉得我們在做什麼。總之，除非我們幸運地幾乎同時抵達，不然就會錯過彼此。無論對他或我們而言，在那裡久候都不安全。如果騎士們沒有在野外找到我們，就很可能會前往風雲頂。它俯視著四周的寬闊地帶。當我們站在這裡時，這一帶有許多飛鳥走獸就能從那座丘頂看見我們。不是所有鳥類都值得信任，而且還有其他比飛鳥更邪惡的間諜。」

哈比人們擔憂地看著遠方的丘陵。山姆抬頭望向蒼白的天空，害怕看到飛隼或老鷹帶著充滿敵意的明亮眼神，在他們頭頂盤旋。「你真的讓我覺得不安又孤單，快步客！」他說。

「你建議我們怎麼做？」佛羅多說。

「我想，」快步客緩緩回答，彷彿他也不太確定，「我想，最好的方式就是從這裡盡量往東直走，前往那排丘陵，而不是風雲頂。我們可以在那走一條我知道的路徑，那條路會繞過丘陵的山腳，它會讓我們從北邊抵達風雲頂，也不會過度暴露行蹤。之後我們就會觀察到當下的狀況了。」

他們一整天不斷跋涉，直到冷冽的傍晚提早降下。大地變得更為乾燥荒蕪，但他們身後的沼澤蒙上了霧氣與蒸氣。幾隻陰鬱的飛鳥發出尖銳哀鳴，直到圓滾滾的紅日慢慢沉入西方的黑影中，空虛的寂靜則隨之落下。哈比人們想起遙遠袋底洞中的愉快窗戶，可以透過窗口看到夕陽的柔和光線。

那天結束時，他們碰上了一條從山丘流下的小溪，溪水流向汙濁的沼地，他們趁陽光還沒消失前，沿著它的河岸往上游走。當他們終於停下腳步，在岸邊的幾棵粗短赤楊樹下紮營時，已經入夜了。毫無樹木的荒涼丘陵背面，在黃昏的天空中高高聳立。那晚他們派人守夜，快步客似乎完全沒有入睡。月亮正逐漸變圓，而在深夜前的時刻，清冷的灰色月光籠罩著大地。

隔天早上，他們迅速在日出前再度動身。空氣中有股寒意，天空透出清澈的淡藍。哈比人們感到神清氣爽，彷彿他們整晚一覺睡到天明。他們已經習慣在補給短缺的狀況下長途跋涉了，在夏郡，他們會覺得這麼少的食物已經讓自己站不起來了。皮聘說佛羅多看起來比之前胖了一圈。

「真奇怪，」佛羅多說，一面繫緊腰帶。「我其實瘦了一大圈。我希望我不會繼續瘦下去，不然我就會變成死靈了。」

「別說這種話！」快步客迅速說道，語氣令人訝異地急切。

丘陵區逐漸逼近。他們跨越了地勢起伏的山脊，地面經常上升到近一千呎的高度，而在許多地方則再度降低，形成通往遠處東方地區的裂隙或通道。沿著山脊頂端，哈比人可以看到雜草叢生狀似古代的城牆與壕溝，裂隙中也還矗立著石砌遺跡。夜晚時，他們已經抵達西側山坡的山腳，並在該處紮營。當時是十月九日晚上，他們也已經離開布理六天了。

在早上，自從離開契特森林後，他們頭一次發現明顯的小徑。他們往右轉並沿著小徑往南走。它的路線迂迴，彷彿是為了盡量避開上頭的丘頂和西方平原投來的視線。它深入谷地，順著陡峭的山坡往前伸。當它經過兩側更平坦開闊的地帶時，兩旁出現了成排巨石和雕刻過的石塊，這些岩石幾乎如同圍牆般遮蔽了旅行者們。

「我想知道這條路是誰蓋的，又是為了什麼而蓋？」梅里說，當時他們沿著這類道路之一行走，路上的石塊異常龐大，彼此間的距離也很近。「我不太確定自己喜歡它，它有種──這個嘛，古墓屍妖的感覺。風雲頂上有墓塚嗎？」

「不。風雲頂上沒有墓塚，這些丘陵上也沒有。」快步客回答，「西方人類並不住在這裡，不過晚期的他們曾為了對抗來自安格馬的邪惡勢力，防衛了這些丘陵一陣子。這條路是為了供城牆邊的堡壘使用所建。但很久以前，在北方王國的創建初期時，他們曾在風雲頂上建造了一座巨型瞭望塔，並將之稱為阿蒙蘇。它遭到焚毀，現在只剩下破損的環狀結構，看起來像是古老山丘頂端的粗糙王冠，但它曾一度是高大雄偉的建築。據說在最後同盟的時代，伊蘭迪爾曾站在上頭，觀察即將從西方到來的吉爾加拉德。」

哈比人們盯著快步客看。他似乎熟知古老學識，以及在荒野中的生存方式。「誰是吉爾加拉德？」梅里問，但快步客沒有回答，似乎陷入了沉思中。突然間一股低沉的嗓音低語道：

吉爾加拉德是位精靈王，
豎琴手們哀傷地唱起他的事蹟：
他的國度是山脈與大海間
最後的自由淨土。

他手持長劍，矛尖銳利，
在遠方也能瞥見他閃亮的頭盔；
蒼穹中的無數繁星，
倒映在他的銀盾上。

他多年前已策馬遠去，
無人知曉他的去處；
他的星辰墜入黑暗
暗影深伏魔多中。

其他人驚訝地轉身，因為那正是山姆的嗓音。

「別停下來！」梅里說。

「我只知道這些。」臉紅的山姆結巴地說，「當我還小時，就從比爾博先生那學到了。他經常告訴我那類故事，也知道我總喜歡聽精靈的事。比爾博先生教了我識字。親愛的老比爾博先生讀了不少書。他還寫了詩。他寫了我剛念的內容。」

「那不是他想出來的。」快步客說，「那是詩篇〈吉爾加拉德的殞落〉（*The Fall of Gil-galad*）中的一部分，原文是用一種古老的語言寫成。比爾博肯定翻譯了這首詩，我從來不曉得這件事。」

「還有更多內容，」山姆說，「都和魔多有關。我沒有學到那部分，因為它讓我感到毛骨悚然。我從來沒想到自己會去那裡！」

「去魔多！」皮聘叫道，「我希望不會那樣！」

「別大聲說那個名稱！」快步客說道。

當他們走近小徑南端時，已經是中午了。在十月太陽的清晰光芒中，他們看到面前有座灰綠色陡坡，像座橋墩般導向山丘的北面山坡。他們決定趁日正當中時，立即前往山頂。他們不可能繼續隱藏行蹤，也只希望沒有敵人或間諜在觀察他們。丘陵上沒有任何動靜，如果甘道夫在附近的話，他們也看不到任何跡象。

他們在風雲頂西側山坡發現了可供遮蔽的窪地，窪地底部有座碗型谷地，周圍長滿了青草。他們把山姆和皮聘留在那裡，看管小馬和他們的背包與行囊。其他三人繼續前進。艱苦地爬了半小時後，快步客抵達了丘陵頂端，佛羅多和梅里疲憊又上氣不接下氣地跟在後頭。最後一段坡地陡峭而崎嶇。

如同快步客所說，他們在丘頂找到寬闊的古老石砌環狀結構，不少部位已經瓦解崩裂，或是生滿長年野草。但石環中心有座碎石堆，碎石彷彿曾受到火焰燒灼而焦黑。石堆周圍的野草燒焦枯萎，像是曾有火焰燒過丘頂，但附近沒有任何生物的跡象。

他們站在圈狀遺跡的邊緣上，望向底下周圍的寬闊地區。大多地帶都空蕩荒涼，除了南方遠處的林地，林地遠處讓他們瞥見遙遠的波光。古道在底下的南面山坡周圍如同緞帶般伸出，這條源自西方的道路上下蜿蜒，直到它消失在東方的漆黑山嶺後頭。上頭沒有任何東西移動。他們順著山嶺輪廓往東望，就看到了迷霧山脈，較近的山麓小丘呈現昏暗的棕色色澤。小丘後頭矗立著更高的灰色形體，這些形體後的雪白高峰則在雲端閃閃發光。

「好啦，我們到了！」梅里說，「看起來一點樂趣也沒有！沒有水也沒有遮蔽處。更沒有甘道夫的蹤跡。但就算他有來過這裡，我也不怪他沒留下來等。」

「我很好奇。」快步客說，一面若有所思地四處張望。「即便他晚我們一兩天抵達布理，也應該會先來到這裡。有必要時，他就會快馬加鞭。」他忽然俯身望向石堆頂端的石塊。它比其他碎石更扁平也更白，彷彿逃過了火舌。他撿起石塊並仔細觀察，在手指間翻轉它。「最近有人拿過這塊石頭。」他說，「你怎麼看這些記號？」

佛羅多在扁平的底部看到幾道抓痕：「好像有一撇，一點，再三撇。」他說。

「左邊那撇可能是用細樹枝劃出的符文字母Ｇ，」快步客說，「這可能是甘道夫留下的記號，不過我無法確定。刻痕很纖細，看起來也很新。但這些記號可能擁有完全不同的意義，也與我們無關。遊俠們會使用符文，他們有時也會來此。」

「如果是甘道夫做的話，它們有什麼意思？」梅里問。

「我認為，」快步客回答，「它們代表Ｇ三，也代表甘道夫在十月三日來過這裡，也就是三天前。這也顯示出他很急，危險則緊追在後，所以他沒時間或不敢寫下更長或更易懂的訊息。假若如此，我們就得小心了。」

「無論意思是什麼，我都希望我們能確定記號是他做的。」佛羅多說，「不管他在我們前方或後頭，知道他在路上就讓我感到安心。」

「也許吧。」快步客說，「對我而言，我相信他之前曾在這裡，也身陷危機。曾經有火焰燒過這裡，我也回想起三天前夜裡我們在東方天空看到的光芒。我猜他在這座峰頂遭到攻擊，但我不曉得結果。他已經不在這裡了，我們也得注意自己，並盡快前往裂谷。」

「裂谷有多遠？」梅里問，邊疲倦地打量周遭。從風雲頂上看到的世界，顯得荒涼又廣闊。

「從布理以東走上一天，就會抵達遺忘旅店，我不曉得有沒有人測量過從它外頭算起的大道長度。」快步客回答，「有些人說非常遙遠，有些人則抱持不同意見。這是條奇怪的路，而無論旅行時間長短，人們都慶幸能抵達旅途終點。但只要天氣晴朗，運氣也不錯的話，我就知道我自己會走上多久：從這裡到布魯伊南淺灘要十二天，大道在那橫跨從裂谷流出的喧水河。我們面前至少還有兩週的路程，因為我不認為我們能使用大道。」

「兩週！」佛羅多說，「這段時間可能會發生很多事。」

「有可能。」快步客說。

他們沉默地在丘頂靠近南側的邊緣站了一陣子。在那個寂寥的空曠處，佛羅多第一次徹底明白自己的無家可歸感與當前的危機。他苦悶地希望命運讓他留在自己深愛的平靜夏郡。他俯視著令人討厭的大道，大道一路往西伸向他的家園。忽然間，他察覺有兩個黑點正沿著大道緩緩往西移動；他又看了一眼，發現有另外三個黑點正從東方過來與它們會合。

他叫了一聲，並抓住快步客的手臂。

「快看。」他說，一面往下指。

快步客立刻趴到圈狀遺跡後的地上，邊拉著佛羅多一起趴下。梅里也躲到旁邊。

「那是什麼？」他低聲說道。

「我不曉得，但我得做最糟的打算。」快步客回答。

他們又慢慢爬到石環邊緣，從兩塊不平整的石塊之間的裂口中向外窺探。陽光已不再明亮，因為晴朗的早晨已經結束，東方飄來的烏雲已遮蔽了太陽，太陽也開始下沉。他們都能看到黑點，但佛羅多和梅里都無法清楚看出對方的形體；然而他們心底清楚，出現在底下遠處的，正是在山腳外大道上集結的黑騎士。

「對。」快步客說，他更為銳利的目光確認了事實。「敵人來了！」

他們急忙悄悄爬走，從山丘北面往下溜，去找他們的同伴。

山姆和皮瑞格林並沒有偷懶。他們探勘了小谷地與周圍的山坡。他們在不遠處的山坡上找到一處清澈的泉水，湧泉附近則有一兩天內留下的腳印。他們在谷地中發現最近生火的痕跡，還有一處短期營地留下的跡象。谷地邊緣最靠近丘陵的位置有些落石。山姆在落石後頭找到一堆擺放整齊的柴薪。

「我想知道老甘道夫是否來過這裡。」他對皮聘說，「無論是誰把這些東西放在這裡，看起來都打算要回來。」

快步客對這些發現很有興趣。「我真希望自己有待在這探索周遭。」他說，邊快步走到泉水邊檢查腳印。

「我的擔憂成真了。」他回來時說道，「山姆和皮聘踏過了柔軟的地面，痕跡也變得混亂。遊俠先前來過這裡。就是他們留下了柴薪。但附近還有許多比較新的痕跡，不是遊俠留下的。至少有一組沉重靴子留下的足跡，僅僅在一兩天前才出現。至少是一組。我現在無法確定，但我想先前有許多穿靴子的腳。」他停了下來，並憂心忡忡地站著。

每個哈比人心中都想到身穿斗篷、腳穿靴子的騎士身影。如果騎士已經發現了谷地，快步客最好盡快帶他們去別的地方。既然聽說他們的敵人就在幾哩外的大道上，山姆便用相當厭惡的眼神望向窪地。

「我們是不是該趕快離開，快步客先生？」他不耐煩地問，「時間已經晚了，我也不喜歡這個坑洞，它讓我覺得很不安。」

「對，我們一定得立刻決定該怎麼做。」快步客回答，他抬頭評估著時間與天氣。「這個嘛，山姆，」他最後說道，「我也不喜歡這個地方，但我想不出在入夜前能抵達的更好的地點了。至少我們當下躲起來了，如果移動，間諜就更可能看到我們。我們只能往北走回丘陵區這一側，那一帶的地形和這裡差不多。敵人監視著大道，但如果我們想在南方的樹叢中找掩護的話，就得跨越它。丘陵遠處的大道北側數哩地區荒涼又平坦。」

「騎士看得見嗎？」梅里問，「我是說，他們似乎都用鼻子聞我們的氣味，而不是用眼睛看，如果說『聞』沒錯的話，至少在白天是這樣。但當你看到他們出現在底下時，就要我們趴下，現在你卻說如果我們移動，對方就會看到。」

「我在丘頂上太不小心了。」快步客回答，「我急於找到甘道夫留下的痕跡，但讓我們三人上山待那麼久，其實是個錯誤。因為黑馬看得見，騎士也可以利用人類或其他生物擔任間諜，就像我們在布理碰到的狀況。他們不會像我們一樣看見光明的世界，但我們的體態會在他們心中撒下陰影，只有正午的太陽會摧毀這種影子。在黑暗中，他們能察覺我們無法看到的諸多跡象和形體，此時的他們最令人害怕。他們也隨時都會嗅到生物的鮮血，同時渴求也痛恨它。他們還有視覺與嗅覺外的感官能力。我們可以感覺到他們的存在——當我們來到這裡，和看到他們之前，我們就會因此感到不安，他們會更敏銳地感受到我們的心境。而且，」他壓低音量補充道，「魔戒會吸引他們。」

「那我們無路可逃了嗎？」佛羅多說，邊慌張地環視周圍。「如果我一移動，對方就會看到我並追上來！如果我留下，我就會引來他們！」

快步客把手擺在他的肩膀上。「還有希望。」他說，「你並非孤獨一人。讓我們把這堆柴薪當作別人的信號吧。這裡沒有多少遮蔽處，也無法提供掩護，但火可以扮演這兩者。和腐化所有事物一樣，索倫能把火用在邪惡的目的上，但這些騎士並不喜歡火，也害怕持有火焰的人。火是我們在荒野中的朋友。」

「也許吧。」山姆咕噥道，「我想，除了大叫以外，這也是說『我們在這』的好方法。」

他們在谷地地勢最低和最能遮風擋雨的角落生起了火，並準備做飯。傍晚的夜色開始落下，氣溫也變得冷冽。他們忽然發現自己飢腸轆轆，因為他們從早餐後就沒進食了，但他們只敢做簡單的晚餐。除了飛鳥走獸以外，前方的地區空無一物，世上所有的種族都遺棄了這些不友善的地點。遊俠們有時會前往丘陵遠處，但他們人數稀少，也不會四處遊蕩。其他流浪者不只罕見，本性也十分邪惡，食人妖有時會從迷霧山脈的北方山谷中跑下來。只有在大道上才會碰上旅人，大多都是矮人，他們為了私事而忙著趕路，也不願向陌生人提供協助或說上幾句話。

「我看不出我們的存糧能撐多久。」佛羅多說，「我們過去幾天夠小心了，這頓晚餐也稱不上豪華；但如果我們還得走兩週以上的話，肯定就用掉超過預期的食物了。」

「野外有食物可找。」快步客說，「野莓、根莖和藥草。有必要的話，我也能擔任獵人。在冬天來臨前，你們不需要擔心挨餓。但採集和捕捉食物是耗時而疲勞的事，我們也需要加緊前進。請繫緊你們的腰帶，對愛隆家的餐桌抱持希望吧！」

當黑夜來臨時，周遭就變得更為寒冷。他們從谷地邊緣往外窺視，除了迅速滲入黑影中的灰色大地外，什麼也看不見。上頭的天空再度變得晴朗無雲，閃爍的群星也緩緩出現。佛羅多和他的同伴們擠在火堆旁，用所有衣物與毯子包裹自己。快步客只套著一件斗篷，並坐在一小段距離外，深思熟慮地抽著菸斗。

隨著夜色落下，耀眼的火光也開始大放光彩時，他便開始為他們講故事，以避免讓恐懼占領他們的內心。他知道許多古代歷史和傳奇，內容與遠古年代的精靈與人類、以及當時的善惡事蹟有關。他們想知道他的年紀，以及是在哪得知這些知識的。

「告訴我們關於吉爾加拉德的事。」當他講完精靈王國的故事時，梅里忽然說道，「你還知道和你提到的那首古代詩歌有關的其他事嗎？」

「我確實知道，」快步客回答，「佛羅多也曉得，因為那和我們的關係非常密切。」梅里和皮聘望向佛羅多，對方正盯著火堆。

「我只知道甘道夫告訴我的一小部分事蹟。」佛羅多慢慢地說，「吉爾加拉德是中土世界最後幾位偉大精靈君王之一。吉爾加拉德在他們的語言中代表『星光』。他與精靈之友伊蘭迪爾前往——」

「不！」快步客打岔道，「當魔王的爪牙還在附近時，我想還是先別提，如果我們成功抵達愛隆家，你們就可以在那聽到完整的故事。」

「那告訴我們其他古代故事。」山姆懇求道，「講點關於衰退時期前的精靈故事。我很想聽更多關於精靈的事，因為黑暗似乎從四面八方襲來了。」

「我來說媞努薇兒的故事好了。」快步客說，「但得是簡短版本，因為這是個結局不明的長篇故事。當今除了愛隆以外，沒人記得古代的正確內容了。這是篇淒美的故事，不過就如同中土世界的所有故事，它的氛圍十分悲傷，但它可能會讓你們打起精神。」他沉默了一下，接著他沒有開口說話，反而輕柔地唱起了歌：

樹葉修長，野草翠綠，
毒堇花朵高大嬌美，

林地上灑落光芒，
　陰影中繁星明亮閃爍。
媞努薇兒在此舞動，
　順著無形笛聲，
她的髮絲瀰漫星辰微光，
　衣著盡顯光輝。

貝倫從寒冷山脈而來，
　迷失的他漫步落葉間，
精靈河流潺潺流動，
　他獨自行走，浸淫悲痛。
他窺探毒堇葉片之間，
　驚奇地瞥見她的斗篷
與袖管上綻放金花。
　她的秀髮宛如黑影。

魔咒治癒了他疲憊的雙腳，
　他注定在山丘間遊走；

他快步向前，
　向明亮的月光伸手。
穿越精靈家鄉的樹林，
　她用躍動雙腳輕盈奔逃，
使他孑然一身
　在死寂森林中細心傾聽。

他時常聽見飄渺聲響，
　那是輕如椴樹葉的腳步聲，
或是地底湧出的音樂，
　在隱匿谷地中顫動。
毒堇葉已枯萎落地，
　山毛櫸枝隨著嘶嘶聲響，
緩緩從枝梢落下，
　在冬季林地中搖晃。
他始終尋覓著她，
　在多年落葉間流浪。

在月光與星光下，
　在冷冽的天空下顫抖。
她的斗篷在月下泛出動人光芒，
　她在高聳山頂起舞，
腳邊揚起團團霧氣。

嚴冬逝去，她再度歸來，
　她的歌曲解放了湧泉。
如同飛雀與落雨，
　與潺潺流水。
他見到精靈花朵
　在她腳邊盛開，也再度得到救贖，
他渴求待在她身旁
　在草地上安然舞動歡唱。

她再度離去，但他快步跟上。
　媞努薇兒！媞努薇兒！
他呼喚她的精靈名字，

她停下腳步，豎耳聆聽。
她停滯片刻，他的嗓音
對她施下魔咒：貝倫前來，
命運就此攫住媞努薇兒，
使她在他懷裡閃閃發光。

當貝倫注視她髮影下的雙眼
他看到她眼中
倒映著蒼穹中的閃爍星光。
美豔絕倫的精靈媞努薇兒，
永生不朽的女精靈，
她黑影般的秀髮纏繞貝倫，
雙臂如白銀般潔白透亮。

命運將他們送上漫漫長路
跨越冰冷的崎嶇山脈，
穿過鐵廳與闇門，
與不見天日的漆黑樹林。

分離之海隔絕兩人，
最後他們再度重逢，
多年前兩人雙雙離世，
在森林中無憂無慮地歌唱。

快步客嘆了口氣，並在再度開口前稍停半晌。「那首歌，」他說，「是以精靈稱為安—森納斯的詩體所寫，但很難翻譯成我們的通用語，這也只不過是粗略的轉譯版。它講述了巴拉希爾之子貝倫與露西安·媞努薇兒的會面。貝倫是個凡人，但露西安是遠古世界的精靈王辛葛的女兒，也是世上生靈中無人能比的絕世美女。她的美麗猶如北方大地迷霧上空的繁星，她的臉龐則綻放出耀眼光輝。在當年，魔帝[1]居住在北方的安格班，魔多的索倫僅僅是他的僕人。西方精靈回到中土世界向他宣戰，企圖奪回他偷走的精靈寶鑽[2]，而人類的祖先則協助了精靈。但魔帝大獲全勝，巴拉希爾也遭到殺害，貝倫則逃離了重重危機，越過恐懼山脈[3]，進入位於奈爾多瑞斯森林中辛葛的祕密王國[4]。在那裡，他見到了在魔法河流伊斯蓋都因旁的林地歌唱起舞的露西安。他稱她為媞努薇兒，那在古老語言中代表夜鶯。他們倆日後遭遇了諸多悲劇，也分離了很長一段時間。媞努薇兒從索倫的地牢中救出貝倫，他們也一同經歷了莫大劫難，甚至還將魔帝拉下王座，並從他的鐵王冠上奪走了三枚精靈寶鑽之一，作為獻給露西安父親辛葛的聘禮，那是世上最明亮的珠寶。但最後來自安格班大門的巨狼[5]殺害了貝倫，他則死在媞努薇兒懷裡。但她選擇了凡人的生命，並從世上死去，讓自己能追隨貝倫。歌謠中敘述，他們在分離之海彼岸重逢，並在短暫的時間後再度活生生地漫步在綠林中。很久以前，他們倆已一同離世，遠離了這個世界的侷限。露西安．媞努薇兒是精靈族中唯一如凡人般死亡、並離開塵世的成員，他們也失去了最摯愛的她。但古老精靈王族的血脈，透過她傳到了人類之中。露西安依然是世上某些人的祖先，據說她的血脈永遠不會凋零。裂谷的愛隆就來自這條族系。因為貝倫與露西安生下了辛葛的接班人迪奧，他的女兒則是與埃倫迪爾成親的白衣愛爾溫，埃倫迪爾則頭戴精靈寶鑽，駕船脫離了世界的迷霧，航入蒼穹天海中。埃倫迪爾的後代正是努曼諾爾的君王，也就是西陸王族。」

---

1 譯注：Great Enemy，魔高斯的別稱。

2 譯注：Silmaril，諾多族的精靈工匠費諾打造的寶石。精靈們與魔高斯為了爭奪精靈寶鑽而掀起的戰爭主要記載於《精靈寶鑽》。

3 譯注：Mountains of Terror，第一紀元時位於貝勒爾蘭（Beleriand）北部的山區。

4 譯注：該王國名為多瑞亞斯（Doriath），是第一紀元最強盛的精靈王國之一。

5 譯注：巨狼名為卡赫洛斯（Carcharoth），是魔高斯為了對付與貝倫和露西安同行的獵犬胡安（Huan），特別培育的邪惡巨獸。

當快步客說話時，他們發現他的臉孔流露出急切的神情，火堆的紅光微微照亮了他的臉。他的雙眼炯炯有神，嗓音飽滿渾厚。他頭頂的漆黑天空中繁星點點。他身後的風雲頂頂端忽然出現了一股蒼白光芒。上弦月正緩緩升上遮蔽他們的丘陵上空，丘頂的群星也隨之變得黯淡。

故事結束了。哈比人們起身伸展著四肢。「快看！」梅里說，「月亮已經升上天空，時間一定很晚了。」

其他人抬頭一看。當他們往上觀望時，在從丘頂升起的月亮下看到某種黑色小東西。那或許只是蒼白月光下的某顆大石頭或凸出的岩石。

山姆與梅里起身離開火堆；佛羅多和皮聘依然沉默地坐著；快步客全神貫注地盯著丘陵上的月光。周圍看似萬籟俱寂，但當快步客停止說話後，佛羅多便感到一股冰冷的恐懼襲上心頭，他往火堆靠近了點。此時山姆從谷地邊緣跑了回來。

「我不曉得發生了什麼事，」他說，「但我突然覺得很害怕。給我多少錢，我都不敢到谷地外去。我覺得有東西爬上山坡了。」

「你有看到任何東西嗎？」佛羅多問，隨即立刻起身。

「不，先生。我什麼都沒看見，但我沒有停下來看。」

「我有看到某種東西。」梅里說，「或是我以為有看到——往西邊看時，在月光灑在丘頂陰影外的平地上，我以為有兩三個黑色輪廓。它們似乎往這裡過來了。」

「待在火邊，臉孔朝外！」快步客叫道，「拿幾根長樹枝做好準備！」

他們變得沉默又緊張，屏息以待地坐在原處，並背對火堆，每個人都盯著周遭的陰影。什麼也沒有發生。夜色中沒有一絲聲響或動靜。佛羅多動了動，覺得自己得打破寂靜：他很想大聲尖叫。

「噓！」快步客悄聲說。「那是什麼？」皮聘同時驚呼道。

與其說看見，不如說他們感到有股陰影跨過小谷地的邊緣，從遠離山丘的那一側升起，似乎還不只有一個。他們睜大眼睛，陰影也似乎開始增長。很快他們便不再質疑：有三四個高大的黑色身影站在山坡上，俯視著他們。它們無比漆黑，使它們看起來像是身後暗影中的黑洞。佛羅多覺得他聽到一股宛如有毒氣息的微弱嘶嘶聲，並感到刺骨寒意。形體隨即緩緩走了下來。

皮聘和梅里嚇得動彈不得，並立即趴到地上。山姆縮到佛羅多身旁。佛羅多的恐懼程度不亞於他的同伴們。他不住發抖，彷佛身處嚴寒之中，但他心中猛然浮現戴上魔戒的慾望，這股念頭吞沒了他的驚懼。想這麼做的衝動攫住他的心頭，使他完全無法想到別的事物。他沒有忘記古墓的事和甘道夫的訊息，但似乎有某種東西迫使他忽視所有警告，他也渴望屈服。這與脫逃的希望、或做任何好事或壞事的念頭無關：他只是感到自己必須把魔戒套上手指。他說不出話來。他覺得山姆在看他，彷佛對方曉得他主人心頭的煩惱，但他卻無法轉向山姆。他閉上眼睛，掙扎了一會，越來越難以抗拒內心衝動，最後他慢慢地抽出鏈子，把魔戒套到左手食指上。

儘管一切都如先前般黯淡漆黑，形體們卻立刻變得清晰可辨。他能夠看穿它們黑袍下的模樣。有五個高大的人——兩人站在谷地邊緣，另外三人則步步逼近。他們蒼白臉孔上的眼睛，綻放出銳利而無情的眼神。他們在外袍下穿著灰色長袍，灰髮頂端則戴著銀盔。他們枯槁的手中握著鋼劍。他們的目光落在他身上，彷彿刺穿了他，他們則向他衝來。他絕望地抽劍，而他眼中的劍鋒似乎發出紅光，宛如成了火把。兩個人影停下腳步。第三人比其他人都高，長髮散發光澤，頭盔上還戴了一頂王冠。他一手拿了把長劍，另一手握著小刀，小刀與持刀手都瀰漫著蒼白的亮光。他一個箭步向前並刺向佛羅多。

此時佛羅多向前撲倒在地，還聽到自己大喊：「埃兒碧瑞絲！吉爾松涅爾！」同時擊中了敵人的膝蓋。夜空中響起淒厲尖叫，他也感到一股痛苦，如同有根以毒冰製的標槍刺中了他的肩膀。正當他即將昏厥時，彷彿穿過五里迷霧看到快步客從黑暗中跳出，雙手各拿了柄熊熊燃燒的火把。佛羅多用盡最後的力氣，將劍拋下，再把魔戒從手指上拔下，並用右手緊緊握住它。

第十二章——

逃向淺灘

當佛羅多清醒過來時，他依然死死握住魔戒。他躺在火邊，火堆現在則燒得又旺又亮。他的三個同伴彎腰俯視著他。

「發生什麼事了？蒼白的國王在哪？」他狂亂地問道。

聽到他說話，使他們感到雀躍無比，一時無法回答他，他們也沒有聽到他的問題。最後他從山姆口中得知，眾人當時只看到模糊的黑影逼近。山姆驚恐地發現他的主人消失了，此時有個黑影衝過身邊，他跌了一跤。他聽到佛羅多喊出古怪話語，但聲音似乎來自遠方或地底。他們什麼都沒看見，直到佛羅多的身體害他們絆倒，他彷彿死了般倒地不起，面部朝下趴在草上，還壓住了他的劍。快步客命令他們扶起他，再把他放在靠近火堆的位置，接著他隨即消失。那已經是好一陣子前的事了。

山姆顯然又開始質疑快步客了，但正當他們談話時，快步客就回來了，他忽然從陰影中現身。他們嚇了一跳，山姆也拔了劍，擋在佛羅多身前。但快步客迅速在佛羅多身邊跪下。

「我不是黑騎士，山姆。」他溫和地說，「也不是他們的同伴。我先前一直想找出他們的行蹤，但我一無所獲。我不曉得他們為何離開，還不繼續發動攻擊。但目前附近感覺不到他們。」

當他聽說佛羅多剛講的話時，就變得十分關切，並搖頭歎息。接著他要皮聘和梅里用他們的小茶壺盡量煮多一點水，再用熱水擦拭傷口。「讓火燒旺點，再讓佛羅多保持溫暖！」他說。他隨即起身走開，並叫山姆到他身邊來。「我想我現在比較理解狀況了。」他低聲說道，「似乎只有五個敵人。我不曉得他們為何沒有全員到齊，但我覺得他們沒料到會遭遇抵抗。他們目前暫時撤退了。但恐怕距離不遠。如果我們無法脫逃的話，他們會在其他的夜晚再度來襲。他們只是伺機而動，因為他們認為自己幾乎達成目的了，也覺得魔戒不會逃得多遠。山姆，恐怕他們相信你的主人受了致命傷，會使他聽命於他們。我們等著瞧吧！」

山姆抽噎地流下淚水。「不要絕望！」快步客說，「你們現在一定得信任我。你們的佛羅多比我猜得更堅強，甘道夫也暗示過這點。他沒有死，我想他抵抗傷口中邪惡力量的時間，可能會比他的敵人預料中還長。我會盡力幫助和治療他。當我不在時，好好守護他！」他快步離開，又消失在黑暗中。

佛羅多打著盹，不過他傷口的痛楚正緩緩加劇，一股駭人的寒意也從他的肩膀擴散到手臂與側身。他的朋友們看守著他，讓他保持溫暖，並擦洗他的傷口。疲勞地夜晚慢慢過去。當快步客終於歸來時，黎明已經出現在天空中，谷地內也瀰漫著灰暗微光。

「快看！」他喊道，並俯身從地上抓起一件藏在黑暗中的黑斗篷。下擺上一呎的位置有道割痕。「這是佛羅多的劍劃出的破洞。」他說，「恐怕這就是它對敵人造成的唯一傷害，因為劍刃沒有損壞，而所有刺中那名恐怖國王的刀刃都會灰飛煙滅。埃兒碧瑞絲的名號對他而言更有殺傷力。」

「對佛羅多而言，這更致命了！」他又屈身拿起了一把細長小刀。刀上閃動冷冽光芒。當快步客舉起它時，他們發現刀鋒靠近末端的位置缺了口，刀尖也斷掉了。但當他把刀子移到逐漸增強的晨光下時，他們吃驚地盯著，因為刀鋒似乎隨之融化，如同輕煙般消失在空氣中，只留下快步客手中的刀柄。「唉呀！」他叫道，「就是這把可惡的刀子刺傷佛羅多。當今很少人有能力治療這種邪門兵器製造出的傷口。但我會盡力處理。」

他坐在地上，把匕首的刀柄擺在膝上，再用某種奇特語言對它唱了首節奏緩慢的歌謠。接著他把刀柄放在一旁，轉向佛羅多，用柔和的語氣向他說了些別人聽不見的話語。他從腰帶上的小袋子中取出一株植物的細長葉片。

「我走了很遠，」他說，「才找到這些葉子，因為這種植物不會生長在貧瘠的丘陵上。我在大道南邊遠處的灌木叢中，才循著它葉片的氣味在黑暗中尋獲。」他用手指捏碎一片葉子，散發出甘甜濃郁的香氣。「幸好我找到它，這是西方人類帶來中土世界的藥用植物。

他們稱它為阿夕拉斯，現在十分罕見，也只生長在他們過往的居住地或營地。除了少數在野地流浪的人以外，北方很少有人認得這種植物。它具有強大的療效，但對這種傷而言，它的效用可能不大。」

他把葉片丟進沸水中，再擦拭佛羅多的肩膀。蒸氣的香味令人神清氣爽，沒有受傷的人則覺得內心變得平靜澄澈。這種藥草對傷口也產生了作用，因為佛羅多感到側身少了點痛楚與刺骨寒意，但他的手臂並沒有重拾活力，他也無法舉起或使用自己的手。他對自己的愚蠢感到後悔，也責備自己弱小的意志力，因為他已明白，當他戴上魔戒時，遵循的並不是自己的願望，而是敵人強烈的指令。他想知道自己是否會終生殘廢，他們又該如何繼續旅行呢？他覺得太過虛弱而無法起身。

其他人正在討論這項問題。他們迅速決定要盡快離開風雲頂。「我覺得，」快步客說，「敵人已經監視這裡好幾天了。如果甘道夫來過這裡的話，他肯定被迫騎馬離開，也不會回來了。總而言之，自從昨晚的攻擊後，如果天黑後我們還留在這裡，就會陷入莫大危機，無論我們上哪去，都不會比在這危險。」

太陽完全露臉時，他們迅速吃了點食物，並打包行囊。佛羅多無法走動，因此其餘四人分擔了較多行李，再讓佛羅多乘坐小馬。近幾天來，那頭可憐小馬的情況大幅進步，牠似乎已經變得更為結實壯碩，也開始對新主人們產生好感，特別是山姆。比爾·羊齒蕨對牠的待遇想必很差，野外的路程和牠先前的生活相比，要好上太多。

他們往南動身。這代表他們得跨越大道，但這是前往較茂密的樹林最快的路。他們也需要燃料，因為快步客說佛羅多必須保持溫暖，特別是在晚上，火焰也會為他們所有人提供保護。他打算繞過大道上的另外一處彎道，以便縮短他們的路程：大道在風雲頂東方改變方向，往北邊繞了一個大彎。

他們緩慢而謹慎地繞過丘陵西南側的山坡，不久就來到大道的邊緣。四周沒有騎士的蹤跡。但當他們快步通過時，就從遠方聽到兩股叫聲：冰冷的呼喚迎來了冰冷的回應。他們顫抖著往前衝刺，快步趕向前方的樹叢。他們面前的地勢形成往南的斜坡，但大地荒蕪又沒有通道，茂密的灌木叢與矮樹之間有寬闊的空地。當地的灰草稀少而萎靡不振，樹叢中的葉片褪色並落到地上。這是片冷清的土地，他們的旅途變得遲緩又陰沉。沿路跋涉時，他們很少交談。當佛羅多看著他們低垂著頭走在他身旁，也因沉重的負擔而駝背，這使他的心情變得十分難過。就連快步客都看似疲憊又心情沉重。

在第一天的行程，佛羅多的痛楚再度浮現，但他有很長一段時間沒提這件事。四天過去了，地勢或周遭景象都一成不變，只有他們身後的風雲頂逐漸縮小，在面前隆起的遙遠群山則變得更近了點。但自從遠方傳來那股叫聲後，他們就沒有看見或聽到敵人發現或跟蹤他們的跡象。他們畏懼夜晚，也在晚間兩兩守夜，覺得隨時會看到月黑風高的灰濛夜色中出現黑色形體。但他們什麼也沒看到，除了枯葉與草地的沙沙聲之外，他們也沒聽見任何聲響。他們從來沒察覺先前在谷地中遭襲時出現的不祥感受。希冀騎士們又追丟他們，似乎太奢侈了。或許他們打算在某個角落伺機伏擊？

到了第五天結尾，地勢又開始從他們踏入的寬闊窪谷緩緩爬升。快步客又將他們的走向轉往東北方，而第六天時，他們抵達了一道逐漸升高的長坡，看到遙遠的前方出現一堆林木蓊鬱的山丘。他們可以看見大道在底下遠處繞過山腳，他們右邊則有道灰色河流在微弱陽光下微微閃爍。在遠方，他們看到位在霧氣半掩的石谷中有另一條河。

「恐怕我們得從這裡回到大道一陣子。」快步客說，「我們現在抵達了灰泉河，精靈稱它為米賽伊索河。它從裂谷北方的食人妖高地伊騰荒原流出，再匯入南邊的喧水河。人們將下游稱為灰洪河。流入大海前，它就成了一條大河。除了走大道經過的終末橋外，在伊騰荒原的源頭下游沒有路橫跨這條河。」

「遠方那條河叫什麼名字？」梅里問。

「那是喧水河，也就是裂谷的布魯伊南河。」快步客回答，「大道從終末橋順著丘陵區延伸數哩後，就會抵達布魯伊南淺灘。但我還沒想到我們該如何渡河。一次過一條河！如果敵人沒有守住終末橋的話，我們就算幸運了。」

隔天一大早，他們再度來到大道邊陲。山姆與快步客先行向前，但他們沒發現任何旅人或騎士的蹤跡。丘陵的陰影下曾下了點雨。快步客認為兩天前下過雨，雨水洗刷了所有腳印。就他看來，之後就沒有騎士通過。

他們全速前進，走了一兩哩後，就在前方看到位於短坡底部的終末橋。他們害怕看到黑色人影在那守候，但什麼都沒看見。快步客要他們躲在大道旁的樹叢中，他則前去探索。

他不久就迅速回來。「我找不到敵人的蹤跡，」他說，「我也想知道這點背後的意義。但我找到了非常奇特的東西。」

他伸出手，讓他們看一顆淡綠色寶石。「我在橋墩中央的泥巴中發現它。」他說，「這是顆綠柱石，是種精靈寶石。我不曉得是有人刻意將它放在那，或是不小心丟下它，但它為我帶來了希望。我把它視為我們能順利過橋的訊號，但之後如果沒有更明確的信物，我就不敢再繼續走大道了。」

＊＊＊

他們立刻再度動身。他們安全地過橋，除了河水在三個巨大拱洞下發出的潺潺流動聲外，他們什麼都沒聽見。又走了一哩後，他們來到一處通往北方的狹窄山溝，它穿越了大道左側的陡峭地區。快步客在此轉彎，他們很快就迷失在蜿蜒繞過陰沉丘陵山腳邊的漆黑樹林中。

哈比人們很慶幸能離開那塊愁雲慘霧的地帶，並把危機四伏的大道拋到腦後，但這塊新區域看起來險惡而充滿敵意。當他們往前走時，周遭的丘陵便逐步升高。他們在多處高地與山脊上瞥見古老石牆，以及高塔的遺跡，它們的外型令人感到陰森不祥。由於佛羅多沒有走路，因此有時間往前看並思考。他回想起比爾博提過自己的旅程和大道北邊山丘上充滿威脅感的高塔，位置靠近食人妖出沒的森林，也就是他第一場嚴肅冒險發生的地點。

佛羅多猜測他們來到了相同的區域，也想知道會不會湊巧經過事發地點。

「誰住在這一帶？」他問，「又是誰蓋了這些塔？這裡是食人妖的地盤嗎？」

「不！」快步客說，「食人妖不會蓋房子。這一帶沒有居民。數世紀前，人類曾經住在這裡，但現在這裡沒有人了。根據傳說，由於他們在安格瑪的暗影下墮落，因此成為邪惡民族。但所有人都在讓北方王國敗亡的戰爭中遭到消滅。但那已經是很久以前的事了，丘陵已遺忘了他們，不過這一帶依然籠罩著陰影。」

「如果大地空無一人，又忘卻了一切，那你是在哪得知這些故事的呢？」皮聘問道，「飛鳥走獸都不會講這種故事。」

「伊蘭迪爾的傳人們不會忘記過往的事蹟。」快步客說，「裂谷保存了比我所知更多的紀錄。」

「你去過裂谷嗎？」佛羅多說。

「我去過，」快步客說，「我曾經住在那裡，有機會時也會回去。那裡是我內心的歸屬地，但我的命運讓我無法安坐原地，就算在愛隆華美的宅邸中也不行。」

丘陵開始環繞他們。後方的大道繼續往布魯伊南河伸去，但兩者現在都在視野外。旅行者們抵達了一道長谷，谷地狹窄而漆黑無聲。懸崖邊有盤根錯節的老樹，並往後生長到山坡上的松樹林。

哈比人們變得精疲力竭。他們緩緩前進，因為他們得在沒有道路的地區跋涉，倒落的樹木和亂石也為他們帶來麻煩。為了佛羅多，他們盡可能避免向上攀爬，而且很難找到任何離開狹窄谷地的路線。當天氣開始變得潮溼時，他們已經在這一帶待上兩天了。西方開始穩穩吹來強風，將遙遠海域的水氣化成傾盆大雨，灑落在陰暗的丘陵頂端。入夜時，他們已經全身溼透，營地也了無生氣，因為他們無法生火。隔天丘陵變得更高更陡，他們則被迫往北轉，離開當前的路線。快步客似乎越趨緊張。他們已經離開風雲頂十天了，存糧也開始減少。雨水持續落下。

當晚他們在一處岩棚上紮營，身後還有道岩壁，岩壁上則有座洞穴，那只是懸崖上的小凹洞。低溫與溼氣使他的傷口變得更痛，痛楚與刺骨寒意也驅除了他的睡意。他翻來覆去，心懷恐懼地傾聽微弱的夜間聲響——石縫間的風聲，水滴聲，碎裂聲，以及忽然落下的石塊發出的嘎嘎聲。他覺得黑色形體正撲來襲擊他，但當他坐起身時，除了屈身坐著的快步客背部以外，什麼也沒看見，對方正邊抽菸斗邊守夜。佛羅多再度躺下，並陷入令人不安的夢境；夢中的他走在夏郡自家花園的草地上，但影像看起來模糊不清，站在樹籬外窺探的高大黑影相較之下清晰多了。

當他早上甦醒時，便發現雨停了。雲層依然很厚，但正在分裂瓦解，淡藍色的天空開始出現在雲層的裂縫中。風向又改變了。他們沒有提早出發。吃過乏味的冰冷早餐後，快步客就獨自離開，要其他人待在懸崖的遮蔽下，直到他回來。如果可以的話，他要爬到上頭去，觀察周遭地勢。

當他回來時，也沒有帶來令人安心的消息。「我們走得太偏北了，」他說，「我們得再往南轉。如果我們繼續走這個方向，就會來到裂谷北方的伊騰河谷。那裡是食人妖的地盤，我對當地也不熟。我們或許可以找路通過，從北邊走到裂谷；但那樣會花上太多時間，因為我不認得路，我們的食物也不夠。所以無論如何，我們都得找到布魯伊南淺灘。」

他們把那天剩餘的時間花在爬過崎嶇地形上。他們在兩座丘陵間找到一條通道，讓他們走進往東南延伸的山谷，那正是他們想走的方向。但當天快結束時，他們發現通路又遭到某處高地山脊阻擋，山脊在天空下顯得烏黑，上頭有許多尖銳處，如同鈍鋸上的鋸齒。他們得選擇走回頭路或爬過山脊。

他們決定爬上去，但過程非常艱困。不久，佛羅多就得下馬並努力步行。即便如此，他們仍然經常難以將小馬牽到上頭，或是找到自己的出路，身上還扛著沉重的行囊。當他們終於到達頂端，陽光幾乎已完全消失，他們也感到精疲力竭。他們攀爬上兩座高峰之間的狹窄鞍部，而前方不遠處的地勢則又急促下滑。佛羅多往下一跌，倒在地上發抖。他的左臂毫無生氣，也彷彿有冰冷利爪扣住他的側身和肩膀。他周遭的樹木和岩石看起來晦暗而模糊難辨。

「我們不能再繼續走了。」梅里對快步客說，「恐怕這段路對佛羅多來說太難熬了。我很擔心他。我們該怎麼辦？你覺得如果我們抵達裂谷的話，那裡的精靈能治好他嗎？」

「我們等著瞧吧。」快步客答道，「我在野外束手無策。我急於趕路的理由，主要也是由於他的傷勢。但我同意，我們今晚不能再前進了。」

「我的主人怎麼了？」山姆壓低音量問道，「他的傷口很小，也已經癒合了。他肩膀上除了一個冰冷小白點外，其他什麼也沒有。」

「佛羅多遭到魔王的武器所傷。」快步客說，「傷口中有我無法驅除的某種毒素或邪惡力量在運作。但別放棄希望，山姆！」

山脊上的夜晚十分冷冽。他們在某棵老松樹扭曲的樹根下生起一小座火堆，松樹則位於某座窪坑上方，看起來似乎曾有人在此採石。他們緊挨彼此坐著。冷風吹過隘口，他們聽到低處的樹頂傳來呻吟和歎息般的聲響。佛羅多半夢半醒地躺著，想像無盡的黑色翅膀從他頭頂飛過，追兵們則駕著有翼生物，在丘陵區的窪地間尋找他。

早晨風光明媚，空氣乾淨清爽，受雨水洗刷後的天空也透出清亮的光芒。他們感到士氣一振，也渴望太陽能暖化他們冰冷僵硬的四肢。天空全亮後，快步客就帶梅里去觀測從高地到隘口東邊的狀況。當他帶著好消息回來時，已經日正當中了。他們差不多在正確的方向，如果他們繼續往山脊遠端走，就會讓迷霧山脈出現在他們左側。快步客在前方一段距離外再度看見了喧水河，也清楚儘管河流遠在視野之外，通往淺灘的大道離河流不遠了，位置也在靠近他們的一側。

「我們得再次前往大道。」他說，「我們無法在這些丘陵之間找到通路。無論前方有什麼危險，大道都是我們抵達淺灘的唯一希望。」

當他們用完餐後，就立即出發。他們緩緩爬下山脊南側，這條路比他們預料中輕鬆，因為這側的山坡較不陡峭，不久佛羅多就能再度上馬了。比爾．羊齒蕨的可憐小馬展現出意想不到的天賦，能夠順利找出路徑，也盡量讓騎士不經歷過多搖晃。眾人的士氣再度上漲。就連佛羅多在晨光下都覺得好多了，但時時似乎都有霧氣阻礙他的視線，他用手拂過自己的雙眼。

皮聘走在其他人前方一小段距離外。他忽然轉身呼喚他們，「這裡有條路！」他叫道。當他們跟上他時，就發現他沒說錯，那裡確實有條道路的起點，它從森林中蜿蜒伸出，並消失在後頭的山頂。它有些位置模糊難辨又長滿野草，或是擠滿落石與樹木，但它似乎一度是條繁忙道路。這是由壯碩手臂與沉重雙腳鋪設的路徑。四處都有老樹遭到砍伐或折斷的跡象，還有為了建造通道，而被切開或移到一旁的巨石。

他們順著小徑走了一陣子，這是下山最輕鬆的路，但他們小心地前進。當他們走進黑暗的樹林時，路況變得更為平坦寬敞。它從一排冷杉林延伸而出，並伸向一處陡坡，再於丘陵的崎嶇山腳處往左急轉彎。當他們來到轉角時就四處觀看，發現小徑通過了長滿樹木的低崖下的一塊平地。那裡的石壁上，有條粗長的絞鍊上歪斜地掛了塊門板。

他們全都停在門外。門後有座洞穴或石廳，但在內部的黑暗中什麼都看不見。快步客、山姆與梅里用盡全力，才勉強把門推開一條隙縫，接著快步客與梅里就走進裡頭。他們沒有走遠，因為地板上有不少遺骨，出口附近除了某些大空罐和破損鍋具外，什麼也沒有。

「這一定是食人妖洞穴！」皮聘說，「你們倆快出來，我們趕快離開吧。現在我們曉得蓋這條路的是誰了——我們最好馬上走。」

「我想不用急。」快步客走出來說，「這肯定是食人妖的洞穴，但看起來遭到遺棄許久了。我不認為我們需要擔心。但我們往前走時還是得小心點，再看看狀況。」

小徑從門邊繼續延伸，向右轉彎後便離開了平地，往下伸向長滿茂密樹林的山坡。不想讓快步客覺得自己依然害怕的皮聘，和梅里一起往前方走。山姆與快步客最後跟上，兩人分別走在佛羅多的小馬身旁，因為道路現在已寬到足以讓四五名哈比人並肩同行。但他們還沒走多遠，皮聘就跑了回來，梅里則跟在後頭。他們倆看起來大驚失色。

「有食人妖！」皮聘喘著氣說道，「在底下不遠處森林中的空地。我們在樹幹之間看到它們。它們好巨大！」

「我們來看看它們。」快步客說，邊撿起一根樹枝。佛羅多一語不發，但山姆嚇壞了。

太陽現在高掛天空，陽光從葉片稀疏的枝枒間灑落，讓空地上出現了些明亮區塊。他們忽然在邊緣停下腳步，屏息凝神地從樹幹間窺探。有三個巨大的食人妖們站在那，有個食人妖彎著腰，另外兩隻則盯著它瞧。

快步客滿不在乎地走向前。「起來，老石頭！」他說，在彎腰的食人妖身上把樹枝打斷。什麼事也沒發生。哈比人們驚呼一聲，接著連佛羅多也大笑出來。「哎呀！」他說，「我們把自己的家族史都忘了！這些一定就是甘道夫逮到的三個食人妖，當時它們在爭辯如何烤熟十三個矮人和一個哈比人。」

「我完全不曉得我們在這裡附近！」皮聘說。他很清楚那故事。比爾博和佛羅多都經常講起這件事，但其實他從來沒太相信內容。即便是現在，他也滿懷疑慮地盯著食人妖石像，想知道會不會有某種魔法忽然讓它們復活。

「你不只忘了自己的家族史，還忘了關於食人妖的常識。」快步客說，「現在是日正當中的大白天，你還跑回來說活生生的食人妖在林子裡等我們！而且，你可能有注意到其中一個食人妖耳後有個舊鳥巢。對活著的食人妖而言，那是最不尋常的飾品了！」

他們全都哈哈大笑。佛羅多覺得心情放鬆了點。想起比爾博第一場成功的冒險經歷，就讓他感到振奮。太陽溫暖而令人安心，他眼前的迷霧似乎也變淡了點。他們在林地間休息了一陣子，並在食人妖的巨腿陰影下吃中餐。

「趁太陽還高掛天上，誰來為我們唱首歌好嗎？」當他們吃完時，梅里說道。「我們好幾天沒聽歌或聽故事了。」

「自從風雲頂就沒有了。」佛羅多說。其他人望向他。「別擔心我！」他補充道，「我覺得好多了，但我不認為我能唱歌。或許山姆能從記憶裡挖點東西出來。」

「來吧，山姆！」梅里說，「你腦袋裡的東西可多了。」

「這我可不確定。」山姆說，「但這首歌適合嗎？我不覺得這是好詩歌，內容有點無厘頭。但這裡的老東西讓我想起了這首歌。」他站起身來，把雙手擺到背後，彷彿自己在學校裡，並唱起了一首古老的旋律。

食人妖獨自端坐石位上，
啃咬一根老骨頭。
多年來他只啃著骨頭，
因為鮮肉難尋。
吃光了！不剩了！
他獨自住在山洞裡，
鮮肉四處難尋。

穿著大靴子的湯姆走來。
他對食人妖說：「嘿，那是啥？
那看起來是我叔叔提姆的小腿骨
理應留在墓園裡。
洞穴中！墓園裡！
提姆翹了辮子許多年，
我以為他躺在墳場裡。」

「小子，」食人妖說，「這骨頭是我偷的。
留在洞裡有什麼用？

早在我找到骨頭前
　你叔叔就死透了。
　　小骨頭！瘦骨頭！
他可以施捨可憐的老食人妖，
他早就不用小腿骨了。」

湯姆說：「你這臭傢伙
連問都沒問，
　就偷拿我爸親戚的骨頭。
　　把老骨頭還來！
　　　還來！拿來！
死歸死，骨頭還是歸他，
把老骨頭還來！」

「不用多費勁，」食人妖笑道，
「我也會把你吃了，再啃啃你的小腿。
　鮮肉嘗起來滋味棒！
　　我來用你打打牙祭。

　　　來吧！吃吧！
我不想再啃老骨頭，
　現在就要吃掉你。」

但當他以為逮到晚餐時，
便發現雙手撲了個空。
　他一不注意，湯姆就溜到後頭
　　用靴子狠狠踢一腳。
　　　警告他！處罰他！

湯姆心想，
　屁股一腳當警告。

但獨自坐在山丘上的食人妖
血肉比石頭更堅硬。
　湯姆彷彿踢了山腳，
　　食人妖的屁股毫無感覺。
　　　踢它！治它！

當他聽見湯姆哀嚎，老食人妖就哈哈大笑，

深知對方踢到鐵板。

返家湯姆腿兒廢，
赤腳終生拐呀拐。
但食人妖不在乎，
繼續啃著老骨頭。
老骨頭！硬骨頭！
食人妖的老屁股依舊不變，
繼續啃著老骨頭！

「哎呀，這是給我們的警告！」梅里笑道，「快步客，還好你用的是樹枝，而不是手！」

「你是從哪學到那首詩歌的，山姆？」皮聘說，「我之前從來沒聽過。」

山姆低聲咕噥了幾個字。「那當然是他自己想出來的。」佛羅多說，「我在這趟旅程中學到了很多關於山姆．甘吉的事。他一開始是個陰謀家，現在還變成宮廷弄臣。最後他會變成巫師——或是戰士！」

「我希望不要，」山姆說，「我兩個都不想當！」

下午時，他們繼續往樹林深處走。他們可能正循著甘道夫、比爾博和矮人們多年前經過的路線前進。走了幾哩後，他們便從高過大道的山坡頂端走了出來。大道在此處將灰泉河遠遠得拋在後頭的狹窄山谷間，並緊靠在山腳下，蜿蜒地向東延伸，穿過樹林與長滿石楠花的山坡，往淺灘和迷霧山脈綿延而去。在坡上走了不遠後，快步客就指向草地中的某塊石頭。在飽經風霜的石塊上，依然能看到粗糙的矮人符文與祕密記號。

「快看！」梅里說，「那一定就是標記藏匿食人妖黃金位置的石塊。佛羅多，我想知道比爾博的分紅還剩下多少？」

佛羅多注視石塊，心裡希望比爾博沒有帶如此危險又難以割捨的寶藏回家。「一點都不剩了，」他說，「比爾博把寶藏都送人了。他告訴我說，他不覺得寶藏屬於他，因為那是從強盜手上得來的。」

傍晚修長陰影下的大道十分寧靜。附近沒有其他旅行者的跡象。由於沒有別的方向可選，他們便爬下山坡，並盡快往左轉。一道山肩很快就遮蔽了迅速西沉的太陽。冷風從前方的山脈向他們吹來。

他們開始尋找大道外頭的紮營過夜地點，此時他們聽到了一股忽然將恐懼送回心中的聲音：他們身後傳來了馬蹄聲。他們往後看去，但由於大道四處拐彎，害他們無法看到遠處。他們趕緊離開古老的道路，鑽進高處山坡上濃密的石楠花與山桑子樹叢，直到他們來到一小叢茂密的榛樹。當他們從灌木叢中往外窺視時，就能在底下三十呎處看見在微光中顯得灰濛濛的大道。馬蹄聲逐漸逼近。輕盈的喀噠喀噠聲移動地非常快速。他們似乎聽到了微弱的叮噹聲，彷彿是微風從遠方吹來的小鈴鐺聲響。

「那聽起來不像黑騎士的馬！」仔細傾聽的佛羅多說。其他哈比人充滿希望地同意，但他們依然心懷疑慮。他們畏懼追兵已經太久了，使得任何從後頭飄來的聲音感覺起來都帶著不祥徵兆。但快步客往前傾身，把身子貼到地上，將一隻手靠在耳邊，臉上散發出喜悅的神情。

陽光就此消失，灌木叢中的葉片也發出輕柔的沙沙聲。鈴聲越來越近，快步前進的喀噠馬蹄聲也隨之傳來。注視下方的眾人忽然看見一匹白馬，牠在黑影中閃閃發光，並輕盈地奔跑。牠的轡頭在暮色中閃動著光澤，彷彿上頭鑲滿宛如星辰的寶石。騎士的斗篷在他身後飛揚，兜帽往後翻開，他的亮麗金髮在風中飄動。在佛羅多眼中，似乎有股白光從騎士的身體與衣著往外散出，彷彿穿透了薄紗。

快步客衝出躲藏處，往下奔向大道，大喊一聲便躍過石楠花叢。但在他移動或呼喚前，騎士就已勒住馬匹並停了下來，抬頭往他們站立的樹叢看。當他看到快步客時，就下馬並跑向對方，同時叫道：「*Ai na vedui Dúnadan! Mae govannen!*」他使用的語言與清亮的嗓音，使他們心中的疑慮冰消瓦解：這名騎士是精靈。廣大的世界上沒有其他種族擁有如此悅耳的嗓音。但他的呼聲中似乎帶有某種急促或恐懼，他們也注意到他正與快步客著急地快速交談。

快步客很快就向他們招手，哈比人們也離開灌木叢，趕緊跑到大道上。「這位是居住在愛隆宅邸的葛羅芬戴爾。」快步客說。

「你們好，終於見面了！」這位精靈貴族對佛羅多說，「我從裂谷被派來找你們。我們擔心你們在路上遭遇了危險。」

「那甘道夫已經抵達裂谷了嗎？」佛羅多滿心愉快地喊道。

「不。當我離開時，他還沒有來，但那是九天前的事了。」葛羅芬戴爾回答，「愛隆收到讓他擔憂的消息。當我有些族人在巴蘭都因河[1]外你們的土地上旅行時，就得知苗頭不對，並盡快送出了信息。他們說九騎士出現了，你們則在缺乏指引的狀況下流浪，還攜帶著重大負擔，因為甘道夫還沒有回來。就連在裂谷，都只有少數人能公開對抗九騎士，但愛隆將這些人都派往北方、西方與南方。我們認為你們可能會繞路以躲避追兵，並在荒野中迷路。

「我負責走大道，當我在近七天前來到米賽伊索橋時，在橋上留下了信物。有三名索倫的僕人駐守橋上，但他們迅速撤退，我將他們往西趕走。我也遇到另外兩個騎士，但他們掉頭往南走。之後我就一路找尋你們的蹤跡。兩天前我發現了跡象，便跟著它一路過橋；今天我又觀察到你們走下山丘的痕跡。好了！沒時間說其他消息了。既然你們在這裡，我們就得冒著大道上的危險並前進。我們身後有五個騎士，當他們在大道上找到你們的足跡

1　即為烈酒河。

時，就會如強風般追來。他們尚未全員到齊。我不曉得其他四個騎士在哪。我擔心敵人可能已經在淺灘守候我們了。」

當葛羅芬戴爾說話時，傍晚的陰影便逐漸加深。佛羅多感到莫大的疲勞襲上身子。自從太陽開始西下時，他眼前的迷霧就再度變濃，他也覺得有股黑影阻擋在他和他朋友的臉孔之間。他痛苦不堪並渾身發冷。他搖晃著身子，緊抓住山姆的手臂。

「我的主人生病又受傷了。」山姆生氣地說，「他不能在晚上繼續騎馬。他需要休息。」

當佛羅多往下倒時，葛羅芬戴爾便扶住他，輕柔地將他抱在懷裡，並肅穆而憂心地注視對方的臉孔。

快步客簡要地描述他們在風雲頂下的營地遭到攻擊的過程，也提到那把致命小刀。他取出先前保存的刀柄，並把它遞給精靈。當葛羅芬戴爾接下時，打了個冷顫，但他依然專注地看著刀柄。

「這把刀柄上寫了邪惡的文字。」他說，「但或許你們的眼睛無法看到。把它收好，亞拉岡，直到我們抵達愛隆宅邸！但小心點，盡量不要碰它！唉呀！我的技能無法治療這把武器造成的傷口。我會盡我所能——但我得更極力要求你們不要休息，繼續前進。」

他用手指摸索著佛羅多肩上的傷，表情也變得嚴肅，彷彿他察覺的事讓他感到不安。但佛羅多感到他側身和手臂的寒意變少了點，還有一絲暖意從他的肩膀傳到手中，痛楚便稍微減輕。他周遭的暮色似乎變亮了些，彷彿有雲層散去。他再度清楚地看見他朋友們的臉，心中也重新燃起了希望與勇氣。

「你該騎我的馬，」葛羅芬戴爾說，「我會把馬鐙調整到馬鞍旁，你得盡量坐穩。但你不必害怕，我的馬不會讓我要牠乘載的騎士摔落。牠的步伐輕盈柔和，而如果危險靠得太近，牠就會立刻把你載走，就連敵人的黑馬都無法與牠的速度匹敵。」

「不，牠不能跑掉！」佛羅多說，「如果我會被載到裂谷或別的地方，拋下陷入危機的朋友們的話，我就不騎牠。」

葛羅芬戴爾露出微笑。「我覺得，」他說，「如果你沒跟朋友們在一起的話，他們就不會陷入危機！我想，追兵會跟著你並放過我們。讓我們所有人陷入危機的，就是你，佛羅多，還有你攜帶的那東西。」

佛羅多對此無話可說，也同意坐上葛羅芬戴爾的白馬。小馬身上則是載了其他人的大部分行囊，因此他們的步伐變得更輕快，有段時間行進地也很快速。但哈比人們開始發現，要跟上精靈敏捷而毫無倦意的雙腳太困難了。他率領眾人步入黑暗中，再走進烏雲密布的黑夜下。天空中沒有星星或月亮。一直到灰暗的黎明出現，他才讓大家停歇。雙腿疲勞的皮聘、梅里和山姆此時幾乎快睡著了，就連肩膀下垂的快步客，看起來都十分勞累。坐在馬上的佛羅多則陷入黑暗的夢境。

他們躺在道路旁幾碼的石楠花叢中，並立刻睡著。他們彷彿才剛閉上眼，在他們睡覺時負責守望的葛羅芬戴爾，便又把他們叫醒。早晨的太陽已爬上高空，夜晚的烏雲與迷霧已盡數消散。

「喝下這個！」葛羅芬戴爾對他們說，並從他鑲銀的皮革酒瓶中為他們輪流倒了點飲料。飲料如同泉水般清澈無味，在口中感覺起來也不冷不熱；但當他們喝下液體時，力量似乎湧入了他們的四肢。喝過那飲料後再用餐，不新鮮的麵包和乾燥的水果（那是他們僅剩的糧食）便滿足了他們的飢餓，比夏郡的優秀早餐更有效。

他們休息不到五小時，就又踏上大道。葛羅芬戴爾依舊催促他們前進，那天也只讓他們短暫停下兩次。他們就這樣在入夜前走了近二十哩，並來到大道往右彎再伸向谷地底部的位置，道路現在往布魯伊南河筆直伸去。哈比人們目前看不到也聽不見追兵的跡象，但如果他們在後頭的腳步變慢，葛羅芬戴爾便經常停下並傾聽片刻，臉龐蒙上擔憂神色。有一兩次他用精靈語和快步客交談。

儘管他們的嚮導憂心忡忡，哈比人們那晚卻顯然無法再走了。他們疲憊又暈頭轉向地蹣跚步行，除了自己的雙腳和雙腿外，他們腦中別無他想。佛羅多的痛楚再度增強，而在白天，他周遭的物體便化為鬼魅般的灰影。黑夜的到來幾乎使他感到欣慰，因為當時的世界便顯得不那麼蒼白空虛。

當他們隔天一大早啟程時，哈比人們依然感到疲憊不堪。從他們的位置到淺灘，還有好幾哩路得走，他們則盡可能一拐一拐地往前走。

「我們抵達河流前的情勢最危險。」葛羅芬戴爾說，「我打從心裡覺得，追兵已快馬加鞭地跟在我們後頭，淺灘旁也可能有其他危機。」

大道依然穩穩地往下坡延伸，兩側也有長滿青草的地帶，哈比人們便盡量踏上草地，好讓他們疲憊的雙腳喘口氣。接近傍晚時，他們來到大道忽然轉彎的位置，道路伸進高大松樹下的黑影，再深入兩旁有潮溼紅色岩壁的深溝。當他們快步趕路時，周圍便傳來回音；附近似乎還有跟著他們的諸多腳步聲。忽然間，大道彷彿穿過一道光門，從隧道另一端又繞進空曠地帶。在一處陡坡的底部，他們看見面前有條平坦的道路，遠方就是裂谷淺灘。更遠的一頭有座棕色斜坡，上頭有條蜿蜒的小徑，後頭則是往上隆起的高山，綿延的山頭一路往天際延伸。

他們身後的通道依然傳來腳步聲的回音，彷彿強風吹過松樹枝枒時發出的沙沙聲。葛羅芬戴爾轉身傾聽片刻，接著衝向前並大叫一聲。

「快逃！」他叫道，「快逃！敵人追上我們了！」

白馬往前一躍。哈比人們跑下斜坡。葛羅芬戴爾和快步客跟在後頭守備。他們才剛跨越一半的平原，馬匹疾馳聲就忽然傳來。一名黑騎士從他們剛離開的樹林出口策馬現身。他勒住馬匹並停下腳步，在馬鞍上左右搖晃。另一名騎士跟著他出現，接著又來了一個，還有兩名騎士隨後加入。

「往前騎！快騎！」葛羅芬戴爾向佛羅多喊道。

他沒有立刻聽命，因為有股奇怪的猶豫攫住他心頭。他讓馬緩緩步行，再轉身回望。壯碩座騎上的騎士們，看似山丘上漆黑厚實的駭人雕像，而周遭的森林與土地則彷彿化為霧氣。他忽然間打從心底明白，他們正沉默地命令他停下。他心中立刻燃起了恐懼與恨意。他的手離開韁繩並抓住劍柄，隨著一道紅光，他便拔劍出鞘。

「往前騎！往前騎！」葛羅芬戴爾大喊，接著他用精靈語向白馬響亮而清晰地叫道：

「*noro lim, nor olim, Asfaloth!*」

白馬頓時如強風般往前飛撲，沿著大道最後一段路衝去。在此同時，黑馬們從山丘上躍下並一路追去，騎士則發出恐怖的叫聲，那正是佛羅多在遙遠的東區樹林中聽過的駭人聲響。叫聲得到回應，而讓佛羅多和他的朋友們絕望的是，有四名黑騎士從左側的樹林與岩石間衝了出來。兩個騎士策馬撲向佛羅多，另外兩個則往淺灘狂野地奔馳，打算截斷他的去路。他覺得他們彷若颶風般疾馳，而當他們與他的去向逐漸合併時，他們還迅速變得更為龐大黑暗。

佛羅多往身後看了一眼。他看不見他的朋友們了。後頭的騎士正在落後，就連他們壯碩座騎的速度，也無法與葛羅芬戴爾的精靈白馬相比。他又往前看，希望卻馬上消失。他似乎無法在遭到其餘埋伏的騎士阻止前，先行抵達淺灘。他現在能夠看清他們的長相，他們似乎拋下了兜帽與黑色斗篷，身穿白色與灰色的長袍。他們蒼白的手中握著出鞘長劍，頭頂則戴著頭盔。他們冰冷的雙眼炯炯有神，並用駭人的嗓音呼喚他。

佛羅多的心中滿是驚懼。他再也沒想到自己的劍。他也叫不出聲。他閉上眼睛，緊抓馬匹的鬃毛。風在他耳邊呼嘯作響，馬鞍上的鈴鐺也發出尖銳聲響。一股致命的冰冷氣息如同長矛般刺穿他，彷彿長出翅膀的精靈白馬則做出最後衝刺，如同白色烈火般竄過，瞬間掠過最前方的騎士面前。

佛羅多聽到水花飛濺的聲響。河水在他腳邊濺起白沫。當馬匹離開河流，奮力爬上礫石通道時，他感到馬匹迅速移動與衝刺。他正爬上陡坡。他要跨越淺灘了。

但追兵緊跟在後。白馬在坡頂停下，轉身憤怒地嘶吼。九騎士站在底下的河畔，面對他們仰視的臉龐時，佛羅多的士氣便轉趨萎靡。他不曉得有什麼能阻止他們和自己一樣輕易渡河，也覺得當騎士過河後，就不可能在淺灘到裂谷間距離不明的漫長道路上逃跑。他感到對方命令自己止步。他心中再度升起恨意，但他已經沒有力氣拒絕了。

最前端的騎士突然策馬向前。牠看看河水並用後腿站立起來。佛羅多奮力挺起身子，再抽出他的劍。

「回去！」他叫道，「回到魔多國度去，別再跟著我了！」在他耳中，自己的嗓音聽起來脆弱又尖銳。騎士們停了下來，但佛羅多沒有邦巴迪的力量。他的敵人們用粗啞冷酷的笑聲譏笑他，「回來！回來！」他們喊道，「我們會帶你去魔多！」

「回去！」他悄聲說道。

「魔戒！魔戒！」他們用陰森的嗓音叫道，他們的領袖立刻策馬踏入水中，另外兩個騎士則緊緊跟上。

「以埃兒碧瑞絲與美麗的露西安之名，」佛羅多用盡最後一絲力氣說道，並舉起他的劍，「你們不會得到魔戒和我！」

已經跨越半個淺灘的領袖，此時充滿威脅地站在馬蹬上，舉起他的手。佛羅多頓時啞口無言。他感到自己的舌頭癱在口中，心臟也撲通直跳。他的劍應聲斷裂，從他顫抖的手中掉落。精靈白馬用後腿站起，發出嘶吼聲。領頭的黑馬幾乎就要踏上河岸。

此時傳來了滔天巨響，那是洶湧的水流推擠大量石塊發出的聲音。佛羅多微微看到腳下的河水上漲，河道上則出現大量白浪。佛羅多覺得浪頭似乎泛著白色火光，也看到水中有騎著白馬的白衣騎士，馬匹的鬃毛宛如泡沫。三名仍在淺灘中央的騎士立刻滅頂，他們頓時消失，憤怒的洪水猛地將他們捲入其中。後頭的騎士焦急地撤退。

透過僅剩的意識，佛羅多聽見了叫聲，他認為自己看到在岸邊猶豫的騎士遠方，有個發出白光的明亮人影，它身後則有微小的影子正在揮舞火焰，在籠罩世界的灰霧中閃爍紅光。

黑馬感到驚恐無比，並害怕地背著騎士們縱身跳入滔滔洪水中。河水的巨響吞沒了牠們刺耳的叫聲，水流則將牠們沖走。佛羅多隨即感到自己摔了下去，巨響與騷動似乎逐漸上漲，將他和敵人們團團包覆。他的五感陷入黑暗之中。

第二卷

第一章——
諸多會面

佛羅多醒了過來，發現自己躺在床上。剛開始他以為自己睡過頭，還做了個依然盤旋在回憶邊陲上的漫長惡夢。還是他生病了？但天花板看起來很奇怪，上頭十分平坦，還有雕飾優美的黑色梁柱。他又躺了一陣子，注視牆上的斑駁陽光，並聆聽瀑布傳來的流水聲。

「我在哪，現在幾點了？」他大聲地對天花板說。

「在愛隆宅邸，現在是早上十點。」某個嗓音說，「如果你想知道的話，今天是十月二十四日早上。」

「甘道夫！」佛羅多大喊，一面坐起身。老巫師本人就坐在窗口旁的椅子上。

「沒錯。」他說，「我就在這。自從你離家並做了那些蠢事後，你能抵達這裡也很幸運。」

佛羅多再度躺下。他感到太舒適平靜，而不想反駁，而且他也不覺得自己會辯贏。他現在已完全清醒，旅程中的記憶也回到他腦海中：穿過老林的可怕「捷徑」，躍馬旅店的「意外」，以及他在風雲頂下的窪地戴上魔戒的瘋狂行徑。當他思索這些事件，並徒勞無功地回想自己來到裂谷的過程時，房裡便陷入沉默，只聽得見甘道夫菸斗輕柔的吸吐聲，他正往窗外吐出白色煙圈。

「山姆在哪？」佛羅多最後問道，「其他人還好嗎？」

「對，他們都安全無虞。」甘道夫回答，「山姆大約半小時前還在這裡，直到我要他去休息一下。」

「在淺灘發生了什麼事？」佛羅多說，「我對一切的印象似乎變得很模糊，現在也一樣。」

「對，的確會這樣。你開始褪化了。」甘道夫說，「傷勢終於擊垮你了。再過幾個小時，我們就會束手無策。但你體內還有力量，我親愛的哈比人！就像你在墓塚所展現的氣魄。當時情勢不定，或許還是最危險的一刻。我希望你當時在風雲頂可以撐下去。」

「你好像已經知道很多事了。」佛羅多說，「我還沒對別人提過墓塚的事。剛開始太恐怖了，之後又有其他事得操心。你是怎麼知道的？」

「你在睡夢中說了很多話，佛羅多。」甘道夫溫和地說，「要我探入你的內心和記憶也不難。別擔心！雖然我剛說『蠢事』，那其實不是真心話。我認為你和其他人都做得很好。走了漫漫長路，還遭遇了莫大危機，卻依然保有魔戒，確實不是簡單的事。」

「少了快步客，我們就永遠辦不到。」佛羅多說，「但我們需要你。我不曉得在沒有你的狀況下，我該怎麼辦。」

「我被耽擱了，」甘道夫說，「幾乎害我們一敗塗地。但我依然不太確定，或許這樣是最好的狀況。」

「我真希望你能告訴我發生了什麼事！」

「你遲早會知道！愛隆下令過，你今天不該講話或擔心任何事。」

「但講話能讓我避免胡思亂想，那也很累人。」佛羅多說，「我現在很清醒了，也記起許多需要解答的事情。你為什麼耽擱了？你至少該講清楚這件事。」

「你很快就會聽到所有想知道的答案了。」甘道夫說，「等你恢復體力，我們就會召開一場會議。目前我只能說，我遭到俘虜了。」

「你？」佛羅多叫道。

「沒錯，我，灰袍甘道夫。」巫師嚴肅地說，「世上有許多為善與為惡的力量。有些比我還強大。我還沒有對抗過某些勢力。但我的時機即將到來。魔窟王與他的黑騎士已經出動了。戰爭正蓄勢待發！」

「那在我見到它們前，你就知道這些騎士了嗎？」

「對，我知道它們的事。我曾向你提過它們：黑騎士正是戒靈，也就是魔戒之王的九名僕從。但我不曉得它們已經再度崛起，不然我就會立刻帶你逃走。我在六月離開你後，才聽到它們的消息；但這件事得等之後再談。由於亞拉岡出馬，我們才倖免於難。」

「沒錯。」佛羅多說，「快步客救了我們。但我一開始很怕他。我想，山姆從來沒有太信任他，直到我們碰見葛羅芬戴爾。」

甘道夫露出微笑。「我聽說過山姆的事，」他說，「他現在已經毫無疑慮了。」

「我很慶幸。」佛羅多說，「因為我變得很喜歡快步客。這個嘛，『喜歡』這詞說不上正確。我指的是，他對我來說非常親切，但他個性古怪，有時也相當陰沉。其實，他經常讓我想起你。我先前不曉得有這種大傢伙。哎呀，我以為他們只是愚笨的大塊頭，像蜂斗菜一樣好心又笨拙，或是像比爾·羊齒蕨一樣笨拙又壞心。但除了布理人以外，我們在夏郡對人類所知甚少。」

「如果你覺得老麥漢很笨的話，你就不太了解他們了。」甘道夫說，「他有自己的一套智慧。他想的比說的還少，速度也更慢，但他遲早能看透磚牆（這是布理的俗話）。但像亞拉松之子亞拉岡這種人，在中土世界已經很少見了。渡海而來的王族已幾近式微。這場魔戒之戰可能就是他們的最終冒險。」

「你是說，快步客是古代王族的族人嗎？」佛羅多驚奇地說，「還以為他們很久以前就消失了，我以為他只是遊俠而已。」

「只是遊俠而已！」甘道夫叫道，「我親愛的佛羅多，那就是遊俠的真實身分：崇高的西方人類在北方的最後遺族。他們之前曾經幫助過我，在未來的日子中，我也需要他們的協助。我們已經抵達了裂谷，但魔戒還不能歇息。」

「我想也是。」佛羅多說，「但到目前為止，我唯一的念頭就是抵達這裡，也希望不用再走更遠了。好好休息實在太舒服了。我度過了整整一個月的流浪與冒險，也覺得這超出我的預期了。」

他陷入沉默並閉上雙眼。過了一陣子後，他才又開口說話。「我一直在計算。」他說，「我沒辦法算到十月二十四日。今天應該是二十一日。我們肯定在二十日前就抵達淺灘了。」

「你講太多話，也想太多事了。」甘道夫說，「身側和肩膀現在覺得如何？」

「我不曉得。」佛羅多回答，「一點感覺都沒有，這算是進步，但是，」他使了點勁。「我可以再移動手臂一點了。對，它恢復活力了。它不冷。」他補充道，一邊用右手撫摸左手。

「很好！」甘道夫說，「它痊癒得很快。你很快就會康復了。愛隆治好了你，自從你被送來後，他就照料了你好幾天。」

「好幾天？」佛羅多說。

「這個嘛，準確地說，是三天四夜。精靈們在二十日晚上把你從淺灘帶來，那就是你算不到日子的時候。我們非常擔心，山姆也很少離開你身邊，他日以繼夜地待著，除非去跑腿傳送信息。愛隆的醫術傑出超群，但魔王的武器致命無比。老實說，我不太抱持希望，因為我覺得閉合的傷口中還有刀鋒的碎片。但在昨晚前，都找不到它。之後愛隆才移除了一塊碎片，它埋得很深，也還在往內鑽。」

佛羅多打了冷顫，他想起從快步客手中消失的殘忍小刀，刀刃上確實有缺口。「別緊張！」甘道夫說，「它被毀了，它已經遭到熔化。哈比人褪化得似乎非常緩慢。我聽說過，就連大傢伙中的強壯戰士都會因那種碎片而迅速死去，而你居然忍受了十七天。」

「它們想對我做什麼？」佛羅多問。「騎士們想做什麼？」

「它們想用魔窟刃刺穿你的心臟，刀刃會滯留在傷口中。如果它們成功，你就會變得和它們一樣，不過更為弱小，也會受它們操控。你會成為黑暗魔君麾下的死靈，他也會因為你試圖保有魔戒而凌虐你，但沒有任何折磨比失去魔戒、並眼見他重拾魔戒來得更可怕。」

「幸好我不曉得這麼恐怖的危機！」佛羅多心有餘悸地說，「我當然很害怕，但如果我知道更多事的話，就連動也不敢動了。我居然還能逃出生天，簡直太神奇了！」

「對，運氣或宿命眷顧了你。」甘道夫說，「還得加上勇氣。因為碎片沒有觸及你的心臟，你也只有肩膀受傷，這也是由於你奮力抵抗到最後，但那依然是千鈞一髮的狀況。當你戴上魔戒，就陷入最大的危險之中，因為當時你半個人都進入了死靈世界，它們也可能會逮住你。你看得見它們，它們也能看到你。」

「我知道。」佛羅多說，「它們看起來太嚇人了！但我們為什麼能看到它們的馬？」

「因為牠們是真馬，如同黑袍都是真實的袍子一樣。當它們與活人打交道時，就得穿上長袍，為自己的無形軀體賦予外型。」

「那這些黑馬為什麼能忍受那些騎士？當它們靠近時，其他動物都大感驚恐，連葛羅芬戴爾的精靈馬也是。狗隻會發出哀嚎，鵝群也會對它們尖叫。」

「因為這些馬是為了服侍魔多的黑暗魔君而生。他的僕人和爪牙並非全是死靈！還有歐克獸人和食人妖，也有座狼和妖狼。當地甚至還有許多身為戰士與君王的人類，他們在光天化日下遊走，但依然受到他的宰制。他們的數量正與日俱增。」

「那裂谷和精靈呢？裂谷安全嗎？」

「對，目前為止還安全，直到一切都遭到吞沒。精靈或許畏懼黑暗魔君，也可能轉身逃走，但他們永遠不會再聽從或服侍他。他有某些主要敵人依然居住在裂谷：精靈智者，他們是來自大海彼端的艾達族[1]貴族。他們並不畏懼戒靈，那些曾居住在蒙福神域[2]的精靈同時生活在凡世與靈界中，能夠痛擊可見或不可見的敵人。」

「我好像看見了一個白色人影，它綻放強光，也不像其他身影一樣變得模糊。那就是葛羅芬戴爾嗎？」

「對，你在剎那間看到他在靈界的形象：他是初生者[3]中的強者之一[4]。他是出身豪門的精靈貴族。裂谷確實有力量能抵抗魔多的勢力一陣子，其他地方也依然有別的力量存在。夏郡也擁有不同的力量。但倘若情勢繼續發展，這些地方很快就會變成遭受攻擊的孤島。黑暗魔君正在集結兵力。

「不過，」他說，並忽然起立伸腿，鬍鬚則如同雜亂的鐵絲般變得僵硬筆直。「我們必須維持勇氣。你已經到達裂谷了，現在什麼都不需要擔心。」

「我沒有多少勇氣能維持，」佛羅多說，「但我當下並不擔心。只要像我一直問的，把我朋友的消息告訴我，再講明淺灘事件的結尾，我目前就心滿意足了。之後，我想我該再睡一覺。但直到你說完故事前，我都沒辦法合眼。」

甘道夫把他的椅子移到床邊，細心端詳著佛羅多。對方的臉孔恢復了血色，雙眼明亮透澈，神智也清醒無比。佛羅多露出笑容，似乎沒有任何異常。但在巫師眼中，他似乎有些許改變，身上散發出某種澄清感，特別是擺在被單上的左手。

「這也在預料之中。」甘道夫自言自語道，「他還沒度過一切，就連愛隆也無法預測他最終的模樣。我想，應該不會往壞的方面發展。他可能會變得像是充滿清澈亮光的玻璃杯，所有人都能見證他的光輝。」

「你看起來狀態很好。」他大聲說道，「我先長話短說，就不問愛隆的意見了。但聽好了，這故事很短，之後你就得回去睡覺。就我所知，以下就是當時發生的狀況。當你逃跑後，騎士們就直接追了上去。它們再也不需要馬匹的指引了，它們能清楚看見你，因為

---

1 譯注：Eldar，維拉歐羅米（Oromë）在太古時代發現精靈時賦予他們的名稱，在昆雅語（Quenya）中意為「來自星辰」。

2 譯注：Blessed Realm，維林諾的別名。

3 譯注：Firstborn，精靈身為造物主伊露維塔（Ilúvatar）率先出現的子女，因而得此別稱。

4 譯注：葛羅芬戴爾在第一紀元時是剛多林十二家族中的金花家族（House of the Golden Flower）領袖。在剛多林陷落時，他為了同胞犧牲自己，和炎魔奮戰而死。由於他的功績，維拉使他復活，並賦予他比先前更強大的能力。日後他受維拉之命，在第二紀元渡海來到中土世界，輔助自由人民對抗索倫。他是中土世界力量最強的精靈之一。

你已經踏上了它們世界的門檻。魔戒也吸引著它們。你的朋友們跳到路邊，不然對方會策馬踩過他們。他們知道如果白馬救不了你的話，就無計可施了。騎士們的速度太快，數量也太多了。就連葛羅芬戴爾和亞拉岡也無法徒步同時對抗九戒靈。

「當戒靈疾馳過時，你的朋友們便緊追在後。淺灘附近有座靠近道路的小窪地，只有幾棵矮樹遮蔽該處。他們匆忙地生起了火，因為葛羅芬戴爾知道，如果騎士們敢過河，就會有洪水沖下，隨後他就得對付其他留在這側河岸的敵人。洪水一出現，他就立刻衝出去，手持火炬的亞拉岡與其他人隨後跟上。遭到水火夾擊，還見到怒氣衝天的精靈貴族現出原形，便使它們陷入絕望之中，馬匹也嚇得激動無比。第一波洪水沖走了三名騎士，其他騎士則被它們的馬匹拋入水中，就此滅頂。」

「黑騎士就這樣死了嗎？」佛羅多問。

「不。」甘道夫說。「它們的馬肯定淹死了，而少了馬匹，它們的行動便受到重創。但戒靈本身無法輕易遭到摧毀。不過，目前不需要再畏懼它們了。你的朋友們在洪水散去後過河，發現你趴在陡坡高處，身體壓著一把斷劍。白馬站在一旁守護你。你的身體蒼白冰冷，他們也擔心你已經死了，或是墮入更糟的情況。愛隆的人民碰上了將你緩緩扛向裂谷的他們。」

「是誰引發洪水的？」佛羅多問。

「愛隆操縱了洪水。」甘道夫回答，「這座山谷的河水受到他控制，當他急需防守淺灘時，水流就會變得凶猛湍急。當戒靈的領袖踏入水中時，愛隆就釋出了洪水。老實說，我在其中添加了一點自己的風格，你可能沒注意到，但有些波浪具有閃亮的白色騎士型態，水中還有大量滾石。在那一瞬間，我很擔心我們放出了過於洶湧的洪水，水勢會失去控制，把你們全部沖走。從迷霧山脈流下的雪水威力十分強大。」

「對，我現在回想起來了」佛羅多說，「震耳欲聾的流水聲。我以為我要淹死了，我的朋友與敵人還會一起陪葬。但現在我們安全了！」

甘道夫迅速看了佛羅多一眼，但對方已閉上他的眼睛。「對，你們現在安全無虞。很快就會舉辦饗宴與慶典，以慶祝布魯伊南淺灘的勝利，你們全體將成為榮譽貴賓。」

「太棒了！」佛羅多說，「愛隆、葛羅芬戴爾和這些貴族，再加上快步客，居然會大費周章地向我展現這麼浩大的善意，實在太美好了。」

「這個嘛，他們會這麼做有很多理由。」甘道夫笑著說，「我是個好理由。魔戒則是另一個，你是魔戒持有者；你也是魔戒發現者比爾博的繼承人。」

「親愛的比爾博！」佛羅多昏昏欲睡地說，「我真想知道他在哪。我希望他人在這裡，也能聽到這一切經過。他一定會哈哈大笑。跳過月亮的乳牛！還有可憐的老食人妖！」說完，他就立刻陷入夢鄉。

佛羅多現在安全地待在大海東方的最後庇護所。如同比爾博多年前的形容，那座宅邸「完美無瑕，無論你喜歡食物、睡覺、工作、說故事、唱歌、坐下思考或通通做都行」。光是待在那裡，就能治癒疲勞、畏懼與悲傷。

隨著傍晚逐漸過去，佛羅多又醒了過來，也覺得自己不再需要休息或睡眠，反而想要食物與飲料，之後或許還想唱歌和講故事。他下了床，發現他的手臂已經幾乎和先前一樣有力了。他找到備好的乾淨綠色布料衣物，尺寸非常合身。他望向鏡子，訝異地看見倒影中的自己比印象中瘦多了。看起來確實很像經常與比爾博在夏郡四處閒晃的年輕外甥，但盯著他的雙眼卻顯得若有所思。

「沒錯，自從你上次打量自己後，已經見過了一些世面。」他對倒影說，「但現在該開心地和大家碰面了！」他伸出雙臂，用口哨吹起了一段曲調。

此時門上傳來了敲擊聲，山姆則隨後走進門內。他跑到佛羅多身旁並握住對方的左手，神情尷尬而羞赧。他輕撫左手，接著臉色一紅，立刻轉過身去。

「哈囉，山姆！」佛羅多說。

「它很溫暖！」山姆說，「我是說你的手，佛羅多先生。那幾天晚上，它感覺起來冷冰冰的。但是一切都太值得慶祝了！」他喊道，眼神明亮的他轉過身，在地板上手舞足蹈。「看到你恢復健康真是太好了，先生！甘道夫要我來看看你準備好下樓了沒，我還以為他在開玩笑。」

「我準備好了。」佛羅多說，「讓我們去宴會上找其他人吧！」

「我可以帶你去見他們，先生。」山姆說，「這是棟很特別的大房子。裡面總能找到新東西，你也不曉得自己在轉角會發現什麼。還有精靈呀，先生！到處都是精靈！有些像是雍容華貴又令人敬畏的國王，有些則像孩童一樣愉快開朗。音樂和歌聲——自從我們抵達這裡，我還沒有時間或心情專心聽。但我學會了這裡的某些風俗。」

「我知道你做了什麼，山姆。」佛羅多說，邊握住對方的手臂。「但你今晚該開心一點，好好盡情聆聽。來吧，帶我走走！」

山姆領著他走過幾條通道，再步下許多台階，走到外頭位於河畔陡坡上的高處花園。他發現他的朋友們坐在面東房屋旁的走廊上。陰影已經落入底下的山谷，但遠方高處的高山山壁上依然看得到陽光。空氣很溫暖。流水與瀑布的聲響十分喧鬧，傍晚也瀰漫著花草樹木的微弱香氣，彷彿夏天仍然停留在愛隆的花園中。

「萬歲！」皮聘跳起來大叫，「我們的厲害親戚來了！為魔戒之王佛羅多讓讓路！」

「噓！」走廊後方陰影中的甘道夫說。「邪物不會踏進這座山谷，但我們還是不該提起它們。魔戒之王不是佛羅多，而是魔多邪黑塔的主人，他的力量正再度拓展到全世界。我們位在要塞之中。外頭的局勢越來越黑暗了。」

「甘道夫老是在說這種開心話。」皮聘說，「他覺得我得守規矩。但不知怎麼搞的，在這裡似乎無法感到陰沉或憂鬱。我覺得如果我曉得該唱什麼歌的話，就會立刻大唱特唱了。」

「我自己也想唱歌。」佛羅多笑道，「不過目前我比較想大吃大喝。」

「那很快就有解決方法了。」皮聘說，「你跟往常一樣，擅長剛好在用餐時間起床。」

「還不只是普通餐點！是場饗宴！」梅里說，「當甘道夫帶來你康復的消息時，準備工作就開始了。」話還沒說完，鐘聲就響了起來，召喚他們前往大廳。

愛隆宅邸的大廳中人數眾多，大部分是精靈，不過也有幾個來自其他種族的賓客。愛隆一如往常地坐在高台上長桌盡頭的主位上，身旁一側坐著葛羅芬戴爾，另一側則坐了甘道夫。

佛羅多驚奇地觀望他們，因為他從來沒見過諸多故事中提過的愛隆。而分別坐在他右邊的葛羅芬戴爾和左邊的甘道夫（即便他自認十分熟識對方），則都成了尊榮不凡的貴族。

甘道夫的身高比另外兩人矮，但他的白色長髮、飄揚的銀色鬍鬚與寬闊的肩膀，都讓他顯得像是某種古老傳奇中的睿智國王。在他老邁的臉孔上，雪白濃眉下的黑眼珠宛如可能會忽然起火的煤炭。

葛羅芬戴爾的身材高大挺拔，留著一頭亮麗金髮，臉龐俊美年輕，同時無懼而滿溢喜悅。他的雙眼明亮銳利，嗓音有如美妙音樂。他的眉間盡顯智慧氣息，手中則散發強大力量。

愛隆的臉孔毫無歲月的痕跡，外型非老非少，但上頭刻劃了諸多愉快和悲愴的回憶。他的頭髮如薄暮中的陰影般烏黑，頭頂則戴了銀冠。他的雙眼如同晴朗的傍晚般灰亮澄澈，眼中則有如同星辰般的光芒。他看起來像經歷過歲月淬鍊的尊貴君王，也如老練的壯年戰士般健壯。他是裂谷之主，在精靈和人類之間都是勢力強大的人物。

長桌中央，有張位於罩蓬底下的椅子，後頭的牆壁則擺滿編織掛毯。椅子上坐了位美若天仙的女子，她的相貌有如女性版本的愛隆，佛羅多因此猜測她是愛隆的親屬之一。她看似年輕，實則不然。她黑髮上的髮髻不沾一絲風霜，白淨的手臂與娟秀的臉龐光滑無瑕，明亮的雙眼中閃動星光，眼眸則如無雲夜空般灰淨。但她宛如女王般氣質典雅，眼神中散發出思維與學識，彷彿胸懷多年歷練。她額上有頂銀色網帽覆住頭部，上頭滿布閃爍白光的微小寶石。但除了條銀製的葉片型束帶外，柔軟的灰色衣著上毫無飾品。

佛羅多就此見到罕有凡人得見的愛隆之女亞玟，據說露西安的美貌在她身上重返人世。她也被稱為安多米爾，因為她是她人民的暮星。她長年住在母親族人的國度，也就是山脈彼端的羅瑞安，最近才回到父親位於裂谷的宅邸。但她的兄長伊萊丹與伊洛赫則出外執行任務。他們經常與北方遊俠遠行，也從來沒有遺忘他們的母親在歐克獸人的巢穴中所遭受的折磨。

佛羅多從未見過或想像過如此美麗的生物，對於自己能在愛隆的餐桌邊，躋身於這些高尚俊美的精靈們之間，感到訝異而窘迫。儘管他坐在尺寸適宜的椅子上，底下還墊了好幾張軟墊，他卻自覺渺小又無所適從，但那種感覺迅速消散。宴席十分愉快，食物也滿足了他的渴望。過了好一段時間，他才再度觀望周遭，和轉向鄰人。

他先尋覓他的朋友。山姆懇求別人讓他服侍主人，但眾人向他說，這次他是貴客。佛羅多看到他和皮聘與梅里坐在靠近高台的其中一張邊桌上端。他沒看到快步客的蹤影。

佛羅多右邊坐了位外表隆重、穿著華麗的矮人。他分叉的長鬍潔白無比，幾乎和他衣著中的雪白色布料同樣白淨。他配戴著銀色腰帶，脖子上掛了條以白銀與鑽石串成的鏈子。佛羅多停止用餐並望向他。

「歡迎，真是幸會！」矮人說，邊轉向他。接著矮人從座位上起身並鞠躬。「葛羅音任您差遣。」他說，並鞠躬得更深。

「佛羅多．袋金斯任您與您的家人差遣。」佛羅多說出恰當回答，一邊訝異地起身，還打散了他的軟墊。「您就是葛羅音，偉大的索林．橡木盾十二名同伴之一，我猜的對嗎？」

「沒錯。」矮人回答，一面拿起軟墊，溫文有禮地扶佛羅多回到座位上。「我不必多問，因為已經聽聞，您就是我們鼎鼎大名的朋友比爾博的親戚和繼承人。請容我恭喜您順利康復。」

「非常感謝您。」佛羅多說。

「我聽說，您經歷過一些非常奇特的冒險。」葛羅音說，「我很想知道，是什麼讓四個哈比人踏上這麼遙遠的路程。自從比爾博和我們同行後，就沒發生過這種事了。但既然愛隆和甘道夫似乎不想提這件事，或許我不該多問？」

「我想我們就別提了，至少現在先別談。」佛羅多彬彬有禮地說。他猜即便在愛隆宅邸中，魔戒的事也不適合當尋常話題，而且，他也想暫時遺忘自己的麻煩。「但我也很好奇，」他補充道，「是什麼讓位高權重的矮人來到離孤山這麼遠的地方？」

葛羅音看著他。「如果您還沒聽說的話，我想我們也先別提那件事。我相信愛隆大人不久就會召集我們所有人，到時我們就會聽到不少事情了。但我們還有很多事可以聊。」

他們在整頓晚宴中不斷交談，不過佛羅多聽的比說的更多。除了魔戒以外，關於夏郡的消息似乎遙遠又不重要，而葛羅音則談起了許多關於大荒原北方地區的事。佛羅多得知比翁之子老葛瑞姆比翁現在是許多勇士的領袖，沒有歐克獸人或野狼膽敢闖入他們位於迷霧山脈與幽暗密林之間的地盤。

「的確，」葛羅音說，「要不是比翁一族，從河谷城到裂谷之間的路徑早就不可能通行了。他們是英勇的人，也持續開放高山隘口和卡洛克淺灘。但他們收取很高額的過路費。」他補充道，一面搖了搖頭。「和昔日的比翁一樣，他們不太喜歡矮人。但他們依然值得信賴，在這些日子裡，這可是重要的品德。沒有任何人類比河谷城居民對我們更友善。巴德一族是群好人。弓箭手巴德的孫子統治著他們，他是巴恩之子布蘭德，巴德之孫。他是個強大的國王，領土現在已拓展到伊斯加洛斯的南方與東方遠處了。」

「那你的族人呢？」佛羅多問。

「發生了很多事，有好有壞。」葛羅音說，「但大多是好事。儘管我們無法逃離這些日子中的陰影，但我們目前都很幸運。如果你真的想聽我們的事，我很樂於告訴你。但如果你聽累了，就立刻阻止我！人家說，當矮人提到自己的手工藝時，就會滔滔不絕。」

於是，葛羅音開始講述矮人王國的漫長事蹟。他很高興能找到這麼有禮貌的聽眾，因為佛羅多看起來毫不厭倦，也沒有打算轉變話題，不過佛羅多其實很快就迷失在他從未聽聞的奇異人名地名中。不過，他饒富興味地聽說丹恩依然是山下國王，現在已年紀老邁（才剛滿兩百五十歲），不只德高望重，也富可敵國。在五軍之戰中倖存的十名同伴中，有七人依然跟隨著他：德瓦林、葛羅音、朵力、諾力、畢佛、波佛和龐伯。龐伯現在胖到無法自行從沙發走到餐桌邊的椅子，需要六個年輕矮人才能抬起他。

「巴林、歐力和歐音呢？」佛羅多問。

葛羅音的臉上浮現一股陰霾。「我們不曉得。」他回答，「我來尋求裂谷居民建議的原因，主要就是因為巴林的事。但今晚讓我們聊些更愉快的事吧！」

葛羅音接著談到他族人的事業，把他們在河谷城和孤山底下的豐功偉業告訴佛羅多。

「我們做得很不錯。」他說，「但在金屬工藝上，我們無法凌駕祖先，他們有許多祕密都已失傳。我們打造了良好的甲冑與利劍，但製作出的鎖子甲或刀刃，都無法重現巨龍來襲前的品質。只有在採礦與建築上，我們才超越了昔日的成就。你應該來看看河谷城的水道，佛羅多，還有噴泉與水池！你該看看彩色的鋪石道路！還有地下廳堂與洞窟街道，裡頭有雕成樹狀的拱門。孤山的山壁上還建有平臺和高塔！你會發現我們並沒有虛度光陰。」

「如果我有機會的話，一定會去看。」佛羅多說，「如果比爾博看到史矛格荒原經歷的這些變化，一定會很訝異的！」

葛羅音注視著佛羅多，並露出微笑。「你很喜歡比爾博，對嗎？」他問道。

「沒錯。」佛羅多回答，「比起世上所有高塔與宮殿，我寧可見到他。」

宴席終於來到終點。愛隆與亞玟起身並走出大廳，眾人則循序跟上他們。大門打了開來，他們穿越寬闊的通道與其餘房門，走進更遠處的廳堂。裡頭沒有桌子，兩側雕柱間的大型壁爐中燃燒著熊熊烈火。

佛羅多和甘道夫同行。「這是烈火廳。」巫師說，「如果你能保持清醒的話，就能在這裡聽到不少歌謠與故事。但除了重要日子外，它通常都空無一人又安靜，只有渴求寧靜與思索的人會來這裡。這裡終年都會生火，但其他光芒並不明顯。」

當愛隆進房時，便前往為他準備的座位，精靈吟遊詩人們則開始演奏甜美的音樂。大廳中緩緩擠滿人群，佛羅多愉快地望向諸多聚集在此的俊美臉孔；金色火光灑落在他們身上，在髮絲中閃動微光。他忽然注意到，在火爐另一端的不遠處，有個坐在凳子上的矮小漆黑身影，對方背靠著柱子。他身旁的地板上擺了杯子與一些麵包。佛羅多想知道他是否生病了（如果裂谷有人會生病的話），才無法參與宴席。對方的頭似乎因沉睡而往胸膛垂下，黑色斗篷一側則蓋住他的臉龐。

愛隆走向前，站在沉默的人影身旁。「醒醒，小客人！」他帶著微笑說。接著他轉向佛羅多，並向對方招手。「你期盼的時刻終於到了，佛羅多。」他說，「你思念許久的朋友就在這裡。」

漆黑的人影抬頭並露出臉孔。

「比爾博！」忽然認出對方的佛羅多喊道，再一個箭步衝向前。

「哈囉，親愛的佛羅多！」比爾博說，「你終於到了。我希望你能成功抵達。哎呀，哎呀！我聽說，這些宴席都是為你而辦的。你玩得開心嗎？」

「你為什麼沒出席？」佛羅多叫道，「為什麼我之前不能見你？」

「因為你睡著了。我看過你很多次了。每天我都和山姆坐在你床邊。但至於宴席呢，我現在不太參加那類場合了。我也有別的事得做。」

「你在做什麼？」

「哎呀，當然是坐著思考。我現在很常這樣做，這裡也是最適合做這種事的地點。說什麼醒醒？」他說，邊瞪了愛隆一眼。他眼中的光彩明亮活躍，佛羅多完全看不到睡意。「醒醒！我才沒睡著，愛隆大人。如果你想知道的話，你們都太快離開宴席了，還在中途打斷我寫歌。我正在苦思要如何寫一兩行文字，也還在反覆思考。但我覺得我永遠想不出來了。等等會有不少歌聲，讓我的腦袋完全想不出點子。我得找我的朋友杜納丹來幫我。他在哪？」

愛隆笑出聲來。「有人會找他來。」他說，「你們倆就該去角落完成工作，在我們結束慶祝前，就能專心聆聽並評論好壞了。」他派信差去找比爾博的朋友，不過沒人知道他在哪，或是為何他沒來參加宴席。

在此同時，佛羅多和比爾博坐在一起，山姆也趕緊跑來坐在他們附近。他們輕聲交談，無視於身邊大廳中的氣氛與音樂。比爾博對於自己沒有太多可說的事，當他離開哈比屯，便漫無目的地遊蕩，沿著大道或道路兩旁的鄉野行走。但不知怎地，他總是往裂谷前進。

「我沒碰上多少冒險，就抵達這裡了。」他說，「休息一陣子後，我就和矮人們前往河谷城：那是我最後一趟旅程。我不會再旅行了。老巴林已經離去。接著我回到這裡，就待下來了。我做了些雜七雜八的事。我又寫了點書。當然，我也寫了幾首歌。他們有時會唱這些歌，我想只是為了取悅我吧。當然了，這些作品對裂谷而言根本不夠好。我仔細傾聽，也好好思考。這裡的時間似乎不會消逝：它只是繼續存在。真是個厲害的地方。

「我聽說了各種消息，有來自迷霧山脈彼端的事蹟，也有南方傳來的風聲，但幾乎沒有來自夏郡的事件。我自然聽說了魔戒的事。甘道夫經常來這裡。他沒告訴我多少消息，近幾年來，他的口風變得更緊。杜納丹告訴了我更多事。我那枚戒指居然引發了這麼大的風波！可惜甘道夫沒有提早發現。我老早就可以把東西帶來了，也省下一堆麻煩。我想過好幾次，要回去哈比屯拿它，但我老了，他們也不讓我離開。我指的是甘道夫和愛隆。他們似乎認為魔王正在四處找我，如果他在野地裡逮到我的話，肯定會把我大卸八塊。

「甘道夫說：『魔戒已經傳給別人了，比爾博。如果你又想和它攪和，對你或別人都沒好處。』真是奇怪的話，就是典型的甘道夫言論。但他說他會照顧你，所以我就放手不管了。看到你安全無虞，真的讓我覺得很開心。」他停了下來，並狐疑地看著佛羅多。

「你有帶著它嗎？」他悄聲問道，「你知道，在我聽到那些事後，我就免不了感到好奇。我很想再看它一眼。」

「對，我有帶著它。」佛羅多回答，心中感到一股怪誕的猶豫。「它看起來和以前一模一樣。」

「這個嘛，我只是想看一下。」比爾博說。

當佛羅多穿上衣服時，發現在他昏睡的時刻，已經有人將魔戒掛在他脖子的新鏈子上，鏈子質地輕盈而強韌。他緩緩取出戒指。比爾博伸出手來。但佛羅多迅速抽回魔戒。讓他焦慮與訝異的是，他發現自己眼中的居然不是比爾博。他們之間似乎蒙上了一道陰影，而透過陰影，他看到一個滿臉皺紋的矮小生物，對方長著飢渴的臉孔，骨瘦如柴的手還往前伸。他有股毆打對方的衝動。

周圍的音樂與歌聲似乎變小，沉默隨之落下。比爾博迅速望向佛羅多的臉，並用一隻手拂過雙眼。「我明白了。」他說，「把它拿走！我很抱歉，對不起，讓你得扛下這件重擔。我對一切都感到很抱歉。冒險不會有結局嗎？我想不會。總有別人得繼續傳遞故事。哎，這無可避免。我想知道，寫完我的書到底有沒有幫助？但別擔心這些了——我們來點真的新聞吧！把夏郡的事告訴我！」

佛羅多收起魔戒，陰影則就此消失，幾乎連一絲回憶都沒留下。裂谷的光華與音樂再度瀰漫在他身邊。比爾博開心地大笑。他最感興趣的，是佛羅多口中來自夏郡的每則消息（山姆時時會提供協助與更正），包括倒下的小樹和哈比人幼童的惡作劇。他們專心地談論四區發生的事，沒注意到某個身穿暗綠色衣著的人走到身旁。他站在一旁，面帶微笑地俯視他們好幾分鐘。

忽然間，比爾博抬頭一看。「啊，你終於來了，杜納丹！」他喊道。

「快步客！」佛羅多說，「你似乎有很多名字。」

「這個嘛，我沒聽過『快步客』。」比爾博說，「你幹嘛這樣叫他？」

「布理的人這樣稱呼我。」快步客笑道，「別人向他介紹我時，就用了這個名字。」

「你又為什麼叫他杜納丹？」佛羅多問。

「杜納丹，」比爾博說，「這裡的人經常這麼叫他。但我以為你夠懂精靈語，至少知道杜納丹的意思：西方人類，也就是努曼諾爾人。但現在不是上課的時候！」他轉向快步客，「你上哪去了，朋友？你為何沒去參加宴席？亞玟小姐剛剛就在那裡。」

快步客肅穆地低頭看著比爾博。「我知道。」他說，「但我常常得先把玩樂擺在一邊。伊萊丹和伊洛赫出乎意料地從野地中回來了，也帶來我想立即聽取的消息。」

「這個嘛，我親愛的朋友，」比爾博說，「既然你聽過消息了，能不能借我一點時間呢？我有件急事需要你幫忙。愛隆說我得在今晚結束前完成這首歌，我現在也耗盡靈感了。我們找個角落好好潤飾吧！」

快步客露出微笑。「來吧！」他說，「讓我聽聽看！」

佛羅多獨自坐了一會，因為山姆睡著了。儘管裂谷的居民聚集在他身邊，他卻孑然一身，感到相當寂寞。但他身邊的精靈十分安靜，聚精會神地聆聽歌聲與樂器聲響，毫不在意其他事物。佛羅多開始豎耳傾聽。

起初，在他開始專心聆聽時，動人的旋律和交織其中的精靈語彷彿讓他中了魔咒，即便他不太理解內容。話語幾乎化為有形物體，他眼前也浮現了自己從未想像過的遙遠地帶和明亮事物的影像，火光下的大廳化為海上白沫的金色霧氣，海浪則在世界邊陲發出歎息。接著魔咒變得更為夢幻，直到他感到一條無邊無際的金銀大河流過他身上，千變萬化的水勢使他全然摸不著頭緒。它化為在他身邊振動的空氣，並逐漸沾染他全身，並使他沉入其中。他迅速沉浸在閃爍的樂曲中，並陷入深邃的睡夢。

他在瀰漫音樂的夢境中遊蕩了很久，音樂彷彿化為流水，再突然轉變為一股嗓音。似乎是比爾博的嗓音在吟唱詩詞。一開始聲音微弱，接著話語變得更為清晰流暢。

水手埃倫迪爾
在亞維尼恩[5]遲遲耽擱。
他用寧布瑞希爾[6]的木柴
打造了遠行用的船隻。
他以亮麗銀線編織船帆，
以白銀打造吊燈，
船首雕為天鵝姿態，
旗幟閃爍明亮光輝。

他穿戴鍊甲
宛如古代君王。
明亮盾牌刻滿符文，
阻擋一切創傷與攻擊。
長弓以龍角製成，
箭矢以黑檀木削製，
白銀鎖甲，
玉髓刀鞘，
鋼劍英勇無雙，

堅盔高聳頭頂，
盔頂鷹羽飄揚，
翡翠鑲於胸前。

他在明月繁星之下
從北岸遠行，
在魔幻通道中迷途
遠離凡世大地。
離開險峻的狹窄冰峽[7]
暗影籠罩冰凍丘，
他急速遠離高熱荒原

---

5 譯注：Arvernien，位於貝勒爾蘭西南方的濱海地區。

6 譯注：Nimbrethil，在辛達林語中意指「銀樺樹」。它是位於亞維尼恩的樺木林區。

7 譯注：Narrow Ice，原名為赫爾卡拉瑟（Helcaraxë），是阿門洲北方與中土世界之間的險峻冰原。諾多族從維林諾返回中土世界時，曾因費諾的背叛而被迫取道此地，並蒙受慘痛損失。

再度向前航行
在無星水域上飄盪。
最後他抵達永夜之地，
他渡過此處，再也不見
明亮海岸與他心繫之光。
滾滾怒風席捲而來，
他倉皇乘浪逃竄
從西至東，毫無標的，
孤身乘舟往家航行。

愛爾溫飛入他懷裡，
在黑暗中點燃火光。
她項鍊上的炙焰
更勝鑽石光輝。
她為他戴上精靈寶鑽，
為他加諸生機光芒，
眉宇生輝，恐懼盡失，
他掉轉船頭，在黑夜中

怒滔風暴
從海外彼界吹襲而來，
此為塔曼涅爾之威嚇強風。
船隻奮力航越
鮮有凡人途經之道
死亡之力隨風吹拂
掠過荒涼灰海。
他自東向西緩緩航行。

穿越永夜，
踏上黑浪，
橫跨黑暗航程與沉沒海岸，
太初之時便深埋海中，
直到他抵達世界盡頭，
在珍珠海岸聽聞樂音，
永恆白浪，
黃金碧寶。
他見到沉默高山

靄靄暮光灑落
維林諾山腳
與大海彼端的艾達馬[8]。
流浪者逃離黑夜
終於抵達白港灣，
精靈家鄉翠綠優美，
空氣清新純淨，
伊爾馬林丘[9]下白如玻璃
險峻山谷中閃爍光輝，
提力昂[10]高塔燈火通明，
陰影湖倒映餘光。

他在此暫緩任務，
居民傳授歌曲，
智者講述古老傳奇，
致贈黃金豎琴。
他們為他換上精靈白衣，
送來七盞燈光，

穿越卡拉基里安[11]，
他獨自前往隱匿之地。
他來到永恆殿堂，
無盡歲月在此流淌，
尊王[12]於高山上的伊爾馬林
永世主宰萬物。
前所未聞的話語
談起人類與精靈，
世界遠方浮現超然景象，
凡世居民無從得見。

---

8 譯注：Eldamar，在昆雅語中意指「精靈家鄉」，是阿門洲中的精靈居住地。

9 譯注：Ilmarin，在昆雅語中意指「高空宅邸」。此為曼威與瓦爾妲的居所。

10 譯注：Tirion，在昆雅語中意指「守望塔」，此為位於艾達馬的艾達族城市。

11 譯注：Calacirian，位於艾達馬的地區名稱，提力昂便位於此處。

12 譯注：Elder King，維拉之王曼威（Manwë）的稱號。

他們為他打造新船，
將祕銀和精靈玻璃
加諸明亮船首，她的銀色桅杆
沒有船錨與船帆。
精靈寶鑽大放異彩，
旗幟綻放耀眼火光，
埃兒碧瑞絲親手安放
她親自前來
為他製作不朽雙翼，
賦予他永恆命運，
航行於無邊天際
來到日月輝光之後。

他駕馭雙翼
從永暮地[13]的高聳山丘飛下，
此處銀色噴泉緩緩流淌，
流浪的光芒
飄至雄偉山牆遠方。

他從世界盡頭轉向，
渴求再度穿越陰影
回到遠方故鄉，
他如星辰般明亮閃爍
他飛上迷霧高空，
化為旭日前一抹炙焰，
黎明前奇景無邊，
北境灰海洶湧澎湃。

他飛越中土世界，
在古老年代，在昔日時光，
他終於聽聞凡世女子
與精靈女子的哭聲。
但他身負重大使命，

13　譯注：Evereven，阿門洲的美稱。

直到明月消散，
化為殞落星辰，
不再滯留塵世，
他將永遠擔任使者，
執行永不止息的使命，
將閃亮明燈載往遠方，
西陸聖火永不滅。[14]

吟唱就此結束。佛羅多睜開眼睛，發現比爾博坐在聽眾中央的凳子上，眾人正微笑鼓掌。

「我們最好再聽一次。」有個精靈說。

比爾博起身鞠躬。「我受寵若驚呀，林迪爾。」他說，「但再念一次太累人了。」

「你一點都不會累。」精靈笑著回答，「你清楚你從來不會厭倦朗誦自己的詩詞。但光聽一次，我們真的無法回答你的問題！」

「什麼！」比爾博叫道，「你們分不出哪些是我寫的，哪些又是杜納丹寫的嗎？」

「我們很難判斷兩個凡人之間的差異。」精靈說。

「胡說八道，林迪爾。」比爾博嗤之以鼻地說，「如果你分不出人類和哈比人的差別，那你的判斷力就比我想的差太多了。他們就和豆子與蘋果一樣完全不同！」

「或許吧。對羊隻而言，別的羊肯定不同。」林迪爾笑道，「對牧羊人而言亦然。但凡人並不是我們的重心。我們有其他要事得處理。」

「我不跟你吵。」比爾博說，「聽了這麼多音樂和歌聲後，我已經昏昏欲睡了。如果你們想的話，就繼續猜吧。」

他起身並走向佛羅多。「好啦，結束了，」他低聲說，「結果比我想得還好。通常不會有人要我念第二次。你覺得如何？」

「我不打算猜。」佛羅多笑著說。

「你不需要猜。」比爾博說，「其實全是我寫的。不過亞拉岡堅持要我加入綠玉髓。他似乎覺得那很重要。我不曉得原因。不然他似乎覺得這整件事都超乎我的能力了，也說如果我有膽在愛隆宅邸寫關於埃倫迪爾的詩歌，我就得自行負責。我想他說得對。」

「我不曉得耶。」佛羅多說，「對我來說似乎十分恰當，但我說不上原因。當你開始念時，我的頭腦還很昏沉，詩詞卻接續了我的夢境。直到靠近結尾時，我才發現是你在朗讀。」

---

14 譯注：這首埃倫迪爾之歌講述了第一紀元末期的埃倫迪爾打造船隻文吉洛（Vingilot）並前往維林諾，最後成為星辰的故事。

「在你習慣前，的確很難在這裡保持清醒。」比爾博說，「哈比人也無法像精靈一樣那麼熱衷音樂、詩歌和故事。他們對這些東西的喜愛，似乎超越了食物。他們還會繼續進行好一陣子。你想不想溜出去私下聊聊？」

「可以嗎？」佛羅多說。

「當然可以。這是歡慶活動，不是正經八百的時刻。你可以自由出入，只要不發出噪音就好。」

他們起身並靜靜地退進陰影中，再走向門口。他們把熟睡的山姆留了下來，他臉上還掛著一抹笑容。儘管對比爾博的陪伴感到開心，當他們走出烈火廳時，佛羅多卻不禁感到一絲悔意。當他們跨過門檻時，有股清亮的嗓音高聲唱起歌謠。

A Elbereth Gilthoniel,
silivren penna míriel
o menel aglar elenath!
Na-chaered palan-díriel
o galadhremmin ennorath,
Fanuilos, le linnathon
nef aear, sí nef aearon!

佛羅多稍微停下腳步，並回頭觀望。愛隆坐在椅子上，臉上的火光如同照耀在樹林中的夏日陽光。亞玟小姐坐在他身邊。讓佛羅多訝異的是，亞拉岡站在她身旁，他掀開了暗色斗篷，身上似乎穿著精靈鎖子甲，胸前彷彿有星星正在閃爍。他們與彼此交談，忽然間，佛羅多覺得亞玟轉向他，她雙眼中的光彩從遠方落在他身上，穿透了他的心。

他宛如中了魔咒般站在原地，精靈歌謠的甜美字詞，聽起來猶如話語與旋律構成的透亮珠寶。「那是獻給埃兒碧瑞絲的歌。」比爾博說，「今晚他們會唱那首歌許多次，以及關於蒙福神域的其他歌曲。來吧！」

他帶佛羅多回到自己的小房間。房間對花園敞開，面向南方布魯伊南河流經的深谷。他們在那坐了片刻，往窗外看著陡峭樹林頂端的明亮星辰，並輕聲細語地談話。他們沒有再提遙遠夏郡的小事，也沒有談到籠罩他們的陰影與危機，而是聊起他們在世上共同見過的美麗事物，包括精靈、繁星和樹木，與在森林中輕輕流逝的光陰歲月。

最後，門上傳來敲擊聲。「不好意思。」山姆探頭進來說，「我想問你們需不需要什麼東西。」

「不好意思，山姆·甘吉。」比爾博回答，「我猜你指的是，你主人該上床了。」

「這個嘛，先生，我聽說明天一大早有場會議要開，他今天也才第一次起床。」

「說得對，山姆。」比爾博笑道，「你可以去告訴甘道夫說，他已經要上床了。晚安，佛羅多！天啊，再次見到你真好！沒有比哈比人更適合長談的對象了。我已經老了，也開始懷疑自己能不能活著見證我們故事中屬於你的篇章。晚安！我想我要散個步，在花園裡看看埃兒碧瑞絲的繁星。睡個好覺吧！」

第二章——愛隆會議

隔天佛羅多起了個大早，感到全身清新又舒適。他沿著流水潺潺的布魯伊南河上的高臺行走，望著顏色淺淡的太陽升上遠方的山脈頂端，陽光往下斜照進銀色薄霧中。黃色葉片上的露水閃動光澤，每株灌木上的蛛網也泛著水光。山姆一語不發地走在他身旁，他嗅著空氣，時時驚奇地看向東方的高山。高峰上依然覆蓋著皚皚白雪。

他們在走道轉彎處石壁上刻出的座位碰到正在深談的甘道夫與比爾博。「哈囉！早安！」比爾博說，「準備好參加重大會議了嗎？」

「我準備好面對一切了，」佛羅多回答，「但今天我最想做的，是去散步並探索山谷。我想去上頭的松林看看。」他指向裂谷遠處的北面山壁上方。

「你之後還有機會。」甘道夫說，「但我們還不能擬定任何計畫。今天還得聽許多消息，也得決定很多事。」

當他們談話時，有股響亮的鐘聲忽然響起。「那是愛隆會議的警鐘！」甘道夫喊道，「快來！你和比爾博都得出席。」

佛羅多和比爾博快步跟著巫師沿著蜿蜒小道走回房屋。暫時遭到遺忘的山姆，則偷偷跟在他們後頭。

甘道夫帶他們走到佛羅多前晚找到朋友們的走廊。晴朗秋天早晨的陽光正在山谷中大放光彩。泛著白沫的河床上傳來咕嚕作響的流水聲。飛鳥正在啁啾吟唱，大地瀰漫著舒適的平靜氛圍。對佛羅多而言，他危險的脫逃過程，以及與正在外界凝聚的黑暗有關的謠言，感覺起來只是不祥夢境中的回憶。但他們進場時，轉身面對他們的臉孔都帶著嚴肅神情。

愛隆就在那裡，他身邊坐了好幾個沉默的人。佛羅多看到葛羅芬戴爾和葛羅音，快步客則獨自坐在角落，再度穿上了歷經風霜的老舊衣物。愛隆帶佛羅多到他身旁的座位，向眾人介紹他，並說：

「我的朋友們，這位是卓哥之子佛羅多。很少有人來此時經歷過如此龐大的危機，或身負更重要的使命。」

他隨後指出佛羅多尚未見過的人們。葛羅音身旁有位較年輕的矮人，那是他的兒子金力。葛羅芬戴爾身邊有好幾個愛隆家中的諫臣，其中的領袖是伊瑞斯特；他身旁的是來自灰港岸的精靈蓋爾多，造船者基爾丹派他來此。還有位身穿綠棕交雜衣著的精靈列葛拉斯，他是他父親瑟蘭督伊——北幽暗密林的精靈王——派來的信差。有個高大男子坐在與眾人稍微分開的座位上，黑髮灰眼的他，擁有俊美尊貴的臉孔，不僅氣質高傲，眼神也十分嚴厲。

他身穿斗篷與長靴，彷彿騎馬走了很長一段旅程。儘管他的服飾高貴，斗篷邊緣還縫有毛皮，上頭卻沾滿了漫長旅途留下的汙漬。他戴了條鑲了顆白色寶石的銀製項鏈；髮長及肩；肩帶上裝了只尖端鑲銀的龐大號角，號角此刻擺在腿上。他盯著佛羅多和比爾博，眼中猛然流露出驚訝。

「這位，」愛隆轉向甘道夫說，「是來自南方的人類波羅米爾。他在朦朧的早晨抵達，前來諮詢意見。我要求他出席，因為他的問題能在此得到解答。」

不需在此詳談會議中所討論與爭辯的一切。眾人談起外界的事件，特別是南方的情形，與迷霧山脈以東的廣闊區域中的狀況。佛羅多已經聽過許多相關傳言了，但他從未聽說過葛羅音的故事，當這位矮人開口時，他便專心聆聽。在繁華工藝帶來的成就中，孤山矮人的內心似乎深受苦惱。

「距今多年前，」葛羅音說，「有股不安氛圍籠罩了我們的族人。我們一開始不曉得這股情緒從何而來。謠言逐漸四起，據說我們已陷入困境，得前往更廣闊的世界，才能找到更多財富與榮光。有些人提起墨瑞亞，那是我們祖先的偉大作品，我們的語言將之稱為卡薩督姆。人們宣稱，我們終於擁有足以返回故鄉的力量與人數了。」

葛羅音嘆了口氣。「墨瑞亞！墨瑞亞！北方世界的奇景！我們在那挖得太深，並驚醒了無名恐懼。自從都靈的子孫們逃跑後，它雄偉的宅邸長年來空無一人。經歷了諸多君王輪替，也沒有矮人膽敢跨入卡薩督姆的大門一步，除了索洛爾以外，而他已經送命了。不過，最後巴林聽信了謠言，並決心動身。儘管丹恩准許他時並不情願，他依然帶上歐力、歐音和我們許多同胞同行，並往南方出發。

「那是近三十年前的事了。有陣子我們接到了好消息，據說他們進入了墨瑞亞，當地也展開了大型工程。接著他們變得杳無音訊，此後也沒有從墨瑞亞傳來任何訊息。

「大約一年前，有個信差來找丹恩，但他並不是來自墨瑞亞，而是來自魔多，夜色中的騎士在大門前要求見丹恩一面。他說，索倫大帝希望與我們締結友誼。他會賦予我們魔戒，就像他賜予我們祖先的一樣。他著急地詢問哈比人的事，以及他們究竟是什麼種族，還有居住的地點。『因為索倫清楚，』他說，『你們曾認識他們之一。』

「聽到這裡，我們便感到極度不安，也沒有回應。他隨即壓低歹毒的嗓音，甚至可能讓語氣變得更加諂媚。『作為友誼的小小象徵，索倫只要求這點。』他說：『你們得找到這名竊賊，』接著說，『無論他願不願意，都得從他手中拿到一枚小戒指，他曾偷走了那微不足道的東西。那只是索倫喜歡的小玩意，也代表你們的善意。找到它，古代矮人祖先擁有的三枚戒指便將回到你們手上，墨瑞亞國度也將永遠屬於你們。只要找到關於竊賊的消息，像他的生死和住處，你們就能得到大帝的豐厚獎賞與長遠的友誼。拒絕的話，情況就不會這麼美好了。你要拒絕嗎？』

「此時他的呼吸聲變得像是蛇的嘶嘶氣音，站在周圍的人都打起了冷顫，但丹恩說：

『我不接受，也不拒絕。我得先考慮這項消息，以及潛藏在好話底下的真相。』

「『好好考慮，但別花太久時間。』」他說。

「『我想思考多久，就思考多久。』」丹恩回答。

「『目前是這樣沒錯。』」他說，並策馬進入黑暗中。

「自從那晚以來，我們酋長的內心便忐忑不安。我們不需要聽信差的陰險警告，就曉得他的話語中同時包含威脅與欺瞞。因為我們明白重返魔多的力量並沒有改變，它從古代就曾背叛我們。信差回來了兩次，從未得到答覆。他說，第三次也是最後一次，在年底前即將到來。

「於是，丹恩最後派我去警告比爾博，讓他知道魔王正在找他，如果可能的話，也得打探魔王為何想要這枚微不足道的戒指。我們也急需愛隆的建議。因為邪影正在擴散，並逐步逼近。我們發現信差也去河谷城造訪了布蘭德王，他也心生畏懼。我們擔心他可能會妥協。戰火已經開始在他的東方邊境延燒。如果我們沒有回應，魔王可能會策動他統治下的人類去攻擊布蘭德王與丹恩。」

「你來此是明智之舉，」愛隆說，「今天聽到的一切，將讓你得知魔王的目的。無論心懷希望與否，除了抵抗他以外，你們別無他法。但你們並不孤獨。你會明白，你們碰上的麻煩，只是整個西方世界所遭遇的莫大危機中的一部分。魔戒！我們該拿魔戒怎麼辦？這枚微不足道的戒指，不過只是索倫喜歡的小玩意嗎？那就是我們得處理的危機。

「這也是你們受到召喚前來的目的。儘管我說召喚，但我並沒有召集你們，各位來自遙遠國度的陌生人。在這個緊急時刻，你們來此相見，乍看之下彷彿純屬巧合。但事實並非如此，你們該相信的，是今天坐在此地的我們，注定為世界的危機找出解決之道，沒有別人能辦到這件事。

「因此，直到今日都只有少數人知道的祕密，將被坦白公開。首先，為了讓所有人明白危機的本質，魔戒的故事將首度從頭揭露到目前的狀況。由我先開始講述這段故事，不過將由別人為它畫下句點。」

於是眾人仔細傾聽，愛隆則用清亮的聲音談起索倫與力量之戒，以及它們多年前在第二紀元的鑄造過程。在場某些人清楚他說的這部分故事，但沒人知道完整的來龍去脈。他述說埃瑞瓊的精靈鐵匠與他們和墨瑞亞的友誼，與他們對知識的渴求，索倫也藉此誘惑了他們。當他說起這些事時，許多人便對愛隆投以畏懼與驚奇的眼神。當時索倫的外表尚未顯露邪惡氣息，精靈們獲得他的幫助，工藝技術也逐漸變得高超時，他便得知他們所有祕密，並背叛了他們，在火山中祕密打造至尊魔戒，以便統治精靈們。但凱勒布林柏察覺了他的意圖，將親自製作的三戒藏了起來。戰爭隨後爆發，大地變得一片荒蕪，墨瑞亞的大門也就此緊閉。

他追述了魔戒隨後多年的狀況，但由於那段歷史已紀錄在別處，愛隆本人也將之寫入他的史料著作中，此處就不詳談內容了。這是篇漫長的故事，其中充滿偉大而駭人的事蹟。儘管愛隆只簡略地提及這段歷史，太陽卻已高掛空中，早晨在他說完前就已結束。

他提到努曼諾爾的榮光與殞落，以及乘著鋪天暴風、渡過深邃大海前來中土世界的人類王族。高大的伊蘭迪爾與他英勇的兒子伊西鐸與安納瑞昂，都成為勢力強大的貴族。他們在亞爾諾建立了北方王國，並在安都因河出海口上游的剛鐸建立南方王國。但魔多的索倫襲擊他們，他們則組成了精靈與人類的最後同盟，吉爾加拉德與伊蘭迪爾的大軍便在亞爾諾集結。

愛隆隨即暫停片刻，並嘆了口氣。「我記得大軍旗幟的輝煌景象，」他說，「我也想起遠古年代的榮光與貝勒爾蘭的大軍，當時有諸多偉大貴族與將軍集合出征。但那些壯麗的軍容與氣勢，都無法與山戈洛炘姆[1]毀滅時的光景相比，當時精靈認為已一勞永逸地摧毀邪惡，事情卻並非如此。」

「你記得？」佛羅多說，訝異地大聲說出了內心的念頭。「但我以為，」當愛隆轉向他時，他就結巴地說，「我以為吉爾加拉德的殞落是一整個紀元前的事了。」

「的確如此。」愛隆肅穆地回答，「但我的記憶甚至可以追溯到遠古年代。埃倫迪爾是我的父親，他出生在陷落前的剛多林。我的母親是迪奧之女愛爾溫，迪奧則是來自多瑞

1　譯注：山戈洛炘姆是位於魔高斯的要塞安格班頂端的三座巨型火山，也是貝勒爾蘭最高的山峰。在第一紀元結尾的怒火之戰中，埃倫迪爾斬殺了黑龍安卡拉剛，牠的屍首壓毀了山戈洛炘姆。

亞斯的露西安之子。我見過世界西方的三個紀元，以及許多失敗，和毫無成果的勝利。

「我曾是吉爾加拉德的先鋒官，與他的軍隊一同行進。我參與過在魔多黑門前展開的達哥拉戰役（Battle of Dagorlad），當時我們勢如破竹；無人能抵抗吉爾加拉德之矛埃格洛斯與伊蘭迪爾之劍納希爾。我見證了歐洛都因山坡上的最後一戰，吉爾加拉德在此身亡，伊蘭迪爾也隨之殞命，納希爾則在他身軀底下斷裂。但索倫也遭到擊敗，伊西鐸用他父親佩劍的劍鞘碎片從對方手上斬下魔戒，並把它占為己有。」

此時，陌生人波羅米爾打了岔。「這就是魔戒的下場！」他喊道，「如果南方曾流傳過這段故事，也早就無人記得了。我聽說過我們避諱稱呼的魔王所擁有的權能魔戒，但我們相信在他第一個國度毀滅時，魔戒就已灰飛煙滅了。伊西鐸把它拿走了！確實是大消息。」

「唉！沒錯。」愛隆說，「伊西鐸將它占為己有，這本來不應該發生，應該將它丟進附近的歐洛都因烈火中，那裡正是它的創造地。但很少人注意到伊西鐸的行為，在那最終的生死決鬥中，只有他待在他父親身旁，而吉爾加拉德身邊只有基爾丹和我。但伊西鐸不願聽從我們的建議。

「『我要把它當作我戰死的父親和弟弟的補償。』他說，因此無論我們怎麼勸說，他都私占了魔戒。但魔戒很快就背叛了他，使他送命，因此人們在北方將它稱為伊西鐸剋星。但比起可能發生在他身上的事，死亡或許還是好一點的下場。

「只有北方少數人得知這些消息。你沒聽過這些事並不奇怪，波羅米爾。在讓伊西鐸殞命的金花沼地大難中，只有三個人在漫長流浪後回到山脈彼端。其中一人是伊西鐸的隨從歐塔，他攜帶了伊蘭迪爾之劍的碎片，將碎片交給伊西鐸的繼承人瓦蘭迪爾，當年只是孩童的他仍住在裂谷。但納希爾已斷，鋒芒也已不再，至今也尚未重鑄。

「我剛說最後同盟的勝利毫無成果嗎？並非全然如此，但它沒有達成目標。索倫元氣大傷，但沒有死亡。他的魔戒失蹤，但沒有遭毀。邪黑塔遭到摧毀，但沒人移除它的根基，因為那是以魔戒之力打造的建物，只要它還存在，它們就不會消失。許多精靈與英勇人類，以及他們諸多盟友，都已經在戰爭中送命。安納瑞昂和伊西鐸都已戰死，吉爾加拉德和伊蘭迪爾也已離世。精靈和人類再也不會締結這種聯盟，因為人類數量不斷增加，初生者則大幅減少，兩族已與彼此分道揚鑣。自那天開始，努曼諾爾一族便逐漸衰退，壽命長度也變短不少。

「經歷戰爭與金花沼地的屠殺後，北方的西陸人類數量銳減，他們位於薄暮湖旁的城市安努米那斯則化為廢墟。瓦蘭迪爾的子孫們搬到位於北崗上的佛諾斯特，而現在當地也已荒蕪不堪。人們現在將該地稱為死人堤，也不敢涉足當地。亞爾諾的居民數量逐漸減少，敵人也吞噬了他們，他們的王權隨之消逝，只留下蔥鬱丘陵上的綠色墓塚。

「剛鐸王國在南方長治久安。它的榮景持續了一陣子，讓人回想起努曼諾爾敗亡前的國力。人們興建高塔、要塞與停泊諸多船隻的海港。使用不同語言的各類民族都對人類王族的羽翼王冠感到敬畏。他們的首都是星辰堡壘奧斯吉力亞斯，大河流經城市中央。他們在黯影山脈東側山肩建造了昇月之塔米那斯伊希爾，並在西邊的白色山脈山腳興建落日之塔米那斯雅諾。他們在國王的宮廷中種了一棵白樹，種子來自伊西鐸渡海帶來的那棵樹，而先前的種子則來自埃瑞西亞[2]，更古老的種子則來自太古時期的極西之地[3]。

「但在中土世界飛逝的時光中，安納瑞昂之子梅奈迪爾的族系逐漸衰敗，白樹也隨之枯萎，努曼諾爾人的血脈也與較落後的人民融合。魔多城牆上的守軍開始鬆懈，黑暗妖物也悄悄回到哥葛洛斯。邪物日後傾巢而出，占領了米那斯伊希爾，並住在當地，再將它改造為令人生畏的據點。它被稱為米那斯魔窟，妖術之塔。米那斯雅諾則被重新命名為米那斯提力斯，衛戍之塔。這兩座城市持續與彼此交戰，但兩者之間的奧斯吉力亞斯則遭到棄置，陰影也在它的廢墟中飄動。

「這種狀況持續了許多年。但米那斯提力斯的城主們依然繼續奮鬥，擊潰我們的敵人，保護從亞格納斯到大海的河道。我就將故事講到這裡。因為在伊西鐸的時代，統御魔戒便從所有紀錄中消失，三戒也脫離了它的宰制。但在近來的日子裡，它們再度陷入危機，因為我們遺憾地發現，已經有人尋獲了至尊魔戒。至於發現它的過程，我就交由其他人講述，我在其中的角色並不重要。」

他停了下來，但高大的波羅米爾立刻起身，高傲地站在眾人面前。「請容我發言，愛隆大人，」他說，「先讓我談談更多關於剛鐸的事，因為我的故鄉正是剛鐸。大家也該知道當地發生的事。我想，很少人清楚我們的事蹟，因此難以理解一旦我們失敗，所有人就會陷入莫大危險。

「別認為剛鐸境內的努曼諾爾血脈已逐漸消亡，也別認為人們已遺忘了它的驕傲與尊嚴。由於我們的努力，東方蠻族依然受到控制，魔窟的恐怖勢力也仍然被杜絕在外。正因如此，我們這座西方堡壘才守護了身後地區的和平與自由。但如果敵軍攻下河道，那又會發生什麼情況？

「也許那一刻已經不遠了。無名魔王已再度現身。濃煙再度從我們稱為末日火山的歐洛都因山升起。黑境的力量不斷增長，我們則坐困愁城。當魔王回歸時，便將我們的同胞從伊西力安趕走，那是我們在大河對岸的優美領土，不過我們在當地還有一處駐有軍力的據點。但就在今年六月，魔多忽然派出大軍攻打我們，我們也遭受慘敗。我們寡不敵眾，因為魔多已與東方人和殘忍的哈拉德人結盟，但擊潰我們的並非敵軍的數量。我們在那裡感受到前所未見的力量。

「有些人說可以看見那股力量，外型像是高大的黑衣騎士，如同明月下的黑影。在他所到之處，我們的敵人都會陷入瘋狂，但我們最大膽的戰士卻心生畏懼，無論是馬匹或士兵都丟盔棄甲地逃竄。只有一小批東方部隊生還，還摧毀了奧斯吉力亞斯廢墟中尚存的最後一座橋梁。

---

2 譯注：Eressëa，艾達馬海岸外的大型島嶼。第一紀元結束時，許多中土世界的精靈曾移居至此。

3 譯注：Uttermost West，即為蒙福神域阿門洲（Aman），維拉居住的維林諾也座落在此。

「我是守橋部隊的一員，直到它在我們身後遭到摧毀。只有四人靠游泳逃出生天，分別是我弟弟和我與其他兩人。但我們依然繼續作戰，鎮守了安都因河西岸。一聽到我們的名號，受我們保護的人們便大力讚揚我們，但再多的讚美，都無法帶來實質幫助。目前只有洛汗會在我們求救時派來救兵。

「在這不祥的時刻，我跨越了危機四伏的迢迢長路，前來尋找愛隆，獨自旅行了一百一十天。但我要找的並不是戰爭中的盟友。據說愛隆的優勢在於智慧，而非武器。我來此尋求建議，想解開難以理解的謎語。因為在突襲發生當晚，我弟弟做了個令他不安的夢；在那之後，他又做了個類似的夢，我也夢過一次。

「在夢中，我覺得東方的天空變得漆黑，還響起了雷聲，但有道光芒在西方閃爍，從光芒中聽見一股遙遠但清晰的聲音喊道：

尋覓斷折之劍：
藏於伊姆拉崔；
賢者指點迷津，
遠勝魔窟邪咒。
徵兆在此現，
末日不久至。
伊西鐸剋星甦醒，

半身人現身於世。

「我們不太理解這些話，於是詢問父親迪耐瑟，他是米那斯提力斯城主，對剛鐸的知識極為豐厚。他只願意說，伊姆拉崔[4]是某座遙遠北方河谷的精靈古名，那是最偉大的學者半精靈愛隆的居所。見到我們的迫切需求後，我弟弟因此急於遵循夢境指示，前往找尋伊姆拉崔。但由於路途充滿疑慮與危險，我便自願出發。我父親極度不願准許我離開，我也在世人早已遺忘的道路上旅行許久，找尋愛隆的宅邸，許多人聽過此地，卻沒有多少人知道它的位置。」

「在愛隆宅邸中，你將明白一切。」亞拉岡站起身說。他把自己的劍擺在愛隆面前的桌上，劍刃確實斷成兩半。「這就是斷折之劍！」他說。

「你是誰，和米那斯提力斯有什麼關係？」波羅米爾問，他好奇地看著遊俠精瘦的臉孔與飽經風霜的斗篷。

「他是亞拉松之子亞拉岡。」愛隆說，「他是米那斯伊希爾的伊蘭迪爾之子伊西鐸的

4　譯注：Imladris，裂谷的辛達林語名稱，意指「幽深山谷」。

直系子孫。他是北方杜納丹人的酋長，那支民族現在已所剩無幾。」

「那它就屬於你，不是我的！」佛羅多訝異地叫道，一面站起身來，彷彿以為對方會要求他立刻交出魔戒。

「它不屬於我們倆，」亞拉岡說，「但你注定要暫時保管它。」

「拿出魔戒，佛羅多！」甘道夫肅穆地說，「時間到了。舉起它，波羅米爾就會明白謎語後半段的意思了。」

眾人安靜下來，並把目光聚焦在佛羅多身上。他猛然感到羞愧與恐懼，也極度不願取出魔戒，更對它的觸感覺得作嘔。他希望自己待得遠遠的就好。當他在眾人面前用顫抖的手拿起魔戒時，它便閃動著妖異的光芒。

「請看伊西鐸剋星！」愛隆說。

波羅米爾注視著那枚金戒指，眼中閃動精光。「半身人！」他低語道，「米那斯提力斯的末日終於到來了嗎？但我們為什麼要找一把斷劍？」

「預言說的不是米那斯提力斯的末日，」亞拉岡說，「但厄運與偉大事蹟確實即將發生。斷折之劍正是伊蘭迪爾之劍，劍刃在他戰死時在他的身軀下折斷。即便其他傳家寶都已失落，他的後人們依然珍惜著這把劍。因為根據我們之中的古老預言，當人稱伊西鐸剋星的魔戒重現天日時，就得重鑄斷劍。既然目睹了你找尋的劍，那你有什麼要求？你希望伊蘭迪爾家族返回剛鐸國度嗎？」

「我不是被派來求情的，只是來找尋謎題的答案。」波羅米爾高傲地回答，「但我們正身陷困境，伊蘭迪爾之劍肯定會是超越我們期望的助力——前提是，這種東西真的會從過往暗影中再度出現嗎？」他又望向亞拉岡，眼神懷著質疑。

佛羅多感到身旁的比爾博不耐煩地蠢動。他顯然為自己的朋友感到不耐煩。他忽然起身並大聲唸道：

真金不閃，
浪者不迷；
強健老者終不衰，
冰霜無損地底根。
烈焰重生餘燼中，
光明躍自陰影下；
斷折劍刃終重鑄，
無冕者再度稱王。

「這或許不是什麼好詩，如果除了愛隆的擔保外，你還需要別的保證的話，這就十分契合重點了。如果這值得走上一百一十天的話，你最好就專心聽。」他哼了一聲才坐下。

「那是我自己想出來的。」他悄聲對佛羅多說，「很久以前，當杜納丹頭一次把自己的事告訴我時，我就為他寫了這首詩。我幾乎希望自己的冒險還沒結束，等屬於他的時刻到來時，我就能和他同行了。」

亞拉岡對他微笑，接著又轉向波羅米爾。「對我而言，我原諒你的質疑。」他說，「和迪耐瑟宮殿中伊蘭迪爾和伊西鐸的雄偉雕像相較之下，我不太像他們。我只是伊西鐸的傳人，不是伊西鐸本人。我度過了艱辛而漫長的生活，從這裡到剛鐸的漫長距離，只不過是我旅程中的一小部分。我跨越了諸多高山與河流，也橫跨許多平原，甚至進入星辰奇異的遙遠國度魯恩和哈拉德。

「但我僅有的家園位於北方。瓦蘭迪爾的傳人們總是居住在此地，世世代代一脈相承。我們的前途已逐漸渺茫，人數也不斷減少，但斷劍總會傳承給新的保管者。在我結束前，波羅米爾，我得對你說一件事。我們這些荒野中的遊俠，是一群寂寞的人，也是獵人——我們不斷狩獵魔王的爪牙，因為他們四處肆虐，不只在魔多出沒。

「波羅米爾，如果剛鐸是座堅強高塔，我們就扮演了另一種角色。有許多邪物是你們的高牆與利劍所無法阻擋的。你們並不了解國土以外的地帶。你剛說和平與自由？要不是我們，北方就不可能體會這點。恐懼會將他們全數摧毀。但當妖物從冷清的山丘上現身，或從漆黑的樹林中竄出時，它們會避開我們。如果杜納丹人毫無戒備，或都已從人間逝去的話，有誰還敢踏上道路，平靜的鄉土、或夜裡的單純住家，又怎麼會享有安全？

「但我們得到的謝意比你們少多了。旅人們對我們板起臉孔，鄉里人士也為我們取滿懷嘲諷的綽號。對每個胖子而言，我是『快步客』，如果沒有人毫不停歇地保護他的話，離他住處不遠的敵人就可能使他嚇得魂飛魄散，或將他的小鎮化為廢土。但我們不願讓這種事發生。如果能讓單純的人民免於憂愁與恐懼，他們就該繼續過著單純的生活，我們也得祕密維持他們的安全。經歷歲月交替，滄海也化為桑田，我族依然堅守這項任務。

「但現在世界再度經歷了巨變。全新的時刻已然來臨。伊西鐸剋星重現世間。戰火即將爆發。斷劍也將被重鑄。我會前往米那斯提力斯。」

「你說，伊西鐸剋星已重現世間。」波羅米爾說，「我在半身人手上看到一枚亮晶晶的戒指，但據說伊西鐸在當代紀元開始前就已經離世。智者們怎麼曉得這是他的戒指？它又是如何在多年來輾轉流傳，才由這麼奇異的使者送到此處？」

「一切都將水落石出。」愛隆說。

「但拜託先別說了，大人！」比爾博喊道，「已經日正當中了，我覺得需要吃點東西來補充體力。」

「我還沒提到你。」愛隆笑著說，「但我想該輪到你了。來吧！把你的故事告訴我們。如果你還沒把你的故事寫成詩詞的話，就用白話方式說明吧。時間花得越少，你就能越早用餐了。」

「好吧。」比爾博說，「就照你說的做。現在我要講述真實的故事，如果在場有些人聽我說過別的版本——」他往旁盯了一眼葛羅音，「我希望他們能遺忘那件事，並原諒我。當年我只想將寶藏占為己有，和拋棄小偷的惡名。但或許我現在比較明理了。總之，以下就是當年發生的事。」

在場有些人從來沒聽過比爾博的故事，他們也訝異地仔細聆聽，而毫無不悅的老哈比人，完整講述了他遭遇咕嚕的冒險。他沒有遺漏任何一個謎語。如果得到允許的話，他甚至會講到自己的宴會和從夏郡消失的經過，但愛隆此時抬起了手。

「說得好，我的朋友。」他說，「但目前這樣就夠了。知道魔戒已傳到你的繼承人佛羅多手上，就可以了。現在該他發言了！」

接著，比起比爾博更不情願的佛羅多，則敘述了從魔戒落入他手中那天後發生的所有事件。眾人仔細質問了他從哈比屯到布魯伊南渡口間的每一步旅程，也再三評估他對黑騎士的一切印象。最後他再度就座。

「不錯嘛。」比爾博對他說，「如果他們沒有一直打岔的話，你就說了篇不錯的故事。我試著做點筆記，但如果我要寫下這些事的話，我們之後就得找時間再談談。在你抵達這裡前，就發生了足以寫滿一整個章節的事！」

「對，的確是很長的故事。」佛羅多回答，「但我覺得故事還不完整。我還想知道其他事，特別是甘道夫的部分。」

由於坐在附近，來自灰港岸的蓋爾多聽見了他說的話。「你也說出了我的心聲。」他喊道，並轉向愛隆說：「智者們或許有理由相信半身人的珍寶的確是爭議許久的權能魔戒，不過對認知不多的人而言，這點似乎不大可能。但我們可以聽聽證據嗎？我還想問一件事。薩魯曼呢？他熟知與魔戒相關的學問，但他不在我們之中。如果他得知我們剛聽過的事，會提出什麼意見？」

「蓋爾多，你的問題都與彼此有關。」愛隆說，「我沒有忽略這些問題，你也會得到解答。但甘道夫得負責說明這些事，我也等到最後才讓他發言，這是為了彰顯他的榮譽地位，因為他推動了這一切。」

「蓋爾多，有些人會認為，」甘道夫說，「葛羅音的消息，和佛羅多遭到追殺的事件，已足以證明半身人的珍寶確實是對魔王具有莫大價值的物品。但那只是枚戒指。然後呢？納茲古[5]把持著九戒。七戒已遭到奪取或摧毀。」聽到這裡，葛羅音不安地動了一下，但沒有開口。「我們知道三戒的下落。那他心心念念的這枚戒指呢？

「戒指於大河與山脈間的失蹤和尋獲之間，確實有段空白時期。但智者知識中的漏洞終於得到填補。但為時已晚。魔王已緊追在後，距離比我預料得還近。還好直到今年，就在這個夏天，他似乎才得知完整的真相。

「在場有些人記得，多年前我曾親自跨越多爾哥多的死靈法師要塞大門，並偷偷打探了他的行徑，這才發現我們的擔憂果然成真了——他正是我們古代的敵人索倫，終於重獲

5　譯注：Nazgûl，在黑暗語（Black Speech）中意為「戒靈」，由「nazg」（戒指）與「gûl」（死靈）構成。托爾金在書中主要以此詞稱呼戒靈。

形體與力量。有些人也會記得，薩魯曼苦勸我們別公開對抗他，於是許久以來，我們僅僅只對他進行監控。但到了最後，隨著他的邪影逐漸擴張，薩魯曼終於同意，議會便出動將邪惡趕出幽暗密林——這件事恰好發生在尋獲這枚魔戒那年，如果能將之稱為巧合的話，也是個奇怪的巧合。

「但如同愛隆所料，我們太遲了。索倫也監視著我們，並老早就準備好對抗我們的攻勢，還透過他的九名僕從居住的米納斯魔窟，從遠方治理魔多，直到一切準備就緒。之後他躲開我們，假裝逃之夭夭，隨後便迅速前往邪黑塔，公然宣布自己的回歸。白議會隨後舉辦了最後一場會議，因為我們已得知，他正比以往更加積極地尋找至尊魔戒。我們擔心他探查到某些我們不清楚的風聲。但薩魯曼不同意，並重申他先前對我們說過的話：中土世界永遠不會有人找到至尊魔戒。

「『最糟的狀況是，』他說，『我們的勁敵清楚它不在我們手上，也知道它依然不見蹤影。但他認為，失物終將尋獲。別怕！他會大失所望。我不是仔細鑽研過這件事了嗎？它落入了安都因河，而多年前當索倫仍在沉睡時，大河就已將它沖刷到海中了。讓它一路在那待到世界末日吧。』」

甘道夫安靜下來，從走廊上往東望向迷霧山脈遙遠的頂峰，世界的危機多年來都潛藏在這些山脈的根基下。他嘆了口氣。

「我在此犯了錯。」他說，「智者薩魯曼的話語騙過了我，但我早該去找尋真相，我們的危險就會大幅降低了。」

「我們都有過錯。」愛隆說，「但要不是由於你堅持不懈，黑暗或許早已席捲我們了。繼續說吧！」

「打從一開始，我的內心就感到不對勁，即便這與理性念頭完全相反。」甘道夫說，「我很想知道咕嚕如何拿到這東西，也想知道他持有戒指多久。所以我派人監視他，猜測他不久就會離開黑暗，出外尋找他的寶藏。他是來了，但又隨即脫逃，也無法找到他。唉！我沒有多加理會這件事，只是繼續觀察與等待，如同我們平時的作為。

「多年過去，直到我的狐疑再度猛然化為恐懼。哈比人的戒指是打哪來的？如果我的擔憂成真，又該如何處理？我得決定好這些事。但我還沒向任何人提起自己的憂慮，心底清楚一旦有風聲在不當時機傳出，就會帶來危機。在對抗邪黑塔的漫長戰事中，背叛一直是我們最強大的敵人。

「事情發生在十七年前。我很快就發現，有各式各樣的間諜聚集在夏郡周圍，包括飛鳥走獸，我的恐懼也逐日增長。我向杜納丹人尋求幫助，他們也加重了警戒。我也對伊西鐸的繼承人亞拉岡坦承了自己的擔憂。」

「至於我，」亞拉岡說，「則建議我們該獵捕咕嚕，儘管可能已經太遲了。既然伊西鐸的繼承人理應彌補伊西鐸的過失，我便與甘道夫踏上漫長而絕望的搜索旅程。」

甘道夫隨即提起他們如何探索了整座大荒原，甚至南下遠至黯影山脈和魔多周圍的山區。「我們在那打聽到他的風聲，也猜他長期居住在當地的黑暗丘陵中，但我們從未尋獲他，最後我也感到絕望。而在失望情緒中，我又想到了一項不需要尋找咕嚕的測試方法，戒指本身可能會揭露它是否就是至尊魔戒。我回想起在白議會上聽到的話語：那是薩魯曼說的話，當時我不太在意。我在心底清楚地回想起那段話的內容。

「『人類九戒，矮人七戒，和精靈三戒。』他說，『每顆戒指都擁有獨特寶石。至尊魔戒則不然。它的外型渾圓樸素，看似一枚無足輕重的戒指；但它的鑄造者在上頭留下了印記，或許清楚方法的人還能觀察得到。』

「他沒說有哪些印記。現在有誰知道呢？自然是鑄造者。至於薩魯曼呢？儘管知識淵博，但學問總有源頭。除了索倫的手，在它失蹤前，有誰碰過這枚戒指呢？只有伊西鐸而已。

「有鑑於此，我便放棄追蹤，並快速趕往剛鐸。在昔日，我輩成員在當地都備受禮遇，但薩魯曼受到最盛情的款待。他經常擔任城主的嘉賓。迪耐瑟大人並沒有如往昔般迎接我，也不太情願地允許我搜索他寶庫中的卷軸和書籍。

「『假若如你所說，你只是想檢視古代和城市初期紀錄的話，就去看吧！』他說。『對我而言，未來比過去更為黑暗，而未來也是我的重心。但除非你比曾在此長年研究的薩魯曼還要高明，否則你不會找到任何我不曉得的蛛絲馬跡，因為我熟知與這座城市有關的學識。』

「迪耐瑟這麼說。但他的寶庫中依然有許多連當代學者都看不懂的紀錄，因為後代子孫已無從理解其中的文字和語言。波羅米爾，我猜在米那斯提力斯依然有分伊西鐸親自製作的卷軸，自從國王的血脈斷絕後，除了薩魯曼和我以外，就沒有人讀過它了。因為伊西鐸並沒有像某些故事版本一樣，在經歷魔多的戰爭後立刻離開。」

「或許有些北方的故事是這樣吧。」波羅米爾打岔道。「在剛鐸眾所周知，他先去米那斯雅諾住了一陣子，教導他的侄子梅奈迪爾，之後才把南方王國的治理權交給對方。此時他在那栽種了最後一株白樹樹苗，以紀念他的弟弟。」

「但他同時也製作了這分卷軸。」甘道夫說，「剛鐸似乎沒有人記得這件事。這分卷軸與魔戒有關，伊西鐸在其中寫道：

權能魔戒將成為北方王國的傳國之寶，但它的紀錄將留在剛鐸，伊蘭迪爾的子嗣依然居住於此，以免多年後世人遺忘這些重大事蹟。

「在這些文字後，伊西鐸描述了發現魔戒時的狀況。

當我第一次拿起它時，它燙得如同燒紅的煤炭，我的手也因此燙傷，使我不覺得自己今世能從這種痛苦中解脫。但當我揮筆時，它已經冷卻下來，尺寸也似乎縮小，不過它的美麗與形狀都絲毫未變。表面的字跡剛開始如同赤焰般清晰，現在則已褪色，並難以辨識。那是埃瑞瓊的某種精靈字體，因為魔多沒有如此巧妙的文字；但我不懂這種語言。由於它汙穢粗俗的發音，我認為那是黑境的語言。我不曉得它的邪惡意涵，但我製作了抄本，以免它完全消失。魔戒或許缺少了索倫手掌的高溫，他的黑掌如同火焰般炙熱，吉爾加拉德也因此喪命。如果再度加熱金戒，或許就能使文字重現。但我不願傷到這東西，在索倫的所有創造物中，這是唯一美麗的物品。它是我的寶貝，但我經歷了極大痛苦才得到它。

「當我閱讀這些文字時，我的任務就結束了。戒指上的文字確實如伊西鐸所猜測，是魔多與邪黑塔僕從所使用的語言。人們也清楚其中的涵義。因為當索倫戴上至尊魔戒那天，三戒的鑄造者凱勒布林柏就察覺了他的意圖，也在遠方聽到對方念出這段文字，索倫的邪惡目的就此曝光。

「我立刻向迪耐瑟告辭，但當我往北動身時，便接到來自羅瑞安的消息，得知亞拉岡途經該處，他也找到了名叫咕嚕的生物。因此我先去見他，並聽他說自己的經歷。我不敢猜他究竟孤身涉足了哪種致命危機。」

「不需要深究這點。」亞拉岡說，「如果有人得踏入黑門的視野中，或踏過魔窟谷的毒花，他勢必會遭逢危難。最後，我也感到絕望，並掉頭展開返鄉旅程。但幸運的是，我突然碰上了自己尋覓的目標，柔軟的雙腳在泥池旁留下的足跡。但腳印嶄新，速度也十分敏捷，它沒有伸向魔多，反而遠離該處。我沿著死亡沼澤的邊陲跟隨足跡，隨即發現了他。當黑夜落下時，他躲在混濁的水池旁，正往水中窺探，我就趁機逮住他。他全身沾滿綠色爛泥。恐怕他永遠不會對我產生好感，因為他咬了我，我下手也不留情。除了咬痕外，我從他口中什麼也打聽不到。我覺得這是我旅程中最糟糕的部分，不僅得日夜看守他，還得在他脖子上繫條繩索，逼他走在我前面，也塞住他的嘴，直到他的態度因缺乏飲食而軟化，同時帶他走向幽暗密林。我終於將他送到那裡，並將他交給精靈，因為我們先前已經安排好了。我也樂於擺脫他，因為他惡臭撲鼻。對我而言，我希望永遠別再見到他了，但甘道夫前來並和他談了很久。」

「對，過程漫長又令人疲倦，」甘道夫說，「但並非一無所獲。比方說，他口中遺失戒指的故事，和比爾博今天第一次公開說明的事蹟吻合。但這不太重要，因為我已經猜到了。但我當時首度得知，咕嚕的戒指來自靠近金花沼地的大河。我也得知他長期持有著戒指。時間長達他這類嬌小種族的好幾世代。戒指的力量將他的壽命延長到超越正常的年限。只有權能魔戒有這種力量。

「如果那還不足以證明的話，蓋爾多，還有另一項我提過的測試。如果有人敢把金戒放進火中一陣子，就能在你們眼前這枚渾圓樸素的戒指上，看見伊西鐸提到的文字。我已經做過了，也讀到了這些文字：

Ash nazg durbatulûk, ash nazg gimbatul, ash nazg thrakatulûk, agh burzum-ishi krimpatul。」

巫師嗓音中的改變令人震驚。它忽然變得充滿威脅感又強大，如同岩石般冷酷。一股陰影似乎蓋住了高空中的太陽，長廊頓時變得黑暗。所有人都發起抖來，精靈們也摀住耳朵。

「先前從來沒有人敢在伊姆拉崔說出那種語言，灰袍甘道夫。」當陰影消散，眾人也再度恢復呼吸時，愛隆便說。

「讓我們希望不會有人又在此說出它。」甘道夫回答，「但我並不請求你原諒我，愛隆大人。如果不想讓那種語言迅速出現在西方世界的各個角落，我們就得放下一切疑慮，相信這東西的確如智者們所宣稱：它是魔王用滿心惡意鑄造而成的寶物，其中蘊含了他一大部分的古代力量。當黑暗年代的埃瑞瓊鐵匠們聽到這段話時，就明白自己遭到背叛：

一戒御眾戒，一戒尋眾戒，一戒領眾戒，束縛黑暗中。

「聽好了，我的朋友們，我從咕嚕身上打聽到更多消息。他不願開口，說詞也相當模糊，但可以確定的他去了魔多，也在那被迫說出自己所知的一切。因此，魔王知道有人尋獲了至尊魔戒，而多年來它都待在夏郡，既然他的爪牙幾乎為了它而追殺到我們的門前，他很快就會得知我們握有它。就在我說話的當下，他很可能已經知道了。」

眾人沉默地坐了一陣子，直到波羅米爾最後開口。「照你們說，這個咕嚕是個小傢伙？小歸小，他卻幹出不少壞事。他怎麼了？你們讓他遭遇了什麼下場？」

「他在牢裡，但僅此而已。」亞拉岡說，「他受了很多苦。他肯定曾遭受凌虐，對索倫的恐懼也依然深埋內心。不過，我很慶幸幽暗密林戒備森嚴的精靈們仍然看守著他。他的惡意無比濃烈，使如此瘦弱憔悴的他產生極大力量，這點令人難以置信。如果他重獲自由，就還能惹出不少麻煩。我相信他身負某種邪惡使命，因此才獲准離開魔多。」

「唉呀！唉呀！」列葛拉斯說，他俊美的精靈臉孔大為不安，「我得說明自己被派來傳達的消息。這些消息並不好，但在這裡我才明白，這件事對在場諸位有多嚴重的意義。人稱咕嚕的史麥戈，已經脫逃了。」

「脫逃？」亞拉岡叫道，「這消息確實不妙。我想，我們都會對這件事感到懊悔。瑟蘭督伊一族怎麼會辜負他人的信任？」

「原因並非警備不周，」列葛拉斯說，「或許是因為善良過了頭。我們擔心囚犯得到別人的幫助，敵人也對我們所知甚詳。在甘道夫的要求下，我們日以繼夜地看守這生物，儘管我們對此感到疲倦。但甘道夫要我們對他的康復抱持希望，我們也不忍心將他關在地下牢房，那可能會喚醒他過往的惡毒心理。」

「你們對我下手更不留情。」葛羅音說，眼神中閃過一道凶光，因為他想起了在精靈王宮殿深處遭到囚禁的古老回憶。

「好啦！」甘道夫說，「請別打岔，我善良的葛羅音。那是令人遺憾的誤會，也早已冰釋前嫌了。如果得提起精靈與矮人間的恩怨，我們乾脆就別開這場會議了。」

葛羅音起身鞠躬，列葛拉斯則繼續發言，「天氣晴朗時，我們會帶咕嚕穿過樹林。他喜歡爬一座高聳大樹，這棵樹離其他樹木有段距離。我們經常讓他爬上最高的枝枒，直到他能感受到自由的微風，但我們在樹下安排了守衛。有天他拒絕下來，守衛也不願爬上樹去追他。他學會用手腳夾緊樹枝，因此他們便坐在樹下，直到深夜。

「在那個沒有月亮與星辰的夏夜，歐克獸人向我們發動奇襲。過了一陣子後，我們成功趕走了牠們。牠們數量眾多、聲勢凶猛，但翻山越嶺而來的牠們不習慣在樹林中行動。戰鬥結束時，我們發現咕嚕已經不見了，他的守衛們也遭到殺害或擄走。我們認為，這場攻擊顯然是為了營救他所發動，他先前也清楚這件事。我們不曉得那是如何發生的，但咕嚕心地狡猾，魔王的間諜也為數眾多。在巨龍殞落那年被趕跑的妖物，以更多的數量大舉回歸，幽暗密林也再度成為邪惡之地，只有我們的國度除外。

「我們無法再度抓到咕嚕。我們在許多歐克獸人的足跡中發現他的腳印，腳印一路深入森林，往南方前進。但不久我們就追丟了足跡，也不敢繼續狩獵，因為我們已逼近多爾哥多，該地仍然邪氣逼人，我們不願往那方向走。」

「好吧，好吧，他已經逃了。」甘道夫說，「我們沒時間再次尋找他。就任他去吧。但他或許會成為自己和索倫料想不到的角色。

「現在我要回答蓋爾多的其他問題。薩魯曼呢？在這種迫切危機中，他能為我們帶來什麼意見呢？我必須完整講述這段故事，因為目前只有愛隆聽過簡要版本，這件事與我們得解決的問題有關。這是魔戒故事目前的最後一章。

「六月底時，我待在夏郡，但感到憂心忡忡，於是我策馬前往那塊小地區的南方邊境。

因為我產生了不祥預感，覺得有某種我無法察覺的危機，正在逐漸逼近。我在那裡收到口信，讓我得知剛鐸的戰火與失敗，而當我聽說黑影時，一股寒意就襲上心頭。但除了幾個來自南方的難民外，我什麼也沒發現；但我覺得，他們心中似乎有某種不願提及的畏懼。隨後我轉向東方與北方，沿著綠道前進，在離布理不遠的地方，我碰上了坐在路旁土坡的一名旅人，他的馬在身旁吃草。那是褐袍瑞達加斯特，他曾一度住在靠近幽暗密林邊境的羅斯戈貝。他是我輩之一，但我很多年沒見過他了。

「『甘道夫！』他叫道，『我正在找你。但我對這一帶不熟。我只曉得或許能在某個叫做夏郡的鄉下地方找到你。』

「『你的情報沒錯。』我說，『但如果你遇到任何居民，就別這樣說。你現在已經很靠近夏郡的邊境了。你要找我做什麼？事態一定很緊急。除非有極大必要，不然你從來不喜歡旅行。』

「『我有急事。』他說，『我帶來了壞消息。』接著他環視周遭，彷彿深怕有人在樹籬中偷聽。『納茲古。』他悄聲說道，『九戒靈再度現身了。它們已經暗中渡過大河，往西前進。它們偽裝成黑衣騎士。』

「當下我明白了自己先前的恐懼緣由。

「『魔王肯定有某種重大需求或目的。』瑞達加斯特說，『但我想不出他為何要找這些偏遠荒蕪的地區。』

「『你是什麼意思？』

「『我聽說，騎士四處打探某個叫做夏郡的地方。』

「『就是本地夏郡。』我說，但我的心頭一沉。當九戒靈在墮落首領手下齊聚一堂時，即便是智者都畏懼對抗它們。他曾是古代的偉大君王與妖術師，現在則握有致命的恐懼力量。『是誰告訴你的，又是誰派你來的？』我問。

「『白袍薩魯曼。』瑞達加斯特回答，『他要我說，如果你覺得有必要，他願意伸出援手；但你得立刻向他求助，不然就太遲了。』

「那條口信為我帶來了希望。因為白袍薩魯曼是我輩中最偉大的成員。瑞達加斯特自然是位能幹的巫師，也是善於變化形體與色彩的大師；熟知與藥草和野獸有關的學問，也特別與鳥類交好。但薩魯曼鑽研了魔王本身的技藝多年，因此我們才經常能夠擊退他。靠著薩魯曼的計畫，我們才將他趕出多爾哥多。他可能找到了某種足以抵擋九戒靈的武器。

「『我會去見薩魯曼。』我說。

「『那你現在就得動身。』瑞達加斯特說，『因為我浪費了太多時間找你，時間也所剩不多了。他要我在仲夏前找到你，也就是現在。就算你從這裡出發，也很難在九戒靈找到它們尋覓的地區前碰到他。我得立刻回去了。』說完，他便上馬，打算立刻離開。

「『等一下！』我說，『我們需要你的幫忙，以及所有願意協助的對象。向你所有的飛鳥走獸朋友送出口信。要牠們把和這件事有關的所有風聲都送去給薩魯曼和甘道夫。把口信送到歐散克塔。』

「『我會照做。』他說，並快馬加鞭地離開，彷彿九戒靈追在他身後。

「我無法在此時此地跟上他。當天我已經抵達很遠的地點，也和我的馬一樣疲勞，我也得好好考量事情。那晚我待在布理，並決定我沒時間回到夏郡。我從來沒犯過更大的錯誤！

「不過，我寫了封信給佛羅多，並將之託付給我的旅店老闆朋友，要對方把信寄給他。黎明時我策馬離開，並終於來到薩魯曼的住處。那裡位於艾森格南方遠處與迷霧山脈的末端，離洛汗隘口並不遠。波羅米爾會告訴你，在迷霧山脈與他老家的白色山脈伊瑞德尼姆拉斯[6]最北邊的山麓丘陵之間，有塊廣大而開闊的谷地。但艾森格是包圍山谷的一圈陡峭岩壁，形勢如同城牆，那塊谷地中央則有座名叫歐散克的高塔。它並非由薩魯曼所建，而是努曼諾爾人多年前的建築。這座巍然挺立的巨塔擁有許多祕密，但它看起來並不像人造物體。除了通過艾森格石圈以外，沒有其他路徑可以抵達它，石圈上也只有一座大門。

「我在某天晚上抵達大門，門口宛如岩牆上的大型拱門，戒備十分森嚴。但門口的守衛已守候多時，也告訴我說薩魯曼在等我。我策馬穿越拱門，大門無聲地在我身後關上，忽然間我感到害怕，但我不曉得原因。

「我繼續騎馬前往歐散克塔底部，並抵達薩魯曼住處的階梯。他在那裡等我，再帶我走上他的高樓房間。他的手指上戴了枚戒指。

---

6 譯注：Ered Nimrais，白色山脈的辛達林語（Sindarin）名稱。

「『你終於來了，甘道夫。』他莊重地對我說，但他眼中似乎有股白光，彷彿心中響起了冰冷笑聲。

「『對，我來了。』我說。『我前來向你求助，白袍薩魯曼。』那頭銜似乎使他感到光火。

「『是這樣嗎，灰袍甘道夫？』他嘲諷道，『求助？很少有人聽過狡猾又睿智的灰袍甘道夫居然會求助於人，他總是四處流浪，無論事情是否與自己有關，他總會到處插手管閒事。』

「我望向他，感到一陣疑惑。『但如果我沒有搞錯，』我說，『當前的局勢需要我們團結一致。』

「『或許沒錯。』他說，『但你太晚想到這點了。我很好奇，你對身為議會領袖的我，隱藏了某件重要大事多久？是什麼讓你從夏郡的藏身處跑來的？』

「『九戒靈已再度現身。』我回答，『它們跨越了大河。瑞達加斯特是這麼告訴我的。』

「『褐袍瑞達加斯特！』薩魯曼大笑，也不再掩飾他的輕蔑。『馴鳥人瑞達加斯特！單純的瑞達加斯特！蠢材瑞達加斯特！他的頭腦頂多只能扮演我賦予他的角色。你已經來了，這就是我送出口信的目的。你也該待下來，灰袍甘道夫，並卸下旅程中的疲勞。因為我是智者薩魯曼，鑄戒者薩魯曼，彩袍薩魯曼！』

「我隨後一看，發現儘管他的長袍看似雪白，其實卻並非如此。袍子由各種色彩構成，只要他移動，色澤就會閃動改變，使觀察者感到眩目。

「『我比較喜歡白色。』我說。

「『白色！』他冷笑道，『那只是開始。白布可以染色，白頁上能寫下文字，白光也能受到分解。』

「『這樣它就不再是白色了。』我說，『為了找出事物本質而將之破壞的人，也偏離了智慧之道。』

「『你不需要用那套對你當作朋友的蠢蛋講話的方式對我嘮叨。』他說，『我帶你來此不是為了聽你說教，而是要給你一個選擇。』

「他挺直身子並開始發表長篇大論，彷彿這是他排練已久的演說。『遠古年代已經消逝。中古年代正逐漸離去。更年輕的時代正在展開。精靈的時代已經結束了，但我們的時代正蓄勢待發：我們必須統治人類世界。但我們必須擁有力量，讓我們隨心所欲治理一切的力量，因為只有智者才明白該怎麼做最好。』

「『聽著，甘道夫，我的老友與助手！』他說，一面走近並用更輕柔的語氣說話。『我說我們，因為如果你願意加入我，我們就能成就一切。全新的勢力即將崛起。舊日的盟友與政策對我們毫無助益。精靈與瀕死的努曼諾爾毫無希望。你我面前只剩下一個選擇。我們可以加入那股勢力。這是明智之舉，甘道夫。這選擇才有希望。它的勝利近在咫尺，協助它的人也將獲得豐厚獎賞。隨著那股勢力增長，它的盟友也將增加。你我這類智者，最終能以耐心來影響它的走向，並控制它。我們可以伺機以待，我們能將想法深藏心中，或許會對沿路見證的惡事感到惋惜，但卻認同至高無上的最終目的：知識，統治，秩序。我們為了這一切努力許久，卻毫無進展，我們脆弱或懶惰的友人一點忙都幫不上，反而還拖累了我們。我們的計畫不需、也不會有實質變化，改變的只有我們的手段。』

「『薩魯曼，』我說，『我聽過這類言論，但僅僅出自魔多派來欺騙無知人民的使者之口。我想不到你大老遠把我找來，居然只是為了弄髒我的耳朵。』

「他斜視著我，並停了下來好好思考。『嗯，我想你不喜歡這種明智想法。』他說，『還沒有興趣嗎？萬一有更好的方式呢？』

「他過來用修長的手握住我的手臂。『為何不同意呢，甘道夫？』他悄聲說道。『為什麼不想呢？想想統御魔戒？如果我們能掌控它，力量就會落入我們的手掌心。那就是我要你來此的真正目的。我有許多眼線，也相信你知道這珍寶的下落。不是嗎？不然九戒靈為何要尋覓夏郡，你又在那裡做什麼？』當他說出這句話時，眼中就忽然無法自制地閃動慾望的光芒。

「『薩魯曼，』我說，一面遠離他，『一次只有一個人能戴上至尊魔戒，你對此心知肚明，所以別多說我們了！但既然我識破了你的打算，我就不會交出它，不，甚至連它的消息都不會告訴你。你曾是議會之首，但你終於露出真面目了。好吧，選擇似乎是向索倫或你臣服。我兩者都拒絕。你還有別的提議嗎？』

「現在他變得冰冷又危險。『有。』他說，『即便是為了你自己，我也不期待你展現智慧。但我給過你機會來自願協助我，讓你省下不少麻煩與痛苦。第三個選擇是留在這裡，直到盡頭。』

「『直到什麼盡頭？』

「『直到你告訴我至尊魔戒的下落。我或許有方法能說服你。或是直到有人在不需要你幫忙的狀況下找到它，到時統治者可能就有時間處裡小事：比如說，想出方法來獎勵灰袍甘道夫的阻撓與傲慢。』

「『那也許不算小事。』我說。他對我大笑，因為我說的只是空話，他也心知肚明。

「他們逮住我，並讓我獨自待在歐散克巨塔頂端，那是薩魯曼慣於觀星的地點。除了上千道臺階構成的狹窄階梯外，沒有其他下去的路，底下的山谷似乎也極其遙遠。我望向谷地，發現曾一度翠綠優美的谷地，現在則滿布坑洞與熔爐。野狼和歐克獸人居住在艾森格，因為薩魯曼正在集結自己的大軍，以便與索倫抗衡，而不是為對方效力。有股黑煙盤旋在他的地盤上，並繚繞在歐散克塔周圍。我獨自站在雲海中的孤島上，不僅毫無脫逃的機會，日子也苦悶不堪。我受到刺骨寒冷的侵襲，也只有一小塊空間能來回踱步，思索來到北方的騎士們。

「除了薩魯曼口中可能是謊言的說詞外，我相信九戒靈已經現身了。在我來到艾森格許久之前，就透過不可能出錯的管道得知消息。我為夏郡的朋友們感到擔憂，但我心中依然有絲希望。我希望佛羅多已照我信中的催促立刻動身，也希望他在敵人開始追殺前就抵達裂谷。我的憂慮和希望雙雙落空。因為我將希望託付在布理的一個胖子身上，我的恐懼則奠基於索倫的狡猾上。但賣啤酒的胖子得回應許多客人的呼喚，索倫的力量也仍然遠比預料中更弱。但獨自受困在艾森格石圈中時，就很難想到使所有人逃竄或陣亡的這群獵人，居然會在遙遠的夏郡受挫。」

「我看見過你！」佛羅多叫道，「當時你來回踱步。月光照耀在你的頭髮上。」

甘道夫訝異地停下並注視他。「那只是個夢，」佛羅多說，「但我突然回想到這件事。我幾乎把它忘了。我是在前陣子夢到的，我想是離開夏郡後的事吧。」

「那它來得太晚了。」甘道夫說，「你很快就會明白。當時我坐困愁城。認識我的人，都會同意我很少陷入這種狀況，也很難適應這種厄運。灰袍甘道夫居然像隻掉入蜘蛛狡詐陷阱的蒼蠅！但就算是心思最細膩的蜘蛛，也會露出破綻。

「剛開始我擔心瑞達加斯特也已墮落，這肯定也是薩魯曼的計畫。但當我們見面時，我在他的語氣或眼神中沒有發覺任何不對勁。倘若有的話，我就不可能前往艾森格，或是會更謹慎地行動。薩魯曼猜到了這點，便隱藏起自己的盤算，也欺騙了他的使者。沒有人能讓誠實的瑞達加斯特背叛他人。他真心誠意地前來找我，因此說服了我。

「那就是薩魯曼計畫中的漏洞。因為瑞達加斯特不曉得他為何不該照我說的做，於是他策馬前往幽暗密林，他在當地還有許多老朋友。迷霧山脈的巨鷹翱翔於廣闊的大地上，也看到了許多事物：野狼與歐克獸人的集結，與在大地上四處奔走的九騎士，牠們也聽說了咕嚕逃跑的消息。牠們因此派了信差將這些消息捎給我。

「於是在夏季末期，巨鷹中速度最快的成員風王關赫，便在某個月夜出乎意料地來到歐散克塔，也發現我站在塔頂。我和他交談，他在薩魯曼發現前將我載走。早在狼群與歐克獸人衝出大門追我前，我就遠離了艾森格。

「『你能載我多遠？』我對關赫說。

「『要多遠有多遠，』他說，『但不會到世界盡頭。我是被派來傳達消息，不是載貨的。』

「『那我就得找來陸地上的坐騎，』我說，『也得是速度出奇高速的坐騎，因為我先前從未有如此急迫的需求。』

「『那我就載你到伊多拉斯，那是洛汗之王的宮殿。』他說，『因為當地距離不遠。』我對此感到慶幸，因為人稱馬王的洛希人[7]就住在驃騎國[8]洛汗[9]，豢養在迷霧山脈和白色山脈之間廣大谷地的駿馬則舉世無雙。

「『你覺得洛汗人還值得信任嗎？』我對關赫說，因為薩魯曼的背叛已動搖了我的信心。

「『他們會以馬匹朝貢，』他回答，『據說他們每年都送許多匹馬給魔多；但他們還沒有臣服。不過如果薩魯曼已如你說的加入邪惡陣營，那他們的末日就不遠了。』

---

7 譯注：Rohirrim，在辛達林語中意為「馬王大軍」。

8 譯注：Riddermark，意指「騎士國度」，由古英文中的 Riddena-mearc 演變而來。

9 譯注：洛汗（Rohan）為剛鐸的辛達林語，意指「馬國」，由正常的辛達林語詞彙 Rochand 演變而來。

「他在黎明前在洛汗的國境內放下我，我也把故事說得太長了。我就簡述剩餘的部分。我在洛汗發現邪惡勢力的影響，由於薩魯曼的謊言，使國王不願意聽我的警告。他要我帶匹馬立刻離開，我則選了自己非常喜歡的一匹馬，但這使國王大為不悅。我帶走了他國內最優秀的駿馬，我也從來沒看過如此優秀的神駒。」

「那牠肯定是匹優秀的馬。」亞拉岡說，「比起其他看似更糟的消息而言，得知索倫會徵收這種駿馬，反而讓我感到更為憂心。我上次去那片土地時，情況並不是這樣。」

「我敢發誓，現在也沒變。」波羅米爾說，「這是來自魔王的謊言。我認識洛汗人，他們真誠而勇敢，也是我們的盟友，依然居住在我們多年前致贈的土地上。」

「魔多暗影已籠罩了遙遠國度。」亞拉岡說，「薩魯曼已經墮落了。洛汗則遭受侵襲。如果你回到那裡，誰知道你會發現什麼狀況？」

「至少有件事不會發生，」波羅米爾說，「他們絕不會用馬匹換取自己的性命。他們對馬的熱愛不亞於族人。這麼做也合情合理，因為驃騎國的馬來自遠離邪影的北方原野，牠們一族和主人們一樣，都承襲了來自古老自由時代的血脈。」

「說得沒錯！」甘道夫說，「牠們其中之一的血統或許能追溯到太初歲月。九戒靈的馬無法與牠匹敵，牠毫無倦意，速度有如風馳電掣。他們稱呼牠為影鬃[10]。牠的毛皮在白天如白銀般閃閃發光，夜裡則如黑影般無影無蹤。牠的步履如飛！先前沒有人騎乘過牠，但我馴服了牠，牠飛也似地載我前進，當佛羅多從哈比屯出發時，我才剛從洛汗動身；但他在古墓崗時，我已經抵達夏郡了。

「但當我騎馬前進時，恐懼便在我心中增長。當我來到北方時，就聽說了騎士的風聲，儘管我日以繼夜地追趕它們，但它們總是先我一步。我得知它們兵分多路，有些騎士留在東部邊境，位置離綠道不遠，其餘騎士則從南邊入侵夏郡。當我抵達夏郡時，佛羅多已經走了；但我和老詹吉談了話。他講了長篇大論，但沒多少重點。他對袋底洞新主人的缺點有不少怨言。

「『我受不了改變。』他說。『我一輩子都受不了，更別提最糟糕的改變了。』『這是最惡劣的變化。』他一再說這些話。

「『最糟糕是個不好的詞。』我對他說，『我希望你一輩子都別見到這種狀況。』但在他的話語中，我終於得知佛羅多不到一週前就離開夏郡，當晚還有名黑騎士來到小丘。我隨後恐懼地策馬疾馳。我來到雄鹿地，並發現當地亂成一團，如同有人用棍子攪亂了整窩螞蟻。我抵達位在克里克窪地的屋子，門口遭人撞開，屋內則空無一人；但在門檻上有件佛羅多的斗篷。在那一瞬間，我心中的希望頓時熄滅，也沒有留在當地打聽消息，不然我可能就會安心了。但我繼續追蹤騎士的蹤跡。很難跟上對方的足跡，因為腳印往諸多方向延伸，我也感到迷惘。但我覺得有一兩名騎士前往布理，於是我往那方向走，因為我覺

—10 譯注：Shadowfax，改自古英文 Sceadu-faex：「影子般的灰色鬃毛（與毛皮）。」

得得和旅店老闆講幾句話。

「『人們叫他蜂斗菜。』我心想，『如果這次的耽擱是他的錯，我就會把他全身的肥油都融了。我要用慢火烤熟這老傢伙。』這全在他意料之中，而當他看到我的臉時，就倒了下來，當場癱在地上。」

「你對他做了什麼？」佛羅多緊張地喊道。「他對我們很好，也盡力幫忙了。」

甘道夫笑了起來。「別怕！」他說，「我沒有傷害他，也沒破口大罵。他口中的消息讓我欣喜萬分，因此當他停止發抖後，我就緊緊抱住這老傢伙。我當時猜不到發生了什麼事，但我得知你前晚待在布理，那天早上已經和快步客離開了。

「『快步客！』我開心地大叫。

「『沒錯，先生，恐怕如此，先生。』誤會我意思的蜂斗菜說，『儘管我盡了一切努力，他還是見到他們了，他們還帶他同行。當他們待在這裡時，行徑非常古怪，幾乎可以說是恣意妄為。』

「『哎呀！傻蛋！親愛的蜂斗菜！』我說，『這是我從仲夏以來聽過最棒的消息了，至少值得一枚金幣。願你的啤酒七年來風味絕佳！』我說。『我可以休息一晚了，我早就忘了上一次是什麼時候。』

「於是我在那過夜，思索著騎士們的下落。在布理似乎只有兩名騎士的消息。但夜裡我們聽到更多風聲。至少有五名騎士從西方到來，它們撞開大門，如同呼嘯強風般穿越布理。布理居民顫抖不已，以為世界末日就要到了。我在黎明前起床，隨後追了上去。

「我不曉得實際狀況，但局勢似乎如下發展。它們的首領悄悄待在布理南方，有兩名騎士往前穿越村莊，還有四名騎士入侵了夏郡。但當這些騎士在布理和克里克窪地遭逢挫敗時，它們就帶著消息回到首領身邊，於是一陣子，只留下它們的間諜看守。首領隨即派了某些騎士往東直接橫跨原野，他自己則和其他成員怒氣沖天地沿著大道前進。

「我迅雷不及掩耳地疾馳到風雲頂，並在我離開布理的第二天日落前抵達——它們已經比我更早到了。它們在我面前撤退，因為它們感受到我的怒氣，當太陽高掛天空時，它們也不敢面對我。但它們在夜晚逼近，在丘陵頂端阿蒙蘇的古老石圈中圍攻我。我費了很大的勁才脫困，自從古代的戰爭烽火後，風雲頂上就沒有出現過如此強烈的光芒與烈火了。

「日出時，我逃往北方。我無法再多做什麼。在荒野中不可能找到你，佛羅多，當九戒靈全員緊追在後時，還那樣做便愚蠢無比。所以我得信任亞拉岡。但我希望將幾個戒靈引開，並在你之前趕到裂谷，再派出援兵。四名騎士的確跟上我，但一陣子後它們便掉頭離開，似乎往淺灘趕去。這幫上了一點小忙，因為當你們營地遭襲時，只出現四個戒靈，而不是九個。

「最後我沿著漫長路途抵達這裡，沿著灰泉河而上並穿過伊騰荒原，再從北邊南下。從風雲頂開始，我花了十五天旅行，因為我無法在食人妖高地的岩石間騎馬，影鬃也在此離去。我送牠回去主人身邊，但我們之間已培養出深厚的友誼，假若我有需求，牠便會隨我的呼喚而來。因此我只比魔戒早兩天來到裂谷，而它遭遇危機的消息也已傳到此地——

這令人感到萬幸。

「佛羅多，這就是我的經歷結尾。希望愛隆與其他人諒解這篇故事的長度。但灰袍甘道夫居然會打破誓約，沒有在允諾時現身，這種事先前從未發生過。我想，我該好好對魔戒持有者說明這樁怪異事件。

「好，魔戒的故事已從頭到尾說完了。我們齊聚在此，魔戒也在場。但我們離解決這件事還遠得很。我們該拿它怎麼辦？」

眾人陷入一片沉默。最後愛隆再度開口。

「薩魯曼的消息令人難過。」他說，「我們信任他，他也深知我們的所有計畫。無論目的好壞，過度深入鑽研魔王的技藝總是十分危險。唉，但這種墮落與背叛，在先前都發生過。在我們今天聽到的所有事件中，就屬佛羅多的故事最讓我感到奇特。除了在場的比爾博外，我認識的哈比人並不多，我覺得，或許他並不如我原先料想中如此特立獨行。自從我上一次踏上西向道路後，世界已經改變了很多。

「我們知道古墓屍妖的不少名稱，也聽過許多關於老林的事蹟；那裡只剩下古代森林北境的一小塊樹林而已。曾經有一度，松鼠能從當今的夏郡，一路跳過樹木，直達艾森格西邊的黑鬱地。我曾去過那些地區，也認識許多野蠻奇異的生物。但我忘了邦巴迪這人，如果他的確是多年前在森林與山丘間遊走的同一人，當時他已經比老邁生靈更加古老。當時他並不叫這個名字。我們稱他為伊亞溫．班—艾達，最古老的無父者。但其他種族此後為他取了許多名字：矮人稱他為佛恩，北方人類稱他為歐洛德，此外還有諸多名稱。他是個奇特的生物，但或許我該邀他參與我們的會議。」

「他不會來的。」甘道夫說。

「我們不能至少捎口信給他，向他求助嗎？」伊瑞斯特問，「看來他甚至能掌控魔戒。」

「不，我不會這樣形容。」甘道夫說，「應該說，魔戒無法掌控他。他是自己的主人。但他無法改變魔戒本身，也無法破除它對其他人的控制。現在他也躲進窄小的地盤中，待在他設立的疆界內，儘管沒人能看到屏障。他或許在等待時機改變，也不願離開疆域。」

「但疆界內似乎沒有任何東西能擊倒他。」伊瑞斯特說，「他不能將魔戒收下並保管在那，讓它永遠無法帶來破壞嗎？」

「不。」甘道夫說，「他不會情願的。如果世上所有自由人民懇求他，他或許會答應，但他不會理解其中的必要性。如果把魔戒交給他，他很快就會把它忘了，也很可能會搞丟它。這種東西在他心上並不重要。他會是個令人最不放心的守護者，這足以回答你的問題了。」

「但無論如何，」葛羅芬戴爾說，「把魔戒交給他只是讓邪惡延後獲勝。他離此太遠了。現在我們無法在不遭到任何眼線猜測或注意到的狀況下，把魔戒送交給他。就算辦得到，魔戒之王遲早也會得知它的藏匿點，並傾注全力找到它。光靠邦巴迪，能抵抗那股勢力嗎？我不覺得。我認為到了最後，如果一切都已淪陷，邦巴迪也會殞落，成為世上最終與最初的生靈，長夜隨後便將籠罩萬物。」

「對於伊亞溫，我只聽說過名字而已。」蓋爾多說，「但我想，葛羅芬戴爾說得沒錯。

他並不具備抵抗魔王的力量，除非大地本身擁有這種能力。但我們見證索倫折磨並摧毀山丘。世上僅有的力量在我們手上，無論是在伊姆拉崔本地，或是灰港岸的基爾丹，以及羅瑞安。但當萬物淪陷、索倫最終現身時，他們和我們擁有能對抗魔王的力量嗎？」

「我沒有那種力量，」愛隆說，「他們也沒有。」

「如果無法透過力量阻止他取得魔戒，」葛羅芬戴爾說，「我們就只能嘗試兩種方式——將它送到大海彼端；或是摧毀它。」

「但甘道夫讓我們得知，我們無法用在場任何人擁有的技術毀滅它。」愛隆說，「住在大海彼端的居民也不會收下它，無論好壞，它都屬於中土世界。該由居住在此的我們處置它。」

「那麼，」葛羅芬戴爾說，「就讓我們將它拋入深淵，使薩魯曼的謊言成真。即便在議會中，他顯然也已走上歪路。他知道魔戒不會永遠下落成謎，但希望我們這麼想，因為他已開始渴求魔戒。但真相經常藏在謊言中，它在大海中會安全無虞。」

「並非永遠安全。」甘道夫說，「深海中有許多生物，滄海也會化為桑田。在場的我們不該只為一段歲月、幾個世代或世上單單一個紀元著想。即便毫無希望，我們也該為這股威脅找出解決之道。」

「我們也無法在前往大海的道路上找出辦法。」蓋爾多說，「如果回到伊亞溫的路途太過危險，那前往大海的路程便充斥最龐大的危機。我打從內心覺得，等索倫得知當前發生的狀況，就會料到我們想往西走。他很快就會知道了。九戒靈確實失去了馬匹，但那只不過是稍作拖延，之後它們便會找到速度更快的新坐騎。只有日漸式微的剛鐸，能阻擋他派出大軍沿著海岸入侵北方。假若他到來，便會攻擊白塔和灰港岸，此後精靈就無法逃脫中土世界日漸擴散的暗影了。」

「那批大軍要來還久得很。」波羅米爾說，「你說剛鐸日漸式微。但剛鐸依然堅守崗位，即便是它沒落時的國力，也依然強盛。」

「但它的警戒力量已再也無法阻擋九戒靈。」蓋爾多說，「他或許也會找到其餘不受剛鐸捍衛的路線。」

「那麼，」伊瑞斯特說，「如葛羅芬戴爾所說，我們只剩下兩種選擇：永遠藏匿魔戒，或是摧毀它。這兩種方式都遠超出我們的能力範圍。誰能為我們解決這項難題呢？」

「在場沒人辦得到。」愛隆肅穆地說，「至少沒人能預知我們採取這兩種方法後的下場。但我覺得，我們該選的路已昭然若揭。往西的道路似乎是最輕鬆的路線。因此我們必須避開那條路。它將會遭到監控。精靈太常逃往那方向了。此刻，我們得選擇艱困道路，一條出人意料的路。我們得將僅有的希望放在這條路上。走進危機——深入魔多。我們必須把魔戒送入烈火中。」

沉默再度籠罩眾人。這座華麗宅邸面對陽光普照的山谷，谷地中則傳來潺潺水聲，但即便在此，佛羅多的心中也感到一股死亡般的黑暗。波羅米爾不安地動了一下，佛羅多則望向他。他正撫摸著自己的號角，並皺起眉頭。最後他開了口。

「我不懂這一切的意思。」他說，「薩魯曼是個叛徒，但他不也瞥見了明智之舉嗎？你們為何總是提到藏匿和摧毀？我們為何不該認為，權能魔戒及時成為我們手中的助力呢？只要使用它，自由世界的王族們便肯定能擊敗魔王。我想，這就是他最畏懼的事。

「剛鐸人民英勇無比，也永遠不會投降，但他們可能會遭到擊敗。勇氣首先需要力量，接著才需要武器。假若如你們所說，魔戒具有莫大力量，那就讓魔戒成為你們的武器。用它獲取勝利！」

「唉，不行。」愛隆說，「我們不能使用統御魔戒。我們太清楚這點了。它屬於索倫，是他獨自鑄造的產物，也是純粹的邪惡。波羅米爾，它的力量過於強大，無法讓任何人恣意使用，除非是原本就握有強盛力量的對象。但對他們而言，它具有更致命的危險。對它的渴求會腐化心智。拿薩魯曼來說好了。如果任何智者戴上這枚魔戒，並用自己的手段推翻魔多之王，就會自行坐上索倫的王座，另一個黑暗魔君便就此誕生。那就是得摧毀魔戒的另一項理由：只要它尚存於世，就連對智者也會產生危險。世上沒有東西一開始就天性邪惡。就連索倫也是。我不敢收下魔戒以藏匿它。我不願使用魔戒。」

「我也不願意。」甘道夫說。

波羅米爾狐疑地注視他們，但他低下了頭。「就這樣吧。」他說，「那剛鐸的我們就得信任手上僅有的武器。至少，當智者守住這枚魔戒時，我們就能繼續奮鬥。或許斷折之劍仍然能力挽狂瀾——如果持有者不只繼承了傳家寶，還具有人類王族的威力。」

「誰曉得呢？」亞拉岡說，「但有天我們會面對考驗的。」

「希望那天別拖得太久。」波羅米爾說，「儘管我並不是來求救，但我們也急需援助。知道其他人也在全力抗敵的話，就會讓我們感到安心。」

「那你可以安心了。」愛隆說，「世上還有其他你不曉得的力量與國度，你也無法找到它們。在流至亞格納斯和剛鐸大門前，安都因大河會流過許多地區沿岸。」

「如果這些勢力都能共同合作，」葛羅音說，「各方也團結使用力量的話，情況自然會順利得多。或許還有其他較不狡詐的戒指，能供我們在緊急時使用。如果巴林沒找到索洛爾的戒指，也就是七戒中最後一戒的話，我們就已徹底失去七戒了。自從索洛爾在墨瑞亞喪命後，就沒人聽過它的消息。我現在也可以坦承，巴林離開的部分理由，就是為了找到那枚戒指。」

「巴林不會在墨瑞亞找到戒指。」甘道夫說，「索洛爾把它交給他兒子索藍，但索藍並沒有將它傳給索林。當索恩在多爾哥多的地牢中遭受凌虐時，戒指就被奪走了。我來得太遲。」

「啊，唉呀！」葛羅音喊道，「我們的復仇之日何時才會到來？但依然還有三戒。精靈三戒呢？據說它們是強大無比的魔戒。精靈貴族不是持有它們嗎？但它們也是黑暗魔君多年前的作品。它們毫無用武之地嗎？在場有許多精靈貴族。他們不說話嗎？」

精靈們沒有回應。「你沒聽到我說的嗎，葛羅音？」愛隆說，「索倫並沒有打造三戒，也沒有碰過它們。但我們不能談起它們的事。只有在這充滿疑慮的一刻，我才能稍作解釋。它們並非毫無用武之地。但它們不是作戰或征服用的武器，那並非它們的力量。製造它們的工匠不想要武力、統治或財富，反而想理解、創造與治療，並保存純淨無瑕的萬物。中土世界的精靈在某些程度上達到了這一切，但過程充滿悲傷。但如果索倫取回至尊魔戒，那三戒使用者所做的一切，便會反撲他們，他們的內心也將暴露在索倫面前。如果三戒從未存在，情況反而會比較好。那就是他的目的。」

「但如果統御魔戒如你所說的毀了，又會發生什麼事？」葛羅音問。

「我們無法確定。」愛隆悲傷地說，「有些人希望索倫從未染指的三戒，隨後就能得到解脫，它們的控制者也能治癒索倫在世上造成的傷痛。但或許當至尊魔戒消失，三戒也會失效，許多美麗事物也將消散並遭到遺忘。那是我的想法。」

「但所有精靈都願意承擔這種風險。」葛羅芬戴爾說，「希望能藉此破壞索倫的勢力，並永久抹滅對他的霸權所感到的恐懼。」

「於是我們再度回到摧毀魔戒的話題上。」伊瑞斯特說，「但依然沒找出答案。我們有什麼力量能找到製造魔戒的烈火？那是條絕望之路。要不是出於對愛隆多年智慧的敬重，我就會將之形容為愚行。」

「絕望，或是愚行？」甘道夫說，「這並非絕望之舉，因為只有預見確切盡頭的人才會絕望。我們無法預測結尾。考量過其他方法後，儘管抱持虛假希望的人可能會將此舉視為愚行，但認清必要之舉，才是真正的智慧。好吧，就讓愚行成為我們的偽裝，讓它蒙蔽魔王的雙眼！因為他睿智無比，也會以充滿惡意的標準來精確評估一切。但他唯一明白的衡量方式便是慾望，對權力的慾望，他以此評斷天下生靈。他心中不會盤算到有人拒絕魔戒，而持有魔戒的我們居然想摧毀它。如果我們採取這種手段，就會使他措手不及。」

「至少暫時如此，」愛隆說，「我們必須踏上這條路，但過程將十分艱辛。力量或智慧都無法讓我們撐得太久。弱者和強者在執行這項任務時，都同樣只有渺茫的希望。但推動世界巨輪的事蹟經常如此運作——小人物因局勢所逼而出手；大人物的目光卻望向他方。」

「很好，很好，愛隆大人！」比爾博忽然說，「別再說了！你指的事顯而易見。愚蠢的哈比人比爾博展開了這件事，比爾博也最好結束這件事，或結束自己的性命。我在這裡過得非常舒適，也在寫我的書。如果你們想知道的話，我正在寫結局。我想過要寫：『他幸福快樂地度過餘生。』這是個好結局，之前已經有人用過也沒關係。現在我得改寫結局了：這似乎不會成真。總之，如果我要繼續寫的話，顯然還有好幾個章節得寫。真是可怕的麻煩事。我該何時動身呢？」

波羅米爾訝異地望著比爾博，但當他察覺其他人都滿懷敬意地注視老哈比人時，他臉上的笑意便頓時消失。只有葛羅音露出微笑，但他的笑容來自昔日的回憶。

「當然了，我親愛的比爾博，如果你真的展開了這件事，你就該結束它。但你清楚，『展開』這詞對任何人而言都太難背負了，無論是任何英雄，都只會在偉大事蹟中扮演微小的角色。你不需要鞠躬！儘管這是你的真心話，我們也相信你在玩笑之下埋藏了英勇決心。但這件事超出你的能力範圍了，比爾博。你無法收回這東西。它已經傳承下去了。如果你還需要我的建議，我就會說除了擔任記錄者外，你的戲分已經結束了。寫完你的書，也別改寫結局！它還有成真的希望。但等他們回來時，就準備好寫續集吧。」

比爾博哈哈大笑。「我從來不曉得你會給我愉快的建議。」他說，「既然你所有粗魯的建議都不錯，我想知道這項建議會不會也不差。不過，我想我沒有能應付魔戒的力量和好運了。它成長了，但我沒有。但告訴我：你說的『他們』是誰？」

「和魔戒同行的使者們。」

「沒錯！他們是誰？我覺得，那似乎就是這場會議要決定的事，也是今天唯一的結論。精靈或許能靠言語度日，矮人們也能忍受莫大倦意，但我只是個老哈比人，也想念起午餐了。我們不能想出一些成員嗎？還是要把決定延到晚餐後呢？」

沒人回答。中午的鐘聲響了起來。依然沒有人開口。佛羅多觀望周圍的臉孔，但沒有人轉向他。會議成員們全都垂頭喪氣地坐著，彷彿陷入沉思。他感到一股畏懼壓在心頭，彷彿正在等待某種自己預見多時的厄運，也無助地希望那不會成真。他心中瀰漫著強烈渴望，想留在裂谷好好休息，並平靜地待在比爾博身旁。最後他費勁地開口，訝異地聽到自己所說的話，彷彿別人正使用著他微小的聲音。

「我願意接下魔戒，」他說，「但我不曉得方向。」

＊＊＊

愛隆抬頭注視他，佛羅多則感到銳利的目光看透了自己的心。「如果我沒有聽錯的話，」他說，「我想這項任務注定由你承擔，佛羅多，如果你找不到方向，就沒人辦得到了。這是屬於夏郡居民的時刻，他們將從平靜的田野中崛起，動搖偉人的高塔與決策。有哪個智者曾料到這一刻？或者該說，如果他們確實睿智，又怎麼會在時刻來臨前得知這點呢？

「但這是個沉重的負擔。沉重到沒人能將它託付給他人。我不會託付給你，但如果你自願接下這項任務，我會說你做出了正確的選擇。如果所有古代的精靈之友齊聚一堂，包括哈多[11]、胡林[12]、圖林[13]與貝倫，你也會在他們之間占有一席之地。」

「但你不會派他獨自出發吧，大人？」山姆大叫，他已經壓抑不住自己了，便從原本

---

11 譯注：Hador，第一紀元哈多家族（House of Hador）的始祖，也是努曼諾爾人的先祖之一。

12 譯注：Húrin，第一紀元最偉大的人類英雄之一，也是哈多的孫子。他長年協助諾多族精靈對抗魔高斯，最後則遭到魔高斯囚禁，被迫見證兒子圖林的悲慘命運。

13 譯注：Túrin，第1紀元最知名的悲劇英雄，在父親遭到魔高斯擄走後，圖林的母親莫玟（Morwen）將他託付給精靈王辛葛收養，但受到魔高斯詛咒的圖林每每遭遇不幸，終生對抗著魔高斯的爪牙與自己的命運。他殺害了魔高斯創造的第一隻巨龍格勞龍（Glaurung），也在不知情的狀況下娶了自己的親妹妹妮諾（Nienor）。圖林的故事主要紀載於《精靈寶鑽》與《胡林的子女》（*The Children of Húrin*）中。

他原本悄悄端坐的角落中跳了出來。

「當然不會！」愛隆說，一面帶著笑容轉向他。「至少得派你跟他去。就算他受邀參與祕密會議，而你也不該出席時，也幾乎不可能把你從他身邊分開。」

山姆坐了下來，滿臉通紅地咕噥道：「我們可真惹出了大麻煩，佛羅多先生！」他搖著頭說。

第三章——
魔戒南行

那天稍晚，哈比人們在比爾博的房間裡自行開會。當梅里和皮聘聽說山姆偷偷溜進會議，還被選為佛羅多的同伴時，都感到忿忿不平。

「太不公平了。」皮聘說。「與其把他扔出去，再把他用鐵鍊捆起來，愛隆居然獎勵這傢伙的無恥行為！」

「獎勵！」佛羅多說，「我想不出更嚴厲的懲罰了。你沒仔細想過自己說的話：注定踏上這場絕望的旅程，算是獎勵嗎？昨天我夢到我已經完成任務，也可以在這裡休息好長一陣子，或許永遠待在這。」

「我不意外，」梅里說，「也希望你可以辦到。但我們羨慕的是山姆，不是你。如果你得離開，那我們任何人留下來都算是處罰，就算待在裂谷也一樣。我們和你走了漫漫長路過來，也共度了艱困時光。我們想繼續前進。」

「那就是我的意思。」皮聘說，「我們哈比人該團結起來，也一定辦得到。我得一起去，除非他們用鐵鍊綁住我。團隊裡得有個聰明人才行。」

「那你肯定不會入選，皮瑞格林．圖克！」甘道夫說，他從靠近地面的窗口往房裡看。「但你們都在庸人自擾。現在什麼都還沒決定。」

「什麼都沒決定！」皮聘叫道，「那你們之前在幹嘛？你們躲起來好幾小時了。」

「都在講話呀。」比爾博說，「大家講了一堆話，每個人也大開眼界。就連老甘道夫也是。我想列葛拉斯關於咕嚕的消息讓他也吃了一驚，不過他很快就平復了。」

「你錯了。」甘道夫說，「你當時不專心。我已經從關赫口中聽過消息了。如果你想知道的話，照你的說法來看，大開眼界的只有你和佛羅多，我則是唯一一個不感到訝異的人。」

「好吧，總而言之，」比爾博說，「除了選上可憐的佛羅多和山姆以外，什麼都還沒決定。如果沒人要我去的話，我一直擔心會有這種結果。但如果你問我的想法，我覺得等接到情報後，愛隆就會派出不少人。他們開始行動了嗎，甘道夫？」

「對。」巫師說，「有些偵查兵已經上路了。明天還有更多人會出發。愛隆派出精靈，他們也會聯繫遊俠，或許還有幽暗密林的瑟蘭督伊一族。亞拉岡也和愛隆的兒子們離開了。在進行下一步前，我們得偵查周遭好一段距離外的地區。所以開心點，佛羅多！你可能會在這裡待上很久。」

「啊！」山姆陰沉地說，「我們得等到冬天到來。」

「那也沒辦法。」比爾博說，「這有部分是你的錯，親愛的佛羅多：誰叫你堅持要等我的生日？我不禁想到，這種紀念方式還真奇怪。我才不會選那天讓塞克維爾袋金斯家搬進袋底洞。但情況就是這樣：你不能等到春天，而在得到情報前，也不能出發。

冬天寒風刺骨

岩石在夜裡碎裂，

池水漆黑，樹木赤裸無葉，

野地路程厄運藏。

但我猜這就是你的運氣了。」

「恐怕是這樣沒錯。」甘道夫說，「在找出騎士的下落前，我們不能啟程。」

「我以為洪水消滅了它們，」梅里說。

「你沒辦法用那種方式摧毀戒靈。」甘道夫說，「它們身懷主人的力量，與他同生共死。我們希望它們都已失去馬匹和偽裝，危險性才會降低一陣子，但我們得確認這件事。在此同時，你該試著遺忘自己的心事，佛羅多。我不曉得該如何幫你，但我會偷偷告訴你一件事。有人說團隊裡得有聰明人。他說得對。我想我會與你同行。」

聽到這裡，佛羅多感到欣喜若狂，使得甘道夫離開他端坐的窗台，脫下帽子並鞠躬，「我只有說『我想我會來。』先別想得太遠。愛隆在這件事上有很多意見，你朋友快步客也是。這倒提醒了我，我要去見愛隆。我得走了。」

「你覺得我會在這待多久？」甘道夫離開後，佛羅多就問比爾博。

「噢，我不曉得。我在裂谷算不清日子。」比爾博說，「但我想應該會很久吧。我們可以聊上好一陣子。何不來幫我寫書，並且開始準備下一本呢？你想過結局了嗎？」

「有呀，想了好幾個，每個都黑暗又令人不安。」佛羅多說。

「噢，那不行啦！」比爾博說，「書應該要有好結局。這樣如何：『他們安頓下來，從此幸福快樂地住在一起？』」

「如果事情確實這樣發展的話，就很恰當了。」佛羅多說。

「啊！」山姆說，「他們要住在哪？我老是想到這件事。」

哈比人們繼續聊了一陣子，並回想過往的旅程與前方的危機，但這正是裂谷當地的神奇功效，他們心中的恐懼與擔憂都已迅速消失。無論未來好壞，他們都沒有忘記，但未來已不再影響當下。他們的健康與希望逐漸增長，也滿足於面對宜人的每一天，享受每一頓餐點，也細心聆聽每一個字眼與歌曲。

於是日子逐漸一天天過去，每天的早晨明亮優美，隨後的夜晚則清涼舒爽。但秋天正迅速逝去，金色光芒緩緩化為淡銀色，剩餘的葉片也從光禿的樹幹上落下。冷風開始從迷霧山脈吹向東方。獵人之月在夜空中逐漸變圓，使亮度較弱的星辰相形見絀。但在南方天空的低矮處，有顆星星閃著紅光。每天晚上，當月亮再度變圓時，它就變得越來越明亮。

佛羅多可以從自己的窗口看到深深鑲在天空中的它，如同虎視眈眈的眼睛，在山谷邊緣的樹頂注視著萬物。

哈比人們在愛隆宅邸中待了近兩個月，十一月也隨著最後一絲秋天氣息消逝，而當偵查兵回來時，十二月也快要結束了。有些人往北穿越灰泉河，並進入伊騰荒原；其他人則向西走，有了亞拉岡與遊俠們的協助後，他們搜索了灰洪河的下游地區，並遠至撒巴德，古老的北道在此穿越河流上一座廢棄城鎮。許多人往東方與南方出發，其中有些人跨越迷霧山脈並進入幽暗密林，其他人則攀過金花河的源頭，並走進大荒原並跨過金花沼地，最後抵達瑞達加斯特的老家羅斯戈貝。瑞達加斯特不在那裡，他們則取道名為紅角口的高山隘口返家。愛隆之子伊萊丹與伊洛赫是最後才回來的成員。他們走上了一趟漫長旅程，順著銀脈河進入某個奇特地帶，但他們沒有對愛隆以外的人提起自己的任務。

使者們沒有在任何地區發現騎士或其他魔王爪牙的跡象或消息。就連從迷霧山脈的巨鷹口中，也沒有得知新風聲。沒人看見或聽說咕嚕的消息，但野狼群仍在集結，再度在大河上游遠處展開狩獵。有人發現淹死在淺灘洪水中的三匹黑馬。搜尋者們在淺灘下游的激流岩石間，找到了另外五匹馬的遺體，還有一件破爛的黑色長袍。沒人發現黑騎士的其他跡象，也無法感覺到它們的存在。它們似乎已從北方消失了。

「至少可以確定九戒靈中八個成員的下落。」甘道夫說，「現在下結論還太早，但我覺得，我們至少可以希望戒靈已四散各地，被迫在形體盡失的狀態下，盡快回到魔多的主人身邊。

「倘若如此，它們就得花上一段期間才能再度開始狩獵。魔王自然有其餘僕從，但他們得一路來到裂谷邊界，才能找到我們的蹤跡。如果我們夠小心，他們就很難察覺蛛絲馬跡。但我們不能再拖了。」

愛隆將哈比人們喚來他身邊。他肅穆地注視佛羅多。「時間已經到了。」他說，「如果魔戒要離開，就得立刻出發。但與它同行的人，無法仰賴其他武力或軍力協助。他們得在毫無協助的狀況下，進入魔王的地盤。佛羅多，你仍然願意擔任魔戒持有者嗎？」

「我願意。」佛羅多說，「我會和山姆同行。」

「那我就無法提供你太多協助，甚至無法給予你意見。」愛隆說，「我難以預測你前方的路途，也不曉得該如何達成你的任務。邪影目前已蔓延到迷霧山脈的山腳下，甚至擴散到灰洪河邊界；我無法看清邪影之下的狀況。你會遇到許多敵人，有些公開露面，有些則潛伏於偽裝下，你也會在最不經意的狀況下，在途中發現朋友。我會盡力向我在世界上認識的對象送出訊息，但此刻周遭危機四伏，有些訊息或許無法成功抵達目的地，或是比你更晚到達。

「我會挑選與你同行的夥伴，也得視他們的意願或運氣而定。人數不能過多，因為你得將希望寄託在速度與保密性上。就算我有遠古年代的裝甲精靈大軍，除了引來魔多勢力的注意外，也無法幫上什麼忙。

「護戒隊該有九人，九行者將對上邪惡的九騎士。甘道夫會和你與你忠實的僕人同行，因為這是他的重大任務，或許也將為他的努力劃下句點。

「其他人將代表世上的自由人民：精靈、矮人和人類。列葛拉斯代表精靈，葛羅音之子金力則代表矮人。他們願意至少通過迷霧山脈的山路，或許還有更遠的地區。至於人類，亞拉松之子亞拉岡將加入你們，因為伊西鐸的魔戒與他息息相關。」

「快步客！」佛羅多喊道。

「對。」他微笑著說，「我再次請求成為你的同伴，佛羅多。」

「我早就會求你加入了，」佛羅多說，「只是我以為你要和波羅米爾去米那斯提力斯。」

「我確實要去。」亞拉岡說，「在我出發參戰前，得先重鑄斷折之劍。但你我的道路有數百哩的重疊。因此波羅米爾也會加入護戒隊。他是個英勇的人。」

「還得找兩名成員。」愛隆說，「我會好好思考人選，或許能從家中找到不錯的人。」

「但這樣就沒空缺給我們了！」皮聘焦慮地喊道，「我們不想被拋在後頭。我們想和佛羅多一起去。」

「那是因為你們不了解、也無法想像前方旅途的狀況。」愛隆說。

「佛羅多也不懂。」甘道夫說，他出乎意料地支持了皮聘。「我們沒有任何人能摸清未來的狀況。的確，假如這些哈比人明白危險程度，他們就不敢去了。但他們仍然想參與，或是希望自己能勇敢出發，並感到羞愧與鬱悶。我想，愛隆，在這件事上，與其仰賴智慧，不如信任他們的友誼。就算你為我們挑了位精靈貴族，像是葛羅芬戴爾，他也無法殺進邪黑塔，更無法透過體內的力量開創前往烈火的道路。」

「你的語氣很嚴肅。」愛隆說，「但我仍有疑慮。我有預感，夏郡已離危險不遠了。我想過要派這兩名哈比人返鄉擔任信差，盡可能根據當地的風土民情，要人們當心危機。總之，我認為兩者中較年輕的皮瑞格林．圖克應該留下來。我的內心不覺得他該去。」

「那麼，愛隆大人，你就得把我鎖在牢裡，或把我裝進袋子裡綁好，再送回家。」皮聘說，「不然的話，我還是會跟護戒隊一起走。」

「就這樣吧。你也可以參加。」愛隆說，並嘆了口氣。「現在九行者已經人數齊全了。護戒隊在七天內必須出發。」

精靈鐵匠重鑄了伊蘭迪爾之劍，並在劍刃上刻劃出彎月與烈日的紋路，日月間則雕有七星，周圍刻有諸多符文——因為亞拉松之子亞拉岡準備要前往魔多邊境作戰。當那把劍再度展現全貌時，劍身便顯得明亮耀眼，太陽在上頭閃動紅光，月亮則使它放出冷冽光芒，刀刃剛硬而銳利。亞拉岡為它取了新的名字，稱它為安督瑞爾，意為西方之焰。

亞拉岡與甘道夫兩人或行或坐，討論著他們的路途與可能遭遇的危機，他們研究著愛隆宅邸中繪有歷史畫作與人物肖像的地圖與史書。有時佛羅多會和他們待在一起，但他滿於仰賴他們的指引，也盡量把時間花在和比爾博相處。

在最後一段日子中，哈比人們在傍晚一同坐在烈火廳中，在那裡聽了不少故事，也聽過了描述貝倫與露西安贏得寶鑽的詩歌。但白天裡，當梅里和皮聘出外閒晃時，佛羅多和山姆便和比爾博待在他的小房間中。比爾博會唸出他著作中的段落（似乎還相當不完整），或是他的詩詞片段，也會為佛羅多的冒險寫下筆記。

在最後一天早上，只有佛羅多與比爾博獨處，老哈比人則從床底下取出了一只木盒。他打開蓋子，往裡頭摸索。

「你的劍在這裡。」他說，「但你也知道它斷了。我把它保管起來，但我忘了問鐵匠能不能修好它。現在沒時間了。所以我想，或許你會想收下這個，可以嗎？」

他從盒子中拿出一把插在老舊皮革刀鞘中的短劍。接著他拔劍出鞘，受到悉心照料的光滑劍刃頓時泛出冷冽亮光。「這是刺針。」他說，並稍微使勁地把它深深插進木梁中。「如果你喜歡的話，就拿去吧。我想我不會再需要它了。」

佛羅多滿懷感激地收下。

「還有這個！」比爾博說，邊拿出一只看似相當沉重的包裹。他解開好幾層舊布，並拿出一小件鎖子甲。它以許多金屬環緊密地串成，又幾乎如亞麻布般柔軟，如寒冰般冷冽，還比鋼鐵更堅硬。它彷佛月光下的白銀般明亮動人，上頭鑲滿了白色寶石。它還附有一條以珍珠與水晶串成的腰帶。

「這東西很漂亮，不是嗎？」比爾博說，一面在光線下轉動它，「也很有用。這是索林給我的矮人鎖子甲。我在動身前從米丘窟取回它，再把它和行李打包起來。我把我旅途中所有紀念品都帶來了，除了魔戒以外。但我不覺得會再用上這東西了，除了偶爾拿出來看看外，現在也不需要它。當你套上它時，就連一點重量都感覺不到。」

「我看起來應該——這個嘛，我覺得自己穿起來有點怪。」佛羅多說。

「我自己穿時也是這樣說的。」比爾博說，「別管外型了。你可以把它穿在外衣底下。來吧！你得和我共享這個祕密。別告訴其他人！如果我知道你穿上它，會感到開心點。我覺得它甚至能抵擋黑騎士的刀鋒。」他低聲把話說完。

「好，我會收下它。」佛羅多說。比爾博為他套上鎖子甲，再把刺針繫在閃爍的腰帶上。佛羅多接著穿起歷經風霜的老舊褲子、上衣與外套。

「看起來只是個普通的哈比人。」比爾博說，「但現在你已經不可貌相了。祝你好運！」他轉身望向窗外，試著哼起小調。

「我不曉得該怎麼感謝你從以前到現在所做的一切，比爾博。」佛羅多說。

「別謝了！」老哈比人說，邊轉過身並用力拍他的背。「唉唷！」他嚷嚷道。「你現在拍起來太硬了！但你記好——哈比人得團結一致，特別是袋金斯家人。我只要求一件事：多多照顧自己，也盡量帶消息回來，還有任何你學到的古老歌謠和故事。在你回來前，我會盡力完成我的書。如果我有空的話，就很想寫第二本書。」他停了下來，再度轉向窗戶，並輕柔地歌唱。

我坐在火邊沉思，
　思索我見過的一切，
夏日間的草地野花

與飛舞蝴蝶。

秋天落下枯黃葉片
與縷縷蛛絲，
裊裊晨霧，和煦銀日，
微風吹拂我的髮絲。

我坐在火邊沉思
思索世界的樣貌，
我是否將看見
永無春天的漫長冬季？

世上還有諸多事物
我從未得見：
每座森林，每座泉水
都有不同的綠。

我坐在火邊沉思

多年前的人們，
以及未來的人們
他們目睹我無緣得見的世界。
但我在此端坐，
沉思過往歲月，
傾聽門邊歸人
的腳步與談話聲。

當天是靠近十二月的陰冷日子。東風從光禿的樹枝間吹過，在山丘上的漆黑松林裡沙沙作響。紊亂的雲層迅速飄過上空，雲朵又黑又低。當傍晚的陰鬱黑影開始落下時，護戒隊就準備出發了。他們預計在黃昏時動身，因為愛隆建議他們盡可能在夜色下行動，直到他們遠離裂谷。

「你們得小心索倫爪牙布下的眼線。」他說，「我相信他已經得知騎士的挫敗了，也會感到怒氣衝天。他能夠步行與飛翔的間諜很快就會來到北方地區。當你們行走時，也得提防頭頂的天空。」

護戒隊沒有帶多少武器，因為他們的希望在於保密性，而非戰鬥。除了安督瑞爾外，亞拉岡沒有攜帶別的武器，他打扮得如同荒野中的遊俠，只穿著綠色與棕色的衣物。波羅米爾攜帶了一把長劍，樣式類似安督瑞爾，但沒有那麼考究；他也帶了盾牌和號角。

「它在山谷中的聲音響亮而清晰。」他說，「讓剛鐸所有敵人聞風逃竄吧！」他將號角靠在唇邊，並吹響號角，回音在岩石間來回傳遞，裂谷中聽到號角聲的人也嚇得跳了起來。

「下次別那麼急著吹號角，波羅米爾。」愛隆說，「除非你再度站上故土的邊界，身陷緊要關頭。」

「或許吧。」波羅米爾說，「但我在出擊時總會吹響號角，儘管之後我們得走在陰影中，我也不願當黑夜中的盜賊。」

只有矮人金力把鎖子甲短衫穿在外頭，因為矮人擅長負重，他的腰帶上別了把鋒刃寬闊的斧頭。列葛拉斯帶了弓與箭筒，腰帶上繫了白色長刀。較年輕的哈比人們配戴了他們從古墓取得的短劍，但佛羅多只帶了刺針。他按照比爾博的希望，將鎖子甲藏了起來。甘道夫帶了手杖，身側配戴精靈劍格蘭瑞，它和目前擺在孤山下索林遺體胸膛上的獸斬劍是一對佩劍。

愛隆為所有人準備了溫暖的厚重衣物，他們也穿了外套與毛邊斗篷。小馬身上載了額外的糧食、毯子和其他必需品，那匹小馬正是他們從布理帶來的可憐牲畜。

他們在裂谷居住的時間，顯然對牠帶來良好的變化——牠的毛皮亮麗，似乎也恢復了青春活力。山姆堅持要帶上牠，宣稱如果比爾（這是他為小馬取的名字）沒來的話，肯定會想念大家。

「那匹馬幾乎會說話了。」他說，「如果牠在這裡待得夠久，就能學會說話了。牠看我的眼神就和皮聘先生說的話一樣，如果你不讓我去的話，山姆，我就會自己跟上。」所以比爾擔任了駝獸，但牠是護戒隊中唯一不顯得抑鬱的成員。

他們在火爐旁的大廳中與眾人道別，現在則正在等待甘道夫，他還沒有從宅邸中走出來。敞開的門口飄出一道火光，不少窗口也透出柔和的燈光。比爾博縮在斗篷下，沉默地站在門階旁的佛羅多身邊。亞拉岡坐著把頭垂到膝上，只有愛隆明白這一刻對他的意義。其他人只成為黑暗中的灰色身影。

山姆站在小馬旁，嘴巴嘖嘖作響，陰沉地注視前方的黑暗，底下的滾滾河水則發出巨響；他對冒險的渴求現在已降到最低程度。

「親愛的比爾，」他說，「你不該和我們一起來的。你可以待在這裡吃最棒的乾草，等到春天的新草長出來。」比爾搖搖尾巴，什麼也沒說。

山姆調整了肩上的背包，心中擔憂地盤點起自己放在裡頭的東西，想知道自己有沒有忘掉什麼，他最珍惜的寶物，也就是他的廚具。還有他總是隨身攜帶的一小盒鹽巴，只要有機會，他都會裝填小盒子。加上大量菸草（但我敢打賭絕對不夠）、打火石和火種、羊毛襪與被單，以及他主人的不少小東西，佛羅多忘了帶這些物品，山姆則把它們收好，準備在有需要時得意地端上。他清點了所有東西。

「繩子！」他咕噥道，「沒帶繩子！你昨晚還對自己說：『山姆，那繩子呢？如果你還沒弄到的話，之後就會想要的。』好吧，我確實想要了。但我現在拿不到。」

此時愛隆和甘道夫走了出來，他把護戒隊喚來自己身邊。「這是我最後的建議。」他低聲說道，「魔戒持有者即將展開前往末日火山的任務。只有他一人肩負責任，不能丟棄魔戒，也不該將它交給魔王的僕從，或讓任何人持有它——護戒隊與會議的成員除外，也只有在最危險的關頭才能這麼做。其他人擔任自由夥伴與他同行，以便在路上協助他。你們可以視情況停步或回返，或是轉向其他路途。你們走得越遠，就越難脫身，但沒有任何誓言或約定強迫你們前進。因為你們還不曉得自己的內心有多少能耐，也無法預測每個人在路上將遭遇的狀況。」

「在路途艱困時離開的人，就毫無信念了。」金力說。

「或許吧。」愛隆說，「但別讓尚未見識過黑夜的人，貿然宣示踏入黑暗。」

「但誓言或許能使不安的心變得堅強。」金力說。

「或是壓碎它。」愛隆說，「別把眼光放得太遠！帶著善良的心出發吧！再會了，願精靈、人類與所有自由民族的祝福與你們同在。願繁星照耀你們的臉龐！」

「祝……祝你們好運！」比爾博喊道，口氣因寒冷而結巴，「我不覺得你有辦法寫日記，親愛的佛羅多，但等你回來時，我準備要聽完整經歷了。別拖太久！再見！」

愛隆家中的許多成員都站在陰影中目送他們離開，以輕柔的聲音向他們道別。沒有人發出歡笑，也沒人演奏歌曲或音樂。最後他們轉身並沉默地消失在暮色中。

他們跨越橋墩並緩緩繞上離開裂谷的陡峭長路，最後他們來到一處高沼，強風在此處的石楠花叢中颯颯作響。他們往在底下閃爍的最後庇護所望了一眼，就步入黑夜之中。

他們在布魯伊南淺灘離開大道，轉向南方起伏地勢中的狹窄道路。他們打算繼續維持這個方向，在迷霧山脈西邊花好幾天走上數哩路。這一帶比山區另一邊大荒原中的大河綠谷更加不毛而荒蕪，但他們希望能藉此避開虎視眈眈的眼線。目前還沒有人在這塊空蕩地區發現索倫的間諜，除了裂谷居民外，也沒有多少人知曉這些路徑。

甘道夫走在前方，身旁則是在黑暗中也熟知這一帶的亞拉岡。其他人列隊走在後頭，目光銳利的列葛拉斯負責殿後。他們旅程剛開始的路途艱苦乏味，佛羅多也不記得冷風以外的其他事物。因為在好幾個陰天中，東方的迷霧山脈吹來一股冷風，似乎也沒有衣物能阻擋它強勁的氣流。儘管護戒隊衣著厚實，他們卻鮮少在移動或休息時感到溫暖。中午時，他們在某處窪地、或在不少地方都有生長的茂密荊棘叢中入睡。下午快結束時，負責守望的人便喚醒大家，並吃一天的主餐。食物通常冰冷乏味，因為他們很少冒險生火。他們在傍晚再度出發，總是盡量往南方找尋路徑。

剛開始，哈比人們覺得儘管他們踉蹌地走到疲倦不堪，眾人的速度依然慢得像蝸牛，也沒有抵達任何地點。環境每天看起來都跟前一天相同。但山脈正緩緩逼近，它們在裂谷南方升得更高，並往西彎去。主要山區的山腳處附近，有一座寬闊的不毛丘陵區，以及水流湍急的深谷。裡頭的路徑稀少而蜿蜒，經常讓他們來到某些懸崖峭壁邊緣，或往下延伸進地形危險的沼澤。

當天氣產生變化時，他們已經走了兩週。風速忽然減弱並轉向南方。高速移動的雲層逐漸飄散，蒼白耀眼的太陽便探出頭來。在漫長蹣跚的夜間路程結束時，便出現了寒冷而晴朗的黎明。旅行者們抵達一處上頭長滿了古老冬青樹的低矮山脊，灰綠色的樹幹似乎直接從丘陵中的岩石生長而出。它們暗色的樹葉在旭日陽光下閃動光芒，莓子則泛出亮紅光澤。

佛羅多往南可以看到高山的模糊輪廓，山峰似乎矗立在護戒隊的動線前方。這道高聳山區的左側揚起了三座高峰，最高和最近的山峰如同牙齒般豎起，頂端白雪皚皚。它光禿禿的雄偉北側崖壁大部分還處在陰影中，但當陽光斜照在上頭時，它便閃耀著紅光。

甘道夫站在佛羅多身邊，把手靠在眉前往外觀望。「我們的進度不錯。」他說，「我們抵達了人類稱為冬青地的邊陲。當此地還叫做埃瑞瓊時，許多精靈曾快樂地生活在這裡。以直線距離而言，我們走了四十五里格，不過我們其實走得更遠。地勢和天氣現在比較溫和，但或許反而更危險。」

「無論危險與否，我都想看看真正的日出。」佛羅多說，邊掀開兜帽，讓陽光照在他臉上。

「但山脈還在我們前面。」皮聘說，「我們一定是在晚上轉往東方了。」

「不。」甘道夫說，「但你在陽光下能看得更遠。那些山峰遠方的山脈會往西南方轉彎。愛隆宅邸中有很多地圖，但我想你從來都沒想過要看看吧？」

「我有看呀，有時候啦。」皮聘說，「但我不記得內容。佛羅多比較會記這種東西。」

「我不需要地圖。」金力說，他和列葛拉斯走了過來，深邃的雙眼在觀望前方時閃爍著奇異精光。「那就是我們的祖先揮灑血汗的地區，我們也將那些山脈的模樣雕入許多金屬與石製物品中，也在不少歌謠與故事中描述過它們。它們聳立在我們的夢境中：巴拉茲，基拉克，和夏瑟。

「我先前只在現實中看過它們一次，但我認識它們，也說得出它們的名稱，因為這些山峰底下潛藏了卡薩督姆，又名矮人礦場，現在人們將它稱為黑坑，也就是精靈語中的墨瑞亞。遠處則是巴拉辛巴，別名紅角，殘酷的卡拉瑟拉斯；遠方的則是銀角與雲頂；它們分別是白峰凱勒布迪爾，與灰峰法努伊索，我們將之稱為基拉克基吉爾和邦督夏瑟。

「迷霧山脈在此分開，而支脈之間的陰影中有座我們不能遺忘的山谷：阿贊努比薩，別名黯溪谷，精靈則稱之為南都希力昂。」

「我們的目的地正是黯溪谷。」甘道夫說，「如果我們爬上名為紅角口的隘口，就會順著黯溪天梯踏進矮人的深谷；隘口則位於卡拉瑟拉斯另一側。鏡影湖就在該處，銀脈河的冰冷河水也從那裡泉湧而出。」

「凱勒德－薩雷姆的湖水幽深，」金力說，「基比爾－納拉的泉水冰冷刺骨。一想到我即將目睹那些景象，我的心就顫抖起來。」

「希望那光景讓你感到喜悅，我的好矮人！」甘道夫說，「但無論你想做什麼，我們都無法在那座山谷中待太久。我們得順著銀脈河進入祕密森林，再前往大河，然後——」

他停了下來。

「好，然後去哪？」梅里問。

「最後——是旅途的終點。」甘道夫說，「我們不該想得太遠。讓我們慶幸已經安全度過第一階段了。我想我們該在這裡休息，不只是今天，還有今晚。但冬青地有種令人安心的氛圍。精靈一旦住過某處，就一定得經歷過莫大災難，該地才會遺忘他們。」

「說得沒錯。」列葛拉斯說，「但對我們西爾凡精靈而言，本地的精靈是個陌生民族，樹木與青草現在也不記得他們了。我只聽到岩石哀悼他們：『他們深掘我們，他們將我們雕為巧奪天工的作品，他們將我們建於高處，但他們已不復存在。』他們離開了。他們很久以前就前往灰港岸了。」

那天早上，他們在受到冬青樹叢遮掩的窪地中生了火，他們的晚餐／早餐也比出發以來的餐點更令人開心。之後他們沒有急於就寢，因為他們計劃有整晚可睡，也打算到隔天傍晚再出發。只有亞拉岡沉默而不安，過了一陣子後，他離開護戒隊，並走到山脊旁。他站在該處的樹影下，望向南方與西方，姿態彷彿正豎耳聆聽。接著他回到窪地邊緣，往下看正在歡笑交談的其他人。

「怎麼了，快步客？」梅里喊道，「你在找什麼？你錯過東風了嗎？」

「不是的。」他回答，「但我錯過了某種東西。我在不同季節中來過冬青地。現在沒有人居住在這裡，但許多其他生物隨時都住在這裡，特別是鳥類。但現在除了你們之外，其他的一切都沉默無聲。我能感覺得到。我們周圍數哩都沒有聲響，你們的聲音似乎還讓地面產生回音。我不懂為何會這樣。」

甘道夫忽然饒富興味地抬起頭來。「但你猜理由是什麼？」他問，「只是因為在鮮少出現人煙的地方看到四個哈比人，還加上我們所有人，才使當地生物感到訝異嗎？」

「我希望如此。」亞拉岡回答，「但我有種虎視眈眈的緊張感與恐懼感，我先前從來沒在這裡有過這種感覺。」

「那我們就得小心點。」甘道夫說，「如果你和遊俠同行，就最好注意他的意見，如果遊俠是亞拉岡，那就得特別小心。我們得停止大聲交談，安靜地休息，並派人站哨。」

當天由山姆負責站第一班哨，但亞拉岡陪著他。其他人陷入昏睡。沉默隨即烙下，直到連山姆都察覺到了。他能聽見眾人沉睡的呼吸聲。小馬尾巴的搖擺聲和偶爾發出的腳步聲變得響亮。如果山姆移動的話，就能聽見自己的關節嘎吱作響。他周圍一片死寂，頭頂則是晴朗的藍天，太陽則從東方升起。南方出現了一團黑點，體積也不斷變大，如同風中的濃煙般往北方飄來。

「快步客，那是什麼？看起來不像是雲。」他悄聲對亞拉岡說。對方沒有回答，他正聚精會神地注視天空；但山姆不久就看得見接近的物體了。那是一大群正以高速翱翔的飛鳥，牠們盤旋又繞圈，彷彿在找尋某種東西般環繞周遭地區；牠們正逐漸逼近。

「躺好，別亂動！」亞拉岡用氣音催促道，並將山姆拉進冬青叢的影子中。因為有一群飛鳥忽然脫離鳥群主體，由低空直接飛向山脊。山姆覺得牠們是某種大型烏鴉。當牠們飛越頭頂時，便響起了粗糙的嘎嘎叫聲，鳥群密集到使陰影遮蔽了地面。

一直到牠們消失在遙遠的北方與西方，天空也再度恢復清澈，亞拉岡才爬起身。他隨即衝去喚醒甘道夫。

「大群黑烏鴉飛越了迷霧山脈和灰洪河之間的地帶，」他說，「牠們也越過冬青地。牠們不是本地的品種，而是來自梵貢森林與黑鬱地的克里班鳥。我不曉得牠們來此的原因，或許牠們正在逃離南方的某種麻煩，但我覺得牠們在窺探這塊地區。我也看到高空中有許多老鷹，我們該在今天傍晚再次動身。冬青地對我們而言已經不再安全了，它遭到監視。」

「紅角口看來也一樣。」甘道夫說，「我想不出我們該如何在不受觀察的狀況下穿越那裡。但等到必要時，我們就會想出辦法了。至於在天黑時盡速動身這點，我想你說得沒錯。」

「幸好我們的火堆沒產生多少煙霧，在克里班鳥出現前也燒得很弱。」亞拉岡說，「我們得熄滅它，別再生火了。」

「哎，真麻煩！」皮聘說。當他在下午快結束時醒來，就得知不能生火堆，以及又得在夜裡出發的消息。「就只因為一群烏鴉！我今晚還很期待豐盛大餐呢，最好有點熱的食物。」

「這個嘛，你可以繼續期待。」甘道夫說，「前方可能有許多出乎意料的饗宴。對我來說，我想舒服地抽菸斗，也讓腳溫暖點。不過，我們可以確定一件事——當我們抵達南方時，天氣就會變得更暖和了。」

「我想會太暖和吧。」山姆低聲對佛羅多說「但我開始想，我們該看到那座火山，還有旅途的盡頭了。剛開始我以為這座叫紅角之類的山，可能就是目的地，直到金力講了那些話。矮人的語言聽起來真難懂！」地圖對山姆的腦海而言毫無意義，這些陌生地帶的距離也龐大到超出他的理解。

護戒隊整天都躲藏起來。黑鳥群不時飛越天空，但隨著西下的太陽逐漸變紅，牠們便消失在南方。護戒隊在黃昏時出發，稍微轉向東方後，他們便往卡拉瑟拉斯前進，山峰依然在消失的太陽最後一絲光線下微微閃爍紅光。隨著天色變暗，白亮的群星便一顆接一顆地出現。

在亞拉岡的引導下，他們選了不錯的路線。佛羅多覺得這裡像是某條古代道路的遺跡，曾一度寬敞、規劃良善，從冬青地延伸到高山隘口。滿月升上山脈高空，灑下蒼白的光芒，使石塊上的陰影顯得更為漆黑。許多石塊看起來都是人造物，現在卻四處散落在荒蕪淒涼的大地上。

當時是黎明第一道陽光出現前的寒冷時刻，月亮也已低垂。佛羅多抬頭望著天空。他忽然間瞥見或感到某股陰影掠過高空中的星辰，彷彿它們在一瞬間消失並再度浮現。他顫抖了一下。

「你有看到什麼東西飛過去嗎？」他低聲對前方的甘道夫說。

「不，但無論那是什麼東西，我都感覺到了。」他回答，「那也許什麼都不是，只是一小塊雲朵而已。」

「那它飄動得也太快了，」亞拉岡咕噥道，「也不順著風向。」

＊　＊　＊

那晚沒再發生任何狀況。隔天早上的黎明比先前更加耀眼。但空氣再度變得冷冽，風向也轉往東吹。他們又走了兩夜，緩緩向上攀爬，但當他們蜿蜒的道路伸進丘陵區時，速度就變得更慢；山脈也逐漸升高，距離愈來愈近。第三天早晨，卡拉瑟拉斯便從他們面前升起，它是座雄偉的高峰，山頂的積雪如白銀般閃耀，陡峭的光禿峭壁則宛如染血，泛著黯淡的紅色光澤。

天空看來十分陰沉，陽光也顯得微弱。風向現在轉往東北。甘道夫嗅了嗅空氣，並回頭一看。

「我們身後的冬天愈來愈冷冽。」他低聲對亞拉岡說，「北方高峰上的白雪比之前累積得更多，山肩上也滿是積雪。今晚我們會登上前往紅角口的高處。那條窄道上的監視者可能會看到我們，某些邪惡爪牙也可能會進行阻攔，但天候可能比任何敵人還更致命。你現在怎麼看你的路線，亞拉岡？」

佛羅多聽到這些話，便明白甘道夫和亞拉岡正繼續談論許久前展開的某段談話。他擔憂地仔細聆聽。

「你很清楚，我對我們的路線從頭到尾都沒有好感，甘道夫。」亞拉岡回答，「隨著我們前進，無論是來自明處或暗處的危機都會增長。但我們得繼續前進，耽擱入山的路程也沒有好處。直到抵達洛汗隘口前，南邊都沒有山路了。自從你帶來薩魯曼的消息後，我就不信任那條路。誰知道馬王們的元帥們現在加入了哪個陣營？」

「的確沒人知道！」甘道夫說，「但還有另一條路，不需通過卡拉瑟拉斯隘口——就是我們談過的那條黑暗密道。」

「但我們別再談那條路了！現在還不是時候。我請求你，先別對其他人提這件事，直到顯然沒有其他路線為止。」

「我們得在走遠前做出決定。」甘道夫回答。

「那趁其他人休息安睡時，讓我們好好在內心思考吧。」亞拉岡說。

下午快結束時，當其他人正在吃早餐時，甘道夫與亞拉岡便走到一旁，佇立著觀望卡拉瑟拉斯。它的山壁現在看來黯淡而陰鬱，山頂則探入灰色雲層。佛羅多看著他們，想知道兩人的辯論有什麼進展。當他們回到護戒隊時，甘道夫向眾人說話，他便曉得兩人決定要面對天候與高山隘口。他鬆了口氣。他猜不出另一條黑暗密道的底細，但光是提起這條路，似乎就讓亞拉岡憂心忡忡，佛羅多也慶幸他們捨棄了這計畫。

「從我們最近發現的跡象看來，」甘道夫說，「我擔心紅角口可能已受到監視，我也擔心後頭追來的天氣狀況。可能會下雪。我們得盡量全速前進。即使如此，我們還是得走上兩趟，才能抵達隘口頂端。今晚會提早天黑。等你們準備好，我們就得動身。」

「如果可以的話，我要補充一點建議。」波羅米爾說，「我在白色山脈的山影下出生，對高山上的旅行方式略知一二。在我們抵達另一頭時，就會碰上嚴寒或更糟的狀況。如果我們凍死，祕密行動就沒有意義了。趁這裡還有幾棵樹和灌木叢，當我們離開時，每個人都該盡量攜帶柴薪。」

「比爾也可以多扛一點，對吧，小子？」山姆說。小馬憂鬱地看了看他。

「好吧。」甘道夫說，「但除非碰上生死關頭，不然我們絕對不能生火。」

護戒隊再度出發，剛開始的速度也不錯，但道路很快就變得陡峭難行。蜿蜒的上坡路在許多位置幾乎消失，還有許多落石阻斷了路線。厚重雲層下的黑夜變得漆黑無比。到了午夜，他們就爬上了高山山腳。窄道往左側的險峻岩壁彎去，卡拉瑟拉斯的崎嶇山側則近乎隱形地聳立在黑暗之中，右邊則是一道深邃山溝中的黝黑深淵。

他們吃力地爬上陡坡，在頂端暫時停下腳步。佛羅多感到有柔軟的東西觸碰到他的臉。他伸出手臂，發現有薄弱的白色雪花落到袖管上。

他們繼續前進。但不久雪就下得又快又急，飄散在整個天空中，並落入佛羅多的雙眼。幾乎無法看見甘道夫和亞拉岡彎腰的黯淡身影，他們卻僅僅在幾步之遙外。

「我不喜歡這種狀況。」後頭的山姆喘著氣說，「好好的早上下雪沒什麼關係，但下雪時我喜歡待在床上。我希望這些雪會飄到哈比屯！那裡的人們可能會很開心。」除了在北區的高沼外，夏郡很少下大雪，人們通常也把下雪視為愉快的事件，也是玩樂的好時機。沒有任何在世的哈比人（除了比爾博外）記得一三一一年的嚴酷寒冬，當時白狼跨越結冰的烈酒河入侵夏郡。

甘道夫停了下來。他的兜帽和肩膀上積了厚重的雪，他的靴子也已陷入深及腳踝的積雪。

「我就擔心這點。」他說，「你現在覺得呢，亞拉岡？」

「我也擔心這種狀況，」亞拉岡回答，「但其他事情更讓我操心。我清楚下雪的風險，不過除了在高山上外，這麼靠南方的位置很少下大雪。但我們還沒登上高處，我們的位置依然很低，這一帶的路徑通常在整個冬天都能通行。」

「我想知道這是不是魔王搞的把戲。」波羅米爾說，「我國的人們說，他能夠操縱魔多邊境的黯影山脈中的風暴。他擁有怪異的法力與許多盟友。」

「如果他能從三百里格外讓北方降雪來干擾我們的話，」金力說，「他的影響力就增強不少了。」

「他的影響力確實變得更強。」甘道夫說。

當他們停下腳步時，寒風才止息下來，落雪的速度也緩慢到幾乎停止。他們再度踏雪前行。但他們還沒走不到一弗隆[1]，風暴就重振旗鼓，強風颯颯作響，雪花也化為眩目的暴雪。很快就連波羅米爾也難以前進。幾乎彎腰駝背的哈比人們努力在比較高的同伴身後跋涉，但如果繼續下雪的話，他們顯然就無法再走更遠了。佛羅多的雙腳如鉛塊般沉重。皮聘遠遠落在後頭。連與尋常矮人同樣堅毅的金力，也在奮力步行時低聲咕噥。

護戒隊猛然停止前進，彷彿無言地一致同意。他們在周遭的黑暗中聽見怪聲。那或許只是岩壁裂隙與峽谷中傳來的風聲，但聽起來近似淒厲的尖叫，以及狂野的笑聲。山壁上開始掉下落石，石塊從他們頭頂呼嘯飛過，或是砸落在一旁的通道上。當巨石從視野外的高處滾落時，他們也經常聽見沉悶的轟隆聲。

「我們今晚不能再走了。」波羅米爾說，「有人覺得這是風聲，就隨便他吧。空中有不祥的聲音，那些落石也瞄準了我們。」

「我確實認為這是風聲。」亞拉岡說，「但那並不代表你說的不對。世上有許多不友善的東西，它們對用兩條腿走路的生靈毫無好感，但卻沒有與索倫結盟，也抱持屬於自己的目的。有些東西待在世界上的時間比他還久。」

「卡拉瑟拉斯曾被稱為殘酷之山，多年前也惡名昭彰。」金力說，「當時這一帶還沒有人聽過索倫的傳言。」

「如果我們無法擊敗對方的攻擊，敵人的身分就不重要了。」甘道夫說。

「但我們該怎麼做？」皮聘鬱悶地叫道。他靠著梅里和佛羅多，身子不住發抖。

「要不停在原地，要不就掉頭回去。」甘道夫說，「繼續前進沒有幫助。如果我記得

——

1 譯注：furlong，英國長度單位，一弗隆等於八分之一哩，六六〇呎，約為二〇一公尺。

沒錯的話，這條路會離開懸崖，伸進狹長險坡底部的寬闊低谷。我們在那裡無法躲避落雪或石塊——什麼也躲不了。」

「在風雪中回頭也不妥。」亞拉岡說，「比起現在這座崖壁，我們先前沒有經過任何更好的遮蔽處。」

「遮蔽處！」山姆嘀咕道，「這也算遮蔽處的話，光只有一道牆就算是房子，還不需要屋頂。」

護戒隊盡可能擠在崖壁旁。崖壁面對南方，靠近底部的位置稍微往外突出，因此他們希望這裡能稍微為自己遮蔽北風與落石。但旋風從四面八方向他們吹拂，白雪也從更濃密的雲層中落下。

他們擠在一起背對崖壁。小馬比爾耐心但垂頭喪氣地站在哈比人們面前，稍微遮蔽了他們。但不久雪花就已堆得比牠的後腿關節還高，並不斷累積。如果哈比人們沒有更高大的同伴，早就完全遭到積雪掩埋了。

佛羅多感到濃烈的睡意襲來。他覺得自己迅速陷入溫暖、模糊的夢境中。他想到為腳趾加溫的火堆，從壁爐另一頭的陰影中聽到比爾博的嗓音。「我對你的日記不太滿意。」他說，「一月十二號下大雪，根本沒必要回來提這種事！」

「但我想要休息和睡覺，比爾博。」佛羅多費勁地回答，此時他感到有人搖晃自己，他則痛苦地清醒過來。波羅米爾把他從地上的雪洞中抱了起來。

「半身人會死的，甘道夫。」波羅米爾說，「待在這裡讓積雪埋住我們的話，根本毫無助益。我們得自救。」

「拿這個給他們喝。」甘道夫說，一面在袋子中摸索，並取出一只皮革水瓶。「我們每個人喝一口就好。這非常珍貴。這是伊姆拉崔的提神甜酒米盧佛。愛隆在我們離開時把它交給我。傳給大家吧！」

當佛羅多吞下少許溫暖芬芳的酒液後，就感到心中浮現了全新的力量，沉重的倦意也離開了他的四肢。其他人也恢復了精神，重新獲得希望與活力。但風雪並沒有減弱。暴雪在他們周遭颳得更劇烈，強風也吹得更加響亮。

「你覺得生火如何？」波羅米爾忽然說道，「現在似乎是接近生死關頭的選擇了，甘道夫。當積雪埋住我們時，我們肯定就能躲過所有不友善的目光，但那一點忙都幫不上。」

「你辦得到的話，就生火吧。」甘道夫回答，「如果有任何監視者能撐過這場風雪，無論有沒有火，他們都看得見我們。」

但儘管他們按照波羅米爾的建議帶了柴薪與火種來，在強風中用潮溼的燃料生火，都遠遠超過了精靈或矮人的能耐。最後甘道夫勉為其難地出手相助。他拾起一根柴薪，將它舉高，再說出指令咒：「naur an edraith ammen[2]！」就將他的手杖末端插到柴薪中央。一

——

2 譯注：辛達林語，意為：「以火焰拯救我們！」

股藍綠交雜的火焰頓時冒出，木柴也立刻起火並劈啪作響。

「如果有外人在看，至少會看到我。」他說，「我寫下『甘道夫在此』的記號，從裂谷到安都因河口的所有人都能看見。」

但護戒隊已經不在乎監視者或不友善的目光了。看到火光使他們雀躍無比。柴薪熊熊燃燒，儘管周圍的落雪嘶嘶作響，融雪也流到他們腳邊，他們依然愉快地用烈火暖手。他們站在原地，屈身環繞著躍動的耀眼火舌。紅光照耀在他們疲倦又憂心的臉孔上，而他們身後的黑夜則宛如黑牆。

但木柴燒得很快，白雪也持續落下。

火焰燒得很弱，他們也拋了最後一根柴薪進去。

「夜色已深。」亞拉岡說，「黎明不久就要來了。」

「真希望黎明的光線能穿透這些雲層。」金力說。

波羅米爾走到圈外，並盯著黑暗。「雪變小了。」他說，「風也安靜點了。」

佛羅多疲倦地望向黑暗中持續落下的雪花，雪片在薄弱的火光中短暫呈現白色；但他有好一陣子都看不出風雪變小的跡象。忽然間，當睡意再度襲上他心頭時，他才注意到風勢確實減弱，雪花也變得更大片，也更稀疏。一股微光緩緩浮現。最後雪完全停了。

當光芒變強時，就突顯出了沉默的積雪世界。在他們避難處底下，出現了白色雪堆和型態難辨的深雪，他們先前走過的小徑已完全消失在積雪底下。但上頭的高峰依然潛藏在雲層中，雲朵也顯然隨時會再度降下大雪。

金力抬頭一看並搖頭。「卡拉瑟拉斯還沒有原諒我們，」他說，「如果我們繼續前進的話，他還會向我們撒下更多雪。我們越快下山越好。」

眾人都同意這點，但他們現在難以撤退。幾乎困難到不可能成功。離他們的火堆幾步之外的位置，就積有數呎深的白雪，比哈比人們的頭部還高。崖壁旁某些位置也因強風而堆起了雪丘。

「如果甘道夫能拿著明亮火把帶頭的話，他或許就能為你們融出一條走道。」列葛拉斯說。風雪對他沒有太大影響，他也是護戒隊中唯一心情輕快的成員。

「如果精靈能飛越山脈，或許就能找太陽來拯救我們。」甘道夫回答，「但我得有材料才能想辦法。我不能燒雪。」

「好吧，」波羅米爾說，「我老家有句俗話說：當腦袋苦無辦法時，身體就得行動。我們之中最強壯的成員得找到出路，看吧！儘管積雪覆蓋了一切，但我們上山時走的路，就在遠處那座岩石的轉角。我們就是在那開始遭到大雪阻礙。如果我們可以抵達那裡，或許之後的路就輕鬆多了。我猜，距離不到一弗隆吧。」

「那你和我就來開路吧！」亞拉岡說。

亞拉岡是護戒隊中最高的成員，但波羅米爾儘管比對方稍矮，身材卻更魁梧壯碩。他帶頭前進，亞拉岡則跟著他。他們緩緩移動，很快就開始奮力掙扎。有些地方的積雪高至胸前，波羅米爾看起來是時時以健壯的雙臂游泳或挖洞，而不是走路。

列葛拉斯帶著笑意看了他們半晌，接著轉向其他人。「你們說，最強壯的成員得找路是嗎？但我說：讓農夫耕田，但得選水獺游泳，而要輕盈地跑過草地與落葉，或是越過雪地——就挑精靈。」

說完，他就敏捷地向前衝去，儘管佛羅多早已知道這點，卻彷彿第一次發現這名精靈沒有穿靴子，只一如往常地穿了輕便的鞋子，雙腳在雪上也沒有留下很深的腳印。

「再見！」他對甘道夫說，「我去找太陽了！」接著他如同踏在厚實沙地上的跑者，一溜煙衝了出去，迅速趕上費力前進的兩人。他揮了揮手，就超越他們，並快步跑到遠方，消失在岩石旁的轉角。

其他人擠在一起等待，看著波羅米爾和亞拉岡在白茫茫的雪堆中逐漸化為黑點。最後他們也消失在視野中。時間不斷流逝。雲層逐漸降低，也再度飄下幾塊雪花。

時間也許過了一小時，不過感覺彷彿更久，最後他們終於看到列葛拉斯回來。在此同時，波羅米爾和亞拉岡也出現在他身後，努力走上斜坡。

「哎呀，」列葛拉斯跑來時喊道，「我沒有把太陽帶來。她在南方的藍天中漫步，這座紅角山上的一丁點小雪完全干擾不了她。但我為注定得徒步前進的大夥帶來了一絲希望。轉角外有座巨大雪丘，我們的壯漢們差點在那遭到活埋。他們感到絕望不已，直到我回來告訴他們說，雪丘的厚度比牆壁寬不了多少。另一側的雪忽然下得更少，更下方位置的雪量也只能蓋過哈比人的腳趾。」

「啊，就像我剛說的。」金力低吼道，「這不是一般的暴風雪。這是卡拉瑟拉斯的惡意。他不喜歡精靈和矮人，才堆了那座雪丘來阻礙我們逃脫。」

「幸好你的卡拉瑟拉斯忘了有人類與你們同行。」波羅米爾說，此時他剛好走上來，「我敢說還是堅毅不拔的漢子，不過帶了鏟子的弱者可能比較幫得上忙。只是我們在雪丘中挖出了一條通道，沒辦法像精靈跑得那麼輕快的人，對此都得心存感激。」

「但就算你們挖穿了雪丘，我們又該怎麼下去？」皮聘說出了所有哈比人的心聲。

「別失去希望！」波羅米爾說，「我很疲倦，但我還有點力氣，亞拉岡也是。我們會背起小傢伙們。其他人肯定能踏上我們身後的路徑。來吧，皮瑞格林大爺！我先帶你過去。」

他把哈比人抬了起來。「抓緊我的背！我得使用我的手臂。」他說，並大步向前走。亞拉岡隨後背起梅里。見到對方不靠其他工具，只靠雙手挖出通道，就使皮聘訝異於他的力氣。即便是現在，儘管身負重擔，他也仍然為跟上的人們挖寬通道，在前進時把雪撥開。

他們最後來到大雪丘前。它如同峭壁般擋在山路上，如同以刀鋒刻出的銳利頂端，則比波羅米爾高上兩倍，但雪丘中央已經挖出了一條走道，如同橋梁般上下起伏。他們在另一頭放下梅里與皮聘，兩人則與列葛拉斯在那等待護戒隊的其餘成員。

過了一會兒，波羅米爾就背著山姆回來。甘道夫走在後頭狹窄但穩固的走道上，牽著載運金力與行李的比爾。揹著佛羅多的亞拉岡最後出現。他們穿過小徑，但佛羅多的腳還沒踏上地面，一股深沉的轟隆聲便隨著落石與滑落的雪堆出現。當護戒隊緊靠崖壁時，雪崩幾乎遮蔽了他們的視線，而當塵埃落定時，他們發現後頭的通道已經完全堵塞起來了。

「夠了，夠了！」金力叫道，「我們在盡快離開了！」隨著最後一擊，高山的惡意似乎就此平息，彷彿卡拉瑟拉斯滿於擊敗了入侵者，對方也不敢回來。大雪的威脅已經解除了，雲層開始破裂，陽光也變得更強。

如列葛拉斯所說，他們發現一路下山時的積雪變得更薄，就連哈比人都能勉強行走。很快他們就抵達前晚感受到第一批雪花的陡坡頂端。

現在離早晨已經過了很久。他們從高處往西方的低地看。山腳下的地區正是他們開始攀爬隘口時經過的谷地。

佛羅多的雙腿感到痠痛。他感到飢寒交迫，而一想到漫長又痛苦的下山道路，就使他覺得頭昏腦脹。他眼前出現晃動的黑點。他揉揉眼睛，但黑點依舊沒有消失。在他下方遠處比山麓丘陵更高的空中，有黑點正在盤旋。

「又是鳥！」亞拉岡說，邊往下指。

「現在管不了那麼多了。」甘道夫說，「無論牠們的目的是好是壞，或和我們毫無瓜葛，我們都得立刻下山。就連在卡拉瑟拉斯的山腳下，我們都不能過夜！」

當他們轉身離開紅角口時，並疲倦地走下山坡時，身後便吹來一股冷風。卡拉瑟拉斯擊敗了他們。

第四章——黑暗中的旅程

當他們停下來準備過夜時，已經傍晚了，灰色的陽光也迅速減弱。他們疲憊不堪。山脈隱藏在漸深的暮色中，吹來的風也十分冰冷。甘道夫讓他們再喝了一口裂谷的米盧佛。當他們吃了點食物後，他就召集眾人開會。

「今晚我們自然無法繼續前進。」他說，「紅角口的攻擊已經害我們匱乏無力，我們也得在這裡休息一陣子。」

「之後我們該往哪走？」佛羅多問。

「我們面前仍然有自己的旅途和任務。」甘道夫回答，「我們毫無選擇，只能繼續前進，或是回到裂谷。」

一聽到返回裂谷，皮聘的臉就亮了起來，梅里和山姆看起來也滿懷希望。但亞拉岡和波羅米爾沒有反應。佛羅多看來心煩意亂。

「我希望我能回去。」他說，「但我怎麼能毫不羞愧地回去呢？除非的確沒有其他方法，我們也已經輸了。」

「你說得沒錯，佛羅多。」甘道夫說，「回去就代表失敗，也得面臨更糟的失敗。如果我們現在回去，那魔戒就得留在那裡，我們無法再度出發。裂谷遲早就會遭到攻擊，過了簡短的艱苦時刻後，它就會遭到摧毀。戒靈是致命的敵人，但如果統御魔戒再度回到它們主人的手上，現在的它們與屆時握有的力量與恐懼相比，就只不過是陰影罷了。」

「那假若有別條路，我們就得繼續前進。」佛羅多嘆了口氣說。山姆再度變得陰沉。

「我們或許可以嘗試某條路。」甘道夫說，「當我剛開始策劃這趟旅程時，就覺得我們該走那條路。但那不是好走的路，我先前也沒向護戒隊提起這件事。亞拉岡反對走那條路，除非我們至少先嘗試跨越山區。」

「如果那條路比紅角口更糟，肯定不算好事。」梅里說，「但你最好把這條路的事告訴我們，讓我們搞清楚最糟的狀況。」

「我說的路會通往墨瑞亞礦坑。」甘道夫說。只有金力抬起頭來，他的雙眼流露熊熊火光般的眼神。一聽到那名稱，其他人就感到畏懼。就連對哈比人們而言，它都是令人隱約感到恐怖的傳說。

「那條路也許會通往墨瑞亞，但我們要如何盼望它會穿越墨瑞亞？」亞拉岡說。

「那是個不祥的名稱。」波羅米爾說，「我也看不出有去那裡的必要。如果我們無法跨越山脈，就讓我們往南走，直到抵達洛汗隘口，當地人對我國人民態度友善，先前我也是走這條路過來。或者我們也能由該處跨越艾森河進入長岸和萊班寧[1]，並由濱海地區抵達剛鐸。」

「自從你來到北方後，情況就已經改變了，波羅米爾。」甘道夫回答，「你沒聽到我提過關於薩魯曼的事嗎？在一切結束前，我跟他或許還得處理未完的私怨。但如果能避免的話，魔戒就絕對不能靠近艾森格。當我們與魔戒持有者同行時，就無法取道洛汗隘口。

「至於更長的路線，我們則無法多花時間。我們可能會花上一年走這條路，也會通過許多沒有掩護的空蕩地區。但那裡並不安全，薩魯曼和魔王的眼線緊盯該處。當你來到北方時，波羅米爾，在魔王眼中你只是來自南方的旅行者，對他而言無關輕重。他的內心忙著策劃獵捕魔戒。但現在你以護戒隊的成員身分歸來，只要你和我們在一起，就會身陷危機。隨著我們往南走，危險就會逐步增長。

「既然我們公開企圖通過高山隘口的計畫失敗，我擔心我們的處境就已變得更加艱困。如果我們不趕快消失一陣子並掩飾行蹤，我覺得希望就顯得渺茫。因此我建議，我們不該橫跨山脈，也不該繞過山脈，而是鑽進山脈底下。魔王最不可能料到我們走這條路。」

1 譯注：Lebennin，辛達林語意指「五河」，象徵萊班寧地區的五條河流。

「我們不曉得他的計畫。」波羅米爾說，「他很可能會監視所有路線。這樣的話，進入墨瑞亞就等同於踏進陷阱，比起敲邪黑塔的大門好不到哪去。墨瑞亞惡名昭彰。」

「當你拿墨瑞亞和索倫的要塞相比時，就不曉得自己在說什麼。」甘道夫回答，「在你們之中，只有我進過黑暗魔君的地牢，還只是他在多爾哥多較舊的小型住處。穿過巴拉多[2]大門的人從未歸來。但如果沒有出來的希望，我就不會帶你們進墨瑞亞。如果裡頭有歐克獸人，確實可能為我們帶來麻煩。但迷霧山脈中大多歐克獸人都在五軍之戰中四散各地，或遭到殺害。巨鷹們說歐克獸人在遠方再度集結，但墨瑞亞很有可能尚未遭到染指。

「甚至還有機會在那裡碰上矮人，因為在他祖先的深邃殿堂中，我們或許能找到方丁之子巴林。無論結果如何，我們都得根據需求做出選擇！」

「我會和你同行，甘道夫！」金力說，「如果你能找到關閉的祕門，無論有什麼東西在當地伺機而動，我都會去見識都靈的殿堂。」

「很好，金力！」甘道夫說，「你鼓舞了我。我們會一起找尋祕門。我們也會逃出生天。在矮人的遺跡中，矮人的腦袋遠比精靈、人類或哈比人更清晰。但這並非我首次前往墨瑞亞。在索洛爾之子索藍失蹤後，我就花了很長一段時間在那找他。我也活著離開了該地！」

「我也曾穿過黯溪門，」亞拉岡平靜地說，「但儘管我活著離開，那段回憶卻十分險惡。我不願意再度進入墨瑞亞。」

「我連一次也不想進去。」皮聘說。

「我也不想。」山姆咕噥道。

「當然沒人想！」甘道夫說，「誰會想進去？但問題是：如果我帶你們進去的話，有誰會跟隨我？」

「我會。」金力急切地說。

「我會。」亞拉岡沉重地說，「你在大雪中跟隨我的領導，最後幾乎以災難收場，你卻毫不責怪我。如果最後的警告也無法改變你心意的話，我就會跟隨你的領導。現在我擔心的不是魔戒，也不是我們之中的其他人，而是你，甘道夫。我得告訴你，跨越墨瑞亞大門時，務必當心！」

「我不去。」波羅米爾說，「除非全體護戒隊投票的結果與我相左。列葛拉斯和小傢伙們怎麼說？肯定得聽聽魔戒持有者的意見吧？」

「我不想去墨瑞亞。」列葛拉斯說。

哈比人們一語不發。山姆看著佛羅多。最後佛羅多開了口。「我不想去。」他說，「但我也不想拒絕甘道夫的建議。我希望大家在好好考慮前，先不要投票。比起在冰冷的黑夜裡，明亮的早晨更方便讓甘道夫進行投票。聽聽風聲有多淒厲呀！」

聽完這些話後，所有人便陷入沉思。他們聽到岩石與樹林間的颯颯風聲，夜色下的周

2 譯注：Barad-dûr，邪黑塔的辛達林語名稱，由「barad（塔）」與「dûr（黑暗）」組成。

遭空蕩地帶也響起了嚎叫聲。

亞拉岡忽然站起身來。「聽聽風聲有多淒厲！」他喊道，「裡頭還混了狼嚎！蠻狼來到迷霧山脈西邊了！」

「那我們還得等到早上嗎？」甘道夫說，「情況正如我所說。狩獵開始了！就算我們能活著看到黎明，有誰會想在野狼緊跟後頭的狀況下，在夜裡往南走？」

「墨瑞亞有多遠？」波羅米爾問。

「卡拉瑟拉斯西南邊有道門，直線距離大約有十五哩，步行的話則大約二十哩。」甘道夫嚴肅地回答。

「那明早一天亮，我們就盡快動身吧。」波羅米爾說，「聽見野狼比畏懼歐克獸人糟糕多了。」

「沒錯！」亞拉岡說，一面鬆開劍鞘中的劍。「但歐克獸人也會出沒在聽得見蠻狼嚎叫的地方。」

「我希望我聽了愛隆的建議。」皮聘對山姆嘀咕道，「我一點都派不上用場。我體內沒有多少吼牛班多布拉斯的血脈，這些狼嚎快讓我嚇暈了。我不記得感到這麼糟糕過。」

「我的心都要沉到腳底了，皮聘先生。」山姆說，「但我們還沒被吃下肚，也有些勇士和我們待在一起。無論老甘道夫會碰上什麼狀況，我敢打賭他都不會進到狼肚去。」

為了在夜晚進行防禦，護戒隊爬上先前躲藏於下的小丘陵頂端。上頭長滿了扭曲老樹，一旁還有座破損石圈。他們在石圈中央生了火，因為黑暗與寂靜不可能避免狩獵狼群找到他們的足跡。

他們坐在火堆周遭，沒負責站哨的人不安地打盹。可憐的小馬比爾在原地發抖冒汗。狼嚎聲在周圍響起，有時近而有時遠。夜深時，他們能看到許多閃爍的眼睛在窺探丘陵頂端，有些甚至幾乎逼近了石圈。在石圈的裂隙中，出現了一隻巨型黑狼的身影，牠正盯著他們瞧，發出一股令人喪膽的嚎叫，彷彿牠是召集狼群前來攻擊的將軍。

甘道夫站起身並走向前，並高舉他的手杖。「聽好了，索倫的獵犬！」他喊道，「甘道夫在此。如果你還珍惜皮毛的話，就立刻離開！如果你敢踏進這座石圈，我會把你從頭到尾的皮全剝了。」

惡狼發出怒吼並猛然躍向他們。說時遲那時快，一股尖銳的弓弦聲響了起來。列葛拉斯拉動了弓。外頭傳來醜惡的叫聲，躍起的身影便沉重地落到地上，精靈箭矢刺穿了牠的喉嚨。虎視眈眈的眼睛忽然消失。甘道夫和亞拉岡大步向前，但敵軍已捨棄了丘陵，狼群已盡數脫逃。他們周遭的黑暗變得寂靜，微風中也沒有傳來叫聲。

夜色已深，逐漸虧缺的月亮也緩緩落下，在破碎的雲層中斷續閃耀光芒。佛羅多忽然從睡夢中驚醒。大量嚎叫聲毫無預警地出現在營地周圍，叫得熱切又狂野。一大批蠻狼已無聲地集結，同時從四面八方攻擊他們。

「把柴薪丟進火裡！」甘道夫對哈比人喊道，「趕快拔劍，背對彼此！」

當新柴火熊熊燃燒時，佛羅多便在躍動的火光下看到許多灰色身影躍入石圈中。亞拉岡揮劍刺穿龐大惡狼頭目的喉嚨，波羅米爾則用力一劈，斬下了另一匹狼的腦袋。他們身旁的金力用健壯的雙腿站穩，揮舞著他的矮人斧頭。列葛拉斯的弓正錚錚作響。

在顫動的光芒中，甘道夫的身形似乎忽然變大：他挺身站立，威脅性十足的身軀宛如座落在丘陵上的某座古代國王石雕。他如同雲朵般俯身，舉起一根燃燒的樹枝，再走向狼群。牠們在他面前後退。他將著火的樹枝拋入空中，頓時放出閃電般的白光，他的嗓音也如雷貫耳地響起。

「*Naur an edraith ammen! Naur dan i ngaurhoth!*[3]」他喊道。

四周響起轟隆巨響與劈啪聲，他頭頂的樹木爆出一大團炫目烈焰。火舌延燒到一棵棵樹頂上。整座丘陵都亮起了刺眼光芒。守軍的刀劍隨之閃動火光。列葛拉斯最後的飛箭在空中起火，燃燒的箭矢刺進了一隻巨狼領袖的心臟。其他野狼則四處奔逃。

火焰緩緩消失殆盡，只剩下飄落的灰燼與火花。燒焦的樹木殘幹上飄著扭曲的濃煙，黑煙則從丘陵上飄散，此時天空也出現了第一道微弱的曙光。他們的敵人潰不成軍，也不敢回來。

「我是怎麼跟你說的，皮聘先生？」山姆說，邊把劍收回劍鞘，「野狼根本逮不到他。剛剛真是大開眼界！我的頭髮差點燒焦了！」

天色變得明亮後，四周卻完全找不到狼群的蹤跡，他們也無法尋獲任何屍體。除了焦黑的樹木與列葛拉斯落在丘陵頂端的箭矢外，周遭毫無戰鬥的跡象。除了一根只剩下箭頭的箭以外，其他的箭都沒有受損。

「這就是我擔心的狀況。」甘道夫說，「這些並不是在野外狩獵食物的正常狼群。我們趕快用餐完，就得動身！」

天候再度改變，自從離開隘口後，彷彿受到某種力量所指示，大雪不再有力量，這股力量現在希望有明亮的光源，讓它能從遠處清楚看到在野地移動的物體。風向在夜裡由北轉向西北，現在則平息下來。雲層在南方消失，天空也變得晴朗蔚藍。當他們站在山坡上準備離開時，一道蒼白的陽光灑落在高山頂端。

「我們得在日落前抵達門口，」甘道夫說，「不然我們恐怕就無法抵達。它的位置不遠，但我們可能會走上迂迴的路線，因為亞拉岡無法指引我們。他很少來這一帶，我也只到過墨瑞亞西牆下一次，那也是很久以前的事了。

「它就在那裡。」他說，邊指向東南方，該處陡峭的山壁延伸到山腳下的陰影中。從遠方可以模糊地看到一排光禿的懸崖，中間則有座比其他山崖更高的雄偉灰牆。「你們之

3 譯注：在辛達林語中意指：「以火焰拯救我們！以火焰對抗狼群！」

中有些人或許有注意到，當我們離開隘口時，我帶你們往南走，並沒有回到我們的出發點。幸好我這麼做，因為我們現在就能少走幾哩路，也得加快速度。我們走吧！」

「我不曉得該有什麼期待。」波羅米爾陰鬱地說，「究竟是甘道夫會找到他的目標，或者當我們抵達懸崖時，就會發現門口已經永遠消失了。所有的選擇似乎都不利於我們，困在狼群和城牆間也是最可能發生的情況。帶路吧！」

急著前往墨瑞亞的金力，在前頭走在甘道夫身旁。他們一同率領護戒隊往回走向山區。唯一通往墨瑞亞的古代道路位在西拉儂溪旁，源頭在山崖底下靠近門口的位置。但要不是甘道夫迷路了，或是當地在近幾年改變不少，因為當他抵達出發點以南幾哩外的地點時，並沒有找到這條溪。

此時已從早晨邁向中午，護戒隊依然在滿布紅石的不毛之地中流浪跋涉。他們到處都沒看見水光或聽聞流水。周圍的一切荒蕪乾涸，他們的心頭一沉。他們沒發現生物，天空中也毫無飛鳥，但沒人敢想像，如果在黑夜中出沒的東西在那片荒蕪地帶逮到他們的話，會發生什麼事。

忽然間，快步走在前方的金力回頭呼喚他們。他站在一座圓丘上，手指向右方。他們趕緊跟上，看見底下有條深邃狹窄的河道。裡頭空蕩寂靜，河床上紅棕交雜的石塊間連一滴水也沒有。但在近側有條破損老舊的小徑，一路蜿蜒地伸進城牆遺跡和古老道路的鋪路石之間。

「啊！終於找到了！」甘道夫說，「這就是那條溪：人們曾稱它為門溪西拉儂。但我猜不出溪水究竟發生了什麼事，以前它是條湍急嘈雜的河流。來吧！我們得快點。我們遲到了。」

護戒隊雙腳痠痛又疲累，但他們在崎嶇而曲折的道路上頑強地跋涉了好幾哩。中午的太陽逐漸往西落下。短暫休息並盡快用過餐後，他們就再度動身。他們面前的山脈彷彿皺眉般隆起，但他們的通道位於低谷中，他們也只看得見較高的山肩和遙遠東方的山峰。最後他們抵達了一處急轉彎。原本在河道邊緣與左邊的陡坡之間向南延伸的道路，在轉彎後又往西伸去。繞過轉角後，他們看到面前約有五嘷高的低崖，頂端破碎又凹凸不平。它上頭滴下細微的水流穿過一座寬闊裂隙，那似乎是由一度湍急的瀑布侵蝕而出。

「很多東西確實變了！」甘道夫說，「但這裡肯定沒錯。那就是天梯瀑布的遺跡。如果我沒記錯，那一側的岩石上刻有一連串階梯，但主要道路往左轉，再往上繞了好幾圈，才抵達頂端的平地。墨瑞亞城牆前的瀑布遠處曾有座山谷，西拉儂溪則順著道路流過谷地。讓我們去看看現在的狀況吧！」

他們輕易地找到石階，金力則迅速跳上臺階，甘道夫與佛羅多隨後跟上。當他們抵達頂端時，就發現無法繼續走那條路，也弄清了門溪乾涸的緣由。下沉的太陽在他們身後將冷冽的西方天空照得金光閃閃。他們面前有座幽靜的湖泊。天空與夕陽都沒有倒映在它陰沉的湖面。西拉儂溪遭到堵死，溪水則灌滿了整座山谷。高大的山崖在陰森的水域外升起，險峻的崖壁在漸弱的陽光中顯得蒼白，看起來無法通行。這裡沒有大門或入口的跡象，佛羅多在隆起的岩石上連一絲縫隙或裂縫都看不到。

「那就是墨瑞亞城牆。」甘道夫說，邊指向湖水彼端。「大門曾一度坐落在那，那是從冬青地一路伸來的道路盡頭的精靈大門，那條路正是我們的來路。但這條路被堵死了。我猜，護戒隊中沒人想在晚上游過黑漆漆的湖水，它看起來令人不安。」

「我們得找路繞過北方邊緣。」金力說，「護戒隊首先要做的，就是由主要道路往上走，看看會通到哪裡。即便沒有湖泊，我們也無法讓搬行李的小馬爬上這座天梯。」

「但無論如何，我們都無法帶那匹可憐的小馬進礦坑去。」甘道夫說，「山下的道路是條黑暗路徑，其中還有又窄又陡的地帶，就算我們能通過，牠也辦不到。」

「可憐的老比爾！」佛羅多說，「我沒想到那點。還有可憐的山姆！我想知道他會怎麼說？」

「我很遺憾。」甘道夫說，「可憐的比爾是很有幫助的同伴，我也不願到了現在才放走牠。如果由我決定，寧可旅行得輕便點，不帶動物上路，更別提是山姆喜歡的小馬了。我一路上都擔心，我們可能得踏上這條路。」

這一天即將結束，冰冷的繁星高掛在日落後的天空，護戒隊全力攀上山坡，並抵達湖邊。在最寬的位置，它的寬度看起來也不超過二到三弗隆。他們無法在黯淡的光線中看出它往南延伸得多遠，但湖泊北端離他們的位置不到半哩，而在包覆山谷與水濱地帶的崎嶇山脊之間，還有一圈空地。他們快步前進，因為在抵達甘道夫計劃要去的遠處岸邊位置前，他們還有一兩哩要走，之後他還得找到門口。

當他們來到湖泊最北邊時，就發現有條狹窄小溪阻擋了他們的去路。溪水又綠又濁，如同溼黏的手臂向周圍的丘陵伸去。金力無所畏懼地往前走，發現溪水很淺，邊緣處只不過深及腳踝。他們在他身後列隊行走，小心地繞路，落腳處也十分危險。雙腳碰到漆黑的髒水時，佛羅多就因作嘔而打了冷顫。

當護戒隊最後一員山姆牽著比爾走到遠端的陸地上時，水上就傳來一股輕柔的聲音，那是股晃動聲，隨後則是噗通一聲，彷佛有魚攪亂了平靜的水面。他們迅速轉身，在微光中看到邊緣泛著黑影的漣漪——在湖泊遠方某個位置，龐大的圓圈正逐漸往外擴大。水上傳來氣泡聲，接著沉默無聲。暮色逐漸加深，雲朵也遮蔽了夕陽的最後一抹光線。

甘道夫大步前進，其他人則盡快跟上。他們抵達湖泊與山崖之間的一小條空地——它形狀狹窄，長度幾乎不到十二碼，上頭也散落著落石與石塊。但他們找到了緊逼崖壁的一條路，並盡量遠離漆黑的湖水。沿著湖岸往南走了一哩後，他們便碰上了冬青樹。樹墩與殘枝在水窪中腐爛，似乎是昔日樹叢的殘餘物，或是曾一度長在跨越淹水山谷的道路兩旁的樹籬。但有兩棵仍然生機蓬勃的大樹長在靠近山崖底下的位置，它們比佛羅多看過或想像過的任何冬青樹都來得高大。它們的樹根從崖壁長到水邊。從遙遠的天梯頂端往下看時，高聳山崖下的樹木看來只像灌木叢，但它們現在顯得高大無比，幽深而沉靜，並在眾人的腳邊灑下深邃夜影，如同道路盡頭般的守衛高柱般矗立。

「好啦，我們終於到了！」甘道夫說，「源自冬青地的道路在此結束。冬青樹是地區人民的象徵，他們將樹種在此處，以象徵他們國度的盡頭，因為西門主要是為了他們與墨瑞亞之王往來而造的。在當年的愉快歲月中，不同種族的人民仍與彼此保持緊密友誼，就連在矮人與精靈之間也一樣。」

「友誼結束不是矮人的錯。」金力說。

「我也沒聽說那是精靈的過失。」列葛拉斯說。

「我兩種說法都聽過，」甘道夫說，「現在我也不會做出評斷。但我拜託你們兩位，列葛拉斯與金力，至少好好當朋友並幫助我。我需要你們倆。關閉的門口依然藏在某處，我們能越快找到它越好。就快要入夜了！」

他轉向其他人，並說：「當我搜索時，你們每個人可以準備好進入礦坑嗎？恐怕我們得在此向我們的好馱獸道別。你們得放下我們帶來禦寒的大量衣物，你們在裡頭不會需要那些；當我們穿越礦坑南下時，我也希望不需要它們了。我們每個人得分擔小馬背負的行李，特別是食物和水袋。」

「但你不能在這個鬼地方拋下可憐的老比爾，甘道夫先生！」山姆憤怒而沮喪地喊道，「我絕對不同意。牠已經走了這麼遠的路！」

「對不起，山姆。」巫師說，「但當大門打開時，我不認為你有辦法把比爾拖進幽深的墨瑞亞。你得在比爾和你主人之間做選擇。」

「如果我帶著牠，牠就願意跟著佛羅多先生走進龍穴。」山姆抗議道，「當附近有狼出沒時還把牠放走，牠就只有死路一條了。」

「我希望不會如此。」甘道夫說。他把手擺在小馬的頭上，並低聲說話。「願帶來保護與指引的話語隨你同行。」他說，「你是頭睿智的動物，也在裂谷學到了很多事。去你能找到青草的地方，並及時抵達愛隆宅邸，或任何你想去的地點。」

「好了，山姆！他逃離狼群和回家的機會，和我們一樣高。」

山姆鬱悶地站在小馬旁，一句話也沒有回答。似乎明白發生了什麼事的比爾，便輕輕摩蹭他，把牠的鼻子靠到山姆的耳朵上。山姆痛哭失聲，並摸索著繫帶，解下小馬身上的行囊，把它們全都扔到地上。其他人為行李進行分類，把能留下的東西疊成一堆，再平分了剩下的物品。

當他們完工後，就轉身看甘道夫，他似乎什麼也沒做。他站在兩棵樹之間，盯著空無一物的崖壁，彷彿要用雙眼在上頭挖洞。金力四處走動，用他的斧頭四處輕敲石壁。列葛拉斯靠著岩石，彷彿正在傾聽。

「好啦，我們已經到了，也準備齊全，」梅里說，「但門口在哪？我什麼都看不到。」

「矮人大門關上時，就沒人能看見。」金力說，「它們是隱形的門，如果遺忘了祕密，就連製作者都無法找到或開啟。」

「但這道門並不是只有矮人知道的祕密。」甘道夫說，他忽然回過神來並轉身。「除非事態全然改變，不然知道該找什麼的人，或許就能尋獲蛛絲馬跡。」

他往前走向崖壁。樹影之間有塊光滑的空間，他來回撫摸此處，邊低聲說了些話。接著他往後退。

「看吧！」他說，「你們看得到東西了嗎？」

月亮現在照在灰色岩壁上，但他們有陣子什麼也看不見。接著在巫師拂過的平面上，出現了薄弱的線條，宛如在岩石中蔓延的纖細銀線。剛開始它們只不過像是蒼白的蛛絲，細得只有在月光照到它們時，才會斷續閃爍。但它們逐漸變得寬闊清晰，直到眾人能判斷出圖樣。

在甘道夫雙手能及的頂端，有座寫滿精靈文字的拱門。在底下，儘管有些位置的線條變得模糊或破碎，但依然能看出鐵砧與錘子的輪廓，頂端還有頂圍繞七星的王冠。這些圖案底下有兩棵樹，每棵樹上都掛著月牙。比這些圖形更清晰的，則是門口中央一顆散出數道光線的星辰。

「那是都靈的徽記！」金力叫道。

「還有高等精靈的樹！」列葛拉斯說。

「以及費諾家族的星辰。」甘道夫說，「它們是用只會反映出星光和月光的伊希爾丁所製成的，只當有人說出中土世界早已遭人遺忘的語言，並觸碰它時，才會脫離沉睡。我已經很久沒有聽到這些語言了，在回想起來前也得深思一番。」

「上頭的文字寫了什麼？」佛羅多問，他試圖解讀拱門上的銘文。「我以為我看得懂精靈文字，但我看不懂這些字體。」

「這些文字是以遠古年代時中土世界西方的精靈語言寫成的。」甘道夫回答，「但它們的意義對我們不重要。上頭只寫：『墨瑞亞之王都靈之門。說話，朋友，請進。』底下的微

都靈之門

Here is written in the Fëanorian characters accord-
ing to the mode of Beleriand: Ennyn Durin Aran
Moria: pedo mellon a minno. Im Narvi hain ech-
ant: Celebrimbor o Eregion teithant i thiw hin.

小字體則寫了：『本人納維打造此門。冬青地的凱勒布林柏畫出這些符號。』」

「『說話，朋友，請進』是什麼意思？」梅里問。

「顯而易見。」金力說，「如果你是朋友的話，就念出密語，門口便會打開，你就能進去了。」[4]

「對。」甘道夫說。「這些門或許受到話語控制。有些矮人大門只會在特定時間開啟，或為了特定人士而開；而當所有必要時間和密語都符合後，有些門依然需要鑰匙來解鎖。這些門沒有鑰匙。在都靈的時代中，它們並非祕密。它們通常保持敞開，守衛則坐在這裡。但如果門關上了，任何清楚開門密語的人也都能進去。至少紀錄是這麼寫的，不是嗎，金力？」

「沒錯。」矮人說，「但沒人記得密語了。納維與他的技術和他的族人，早已全都從世上消失了。」

「但你不曉得密語嗎，甘道夫？」波羅米爾訝異地問。

「不曉得！」巫師說。

其他人看起來焦慮不已，只有熟識甘道夫的亞拉岡沉默而沒有反應。

「那帶我們來這個鬼地方幹嘛？」波羅米爾大叫，回望黑暗湖水時還顫抖了一下。「你告訴我們說，自己曾經通過礦坑。如果你不知道如何進去的話，又是怎麼辦到的？」

「你第一個問題的答案，波羅米爾，」巫師說，「是，我還不曉得密語。但我們很快就會知道結果了。還有，」他補充道，濃眉下的雙眼閃動精光，「等我的行為確定沒用後，你再質問我。至於你另一個問題：你不相信我的說法嗎？還是你一點頭腦都沒帶來？我不是從這裡來的。我是從東方過來的。

「如果你想知道的話，我可以告訴你，這些門會往外打開。你能夠從裡頭徒手把門推開。在外面，除了使用密語外，就沒有任何東西能移動門板。沒有辦法硬將它們往內推。」

「那你要怎麼辦？」皮聘問道，巫師怒氣沖沖的眉毛並沒有嚇倒他。

「用你的頭敲門，皮瑞格林．圖克。」甘道夫說，「但如果這樣也打不破門板，我至少可以少聽一點愚蠢的問題。我會找尋開門的密語。

「我曾曉得所有精靈、人類或歐克獸人語言中每種用來開門的咒語。不需要多加思索，我就能想出兩百種咒語了。但我想，只需要試幾次就行，我也不需要問金力他們不傳授外人的祕密矮人語言。開門密語是精靈語，如同拱門上的文字，這點似乎很明確。」

他再度踏上岩石，用手杖輕觸鐵砧符號下的銀星中央。

Annon edhellen, edro hi ammen!
Fennas nogothrim, lasto beth lammen![5]

---

4 譯注：此段文字為——以下內容以費諾文字書寫，並遵循貝勒爾蘭文法。Ennyn Durin Aran Moria: pedo mellon a minno. Im Narvi hain echant: Celebrimboro o Eregion teithant i thiw hin.

5 譯注：辛達林語意為：「精靈之門，為我們開啟！矮人大門，聽我號令！」

他用充滿威嚴的嗓音說。銀線的光芒消失，但灰色的岩石卻沒有動靜。

他以不同順序重複了這些話語許多次，或是以不同語氣開口。接著他接二連三地嘗試了其他咒語，有時念得快而響亮，有時則柔和緩慢。然後他念了不少單一精靈語詞彙。什麼事都沒發生。山崖矗立在夜色中，無數繁星在天空閃爍，一股股冷風吹來，門板則紋風不動。

甘道夫再度走近岩壁，他舉起雙臂，用命令般的口氣勃然大怒地開口。「*Edro, edro!*」他喊道，並用手杖敲打岩石。「打開，打開！」他大叫，再用中土世界西方曾出現過的每種語言，說出同樣的指令。接著他把手杖丟到地上，沉默地坐了下來。

此時，狼嚎隨著風聲從遠處飄進他們耳裡。小馬比爾嚇了一跳，山姆則衝到牠身旁，輕柔地向牠說話。

「別讓牠跑了！」波羅米爾說，「看來如果狼群沒發現我們的話，我們就還需要牠。我真討厭這座噁心的水池！」他俯身撿起一塊大石頭，把它遠遠地拋進漆黑的湖水中。

石頭隨著輕柔的撲通聲而消失，但同時也出現了沙沙聲與氣泡聲。石頭落入的水面上浮現龐大的漣漪，緩緩向山崖底部移動。

「你為什麼要那樣做，波羅米爾？」佛羅多問，「我也討厭這個地方，還感到很害怕。我不曉得在怕什麼——不是狼群，也不是門後的黑暗，而是某種別的東西。我害怕水池。不要攪動它！」

「我希望我們可以離開！」梅里說。

「甘道夫為什麼不趕快做些什麼？」皮聘說。

甘道夫沒理會他們。他低頭坐著，似乎陷入絕望或憂慮中。他們又聽到了淒厲的狼嚎。水上的漣漪越靠越近，有些波紋已經拍打到湖岸了。

巫師忽然跳了起來，使眾人嚇了一跳。他正在大笑！「我懂了！」他喊道「當然了，當然了！太過簡單了，就像大多謎題的答案一樣！」

他撿起手杖，站在岩壁前，用清亮的聲音說：「*Mellon!*」

銀星短暫發出光芒，並再度變暗。龐大門口的輪廓無聲地浮現，不過先前沒人能看見任何縫隙或接點。它緩緩從中間分開，並一吋吋往外伸開，直到兩扇門板往後靠在岩壁上。透過門口，可以看到一座黯淡的階梯往上攀升，但在低處臺階以外的黑暗，則比夜晚還要深邃。護戒隊訝異地盯著裡頭看。

「我還是搞錯了，」甘道夫說，「金力也是。在所有人之中，只有梅里往正確的方向思考。開門密語一直都寫在拱門上！應該翻譯成：說出『朋友』，請進。我只需要說『朋友』的精靈語，門就會打開了。非常簡單。當年果然是更愉快的時代。我們走吧！」

他邁步向前，一腳踏上最底部的臺階。但有好幾件事在此同時發生。佛羅多感到有某種東西抓住他的腳踝，他則放聲尖叫並跌倒在地。小馬比爾嚇得嘶吼一聲，便轉身沿著湖畔衝入黑暗。山姆隨後追去，但在聽到佛羅多的叫聲後，他就再度跑了回來，邊哭邊咒罵著。其他人迅速轉身，並看到湖水變得翻騰洶湧，彷彿有大批蛇群從南端游了過來。

有條細長彎曲的觸手從水中竄出，淡綠色的觸手又溼又亮。它手指狀的末端勾住了佛羅多的腳，正要將他拖入水中。跪在地上的山姆則用小刀劈砍著觸手。

觸手放開佛羅多，山姆則把他拖走，一面大聲呼救。有二十幾條觸手從水中猛烈竄出。漆黑的湖水彷彿沸騰起來，還冒出一股惡臭。

「快進門！爬上階梯！快！」甘道夫跳回來大喊。他將山姆之外的眾人從使他們呆站原地的恐懼中喚醒，並將他們趕向前。

他們及時逃跑。山姆和佛羅多只踏上幾道臺階，甘道夫也才剛開始攀爬階梯，此時四處摸索的觸手鑽過狹窄湖岸，觸碰著崖壁與門板。有條觸手扭曲地伸過門檻，在星光下閃動黏膩的光澤。甘道夫轉身並停下腳步。如果他在想該用什麼密語從內部關門的話，就沒有必要了。許多條捲曲的觸手緊抓兩側門板，並用驚人的怪力將它們翻轉過來。門板用力關上，發出震耳欲聾的回聲，所有光線頓時消失。笨重的石門後方傳來沉悶的撕裂聲與撞擊聲。

緊抓佛羅多手臂的山姆，倒在黑暗中的一道臺階上。「可憐的老比爾！」他哽咽地說，「可憐的老比爾！狼群和蛇群！但蛇群對牠來說太恐怖了。我得做出選擇，佛羅多先生。我得和你走。」

他們聽到甘道夫回頭往階梯下走，他用手杖抵住門板。岩石顫動了一下，階梯也搖晃起來，但門板並沒有打開。

「唉呀，唉呀！」巫師說，「我們身後的通道已經堵死了，現在只有一條出路——走山脈另一側出去。從剛才的聲音聽起來，外頭已經堆滿巨石，樹木也遭到連根拔起，被丟到大門前。我很遺憾，那兩棵美麗的樹已經矗立在那多年了。」

「當我的腳一開始碰到湖水時，就感到附近有某種可怕的東西。」佛羅多說，「那是什麼東西？還是有很多同類？」

「我不曉得，」甘道夫回答，「但所有觸手只有一個目的。有某種東西從山脈底下的黑暗水域中偷偷竄出，或是遭到驅離。在深不可測的地底，還有遠比歐克獸人更古老汙穢的東西。」他沒有說出自己的心聲：無論住在湖裡的是什麼，在護戒隊中第一個被抓的就是佛羅多。

波羅米爾低聲咕噥，但岩間的回聲將這些話放大成眾人都聽得見的嘶啞氣音：「深不可測的地底！不顧我的意願，我們終究還是得往那走。誰會在這片危險的黑暗中引導我們？」

「我會。」甘道夫說，「金力會和我一起走。跟著我的手杖！」

＊　＊　＊

當巫師往前踏上幾道巨型臺階時，他就舉高手杖，手杖頂端則發出了微弱的亮光。寬敞的階梯毫無損傷。他們走過兩百道寬闊平坦的臺階，並在頂端找到建有拱形天花板的通道，平坦的地板延伸進黑暗之中。

「既然找不到餐廳，就讓我們坐在地板上休息，吃點東西吧！」佛羅多說。他已經開始甩掉觸手帶來的恐懼，忽然間感到飢腸轆轆。

眾人樂於接受這提議，並坐在上層臺階上，成了黑暗中的模糊人影。當它們用過餐後，甘道夫就給他們每人喝第三口裂谷的米盧佛。

「這恐怕撐不了多久，」他說，「但我想，在大門邊遭遇過那種恐怖光景後，我們很需要它。除非我們的運氣不錯，否則在我們抵達另一側前，就需要剩下的量！喝水也得謹慎！礦坑裡有許多溪流和水井，但我們不該碰它們。直到抵達黯溪谷前，我們或許沒有機會能裝填我們的水袋和水瓶了。」

「我們得走多久？」佛羅多問。

「我不曉得。」甘道夫回答，「取決於許多狀況。但只要走直路，也沒有出事或走錯路的話，我想我們應該會走上三四天。從西門到東門之間的直線距離不可能少於四十哩，道路可能也會變得迂迴。」

短暫休息後，他們便再度動身。所有人都急著盡快結束這趟路程，儘管身心疲憊，但眾人都願意走上好幾個小時。甘道夫和先前一樣走在前頭，他左手舉起發光的手杖，光芒只夠照亮他腳邊的地面；他右手則握著佩劍格蘭瑞。金力走在他身後，雙眼在微光中閃爍，一面來回轉頭。佛羅多走在矮人後面，他抽出了短劍刺針。刺針和格蘭瑞的刀鋒都沒有發光，這多少讓人感到安心，因為如果附近有歐克獸人，這些由精靈鐵匠在遠古年代打造的刀劍就會發出冰冷光芒。佛羅多身後的是山姆，再後頭則是列葛拉斯，以及年輕的哈比人們，還有波羅米爾。嚴肅沉默的亞拉岡，則行走在隊伍最後頭的黑暗中。

通道拐了幾個彎，接著開始往下降。它緩緩向下延伸了好一陣子，直到它再度轉為平地。空氣變得炎熱沉悶，但聞起來並不臭，有時他們也會感到從牆上某些裂隙吹出較為涼爽的空氣，吹拂在自己的臉上，周圍有許多這類裂縫。在巫師手杖的蒼白光芒中，佛羅多瞥見了階梯與拱門，以及其他通道和隧道，這些路徑有些往上攀升，有些陡峭地往下伸去，或是伸向兩旁的黑暗。一切對他而言太難記住了。

除了提供堅毅的勇氣外，金力對甘道夫的協助非常有限，至少他不像大多隊員一樣因區區黑暗而心煩意亂。當在路線選擇上產生疑慮時，巫師總會詢問他，但得出結論的也總是甘道夫。儘管身為高山種族的矮人，但雄偉而錯綜複雜的墨瑞亞礦坑，卻遠遠超出了葛羅音之子金力的想像。對甘道夫而言，多年前旅程的久遠回憶現在幫不太上忙，但即便身處幽暗環境，道路還迂迴難辨，他也清楚自己該往哪走，而只要還有通往目標的道路，他便無所猶豫。

「別擔心！」亞拉岡說。眾人這次停下的時間比平常久，甘道夫和金力也正與彼此低聲交談；其他人擠在後頭，擔憂地等待著。「別害怕！我跟他經歷過許多旅程，不過從來沒有這麼黑暗過。裂谷中也流傳著他的偉大事蹟，比我親眼見過的狀況更加浩大。只要找得到路，他就不會迷途。儘管他帶著恐懼的我們進入這裡，但無論他得做出什麼犧牲，他都會率領我們找到出路。比起貝茹熙兒王后的貓[6]，他更能在伸手不見五指的黑夜中找到回家的路。」

幸好護戒隊有這麼一位嚮導。他們沒有能夠點燃火把的燃料或方法，當眾人在大門倉皇逃跑時，就拋下了許多東西。但在缺乏光源的情況下，他們很快就會落難了。周圍不只有許多道路得挑選，不少位置還有地洞與陷阱，通道旁的漆黑井口則迴響著他們的腳步聲。牆壁與地板上都有裂隙與深溝，他們的腳邊也經常會出現裂口。最寬的裂口超過七呎，皮聘也花了很久才鼓起勇氣，跳過那道駭人斷崖。底下遠方傳來流水聲，彷彿深淵中有某座巨型水車正在運轉。

「繩子！」山姆咕噥道，「我就知道會需要，偏偏手邊沒有！」

當這些危機出現得越趨頻繁時，他們的腳程就變慢下來。他們似乎已經跋涉了永無止盡的路途，抵達了山脈深處。他們疲憊不堪，但停下來似乎無法讓人心安。在脫逃了一陣子，並用過餐和喝過提神甜酒後，佛羅多的心情稍微好轉了些；但濃烈的不安再度襲上他心頭，甚至惡化成恐懼。儘管他在裂谷治癒了刀傷，那道嚴重傷痕卻留下了副作用。他的感官變得更敏銳，也更能察覺不可見的事物。他迅速注意到的其中一項改變，就是他能比其餘同伴在黑暗中看到更多東西，或許只有甘道夫除外。而且他還是魔戒持有者。它掛在他胸前的鏈子上，有時感覺起來十分沉重。他感到前方邪惡的存在，也感到緊追在後頭的邪惡勢力；但他一語不發。他把劍柄握得更緊，頑強地繼續前進。

他身後的護戒隊成員鮮少說話，就算有，也只會用氣音快速講幾句話。除了他們自己的腳步聲外，周圍一片死寂——金力的矮人靴子低沉的踱步聲；波羅米爾沉重的踏步聲；列葛拉斯輕盈的步伐聲；哈比人柔和又難以聽見的踏步聲；踏著大步的亞拉岡緩慢而穩重的走路聲響從後頭傳來。當他們稍作停歇時，除了偶爾響起的滴水聲外，便什麼聲音都聽不見。但佛羅多開始聽到，或以為自己聽見了別的聲音：那聲響像是赤裸腳掌的微弱著地聲。聲音總是不夠響亮，也不夠靠近，使他無法確認自己真的聽到。但它一出現後，當護戒隊在移動時，聲音便從未止息。但那並非回音，因為當他們停下來時，它便自行發出聲響一陣子，接著才陷入死寂。

* * *

---

6 譯注：Queen Berúthiel，第三紀元第十二任剛鐸國王塔藍儂．法拉斯特（Tarannon Falastur）的王后。她痛恨貓，但貓群卻因此四處跟隨她。她獨自居住在奧斯吉力亞斯的王宮，並利用手下的九隻黑貓與一隻白貓在剛鐸四處窺探人們的祕密，民眾因此畏懼也不敢碰觸她的貓群。塔藍儂最後驅逐了她，讓她乘船在海上獨自漂流，塔藍儂也因此成為第一個膝下無子的剛鐸國王，王位最後由他的侄子埃雅尼爾一世（Eärnil I）繼承。《未完成的故事》（*Unfinished Tales*）中對貝茹熙兒的故事有詳細描寫。

當他們進入礦坑時，已經是黃昏後的事了。他們走了好幾個小時，只稍微停下幾次，此時甘道夫首度認真地確認方向。他面前矗立著一座寬敞漆黑的拱門，門口通往三座通道：所有通道都同樣伸向東方。但左邊的通道往下降，右邊的通道則往上攀升，中間的通道則似乎繼續往前伸，地面光滑平坦，但非常狹窄。

「我對這裡完全沒有印象！」甘道夫說，他困惑地站在拱門下。他舉起手杖，希望找到能協助他做選擇的記號或銘文，但完全沒發現那類跡象。「我太疲勞了，做不了決定。」他搖頭說道，「我想你們也和我一樣疲倦，或是更累了。今晚我們最好待在這裡。你們清楚我的意思！這裡頭永遠黑暗，但深夜的月亮已在外頭往西移動，午夜也已經過了。」

「可憐的老比爾！」山姆說，「我想知道牠在哪。我希望那些狼還沒逮到牠。」

他們在大型拱門左邊發現一道石門。門板半掩，但只要輕輕一推，就能讓它輕鬆往後轉。門後似乎有座切削岩石而成的寬敞房間。

「等等！等等！」當梅里和皮聘迅速跑向前，樂得終於能遠離過道，找到更加類似遮蔽處的場所休息時，甘道夫就喊道。「等等！你們不曉得裡頭有什麼東西。我先進去。」

他小心地進房，其他人則跟在他身後。「看那裡！」他說，邊用手杖指向地板中央。他們在他腳邊看到如同井口的大圓洞。破損生鏽的鍊子散落在洞口邊緣，並垂入黑色深淵中。附近還有石塊的碎片。

「你們之一可能早就掉進去了，心裡還在想何時會撞到底部。」亞拉岡對梅里說，「有嚮導時，就讓他先走。」

「這裡似乎是守衛室，用於監看那三條通道。」金力說，「那個洞顯然是供守衛用的水井，原本用石蓋闔上。但蓋子已經破碎，我們在黑暗中也得小心點。」

皮聘對井口感到深受吸引。當其他人解開毛毯，在房間牆壁旁鋪床，並盡可能遠離地板上的大洞時，他就偷偷走到洞口邊緣，並往裡頭看。一股從無形深淵飄起的冷空氣撲上他的臉。受到突如其來的衝動驅使，他抓起了一顆石頭，讓它掉了下去。在洞口出現任何聲音前，他感到自己的心快速地跳了好幾下。接著底下遠處飄來了一股撲通聲，彷彿石頭掉進了某種洞窟裡的深水中。儘管聲音遙遠，卻在井道中變得更大聲，也回響了許多次。

「那是什麼？」甘道夫喊道。當皮聘坦承自己的行為時，他才鬆了口氣；但他勃然大怒，皮聘也能看到他眼中的精光。「蠢圖克！」他低吼道，「這是趟嚴肅的旅程，不是哈比人的散步派對。下次把你自己丟下去，就不會惹出麻煩了。給我安靜點！」

有好幾分鐘，眾人什麼也沒聽見，但接著從深淵傳出了微弱的敲擊聲：咚啪，啪咚。聲音停了下來，而當回音消失時，聲音便再度響起：啪咚，咚啪，啪啪，咚。令人不安的是，這聲音聽起來像是某種信號。但過了一陣子後，敲擊聲就消失了，也沒有再出現。

「除非我搞錯了，不然那聽起來像是錘子的聲音。」金力說。

「沒錯，」甘道夫說，「我也不喜歡這點。那可能和皮瑞格林愚蠢的石頭無關，但也可能吵醒了某種最好別驚動的東西。請不要再做這種事了！希望我們能在沒有麻煩的狀況下稍作休息。作為獎勵，皮聘，你可以站第一班哨。」他低吼道，接著用毛毯蓋住自己。

皮聘愁眉苦臉地在黑暗中坐在門邊，但他不斷轉身，害怕有某種不知名的東西會爬出井口。他希望自己能把大洞遮起來，就算用毯子也好，但他不敢移動或走近洞口，即便甘道夫似乎已經睡著了。

其實甘道夫還醒著，不過他依然沉默地躺著。他正試圖回想先前在礦坑中的經歷，也焦急地思索該選哪個方向，現在轉錯彎的話，就會帶來莫大危機。過了一小時後，他起身並走到皮聘身旁。

「去角落睡覺吧，小子。」他語氣友善地說，「我猜你想睡了。我睡不著，所以我乾脆來守夜好了。」

「我知道自己怎麼了。」當他在門邊坐下時，就咕噥道，「我需要抽菸！自從暴雪前的早晨，我就沒嘗過它的滋味了。」

當睡意席捲皮聘時，他最後看到的景象，就是在黑暗中席地而坐的老巫師，在雙膝間用粗糙的雙手護住發光的火苗。在那一瞬間，火光照亮了他的尖鼻子與一抹煙霧。

甘道夫把他們從睡夢中喚醒。他獨自坐著把風六小時，讓其他人休息。「守夜時，我做了決定。」他說，「我不喜歡中央的感覺，也不喜歡左邊的味道；底下肯定有汙濁的空氣，不然我就不算嚮導了。我要選右邊的通道。我們該再度往上走了。」

不算兩次簡短休息的話，他們整整走了八小時，途中他們沒有碰到任何危險，也沒有聽到任何聲響。除了巫師手杖上如同鬼火在他們面前搖晃的微光外，他們什麼都沒看見。他們選擇的通道穩定地往上攀升。他們覺得走道的曲線不斷上揚，也變得更高聳寬敞。兩旁沒有通往其他長廊或隧道的開口，地面也光滑平坦，沒有坑洞或裂痕。他們顯然踏上了古代的重要路徑，也比第一天走得快了許多。

他們在這條路上往東走了十五哩的直線距離，不過他們應該走了二十多哩的路程。隨著道路向上攀升，佛羅多的精神也好轉了點，但他仍然感到備受壓抑。有時也會聽到（或以為有聽到）在護戒隊身後遠處，除了他們本身起起落落的踏步聲外，有股並非回音的腳步聲跟了上來。

他們盡可能在哈比人不需休息的狀況下前進，所有人都想著要找個能睡覺的地方，此時左右的牆面忽然消失了。他們似乎通過了某種拱門，進入一座漆黑空蕩的空間。他們後方有股龐大的溫熱氣流，面前的黑暗則使他們的臉孔感到冰冷。他們停下腳步，擔憂地擠在一起。

甘道夫似乎相當滿意。「我選了正確的路。」他說，「我們終於來到可供居住的地帶了，我猜我們離東側並不遠。但我們的位置還很高，比黯溪門的地點還要高出許多，除非我搞錯了。從空氣的感覺判斷，我們肯定是在寬闊的大廳中。我要冒險用上一點真正的亮光了。」

他舉起手杖，而在短暫的一瞬間，手杖頂端放出了如同電光一閃的強烈光芒。龐大的陰影頓時出現並四處拋射，他們在那一刻看見許多雄偉石柱，撐起了位於頭頂高處的寬廣屋頂。他們面前與兩側有座巨大而空蕩的殿堂，它如同玻璃般閃亮光滑的黑色牆面，在光線下閃爍著光輝。他們看到其餘入口，全是深黑色的拱門——他們面前有座門面向東方，兩側則各有一道門。光線隨後熄滅。

「我目前先冒這點險就夠了。」甘道夫說，「山壁上過去曾有巨型窗口，礦坑上層區域還有能供應光線的井道。我想我們已經抵達此處了，但外面又到了夜晚，我們也得等到早上才能弄清楚位置。如果我的推測沒錯，明天我們或許就會看到晨光探頭進來。但在此同時，我們最好別再往前走了。我們盡量休息吧。情況目前為止還不錯，這段黑暗道路的大半路程也已經結束了。但我們還沒穿過山脈，要抵達向外界敞開的大門，還有很長一段下坡路。」

護戒隊那晚待在洞窟般的殿堂中，在角落中緊靠彼此，以便躲避氣流，似乎有股冷空氣持續從東方拱門中吹過。當他們躺下時，空洞廣闊的黑暗似乎籠罩他們四周，石雕殿堂的寂寥、空曠，加上無止無盡的階梯與通道，也使他們感到壓迫。陰森傳說所引發的狂野想像，也遠比不上現實中的墨瑞亞帶來的敬畏與壯麗。

「一定曾經有許多矮人住在這裡。」山姆說，「每個矮人都比獾還要忙碌，花了五百年才在堅硬的岩石中打造出這一切！他們為什麼要這樣做呢？他們沒住在這些黑漆漆的地洞裡吧？」

「這些不是地洞。」金力說，「這是矮人礦場的偉大國度與城市。在古代它並不漆黑，反而明亮又金碧輝煌，我們的歌謠中依然記錄了當時的盛況。」

他起身站在黑暗中，開始用低沉的嗓音吟唱，回音則緩緩升上屋頂。

在世界之初，山脈尚綠時，
月亮尚未出現汙痕，
溪流或岩石都尚未得名，
此時都靈甦醒，獨自行走。
他為無名山丘與谷地取名，
他從無人品嘗的的水井中飲水，
他俯身注視鏡影湖，
發現由星辰組成的王冠，
如同銀線串起的寶石，
懸掛在他頭頂的陰影上。

在遠古年代，
世界仍然美麗，高山依舊聳立，
在納格斯隆德與剛多林
的偉大君王殞落前，
他們已前往西海彼岸：

都靈時代的世界美麗無雙。

他是石雕皇座上的君王，
棲於巨柱石廳，
黃金屋頂，白銀地板，
門上刻有魔法符文。
日月星光
存於水晶燈中
烏雲或夜影無從遮掩
光輝永世耀眼無比。

錘子敲打鐵砧，
雕刻師以鑿子刻下銘文，
刀鋒在此鑄造，刀柄在此製作，
礦工在此挖掘，石匠在此興建。
寶庫深藏綠柱石，珍珠，與蒼白蛋白石，
化為魚鱗般鎖甲的金屬，
圓盾與盔甲，利斧與長劍，

與光芒耀眼的長矛。

都靈一族從未疲倦，
山下響起動人音樂，
豎琴手優美奏琴，吟遊詩人高亢歌唱，
門邊喇叭巨響震天。

世界灰暗，山脈老邁，
熔爐灰燼再無餘溫，
豎琴無聲，鐵錘停歇。
黑暗瀰漫都靈殿堂，
暗影籠罩他的墓塚，
在墨瑞亞，在卡薩督姆，
但沉沒星辰依舊浮現於
漆黑無風的鏡影湖中。
他的王冠沉入深水，
直到都靈再度甦醒。

「我喜歡這首歌！」山姆說，「我想學起來。『在墨瑞亞，在卡薩督姆！』但一想到那些水晶燈，就讓黑暗變得更沉重了。這附近還有成堆的珠寶和黃金嗎？」

金力沉默不語。唱完歌後，他就不願意多說了。

「成堆的珠寶？」甘道夫，「不。歐克獸人經常掠奪墨瑞亞，上層廳堂中已經什麼都不剩了。自從矮人逃跑後，就沒人敢找尋深處的井道和寶藏了。它們已沉入水中——或陷入恐懼陰影。」

「那矮人回來做什麼？」山姆問。

「為了祕銀。」甘道夫回答。「墨瑞亞的真正財富並不是黃金和珠寶，那是矮人的玩具；也不是鐵，那是他們的僕人。他們確實能在此找到這種礦產，特別是鐵礦；但他們不需要挖掘這些東西。他們可以透過交易取得想要的物品。世上只有在這裡能找到墨瑞亞銀，有些人則稱它為真銀；祕銀是它的精靈語名稱；矮人有個不外傳的名稱。它的價值比黃金高上十倍，現在則成為無價之寶，因為地面的礦產已經所剩無幾，就連歐克獸人都不敢到這裡開採。礦脈一路往北延伸到卡拉瑟拉斯，並往下伸入黑暗。矮人們將它奉為機密，但祕銀不僅是他們財富的基礎，也為他們帶來毀滅，他們挖得太過貪婪也太深，並驚醒了使他們逃竄的恐怖：都靈剋星。歐克獸人幾乎將他們挖掘出的祕銀全數搶走，並將之獻給渴求祕銀的索倫。

祕銀！所有人都想要它。它的延展性如銅般優秀，光亮如同玻璃。矮人還能將它製成硬度更勝精鋼的輕盈金屬。它如同白銀般精美，但祕銀的光澤不會褪色或變得黯淡。精靈十分喜愛它，在諸多用途中，他們也將它做成意為星月的伊希爾丁，你們也在大門上看過。比爾博有件索林送他的祕銀鎖子甲。不曉得它的下落如何？我猜，或許還在米丘窟的馬松屋累積灰塵吧。」

「什麼？」從沉默中回神的金力喊道，「墨瑞亞銀製的鎖子甲？那是價值連城的禮物！」

「對。」甘道夫說，「我從來沒告訴過他，但那套鎖子甲比整個夏郡和裡頭所有東西的價值還高。」

佛羅多什麼也沒說，但他把手伸到上衣底下，撫摸鎖子甲上的金屬環。一想到自己在外套下穿著價值等同夏郡的寶物，就讓他感到兩腳發軟。比爾博曉得這件事嗎？他相信比爾博很清楚這點。這的確是價值連城的禮物。但他的思緒飄離了漆黑的礦坑，來到了裂谷，找到了比爾博，也飄到比爾博還住在袋底洞的歲月裡。他全心希望自己回到當年的家鄉，割著草皮或在花叢間閒晃，也希望自己從沒聽過墨瑞亞，或是祕銀——或是魔戒。

一片死寂籠罩眾人。其他人一個接一個陷入夢鄉。佛羅多負責守夜。恐懼襲上他的心頭，彷彿像從深淵中的無形門口中飄出的冷風。他的雙手感到冰冷，額頭也冒出冷汗。他豎耳傾聽周遭，在緩慢的兩小時內，他的腦海全都專注在聆聽上，但他什麼都沒聽見，就連想像中的腳步聲回音也沒有。

當他的守夜時間快結束時，就覺得在遠處的西側拱門看到兩顆蒼白光點，幾乎像是閃閃發亮的眼睛。他嚇了一跳。他剛剛才打過盹。「我一定是在守夜時差點睡著了。」他心想，「我快陷入夢鄉了。」他站起身並揉揉眼睛，並持續站著注視黑暗，直到列葛拉斯過來換班。

當他躺下時，便迅速入睡，但他覺得夢境沒有止息——他聽到微弱的說話聲，也看到兩顆蒼白光點慢慢逼近。他醒了過來，發現其他人在他附近輕聲交談，還有股微光灑落在他臉上。東方拱門頂端高處靠近屋頂的井道，落下了一道淡色光線，殿堂北方拱門中也閃爍著微弱遙遠的光芒。

佛羅多坐起身來。「早安！」甘道夫說，「現在終於又到了早上。看吧，我選對了路。我們位於墨瑞亞東側高處。在今天結束前，我們就會找到大門，並看到鏡影湖的湖水出現在我們面前的黯溪谷。」

「我感到很慶幸。」金力說，「我見識了墨瑞亞，它確實壯麗無比，但它已經變得幽深可怖，我們也沒找到我族人的蹤跡。現在我不太覺得巴林來過此處了。」

他們吃過早餐後，甘道夫決定立刻動身。「我們都很疲勞，但等到我們出去外頭，就能好好得到休息。」他說，「我們應該沒人想在墨瑞亞多待一晚了。」

「確實沒人想！」波羅米爾說，「我們該走哪條路？往東方的拱門走嗎？」

「或許吧。」甘道夫說，「但我還不確定我們的位置。除非我們走偏了，不然我猜我們就位於大門頂端北邊，找到通往門口的正確道路可能也不太容易。東方拱門也許是我們該走的路，但在我們做出決定前，得先四處打探。讓我們往北門的光源走。如果我們找到窗戶的話，就對我們有幫助，但光芒恐怕是來自更深處的井道。」

他率領護戒隊穿越了北方拱門。他們身處在寬敞的走廊上。當他們前進時，光線變得越來越強，他們發現光芒來自右邊的一道門。門口挑高，頂端平坦，半掩的石門仍舊掛在絞鍊上。門後有座龐大的方形房間，裡頭光線黯淡，但長期待在黑暗中後，這裡對他們的眼睛而言令人眩目地明亮。當他們走進去時，便不適地眨了眨眼。

他們的雙腳在地板上激起了濃厚的塵埃，也踩到門口旁散落的物體，一開始還猜不出這些物體的形狀。遠方東側牆面上高處的寬闊井道照亮了房間，從傾斜往上攀升的井道中，他們也能看到一小塊藍天。井道的光線直射在房間中央的桌子上——那是個長方形的石塊，約有兩呎高，上頭擺了一塊碩大的白色石板。

「這裡看起來像是墓穴。」佛羅多咕噥道，並懷抱著不好的預感傾身向前，以便更仔細地觀看它。甘道夫快步走到他身旁。石板上深深地刻著銘文：

巴林墓碑銘文

「這些是戴隆[7]符文，是古代的墨瑞亞使用的文字，」甘道夫說。「這裡用人類與矮人的語言寫道：

方丁之子巴林

墨瑞亞之王。」

「他已經死了。」佛羅多說，「我就擔心會這樣。」金力用兜帽掩住了自己的臉。

---

7 譯注：戴隆是第一紀元的辛達林精靈，擔任精靈王辛葛的吟遊詩人。他發明了中土世界的符文字母基爾斯文（Cirth），也曾愛上辛葛的女兒露西安，並在發現貝倫出現時向辛葛告密。

第五章——卡薩督姆之橋

護戒隊沉默地站在巴林的墳墓旁。佛羅多想到比爾博與他和這名矮人長年來的友誼，以及巴林多年前造訪袋底洞的經歷。在高山下那座遍布塵埃的房間中，那似乎已經是一千年前發生在世界另一頭的事了。

最後他們回神並抬頭觀望，開始找尋任何讓他們得知巴林命運、或顯示他族人下落的線索。房間對面有另一扇小門，位於井道之下。他們發現在兩道門旁散落著許多骸骨，其中還有斷劍與斧頭的碎刃，以及遭到劈裂的盾牌和頭盔。有些劍形狀彎曲——那是歐克獸人的彎刀，刀刃染上了黑色汙漬。

岩牆上挖出了許多開口，裡頭擺放了好幾只鑲鐵的大型木箱。所有箱子都遭到破壞與洗劫，但在一只箱子碎裂的木蓋旁，有本破損的書本。它曾受到劈砍突刺，有部分也已燒毀，上頭沾滿黑色焦痕與血跡般的黯淡汙漬，使得書上只有少數內容還能供辨識。甘道夫小心翼翼地拿起它，但當他把書擺在石板上時，書頁便碎裂掉落。他專心而沉默地讀了一陣子。當他謹慎地翻頁時，站在他身旁的佛羅多和金力便能看出這本書上有諸多不同的字跡，用墨瑞亞和河谷城的符文所寫，也經常參雜精靈文字。

最後甘道夫抬起頭來。「這似乎是巴林一夥遭遇的記錄。」他說，「我猜它開始於他們近三十年前來到黯溪谷時，書頁上的號碼，似乎與他們抵達後的年分有關。第一頁標了一至三，因此開頭至少有兩頁不見了。注意聽！

「『我們將歐克獸人從大門趕走，並守住──』我想是這樣。下一個字被燒得模糊，可能是『房間』。『我們在谷地的明亮──』我想，『陽光下殺了許多歐克獸人。弗洛伊遭到飛箭射殺。他殺了大量敵軍。』接著有段模糊處，然後是『弗洛伊長眠在鏡影湖旁的草地下。』我看不懂下一兩行。接著是『我們打下了北端的第二十一號大廳，作為居住地。那裡有──』我看不出內容。裡頭提到了『井道』。接著是『巴林在馬薩布爾廳設立王座。』」

「記錄之廳。」金力說，「我猜這就是我們的所在地。」

「嗯，接下來有很長一段我看不懂。」甘道夫說，「除了『黃金』、『都靈之斧』和某種『頭盔』。然後是『巴林成為墨瑞亞之王』。那似乎結束了某個章節。幾個星號後出現了另一段筆跡，我看得出『我們發現真銀』，之後則是『鍛造良好』，還有些別的字，我看懂了！『祕銀』。最後兩行是『歐音去地下第三層找尋上層軍械庫』，還有『往西走』，在一團模糊字跡後，則有『到冬青地大門。』」

甘道夫停了下來，並移走幾頁。「有許多頁的內容相似，不只筆跡急促，也受損不少。」他說。「但我在這種亮度下看不出多少。裡頭一定少了好幾頁，因為它們從數字『五』開始，我猜這象徵殖民地第五年。我來瞧瞧！不，紙頁上有太多破損和汙漬了，我看不出內容。我們在陽光下或許能看得更清楚。等等！這裡有某種線索，使用精靈文字的強勁筆跡。」

「那一定是歐力的筆跡。」金力說，一面望過巫師的手臂。「他寫得又快又漂亮，也經常使用精靈文字。」

「恐怕他得用漂亮字跡寫下壞消息。」甘道夫說，「第一個清楚的字眼是『悲傷』，但這行的其餘部分毀損了，除非它的結尾是『昨』。對，它一定是『昨』，後頭是『天十一月十日，墨瑞亞之王巴林在黯溪谷駕崩。他獨自前去觀看鏡影湖。有個歐克獸人從岩石後射殺他。我們殺了那個歐克獸人，但有更多……沿著銀脈河從東邊出現。』剩餘的頁面太過模糊，我幾乎無法看懂內容，但我想我能辨識出『我們堵住大門』，然後是『能阻擋他們到』，接著或許是『可怕』與『受苦』。可憐的巴林！他似乎只保有頭銜不到五年的時間。我想知道後來發生了什麼事，但沒時間研究剩最後幾頁了。這是最後一頁。」他停下來嘆了口氣。

「讀起來令人難過。」他說，「他們恐怕遭遇了殘忍的結局。注意聽！『我們逃不出去。我們逃不出去。他們占領了橋梁和第二大廳。弗拉爾、隆尼和納力在那裡戰死。』接下來有四行字沾上汙漬，我只能看出『五天前出發』。最後一行寫到『水池漲到西門城牆邊。水中監視者抓走了歐音。我們逃不出去。末日來臨』，接著是『鼓聲，深淵傳來鼓聲』。我想知道那是什麼意思。最後的字跡是一連串潦草的精靈文字：『他們來了』。接下來什麼都沒有了。」甘道夫停了下來，並站著沉思。

對這種房間突如其來的恐懼感籠罩了護戒隊。「『我們逃不出去。』」金力低語道，「幸好池水退去了一部分，監視者也沉睡在南端。」

甘道夫抬頭並四處觀望。「他們似乎在兩扇門邊背水一戰。」他說，「但當時已經剩下沒多少人了。收復墨瑞亞的計畫就此結束！這是英勇但愚蠢的舉動。時機尚未到來。我想，現在我們得向方丁之子巴林道別。他必須長眠於祖先的殿堂中。我們會帶走這本馬薩布爾之書，之後再仔細研究內容。你最好收好它，金力，有機會的話，就把它帶回去給丹恩。他對這本書會很有興趣，但也會使他感到神傷。來，我們走吧！早晨已經結束了。」

「我們該往哪走？」波羅米爾問。

「回到大廳去。」甘道夫說，「但我們來這座房間並非徒勞無功。我現在知道我們的位置了。這裡肯定如金力所說，就是馬薩布爾廳，大廳則是北端的第二十一號大廳。因此我們該由大廳的東側拱門離開，往右側與南方走，再往下坡前進。第二十一號大廳應該位於第七層，地點比大門高了六層。來吧！回大廳去！」

甘道夫還沒說完這些話，外頭就傳來巨響：「砰」的一股震天轟鳴似乎從深淵底下傳來，他們腳邊的岩石則為之震動。他們警覺地衝向門口。咚咚巨響再度響起，彷彿有大手將墨瑞亞的洞窟化為巨鼓。接著出現一陣響亮的尖鳴：大廳內有人吹起號角，遠方也傳來回應的號角聲與嘶啞吼叫。許多雙腳的奔跑聲隨之響起。

「他們來了！」列葛拉斯叫道。

「我們逃不出去。」金力說。

「困住了！」甘道夫大喊，「我為什麼要拖延？我們和他們先前一樣，掉進了羅網之中。但當時我不在這裡。我們等著瞧——」

咚咚作響的鼓聲傳來，使牆壁搖晃起來。

「關上門，把門板堵住！」亞拉岡叫道，「盡量抓緊你們的行囊，我們或許可以殺出一條血路。」

「不！」甘道夫說，「我們一定不能被困在裡頭。讓東門半開著！有機會的話，我們就往那走。」

另一股刺耳的號角聲與尖銳叫聲響了起來。走廊上傳來腳步聲。護戒隊拔劍時，便響起了好幾股鏗鏘聲。格蘭瑞閃動蒼白光芒，刺針的邊緣也閃動光澤。波羅米爾把肩膀靠在西門上。

「等一下！先別關門！」甘道夫說。他衝到波羅米爾身旁，並挺直身子。

「是誰前來打擾墨瑞亞之王巴林的長眠？」他大聲說道。

外頭傳來一陣粗啞的笑聲，宛如掉入坑中的落石聲響，而在騷動之中，有股低沉的嗓音發出指令。深淵中傳來「咚，砰，砰」的鼓聲。

甘道夫動作迅速地站到狹窄的門縫前，把他的手杖往前伸。一股眩目閃光照亮了房間與外頭的通道。巫師往外探頭看了一瞬間。當他縮回來時，箭矢便從走廊上呼嘯而過。

「外頭有很多歐克獸人。」他說，「有些是高大邪惡的種類：魔多的黑烏魯克獸人[1]。他們目前按兵不動，但外頭還有別的東西。我想有一隻巨型洞穴食人妖，或許還不只一隻。絕對不可能往那方向逃跑。」

「如果他們也從另一道門殺過來的話，就毫無希望了。」波羅米爾說。

「這裡外頭還沒有聲音。」亞拉岡說，他正站在東門邊仔細傾聽。「這一側的通道直接伸向底下的階梯。但有追兵在後時，盲目地往這裡逃並沒有幫助。我們不能把門堵住。它的鑰匙不見了，門鎖也已損壞，門板則會往內開。我們得先想辦法拖延敵人。我們會讓他們畏懼馬薩布爾廳！」他嚴肅地說，並撫摸他的佩劍安督瑞爾的刀刃。

走廊上傳來沉重的腳步聲。波羅米爾用全身抵住門板，用力擋住它；接著他用斷裂的劍刃和碎木片堵住門口。護戒隊撤退到房間另一側。但他們還沒有機會逃跑。門板承受了

———

1 譯注：Uruk，歐克獸人在黑暗語中的名稱。但在第三紀元時成為出現在魔多與艾森格較高大的歐克獸人別稱。

重重一擊，使它顫抖起來，接著它開始往內緩緩扭開，將堵住門板的物品往後推。一條龐大的手臂與肩膀擠進逐漸變寬的裂隙，黯淡的皮膚上長滿綠色鱗片。接著有隻扁平無趾的巨型腳掌用力從底下塞進門縫。外頭一片死寂。

波羅米爾跳向前，用全力砍向手臂；但他的劍發出鏗鏘一聲，滑到旁邊，再從他顫抖的手中掉落。刀鋒上缺了一角。

忽然間，讓佛羅多訝異的是，他心中燃起了一股灼熱怒火。「夏郡！」他喊道，並跳到波羅米爾身旁，俯身用刺針刺向那醜噁的巨腳。外頭傳來一股怒吼，那隻腳便抽了回去，差點把刺針從佛羅多手中拔走。劍鋒上流下黑色血滴，在地板上冒出蒸氣。波羅米爾使勁撞上門板，再度將它關上。

「夏郡領先！」亞拉岡喊道，「哈比人的咬勁十足！你有把好劍，卓哥之子佛羅多！」

門上傳來一陣撞擊，然後接二連三遭到衝撞。破城錘和鎚子不斷擊打門板。它裂開並緩緩往後倒，裂縫則突然變寬。箭矢呼嘯飛入，但它們只擊中北側牆壁，並萎靡地落到地面。號角聲和急促的腳步聲隨之響起，歐克獸人便前仆後繼地躍入房間。

護戒隊算不清有多少歐克獸人。突擊攻勢十分猛烈，但守軍的狠勁使歐克獸人士氣大降。列葛拉斯射穿了兩個歐克獸人的喉嚨。金力從底下砍斷了跳上巴林墳墓的歐克獸人雙腿。波羅米爾和亞拉岡斬殺了大量敵軍。有十三名歐克獸人戰死後，剩餘同伴便尖叫逃竄，守軍則毫髮無傷，除了頭皮上有道傷痕的山姆以外。他迅速蹲下，躲過了攻擊；他用古墓劍穩穩地揮出一擊，便砍倒了歐克獸人。他棕色眼珠中的熊熊怒火，如果泰德．山迪曼見識這種光景，足以嚇得他退避三舍。

「趁現在！」甘道夫大喊，「我們得趁食人妖回來前快走！」

但當他們準備撤退時，在梅里與皮聘抵達外頭的階梯前，有個幾乎與人類同高、從頭到腳穿著黑色鎖子甲的歐克獸人酋長跳入廳堂，牠身後的追隨者擠在門口。牠寬闊扁平的臉孔黝黑，雙眼宛如黑炭，口吐紅舌，手中握了根長矛。牠用巨盾一推，就扭轉了波羅米爾的劍，也把對方往後撞，讓波羅米爾倒在地上。牠用快如怒蛇的高速躲過亞拉岡的劈砍，並衝向護戒隊，將長矛直接刺向佛羅多。這一擊撞上佛羅多的身體右側，讓他撞上牆壁並被釘在該處。山姆慘叫一聲，就砍向矛桿，桿子則應聲折斷。但當歐克獸人拋下長棍、拔出彎刀時，安督瑞爾已劈向牠的頭盔。隨著火焰般的閃光，頭盔便裂成兩半。頭顱破裂的歐克獸人倒地不起。當波羅米爾和亞拉岡衝向牠的追隨者們時，牠們便哀號著逃跑。

深淵中的鼓聲咚咚直響。低沉的嗓音再度響起。

「趁現在！」甘道夫叫道，「這是最後的機會了。快跑！」

亞拉岡扛起倒在牆邊的佛羅多，並衝向階梯，一面把梅里和皮聘推到身前。其他人隨後跟上，但列葛拉斯得拖著金力——儘管危機重重，他卻依然低頭留在巴林的墳墓旁。波羅米爾關上東門，門板在絞鍊上嘎吱作響。門板兩邊有大型鐵環，卻無法將之固定。

「我沒事。」佛羅多喘息道，「我可以走路。放我下來！」

亞拉岡訝異地差點讓他摔到地上。「我以為你死了！」他喊道。

「還沒！」甘道夫說，「但現在沒時間驚訝了！你們所有人快下樓去！在底下等我幾分鐘，但如果我沒有來，就快跑！趕緊離開，挑往右轉和往下的路走。」

「我們不能拋下你獨自守門！」亞拉岡說。

「照我說的做！」甘道夫凶狠地說，「刀劍在此毫無用武之地。快走！」

沒有井道照亮這條通道，裡頭伸手不見五指。眾人往下摸索著，走下一長串階梯，接著回頭一看，但除了頭頂巫師手杖的微光外，他們什麼也看不到。他似乎守在關閉的門板前。佛羅多沉重地呼吸並靠在山姆身上，對方則用雙手支撐他。他們抬頭窺探樓梯上的黑暗。佛羅多覺得自己聽到甘道夫的聲音從上頭傳來，他低聲念出的字眼隨著回音飄下傾斜的屋頂。佛羅多聽不清對方說的話。牆壁似乎顫動起來。鼓聲一再隆隆響起：咚，咚。

樓梯頂端忽然發出一道白光。低沉的轟隆聲與一股猛烈撞擊聲隨即響起。鼓聲節奏頓時變得狂野：咚砰，咚砰；接著就此止息。甘道夫衝下臺階，倒在護戒隊一行人中央。

「好啦，好啦！結束了！」巫師努力站起身說，「我盡力了。但我遇上了對手，還差點送命。別呆站在這裡！快走！你們得在黑暗中走一陣子，我太累了。快走！快走！你在哪，金力？跟我來前面！所有人跟緊了！」

他們蹣跚地跟在他後頭，對剛剛發生的事感到好奇。鼓聲再度咚咚作響，現在聽起來沉悶又遙遠，但仍然窮追不捨。周圍沒有其他追趕聲，連腳步聲和叫聲都聽不見。甘道夫沒有往左右轉彎，因為通道似乎導向他計畫中的方向。它經常伸向底下約莫五十幾道臺階，抵達較低的樓層。此時，臺階才是他們遭遇的主要危險，因為他們無法在黑暗中看見下坡路，直到他們一腳踩空。甘道夫如同盲人般用手杖感覺著地面。

一小時後，他們已經走了一哩左右，也跨越了許多臺階。後頭依然沒有追兵的聲響。他們開始希望自己能夠順利脫逃。甘道夫在第七層階梯底部停了下來。

「越來越熱了！」他喘息道，「我們應該終於抵達大門樓層了。我想，我們很快就得找尋往左轉的路，以便往東走。我希望不會離得太遠。我很疲倦。就算世上所有歐克獸人都在後頭追趕我們，我也得在這裡休息一下。」

金力握住他的手臂，扶他到臺階上坐下。「門邊發生了什麼事？」他問，「你有遇到擊鼓的生物嗎？」

「我不曉得。」甘道夫回答，「但我突然發現自己面對了前所未見的東西。我無計可施，只能嘗試在門上施展封閉咒。我知道許多咒語，但需要時間才能正確執行，而即便如此，對方也能靠蠻力破門。

「當我站在那時，就能聽到另一側傳來歐克獸人的聲響，我以為牠們隨時會攻破門口。我聽不到牠們說的話，牠們似乎使用了自己醜惡的語言。我只能聽到 ghâsh，那代表『火焰』。接著有某種東西進入房間——我隔著門感到它的存在，歐克獸人們也害怕得安靜下來。它握住鐵環，並察覺到我和咒語。

「我猜不出對方的底細，但我從來沒感受過這種挑戰。反擊咒相當可怕。它幾乎擊垮了我。在那一瞬間，門板脫離了我的控制，並逐漸打開！我得念出指令咒。這帶來了過大的壓力。門板頓時裂成碎片。某種如烏雲般漆黑的東西遮蔽了室內所有光線，也把我震飛到階梯下。所有牆壁都倒塌下來，我想連房間的屋頂也是。

「巴林恐怕已深埋瓦礫之下，或許還有別的東西也被埋在那裡。我說不上來。但至少我們身後的通道已完全堵死了。啊！我從來沒耗費這麼多精力過，但事情快結束了。你的狀況如何，佛羅多？剛剛沒時間說，但當你開口時，我這輩子就從來沒這麼高興過。我本來擔心，亞拉岡背的是個勇敢但已死去的哈比人。」

「我的狀況？」佛羅多說，「我還活著，應該也沒有受傷。我身上有瘀青，也很疼痛，但狀況不太糟。」

「哎呀，」亞拉岡說，「我只能說我從沒見過哈比人這麼強韌的生物。假如我早知道這點，在布理的旅店說話時就會客氣多了！那根長矛甚至能刺穿一頭野豬！」

「這個嘛，幸好它沒刺穿我。」佛羅多說，「不過我覺得自己卡在錘子和鐵砧之間。」他沒有多說什麼。他覺得呼吸十分痛苦。

「你得到了比爾博的真傳。」甘道夫說，「你深藏不露，就如同我多年前和他說的一樣。」佛羅多想知道這句話是否另有所指。

他們再度出發。不久金力就開了口。他在黑暗中的視力十分銳利。「我想，」他說，「前方應該有光。但那不是陽光。是紅色的光芒。究竟是什麼東西？」

「Ghâsh！」甘道夫低語道，「不曉得牠們指的是不是這個意思，是下層區域起火了嗎？我們還是得前進。」

光芒很快就變得顯而易見，所有人都看得見。它在他們面前通道遠方的牆面上閃動。他們現在能看清前方的道路，路面迅速轉向下坡，一段距離外則有座低矮拱門，光線則穿透門口照了進來。空氣變得非常悶熱。

當他們抵達拱門時，甘道夫便穿越門口，示意要他們先等等。當他站在門口外頭時，他們看到紅光照亮了他的臉。他迅速退了回來。

「這裡有新的麻煩，」他說，「肯定是為了我們所準備。但我知道我們在哪了：我們抵達了第一層，也就是大門底下的樓層。這裡是古墨瑞亞的第二大廳，大門也很近了。它位於東側盡頭遠方左側，離此不到四分之一哩。過了橋後，爬上寬闊的階梯，沿著一條大路走，再穿過第一大廳，就能出去了！但先過來看看吧！」

他們往外窺視。眾人面前有另一座洞窟般的巨廳。這裡比他們先前過夜的殿堂更為高聳，距離也更長。他們靠近它的東側盡頭，西側則伸入黑暗中。中央有兩排參天高柱。它們被雕成雄偉大樹的樹幹，粗大的樹枝則撐起分岔的石雕裝飾。枝幹光滑烏黑，紅光微微倒映在柱身上。在地板上，靠近兩根巨柱底部的位置有道大裂隙。耀眼奪目的紅光從中竄出，火舌也經常舔舐裂縫邊緣，並在柱子地基旁捲曲搖曳。縷縷黑煙在熱空氣中飄揚。

「如果我們從上層大廳走主要道路來這裡的話，就會被困住了。」甘道夫說，「希望火焰已經擋在我們與追兵之間。來吧！沒時間浪費了。」

當他說話時，他們便再度聽到緊追在後的鼓聲：咚，咚，咚。大廳西側盡頭遠處的陰影中，傳來了叫囂與號角聲。咚，咚。高柱似乎發出顫動，火焰也為之搖擺。

「最後一段路了！」甘道夫說，「如果太陽高掛外頭的話，我們就還有脫逃的機會。跟我來！」

他往左轉，快步跑過大廳中光滑的地板。距離比看起來還遠。當他們奔跑時，就聽見身後的鼓聲與疾馳的諸多腳步聲。一股淒厲尖叫響了起來——敵人看見他們了。後頭傳來鋼鐵的鏗鏘撞擊聲。有隻箭咻地飛過佛羅多頭頂。

波羅米爾哈哈大笑。「牠們沒料到這點。」他說，「火勢阻擋了牠們。我們在另一邊！」

「看前面！」甘道夫喊道，「橋梁就在附近。它危險又狹窄。」

佛羅多突然看到前方出現漆黑深淵。大廳盡頭的地板消失了，化為深不可測的斷崖。只能透過一座纖細石橋抵達對外的門口，橋上沒有突起路緣或護欄，長達五十呎的曲面橋身則橫跨深淵。這是矮人的古老防禦，用於對抗任何可能攻下第一大廳與外層通道的敵人。他們只能以縱隊方式過橋。甘道夫在邊緣停下，其他人隨後圍了上來。

「帶路吧，金力！」他說，「接下來是皮聘和梅里。向前直走，再爬上門外的階梯！」

箭矢落在他們身邊。有支箭射中佛羅多，並往後彈開。另一支箭射穿了甘道夫的帽子，如同黑羽般插在上頭。佛羅多往後一看。他在火光遠處看到蜂擁而來的黑色身影，似乎有上百個歐克獸人。牠們揮舞長矛與彎刀，武器在火光下閃爍血紅光澤。咚，咚，鼓聲反覆作響，音量變得越來越高，咚，咚。

列葛拉斯轉身彎弓搭箭，不過距離對他的短弓而言太遠了。他拉開弓弦，但雙手卻忽然下垂，箭也滑落到地上。他絕望而驚懼地叫了一聲。後頭出現了兩隻巨大的食人妖，牠們帶著巨大石板，並將之抛下，把它們當作跨越大火的步道。但讓精靈心生恐懼的並非食人妖。歐克獸人的陣型立刻分開，他們躲得遠遠的，彷彿自己也感到害怕。眾人無法看見那東西的真身：它宛如龐大陰影，中間則有個近似人形的漆黑形體，但比凡人更高，其中蘊含著強大力量與恐怖感，並往前不斷瀰漫。

它來到火邊，光芒頓時變得黯淡，彷彿遭到雲朵遮蔽。它全力衝刺，躍過了裂隙。迎接它的火焰隨著巨響冒起，環繞它全身上下，空中飄散著一股黑煙。它舞動的鬃毛起了火，並在它身後熊熊燃燒。它右手握住宛如炙熱火舌的刀鋒，左手則持有鞭梢眾多的長鞭。

「啊！啊！」列葛拉斯哀鳴道，「炎魔[2]！炎魔來了！」

金力瞠目結舌地盯著看。「都靈剋星！」他喊道，並抛下斧頭，摀住自己的臉。

「炎魔。」甘道夫低聲說道，「現在我懂了。」他腳步不穩地搖晃了一下，疲憊地倚

---

2 譯注：Balrog，辛達林語意指「力之惡魔」。魔高斯麾下的邪靈，通常以火焰惡魔的形象現身。一開始為服侍維拉的低階神靈邁雅（Maiar）中的成員，但在創世之初加入魔高斯的陣營。除了索倫以外，它們是魔高斯最強大的手下。在昆雅語中名為維拉勞卡（Valaraukar）。

在他的手杖上。「真是厄運一場！我已經精疲力竭了。」

渾身纏繞火舌的漆黑身影奔向他們。歐克獸人放聲大叫，往石板通道一擁而上。波羅米爾舉起他的號角，用力一吹。號角聲震耳欲聾，如同雄偉屋頂下的萬人大吼。有一刻，歐克獸人們隨之退縮，燃燒的黑影也停下腳步。回音忽然消失，像是遭到黑風撲滅的火焰，敵軍則再度逼近。

「快過橋！」甘道夫鼓起全力喊道，「快逃！這是你們無法抵抗的敵人。我得守住這條窄路。快逃！」亞拉岡和波羅米爾沒有遵從他的指示，依然並肩站穩陣腳，待在甘道夫身後的橋梁遠處盡頭。其他人在大廳末端的門口前停下腳步，並立刻轉身，不願讓他們的領袖獨自面對敵人。

炎魔抵達了橋墩。甘道夫站在橋身中央，左手倚著他的手杖，但另一手中的格蘭瑞閃耀著冰冷白光。他的敵人再度停下，面對著他，身上的黑影如兩道巨翼般向外伸出。它揚起鞭子，鞭梢則劈啪作響。它的鼻孔中冒出火舌。但甘道夫紋風不動。

「你不准通過。」他說。歐克獸人們不敢動彈，周遭陷入一片死寂。「我是祕火之僕、雅諾烈焰的持有人[3]。你不准通過。黑暗之火無法幫助你，烏頓魔焰[4]。退回邪影之中！你不准通過。」

炎魔沒有回應。它體內的火焰似乎減弱，但黑暗反而倍增。它緩緩向前走到橋上，並忽然挺直巨大的身體，雙翼也延展到兩旁的牆邊。但眾人依然能看到在黑暗中閃閃發光的甘道夫。他的身形渺小而孤獨，那佝僂的灰色身影，看似迎擊風暴的乾枯老樹。

紅色火劍從黑影中揮出。

格蘭瑞回以燦爛白光。

驚天巨響與刺眼白光頓時出現。炎魔踉蹌地後退，它的劍裂成數塊熔化的碎片。巫師在橋上搖晃，他後退一步，並再度站穩腳步。

「你不准通過！」他說。

炎魔一躍而起，跳回橋上。它的鞭子呼嘯揮過並嘶嘶作響。

「他不能獨自硬撐！」亞拉岡忽然大喊，並沿著橋梁衝回去。「伊蘭迪爾！」他叫道，「我與你並肩作戰，甘道夫！」

「剛鐸！」波羅米爾喊道，並大步跟上他。

---

3 譯注：Secret Fire，別名「不滅之焰」（Flame Imperishable），是造物主伊露維塔的創造能力。祂透過祕火使世界與諸多生靈出現。身為邁雅之一的甘道夫，因此自稱為祕火的服侍者。「雅諾」在辛達林語中意指「太陽」（例：意為「落日之塔」的米那斯雅諾），托爾金並未明確解釋此處「雅諾烈焰」的定義。

4 譯注：Udûn，此處的烏頓並非魔多北部的山谷，而是魔高斯在第一紀元的要塞烏托諾的辛達林語名稱。烏托諾位於中土世界的極北之地，當維拉將之摧毀後，魔高斯才轉遷至較為小的安格班。

此時甘道夫舉起手杖，大叫一聲，並擊中面前的橋梁。手杖破裂瓦解，從他手中落下。一道眩目白焰往上竄起。橋梁應聲斷裂。炎魔腳下的橋身四分五裂，它站立於上的石塊也落入深淵，其餘橋身則依舊挺立，如同伸向虛空的石舌般顫動。

炎魔發出駭人叫聲，並往前摔落，它的黑影向下一墜，隨即不見蹤影。但它在掉落時甩動鞭子，鞭梢一把捲住巫師的膝蓋，將他拖到斷橋邊緣。他蹣跚地摔倒，無助地抓著石橋，並落入深淵。「快逃，你們這些笨蛋！」他放聲大叫，並就此消失。

火焰熄滅，黑暗也隨之落下。護戒隊成員們驚恐地呆站原地，緊盯深淵。當亞拉岡與波羅米爾跑回來時，剩餘橋墩便裂成碎片並落下。亞拉岡大喊一聲，讓他們回過神來。

「快來！我會帶領你們！」他叫道，「我們必須遵從他的最後指令。跟我走！」

他們跌撞地踏上門後的大型階梯，由亞拉岡帶頭，波羅米爾殿後。階梯頂端有座傳來回音的通道。他們沿著這條路逃跑。佛羅多聽到山姆在他身旁啜泣，接著他發現自己也在奔跑時流淚。咚，咚，咚。後頭的鼓聲現在聽起來悲戚而緩慢：咚！

他們持續奔跑。前方越來越亮，因為屋頂上建有巨型天井。他們跑進一座大廳，東方高處的窗口灑落明亮的陽光。他們穿過此處。他們跨越破損的巨門，大門則忽然在他們面前敞開，那是道明亮耀眼的拱門。

有群歐克獸人守衛蹲踞在兩側的高聳門柱下的陰影中，但門板已碎裂倒塌。亞拉岡將擋路的敵軍隊長一劍砍倒，他的怒氣讓其餘敵人嚇得作鳥獸散。護戒隊衝過牠們身邊，全然無視對方。一行人跑出大門，跑下墨瑞亞門檻受盡風霜的巨型石階。

於是，他們終於出乎預料地來到開闊的天空之下，感受微風吹在他們臉上。

直到遠離城牆上的弓箭射擊範圍後，他們才停下腳步。他們周圍正是黯溪谷。迷霧山脈的影子籠罩這座山谷，但東方還有金光照耀著大地。當時還只是下午一點。太陽依舊耀眼，白雲則飄浮在高空中。

他們回頭望去。山影下大門的拱形門口一片漆黑。地底深處傳來微弱緩慢的鼓聲：咚。一縷黑煙緩緩飄出。周遭空無一物，附近的谷地一個人也沒有。咚。悲傷終於徹底席捲他們，眾人也痛哭許久；有些人沉默地佇立，有些人則倒在地上。咚，咚。鼓聲逐漸淡去。

第六章——

洛斯羅瑞安

「唉！恐怕我們無法在此久留。」亞拉岡說。他望向山區，並舉起佩劍。「再會了，甘道夫！」他喊道，「我不是向你說過嗎？『跨越墨瑞亞大門時，務必當心！』唉，我居然一語成讖！少了你，我們還有什麼希望？」

他轉向護戒隊。「即使沒有希望，我們也得前進。」他說，「至少我們還有復仇的機會。我們得振作起來，別再啼哭！來吧！我們面前還有漫漫長路，也有許多事得做。」

他們起身並環視周遭。河谷往北延伸進兩座巨型山脈間的陰影，頂端則有三座閃閃發光的山峰：凱勒布迪爾、法努伊索和卡拉瑟拉斯，也就是墨瑞亞群山。峽谷頂端有條如同白色蕾絲的激流，流經山坡上無止盡的短瀑布，山腳下則瀰漫著濃密水霧。

「黯溪天梯就在那裡。」亞拉岡說，一面指向瀑布，「如果我們的運氣好一點的話，就該從急流旁的山路抵達此地。」

「如果卡拉瑟拉斯不那麼殘酷就好了。」金力說，「它還在太陽底下微笑！」他對最遙遠的積雪山峰用力揮拳，隨即轉身離開。

山區最長的支脈在東方突然來到終點，眾人則能觀望遠方寬廣模糊的土地。迷霧山脈不斷往南方延伸到視野盡頭外。有座湖泊位在不到一哩外、稍微處於他們下方的位置，因為他們仍然站在河谷西側高處。湖泊呈長橢圓形，形狀像是深入北方峽谷的巨型矛頭；但它的南端坐落於藍天下的山影遠方。它的湖水深邃幽深，深藍色的水面看來宛如從油燈照亮的房間中所看到的傍晚晴空。它的湖面浪恬波靜。湖泊周遭有塊平坦的草地，青草從四面八方長到輪廓整齊的湖邊。

「那就是鏡影湖，深邃的凱勒德—薩雷姆！」金力悲傷地說，「我記得他說過：『希望那光景讓你感到喜悅，但我們都無法在那待太久。』現在我得走上許久，才可能再度感到喜悅了。我必須快步離開，他卻必須留下。」

護戒隊往來自大門的路走去。路面粗糙顛簸，在石楠樹與荊豆叢之間化為蜿蜒小徑，在碎裂礫石中延伸。但眾人依然能看出這條路曾是條鋪石大道，從低地向上伸向矮人王國。道路旁有些位置有毀損的石雕構造，也有長滿纖細樺樹的綠色草丘，和在風中沙沙作響的冷杉。往東轉的彎道使他們抵達鏡影湖旁的草地，而離路邊不遠的位置，則矗立著一根頂端破裂的柱子。

「那是都靈之石！」金力喊道，「還沒看一眼河谷奇景前，我不能走！」

「那就快去吧！」亞拉岡說，一面往後回望大門。「太陽西沉得很早。歐克獸人或許到黃昏後才會出沒，但我們在日落前就得遠離此處。幾乎要新月了，今天晚上將會很暗。」

「跟我來吧，佛羅多！」矮人叫道，一面從路上跑走。「我一定得讓你瞧瞧凱勒德—薩雷姆。」他跑下草綠長坡。佛羅多慢慢跟上，儘管他的傷勢與倦意，平靜的藍色湖水仍然吸引了他，山姆則跟在後頭。

金力在石柱旁停下並抬頭一看。柱子滿布裂痕且飽經風霜，上頭的符文已模糊難辨。「這根柱子象徵都靈首度望向鏡影湖的位置。」矮人說。「我們在離開前也得看一次！」

他們俯身觀看漆黑的湖水。剛開始他們什麼都看不見。接著他們緩緩發現周圍群山的影像映照在深藍色的水面，峰頂則看似白色烈焰；遠方則是一片天空。儘管頭頂的天空依然陽光普照，點點繁星卻在湖泊深處閃爍，如同沉入水底的寶石。他們看不見自己身姿拋下的陰影。

「噢，優美秀麗的凱勒德—薩雷姆！」金力說，「都靈王冠[1]依然在此守候，直到他甦醒那天。再會！」他鞠躬並轉身離開，再快步往草地上坡跑，再度回到路上。

「你看到什麼了？」皮聘對山姆說，但沉思的山姆沒有回答。

道路向南調轉，並迅速伸向下坡，從河谷兩側山壁間繞出。他們在湖泊下方某處碰上一座深邃水井，水質晶瑩剔透，其中有道清流湧過石岸邊陲，閃爍的水流便潺潺流入下方的陡峭岩床。

「這裡就是銀脈河的源頭。」金力說，「別喝它！河水很冰冷。」

「它很快就會成為急流，許多山川也與它匯流在一起。」亞拉岡說，「我們會順著它走上好幾哩路。我會帶你們走甘道夫選擇的路線，首先我也希望抵達銀脈河流入大河的位置——也就是那裡。」他們望向他指的方位，並看到面前的溪水迅速流進山谷中較低的河道，再往前流向低地，直到它消失在金色薄霧中。

「那裡就是洛斯羅瑞安！」列葛拉斯說，「那是我族最美麗的居住地。沒有別的樹能比得上該地的樹木。它們的葉片在秋天不會飄落，而是化為金色。直到春天到來，嶄新的綠葉長出時，金葉才會落下，枝枒上便會長滿黃花。森林遍地金黃，樹頂也呈現金色，樹幹則顯露銀色光澤，因為灰色的樹皮十分光滑。我們在幽暗密林的歌謠是這麼敘述的。如果我能在春天走在那座森林的樹蔭下，內心就會感到雀躍無比！」

「即便在冬天，我依然會感到開心。」亞拉岡說，「但它還在數哩外。我們快走吧！」

有段時間中，佛羅多和山姆勉強跟上其他人，但亞拉岡正大步率領眾人，而過了一陣

---

1 譯注：Crown of Durin，金力在墨瑞亞所唱的歌謠中曾提到此星座，它也出現在墨瑞亞的都靈之門上。

子後，他們倆就落後了。自從清晨以來，他們就什麼都沒吃。山姆的割傷傳來火辣辣的灼痛感，他也感到暈頭轉向。儘管烈日當空，在經歷過墨瑞亞的溫暖黑暗後，外頭的微風卻顯得冷冽。他發起抖來。佛羅多感到每一步都更加痛苦，也隨之喘氣。

最後列葛拉斯轉身一看，發現他們已大幅落後，就向亞拉岡說了些話。其他人停下腳步，亞拉岡則跑了回來，叫波羅米爾和他一起過去。

「對不起，佛羅多！」他滿懷關切地喊道，「今天發生了太多事，我們也急著趕路，讓我忘記你和山姆受傷了。你們該開口的。儘管墨瑞亞的所有歐克獸人都追趕在後，我們也沒想辦法讓你們輕鬆點，但我們早該這麼做。來吧！前面有個我們可以稍作歇息的地方。我會在那盡力幫忙你們。來吧，波羅米爾！我們來背他們。」

之後他們很快就碰上另一條流自西邊的河川，咕嚕作響的河水匯入了急促的銀脈河。兩道水流湧下長滿青苔的岩石，以瀑布之姿在下方的河谷打出白沫。瀑布周圍長著粗短扭曲的冷杉，陡峭的岩壁上則長了鐵角蕨與黑果越橘灌木叢。底部則有塊平坦空間，溪水則由此嘈雜地流過閃亮的鵝卵石。他們在此休息。現在快要下午三點了，他們也才從大門走了幾哩路。太陽已經要西下了。

當金力和兩名較年輕的哈比人用樹枝和冷杉生火並打水時，亞拉岡就照料著山姆與佛羅多。山姆的傷口不深，但看起來很醜陋，當亞拉岡檢查傷勢時，他的臉也十分嚴肅。過了一陣子後，他就放鬆地抬頭。

「運氣真好，山姆！」他說，「很多人在殺掉第一個歐克獸人時，都付出過比這更糟的代價。傷口沒有中毒，歐克獸人的刀刃經常塗有毒藥。等我處理完，傷口應該就會順利痊癒了。等金力煮好水，就把傷口洗乾淨。」

他打開小袋子，拿出一些枯萎的葉片。「它們乾了，也失去了一點療效。」他說，「但我還有些從風雲頂附近收集來的阿夕拉斯葉片。拿片葉子到水裡壓碎，把傷口洗淨，我再為你包紮。換你了，佛羅多！」

「我沒事。」佛羅多說，不太願意讓別人碰自己的衣物，「我只需要食物和休息一下。」

「不！」亞拉岡說，「我們得看看錘子和鐵砧對你造成了什麼影響。我還是對你活著這點感到訝異。」他溫柔地脫下佛羅多的舊外套與破損的上衣，這才驚訝地倒抽一口涼氣。接著他笑出聲來，他眼前的銀色鎖子甲如同海上波光泛出光澤。他小心地脫下鎖子甲，上頭的寶石閃動著繁星般的光輝，金屬環搖動時的聲響，則像是落入水池中的清脆雨滴聲。

「快看，朋友們！」他喊道，「這層漂亮的哈比人皮連精靈王子都能穿！如果眾人知道哈比人有這種外皮，中土世界的所有獵人就會全策馬前往夏郡了。」

「全世界所有獵人的箭矢也毫無用武之地。」金力說，一面驚奇地盯著鎖子甲。「這是祕銀甲。祕銀！我從來沒見過或聽說過這麼漂亮的製品。這是甘道夫提過的鎖子甲嗎？他低估了它的價值。這是個好禮物！」

「我常常對你和比爾博在他小房間裡做的事感到好奇。」梅里說，「祝福那個老哈比人！我比之前更愛他了。我希望我們有機會能告訴他這件事！」

佛羅多的身體右側和胸口上有塊黯淡瘀青。鎖子甲下有件柔軟的皮革衫，但有個位置的金屬環透過皮革扎進了皮肉中。佛羅多撞上牆壁的左側身軀也遍布瘀青。當其他人在準備食物時，亞拉岡便用泡過阿夕拉斯的水擦拭傷口。谷地中飄散著芬芳香氣，在熱水旁俯身的人也感到神清氣爽與精力充沛。佛羅多很快就覺得痛楚消失，呼吸也變得輕鬆許多，不過他依然有好幾天都感到肌肉僵硬，碰觸時也感到痠痛。亞拉岡在他身側纏上幾塊軟布。

「這套鎖子甲太輕盈了。」他說，「如果你可以承受的話，就再穿上它。我很慶幸你有這套甲冑。就算在睡覺時也別脫下它，除非好運讓你抵達可以暫時保持安全的地點。在這趟任務中，這種機會就難能可貴了。」

用過餐後，護戒隊就準備好動身。眾人熄滅火堆，並隱藏了所有痕跡。他們爬出河谷，再度回到路上。當太陽往西方高峰下沉，偌大黑影也蔓延到山壁上時，他們還沒有走遠。暮色籠罩住他們的雙腳，幽谷中則飄出霧氣。東方黯淡的夕陽光線照在遠處的平原與森林上。感到舒暢與精神抖擻的山姆與佛羅多，已經能夠快步邁進了，亞拉岡則率領護戒隊再走了近三小時，中間只有短暫停下過一次。

四周一片漆黑。夜色已經落下了。天上繁星點點，但得等到夜色更深時，才會出現殘月。金力和佛羅多位在隊伍後頭，輕聲踏步，沒有交談，仔細傾聽後方道路的任何聲響。最後金力打破了沉默。

「除了風聲外，一點聲音也沒有。」他說，「除非我的耳朵是木頭做的，不然附近就沒有哥布林。希望歐克獸人把我們從墨瑞亞趕跑後，就滿意了。也許那就是他們的目的，而他們也和我們毫無瓜葛——和魔戒也沒有關係。不過如果歐克獸人想為戰死的領袖報復，就經常會一路追殺敵人到平原上。」

佛羅多沒有回答。他望向刺針，刀鋒黯淡無光。但他聽見了某種東西，或是自覺有聽到。當陰影落在他們周遭，身後的道路也變暗時，快速移動的腳步聲就再度傳進他耳裡。即便是現在，他都聽得到那聲音。他迅速轉身。後頭出現了兩顆微小的光點，有那麼一瞬間，他以為自己確實看到那東西，但光點立刻往旁邊一閃，就此消失。

「怎麼了？」矮人說。

「我不曉得。」佛羅多說，「我以為我聽到腳步聲，好像還看見眼睛般的光芒。自從我們剛踏進墨瑞亞後，我就經常有這種感覺。」

金力停了下來，向地面俯身。「除了植物與岩石在夜裡的對話外，我什麼也沒聽見。」他說，「來吧！我們得快點！其他人已經走到視野外了。」

冷冽的夜風從山谷中迎面吹向他們。他們面前隆起了一座龐大灰影，也聽到無止無盡的葉片沙沙聲，宛如微風中的白楊樹林。

「洛斯羅瑞安！」列葛拉斯喊道，「洛斯羅瑞安！我們來到了黃金森林。可惜時值冬季！」

他們前方的大樹聳立在夜色下，枝枒籠罩住道路與溪水，溪流則忽然流經蔓生的樹枝底下。在黯淡的星光下，它們的枝枒呈現灰色，微微顫抖的葉片則泛出些微的淡金色。

「洛斯羅瑞安！」亞拉岡說，「我真高興能再度聽到它的林中風聲！我們離墨瑞亞大門只有五里格左右的距離，但我們無法再往前走了。希望精靈的力量今晚能保護我們不受後頭的危機侵害。」

「前提是，如果世道不古的世界上的精靈確實還住在這裡。」金力說。

「我的族人已經很久沒有回到這裡，數世紀前我們曾來過此地。」列葛拉斯說，「但我們聽說羅瑞安尚未荒廢，因為這裡有股祕密力量將邪惡阻隔在外。不過很少有人看見當地居民，或許他們現在已居住在森林深處，遠離北部邊界。」

「他們的確住在森林深處。」亞拉岡說，並嘆了口氣，彷彿想起了某種回憶。「今晚我們得做好防備。我們會往前再走一小段路，直到樹木包圍我們，我們再離開道路，找地方過夜。」

他往前走去，但波羅米爾舉足不前，也沒有跟上。「沒有別條路嗎？」他說。

「你想走哪條更美的路？」亞拉岡說。

「平凡的路，就算它通過一座刀山也好。」波羅米爾說，「這支護戒隊走過了古怪的路線，目前都以厄運收場。儘管我不願意，但我們依然穿越了墨瑞亞的陰影，使我們痛失領袖。而現在你說我們得進入黃金森林。但我們在剛鐸聽過那座危險地區的風聲，據說進去的人很少活著出來；而少數生還的人也無法全身而退。」

「別說『全身而退』，但如果你說的是『毫無改變』，那你或許就說對了。」亞拉岡說，「但如果那座曾一度睿智的城市居民，現在卻批評洛斯羅瑞安的話，那剛鐸的學養就已降低不少了，波羅米爾。隨你怎麼想，但我們無法選其他路了——除非你想回到墨瑞亞大門，或是登上沒有通路的高山，也可以獨自游泳渡過大河。」

「那就帶頭吧！」波羅米爾說，「但這裡危機重重。」

「確實如此。」亞拉岡說，「美麗而危險。但只有邪惡會害怕它，或是心懷些許邪惡的人。跟我走！」

他們才往森林內走了不到一哩，就碰到另一條從林木茂盛的坡群間迅速竄下的河流，坡群往西向山脈延伸。他們聽到河流在右邊陰影中的瀑布發出的潑濺聲。漆黑而快速的溪水流過他們面前，在樹根之間與銀脈河匯集成黯淡的池子。

「這就是寧蘿黛爾河[2]！」列葛拉斯說，「很久以前，西爾凡精靈為這條溪作了許多歌謠，我們依然會在北方吟唱這些歌，記得它瀑布上的彩虹，以及漂浮在水沫中的金花。當今世道淒涼，寧蘿黛爾橋也已斷裂。我要洗洗我的腳，據說此處的河水能治癒疲勞。」他向前走下深邃的河岸，並踏入溪中。

「跟我來！」他喊道，「水不深。讓我們涉水渡河吧！我們可以在對岸休息，瀑布的

——

2　譯注：Nimrodel，在辛達林語中意為「白洞之女」。

水聲或許能為我們帶來睡意，也能幫我們忘卻悲傷。」

他們一個個下了河岸，跟上列葛拉斯。佛羅多在岸邊站了半晌，讓河水流過他疲憊的雙腳。河水冰冷但觸感清爽，當他往前走時，河水便漲到他的膝蓋高度，他則感到水流洗去了旅途中的風霜，與他四肢中所有倦意。

當護戒隊全體都渡河後，大夥便坐下休息，吃了點食物。列葛拉斯則把洛斯羅瑞安的故事告訴他們，幽暗密林的精靈依然將這些事蹟深藏心底；他提到在世界變得黯淡前，陽光與星光曾灑落在大河旁的草原上。

最後眾人陷入沉默，他們聽著瀑布音樂般的水聲在陰影中響起。佛羅多幾乎覺得自己能聽見一股歌聲與流水聲相互交織。

「你們聽見寧蘿黛爾河的聲音了嗎？」列葛拉斯說，「我為你們唱首關於寧蘿黛爾小姐的歌，她與溪流同名，多年前她曾住在這條溪旁。在我們的林地語言中，這是首優美的歌曲，但裂谷中有些人現在則用西方語這樣唱它。」他用難以在頭頂樹葉沙沙聲中聽見的輕柔嗓音唱道：

昔日曾有位精靈姑娘，
如同白日明星：
她的潔白衣裳襯以金邊，

腳穿銀灰鞋。

她的眉間懸掛星辰，
　秀髮綻露光澤，
如同秀麗羅瑞安中
　黃金枝梢上的陽光。

她的頭髮修長，四肢白淨，
　俏麗而自由，
她在風中舞動，
　如同椴樹葉片般輕盈。

在寧蘿黛爾瀑布旁，
　在清澈冰冷的河水邊，
她的清澈聲音
　如同落入明亮水池的白銀。

無人知曉她流浪到何處，

無論在陽光下或陰影中；
因為寧蘿黛爾已在昔日迷失，
　她流浪至山區之中。

港灣中的灰色精靈輕舟
　位在山區下風處，
它在大海怒濤旁，
　守候她多天。

北方大地吹起夜風，
　強風高聲呼嘯，
將小船從精靈港岸
　吹過滔天巨浪。

黎明到來，陸地已然消失，
　灰色山脈沉沒
巨浪遠方翻騰攪動，
　白浪洶湧，眩目驚人。

安羅斯注視遠去的海岸，
　現在已遠離波濤，
他咒罵載他遠離寧蘿黛爾
的無信船隻。

他是位昔日的精靈王，
　樹林與峽谷之王，
當秀麗的羅瑞安
　春季的黃金枝枒。

人們看到他從船舵旁跳入海中，
　如同出弦之箭，
深深潛入水中，
　如同翱翔海鷗。

微風吹拂他的長髮，
　周遭白浪閃閃發光；
人們目睹強壯而俊美的他

如同天鵝般往前游。
但西方從未傳來消息，
而在塵世之中，
精靈一族也未再聽聞
安羅斯的風聲。

列葛拉斯的聲音逐漸衰微，歌曲就此停歇。「我無法再唱了。」他說，「這只是原曲中的一部分，因為我忘了不少內容。這首歌漫長而悲傷，內容述說當矮人驚醒了山中的邪惡後，悲傷是如何籠罩洛斯羅瑞安，也就是花朵盛開的羅瑞安。」

「但矮人並沒有製造出那股邪惡力量。」金力說。

「我沒這麼說，但邪惡勢力依然來臨了。」列葛拉斯悲傷地回答，「之後寧薾黛爾的許多精靈族人離開了他們的居住地，她則在南方失蹤，消失在白色山脈的山路之間。她並沒有抵達船隻，而她的愛人安羅斯正在船上等候她。但到了春天，當微風吹拂過新葉時，在與她同名的瀑布旁，就還能聽見她嗓音的回聲。當風從南方吹來時，安羅斯的聲音便從海上飄來。寧薾黛爾河流進精靈稱為凱勒布蘭特的銀脈河，凱勒布蘭特河再匯入安都因大河中，安都因河再流進羅瑞安精靈出航的貝爾法拉斯灣。但寧薾黛爾和安羅斯都沒有再度歸來。

「據說她在靠近瀑布的一棵樹上的枝枒間蓋了棟房屋。住在樹上正是羅瑞安精靈的風俗，或許至今依然如此。因此外人將他們稱為格拉瑟族，意為樹民。他們森林深處的樹木非常高大。森林中的民族不像矮人一樣掘地，或像邪影到來前般興建石造要塞。」

「即便在當今，住在樹上或許也比呆坐在地上要安全得多。」金力說。他望向溪水對岸，再看到往回導向黯溪谷的道路，再往上觀望頂端漆黑的樹枝。

「你說的話很有道理，金力。」亞拉岡說，「我們無法蓋房子，但如果可以的話，今晚我們會像格拉瑟族一樣躲在樹頂。我們已經坐在路邊太久了。」

護戒隊離開通道，走進林間陰影下，往西沿著離開銀脈河的山溪走。他們在離寧蘿黛爾瀑布不遠處發現幾棵叢生的樹木，有些樹的枝枒還長到溪流上方。高大的灰色樹幹寬闊，但眾人猜不出它們的實際高度。

「我會爬上去。」列葛拉斯說，「整棵樹從頭到尾，對我來說都跟老家一樣，不過這些樹對我來說十分奇特，它們只是歌謠中的名稱。它們名叫梅隆樹，也就是長出黃色花朵的那幾棵樹，但我從未爬過這種樹。我來看看它們的形狀和生長方式。」

「無論它是哪種樹，」皮聘說，「如果晚上能睡在它們上頭的話，就太神奇了，可能只有鳥辦得到。我沒辦法睡在棲木上！」

「那就在地上挖洞吧。」列葛拉斯說，「那可能比較符合你們一族的風俗。但如果你想躲開歐克獸人，就得挖得又快又深。」他輕盈地從地面一躍而起，抓住頭頂高處的一根樹枝。但當他掛在上頭一會兒時，他上空的樹影中就忽然傳出一股聲音。

「*Daro!*」它用命令般的語氣說，列葛拉斯便訝異而畏懼地跳回地面。他畏縮在樹幹旁。

「站著別動！」他低聲對其他人說：「別亂動或說話！」

他們頭頂傳來輕柔的笑聲，接著另一股清亮的嗓音則用精靈語說話。佛羅多聽不太懂內容，因為迷霧山脈東方的西爾凡精靈使用的語言，和西方的精靈並不相同。列葛拉斯抬頭仰望，用同樣的語言回話。

「他們是誰，又說了什麼？」梅里說。

「他們是精靈。」山姆說，「你聽不出他們的聲音嗎？」

「對，他們是精靈。」列葛拉斯說，「他們說你們的呼吸聲太大了，讓他們在黑暗中都射得中。」山姆趕緊用手摀住嘴巴。「但他們也說你們不需要害怕。他們發現我們一陣子了，在寧蘿黛爾河上聽到我的聲音，得知我是他們的北方族人之一，因此他們沒有阻止我們渡河，後來他們聽見我唱的歌。現在他們要我和佛羅多爬上去，因為似乎聽說了某些和他與我們的旅程有關的消息。他們要求其他人稍等一下，先守在樹下，直到他們決定下一步該怎麼做。」

＊　＊　＊

有道梯子從陰影中降下：這是道在黑暗中微微閃光的銀灰色繩梯，儘管外觀纖細，卻強韌得能支撐許多人。列葛拉斯輕快地爬上樹，佛羅多則慢慢跟上；後頭的山姆則試著不要太大聲呼吸。梅隆樹的樹枝幾乎筆直得從樹幹上長出，接著往上生長；但在靠近頂端的位置，主幹則蔓生為由數根枝幹形成的樹冠，他們則在枝幹間發現其中搭建了一塊木製平台，當年這種構造被稱為板臺，精靈則將之稱為塔蘭。梯子穿過了平台中央的圓洞。

當佛羅多終於爬上板臺後，就發現列葛拉斯和其他精靈坐在一起。他們穿著暗影般的灰色衣著，除非他們忽然移動，否則無法在樹枝間察覺他們。精靈們站起身，其中一名掀開了露出纖細銀光的小提燈。他舉起提燈，注視佛羅多和山姆的臉。接著他再度罩住提燈，用精靈語說出了歡迎的話語。佛羅多結結巴巴地回答。[3]

「歡迎！」這名精靈隨後用通用語緩緩說道，「我們很少使用我族以外的語言，因為我們現在居住在森林的中心，不願意與其他種族打交道。即便是我們的北方同族，也與我們斷了聯絡。但有些族人依然會出外收集消息與監視敵人，他們便會說其他地區的語言。我是其中之一，我的名字是哈狄爾。我的兄弟們盧米爾與歐洛芬，則不太會說你們的語言。

但我們聽說你們到來的傳聞，因為愛隆的信差在沿著黯溪天梯回去時，曾經過羅瑞安。我們有很多年沒聽說過哈比人，或是半身人了，也不曉得還有這類種族居住在中土世界。

3 參見附錄 F 中精靈的注解。

你們看起來並不邪惡！既然你們與我們的精靈族人前來，我們就願意照愛隆說的照料你們，不過我們並不習慣帶陌生人穿越我們的領地，但今晚你們得待在這裡，總共有多少人？」

「八個人。」列葛拉斯說，「我自己，四個哈比人，還有兩名人類，其中一人亞拉岡是西陸居民中的精靈之友。」

「亞拉松之子亞拉岡在羅瑞安人盡皆知，」哈狄爾說，「夫人也非常喜愛他。看來沒有問題。但你只提到七個成員而已。」

「第八人是個矮人。」列葛拉斯說。

「矮人！」哈狄爾說，「這可不妙。自從黑暗時期[4]後，就沒有和矮人打過交道了。他們不能進入我們的土地。我無法讓他通過。」

「但他來自孤山，是丹恩值得信任的人民之一，與愛隆的關係也很良好。」佛羅多說，「愛隆親自選他成為我們的同伴，而且他勇敢又忠誠。」

精靈們彼此輕聲交談，並用他們的語言質問列葛拉斯。「很好，」哈狄爾最後說，「我們會照做，不過我們並不喜歡這樣。如果亞拉岡和列葛拉斯願意看守他，並為他負責的話，他就能通過，但他得蒙眼通過洛斯羅瑞安。

「但現在我們不能再爭論了。你們不能留在地面上。自從我們許多天前看到一大群歐克獸人沿著山腳，往北向墨瑞亞前進後，就一直在監看河流。狼群在森林邊陲嚎叫。如果你們的確來自墨瑞亞，那危機就不遠了。明天一早你們就得離開。

「四個哈比人得爬上來和我們待在一起——我們不怕他們！下一棵樹上有另一座塔蘭。

其他人可以躲在那。列葛拉斯，你得為他們的行為負責。如果發生差錯，就呼喚我們！注意那個矮人！」

列葛拉斯立刻帶著哈狄爾的口信爬下梯子，梅里與皮聘之後便迅速爬到高聳的板臺上。他們喘得上氣不接下氣，也看似害怕。

「好了！」梅里喘氣道，「我們把大家的毯子都拉上來了。快步客把我們所有的行囊都藏在一堆葉子深處。」

「你們不需要行李。」哈狄爾說，「樹頂在冬天很冷，不過今晚吹了南風，我們會提供能驅除寒意的食物和飲品，也有備用水袋和斗篷。」

哈比人們開心地接受了第二頓晚餐（菜餚還更棒）。接著他們把自己暖和地包了起來，不只用上精靈的毛皮斗篷，也蓋了自己的毯子，並嘗試睡覺。儘管他們疲憊不堪，卻只有山姆能夠輕易入睡。哈比人不喜歡高處，即便當他們家中有樓梯時，也不會睡在樓上。板臺一點都不像他們習慣的臥室，它沒有牆壁，甚至連一條護欄也沒有。只有一側有道輕薄

---

4 譯注：Dark Days，第二紀元索倫統治中土世界的漫長時期，普遍被稱為「黑暗年代」（Dark Years）。

的編織簾幕，可以移動它，並根據風向把它固定到不同位置。

皮聘繼續講了一陣子話，「如果我在這棟鳥屋上睡著的話，我希望我不會滾下去。」他說。

「只要我睡著的話，」山姆說，「不管我有沒有滾下去，都一樣會繼續睡。說得越少，睡得越快呀，希望你明白我的意思。」

佛羅多清醒地躺了一會，仰望在黯淡的顫動葉片之間閃爍的繁星。早在合眼前，山姆就在他旁邊打呼了。他可以模糊地看見兩名精靈的灰色身影，對方一動也不動地坐著，雙臂環著膝蓋，一面輕聲交談。另一名精靈到較低的樹枝上換哨。最後，由於頭頂樹枝的風聲，和底下寧蘿黛爾瀑布的甜美低語聲喚來了睡意，佛羅多在心中想著列葛拉斯的歌聲，緩緩墜入夢鄉。

他在深夜醒來。其他哈比人都睡著了。精靈們不見了。鐮刀般的彎月在樹葉間微微發亮。風已經停了。他聽到一小段距離外的地面，傳來嘶啞的笑聲與諸多腳步聲。周圍響起金屬的鏗鏘聲。聲音緩緩消失，似乎往南飄進樹林。

有顆頭忽然穿過板臺中的洞。佛羅多警覺地坐起身，發現那是個戴著灰色兜帽的精靈。他望向哈比人們。

「那是什麼？」佛羅多問。

「*Yrch!*」精靈用氣音低語道，再把捲起來的繩梯丟上板臺。

「歐克獸人！」佛羅多說，「他們在幹嘛？」但精靈已經走了。

周圍沒出現其他聲音。就連樹葉也寂靜無聲，就連瀑布也彷彿安靜下來。佛羅多坐下，在他的毯子下發抖。他很慶幸敵人沒在地上逮到他們，但他覺得樹木除了遮蔽之外，並沒有提供多少保護。據說歐克獸人的嗅覺和獵犬一樣靈敏，而且牠們也會爬樹。他抽出刺針，劍身如同藍焰般閃爍，接著光芒慢慢暗了下來，變得黯淡。儘管劍刃不再發光，但佛羅多並沒有甩掉當下的危機感，反而越趨增強。他起身爬到洞口並往下看。他幾乎確定自己能聽到從樹下傳來鬼鬼祟祟的動靜。

不是精靈，因為那批林地民族動作悄然無聲。他隨即聽見像是嗅聞的聲響，還有某種東西似乎在樹幹底下抓著樹皮。他往下屏氣凝神地注視黑暗。

有東西正緩緩往上爬，它的呼吸則如同緊閉的牙關之間洩出的輕柔嘶嘶聲。當它往上逼近枝幹時，佛羅多就看到兩顆蒼白的眼睛。它們停了下來，眨也不眨地向上觀望。它們忽然轉向，某個漆黑身影則繞過樹幹，並隨即消失。

哈狄爾隨後立刻爬上樹枝。「有某種我從來沒看過的東西爬上這棵樹。」他說，「那不是歐克獸人。當我一碰觸枝幹，它就立刻逃跑。它似乎十分警覺，也善於爬樹，不然我就會以為是你們哈比人之一。

「我沒有射箭，因為我不敢引發叫聲，我們不能冒險作戰。有批武裝齊全的歐克獸人才剛通過。他們跨越了寧蘿黛爾河，並沿著河邊的舊道路繼續前進——詛咒他們踏進清水的髒腳！他們似乎嗅到了某種氣味，也在你們停下的位置搜索了地面一陣子。我們三人無法挑戰一百個敵人，所以我們先去前方發出欺敵的聲響，將他們引入森林。

「歐洛芬已經急忙回去警告我們的族人。沒有歐克獸人能從羅瑞安離開；入夜前就會有許多精靈躲藏在北方邊境。但等到天亮，你們就得盡快往南走。」

蒼白的黎明從東方探頭。逐漸增強的光線穿過梅隆樹的黃色葉片時，哈比人們便覺得涼爽夏季早晨的晨光耀眼無比。淡藍色的天空從晃動的樹枝間探頭。佛羅多從板臺南側的開口往外看，發現整座銀脈河谷如同淡金色的海洋般，在微風中微微晃動。

當護戒隊再度出發時，大清早的氣溫依然十分寒冷，而哈狄爾和他兄弟盧米爾現在則負責引導他們。「再會了，甜美的寧羅黛爾河！」列葛拉斯喊道。佛羅多回過頭，在灰色樹幹之間瞥見了一抹白色水光。「再會了。」他說。他覺得自己永遠不會再聽到如此美麗的水流聲，它多不勝數的音符融合成為永無止盡又變化多端的悅耳音樂。

眾人回到依然順著銀脈河西側延伸的道路上，並沿著這條路往南走了一段距離。地面上有歐克獸人的腳印。但哈狄爾很快就繞進樹林，停在樹蔭下的河岸邊。

「有名族人待在溪流對岸。」他說，「不過你們可能沒看見他。」他發出像是低沉鳥鳴的叫聲，小樹叢間就有位身穿灰衣的精靈站了出來，但他並沒有戴上兜帽；他的頭髮在早晨的陽光下如同黃金般閃爍。哈狄爾矯健地將一捲灰繩拋過溪水，對方則抓住繩子，將末端綁在靠近岸邊的樹上。

「如你們所見，凱勒布蘭特河在此已相當湍急。」哈狄爾說，「它流得又快又深，同時非常冰冷。除非有必要，不然我們不會在這麼北方的位置涉水。但在這些得警惕異常的日子裡，我們並沒有建造橋梁。我們會這樣渡河！跟我來！」他把自己這一端的繩索綁在另一棵樹上，再輕盈地跑到上頭，跨越河流後又再度返回，彷彿自己走在尋常道路上。

「我能走這條繩道。」列葛拉斯說，「但其他人沒有這種技巧。他們得游泳嗎？」

「不！」哈狄爾說，「我們還有兩條繩子。我們會把它們掛在另一條繩索上方，一條與肩同高，另一條則懸在腰間，外來者應該就能小心地握著這些繩索過河。」

當這條纖細繩橋完工時，護戒隊的成員們便開始渡河，有些人謹慎而緩慢，其他人更走得更輕易。在哈比人之中，皮聘走得最順利，因為他的腳步穩健，也只靠單手握繩就迅速走了過去；但他的目光直視河岸，沒有往下看。山姆蹣跚地跟上，緊緊抓住繩索，一面望向蒼白的滾滾河水，彷彿那是山中深淵。

當他安全過河時，就放鬆地吐了口氣。「活到老，學到老！我的老爹常這樣說。不過他想的是園藝，不是像鳥一樣築巢，也不是像蜘蛛一樣走路。就連我舅舅安迪[5]都沒玩過這種把戲！」

當護戒隊全員終於在銀脈河東岸集合時，精靈們便解開繩索，將兩條繩子捲起來。留在

---

5 譯注：安迪懷斯（Andwise），參見附錄C「山姆懷斯大人族譜」。

另一頭的盧米爾收回最後一條繩子，將它掛在肩上，便揮手離開，回到寧蘿黛爾河邊站哨。

「現在呢，朋友們，」哈狄爾說，「你們來到了羅瑞安的奈斯，或是你們所稱的三角地[6]，因為此處如同矛頭般坐落在銀脈河與安都因大河的支流間。我們不允許任何外來者察看奈斯的祕密。很少有人能涉足此地。」

「先前說好過，我將在此蒙上矮人金力的雙眼。其他人可以繼續自由地走一段路，直到我們靠近我們位於伊格拉迪爾的住處，那裡處在兩條河之間的角地。」

金力一點都不喜歡這樣。「我沒有同意過這項協議。」他說，「我不會像乞丐或犯人般蒙眼走路。我也不是間諜。我的族人從未與魔王的任何爪牙打交道。我們也沒有傷害過精靈。我和列葛拉斯或我其他同伴一樣，不可能背叛你們。」

「我並不質疑你。」哈狄爾說，「但這是我們的法律。我並非法律的主宰，也無法忽視它。光是讓你穿過凱勒布蘭特河，我就已經大幅讓步了。」

金力十分倔強。他堅定地站穩腳步，把手擺在斧柄上。「我會自由前進。」他說，「不然我就會返回故土，當地的人們知道我從不說謊，儘管我會在荒野中獨自死去也無妨。」

「你不能走回頭路。」哈狄爾嚴厲地說，「既然你已經來到這裡，就得去見領主與夫人。他們將評斷你，並決定讓你留下或離開。你無法再次渡河了，身後也有你無法通過的祕密哨兵。在你看到他們前，就會遭到殺害。」

金力從腰帶上抽出斧頭。哈狄爾和他的同伴立刻彎弓。「矮人真是冥頑不靈！」列葛拉斯說。

「好了！」亞拉岡說，「如果我還是護戒隊的領袖，你們就得照我說的做。讓矮人獨自遭受這種待遇太殘酷了。我們都會蒙上眼睛，包括列葛拉斯。儘管這會使旅途變得緩慢乏味，但也是最好的方案了。」

金力忽然大笑起來，「我們看起來肯定會像群傻子！哈狄爾會用繩子牽著我們，像隻引領一批瞎子的狗嗎？但只要列葛拉斯和我一起蒙眼，我就滿意了。」

「我是精靈，還是本地居民的族人。」列葛拉斯說，換他感到生氣了。

「我們現在該說：『精靈真是冥頑不靈！』」亞拉岡說，「但護戒隊全體有難同當。來吧，蒙起我們的眼睛，哈狄爾！」

「如果你沒牽好我們，害我們跌倒弄傷腳趾的話，我可是會要求賠償。」當精靈們用布蓋住他的眼睛時，金力便說道。

「你不會的。」哈狄爾說，「我會好好引導你們，而且道路平坦而筆直。」

「這些日子裡的愚行真是太悲哀了！」列葛拉斯說，「在此的人都與魔王為敵，然而當陽光照耀金色樹葉下的林地時，我卻得盲目前進！」

「這或許看似愚行。」哈狄爾說，「的確，沒什麼比讓對手之間產生嫌隙這點，更能

——

6　譯注：Gore，源自古英文 gāra 的罕見字，意指狹窄的三角形土地。

突顯出黑暗魔君的威力了。但或許除了裂谷以外，我們現在對洛斯羅瑞安外頭的世界沒有多少信心，因此我們不敢透過信任使家園陷入危機。我們住在危險環伺的島嶼上，雙手觸摸的更常是弓弦，而不是豎琴。

「河流保護了我們很久，但它們已無法再提供完善防備了；因為邪影已往北蔓延到我們周圍。有些人認為該離開了，但似乎為時已晚。西方的山脈受到邪惡影響，東方地區一片荒蕪，還滿是索倫手下的生物。據說我們現在無法安全往南通過洛汗，魔王也監視著大河的河口。即便我們能抵達海岸，我們也無法在當地尋求庇護。據說世上還有高等精靈的港岸，但它們位在遙遠的北方與西方，在半身人的地盤之外。但儘管領主和夫人或許知道當地位置，我卻一無所知。」

「既然你見過我們了，那至少該猜一下。」梅里說，「我的故鄉夏郡西方有精靈港岸，夏郡正是哈比人的老家。」

「能住在海岸附近，哈比人真是快樂的民族！」哈狄爾說，「我的族人已經很久沒看過大海了，但我們依然在歌謠中紀念它。邊走邊告訴我這些港岸的事吧。」

「我沒辦法。」梅里說，「我從來沒見過它們。我之前從沒離開過我的家園。就算我曉得外頭世界的模樣，我也不覺得自己有離開的勇氣。」

「連看看美麗的洛斯羅瑞安都不想嗎？」哈狄爾說，「世界的確危機四伏，其中也有許多黑暗的角落；但世上還有許多美好事物。儘管現在天下的愛似乎都夾雜了憂愁，或許這才使愛變得更加崇高。」

「我們之中有些人在歌謠中唱道：邪影將會撤退，和平也將再度降臨世間。但我不相信周圍的世界會恢復昔日的模樣，陽光也不可能一如往昔。對精靈來說，恐怕只會是一段休止期，他們在這段期間或許能不受阻擋地航向大海，並從此離開中土世界。唉，我深愛的洛斯洛瑞安！要在沒有梅隆樹的土地生活，就太可憐了。但如果大海彼端有梅隆樹，也沒人提過這點。」

當他們交談時，護戒隊就緩緩沿著森林中的道路前進，哈狄爾引導著他們，另一個精靈則走在後頭。他們感到腳下的地面滑順柔軟，而過了一陣子後，他們便行走得更順暢，毫不擔心會受傷或跌倒。由於視力遭到剝奪，佛羅多就感到自己的聽力與其他感官變得敏銳。他聞得到樹木與腳下青草的氣味。他聽得見頭頂葉片沙沙聲中的不同音調，河流在他右側低語，清亮的鳥鳴聲則從高空飄下。當他們穿過一處開闊林地時，他感到太陽照在自己的臉上和手上。

當他踏上銀脈河沿岸，心中便產生了古怪的感受，當他走到奈斯時，感覺就越趨加深。他似乎跨越了一座時間之橋，步入了遠古年代一角，現在則踏入了不再存在的世界。裂谷保有與古老事物有關的回憶，而在羅瑞安，古老事物則依然生活在清醒世界中。世人見識過邪惡，也清楚悲苦的滋味。精靈畏懼並不信任外界。狼群在森林邊陲嚎叫，但沒有陰影籠罩羅瑞安的土地。

當天護戒隊持續前進，直到他們感到涼爽的傍晚降臨，並聽見樹葉間的輕柔晚風。接著他們無懼地在地上休息與入睡，因為他們的嚮導不讓他們解下眼罩，他們也無法爬樹。他們在中午停下，佛羅多則察覺他們已離開了閃耀的太陽底下。忽然間，他聽到身邊傳來諸多話語聲。

一群精靈部隊無聲地走來，他們正快步趕向北方邊界，以便阻擋任何來自墨瑞亞的攻擊。他們捎來了消息，哈狄爾也提及了其中一部分。前來擄掠的歐克獸人遭到伏擊，並幾乎全數受到殲滅，殘黨往西逃向山區，精靈正在追殺這批敵人。精靈們也看到了某個古怪生物，對方彎腰奔跑，雙手還靠近地面，看似野獸，卻又不似獸型。牠躲過了追捕，由於不曉得牠是好是壞，因此精靈們也沒有射牠，牠則往南消失在銀脈河下游。

「而且，」哈狄爾說，「他們也帶來了格拉瑟族的領主與夫人的信息。你們全都能自由通行，包括矮人金力。夫人似乎曉得你們團隊中每個成員的身分與種族。或許裂谷捎來了新訊息。」

他率先取下金力眼前的布條。「請你原諒！」他說，一面深深地鞠躬。「請用友善的眼神看我們吧！看吧，請感到高興，因為你是自從都靈時代以來，第一個見到羅瑞安的奈斯樹林的矮人！」

輪到佛羅多的雙眼重見光明時，他便抬頭一看，頓時屏住氣息。眾人站在一塊開闊區域。左邊有座大土丘，上頭滿布如遠古年代春季時的翠綠青草。土丘上長了看似雙重王冠的兩圈樹林——外圈樹林的樹皮白淨如雪，上頭沒有樹葉，線條優美的赤裸模樣卻十分動人。內圈樹林則由高聳的梅隆樹構成，上頭依然長滿了淡金色葉片。在中央一棵巨樹的枝枒高處，有座白色板臺正閃爍著光澤。星狀的小黃花點綴在樹根與翠綠山坡上的青草之間。它們之間長有在更纖細的莖幹上晃動的其他白色與淡綠色花朵，這些花在豐厚的綠草中如同霧氣般閃動著點點色彩。天空一片蔚藍，午後的太陽照耀著丘陵，在樹下投射出修長的綠影。

「看呀！你們抵達了凱林安羅斯。」哈狄爾說，「這裡就是古老國度許久以前的中心，安羅斯之丘，在更愉快的歲月裡，曾在此建造高廳。在這裡，永不凋零的青草上總會在冬天開花：黃色的伊拉諾[7]和蒼白的妮芙瑞迪爾[8]。我們會在此稍作停留，並在黃昏時抵達格拉瑟族的城市。」

其他人躺在芬芳的青草上，但佛羅多站了一會，依然著迷於周圍的光景。他覺得自己彷彿跨過一道高聳窗口來到消逝的世界。有道光照在他無從以言語形容的景象上。他眼中的一切如詩如畫，但萬物的形狀似乎清晰無比，彷彿當他的雙眼脫離遮蔽物後，事物才立刻成形，也古老得彷彿已經歷漫長時光。他只看到自己認得的顏色：金色，白色，藍色，

---

7 譯注：elanor，在辛達林語中意指「太陽星」。

8 譯注：niphredil，在辛達林語中意指「小蒼白」。

和綠色。但它們嶄新而濃烈，像是他在那一刻才首度察覺它們，並為他們取了全新的美妙名稱。在這裡的冬天，沒有人會為夏季或春季哀悼。大地上長出的萬物沒有一絲缺陷、病態或畸形。羅瑞安的土地上沒有任何汙垢。

他轉身看到山姆已站到他身旁，帶著困惑的神情環視周遭，還揉著眼睛，彷彿不確定自己是否清醒。「現在確實是陽光普照的大白天。」他說，「我以為精靈和月亮與星星有關，但這裡比我聽過的一切都還更有精靈氣息。我覺得自己好像進入歌曲之中，希望你懂我的意思。」

哈狄爾看著他們，似乎明白了對方的想法與話語。他露出微笑。「你們感受到了格拉瑟族夫人的力量。」他說，「你們願意和我一同爬上凱林安羅斯嗎？」

眾人跟隨他，他則腳步輕盈地踏上草坡。當佛羅多行走與呼吸時，輕拂他臉龐的涼風，也吹動了周遭的樹葉與鮮花，但他覺得自己身處永恆不變的土地，這裡不會隨時間淡去，也不會改變或受到遺忘。當他離開此地，再度回到外界時，來自夏郡的流浪者佛羅多依然會漫步於此，在美麗的洛斯羅瑞安中走在伊拉諾與妮芙瑞迪爾之間。

大夥踏進白樹圈中。當他們進去時，南風就吹向凱林安羅斯，在枝椏間發出歎息般的聲響。佛羅多站在原地，傾聽遠處大海在多年前就已消失的海岸上發出的拍打聲，以及早已從世上絕跡的海鷗發出的叫聲。

哈狄爾繼續前進，現在正爬上高處的板臺。當佛羅多準備跟上他時，把手擺在梯子旁的樹幹上——他從未如此急促而敏銳地感受到樹皮的觸感與質地，以及其中的生命力。他對樹木本身與它的觸感感到喜悅，這與護林人和木匠的想法不同，這是對活生生的樹木本身所產生的愉快情緒。

當他終於踏上高聳的平台時，哈狄爾便牽起他的手，將他轉向南邊。「先看這裡！」他說。

佛羅多一看，便發現在遠處有座長滿許多大樹的丘陵，也像是由綠色高塔組成的城市，他無法判斷哪個才對。他覺得該處似乎散發出維繫這整座土地的力量與光芒。他忽然渴望如飛鳥般棲息在那座綠色城市中。接著他望向東方，看到整座羅瑞安地區延伸到安都因大河的閃爍水光旁。他抬頭看向河流彼岸，所有光輝頓時消失，他也再度回到了自己認識的世界。河流對面的地區平坦空蕩，景象模糊難辨，直到遠處的地勢再度如漆黑冷酷的城牆般隆起。照在洛斯羅瑞安上的太陽，無力點亮那座遙遠高地上的陰影。

「南幽暗密林的要塞就在那裡。」哈狄爾說，「上頭長滿了漆黑的冷杉林，樹木緊貼彼此，枝枒也盡數腐爛而萎縮。多爾哥多位於一處岩石高地上，魔王多年來曾潛伏在那裡。我們擔心已有勢力再度進駐該地，力量也已比先前成長了七倍。近來總有一層黑雲籠罩在它上空。在這高處上，你們可以看到兩股彼此對峙的力量——它們總會以思緒相互對抗，但儘管光明已察覺了黑暗中心，但它自己的祕密卻仍未遭到揭露。目前還沒。」他轉身並迅速爬下去，眾人則跟著他走。

佛羅多在丘陵底部看見了亞拉岡，對方正如同樹木般毫無動靜地沉默站立，但他的手中握了一小朵伊拉諾金花，眼睛也閃動著光芒。他陷入了某種美麗的回憶，而當佛羅多望向他時，便明白對方想起了在相同地點發生過的往事。亞拉岡臉龐上淒涼的歲月痕跡已盡數消失，他似乎換上了白衣，看似高大俊美的年輕貴族，他用精靈語向佛羅多看不見的某個人說話。「*Arwen vanimelda, namárië!*」[9]他說，接著他吸了口氣，從思緒中回神，再望向佛羅多，並露出微笑。

「這裡是世上精靈國度[10]的中心。」他說，「我的心永遠滯留於此，除非在你我必須踏上的黑暗路途之外，還出現了別的光明。跟我來吧！」他牽起佛羅多的手，離開了凱林安羅斯丘陵，餘生中再也沒有返回此處。

---

9 譯注：昆雅語中意指：「深愛的美麗亞玟，再會！」，參見附錄A「亞拉岡與亞玟的故事」

10 譯注：Elvendom，托爾金以此字泛指中土世界的精靈居住地，與代表艾達瑪的「精靈家鄉」不同。

第七章——格拉翠兒之鏡

當他們再度動身時，太陽正往山後沉去，森林中的陰影也逐漸變深。他們的通道現在伸進暮色下的樹林中。隨著眾人行走，夜色也落入樹下，精靈們則掀開了他們的銀光提燈。

大夥忽然再度走入空地，並發現自己來到黯淡的黃昏天空下，上頭還懸著幾顆提早出現的星星。他們面前有座沒有樹木的寬敞空間，往前形成巨型圓圈，並往兩側延伸。此處遠方有座隱藏在微弱陰影中的深邃壕溝，但溝壁邊緣綠草如茵，彷彿它依舊閃動著已逝太陽的光芒。另一側則隆起了一道雄偉綠牆，環繞著一座長滿梅隆樹的綠丘，這些梅隆樹比他們在當地看過的更高大。難以估算這些樹的高度，但它們在暮光中宛如活生生的高塔般聳立。在它們交錯的枝枒和不住飄移的葉片間，閃動著數不盡的綠色、金色與銀色光點。哈狄爾轉身面對護戒隊。

「歡迎來到卡拉斯格拉松！」他說，「這裡就是格拉瑟族的城市，羅瑞安的凱勒彭領主與格拉翠兒夫人[1]便居住在此。但我們不能從此處進去，因為大門並不面北。我們得繞到南側，路途也不算短，因為本城十分龐大。」

有條鋪滿白石的道路順著壕溝外圍延伸。他們沿著這條路往西走，城市則如同綠色雲朵般在眾人左側攀升；而隨著夜色加深，就亮起了更多光點，直到整座山丘看似燃起了點點星火。他們最後抵達了一座白橋，並在過橋後發現了城門：門口面對西南方，位在圍牆兩側盡頭重疊的地點，上頭掛滿了吊燈。

哈狄爾敲門並開口說話，大門便無聲地開啟，但佛羅多沒看到任何守衛。旅人們走了進去，大門則在他們身後關上。他們處於兩側圍牆前的深邃小徑，並迅速走過這條路，進入這座樹城。他們看不到任何居民，一路上也沒聽見任何腳步聲；但他們周遭與頭頂傳來許多說話聲。他們可以聽到從丘陵高處傳來歌唱，宛如落在葉片上的輕柔雨水。

他們走過許多通道，也攀上不少階梯，直到一行人來到高處，看到面前有座噴泉在寬敞的草地上閃閃發光。掛在樹枝上的銀燈照亮了泉水，清水則流入銀色池子中，一條白色溪流則從池中向外流去。草地南側矗立著此地最雄偉的樹木。它龐大光滑的樹幹如同灰絲般晶瑩剔透，並如高塔般往上生長，直到遙遠頂端的碩大樹枝在茂密如雲的葉片下開展。樹旁有座寬闊白梯，還有三名精靈坐在樹下。當旅人們走近時，精靈們旋即起身，佛羅多注意到對方身材高大，身穿灰色鎖子甲，肩上披著白色長披風。

「凱勒彭與格拉翠兒住在此處。」哈狄爾說。「他們希望各位上去與他們會談。」

其中一名精靈護衛吹響了小號角，上頭則傳來三聲回應。「我先上去，」哈狄爾說，「接下來是佛羅多和列葛拉斯。其他人可以自由跟上。對不習慣這種階梯的人而言，攀爬過程或許顯得漫長，但你們可以在途中休息。」

當佛羅多緩緩往上爬時，便經過許多板臺。有些位於一側，有些則在另一側，其他板臺則環繞樹幹，梯子則穿過它們。他在遠離地面的高處來到一座狀似巨船甲板的寬敞塔蘭。上頭有座宅邸，大得能作為地面上的人類殿堂。他隨著哈狄爾走進去，發現自己踏進了橢圓形的房間，大梅隆樹的樹幹位在中央，靠近樹冠的粗度逐漸變窄，但仍然像根無比粗大的巨柱。

房裡充滿柔和亮光，裡頭有綠銀交錯的牆壁與金色屋頂。許多精靈坐在此處。樹幹下

---

1 譯注：《未完成的故事》中的章節〈格拉翠兒與凱勒彭的歷史〉（*History of Galadriel and Celeborn*）提到，膝下無子的羅瑞安國王安羅斯溺死後，格拉翠兒與凱勒彭便離開伊姆拉翠斯，來到無人治理的羅瑞安，因為兩人先前曾來此與安羅斯討論幽暗密林與多爾哥多的潛在威脅。在早期手稿中，托爾金曾將安羅斯描寫為兩人的兒子，但後來捨棄了此設定，只讓三人成為舊識。但當格拉翠兒與凱勒彭居住在羅瑞安時，並不願使用國王或女王的頭銜，自認只是這塊優美地區的守護者。

擺了兩張椅子，頂端則有樹枝籠罩，凱勒彭與格拉翠兒正並肩坐在此處。他們依精靈的風俗起身迎接來客，就連名列強盛君王的精靈也會如此。他們高大挺拔，夫人與領主同高，兩人肅穆而俊美。他們全身穿著白衣，夫人留著一頭亮麗金髮，凱勒彭領主的銀髮也泛著光澤，除了深沉的雙眼外，在他們身上看不到歲月的痕跡。他們的眼睛在星光下如同長槍般銳利，也如蘊含漫長回憶的井口深邃。

哈狄爾帶著佛羅多向前，領主則用自己的語言歡迎他。格拉翠兒夫人一語不發，只是注視著他的臉良久。

「坐在我的位子旁，夏郡的佛羅多！」凱勒彭說，「等所有人到齊後，我們再談。」

當每個成員進來時，他便彬彬有禮地稱呼對方的名字。「歡迎，亞拉松之子亞拉岡！」他說，「自從你上次來到這片土地，外頭的世界已經過了三十八年，這些歲月也為你帶來風霜。但無論好壞，盡頭都即將到來。暫且先放下你的重擔吧！」

「歡迎，瑟蘭督伊之子！我們很少見到從北方來此的族人。」

「歡迎，葛羅音之子金力！我們確實很久沒在卡拉斯格拉松見到都靈一族的成員了。但今天我們打破了長年來的法律。希望這是個跡象，象徵儘管當前世界陷入黑暗，但更好的日子即將到來，我們兩族之間的友誼也將復原。」金力深深鞠躬。

當所有客人都在領主面前坐下後，他就再度注視眾人。「這裡有八人。」他說。「但信息提到出發時有九人。但或許有些我們沒聽說的意見更動。愛隆位在遠方，黑暗則在我們之間集結，陰影的影響力在今年也變得更強了。」

「不，愛隆的意見沒有更動。」格拉翠兒夫人首度開口說道。她的嗓音清澈美妙，但比尋常女子的嗓音更低。「灰袍甘道夫與團隊出發，但他沒有通過此地的邊界。把他的下落告訴我們，因為我非常想再和他談談。但我無法從遠方看到他，除非他踏入洛斯羅瑞安的藩籬，他身邊環繞著灰色迷霧，我也無法明辨他的走向與想法。」

「唉！」亞拉岡說，「灰袍甘道夫落入了黑影中。他留在墨瑞亞，並沒有離開。」

聽到這裡，房裡的所有精靈悲傷又訝異地叫出聲來。「這真是壞消息，」凱勒彭說，「在充滿噩耗的數年間，這是最糟糕的事了。」他轉向哈狄爾，「為何先前沒有人向我提過這件事？」他用精靈語詢問。

「我們沒有向哈狄爾提起我們的經歷與目的。」列葛拉斯說，「起初我們太過疲憊，危機也緊追在後；之後當我們愉快地在羅瑞安的美麗通道上漫步時，就短暫忘卻了悲傷。」

「但我們悲痛欲絕，也無法彌補損失。」佛羅多說，「甘道夫曾是我們的嚮導，他也帶我們通過墨瑞亞；而當我們似乎無從脫逃時，他便拯救了我們，並就此殞落。」

「把來龍去脈告訴我們！」凱勒彭說。

亞拉岡隨即敘述了在卡拉瑟拉斯隘口發生的事，以及隨後數天的狀況——他提起巴林與他的書；在馬薩布爾廳中的戰鬥；大火與窄橋；突然現身的恐怖物體。「那似乎是古代世界的邪魔，我從來沒看過這種東西。」亞拉岡說，「它同時身為暗影與烈焰，威力強大而駭人。」

「那是魔高斯的炎魔。」列葛拉斯說，「在所有精靈死敵中，除了邪黑塔中的魔君外，它是最致命的一員。」

「我確實在橋上見到我們惡夢中的威脅：我看到了都靈剋星。」金力低聲說道，眼中帶著恐懼。

「唉！」凱勒彭說。「我們一直以來都擔心有恐怖妖魔沉睡在卡拉瑟拉斯底下。如果早知道矮人再度驚醒了墨瑞亞下的邪魔，就會禁止你們所有人通過北方邊界。可能會有人說，甘道夫的智慧最終化為愚行，使他毫無必要地踏進墨瑞亞的羅網中。」

「這樣說的人，就太輕率了。」格拉翠兒嚴肅地說，「甘道夫生前做的所有事，都稱不上毫無必要。但無論嚮導的決定為何，跟隨者都不該受到責備。別後悔歡迎矮人來此。如果我們的族人從洛斯羅瑞安長期遭到流放，儘管家園已成為龍族巢穴，但在格拉瑟族之中，即便是智者凱勒彭，又有誰會在經過古老家園時，不願意多看一眼呢？

「凱勒德—薩雷姆湖水幽深，基比爾—納拉泉水冰冷刺骨，而在岩石下的偉大君王殞落前，遠古年代的卡薩督姆柱廳則雄偉壯麗。」[2] 她望向金力，悲傷的他眼神忿忿不平地端坐，她則露出微笑。而聽到以他種族的古語念出的名稱時，矮人便抬頭與她眼神交會。他覺得自己忽然望進敵人的內心，並在其中發現了愛與理解。他流露出訝異的神情，隨即回以笑容。

他笨拙地起身，以矮人的方式鞠躬，並說：「但羅瑞安生生不息的土地更為秀麗，格拉翠兒夫人也遠比地底所有寶石更加動人！」

眾人陷入沉默。最後凱勒彭說道：「我不曉得你們的處境如此艱困。」他說，「請金力原諒我的倉促之言，這是由於我心事重重。我會盡力幫忙你們，為每個人的願望與需求協助，特別是攜帶負擔的其中一位小朋友。」

「我們清楚你的任務。」格拉翠兒看著佛羅多說，「但我們不會在此公開說明。但當你們來此求助時，結果並不會徒勞無功，而這顯然也是甘道夫的計畫。因為人們將格拉瑟族之主視為中土世界最睿智的精靈，也能賦予超越人類君王力量的禮物。自從創世之初，他便居住在西方，我也與他共度了無從估計的歲月。在納格斯隆德與剛多林[3]淪陷之前，我就已度過山脈，而在諸多紀元中，我們則共同進行了漫長的頑強抵抗。

2　譯注：格拉翠兒是諾多族精靈，由於他們擅長工藝，在第一紀元時便與矮人交好，比起辛達族精靈對矮人更友善。凱勒彭與列葛拉斯則屬於對矮人抱持不信任態度的辛達族，凱勒彭本人並不喜歡矮人，也從未遺忘矮人們曾協助毀滅多瑞亞斯。《未完成的故事》記錄了格拉翠兒和凱勒彭來到洛斯羅瑞安前的不少經歷。

3　譯注：納格斯隆德（Nargothrond）與剛多林都是第一紀元的精靈城市，格拉翠兒則是納格斯隆德國王芬羅的妹妹。來到貝勒爾蘭後，芬羅一家兄妹們原本住在由族人辛葛建立的多瑞亞斯王國，但經歷過維拉沃沫（Ulmo）捎來的夢境後，芬羅便在納羅格河（Narog）的河岸底下建造了雄偉的納格斯隆德。日後人類英雄圖林在此成為位高權重的將軍，化名為莫曼吉爾（Mormengil），意指「黑劍」；但圖林的到來，最後也導致魔高斯手下的巨龍格勞龍率領歐克獸人大軍入侵，徹底毀滅了這座精靈要塞。

「起初是我召集了白議會。如果我的計畫沒有失算，議會領袖就會是灰袍甘道夫，或許局勢就會不同了。但即便是現在，也仍有一絲希望尚存。我不會給你們該怎麼做的建議。我不能行事或做出決定，也無法選擇不同走向；我只清楚過去與現在，以及部分的未來。但我要對你們說，你們的任務如履薄冰。一不小心失足，就會使我們全盤皆輸。但只要全體成員同心協力，希望就不會消失。」

話畢，她就注視著眾人，沉默地用打探的眼神觀看他們。除了列葛拉斯和亞拉岡以外，沒人能忍受她的眼神太久。山姆迅速臉紅並低下頭。

格拉翠兒夫人最後終於讓他們脫離了自己的眼神，便露出微笑。「別感到心煩。」她說，「今晚你們該安詳入睡。」他們嘆了口氣，並忽然感到疲倦，彷彿受到漫長的仔細審問，不過沒有人公開說出任何一句話。

「去吧！」凱勒彭說，「你們已經心力交瘁了。即使這場任務與我們毫無關聯，你們也能在這座城市中休息，直到你們痊癒並重拾精力。現在你們該休息了，我們暫時不會再提起你們接下來的路途。」

那晚護戒隊睡在地上，這使哈比人們感到非常滿意。精靈們在靠近泉水的樹林間為他們搭了一座帳篷，並在裡頭設了柔軟的睡椅；用悅耳的精靈嗓音向他們說出平靜話語後，精靈們便離開了他們。旅人們談論了一下關於前晚在樹頂的經驗，以及白天的路程，也聊起了領主和夫人；因為他們還不願回顧更早之前的事。

「你為什麼要臉紅，山姆？」皮聘說，「你很快就崩潰了。任何人都會以為你良心不安。我希望你的歹毒計畫，只不過是想偷走我的毯子。」

「我從來沒想過這種事。」山姆回答，他沒有心情開玩笑。「如果你想知道，我覺得自己變得光溜溜的，也不喜歡這樣。她似乎看著我的內心，問我說：如果她給我機會，回到夏郡老家的舒適小地洞，還給我……自己的小花園的話，我會怎麼做？」

「真奇怪。」梅里說，「幾乎和我感受到的一樣。只不過，這個嘛，我覺得我還是別說了。」他軟弱地停下。

所有人似乎都經歷了相同的事，每個人都覺得對方讓自己在前方充滿恐懼的陰影，和自己亟欲得到的事物間做選擇：腦海中清楚地出現自己的心之所向，他只需要離開這條路，把任務和對抗索倫的戰爭交付給別人，就能達成自己的願望。

「我也有同感，」金力說，「我不會說出我的選擇，只有我自己知道這點。」

「我覺得這件事太奇怪了。」波羅米爾說，「也許這只是個測試，她也打算為了自己的目的而讀我們的心。但我幾乎得說她在誘惑我們，還假裝有能力提供她無權賜予的東西。不用說，我自然拒絕聽這種話。米那斯提力斯的人總是信守承諾。」但波羅米爾沒有提起夫人向他提供的東西。

佛羅多則不願多談，但波羅米爾不斷逼問他。「她看了你很久，魔戒持有者。」他說。

「對，」佛羅多說，「但無論我心裡想到什麼，都只會留在心底。」

「好吧，小心點！」波羅米爾說，「我不太信任這個精靈女士和她的目的。」

「別說格拉翠兒夫人的壞話！」亞拉岡嚴厲地說，「你不曉得自己在說什麼。她和這片土地都毫無邪惡因子，除非有人自己帶來了邪念。那種人得小心點！但今晚我會高枕無憂地安睡，自從離開裂谷後，這還是我頭一次這樣做。但願我能睡得很深，暫時遺忘自己的悲傷！我已經身心俱疲了。」他躺在睡椅上，並立刻陷入睡夢中。

其他人很快就照做了，也沒有聲響或夢境打斷了眾人的睡眠。當他們甦醒時，便發現和煦的陽光已經灑落在帳篷前方的草地上，泉水也在太陽下閃爍起伏。

就眾人的判斷或印象，他們在洛斯羅瑞安待了幾天。當他們住在當地時，太陽都明亮無比，只偶爾下了幾場小雨，讓萬物變得清爽又乾淨。空氣涼爽柔和，彷彿時值初春，但他們能在周圍感受到嚴冬深思時的寂靜。他們覺得自己沒做多少事，只是吃喝與休息，並在樹林間漫步，這樣就夠了。

護戒隊沒有再見到領主與夫人，也鮮少與精靈們交談，因為很少有精靈熟識或願意使用西方語。哈狄爾已向他們道別，並返回北方邊境，自從護戒隊帶來和墨瑞亞有關的消息後，邊界就加強了重重戒備。列葛拉斯經常與格拉瑟族行動，而在第一晚後，他就不再與其他同伴共眠，不過他經常回來與大家交談。當他前往森林別處時，經常與金力同行，其他人也對這項轉變感到訝異。

當同伴們坐著或共同漫步時，都會談起甘道夫，而每個人都想起了自己對他的回憶，以及和他共處的時光。當他們治癒了身體的傷口與倦意後，失去同伴所帶來的悲痛就變得更強烈。他們經常聽到附近的精靈歌聲，也清楚對方作出了哀悼甘道夫之死的歌謠，因為他們在悲傷而甜美的話語中聽到了他的名字，不過他們並不懂這種語言。

「米斯蘭迪爾，米斯蘭迪爾！」精靈們唱道，「噢，灰袍聖徒[4]！」精靈們喜歡這麼稱呼他。但如果列葛拉斯和護戒隊在一起，也不願意為大夥翻譯歌詞，他說自己缺乏技巧，而且對他來說，悲劇在不久前才發生，他只能流下淚水，還無法將之化為歌謠。

佛羅多率先將傷痛轉變為隱晦的文字。他很少因為感動而寫歌或譜曲，就連待在裂谷時，他大多也擔任聽眾，沒有唱歌，不過他的回憶中充滿其他人之前就已在歌謠中提過的事。但當他坐在羅瑞安的泉水旁，傾聽精靈唱起他的事蹟時，他的思緒便逐漸化成優美的歌曲。而當他嘗試向山姆敘述時，留下的卻只有隻字片語，如同一把枯葉般隨風逝去：

夏郡的灰濛傍晚
小丘響起他的腳步聲，
他在黎明前離去，

---

4 譯注：米斯蘭迪爾（Mithrandir）在辛達林語中的意義為「灰袍浪人（Grey Wanderer）」或「灰袍聖徒（Grey Pilgrim）」，托爾金在書中經常使用這兩種譯名。

沉默地踏上漫長旅程。

從大荒原到西岸，
從北方荒地到南方丘陵，
穿越龍穴與祕門，
他自在穿梭漆黑樹林。

矮人和哈比人，精靈和人類，
凡人和不朽生靈，都與他同行，
枝上飛鳥，巢中野獸，
他熟識牠們的祕密語言。

致命長劍，醫療之手，
重擔壓彎了背部；
響亮嗓音，燃燒火炬，
疲倦浪人路上行。

他端坐於智慧王座，

他易於發怒，笑聲爽朗；
頭戴舊帽的老者，
倚靠著多刺拐杖。

他孤身立於橋頂，
對抗火焰與黑影；
拐杖在石橋上斷折，
他的智慧於卡薩督姆殞落。

「嘿，你接下來就會超越比爾博先生了！」山姆說。

「不，恐怕不會吧。」佛羅多說，「但這是我目前最好的作品了。」

「這個嘛，佛羅多先生，如果你再試一次的話，我希望你可以提一下他的煙火。」山姆說，「像這樣：

世上最佳的火箭：
它們冒出藍綠繁星，
或在如雷貫耳的金色火花後
如花雨般灑落。

不過這似乎和他的煙火差太多了。」

「不，這就讓你寫吧，山姆。或是留給比爾博。但是——唉，我說不下去了。我不忍心把這件事告訴他。」

有天傍晚，佛羅多和山姆在涼爽的暮光中散步，兩人再度感到煩躁不安。佛羅多忽然覺得離別時刻即將到來，不知怎地，他清楚自己離開洛斯羅瑞安的時刻已經逼近了。

「你現在覺得精靈如何，山姆？」他說，「以前我問過你一次同樣的問題，似乎是很久以前的事了。但在那之後，你已經見過更多精靈了。」

「沒錯！」山姆說，「我覺得世上有各種不同的精靈。他們都很有精靈的氣息，但大不相同。這裡的精靈不是無家可歸的流浪者，好像比較類似我們；他們似乎屬於這裡，比夏郡的哈比人還更貼近當地。很難說是他們造就了這片土地，或是這片土地造就了他們，不曉得你理解嗎？這裡似乎沒有發生任何事，似乎也沒人想讓事情發生。如果這裡有魔法的話，也在某種深藏不露之處，我也摸不清到底在哪。」

「你到處都能看到和感覺到啊。」佛羅多說。

「這個嘛，」山姆說，「你看不到有人在施法。沒有像可憐的老甘道夫以前展現的煙火。我想知道，我們這陣子為何沒看到領主和夫人。我覺得如果她想，就能做些厲害的事。我很想看些精靈魔法，佛羅多先生！」

「我不想看。」佛羅多說，「我心滿意足了，但我懷念的不是甘道夫的煙火，而是他濃密的眉毛，還有他的火爆脾氣，與說話的聲音。」

「你說得對。」山姆說，「但別以為我在挑毛病。我常常想看老故事裡的魔法，但我從來沒聽過比這裡更美好的地方。感覺像是同時待在家裡和度假，希望你明白我的意思。我不想離開。但是，我也開始覺得如果我們要走，就得趕快動身了。

「我老爹常說：『從來沒開始的工作，才會花最多時間。』不管有沒有魔法，我也不認為這些精靈能幫上我們多少。我想，等我們離開這塊土地時，就會更想念甘道夫了。」

「恐怕沒錯，山姆。」佛羅多說，「但我很希望在離開前，我們能再見到精靈夫人。」

他才剛說出這句話，他們就看到格拉翠兒夫人走近，彷彿回應了他們的話語。身穿白衣的高挑美麗精靈走在樹下。她一語不發，只是向他們招手。

她轉了彎，帶他們走向卡拉斯格拉松丘陵南坡，在穿過一道綠色樹籬後，他們便來到一座與外隔絕的花園。裡頭一棵樹也沒有，頭頂可以看見開闊的天空。傍晚的繁星已經出現，在西側樹林頂端閃爍著白色火光。夫人順著漫長的臺階走進蓊鬱的窪地，從丘陵上的湧泉流下的銀色溪水潺潺流過此處。在底部一座雕工如同茂密樹木的低矮臺座上，有個又寬又淺的銀盆，旁邊則擺了一只大銀壺。

格拉翠兒用溪水將銀盆裝滿，再往它吹了口氣。當水面再度平靜時，她開口說：「這是格拉翠兒之鏡。」她說，「我帶你們來此，如果你們願意的話，就可以觀看它。」

氣氛十分凝重，谷地中也變得陰暗，他身旁的女精靈看來高大而蒼白。「我們該找什麼，又會看到什麼？」佛羅多敬畏地問。

「我可以指示它顯示許多事物。」她回答，「我也能讓某些人看到他們的心之所向。但鏡子也會顯示出乎意料的事物，那經常比我們想看的東西更奇怪，卻也更有幫助。如果你讓鏡子自由發揮，我就無法預測你會看到哪種結果。因為它會顯示出過去、現在與未來可能發生的狀況。但就連最睿智的智者，都無法猜出自己即將看到的景象。你想看嗎？」

佛羅多沒有回答。

「你呢？」她轉向山姆問道，「我相信這是你們一族所稱的魔法，不過我不太明白他們的意思，他們似乎也用同樣的字眼來稱呼魔王的騙局。但如果你想的話，可以把這稱為格拉翠兒的魔法。你不是說，自己想看精靈魔法嗎？」

「我有說過。」山姆說，因夾雜了畏懼與好奇的心情而微微顫抖。「如果您同意的話，我就看一下，夫人。」

「我也不介意看看老家的狀況。」他對佛羅多小聲說道，「我似乎離開很久了。但是呢，我可能只會看到星星，或是我看不懂的東西。」

「有可能。」夫人溫和地笑道。「來吧，你該瞧瞧自己會看到什麼。別碰到水！」

山姆爬上臺座底部，往水盆傾身。水面看起來平穩又幽暗。盆裡倒映著繁星。

「只有星星，跟我想的一樣。」他說。他隨即低聲倒抽了一口氣，因為星星頓時消失。鏡子先變成灰色，接著放出清晰的畫面，彷彿有人掀開了黑紗。裡頭的太陽耀眼地閃爍，樹枝則在風中搖曳擺盪。但在山姆判斷出自己看到什麼前，光線就暗了下來。他看到臉色慘白的佛羅多在黑色巨崖下熟睡。接著他似乎看見自己走在一條黯淡的通道上，並攀爬一條蜿蜒而漫長的階梯。他忽然明白自己正急著找尋某種東西，但他不曉得自己要找的是什麼。影像如同夢境般來回變換，使他再度瞥見樹木。但這次樹木沒有那麼靠近彼此，他也能看出整體狀況：樹木並不是在風中搖曳，而是往地面倒了下來。

「嘿！」山姆氣急敗壞地大叫。「泰德．山迪曼在砍樹，他根本不該這樣做！不應該砍掉那些樹的，那裡是磨坊遠處通往臨水的林蔭道路。我真希望可逮到泰德，我會砍倒他！」

但山姆注意到老磨坊消失了，取而代之的是棟大型紅磚建築。有許多人正忙著工作。附近有座高大的紅色煙囪。黑煙似乎籠罩了鏡子的水面。

「夏郡出事了。」山姆說，「當愛隆想派梅里先生回去時，就知道有麻煩了。」山姆忽然放聲一叫，並立刻跑開。「我不能留在這裡。」他慌亂地說，「我得回家。他們挖掉袋邊路了，可憐的老爹還用推車載著一點家當走下小丘。我得回家！」

「你不能獨自回家。」夫人說。「在你看鏡子前，並不打算在沒有你主人的狀況下回家，但你明知夏郡可能有壞事發生。記住，鏡子會顯示許多事物，也並非所有景象都會成真。有些事永遠不會實現，除非看見景象的人離開原先的道路，以便阻止事情發生。這面鏡子是危險的嚮導。」

山姆坐在地上，用雙手抱住頭部。「我希望我沒有來這裡，也不想再看魔法了。」他說，並陷入沉默。過了一陣子後，他再度口齒不清地開口，彷彿正努力壓下淚水。「不，我要走長路和佛羅多先生回家，不然就不回去了。」他說，「但我希望有天可以回家。如果我看到的東西成真，就有人要完蛋了！」

「你現在想看嗎，佛羅多？」格拉翠兒夫人說，「你不想看精靈魔法，也感到心滿意足了。」

「妳建議我看嗎？」佛羅多問。

「不。」她說。「我不會給你任何建議。我並不是顧問。你或許會得知某些事，但無論你看到好事或壞事，都可能帶來幫助，也可能恰好相反。『看』這件事有優勢，同時也危機重重。但我覺得，佛羅多，你擁有足以冒險的勇氣和智慧，不然我就不會帶你來此了。照你的意願做吧！」

「我願意看。」佛羅多說，接著爬上臺座，向漆黑的水面傾身。鏡子立刻變得清晰，他也看到目光下的大地。黯淡天空下的遠方隆起了漆黑的山脈。有條灰色長路延伸到視野外。有個人影從遠處沿著道路緩緩走來，一開始看起來模糊渺小，但隨著它逐漸逼近，輪廓就變得更大更清楚。佛羅多忽然明白，這讓他想到了甘道夫。他差點喊出巫師的名字，此時他發現此人穿的不是灰袍，而是在黃昏中微微發亮的白袍，手中還拿著一根白色手杖。他的頭垂得太低，佛羅多看不到臉，對方也立刻在路上轉彎，離開了鏡子的視線。佛羅多的心中感到質疑：這影像是甘道夫多年前的某場孤獨旅程，還是薩魯曼呢？

畫面改變了。他短暫看到比爾博在房內不安踱步的鮮明畫面。桌上滿是雜亂的紙張，雨水則擊打著窗戶。

畫面暫停了一下，隨後快速出現了許多場景，而佛羅多隱約明白這是宏偉歷史長河中的一部分，他也與此產生了關聯。霧氣消失後，他看到自己從未見過、卻立刻認出的景象：

大海。黑暗降臨。海面隨著暴風雨而起伏翻騰。接著他看到在沉入紊亂雲層的血紅太陽下，有艘高桅帆船的漆黑輪廓從西方出現，船帆十分破爛。隨後是一條流過繁榮城市的寬闊大河。然後是一座擁有七座高塔的白色要塞。接著又出現一艘裝有黑帆的船，但現在已到了早上，水面上的漣漪泛著光澤，而一張繡有白樹徽記的旗幟則在陽光中閃動光芒。濃煙隨著烈焰與戰爭飄起，燃燒般的紅日再度落入灰霧中。有艘小船航進霧氣之中，周遭閃動著星光。它消失了，佛羅多也嘆了口氣，並準備離開。

但鏡子忽然完全變黑，彷彿明亮的世界中出現了龐大黑洞，佛羅多則望入虛無之中。在黑暗深淵中出現了一顆眼睛，它緩緩變大，直到它填滿了整座鏡子。它如此駭人，以至於佛羅多呆站原處，無法叫喊或移開目光。眼睛周圍環繞著烈火，本身卻顯現貓眼般的黃光，眼神虎視眈眈，如同黑色細縫的瞳孔則成了深坑，如同對虛無敞開的窗口。

接著眼睛開始轉動，並四處打量，佛羅多恐懼地明白，他自己就是眼睛尋覓的諸多事物之一。但他也清楚眼睛看不到他——還看不到，除非他讓這件事成真。掛在他頸上鍊子的魔戒變得比巨石還沉重，他的頭則隨之往下垂。鏡子似乎逐漸變熱，縷縷蒸氣從水面上升起。他開始往前滑。

「別碰水！」格拉翠兒夫人柔和地說。影像消失了，佛羅多則發現自己看著在銀色水盆中閃爍的冰冷星辰。他顫抖地往後退，並望向夫人。

「我知道你最後看到了什麼，」她說，「因為那也存在於我的心中。別害怕！但別認為僅僅仰賴樹林間的歌聲，或是精靈弓弦射出的細箭，就能保護洛斯羅瑞安不受魔王侵害。

我要對你說，佛羅多，即便當我對你說話時，也能察覺黑暗魔君，也清楚他的打算，或是他對精靈抱持的所有想法。他總是企圖看到我與我的思維。但大門仍舊緊閉！」

她舉起白淨的雙臂，對東方伸出雙手，做出抗拒與否定的手勢。精靈最摯愛的暮星埃倫迪爾，在天空中明亮閃動。明亮的星光使女精靈的身形在地面上撒下一道模糊陰影。它的光芒照在她手指上的一枚戒指。它如同受到銀光包覆的拋光黃金，有顆白色寶石在上頭閃爍，彷彿暮星降世並停駐在她手上。佛羅多敬畏地盯著戒指，並忽然間恍然大悟。

「沒錯。」她說，已猜出了他的想法，「這是不能提起的祕密，愛隆也無法透露。但對魔戒持有者和見過邪眼的人而言，不可能掩飾這件事。三戒之一的確在羅瑞安的格拉翠兒手指上。這是南雅[5]，剛鑽之戒，我則是它的守護者。

「他心存懷疑，但他目前還不確定。你現在明白，自己的到來對我們而言就像末日的腳步聲嗎？如果你失敗了，我們就會暴露在魔王面前。但假若你成功，那我們的勢力就會大幅減弱，洛斯羅瑞安也會凋零，受到時間的洪流吞噬殆盡。我們得前往西方，或矮化為棲於谷地和洞穴的鄉野民族，緩緩地遺忘一切，世人也會忘卻我們。」

佛羅多低下頭。「妳的願望是什麼？」他最後說道。

「該發生的事，就該應運而生。」她回答，「精靈對他們土地和作品的愛比大海更深，心中永恆的懊悔也也不可能徹底平復。但比起向索倫屈服，他們寧可拋棄一切，因為他們已經摸清他的底細了。你不需要為洛斯羅瑞安的命運負責，只得為你自己的任務負責。但我希望至尊魔戒從未被鑄造出來，或是已永遠遺失。」

「妳睿智無懼又美麗，格拉翠兒夫人。」佛羅多說，「如果妳要的話，我願意把至尊魔戒給妳。這對我來說太沉重了。」

格拉翠兒忽然發出清亮的笑聲。「格拉翠兒夫人或許算是睿智吧，」她說。「但她在禮節上碰上了對手。你溫和地回報了我在首次見面時對你做出的考驗。你的眼光開始變得銳利了。我不否認，我的內心極度渴望你願意賜予的禮物。多年來，我都思索著如果權能魔戒來到我的手中，我會怎麼做。看啊！有人將它帶來我觸手可及的範圍了。無論索倫本身尚存或殞落，多年前創造出的邪惡力量都會以不同方式運作。如果我從訪客手上強硬地奪走魔戒，不就會彰顯出了它的力量嗎？

「現在它終於來了。你願意把魔戒交給我！你將讓女王取代黑暗魔君。我將不墮入黑暗，反而將如同早晨與黑夜般美麗與駭人！如同大海、太陽與高山上的白雪般優雅！如同風暴與閃電般恐怖！比大地的根基更加強大。萬物都將敬愛我並感到絕望！」

她舉起手，她手上的戒指發出一股強光，光芒只照耀在她身上，使一切陷入黑暗。站在佛羅多面前的她，看起來高大得難以判斷，也顯露出絕世美貌，散發出可怖而令人崇敬的氣息。接著她把手放下，光芒也隨之消失，她則忽然笑出聲來。看呀！她的身型縮減，化為纖瘦的精靈女子，身穿樸素的白衣，溫柔的嗓音聽來柔和而悲傷。

———

5 譯注：Nenya，在昆雅語中意指「水」。

「我通過了考驗。」她說，「我將淡去，回到西方，並繼續當格拉翠兒。」

他們沉默地站立許久。最後夫人再度開口。「我們回去吧！」她說，「你在早上必須動身，因為我們已經做出了選擇，命運的洪流也開始奔騰了。」

「在我們離開前，我想再問一件事。」佛羅多說，「我在裂谷經常想問甘道夫這件事。我有資格配戴至尊魔戒，那我為何看不見其他持戒者，也不曉得他們的想法呢？」

「你沒有試過。」她說，「自從你得知自己手中戒指的力量後，只把戒指套上手指三次過。別試！它會毀了你。甘道夫沒告訴你，這些戒指會根據每個擁有者的資質，賦予恰當的力量嗎？在你能使用那股力量前，你得先變得更強大，並鍛鍊自己統御他人的意志力。但即便如此，身為魔戒持有者，以及曾戴上它並見識過隱匿事物的人，你的眼光已經變得更為銳利。你比許多智者更精確地判斷出我的想法。你看到了七戒與九戒擁有者的邪眼。你不也認出了我手指上的戒指嗎？你有看到我的戒指嗎？」她再度轉向山姆問道。

「不，夫人。」他回答，「老實說，我不曉得妳在說什麼。我從妳的指縫間看到了一顆星星。但恕我多嘴，我想我的主人說得沒錯。我希望妳能收下他的魔戒。妳能撥亂反正。妳可以阻止人們把老爹趕出家門，害他得四處流浪。妳會讓有些傢伙為他們幹的航髒事負責。」

「我會的。」她說，「事情總是這麼開始。但恐怕這還不夠！但我們暫且不提這件事。我們走吧！」

第八章——
再會羅瑞安

當晚護戒隊再度被召集到凱勒彭的廳室中，領主與夫人則以親切的話語迎接眾人。最後凱勒彭提起他們要離開的事。

「時間已到，」他說，「想繼續這場任務的人，必須堅強起來，並離開這片土地。不再願意前進的人，可以暫時留在這裡。但無論他們留下或離開，都沒人能確定將有和平的未來。我們已逼近末日。想要的人，可以在此等待世界再度開放的那一刻，或是當我們召集他們協助羅瑞安最後一戰時。之後他們可以返回故土，或前往殞落戰士們的安息地。」

眾人一片沉默。「他們都決心要前進。」注視他們眼睛的格拉翠兒說。

「至於我，」波羅米爾說，「我的家鄉位於前方，不是後頭。」

「話是沒錯，」凱勒彭說，「但所有人都要和你去米那斯提力斯嗎？」

「我們還沒有決定去向。」亞拉岡說，「在洛斯羅瑞安之後，我不曉得甘道夫有什麼打算。我確實不認為他先前有過明確的目標。」

「也許沒有吧，」凱勒彭說，「但當你們離開這塊土地時，就絕對不能忘了大河。你們有些人清楚，除了搭船以外，從羅瑞安到剛鐸之間沒有旅人能扛著行囊渡河。奧斯吉力亞斯的橋梁不是已經遭到破壞，碼頭也受到魔王控制了嗎？

你們要往哪一側前進？通往米那斯提力斯的道路位在西側這邊。但通往任務的道路則位在大河東側的危險河岸。你們要走哪一邊？」

「如果大家採納我的建議，就會走西岸，也就是前往米那斯提力斯的道路。」波羅米爾說。「但我不是護戒隊的領袖。」其他人一語不發，亞拉岡看起來也滿腹質疑和心事重重。

「我明白你們還不曉得該怎麼做。」凱勒彭說，「我無法為你們選擇，但我會盡量幫助你們。你們之間有些人可以操縱船隻：列葛拉斯的族人熟識湍急的森林河，以及剛鐸的波羅米爾，和旅行者亞拉岡。」

「還有一個哈比人！」梅里喊道，「並非我們所有人都將船視為野馬。我的族人住在烈酒河畔。」

「很好。」凱勒彭說，「那我就為你們一行人提供船隻。它們必須又小又輕，因為如果你們渡河遠行，就得在某些地點搬運它們。你們會來到薩恩蓋柏的激流，或許還有勞洛斯瀑布，大河在此從南希索湖轟然流下，途中也有其他危機。小船或許能讓你們的旅程少些奔波。但它們無法提供你意見，最後你們依然得離開船隻和大河，並往西轉——

或往東。」

亞拉岡向凱勒彭致謝多次。獲得船隻使他寬心不少，也因為他還過幾天才需要做決定。其他人看起來也有了更多希望。無論前方有什麼危機，沿著寬闊的安都因河順流而下，都比彎腰駝背地跋涉面對一切來得好。只有山姆滿懷疑慮。他依然覺得小船和和野馬一樣糟糕或更惡劣，而他經歷過的所有危險，都無法讓他對小船改觀。

「在明天中午前，我們就會為你們在港口旁準備好所有物資。」凱勒彭說。「早上我會派人去找你們，來幫助你們為旅途做準備。我們希望你們今晚能夠安詳入睡。」

「晚安，我的朋友們！」格拉翠兒說。「平靜地睡吧！今晚別因對旅途的想法而心煩。也許你們每個人該走的路，都已經出現在面前了，只是你們還看不見。晚安！」

護戒隊就此告退，並回到他們的帳篷。列葛拉斯與他們同行，因為這是他們待在洛斯羅瑞安的最後一晚，儘管格拉翠兒要他們放心，眾人還是希望能共同討論。

他們花了很久爭論該怎麼做，以及要如何才能達成他們對魔戒的目的，但大夥躊躇不決。大部分成員顯然想先去米那斯提力斯，並至少暫時逃離魔王帶來的恐懼。他們願意跟隨領袖度過大河，並踏進魔多暗影，但佛羅多一語不發，亞拉岡也仍舊舉棋不定。

當甘道夫還在他們身邊時，他自己的計畫是和波羅米爾同行，帶他的劍前去解救剛鐸。因為他相信夢中的信息是股呼喚，伊蘭迪爾的繼承人也該現身與索倫抗爭。但他在墨瑞亞承接了甘道夫的重擔，也清楚如果佛羅多最後拒絕和波羅米爾同行，那自己也無法拋下魔戒。

但除了和佛羅多一同盲目地踏進黑暗，亞拉岡或其他護戒隊成員又能給予他什麼幫助呢？

「我要去米那斯提力斯，因為這是我的職責，有必要的話，也會孤身前去。」波羅米爾說。之後他沉默了半晌，端坐著緊盯佛羅多，彷彿想判斷出半身人的想法。最後他再度輕聲開口，彷彿正與自己爭論。「如果你只想摧毀魔戒，」他說，「那戰爭與武器就幫不上忙，米那斯提力斯的人民也無法協助。但如果你想摧毀黑暗魔君的軍力，那在缺乏武力的狀況下進入他的地盤就是愚行，拋棄它同樣也愚蠢無比。」他忽然停了下來，彷彿察覺自己說出了心聲。「我是說，拋棄生命愚蠢無比。」他把話說完，「你得在防衛要塞和大剌剌地走進死神懷中之間做選擇。至少，這就是我的觀點。」

佛羅多在波羅米爾的眼神中察覺了某種嶄新的奇異感受。波羅米爾的想法顯然與他最後那句話不同。拋棄什麼算是愚行？力量之戒嗎？他在愛隆會議中說了類似的話，但當時他接受了愛隆的糾正。佛羅多望向亞拉岡，但對方似乎陷入沉思，看來沒有聽到波羅米爾的話。大夥的爭論就此結束。梅里和皮聘已經呼呼大睡，山姆也在打盹。夜色已逐漸變深。

當他們早上開始打包簡便行囊時，會說他們語言的精靈們就來找眾人，為他們帶來許多供旅途使用的食物和衣物。糧食大多是用某種粗磨粉製成的薄蛋糕，外皮烤成淡棕色，裡頭則是奶油色。金力拿起一塊蛋糕，眼神質疑地看著它。

「克拉姆餅。」他低聲說，並折下一角輕嚙。他的表情迅速改變，津津有味地吃光整塊蛋糕。

「別吃了，別吃了！」精靈們笑著喊道，「你吃的量已經足以讓你走一整天的路了。」

「我以為這只是某種克拉姆餅，像河谷城居民為了在野外旅行所做的那種糕點。」矮人說。

「的確如此。」他們回答。「但我們叫它蘭巴斯或旅途麵包，比人類製作的任何食物更有益，聽起來也比克拉姆餅好聽多了。」

「的確沒錯。」金力說，「比起比翁一族的蜂蜜蛋糕更好吃。這可是莫大的稱讚，因為比翁一族是我所知最厲害的麵包師。但這些日子裡，他們不太願意把他們的蛋糕交給旅行者。你們真是好心的東道主！」

「無論如何，我們還是希望你省著吃。」他們說。「一次只吃一點，也只能在緊急時刻吃。這些糧食是準備給缺乏食物時用的。如果沒有破碎，也包在葉子裡的話，這些蛋糕的甜味就會維持許多天，和我們帶來時的味道相同。只需要一片蛋糕，就能讓旅行者走上許多天，即使是米那斯提力斯的高大居民之一也一樣。」

精靈們接著打開包裹，將他們帶來的衣物交給護戒隊。他們為每個人提供了尺寸合身的兜帽與斗篷，材質和格拉瑟族編織的絲綢布料相同，輕盈但保暖。很難判斷它們的顏色：它們在星光下的樹蔭中呈現灰色，但如果斗篷移動或進入另種光源下，就會如陰影中的樹葉般顯現出暗綠色，或是在夜裡露出休耕農地般的棕色，在星光下則閃著水波般的暗銀色。每件斗篷在脖頸處都有只別針，造型像片長有銀脈的綠葉。

「這些是魔法斗篷嗎？」皮聘問，他驚奇地看著它們。

「我不懂你的意思。」精靈們的領袖說，「這些是精美的服飾，材質也很優秀，因為它是在這片土地上製作的。它們自然是精靈長袍，或許你指的是這點。葉片與樹枝，清水與岩石：它們擁有羅瑞安暮光下我們所熱愛的萬物蘊含的色彩與美。我們將對自己深愛的一切所抱持的心思，全部灌輸進去。但它們是衣物，不是盔甲，無法阻擋箭矢或刀鋒，但它們能好好輔助你們。這些服飾穿起來十分輕盈，也能及時讓你們感到溫暖或涼爽。無論你們在岩石或樹林間行動，它們都能幫助你們躲避不友善的目光。夫人的確厚愛各位！她的侍女們親自編織了這些斗篷，我們先前也從未讓外地人穿戴我族的服飾。」

吃過早餐後，護戒隊便辭別了湧泉旁的草皮。他們的心情沉重，因為這是個優美的場所，對他們而言也成了家園般的地點，不過眾人無法估算自己待在此地的天數。當他們注視陽光下的白色流水半晌時，哈狄爾便跨越林地間的綠草來走向他們。佛羅多欣喜地向他打招呼。

「我從北方邊境回來了。」精靈說，「我將再度擔任你們的嚮導。黯溪谷濃煙密布；山脈也動盪不安；地底深處傳來了巨響。如果你們有人想往北方回到家園，就無法往那走了。但來吧！你們將往南走。」

當他們跨越卡拉斯格拉松時，碧綠色的通道上空無一人。但在他們頭頂的樹上，則傳來諸多低語與歌聲。一行人沉默地行走。最後哈狄爾帶他們走下丘陵南坡，他們則再度抵達懸掛吊燈的大門，並來到白橋，一行人就此離開了精靈之城。接著他們離開鋪石道路，轉向通往茂密梅隆樹林的路徑，再蜿蜒地穿過籠罩在銀影下的起伏林地，並讓他們一路往下坡走，朝南方與東方往河岸前進。

正午時，他們大約走了十哩，並抵達一處高大綠牆。穿過開口後，他們忽然走出了樹林。眾人面前有座葉片閃亮的漫長草地，上頭叢生著在太陽下閃爍的金色伊拉諾。草地延伸到明亮河岸旁的狹窄舌形區域：右邊西側的銀脈河波光粼粼，左邊東側幽深寬闊的大河則緩緩流淌。遠方河岸的林地繼續往南延伸到視野盡頭，但岸邊都顯得荒涼冷清。在羅瑞安以外，沒有梅隆樹長出金葉茂盛的枝枒。

在離河流匯集處一些距離外的銀脈河河岸上，有座以白石和白木柴建成的小碼頭。碼頭旁停泊了許多小船與渡船。有些船隻色彩鮮豔，閃爍著銀色、金色和綠色光澤，但大多船隻都呈現白色或灰色。有三艘小灰船已經為旅人們準備好了，精靈們也在船上安置了他們的行李。他們也準備數捆繩索，每艘船中都放了三條。繩索看似纖細，但質地強韌，手感彷彿絲綢，顏色則是與精靈斗篷相同的灰色。

「這些是什麼？」山姆問，一面拿起蔥鬱草地上的一條繩索。

「當然是繩子！」船上其中一名精靈回答，「遠行時一定得帶繩子！還得是堅固輕便的長繩。像這些一樣。它們或許能幫上大忙。」

「這還用說！」山姆說，「我一條都沒帶，也一直感到擔心。但我想知道這些繩子的材質，因為我懂一點製繩的方法，算是家族傳統吧。」

「它們是用希斯蘭編製而成的。」精靈說，「但現在沒時間教你製作方法了。如果我們早知道你喜歡這門技術，先前就能教你不少。可惜！除非你之後回來，不然就得先滿足於得到我們的禮物了。希望它好好幫助你！」

「來吧！」哈狄爾說，「一切為各位準備就緒了。上船吧！但小心點！」

「注意聽！」其他精靈們說，「這些船質地輕盈，也十分靈巧，不像其他種族的船隻。它們不會沉沒，所以你們可以盡量載運物品；但如果駕馭不當，它們就會飄往錯誤方向。在你們往下游出發前，最好先在碼頭習慣上下船隻。」

護戒隊以這種方式安排座位：亞拉岡、佛羅多和山姆在同一艘船。波羅米爾、梅里和皮聘搭另一艘船。第三艘船則載了成為好友的列葛拉斯與金力。大部分物資和行囊都放在最後一艘船中。他們用短柄船槳推動並掌控小船，船槳的寬闊末端呈葉片狀。當一切準備完成後，亞拉岡便帶他們嘗試往銀脈河上游划去。河水流速湍急，他們則緩緩往前航行。山姆坐在船首，緊緊抓著船身，一面留戀地望向岸邊。水上倒映的陽光使他睜不開眼睛。當他們航過河舌地上的綠地時，樹林便往後退到河岸旁。金色葉片四處漂浮在潺潺水流上。空氣清新而平靜，而除了高處的雲雀鳴叫外，周圍別無聲響。

眾人在河上急轉了個彎，並看到一隻體型龐大的天鵝氣勢高傲地順流而下，向他們游來。河水在牠彎曲頸部下的白色胸口兩旁形成漣漪。牠的嘴喙如同拋光黃金，雙眼則像黃色寶石中的黑玉般閃閃發光；牠的龐大白翼則稍微抬起。當牠逼近時，河上便傳來音樂，他們忽然間察覺那是艘船，以精靈的手藝雕成維妙維肖的鳥類外觀。有兩名身穿白衣的精靈用黑槳划船。凱勒彭坐在船隻中央，高大潔白的格拉翠兒則站在他身後。她頭頂戴著一頂金色花冠，手持豎琴，並開口歌唱。她的嗓音悲傷而甜美地飄蕩在冰涼的空氣中：

我歌頌樹葉，金葉，與遍地生長的金葉：
我歌頌微風，微風吹拂樹枝。
日月之外，海上掀起白浪，
伊爾馬林海灘上長了棵金樹。
它在永暮地群星下的艾達馬閃爍，
在精靈城市提力昂高牆旁的艾達馬。
金葉生長在漫長歲月中，
精靈的淚水在分離之海彼端落下。
噢，羅瑞安！冬天來臨，光禿無葉的日子。
樹葉落入水中，大河潺潺流去。
噢，羅瑞安！我在塵世居住已久，
金色伊拉諾在褪色王冠上糾纏。
但倘若我該歌頌船隻，又有哪艘船將來到我身邊，
哪艘船將載我跨越廣闊大海？

當天鵝船與他們齊頭平行時，亞拉岡便停住小船。夫人結束歌曲並迎接他們。「我們前來做最終道別，」她說，「並為你們獻上這塊土地的祝福。」

「雖然你們曾是我們的客人，」凱勒彭說，「卻還沒和我們一同用餐。因此我們邀請你們參加送別宴，地點就在即將把你們送離羅瑞安的河流旁。」

天鵝緩緩航向碼頭，眾人則掉轉船頭跟上它。送別宴便在伊格拉迪爾盡頭的綠草地上舉行，但佛羅多沒有吃喝多少東西，只在乎夫人的美貌與嗓音。她看來似乎再也不危險可怖，也沒有絲毫潛藏的力量。對他而言，她已經像是後世人類有時看到的精靈了——她身處當下，卻又遙不可及，彷彿時間洪流已將她拋在後頭遠處。

當他們用餐完畢後，眾人便坐在草地上，凱勒彭則再度向他們提起前方的旅途，並舉手往南指向河舌地遠處的森林。

「當你們順流而下時，」他說，「就會發現樹林逐漸變得稀疏，隨後就會抵達一處荒涼之地。大河流經高沼間的岩石谷地，等它流經幾里格後，就會抵達高聳的島嶼刺岩，我們將之稱為托爾布蘭迪爾[1]。大河繞過島嶼兩側的陡岸，並順著勞洛斯瀑布落下，發出巨響與水霧，灌入寧道夫，你們的語言將它稱為濕原[2]。那是塊寬闊的沼澤地帶，河流在那變得曲折分叉。恩特河從梵貢森林西方的諸多河口流進此處。那條河靠大河這側的地區，就是洛汗。遠處則是艾明穆伊。此處會吹起東風，因為這塊丘陵俯瞰著死亡沼澤和無人地，一直到基力斯哥葛[3]和魔多黑門。

「波羅米爾，以及要與他一同前往米那斯提力司的人，得在勞洛斯上游離開大河，在恩特河流入沼澤前跨越它。但他們不該前往河流太過上游的位置，也別冒險進入梵貢森林。那是片古怪的土地，現在外人也對它所知甚少。但波羅米爾和亞拉岡自然不需要這項警告。」

「我們在米那斯提力斯的確聽過梵貢森林。」波羅米爾說，「但我覺得自己聽過的傳言，大多只是老嫗口中的故事，是我們講給小孩聽的東西。洛汗以北的一切太過遙遠，人們對那裡充滿誇張的想像。在古代，梵貢森林曾坐落於我國的領土邊界；但我國已經有數百年沒人去過那裡了，無法證明或推翻昔日流傳下來的傳說。

我自己去過洛汗幾次，但我從未往北穿越它。當我以信使身分出發時，就從白色山脈的邊陲穿過洛汗隘口，在穿過艾森河和灰洪河後，便進入北境。那是趟漫長而疲憊的旅程。我估計大約有四百里格，也花了我好幾個月才走完；因為當我涉水渡過灰洪河時，就在撒巴德失去馬匹。經歷過那趟路程，並和這支團隊長途跋涉過後，我一點都不懷疑自己能找

---

1 譯注：刺岩（Tindrock）中的 tind 在古英文中意指「尖刺」，托爾布蘭迪爾（Tol Brandir）在辛達林語中則由「tol（島嶼）」和「brand（尖刺）」構成。

2 譯注：寧道夫（Nindalf）在辛達林語中由「nîn（濕）」和「talf（平原）」構成，濕原（Wetwang）中的「wang」在古英文中則代表「平原」。

3 譯注：Cirith Gorgor，在辛達林文中意指「陰森隘口（Haunted Pass）」。

出穿過洛汗的路，如果有必要的話，也得跨越梵貢森林。」

「那我就不多說了。」凱勒彭說，「但別看輕傳承自古代的知識。深藏老婦回憶中的東西，曾一度是智者的必要知識。」

格拉翠兒從草地上起身，從侍女之一手上取過一只杯子，在其中裝滿了白蜂蜜酒，並遞給凱勒彭。

「該是飲下道別酒的時刻了！」她說，「喝吧，格拉瑟族之主！儘管黑夜將隨正午到來，我們也已逼近終曲，但切勿感到悲傷。」

隨後她將酒杯端給護戒隊每個成員，要他們飲下，並向他們道別。但當他們喝完後，她就指示一行人再度坐在草地上，精靈們則為她和凱勒彭擺好座椅。侍女們站在她周圍，她則注視了客人們半晌，最後她再度開口。

「我們飲盡了道別酒，」她說，「我們之間也落下了陰影。但在你們離開前，我用船載來了格拉瑟族之主與夫人給你們的贈禮，讓你們能記得洛斯羅瑞安。」接著她輪流呼喚每名成員。

「這是凱勒彭與格拉翠而送給你們團隊隊長的禮物。」她對亞拉岡說，並將為他的佩劍量身打造的劍鞘送給他。上頭鑲有以金銀打造的花朵與葉片花紋，加上以許多寶石構成的精靈符文，符文拼寫出安督瑞爾的名稱，以及這把劍的淵源。

「從這把劍鞘中抽出的刀刃即使遭到擊敗，也不會沾汙或斷裂。」她說，「但在離別之際，你還想向我要求什麼嗎？黑暗將阻擋在我們之間，我們或許也無法再度相見，除非是在永遠無法回頭的路上。」

亞拉岡則回答：「夫人，妳清楚我的心之所向，也保管了我唯一尋覓的珍寶許久。但即便妳願意，那也不是妳能賜予我的禮物。我得穿過黑暗，才能贏得它。」

「但也許這能減輕你的負擔，」格拉翠兒說，「有人將它託付給我保管，等待你通過這塊土地，就能將它交給你。」接著她從腿上拿起一大顆鑲在銀製別針上的亮綠色寶石，別針的造型像隻展開雙翼的老鷹。當她拾起別針時，寶石便如同照拂春天樹葉間的太陽般閃耀。「我將這顆寶石送給我的女兒凱勒布理安，她則轉贈給她的女兒；現在它作為希望的象徵，來到你手上。此時此刻，收下你預言中的名號，伊力薩，伊蘭迪爾家族的精靈寶石[4]！」

---

4 譯注：《未完成的故事》（*Unfinished Tales*）提到托爾金曾寫過關於伊力薩寶石的四頁手稿。第一顆伊力薩可能由剛多林的精靈工匠埃納迪爾（Enerdil）或凱勒布林柏（在此手稿中，凱勒布林柏是剛多林的工匠，而非費諾家族的成員）製成，它擁有治癒傷痛的能力。埃納迪爾將它送給剛多林之王特剛之女伊翠兒（Idril），她日後則將之轉贈給兒子埃倫迪爾。當埃倫迪爾離開中土世界時，伊力薩也隨它而去。關於第二顆寶石則有兩種說法：來到中土世界的歐絡因（Olórin，也就是甘道夫）從西方帶來了這顆寶石，作為維拉雅凡娜（Yavanna）尚未捨棄中土世界的象徵，並將之託付給格拉翠兒，也提到當格拉翠兒即將離開中土世界時，將會把寶石傳承給另一位名叫伊力薩的人。第二種說法則是愛上格拉翠兒的凱勒布林柏為她製作了第二顆伊力薩寶石。

亞拉岡收下寶石，將別針別在胸口，眾人看著他時大感驚奇，他們先前從未留意過他的身高與王者氣息，也覺得多年來的風霜從已從他肩上落下。「我很感謝妳贈與的禮物。」他說，「身為凱勒布理安與亞玟．暮星長輩的羅瑞安夫人。我該如何讚美妳呢？」

夫人鞠了躬，接著轉向波羅米爾，送了他一條黃金腰帶。她給梅里和皮聘小型的銀製腰帶，上頭都裝有宛如金花造型的扣環。她給予列葛拉斯一把格拉瑟族使用的弓，比幽暗密林的弓更長，也更強韌，還繫上了精靈髮絲製的弓弦。這把弓還附上了一只裝滿箭矢的箭筒。

「至於你這位小園丁與樹木的愛好者，」她對山姆說，「我只準備了一項小禮物。」她在他的手上放了一只以樸素灰木製成的小盒子，除了蓋子上的一個銀色符文外，上頭別無裝飾。「上頭有代表格拉翠兒的G，」她說，「但這或許也能象徵你語言中的花園。盒子裡裝有來自我果園的土壤，也有格拉翠兒的祝福。它無法在旅途中協助你，也無法保護你不受危機侵害。但假若你好好保管它，最後也再度重返家園，或許它就能獎勵你。儘管你發現一切變得貧瘠荒蕪，只要你灑下這些土壤，中土世界就沒有多少花園能與你欣欣向榮的花園相比。你或許會記得格拉翠兒，並從遠方瞥見羅瑞安，你目前見過的只有我們的冬天。我們的春天與秋天已然逝去，它們將不復出現在世界上，只留存在回憶中。」

山姆滿臉通紅，低聲說了些沒人聽得見的話，並緊抓盒子，盡他所能地深深鞠躬。

「矮人會向精靈要求什麼禮物呢？」格拉翠兒轉向金力說。

「什麼都不要，夫人。」金力說，「能見到格拉瑟族的夫人，還能聽到她溫柔的話語，對我來說已經足夠了。」

「精靈們，聽好了！」她對身邊的精靈喊道，「別再說矮人貪婪又粗俗了！不過，葛羅音之子金力，你肯定想要某種我能贈與的東西吧？我命你明說！你不該是唯一一個沒有禮物的客人。」

「確實沒有，格拉翠兒夫人。」金力說，一面深深鞠躬，口吻結巴。「確實沒有，除非……除非我能向您求取一根頭髮，它的價值超越了地底黃金，如同繁星遠勝礦坑中的寶石。我不主動要求這種禮物。但您命令我說出自己的願望。」

精靈們訝異地交頭接耳，凱勒彭也驚奇地盯著金力，但夫人露出微笑。「據說矮人的手藝精巧，但辭不達意。」她說，「但在金力身上並不屬實。從來沒人向我提出如此大膽卻彬彬有禮的要求。既然我命令他開口，又怎麼能拒絕呢？但告訴我，你會怎麼處置這分禮物？」

「珍惜它，夫人。」他回答，「以紀念您在我們初次見面所說的話語。如果我能回到故鄉的鍛冶廠，就會將它放入不滅的水晶中，將它當作我家族的傳家之寶，與孤山和森林之間友誼的永恆象徵。」

夫人隨即鬆開了其中一條髮辮，剪下三根金髮，將髮絲放入金力手中[5]。「除了這分

---

5 譯注：《未完成的故事》中的章節〈格拉翠兒與凱勒彭的歷史〉提到，艾達族認為格拉翠兒的金髮汲取了雙聖樹（Two Trees）的光芒，許多精靈也覺得這啟發了費諾，使他在日後打造出同樣保存了雙聖樹光芒的精靈寶鑽。他曾向格拉翠兒索取髮辮三次，但格拉翠兒連一根頭髮也不給他。維林諾最強大的這兩名精靈從此勢不兩立。

禮物，我還要送你這段話。」她說，「我說的不是預言，因為所有預言現在都毫無意義：一隻手上握有黑暗，另一隻手上則只有希望。但假若希望沒有落空，那我就會對你說，葛羅音之子金力，你的雙手將滿溢黃金，但黃金將無法左右你的意志。」

「還有你，魔戒持有者。」她說，並轉向佛羅多，「我最後才找你，但你並非我心中最後想到的人。我為你準備了這個。」她拿起一只小水晶瓶，當她移動瓶身時，上頭便閃閃發光，白色光芒也從她手中流瀉而出。「這只瓶子裡，」她說，「裝盛了埃倫迪爾之星的光芒，並放置在來自我噴泉的清水中。當你身處黑夜，它便會閃爍得更加燦爛。當所有光芒消失時，願它在黑暗中為你帶來光明。記住格拉翠兒與她的鏡子！」

佛羅多接下小瓶子，當它在兩人之間發光時那一刻，他再度看到她如同偉大而俊美的女王般佇立，但不再令人感到畏懼。他深深鞠躬，卻找不到話可說。

夫人站起身，凱勒彭則帶他們回到碼頭邊。正午的金色陽光照耀著河舌地上的綠地，河水則閃動銀光。最後一切已準備就緒。護戒隊照之前安排的位置坐好。羅瑞安的精靈們向他們告別，並用灰色長篙將船隻推進河水中，流水就此將他們緩緩推走。旅人們一動也不動地坐著，沒有人交談。格拉翠兒夫人沉默地獨自站在靠近河舌地的草綠河岸上。當他們經過她身旁時，便轉身看她慢慢遠離眾人。對他們而言彷彿如此：羅瑞安正在往後退，如同以魔幻樹林作為桅杆的明亮大船，航向受到世人遺忘的海岸，他們則無助地端坐在一片樹葉也沒有的灰暗世界邊緣。

當他們觀看時，銀脈河便匯入了大河的水流，他們的小船則轉向並往南加速航行。夫人的潔白身影很快就變得渺小而遙遠。她像西沉太陽下遙遠丘陵上的玻璃窗般閃爍，也像從山上看到的遙遠湖泊：彷佛一顆落到大地上的水晶。佛羅多覺得，她舉起了雙臂做最終道別，她遙遠但清晰的歌聲也隨風飄來。但她用大海彼端精靈的古老語言歌唱，他也無法理解其中話語。旋律聽來美妙，但無法讓他安心。

但這正是精靈話語的力量，它們深深烙印在他的記憶中，之後他盡自己所能地翻譯了這些話語。這種語言來自那首精靈歌謠，其中提及了中土世界罕有人知的事物。

Ai! laurië lantar lassi súrinen,
yéni únótimë ve rámar aldaron!
Yéni ve lintë yuldar avánier
mi oromardi lisse-miruvóreva
Andúnë pella, Vardo tellumar
nu luini yassen tintilar i eleni
ómaryo airetári-lírinen.

Sí man i yulma nin enquantuva?

An sí Tintallë Varda Oiolosséo
ve fanyar máryat Elentári ortanë,
ar ilyë tier undulávë lumbulë;
ar sindanóriello caita mornië
i falmalinnar imbë met, ar hísië
untúpa Calaciryo míri oialë.
Sí vanwa ná, Rómello vanwa, Valimar!

Namárië! Nai hiruvalyë Valimar.
Nai elyë hiruva. Namárië!

「啊！如同風中飄落的金葉，如同樹木之翼般經歷無垠光陰！歲月如西方高廳中的甜酒流動，飄過瓦爾妲的碧藍蒼穹下，繁星在她神聖優美的歌聲中顫動。誰能倒滿我的酒杯？點燃者[6]瓦爾妲，星辰之后，從永白山[7]上舉起雲朵般的雙手，所有道路便沉浸在陰影之中。來自灰暗領域的黑暗，籠罩在我們之間的白浪上，霧氣則永久遮蔽了卡拉基里雅[8]。來自東方的人已再也無法找到失落的瓦力瑪[9]！再會！願汝尋獲瓦力瑪。也許汝將找到它。再會！」瓦爾妲正是世上的流亡精靈口中的埃兒碧瑞絲女神。

大河忽然轉了個彎，兩旁的河岸隨之隆起，羅瑞安的光芒就此消失。佛羅多再也沒有回到那片美麗土地過。

旅人們轉身面對旅途。太陽高掛在他們面前，眾人也感到眩目，因為每個人都已熱淚盈眶。金力放聲大哭。

「我看了最美麗的事物最後一眼。」他對同伴列葛拉斯說，「此後我再也不會說任何東西漂亮了，除非是她的禮物。」他把手擺在胸口。

「告訴我，列葛拉斯，我為何加入這場任務？我先前全然不曉得最大的危機是什麼！愛隆說得沒錯，我們無法預料會在路上碰見哪種事物。我畏懼的是黑暗中的凌虐，這也沒有使我駐足不前。但如果我早知道光明與喜悅帶來的危險，我就不會來了。就算我今晚直接面對黑暗魔君，也不會受到比這場分離帶來更重的傷！可憐的葛羅音之子金力！」

---

6 譯注：Kindler，即為辛達林語中的「吉爾松涅爾」。

7 譯注：Mount Everwhite，昆雅語中的坦尼奎特爾（Taniquetil），是阿門洲的最高峰。瓦爾妲與身為維拉之首的夫婿曼威（Manwë）居住於此。

8 譯注：Calacirya，阿門洲沿岸的佩羅瑞山脈（Pelóri）之間的隘口。

9 譯注：Valimar，維拉與邁雅所居住的城市。

「不！」列葛拉斯說，「可憐的是我們所有人！以及所有活在這些時代中的普世生靈。這就是世道：尋獲並失去，如同乘船渡河時眼中所見之物。但我認為你很幸運，葛羅音之子金力。因為你自由選擇了自己失去的事物，而你也可以選擇留下。但你沒有捨棄你的同伴，而此舉至少帶來的最小獎勵，就是讓洛斯羅瑞安的回憶澄澈地留在你心中，永不褪色或淡去。」

「或許吧，」金力說，「我很感謝你說的話。這肯定出自真心，但這些話無法讓人安心。人心渴求的並非回憶。那只是和凱勒德—薩雷姆同樣清晰的鏡子。或者該說，矮人金力的心底是這麼想的。精靈也許有不同的觀點。我聽說，記憶對他們而言，比起夢境還更像是清醒的世界。對矮人來說，就不是這麼回事了。

「但我們別再談了。注意小船！這些行李讓它吃水太深了，大河的流速也很快。我不想讓自己的悲傷泡在冷水中。」他拿起船槳，往西岸划去，跟著亞拉岡位在前方的小船，對方已經離開了中央的水流。

於是護戒隊繼續展開漫長的旅途，順著寬闊的急流而下，不斷往南前進。兩側河岸上只有光禿禿的樹林，他們也看不見身後的地區。微風停歇，大河也安靜無聲地流動。沒有鳥鳴打破這片死寂。隨著時間逐漸過去，太陽也變得迷濛，直到它在黯淡的天空中如同白色珍珠般微微發光。接著它沉入西方，黃昏也提早到來，隨後出現的則是毫無星辰的灰暗夜晚。眾人在寂靜的黑夜中繼續漂浮，在西側樹林的陰影下划著小船。大樹如同幽魂般經過，從霧氣中將它們扭曲飢渴的樹根插入河水。氣溫十分冷洌。佛羅多坐著傾聽大河在樹根間和岸邊的飄浮木所傳來的微弱拍打聲與咕嚕聲，直到他開始打盹，並陷入不安的睡夢中。

第九章——

大河

山姆喚醒了佛羅多。他發現自己全身包著毯子，躺在安都因大河西岸林地上一處寂靜角落中的高大灰樹下。他睡了整晚，灰色的早晨在光禿禿的樹枝間顯得黯淡。金力正忙著在附近生火。

在陽光變亮前，他們就再度動身。護戒隊大多人都不急於往南走。至少得等到抵達勞洛斯瀑布和刺岩島時，他們才能做出決定，由於還需要幾天，使他們對此感到心滿意足。他們順著大河的流速航行，完全不想加速到達遠方的危機，無論他們最後選擇哪條河道。亞拉岡讓他們隨著河水漂流，省下眾人的力氣，以對抗即將到來的倦意。但他堅持大夥至少每天都該提早出發，一路走到傍晚，因為他覺得時間緊湊，也擔心當他們待在羅瑞安時，黑暗魔君並沒有閒著發呆。

但他們那天依然沒有發現敵人的蹤跡，隔天也沒看見。灰暗的夜色相安無事地逝去。在他們航程的第三天，陸地便緩緩改變：樹林變得稀疏，接著盡數消失。他們在左邊的東側河岸看到朦朧長坡一路向天際延伸，棕色的坡地看起來凋零荒蕪，彷彿曾受到大火侵襲，連一片綠葉都沒有留下。這是片不友善的荒原，上頭沒有樹墩，也沒有顯眼的石塊，無從緩和此地的空蕩感。他們來到了位於南幽暗密林和艾明穆伊丘陵之間廣闊荒涼的褐地。當地究竟遭遇過魔王帶來的哪種瘟疫、戰火或惡行破壞，就連亞拉岡也不曉得。

他們右側的西邊河岸上沒有任何樹木，但地勢平坦，許多位置也長滿寬闊草原。眾人在大河這側經過了茂密的蘆葦群，當小船沙沙作響地漂過擺動的草叢時，蘆葦高得擋住了西方的視線。它們乾癟的草冠在寒冷的空氣中彎曲擺盪，輕輕發出悲傷的嘶嘶聲。佛羅多忽然瞥見在四處綿延不斷的草地，遠方則有夕陽下的山丘，視野邊界之外還有一排黑色輪廓，那正是迷霧山脈最南端的支脈。

除了飛鳥以外，附近沒有任何生物在移動。鳥類則為數眾多，小型飛禽在蘆葦叢中啁啾鳴叫，但眾人很少看到牠們。旅人們有一兩次聽到天鵝翅膀的拍擊聲，當他們抬起頭時，就看到一群鳥往天空飛去。

「是天鵝！」山姆說，「還是很大的天鵝！」

「沒錯。」亞拉岡說，「牠們是黑天鵝。」

「這一帶看起來真是空蕩又淒涼！」佛羅多說，「我老是以為當我們往南走時，天氣就會變得更加溫暖宜人，直到冬天被拋到腦後。」

「但我們還沒抵達南方。」亞拉岡回答，「現在還是冬天，我們也離海邊很遠。直到春天到來前，這裡的世界依然寒冷，我們也還可能碰上下雪。在安都因河下游遙遠的貝爾法拉斯灣，或許就會變得溫暖宜人了，或是沒有魔王在的話理應如此。但我猜，我們離數百哩外的夏郡南區以南還不到六十里格。你們正往西南方看，望向驃騎國的北方平原，也就是馬王之國：洛汗。不久我們就會來到林清河河口，那條河從梵貢森林流出，並匯入大河。那就是洛汗的北方邊界。在古代，從林清河到白色山脈之間的土地，都屬於洛希人。那是片豐饒秀麗的地區，當地的青草品質舉世無雙。但在近來的亂世中，人們不會住在大河旁，或經常騎馬前往河岸。安都因十分寬闊，但歐克獸人還是能從河流對岸射箭。據說，近來牠們曾大膽渡河並掠奪洛汗的牧群與牲畜。」

山姆不安地來回觀望河岸。樹林先前顯得充滿敵意，彷彿裡頭藏匿了敵人的窺探目光和危險；現在他則希望岸邊還有林子。他覺得護戒隊赤裸裸地暴露在外，漂浮在毫無遮蔽物的地區中央的小船上，這條河還是戰爭時期的兩軍邊界。

在接下來一兩天，隨著他們穩定地往南前進，不安全感籠罩住所有隊員。有一整天，他們都緊抓船槳，急著向前划。河岸往後漂去，大河很快就變得更寬，也變得更淺。東邊出現了礫石長岸，水中則有滿布石塊的淺灘，所以他們得小心掌舵。褐地化為荒涼的原野，東方的冷風則由此吹來。另一側的草地則成為雜草叢生的廣大沼地。佛羅多打了個冷顫，心中想起羅瑞安的草地與湧泉，和明亮的太陽與柔和的雨水。每艘船上沒有多少交談與笑聲。護戒隊的每個成員都忙著思索自己的心事。

列葛拉斯的內心，正在夏夜繁星下某座北方林地裡的山毛櫸林中奔跑。金力在心中把玩黃金，想知道是否適合將它加入女王贈禮的容器中。中央小船裡的梅里和皮聘感到不安，因為波羅米爾正坐著咕噥，有時還啃咬指甲，彷彿有某種煩躁感或質疑使他心煩意亂。有時他則抓起船槳，把小船划到亞拉岡的船隻後頭。坐在船首的皮聘此時往後一看，便在波羅米爾向前注視佛羅多時，在他眼中察覺一股怪異精光。山姆許久前就已經下定決心，儘管小船也許沒有自己先前想的危險，但它們依然比自己想像得更不舒適。他感到擁擠又難受，除了盯著冬日土地緩緩飄過，以及身旁兩側的灰色河水以外，他一籌莫展。就連當大夥用起船槳時，也不敢讓山姆拿。

當第四天的黃昏落下時，他就往後望向低頭的佛羅多和亞拉岡，和後頭的船隻；他感到昏昏欲睡，也渴望紮營和感受到腳趾下的土壤。忽然間，有某種東西吸引了他的目光；剛開始他無精打采地盯著那東西看，於是他坐起身並揉揉眼睛。但當他再度觀望時，就看不見目標了。

那晚他們在靠近西岸的小島上紮營。山姆用毯子裹住自己，躺在佛羅多身旁。「我們停下前的一兩個小時，我做了有趣的夢，佛羅多先生。」他說，「或許那不是夢。但一樣很有趣。」

「嗯，是什麼？」佛羅多說，他清楚直到把故事說完前，山姆不會冷靜下來。「自從我們離開洛斯羅瑞安後，我就沒見過或想到能讓我露出笑容的東西了。」

「不是那種有趣，佛羅多先生，應該說是古怪。如果那不是夢，一切就有問題了。你最好聽聽看。是這樣的：我看到一根長了眼睛的木頭！」

「木頭沒什麼問題。」佛羅多說，「大河裡有很多漂浮木。但沒有眼睛呀！」

「那可不對。」山姆說，「就是眼睛害我坐起來的。在微光下，我以為有根木頭漂在金力的小船後，但我沒太在意。接著木頭似乎緩緩追上我們。那真的很奇怪，因為我們全都一起在河上漂浮。這時我看到了眼睛，有點像兩顆蒼白光點，出現在接近木頭末端的樹瘤上。而且，那並不是木頭，因為它有船槳般的雙腳，幾乎像天鵝的腳，只不過那雙腳看起來更大，也不斷往水裡伸進伸出。

「這時我坐直身子並揉揉眼睛，如果把睡意從腦袋中抹掉時，它還在原處的話，我就要大叫了。無論那是什麼東西，現在都快速靠近金力身後了。但我不曉得是因為那兩顆光點看到我起身觀看，還是因為我恢復神智了。當我再往外看時，那東西就不見了。但我覺得，我從眼角瞥見某種黑色的東西衝進河岸上的陰影中。但我就沒看到眼睛了。

「我對自己說：『又做夢了，山姆．甘吉。』之後我什麼也沒說。但我之後一直在想這件事，現在也不太確定了。你覺得呢，佛羅多先生？」

「如果這是有人第一次看見那雙眼睛，」佛羅多說，「我會不置可否，覺得只是因為黃昏和睡意，而把木頭看走眼了。但這不是它們第一次出現，在我們抵達羅瑞安前，我就在北方看過了。那晚我也看到長著明亮雙眼的奇怪生物往板臺上爬。哈狄爾也看見了。你記得去追捕歐克獸人軍團的精靈帶來的回報嗎？」

「啊，」山姆說，「我記得，我還想起了更多事。我不喜歡自己的念頭，但我左思右想，還回想起比爾博先生的故事後，就覺得能猜出這個生物的名字了。這名字真噁心。也許是咕嚕？」

「對，我也擔心一陣子了。」佛羅多說，「自從在板臺那晚，就開始了。我猜他躲在墨瑞亞，從那裡開始跟蹤我們。但我猜當我們待在羅瑞安時，就害他追丟了。那隻可怕的生物肯定躲在銀脈河旁的樹林裡，偷偷看我們離開！」

「一定是這樣。」山姆說，「我們也最好小心一點，不然哪天晚上，如果我們驚醒的話，就會感到噁心的手指掐住我們的脖子。我就是要講這件事。今晚不用打擾快步客或其他人。我會負責守夜。我可以明天再睡，畢竟我在船上跟行李差不多。」

「的確，」佛羅多說，「但我會說是『長了眼睛的行李』。你可以守夜，但如果快到清晨前什麼事都沒發生，就得把我叫醒。」

深夜時分，佛羅多從沉睡中甦醒，發現山姆正在搖他。「叫醒你真不好意思，」山姆悄聲說道，「但你要我這麼做。附近沒什麼狀況，也沒什麼可講的。剛剛我以為自己聽到某種潑水聲和嗅聞聲，但在夜裡的河邊很容易聽到這種怪聲。」

他躺了下來，佛羅多則裹著毯子坐起身，努力甩去睡意。時間慢慢地過了幾分鐘或幾小時，什麼也沒發生。當佛羅多準備臣服於再度躺下的誘惑時，就有個幾乎難以瞥見的黑色形體漂到其中一艘停泊的小船旁。他隱約看見一隻慘白長手抓住了舷緣，而窺探船內時，兩顆燈火般的蒼白眼睛便閃動著冷冽的精光，接著眼珠往上看，望向小島上的佛羅多。它們的距離不過只有一兩碼，佛羅多也聽到輕柔的吸氣聲。他站了起來，從劍鞘中抽出刺針，並面對眼珠。眼珠中的光芒立刻消失。外頭傳來另一陣嘶嘶聲和潑濺聲，漆黑的木頭形體則馬上往下游漂入夜色中。睡夢中的亞拉岡動了起來，並轉過來坐起身。

「怎麼了？」他悄聲說道，一面衝到佛羅多身旁，「我在睡覺時感覺到某種東西。你為什麼要拔劍？」

「咕嚕。」佛羅多回答，「我猜至少是他吧。」

「啊！」亞拉岡說，「所以你知道了我們的小跟班，是嗎？他從墨瑞亞一路跟著我們到寧蘿黛爾河。自從我們搭船後，他就漂在一塊木頭上，手腳並用地划水。我曾在夜間嘗試捕捉過他一兩次，但他比狐狸更狡猾，也比魚兒更滑溜。我本來希望在河流上的航程會擊敗他，但他的水性太優秀了。

我們明天得試著划快一點。你去躺下吧，今晚接下來我負責站崗。我希望我能逮到那傢伙。我們或許能讓他有點功用。但如果我抓不到他，我們就得試圖甩掉他。他非常危險。除了可能在晚間攻擊外，他也可能讓附近的敵人察覺我們。」

那晚咕嚕連影子都沒再露出來。之後護戒隊就謹慎地注意周遭，但他們沒有在航程上再看到咕嚕。如果他仍然跟在後頭，也十分小心而狡猾。在亞拉岡的要求下，他們划了非常久的船，河岸也迅速往後退。但眾人很少看清周遭地區，因為他們大多在夜間和微光下行動，在白天休息，並盡可能躲藏起來。時間太平無事地過去，直到第七天。

天氣仍然灰濛濛的一片，風則從東方吹來，但當傍晚化為黑夜時，西方的天空就變得晴朗，灰色雲層下也綻放出微弱的黃色與淡綠色的光芒。月亮的白色光暈在遠方的湖泊上閃爍。山姆望著月亮，並皺起眉頭。

隔天兩側的地形開始快速改變。河岸隆起並變得崎嶇。一行人很快就穿越了滿布岩石的丘陵區，兩邊的岸上都有長滿荊棘與黑刺李樹叢的陡峭山坡，上頭還交纏著刺藤和爬藤。山坡後矗立著低矮的懸崖，以及布滿密集藤蔓的煙囪狀灰石，而在這些地形遠方的高聳山脊，頂端則長了受到強風吹拂的冷杉林。眾人正逐漸逼近艾明穆伊的灰暗丘陵地帶，也就是大荒原的南方邊陲。

懸崖與煙囪狀石柱周圍有許多飛鳥，好幾群鳥兒一整天都在高空中繞圈，在黯淡的天空下顯得漆黑。那天當他們躺在營地時，亞拉岡便滿懷疑慮地望著飛鳥，想知道咕嚕是否搞了什麼鬼，而和他們航程有關的風聲是否已傳遍了野地。之後當太陽西下，護戒隊也準備好再度動身時，他就在暮光中觀察到一枚黑點：那是隻翱翔在遠方高空的巨鳥，牠有時繞圈，有時又緩緩往南飛。

「那是什麼，列葛拉斯？」他問，一面指向北方天空。「和我想的一樣是老鷹嗎？」

「沒錯。」列葛拉斯說，「那是隻狩獵中的老鷹。我想知道那有什麼含義。牠離山區很遠。」

「直到完全天黑，我們再啟程。」亞拉岡說。

他們旅程的第八夜開始了。周圍寂靜無風，灰濛濛的東風已經止息了。彎月提前落入黯淡的夕陽光芒中，但頭頂的天空晴朗無雲，不過在南邊遠方仍然有微微反光的厚重雲層，西方的繁星則閃動耀眼光芒。

「來吧！」亞拉岡說，「我們要再走一趟夜路。我們來到了我不太熟悉的大河流域，因為我從來沒在這一帶走過水路，也不熟悉從這裡到薩恩蓋柏激流之間的狀況。但如果我判斷正確，激流還在好幾哩外。不過在我們抵達那裡前，還會碰上許多危險地區：河裡有礁石和岩島。我們得謹慎觀察周遭，盡量不要划得太快。」

帶頭小船中的山姆擔任守望人。他趴在前方，望進黑暗中。夜色越來越深，但頭頂的繁星出奇地明亮，河面上也泛著微光。當時逼近深夜，他們也漂流了一陣子，幾乎沒有使用船槳，而此時山姆喊了一聲。前方幾碼外的河水中隆起了漆黑物體，他也聽到急流的流竄聲。有道激流往左彎，奔向河道開闊的東岸。當他們被捲到一旁時，旅人們就從近距離看到大河打在尖銳岩石上的白色水沫，岩石則如同利齒般矗立於河流中央。小船全擠在一起。

「喂，亞拉岡！」波羅米爾在他的船撞上領頭船時叫道。「這太瘋狂了！我們不能在晚上渡過激流！但無論日夜，都沒有船能順利通過薩恩蓋柏。」

「後退，後退！」亞拉岡喊道，「掉轉船頭！盡量掉轉船頭！」他把船槳伸入水中，試圖穩住船並讓它轉彎。

「這在我的預料之外。」他對佛羅多說，「我不曉得我們已經來到這麼遠的位置了，安都因流得比我想得還快。薩恩蓋柏肯定已經在附近了。」

他們費勁地控制住小船，並移轉它們的方向。但他們剛開始只能稍微在水流中前進，也總是被沖得越來越靠近東岸。河岸在夜色中不祥地隆起。

「所有人一起划！」波羅米爾叫道，「用力划！不然我們就要擱淺了！」當他說話時，佛羅多就感到底下的龍骨摩擦到石塊。

這時弓弦聲忽然響起，好幾支箭呼嘯地飛過他們，有些還掉落在他們之間。有支箭擊中佛羅多的肩胛骨間，使他叫了一聲並往前跌倒，放開了他的船槳。但由於他外衣下鎖子甲的保護，使箭矢掉了下去。另一支箭射穿了亞拉岡的兜帽。第三支箭則釘在第二艘船的舷緣上，十分靠近梅里的手。山姆覺得他看到黑色人影在東岸下的礫石長灘上來回奔跑。他們似乎非常靠近。

「*Yrch!*」列葛拉斯用自己的語言說道。

「歐克獸人！」金力大喊。

「我敢打賭是咕嚕搞的鬼。」山姆對佛羅多說，「還真會選地方。大河好像要直接把我們送進牠們的手掌心了！」

他們全都傾身抓緊船槳，就連山姆都出了手。大夥隨時都覺得會感受到黑羽箭矢的衝擊。許多飛箭飛過頭頂，或擊中附近的水面；但沒有箭矢擊中任何人。周圍一片漆黑，但對歐克獸人擅長夜視的眼睛來說，並不會太暗。而要不是羅瑞安的灰斗篷與精靈小船的灰木擊敗了魔多弓箭手的惡意，微光中的他們肯定會成為狡猾敵人們的標靶。

他們一下一下地努力往前划。在黑暗中很難確認他們是否有移動，但水流逐漸變小，東岸的陰影也溶入黑暗中。最後，根據他們的判斷，眾人已再度抵達了河流中央，並將小船移到尖銳岩石遠處。他們稍微調轉方向，用盡全力划向西岸。他們停在籠罩河水的灌木叢陰影下，並喘了口氣。

列葛拉斯放下船槳，拿起他從羅瑞安帶來的弓。接著他跳到岸上，往河岸跨了幾步。他彎弓搭箭並轉過身，往後注視大河對面的黑暗。河水對岸依然傳來尖銳叫聲，但大夥什麼都看不見。

佛羅多抬頭望向站在高處的精靈，對方望進夜色，找尋射擊目標。他的頭頂漆黑，上空的白色繁星在後頭的黑暗天空中閃爍。濃厚的雲朵升起並從南方飄來，迅速將烏雲送入星空。恐懼感突然籠罩了護戒隊。

「埃兒碧瑞絲，吉爾松涅爾！」列葛拉斯向上看時說道。當他這麼做時，有個漆黑形體從南方的黑暗中冒出，它如同雲朵，卻並非烏雲，因為它移動得更快，並向護戒隊加速飛來，在逼近時遮蔽了所有光線。很快就能看出它是某種巨型有翼生物，比夜晚中的地洞更加漆黑。河流對岸的凶狠叫聲四起，迎接它的到來。佛羅多忽然感到一股寒意竄過全身，扣住他的心頭。他的肩膀感到冰冷無比，彷彿是舊傷帶來的回憶。他躲藏般地蹲了下來。

羅瑞安的巨弓忽然響了一聲。箭矢隨著尖鳴從精靈弓弦射出。佛羅多往上望去。幾乎抵達他上空的有翼形體晃了一下。當它從空中落下時，就發出刺耳的嘶啞尖叫，並消失在幽暗的東岸。天空再度變得晴朗。遠方傳來雜亂的諸多叫聲，在黑暗中咒罵與嚎叫，隨即陷入沉默。那晚東岸都沒有再發出任何箭矢或叫喊。

過了一陣子後，亞拉岡便領著小船往上游划。他們靠感覺沿著水邊航行了一段路，直到他們找到一處小淺灣。有幾棵矮樹長在水邊，後頭則有座陡峭岩坡。護戒隊決定在此處等待黎明，當晚再試圖移動毫無助益，他們沒有紮營和生火，只是擠在緊靠彼此的小船裡。

「讚美格拉翠兒的弓，還有列葛拉斯的神手與眼睛！」金力咀嚼著一片蘭巴斯時說，「那真是在黑暗中的完美一擊，我的朋友！」

「但誰知道飛箭擊中了什麼？」列葛拉斯說。

「我不曉得。」金力說，「但我很慶幸黑影沒有靠近。我一點都不喜歡它。它讓我想起墨瑞亞的黑影——炎魔的黑影。」他低聲說完。

「那不是炎魔。」佛羅多說，依然因襲上身體的寒意而打顫。「那是某種更冰冷的東西。我想那是……」他停了下來，一語不發。

「你怎麼想？」波羅米爾急切地問，邊從他的小船上傾身，彷彿想看見佛羅多的臉。

「我想——不，我不說了。」佛羅多回答，「無論那是什麼，它的墜落都讓我們的敵人大失所望。」

「看起來是如此。」亞拉岡說，「但至於牠們在哪，數量有多少，以及下一步會怎麼做，我們都不曉得。今晚我們不能睡！黑暗會藏匿我們。但誰知道白天會有什麼情況？把武器放在手邊！」

山姆坐著輕拍他的劍，彷彿正用手指算數，並仰望天空。「真奇怪。」他咕噥道，「夏郡與大荒原的月亮是同一個，或者應該是這樣吧。但要不是它出錯了，不然就是我搞錯了。你記得吧，佛羅多先生，當我們躺在那棵樹上的板臺時，月亮還只是月牙，我想還要一週才滿月。我們昨晚已經出發一週了，結果卻出現了細得像指甲屑的新月，彷彿我們從來沒待在精靈國度過。

「這個嘛，我肯定記得在那待的三晚，似乎也能記得更多天，但我敢打賭沒待上整個月。任何人都會覺得在那裡沒有度過時間！」

「或許那就是當地的狀況。」佛羅多說，「也許在那片土地上，我們待在早已消失的時代中。我想，直到銀脈河讓我們回到安都因河，我們才返回從凡世流向大海的時間中。我也不記得在卡拉斯加拉松中見過任何新月或滿月，只看到夜晚的星星和白天的太陽。」

列葛拉斯在他的船上動了一下。「不，時間並不會永遠停滯。」他說，「但所有事物與地點的改變與成長，並不完全一樣。對精靈而言，世界不斷移動，速度飛快，同時也極度緩慢。飛快的原因，是由於他們本身改變得很少，其他事物則飛逝過身旁；這對他們而言是種悲傷。緩慢的原因，是由於他們不需要為自己計算急速逝去的歲月。交替的季節，只不過是漫漫長河中再三重複的漣漪。但太陽底下的萬物終將來到盡頭。」

「但消逝的速度在羅瑞安非常緩慢。」佛羅多說，「夫人的力量在其中運作。在卡拉斯格拉松的時間儘管短暫，卻豐富無比，格拉翠兒就在那裡佩戴著精靈魔戒。」

「不該在羅瑞安外提起那件事，甚至對我也不該說。」亞拉岡說，「別再提了！但確實如此，山姆，在那片土地上，你無法估算時間。在那裡的時間對我們而言流逝得飛快，就如同精靈的感受。外頭世界的舊月落下，新月盈虧，我們則停滯在當地。昨晚新月再度升起。冬天幾乎要結束了。時間緩緩流向希望渺茫的春天。」

黑夜無聲地過去。他們沒再聽到河流對岸傳來的叫聲或呼喚聲。擠在小船上的旅人們感到天氣的變化。從南方與遙遠海洋飄來的潮溼厚雲，使底下的空氣變得溫暖沉悶。大河在激流中的岩石上發出的撞擊聲也變得響亮又靠近。他們頭頂的樹枝開始落下水滴。

白天時，他們周遭世界的氛圍就變得柔和而悲傷。黎明慢慢露出蒼白光線，光芒並不集中，也沒有投下陰影。大河上瀰漫著霧氣，白霧則包覆住河岸；他們看不到遠方的河畔。

「我受不了霧氣，」山姆說，「但這股霧似乎很幸運。我們或許能成功逃跑，那些哥布林也不會看見了。」

「也許吧。」亞拉岡說，「但除非霧氣之後稍微散去，不然就很難找到通路了。如果我們要通過薩恩蓋柏，並抵達艾明穆伊的話，就得找到通路。」

「我看不出為何我們得通過激流，或繼續順著大河走。」波羅米爾說，「如果艾明穆伊在我們前方，我們就能拋下這些小船，並往西方和南方走，直到我們來到恩特河，並進入我的國度。」

「如果我們要去米那斯提力斯的話，就可以這樣做。」亞拉岡說，「但我們還沒有同意走那條路。那條路可能會比聽起來更危險。恩特河谷平坦又滿布沼澤，對徒步又背負重擔的旅客而言，當地的霧氣也是致命危機。直到必要時刻前，我不會捨棄我們的船。大河至少是條不會迷失的路線。」

「但魔王占據了東岸。」波羅米爾駁斥道，「即便你能通過亞格納斯之門，並毫髮無傷地抵達刺岩，你又會怎麼做？跳下瀑布並降落在沼澤嗎？」

「不！」亞拉岡回答，「應該說我們會走古道，把我們的小船搬到勞洛斯瀑布底下，從那裡繼續走水路。你不曉得嗎，波羅米爾，或是你故意忘了北梯，以及阿蒙漢上興建於王者時代的的王座？在我決定接下來的路線前，至少想再度站上那座高處。或許我們能在那找到能指引我們的某種跡象。」

波羅米爾抗拒了這項選擇很久，但當佛羅多明顯會跟著亞拉岡前往各地時，他就放棄了。「米那斯提力斯的人民不會遺棄有需要的朋友，」他說，「而如果你們要抵達刺岩，就會需要我的力量。我會前往這座高島，但僅此為止。我會在那裡轉往家園，如果我的協助沒有贏得任何友誼，我也會孤身前進。」

天色漸亮，霧氣也稍微消散。眾人決定，亞拉岡和列葛拉斯該立刻沿著河岸前進，其他人則待在船邊。亞拉岡希望能找到讓大夥能搬運船隻和行李的道路，以便抵達激流外較平緩的水域。

「精靈小船或許不會沉沒，」他說，「但那不代表我們能活著度過薩恩蓋柏。沒有人這樣做過。剛鐸人民沒有在這一帶開路，因為即便在他們的輝煌時期，他們的國度也沒有超過艾明穆伊以外的安都因河上游。但西岸有條運輸通道，希望我能找到它。它不可能消失，因為經常有小船從大荒原航向奧斯吉力亞斯，一直到幾年前魔多的歐克獸人開始增加時才停止。」

「我這輩子很少看過有船從北方下來，歐克獸人也總是在東岸出沒。」波羅米爾說，「如果你往前走，危機便會隨著每哩路逐漸增加，即便你找到通道也一樣。」

「每條南向道路前方都有危機，」亞拉岡回答，「等我們一天。如果那時我們沒有回來，你們就知道我們碰上危難了。你們就得選出新領袖，並盡快跟他走。」

佛羅多心情沉重地望著亞拉岡和列葛拉斯爬上陡岸，並消失在霧氣中；但他的擔心是多餘的。當探索者們的模糊身影再度出現時，才過了兩三小時，也還沒到中午。

「狀況很好。」當亞拉岡爬下河岸時，便這麼說，「的確有條小徑，它通往仍然堪用的碼頭。距離並不遠，激流的源頭離我們下方只有半哩，也只有約一哩長。河水在離激流不遠的位置再度變得和緩，不過流速很快。我們最困難的任務，就是將小船和行李運到舊運輸通路上。我們找到通路了，但它位在遠離水邊的地點，順著某座岩壁的背風面延伸，離岸邊約有一弗隆左右的長度。我們沒有找到北方碼頭的位置。如果它還存在的話，我們昨天晚上肯定就經過它了。我們或許會費力往上游走，卻在霧裡錯過它。我擔心我們現在得離開大河，並盡快從這裡前往運輸通道了。」

「就算我們都是人類，那也不容易。」波羅米爾說。

「儘管如此，我們還是會試試。」亞拉岡說。

「沒錯，我們會的。」金力說，「人類的雙腿在難走的道路上會變慢，矮人的腿則會繼續邁進，就算重擔比他的體重重上兩倍，波羅米爾大爺！」

這場任務確實艱辛，但最後依然順利完成了。他們將貨物從船中取出，把東西移到河岸頂端的平坦空間。接著他們從水裡拖出小船，把船隻搬上岸。船身比他們預料得還輕。就連列葛拉斯，也不曉得它們是用精靈國度中的哪種木頭做的，但木頭堅韌又出奇輕盈。梅里和皮聘自己就能沿著平地輕鬆搬運小船。不過還是需要兩個人類的力量，才能抬起船身，將它們拖上護戒隊得跨越的地面。道路往河流上坡伸去，那塊崎嶇荒地上滿是灰色巨石，還有許多長滿野草和灌木叢的隱蔽坑洞，以及荊棘叢和險峻的谷地。四處可見沼澤般的池子，池水則來自內陸遠方的台地。

波羅米爾和亞拉岡一個接著一個地搬運小船，其他人則帶著行李在他們身後費勁跋涉。最後他們取出所有物品，將東西擺在運輸通路上。隨後他們在沒遇到多少阻攔的狀況下共同前進，只碰到蔓生的野玫瑰叢與諸多散落一地的石塊。霧氣依然瀰漫在崩塌的岩壁下，他們左側的大河也受到迷霧籠罩。眾人能聽見河水流過薩恩蓋柏的尖銳岩棚與銳利礁石時發出的巨響，但他們看不到河流。他們走了兩趟，才將所有物品安全搬到南方碼頭。

運輸通路在此從河邊轉向，再平緩地往下伸向一座小池子的淺灘邊緣。它似乎是在河邊挖出的，並非仰賴人工，而是從薩恩蓋柏沖下的河水撞上河流中某塊突出的低矮岩石後所形成的。它遠方的河岸隆起成為一座灰崖，步行的旅人便無路可走。

短暫的下午即將消逝，烏雲密布的黯淡黃昏也即將到來。他們坐在水邊，聆聽霧氣中激流的模糊巨響。他們疲倦又昏昏欲睡，內心也與即將逝去的白日一樣陰沉。

「好啦，我們到了，也得在這裡度過一夜。」波羅米爾說，「我們需要睡眠，就算亞拉岡想在晚上通過亞格納斯之門，我們也都太累了——我們堅強的矮人自然除外。」

金力沒有回答，他正坐著打盹。

「我們現在盡量休息吧。」亞拉岡說，「明天我們得再次在白天出發。除非天氣再度改變並阻撓我們，不然我們就很有機會溜走，東岸的敵人也不會窺見我們。但今晚得有兩人輪流守夜：輪班三小時，就換另一人上哨。」

除了黎明前的短暫小雨外，那晚沒發生更糟糕的事。當天色全亮時，他們就開始動身。霧氣已逐漸散去。他們盡量靠近西岸，也能看見低矮山崖的形體逐漸升高，這些陰暗高強的地基伸入了湍急的河流。早晨過了一半時，雲層就降得更低，也開始下起大雨。他們用防水布蓋住小船，以免船隻積水，並繼續在河上漂浮。在不斷落下的灰色雨幕中，他們很難看到前方或周遭的景象。

不過，雨並沒有下太久。天空緩緩變亮，忽然間撥雲見日，破碎的雲朵往北方飄向河流上游。霧氣完全消失。旅人們面前有座寬闊的峽谷，兩側巨型岩壁上的狹窄裂縫中，則長了幾株扭曲的樹。河道變得狹窄，大河也流得更快。他們正加速漂浮，無論會在前方碰到什麼，都無法停下或轉彎。他們頭頂有塊狹長的淡藍色天空，周圍是陰影下的昏暗大河，面前則是遮蔽太陽的艾明穆伊丘陵，眾人也看不到當地有任何出口。

佛羅多向前望去，發現遠方有兩座巨岩正在逼近，它們似乎是某種巨型石柱。它們高聳而不祥地矗立在河流兩岸。石柱間出現了一道狹窄開口，大河則將小船沖向這道裂口。

「這就是亞格納斯，王之柱！」亞拉岡大喊，「我們即將通過它們。讓小船維持一直線，盡量離彼此遠一點！把船維持在河流中央！」

隨著佛羅多靠近，如高塔般高聳的石柱便向他迎面而來。對他而言，它們看似巨人，龐大的灰色身影沉默但充滿威脅感。他發現它們確實經過特意雕琢，古代的手藝與力量打造出它們，而經歷了無盡歲月的風霜摧殘後，石柱依然保持著雄偉的雕工樣貌。在地基建於深水中的臺座上，立著兩尊君王石像；它們依然用模糊的雙眼與滿布裂痕的眉毛，肅穆地注視北方。每座雕像的左手都向外擺出警告手勢，右手則握著斧頭，頭頂則都戴有崩解的頭盔與王冠。消逝王國的這兩座沉默護衛，仍舊散發出強大的力量與威嚴。佛羅多感到敬畏，也壓低身姿並閉上眼睛，不敢在小船靠近時抬頭觀看。連波羅米爾都低下了頭，小船則如同脆弱輕盈的葉片，從努曼諾爾護城哨兵的陰影下迅速漂過。

兩側的驚人懸崖往難以估算的高度上升。黯淡的天空位在遠方。幽暗的河水發出巨響與回音，呼嘯強風也吹過他們。屈身的佛羅多聽到前面的山姆咕噥呻吟道：「好一個地方！真是恐怖的地方！只要讓我下船，我就永遠不會再把腳伸進水塘了，河流更不用說！」

「別怕！」他身後一股奇異的聲音說。佛羅多轉身看見了快步客，但對方並非快步客，飽經風霜的遊俠已經消失了。坐在船尾的是亞拉松之子亞拉岡，他驕傲地挺身直立，技巧卓越地操縱船隻。他脫下兜帽，黑髮在風中飄逸，雙眼炯炯有神，流亡的王者已重返故土。

「別怕！」他說，「多年來我一直想看看伊西鐸與安納瑞昂的尊容，他們是我的祖先。在他們的影子下，來自伊西鐸之子瓦蘭迪爾家族的伊力薩，亞拉松之子精靈寶石，伊蘭迪爾的繼承人，內心無所畏懼！」

接著他眼中的光芒淡去，他則對自己說：「真希望甘道夫在這裡！我的心渴望米那斯雅諾和我城市的高牆！但我現在該往哪走呢？」

峽谷漫長而陰暗，裡頭充滿風聲與水聲，和岩石間的回音。它稍微往西彎，所以一開始前方一片漆黑；但佛羅多很快就看到面前出現一道高聳細光，光芒正不斷增強。它迅速逼近，小船忽然間穿過出口，漂進明亮寬廣的光芒中。

早已遠離中午的太陽，正在吹拂強風的天空中大放光明。谷內的水流湧進橢圓形的長湖：這是素雅的南希索湖。湖泊周圍的陡峭灰丘上長滿樹木，但樹上毫無葉片，在陽光中泛著冷冽光澤。遠方的南端揚起了三座山峰。中間的山峰立在另外兩座前方，也與它們分離開來，形成湖水中的島嶼，波光粼粼的大河則環繞它周圍。遠處隨風飄來巨響，聽起來像是遙遠的雷聲。

「這就是托爾布蘭迪爾！」亞拉岡說，一面往南指向高峰，「左邊是阿蒙洛，右邊則是阿蒙漢，它們分別是聆聽之丘與觀物之丘。在君王時代，它們上頭建有王座，也駐有守軍。但據說從來沒有人類或野獸涉足托爾布蘭迪爾。我們在入夜前就會抵達它們。我聽到勞洛斯瀑布無止盡的呼喚聲了。」

護戒隊稍作休息，順著水流往南飄過湖泊中央。眾人吃了點食物，接著拿起船槳趕路。西側丘陵的山壁沉入陰影中，太陽則變得又圓又紅。朦朧的星星逐漸探頭。三座高峰矗立在他們面前，在目光中顯得陰暗。勞洛斯瀑布發出轟然巨響。當旅行者們終於來到丘陵的影子下時，夜色已經籠罩河水了。

他們旅程的第十天結束了。大荒原已落在他們身後。還沒選擇往東或往西走前，他們無法繼續前進。他們面臨了這場任務的最後一個階段。

第十章——

護戒隊瓦解

亞拉岡帶他們前往大河右側支流。在托爾布蘭迪爾陰影下的西側，有座草原一路延伸到阿蒙漢山腳下的水畔。它後頭隆起了第一座蔥鬱緩坡，樹林則往西順著湖泊彎曲的岸邊蔓延。有一小股泉水從山坡流下，灌溉了草地。

「今晚我們在此休息，」亞拉岡說，「這是帕斯蓋蘭，在古代夏日中，這是個優美的地點。讓我們盼望邪惡勢力還沒有來到此地吧。」

眾人把小船拖到翠綠河畔上，並在船隻旁紮營。他們安排了守夜人，但沒有看到或聽到敵人的動靜。假如咕嚕成功地跟上他們，也沒人察覺他。不過隨著夜色漸深，亞拉岡變得不安，無論在睡眠或清醒時都輾轉反覆。他在凌晨起身並去找佛羅多，當時正輪到對方守夜。

「你為什麼醒著？」佛羅多問，「現在不是你上哨的時間。」

「我不曉得，」亞拉岡回答，「但夢中有股陰影和威脅持續增長。最好抽出你的劍。」

「為什麼？」佛羅多說，「敵人在附近嗎？」

「我們來看看刺針的反應。」亞拉岡回應道。

佛羅多把精靈短劍從刀鞘中抽出。讓他驚恐的是，刀刃邊緣在夜裡微微閃爍。「歐克獸人！」他說，「看來不太近，但也太靠近了。」

「這就是我擔心的事。」亞拉岡說，「但牠們或許還沒抵達大河這一側。刺針的光芒很弱，可能只代表在阿蒙洛山坡上出沒的魔多間諜。我從沒聽過有歐克獸人登上阿蒙漢過。但既然米那斯提力斯已不再嚴守安都因河的通道，誰知道在亂世中會發生什麼事？明天我們出發時得提高警覺。」

這一天如同烈火與濃煙般展開。東方低處出現烏黑雲層，看起來像是大火後的煙霧。東升旭日從後方照亮烏雲，使它們染上朦朧的火紅色；但太陽很快就穿過雲層，升上晴朗的天空。托爾布蘭迪爾的頂峰染上金色光澤。佛羅多往東望去，注視著高聳的島嶼。它的山壁筆直地從河水中隆起。山崖高處的陡坡上樹木叢生，長在一座又一座山坡上。樹木頂端則是無法登上的灰色岩壁，最頂端有座岩石尖塔。許多鳥環繞著石塔飛翔，但大夥看不見其他生物。

當他們用餐過後，亞拉岡便要護戒隊集合。「這一天終於到了。」他說，「這就是我們拖延許久的日子。共同旅行這麼久的護戒隊究竟該何去何從？我們該和波羅米爾往西走，參與剛鐸的戰爭嗎？或是該往東邁向恐懼與邪影？還是該解散護戒隊，並各奔西東？無論我們怎麼做，都得盡快做出決定。我們不能在這裡等太久。我們曉得東岸有敵人，但我擔心歐克獸人可能已經來到河流這一側了。」

眾人陷入沉默，沒有人開口或移動。

「哎，佛羅多，」亞拉岡最後說道，「恐怕你得肩負重擔。你是會議指派的持戒者。只有你能決定自己的道路。在這件事上，我無法建議你。我不是甘道夫，儘管我嘗試扮演他的角色，但我也不曉得他對此時的計畫或期望，也許他也一無所知。很有可能的是，假如他在這裡，你也得做出選擇。這就是你的命運。」

佛羅多沒有立刻回答。接著他緩緩開口。「我知道得趕快決定，但我還沒辦法做選擇。這是沉重的負擔。再給我一小時，我就會說出答案。讓我獨處吧！」

亞拉岡同情地注視他。「很好，卓哥之子佛羅多。」他說，「你可以獨處一小時。我們會待在此地一陣子。但別走遠，或離開我們呼喚得到的範圍。」

佛羅多低頭坐了一下。極為關切地看著主人的山姆，則搖頭咕噥道：「答案簡直太明顯了，但山姆．甘吉現在不該說話。」

佛羅多立刻起身並走開。山姆則發現當其他人克制自己不盯著他瞧時，波羅米爾的雙眼卻專注地跟隨著佛羅多，直到對方消失在阿蒙漢山腳的樹林中。

剛開始，佛羅多漫無目的地在樹林中行走，他發現自己的腳步逐漸使他走上山坡。他來到一條走道，那是許久前道路的遺跡。有些地方鑿出了石階，但現在歷經風霜的階梯幾近破裂，在樹根旁裂了開來。他攀爬了一陣子，毫不在乎自己走到哪去，直到他抵達一處草地。草地周圍長了花楸樹，中央則有塊寬扁的石頭。這處高地小草原向東方敞開，裡頭撒滿了清晨的陽光。佛羅多停了下來並望向底下遠方的大河，也看到托爾布蘭迪爾，與在他和這座無人涉足的島嶼之間的天空盤旋的飛鳥。勞洛斯瀑布發出的巨響與低沉的轟隆聲交雜在一起。

他坐在石頭上，用雙手捧住下巴，儘管他注視著東方，卻心不在焉。他腦海中浮現自從比爾博離開夏郡後的所有事件，也回想起甘道夫說過的一切，並對此深思。時間不斷流逝，他也依然做不出選擇。

忽然間，他從思緒中猛地回過神來。他產生了某種奇怪的感覺，認為有東西在他身後，還有不友善的眼神緊盯著他。他跳起來並迅速轉身，但使他訝異的是，自己看到的竟是波羅米爾，對方和藹的臉孔露出微笑。

「我很擔心你，佛羅多。」他說，一面走向前，「如果亞拉岡說得沒錯，附近有歐克獸人的話，那我們都不該獨自晃蕩，尤其是你。太多事要仰賴你了。我的心也十分沉重。既然我找到你了，我可以留下來談談嗎？這會使我感到安心。人數眾多時，所有對話都會演變成永無止盡的爭論。但兩個人或許能想出明智之舉。」

「你很好心。」佛羅多回答，「但我不覺得任何對話能幫上我。我知道自己該怎麼做，但我害怕踏出那一步，波羅米爾，我很害怕。」

波羅米爾沉默地站著。勞洛斯瀑布不斷發出怒吼。微風在樹梢間低語。佛羅多發起抖來。

波羅米爾忽然過來坐在他身旁。「你確定自己不是無端受苦嗎？」他說，「我想幫你。作出艱困選擇時，你需要建議。你不願意接受我的建議嗎？」

「我想我已經知道你的建議了，波羅米爾。」佛羅多說，「要不是我內心產生了警戒，這聽起來就是明智之舉。」

「警戒？對什麼的警戒？」波羅米爾

「耽擱。以及看似更輕鬆的路。和抗拒託付給我的重擔。還有……哎，一定得說的話，就是對人類的力量和真相抱持的信任。」

「但那股力量保護了遙遠小國度中的你，儘管你不曉得。」

「我並不質疑你人民的勇氣。但世界正在改變。米那斯提力斯的城牆或許固若金湯，但不夠穩固。如果它們落敗，那又該怎麼辦？」

「那我們就會英勇戰死。但仍有一絲希望。」

「只要魔戒還存在，就不會有希望。」佛羅多說。

「啊！魔戒！」波羅米爾說，眼中露出精光，「魔戒！我們居然為了這麼渺小的東西，而受盡恐懼與疑慮，命運不是挺奇怪的嗎？這麼渺小的東西！我只在愛隆宅邸看過它一下而已。我能不能再看一次呢？」

佛羅多抬頭一看。一股寒意猛然襲上他心頭。他察覺波羅米爾眼中的怪異光彩，但對方的臉孔依然和藹可親。「最好還是藏好它。」他回答。

「如你所願。我不在意。」波羅米爾說，「但我連提起它都不行嗎？你似乎只想到它在魔王手中的力量——是它的邪惡用途，而不是良善的一面。你說，世界正在改變。如果魔戒存在，米那斯提力斯就會殞落。但為什麼呢？如果魔戒在魔王手上，那肯定會如此。但如果我們擁有它的話，又為何會失敗呢？」

「你沒有參加會議嗎？」佛羅多回答，「因為我們不能使用它，它會將製作出的一切化為邪惡。」

波羅米爾起身，不耐煩地四處走動。「你繼續說吧！」他叫道，「甘道夫，愛隆，這些人教了你說這些話。對他們而言，可能沒錯。這些精靈、半精靈和巫師，或許會招來惡劣下場。但我經常質疑他們是否擁有真正的智慧，而不只是膽小而已。但每個人都有自己的路要走。赤膽忠心的人類不會墮落，我們米那斯提力斯的人堅毅地撐過多年來的考驗。我們不需要巫師貴族的法力，只想要能捍衛自身的力量，以正當理由持有力量。看呀！在我們碰上緊要關頭時，命運讓力量之戒重現世間。我認為，這是個禮物，是賜給死敵魔多的大禮。不使用魔王的力量來對抗它，就太瘋狂了。只有無懼、無情的人，才能贏得勝利。身為偉大的戰士和領袖，在此時有什麼辦不到的？亞拉岡有什麼辦不到的事？如果他拒絕的話，為何不給波羅米爾呢？魔戒會賦予我指揮大局的權力。我將驅逐魔多大軍，所有人都會加入我的麾下！」

波羅米爾不停踱步，說得越來越大聲。他似乎幾近遺忘了佛羅多，話題也停留在城牆、武器和聚集大軍上。他規劃出建立同盟與輝煌勝利的計畫。他會推翻魔多，並成為英勇的國王，性格仁慈而睿智。他忽然停了下來，並揮舞雙臂。

「他們居然要我們把它丟了！」他喊道，「我說的不是摧毀它。如果有正當理由的話，當然也可以這樣做。這根本不合理。我們唯一得到的提議，是讓一個半身人盲目地踏進魔多，給魔王重拾魔戒的機會。太愚蠢了！」

「你肯定明白吧，我的朋友？」他說，忽然再度轉向佛羅多，「你說你很害怕。這樣的話，就連最大膽的人都會原諒你。但不正是理性使你感到憂心嗎？」

「不，我很害怕。」佛羅多說，「只是害怕而已。但我很高興能聽到你把話說清楚。我的內心清晰多了。」

「那你會來米那斯提力斯嗎？」波羅米爾叫道。他的眼睛閃閃發光，表情十分急切。

「你誤會我了。」佛羅多說。

「但你至少會來一下吧？」波羅米爾堅持道，「我的城市離此不遠，從那裡去魔多也比這裡更近。我們待在荒野中太久了，在你做出下一步前，也需要魔王目前的情報。跟我來吧，佛羅多。」他說，「如果你一定得走，出發前也得先休息。」他友善地把手放在哈比人的肩膀上，但佛羅多感到那隻手因抑制的興奮感而顫抖。他迅速退開，機警地盯著比他高上兩倍的高大人類，對方的力氣也遠勝過他。

「你為何這麼不友善？」波羅米爾說，「我是真誠的人，不是小偷或追捕者。我需要你的魔戒，現在你也明白這點了。但我向你保證，我不想保有它。你不願意至少讓我嘗試自己的計畫嗎？把魔戒借給我！」

「不！不！」佛羅多大叫，「會議把它託付給我了。」

「魔王就是靠我們自己的愚蠢來擊敗我們。」波羅米爾喊道，「這讓我太火大了！笨蛋！固執的笨蛋！任性地跑去送死，還毀了我們的任務。如果有凡人能占有魔戒，那就是努曼諾爾人，不是半身人。要不是走了狗運，不然它根本不會屬於你。它可能會屬於我。它應該屬於我。把它給我！」

佛羅多沒有回應，只是移動到讓扁平的巨石阻擋在兩人之間。「好啦，好啦，我的朋友！」波羅米爾語氣較為和緩地說，「何不拋下它呢？何不從你的疑慮和恐懼中解脫呢？你可以把責任推到我身上。你可以說我太強壯了，還用蠻力把它奪走。因為我對你而言太強壯了，半身人。」他喊道。他忽然間越過巨石，並跳向佛羅多。他俊美和善的臉孔忽然經歷了醜惡的變化，眼中也燃起熊熊怒火。

佛羅多閃到一旁，再度讓巨石隔開兩人。他只有一個選擇：當波羅米爾再度撲向他時，他就顫抖地從鏈子上取下魔戒，並迅速將它套上手指。人類倒抽了一股涼氣，吃驚地盯著前方半晌，接著慌張地在周圍奔跑，在岩石與樹木間四處打探。

「該死的騙子！」他叫道，「等我逮到你！我摸清楚你的想法了。你會把魔戒送去給索倫，並出賣我們所有人。你只是在等待時機，趁我們深陷困境時離開。你和所有半身人都死在黑暗中吧！」接著，當他因一塊石頭絆倒時，就四腳朝天地摔倒。他一動也不動地躺了一陣子，彷佛遭到自己的詛咒擊倒——忽然間，他哭了起來。

他起身並用手拂過雙眼，把淚水抹掉。「我說了什麼？」他叫道，「我做了什麼？佛羅多，佛羅多！」他呼喊道，「回來呀！我一時神智不清，但已經沒事了！回來呀！」

他沒有聽到回應。佛羅多甚至沒聽到對方的叫聲。他已經跑到遠方，盲目地沿著小徑爬上丘頂。恐懼與悲傷使他感到震驚，心裡不斷看見波羅米爾瘋狂的凶狠臉龐，以及怒火中燒的雙眼。

他很快就獨自來到阿蒙漢山頂，並停下喘氣。他彷彿透過霧氣看到一座寬敞平坦的石圈，上頭鋪有大型石板，周圍則有坍塌的城垛。而在中央的四根雕柱上，則建有一座高聳的王座，能經由具有許多臺階的階梯抵達此處。他走了上去，坐上古老的王位，感覺像個迷失的孩子，爬上了高山君王的王座。

剛開始他看不清東西，他似乎處在大霧朦朧的世界中，裡頭只有陰影：因為他戴著魔戒。霧氣在不同位置散開，他則看到了許多景象，它們看起來如同是放在桌面上一樣渺小而清晰，同時卻又十分遙遠。他聽不到聲音，只看到鮮明的畫面。世界似乎縮小並陷入沉默。他坐在阿蒙漢上的觀物之座，那座山就是努曼諾爾人的眼之丘。他往東看到廣闊的未知土地，無名平原，與無人探索過的森林。他往北望去，緞帶般的大河位在底下，迷霧山脈則如同斷牙般渺小而險峻。他往西看見洛汗的寬廣牧場，以及艾森格中宛如黑色尖塔的石塔歐散克。他向南一看，腳下的大河如同巨浪般衝下勞洛斯瀑布，落入散發白沫的深坑；一道閃爍的彩虹出現在水霧上方。他看到伊瑟安都因，也就是大河上的龐大三角洲，還有大批海鳥如白色塵埃般在陽光中盤旋，鳥群下則有片綠銀交雜的大海，泛出無限的漣漪波紋。

但無論他往哪看，都注意到戰火的跡象。迷霧山脈宛如蟻丘般爬滿形體，歐克獸人正從上千座洞穴中冒出。精靈、人類與魔獸的衝突在幽暗密林的枝枒下發生。比翁一族的土地燃起大火。烏雲籠罩墨瑞亞的天空。羅瑞安的邊界也升起濃煙。

騎士們在洛汗的草原上疾馳，狼群則從艾森格出動。船隻從哈拉德的港口出海，還有人類不斷從東方出現：劍士、長矛兵、騎馬的弓箭手、搭載酋長的雙輪戰車與滿載貨物的馬車。黑暗魔君的勢力正在全軍動員。他再度轉向南方，注視米那斯提力斯。它似乎十分遙遠，也美麗無雙，它擁有白色城牆與數層高塔，驕傲而華麗地端坐在高山基座上。它的城垛閃動鋼鐵的光澤，塔樓上插著諸多亮麗旗幟。他心中燃起希望。但有另一座要塞對上了米那斯提力斯，它更為龐大強盛。他的目光不情願地往東飄去。它飄過了奧斯吉力亞斯毀損的橋梁，以及米那斯魔窟露齒佞笑般的大門，和恐怖的山脈，並注視著哥葛洛斯，那是魔多國度中的恐怖山谷。黑暗在此聚集在太陽底下。烈火在濃煙中發光。末日火山正熊熊燃燒，還冒起了莫大濃煙。最後他的目光固定在某處，在一道道城牆、與一座座城垛後，有座漆黑且強大無比的物體，在鐵山、鋼鐵大門和剛硬高塔之上，他目睹了巴拉多，索倫的堡壘。一切希望都捨棄了他。

他忽然感覺到了邪眼。邪黑塔中有顆不眠的眼睛。他知道那顆眼睛察覺了他的目光。那裡有股凶狠而飢渴的意志。它向佛羅多撲來，幾乎像是手指般摸索著他。它很快就會找到佛羅多，也清楚他的所在位置。它碰觸到阿蒙洛。它望向托爾布蘭迪爾——他跳下王座，屈身用灰色兜帽蓋住自己的頭。

他聽到自己喊著：「絕不，絕不！」或是：「我忠心地前來，來到你身邊。」他說不上是哪個。接著某種力量向他心中傳來了另一股念頭：「取下它！取下它！笨蛋，取下它！取下魔戒！」

兩股力量在他心中爭鬥。在那一剎那，他剛好夾在雙方的衝擊頂點之間，在其中痛苦地扭動。他忽然再度感覺到自己：佛羅多，而不是那股聲音或邪眼。他能自由做出選擇，也只剩下一瞬間能這麼做，他把魔戒從手指上取下。他正跪在王座前的明亮陽光下，一道黑影似乎如同手臂般伸過他頭頂。它錯過了阿蒙漢，並往西摸索，並逐漸消失。接著天空再度變得晴朗而蔚藍，鳥兒也在每棵樹上歌唱。

佛羅多站起身來。他感到極度疲倦，但他的意志堅定，內心也輕鬆多了。他大聲地對自己說：「我得履行自己的責任。」他說，「事態很明顯了，魔戒的邪惡力量已經影響了護戒隊，在帶來更多傷害前，魔戒就必須離開他們。我會獨自離開。有些人我無法相信，能信任的對象對我而言又太重要了：可憐的山姆；梅里與皮聘；還有快步客。他的內心渴望米那斯提力斯，而既然波羅米爾已經墮入邪道了，那裡的人就需要快步客。我會獨自出發。立刻動身。」

他迅速走下小徑，回到波羅米爾找到他的草原。他停在那仔細傾聽。他覺得自己能聽見叫聲和呼喊聲從靠近下方河岸的森林中傳來。

「他們會來找我。」他說，「我想知道，自己到底離開了多久？我猜可能有好幾個小時了。」他猶豫起來。「我該怎麼做？」他低語道，「我現在就得走，不然就無法離開了。我不可能再找到機會。我不想一句解釋都不說，就離開他們。但他們一定能理解的。山姆會懂。我還能怎麼辦？」

他緩緩取出魔戒，再次戴上它。他消失得無影無蹤，並走下山丘，比颯颯風聲更加安靜。

其他人在河邊待了很久。他們沉默了好一陣子，不安地四處走動。但現在他們圍了一圈坐下交談。眾人三不五時會企圖聊別的事，像他們的漫長路程與諸多冒險。他們詢問亞拉岡關於剛鐸的事與它的古代歷史，以及在艾明穆伊的古怪邊陲地帶中依然能看到的建物遺跡：君王石像和阿蒙洛與阿蒙漢上的王位，以及勞洛斯瀑布旁的巨型臺階。但他們的思緒和話語總會回到佛羅多和魔戒上。佛羅多會做出什麼選擇？他為什麼要猶豫呢？

「我想，他在判斷哪條路最有燃眉之急。」亞拉岡說，「他想得也沒錯。自從咕嚕開始追蹤我們後，護戒隊要往東走就更加危險，我們旅程的祕密可能也早已遭到洩漏。但米那斯提力斯並不會讓我們更靠近火山烈焰，也無法讓我們更快毀滅重擔。

「我們或許能暫時待在那裡，並英勇地捍衛當地，但迪耐瑟大人和他的手下無法達成連愛隆都做不到的事——守住重擔的祕密，或是在魔王發揮全力前來奪取它時，再企圖擋下他。如果我們站在佛羅多的立場，又會做出什麼選擇？我不曉得。現在我們的確最需要甘道夫了。」

「我們的確損失慘重。」列葛拉斯說，「但我們得在缺少他輔助的狀況下做出決定了。我們為何不能下決定，並幫助佛羅多呢？讓我們叫他回來，再投票吧！我會投米那斯提力斯一票。」

「我也會。」金力說，「我們自然只是被派來在路上協助持戒者，也不需要前往我們不想去的地方；我們之中也沒人發誓或受命前往末日火山。離開洛斯羅瑞安讓我十分難過。但我已經來到這裡了，所以我要說的是：既然我們得做出最終選擇，我便清楚自己不能離開佛羅多。我會選米那斯提力斯，但如果他不願意，那我就會跟隨他。」

「我也會跟他走。」列葛拉斯說，「現在道別太過無情了。」

「如果我們都離開他，那確實與背叛無異。」亞拉岡說，「但如果他往東走，那也不需要讓所有人都跟著他，我也不認為有此必要。那場路程非常危險，對八人或兩三人、甚至是一個人都一樣。如果你們讓我選，那我就會指派三名同伴：不願離開的山姆、金力，還有我自己。波羅米爾會回到他的城市，他父親與人民還需要他，其他人也該和他同行，假若列葛拉斯不願離開我們的話，至少梅里雅達克和皮瑞格林該去。」

「不可以！」梅里叫道，「我們不能離開佛羅多！皮聘和我總是打算要跟著他前往各地，現在也沒改變心意。但我們當時不明白這麼做的意義。在夏郡或裂谷時，這麼遙遠的事看起來完全不同。讓佛羅多去魔多太過瘋狂又殘酷了。我們為何不能阻止他？」

「我們必須阻止他。」皮聘說，「我相信，他就是在擔心這點。他知道我們不會同意讓他往東走。他也不想找任何人和他同行，可憐的老傢伙。想想看：獨自去魔多！」皮聘發起抖來。「但這個親愛的傻哈比人，他該知道自己根本連問都不必問。他該知道如果我們阻止不了他，就不會離開他。」

「不好意思，」山姆說，「我不覺得你們了解我主人。他沒有對該走哪條路感到猶豫。

當然不會了！米那斯提力斯有什麼好的？我是說對他而言啦，不好意思，波羅米爾大爺。」他補充道，並轉過身。此時他們才發現，起初沉默地坐在圈子外頭的波羅米爾，現在已經不見了。

「他去哪了？」山姆神色擔憂地叫道，「我覺得啊，他最近有點奇怪。總而言之，他跟這件事無關。他回家去了，跟他老是掛在嘴邊的一樣，也不能責怪他。但至於佛羅多先生呢，他知道自己得盡力找到末日裂隙。但他很害怕。既然到了這個節骨眼上，他就嚇壞了。這就是他心煩的事。當然了，自從我們離家後，他就學到了不少事，我們也一樣，不然他就會嚇得把魔戒扔進大河裡，再逃之夭夭。但他還是怕到不敢動身。他也不是在擔心我們，無論我們有沒有跟他一起去。他知道我們打算這麼做。那就是另一件讓他心煩的事。如果他鼓起勇氣出發的話，就會想獨自前去。聽好了！等他回來時，我們一定會碰上麻煩。他肯定會鼓起勇氣，畢竟他是袋金斯家的人。」

「我相信你的說法比我們任何人更有智慧，山姆。」亞拉岡說，「如果你說對了，那我們該怎麼做呢？」

「阻止他！別讓他走！」皮聘喊道。

「辦得到嗎？」亞拉岡說，「他是持戒者，重擔的命運也掌握在他手中。我不認為我們能左右他的決定。就算我們嘗試這麼做，我也不認為會成功。世上還有其他更強大的力量在運作。」

「好吧，我希望佛羅多會『鼓起勇氣』回來，讓我們解決這件事。」皮聘說，「等待的感覺太可怕了！時間已經到了吧？」

「沒錯。」亞拉岡說，「時間過太久了。早晨即將結束。我們得叫他來了。」

此時波羅米爾再度出現。他離開樹林，並一語不發地走向他們。他的臉看起來陰鬱而悲傷。他停下腳步，彷彿計算著在場的人數，接著冷漠地坐了下來，雙眼盯著地面。

「你去哪了，波羅米爾？」亞拉岡問，「你有看到佛羅多嗎？」

波羅米爾猶豫了一下。「有，也沒有。」他慢慢回答，「有：我在山丘上某處碰上他，也和他交談。我求他來米那斯提力斯，別去東方。我發了火，他就離開我了。他消失了。我之前從來沒看過這種事，不過曾經在故事中聽過這種狀況。他一定是戴上魔戒了。我找不到他。我以為他會回來找你們。」

「你只有這些話要說嗎？」亞拉岡說，眼神十分嚴厲，不太友善地注視波羅米爾。

「對。」他回答，「目前僅此而已。」

「這太糟糕了！」山姆大叫，一面跳了起來，「我不曉得這個人搞了什麼鬼。佛羅多先生為什麼會戴上那東西？他不該離開。如果他走了，天知道會發生什麼事？」

「但他不會一直戴著。」梅里說，「等他逃離討厭的訪客，就會拿下來了，比爾博以前也會這樣做。」

「但他去哪了？他在哪裡？」皮聘嚷嚷著，「他已經離開很久了。」

「你上次看到佛羅多是什麼時候，波羅米爾？」亞拉岡問。

「也許是半小時前吧。」他回應，「或是一小時。之後我晃了一陣子。我不知道！我不知道！」他把頭埋在雙手中，彷彿悲慟不已地屈身坐著。

「他已經消失了一小時！」山姆叫道，「我們得立刻去找他。來吧！」

「等一下！」亞拉岡大喊，「我們得兩兩一隊，再安排——喂，等一下！等等！」

此話毫無幫助。眾人沒有注意他。山姆率先衝出去。梅里和皮聘跟了上去，也已經往西消失在岸邊的樹林，邊用清澈響亮的哈比人嗓音大喊：「佛羅多！佛羅多！」列葛拉斯和金力正在奔跑。突如其來的驚恐與瘋狂似乎籠罩了護戒隊。

「我們會分散開來的。」亞拉岡哀鳴道，「波羅米爾！我不曉得你捅出了什麼簍子，但快去幫忙！去追那兩名年輕哈比人，就算你找不到佛羅多，至少也得保護他們。如果你找到他，或發現他的蹤跡，就回到這裡。我很快就會回來。」

亞拉岡敏捷地衝刺，向山姆追去。當他抵達花楸樹時，就趕上在上坡跋涉的山姆，對方正邊喘氣邊喊著：「佛羅多！」

「跟我來，山姆！」他說，「我們都不該獨自行動。這件事不對勁。我感覺得出來。我要去山頂的阿蒙漢之座，看看能不能觀察到什麼狀況。快看！跟我猜得一樣，佛羅多走了這條路。跟上我，好好注意四周！」他衝上小徑。

山姆盡力奔跑，但他追不上遊俠快步客的步伐，很快就落後了。當亞拉岡消失在前方的視野中時，他還沒跑多遠。山姆停下腳步，並喘著大氣。他忽然用手拍了一下頭。

「等等，山姆．甘吉！」他大聲地說，「你的腿太短了，所以用你的頭腦！讓我想想！波羅米爾沒有撒謊，那不是他的作風，但他也沒有把一切告訴我們。有東西把佛羅多先生嚇得屁滾尿流。他突然鼓起勇氣了。他終於下定決心要出發。要去哪？去東方。不帶上山姆嗎？對，甚至不帶上他的山姆。太殘忍了，真的很殘忍。」

山姆用手拂過雙眼，抹去淚水。「冷靜點，甘吉！」他說，「盡力思考！他沒辦法跨越河流，也無法跳過瀑布。他沒有帶裝備。所以他得回去小船邊。回去小船邊！回去小船邊，山姆，立刻跑過去！」

山姆轉身往下坡衝去。他摔了一跤，還割傷了膝蓋。他爬起身繼續奔跑。他跑到岸邊的帕斯蓋蘭草原邊緣，被拖上岸的小船就停靠在那。那裡空無一人。後頭的林子裡似乎傳來叫喊聲，但他並沒有理睬。他一動也不動地站著觀望片刻，嘴巴張得老大。有艘船正自行滑下河岸。山姆大叫一聲，便衝過草地。小船滑入水中。

「我來了，佛羅多先生！我來了！」山姆叫道，並從岸邊縱身一躍，想抓住離開的船隻。他的距離差了一碼。隨著一聲慘叫與撲通聲，他就面朝下地落入快速流動的深水中。他咕嚕作響地下沉，河水則蓋過了他的一頭鬈髮。

空蕩的小船上發出焦急的驚呼。有根船槳開始擺動，船身便轉了過去。當山姆往上吐著氣泡掙扎時，佛羅多就及時抓住他的頭髮。他的棕色圓眼流露出恐懼之情。

「快上來，山姆小子！」佛羅多說，「抓住我的手！」

「救救我，佛羅多先生！」山姆喘息道，「我要淹死了。我看不見你的手。」

「在這裡。別揑我，小子！我不會放開你的。用力踢水，不要掙扎，不然你就會把船弄翻。好了，抓住船身，讓我使用船槳！」

佛羅多滑了幾下，將小船停回河畔，山姆則爬出湖水，像隻溼漉漉的河鼠。佛羅多取下魔戒，並再度上岸。

「在所有可惡的麻煩中，你最糟糕了，山姆！」他說。

「噢，佛羅多先生，你太殘忍了！」山姆顫抖著說，「你太殘忍了，居然想不帶我就離開。如果我沒猜中的話，你現在會跑到哪去了？」

「早就安全上路了。」

「安全！」山姆說，「自己一個人，也沒有我幫你嗎？我承受不了，我一定會急死的。」

「你跟我來的話，才會送命，山姆。」佛羅多說，「我也承受不了這點。」

「比起留下來，那可還不一定會發生。」

「但我要去魔多。」

「我很了解你，佛羅多先生。你當然要去了。我也要跟你走。」

「好了，山姆。」佛羅多說，「別阻止我。其他人隨時都會回來。如果他們逮到我，我就得和他們爭辯與解釋，也永遠無法下定決心、或找到機會離開了。但我得立刻走。這是唯一的辦法。」

「當然呀。」山姆說，「但不是一個人走。我也要來，不然我們倆就都別去了。我會先在所有船上打洞。」

佛羅多笑出聲來。暖意與愉悅忽然觸動了他的心。「留下一條船吧！」他說，「我們需要它。但你不能在沒帶裝備或食物等等的狀況下過來。」

「等我一下，我去拿我的東西！」山姆急切地說，「一切都準備好了。我以為我們今天就會出發。」他衝向營地，從佛羅多清空船裡同伴的物品時堆疊的東西中挖出他的背包，抓起一張毯子，還有幾包額外糧食，並跑了回來。

「我的計畫都泡湯了！」佛羅多說，「根本逃不過你。但我很開心，山姆。我沒辦法告訴你我有多開心。來吧！顯然我們得一起出發。我們走吧，希望其他人找到安全的路！快步客會照顧他們。我不認為我們會再見到他們了。」

「可能會的，佛羅多先生。我們可能還會再見。」山姆說。

＊ ＊ ＊

於是佛羅多和山姆共同踏上任務的最後一個階段。佛羅多把船划離岸邊，大河迅速將他們衝向西側支脈，穿過托爾布蘭迪爾的險峻山崖。大瀑布的巨響逐漸逼近。即便有山姆的幫忙，也很難在島嶼南端橫渡水流，並將小船往東方的對岸划去。

最後他們再度來到了阿蒙洛的南坡。他們在那找到一處傾斜的河岸，並把小船從水中拖到岸上遠處，盡可能將它藏在一座巨石後方。接著他們背起行囊，就此出發，尋覓能讓他們跨越艾明穆伊的灰色丘陵、並走入邪影國度的道路。

佛洛德懷斯
N
伊瑞德米斯林
剛達巴山
凋謝荒地
(灰山脈)
灰濼河
朗威爾河
森林河
伊瑞柏(孤山)
木精靈
長湖上的伊斯加洛斯
鐵丘陵
羅
卡洛克
幽暗密林山脈
高山隘口
老淺灘
老林路
凱爾都因河(狂奔河)
卡南河(紅水河)
幽暗密林
瓦
魯
席爾寧格洛河
(金花河)
洛伊格寧洛隆(金花沼地)
安都因河(大河)
東彎地
魯恩海
多爾哥多
尼
瑞安
凱勒布蘭特平原
北河灣
恩
林清河
褐地
南河灣
恩
大高原
汗
艾明穆伊
達哥拉(戰爭平原)
薩恩蓋柏
東坦納特
魔拉儂
伊瑞德里蘇依(灰燼山脈)
死亡沼澤
勞洛斯瀑布
烏頓
東佛德
寧道夫
(濕原)
奧斯吉力亞斯
北伊西力安
艾森口
魔蓋
巴拉多
梅林溪
安諾瑞恩
凱爾安卓斯
歐洛都因
米那斯提力斯
米那斯魔窟
哥葛洛斯平原
拉密頓
洛薩納赫
伊費爾
艾明亞南
凜洛河
伊魯依河
魔
多
鐸
杜亞斯
(黯影山脈)
諾恩
瑟尼河
萊班寧
南伊西力安
諾南湖
波羅斯河渡口
伊瑟安都因
波羅斯河
南剛鐸
(現為主權不明的荒地)
爾法拉斯
坎德
哈拉德路
近哈拉德
哈南河

第三紀元末期
中土世界西部
50 100 150 200
佛洛赫爾冰灣
亞爾諾
的失落國度
卡恩督姆
安格馬
此處是古代
的安格馬巫王國度
希姆濼
伊瑞德盧因
盧恩河
伊
佛林頓
佛隆德
盧恩灣
米斯隆德
(灰港岸)
艾明尤澳
(薄暮丘)
南努爾
(薄暮湖)
安努米那斯
北崗
佛諾斯特
風雲丘
契特森林
蚊水
風雲頂
東西道
布理
魯
道
米賽
食人妖森
伊索河(灰泉河)
終末橋
伊騰
瑞
亞希丹
夏
烈酒橋
白崗
塔丘
哈比屯
老林
遠崗
郡
古墓崗
綠道
南崗
亞
哈隆德
哈林頓
藍山山脈
薩恩淺灘
卡多蘭
多
布魯伊南河
(喧水河)
埃瑞
(冬青
墨瑞亞大門
(烈酒河)
巴蘭都因河
撒巴德
寧因艾爾夫河(鵠群河)
格蘭都因河
艾林佛瑞
敏希利亞斯
葛瓦斯洛河(灰洪河)
黑鬱地
隆德戴爾
南北道
伊尼德懷斯
艾森格
艾森河淺灘
洛汗隘口
安格倫河
(艾森河)
雅多恩河
卓懷斯伊奧
伊瑞德尼姆拉斯
剛
列夫努伊河
皮納斯蓋林(綠丘)
安法拉斯 (長岸)
安德拉斯特(拉斯莫希爾)

譯後記——中土世界：已逝而永存的傳說故鄉

李函（本書譯者）

一九三〇年代某個夏日午後，正在家中進行枯燥乏味的批閱試卷工作的牛津大學教授約翰·羅納德·魯埃爾·托爾金（John Ronald Reuel Tolkien）發現了一張空白的試卷。靈機一動的托爾金在試卷紙上持筆寫下一串簡單的句子：「地洞裡住了個哈比人。（"In a hole on the ground there lived a hobbit."）」他難以想像的是，這段簡短的句子，不只開啟了日後近一世紀的中土世界傳奇，也催生了使無數讀者醉心的奇幻文學類型。

一九三七年九月二十一日，《哈比人》正式上市。儘管首刷只有一千五百本，卻在當時創下了優秀的銷售成績，評價也相當不錯。由於正值第二次世界大戰，英國的各項資源因戰火而短缺，導致不斷再刷的《哈比人》經常面臨一書難求的情況。此時的托爾金首度嘗到名利雙收的滋味，艾倫與昂溫出版社（Allen & Unwin）也不斷央求他寫出續作。早在一九一〇年代，托爾金就已開始設計屬於自己的「傳說故事集（legendarium）」，其中講述了從世界創生之初到諸神大軍擊敗魔高斯的詳細歷史；涵蓋了不同精靈部族的語言和詩歌；人類先祖們與精靈合作對抗黑暗魔君的傳奇；敘述了精靈王族之間的各種恩怨。起初，這些故事集結成為他所稱的《失落故事之書》。在接下來數十年間，托爾金對「傳說故事集」的內容不斷改寫，逐步釐清整個世界觀中的種族設定、人物關聯描寫與神學。當出版社提出撰寫《哈比人》續集的請求時，托爾金便打算出版計劃多年的神話大作：《精靈寶鑽》。然而，得知《精靈寶鑽》的概念與規模後，出版社斷然否絕了托爾金的提案，認為《哈比人》的續作能得到更多迴響。於是在一九三七年，托爾金開始撰寫《哈比人》的續集。隨著故事的進展，他逐漸將劇情設定在《精靈寶鑽》故事結束數千年後的中土世界，並跳脫了《哈比人》童趣盎然的單純冒險原始設定，融入了第一次世界大戰戰場的親身經歷。但耗費多年寫成的巨著，卻讓出版社望之生畏。經過多次交涉後，艾倫與昂溫出版社同意將這本書拆成三冊發行，以便降低成本風險。

一九五四年七月二十九日，第一部《魔戒同盟》在英國上市；第二部《雙塔叛謀》於同年十一月十一日發行；第三部《王者歸來》則在一九五五年十月二十日問世。

儘管托爾金於一九七七年逝世，中土世界並未就此劃下句點。二〇〇四年，由紐西蘭導演彼得·傑克森執導的《魔戒三部曲：王者再臨》獲得了奧斯卡獎十一項提名，並贏得所有提名獎項。電影版本的成功，也使更多先前沒有讀過《魔戒》原著的觀眾首次接觸到托爾金筆下的廣袤世界。在《魔戒》寫作期間大力輔助父親的克里斯多福·托爾金，也在父親過世後整理他的筆記，並出版了托爾金生前未能發行的《精靈寶鑽》（內容也經過克里斯多福審定），以及大幅拓展《精靈寶鑽》、《哈比人》與《魔戒》劇情與設定的《未完成的故事》，和共有十二冊的《中土世界歷史記》，也重新校訂並出版了第一紀元的故事中最為重要的三大故事：《胡林的子女》（二〇〇七年）、《貝倫與露西安》（二〇一七年）和《剛多林的陷落》（二〇一八年）。克里斯多福於二〇二〇年過世，這位除了托爾金以外最了解中土世界的人，費盡畢生之力讓世人一窺他父親生前未能完整發行的作品、筆記與書信。問世七十年後，《魔戒》仍繼續帶來不可磨滅的影響，儘管當今的奇幻小說已衍生出更加多變的類型（喬治．馬丁的《冰與火之歌》著重於描寫宮廷鬥爭與晦暗不明的道德觀；喬．艾伯康比的《第一法則》三部曲與續作《瘋狂紀元》也以反英雄故事見長），中土世界與其中的神話、種族和語言體系，卻顯得更加獨樹一格。

約莫在二十世紀末（當時還是國中生的我）讀到一則報導——某部據說在歐美十分知名的大部頭小說即將翻拍成真人版電影，當時還以「西方的西遊記」為號召宣傳。四處打聽，卻完全沒有人聽過《魔戒》。直到問了當年的美籍英文老師，對方才訝異地詢問如何得知此書？當年的羅東根本不可能買到英文書，更別提當時一般大眾根本沒聽說過的托爾金作品了。幸好，英文老師慷慨出借手邊的一九九一年艾倫．李插畫版《魔戒》，《魔戒》因此成了生平所看的第一本英文書。

首次讀它時，最驚豔的其實並非它複雜的故事設定，而是出乎意料的真實感。現今的讀者與觀眾談到托爾金作品時，大多來自傑克森電影版本的既定印象，進而聯想到的全是輝煌的戰爭場面，或是各式精緻的特效。初次閱讀《魔戒》時，其實對歐美奇幻作品並沒有太大的興趣，但中土世界不只沒有尋常奇幻作品中的施法場面，就連精靈、矮人，甚或巫師等角色，都不會使用任何絢麗的招式。大名鼎鼎的甘道夫，在書中也僅是用手放出光芒，或在墨瑞亞施咒關門與劈斷橋梁而已。這自然與托爾金對「魔法」的概念有關（在〈格拉翠兒之鏡〉中，他曾透過主角之口講述自身對魔法的概念），但對我而言，托爾金筆下的角色因此顯得更有血有肉。即便充滿奇幻種族，但他們表現得仍與我們熟知的人類無異。托爾金所描寫的並非炫目招式，而是影響深遠的無形力量，以及自由意志下的抉擇。巫師們扮演的角色並非尋常的咒術師，而是必須憑藉智慧說服自由人民的諫臣。精靈們的力量，也在於維繫自然與自我應運而生的造物。「第三紀元」是托爾金神話時代的末期，也因此更為貼近我們的現實世界——奇異種族已逐漸化為傳說，凡人也需要仰賴自身的信念來改變命運與世界。

所有角色都為了自身的存亡與道德平衡而努力，無法透過神奇的道具或法術致勝（或使用魔戒的力量取勝）。「第三紀元」已是神話時代的盡頭，讀者不會在戰爭中看到飛龍烈火，或是施展大法抗敵的魔法師。在描寫不少戰爭場面時，托爾金也經常透過弱小的哈比人視角，來觀察嚴酷戰事的發展。這種大戰中的平凡人角度，也反映出托爾金經歷一戰後的感受。而《魔戒》的故事也並非簡單的正邪對抗，所有角色在其中都在不同階段面對各類誘惑，無論是魔戒本身帶來的擁有慾；迪耐瑟對權力的渴求；格拉翠兒數千年來對建立自身國度的渴望，都使書中角色們不僅僅只是單純的正派或反派。就連托爾金筆下的兩大反派，魔高斯與索倫，在創世之初也分別是宛如天使的維拉與邁雅，並非自始即為罪大惡極的魔王。無論是太初歲月、黑暗年代或人類時代的開端，自由意志始終是左右托爾金筆下角色的驅動力。儘管真人電影版本已盡力拍攝得十分細膩與忠於原著，但托爾金文字中蘊含的詩意與悲愴，卻只能透過原著文字才能傳達——這是電影版本始終無法凌駕於原著之上的一點。大多讀者可能跳過、略讀的附錄部分，除了囊括《魔戒》情節發生前數千年的歷史，也包含了托爾金筆下所有故事的核心：語言學。附錄E與附錄F中對精靈語發音和符文的深度討論，乍看之下和情節毫無關聯，卻是托爾金架構中土世界的真實骨幹。在不同的時空中，艾達族的確存在，擁有自己的曆法、語言與各類方言，甚至是專有的數學進位與神學觀。

無論是《哈比人》、《魔戒》或《精靈寶鑽》，托爾金都如同鑄造魔戒的索倫，或打造精靈寶鑽的費諾，將自身生命與靈魂的莫大部分注入了中土世界。《魔戒》提供的並不只是單純的閱讀體驗，而是一場與我們的世界極為相似的生命歷程。儘管最後受到魔戒掌控，但並不代表佛羅多的任務失敗；看似選擇為惡的咕嚕，也因為他的選擇而導致了魔戒的毀滅。無論你是世界上的大、小齒輪，都具有存在的重要性。小人物也許才是救世的英雄，英雄的壯舉也可能在史書中只留下一行描述。這一切終究合乎托爾金在《精靈寶鑽》中所描述的埃努大樂章（Music of Ainur）——至上神為阿爾達世界所安排的命運。一切悲喜、正邪皆有其意義。

《魔戒》是影響我最深的書。從小開始，托爾金的文字與故事就持續提供我靈感與學習方向，也一路引導我到美國與英國的學生生涯。《魔戒》等托爾金作品和我形影不離，無論到哪總是隨身攜帶，也會按照中土世界的歷史進程反覆閱讀，直到如今，也沒有改變習慣。翻譯《克蘇魯的呼喚》等「克蘇魯神話」作品時，如果因洛夫克拉夫特的文筆和各路邪神而喘不過氣，也得靠擺放一旁的《魔戒》回到中土世界，補充精神能量。大四的托爾金課程內容不深，但能與教授討論托爾金作品已經非常開心（其中一名教授年輕時還曾聆聽托爾金演說）。直到前往蘇格蘭就讀研究所，終於在二〇一一年首次前往托爾金位於牛津的墳墓，向教授致謝和致敬。第二次是二〇一九年，而下一次前往時，就能告訴他，已經翻譯完成《哈比人》與《魔戒》了。希望他老人家別對成品失望。

無論是佛羅多、甘道夫或亞拉岡，都無法單靠一己之力達成目標。翻譯《魔戒》的過程，也十分感謝許多人在不同時期的大力支援。堡壘文化、雙囍出版和言外企劃的所有人都在這一年半的翻譯過程裡提供各種協助。沒有他們的耐心與努力，這版《魔戒》很難來到讀者的手中。在構思更貼近托爾金原意的新譯名時，得感謝灰鷹爵士譚光磊的鼎力協助與討論。非常感謝密西根州立大學的 Tess Tavormina 與 Lister Matheson 兩位教授，在大學時對托爾金作品，與中世紀文學的討論持續幫助我至今。感謝 Robert Canning 先生當年出借《魔戒》，我自己的《魔戒》目前已經用到第三代（前兩代都看爛了，必須放回書架上退休）。同時也對《獵魔士》作者安傑．薩普科夫斯基（Andrzej Sapkowski）致謝，非常感謝你當時對托爾金與洛夫克拉夫特的作品討論。還得感謝好朋友鄭元暢多年前協助我踏入翻譯這一行；以及贊助平板電腦的小公寓好友們，感謝你們。

最後，我必須對托爾金父子致上最高敬意。沒有克里斯多福多年來的努力，我們無緣在他父親辭世後，依然能見到中土世界的廣袤細節。托爾金教授的想像力與心血，不只改變了奇幻文學的面貌，也激勵了無數創作者。即便說當今所有奇幻作品都受到托爾金或多或少的影響，也毫不過分。感謝你，教授！你的中土世界將繼續影響無數世人。

鑽石孔眼　06

The Lord of the Rings: The Fellowship of the Ring

魔戒：魔戒同盟

作者：J. R. R. 托爾金（John Ronald Reuel Tolkien）
譯者：李函

堡壘文化有限公司　雙囍出版
總編輯：簡欣彥｜副總編輯：簡伯儒｜責任編輯：廖祿存
行銷企劃：游佳霓、黃怡婷、曾羽彤｜裝幀設計：陳恩安
校對：張詠翔、梁燕樵、簡欣彥

出版：堡壘文化有限公司 雙囍出版
發行：遠足文化事業股份有限公司（讀書共和國出版集團）
地址：231 新北市新店區民權路 108-2 號 9 樓
電話：02-22181417
Email：service@bookrep.com.tw
郵撥帳號：19504465 遠足文化事業股份有限公司
網址：www.bookrep.com.tw
法律顧問：華洋法律事務所　蘇文生律師
印製：中原造像股份有限公司
初版 1 刷：2024 年 03 月
定價：750 元
ISBN：978-626-97933-5-8
EISBN：9786269843176（PDF）｜ 9786269843183（EPUB）

國家圖書館出版品預行編目（CIP）資料｜魔戒同盟／ J. R. R. 托爾金（J. R. R. Tolkien）著；李函譯 . -- 初版 . -- 新北市：堡壘文化有限公司雙囍出版：遠足文化事業股份有限公司發行，2024.03 ｜ 640 面；14.8×21 公分 . --（鑽石孔眼；6）｜譯自：The fellowship of the ring ｜ ISBN 978-626-97933-5-8（平裝）｜ 873.57 ｜ 113001861